Richard Schwartz
Das Erbe des Greifen

PIPER

Zu diesem Buch

Die Lytarianer haben Belior, den Kanzler von Thyrmantor und seine Helfer zwar geschlagen. Aber sie wissen, dass der Kampf um die Macht und die Krone von Lytar deswegen noch lange nicht gewonnen ist. Um für den nächsten Angriff gerüstet zu sein, brauchen die Lytarianer sowohl Verbündete als auch Zeit – und vor allem die magische Kraft der Krone. Fieberhaft trifft das Dorf seine Vorbereitungen. Auch die Freunde Tarlon, Garret, Elyra und Argor machen sich zum ersten Mal mit unterschiedlichen Aufgaben und getrennt voneinander auf den Weg, um das Ihre dazu beizutragen. Und Stück für Stück erfährt dabei jeder von ihnen, was ihre Vorfahren vor Jahrhunderten wirklich angerichtet haben und dass auch die Geschichte ihres Agressors Belior und die ihrer Helferin Meliande vom Silbermond eng damit zusammenhängt …

Richard Schwartz, geboren 1958 in Frankfurt, hat eine Ausbildung als Flugzeugmechaniker und ein Studium der Elektrotechnik und Informatik absolviert. Er arbeitete als Tankwart, Postfahrer und Systemprogrammierer und restauriert Autos und Motorräder. Am liebsten widmet er sich jedoch fantastischen Welten, die er in der Nacht zu Papier bringt – mit großem Erfolg: Seine Reihe um »Das Geheimnis von Askir« wurde mehrfach für den Deutschen Phantastik Preis nominiert. Zuletzt erschienen seine Sagas um »Die Götterkriege« sowie »Die Lytar-Chronik«.

Richard Schwartz

Das Erbe des Greifen

Die Lytar-Chronik 2

PIPER
München Berlin Zürich

Entdecke die Welt der Piper Fantasy:

Piper Fantasy.de

Dieser Roman, zuvor erschienen als »Das Erbe des Greifen« von Carl A. DeWitt, liegt erstmals in der ungekürzten und vollständig überarbeiteten Fassung vor.

Von Richard Schwartz liegen bei Piper vor:
Das Erste Horn. Das Geheimnis von Askir 1
Die Zweite Legion. Das Geheimnis von Askir 2
Das Auge der Wüste. Das Geheimnis von Askir 3
Der Herr der Puppen. Das Geheimnis von Askir 4
Die Feuerinseln. Das Geheimnis von Askir 5
Die Eule von Askir. Das Geheimnis von Askir 6
Der Kronrat. Das Geheimnis von Askir 7
Askir. Die komplette Saga 1
Askir. Die komplette Saga 2
Askir. Die komplette Saga 3
Die Rose von Illian. Die Götterkriege 1
Die Weiße Flamme. Die Götterkriege 2
Das blutige Land. Die Götterkriege 3
Die Festung der Titanen. Die Götterkriege 4
Die Macht der Alten. Die Götterkriege 5
Der Wanderer. Die Götterkriege 6
Der Inquisitor von Askir
Der Falke von Aryn
Die Krone von Lytar. Die Lytar-Chronik 1
Das Erbe des Greifen. Die Lytar-Chronik 2

MIX
Papier aus verantwortungsvollen Quellen
FSC® C083411

Originalausgabe
Juni 2016

Umschlaggestaltung: Guter Punkt, München
Umschlagabbildung: Guter Punkt, München unter Verwendung eines Motivs von Anton Kokarev
Satz: Satz für Satz, Wangen im Allgäu
Druck und Bindung: CPI books GmbH, Leck
Printed in Germany ISBN 978-3-492-28052-5

Prolog

Als Lamar di Aggio, Gesandter des Reiches und Mitglied des Ordens von Seral, an diesem Morgen die Augen öffnete, bereute er es sofort. Die Nacht zuvor war lang gewesen, der Wein überreichlich geflossen, obwohl einer der besten, den er je getrunken hatte. Sein Kopf pochte, die Sonne schien ihm durch die Schlitze des Fensterladens direkt ins Gesicht und es war zu still. Für einen langen Moment wusste er nicht, wo er sich befand. Hier polterten keine Kutschen über die Pflastersteine, wurden keine Waren lautstark angepriesen.

Lytara. Er befand sich in Lytara, einem Dorf, dessen Namen er vor wenigen Wochen nicht einmal gekannt hatte. Schwerfällig erhob sich Lamar von seinem Lager und gähnte, tappte verschlafen zu dem Waschstand hin und tunkte den Kopf in die Waschschüssel. Er wischte sich das Wasser aus dem Gesicht und gähnte erneut. Seit drei Tagen lauschte er einem verschrobenen alten Mann, der hier im Gasthaus eine lange Geschichte erzählte, von der Lamar noch nie zuvor etwas vernommen hatte. Eine Geschichte von der Wiedergeburt eines untergegangenen Reichs, einem Zwist der Götter und einem Krieg, den es nie gegeben hatte.

Und dennoch … es hatte einst einen Kanzler mit Namen Belior gegeben und einen Prinzen, der zu jung gewesen war, um zu regieren. Es gab diese zerstörte Stadt weit südlich der Kronstadt von Thyrmantor, vor allem gab es noch immer den Drachen Nestrok, der auch heute noch dem Paladin des Reiches diente. Wenn Lamar in die Kronstadt zurückkehrte, sollte er vielleicht den Mut aufbringen, Sera Sineale aufzusuchen und sie zu fragen, was ihr Drache von alledem noch wusste. Doch es waren die Worte des Prinzen selbst, die ihn am meisten ins Grübeln brachten. Sein Cousin, Prinz Teris.

Cousin war irreführend, denn die Bezeichnung war nichts weiter als eine Höflichkeit, um den Umstand zu vertuschen, dass Lamar im falschen Laken gezeugt worden war. Zum einen verkehrte der Prinz in anderen Kreisen als er, der sich eher als Gelehrter denn als Krieger verstand, zum anderen wusste Lamar nur zu gut, dass der Prinz ihn nicht ausstehen konnte. Als er damals mit schlotternden Knien an den Königshof gekommen war, stand der Prinz schon da und sah verächtlich auf Lamar herab. Ist man sechs Jahre alt, trifft es einen, wenn die Person, die man aus der Ferne bewundert hatte, einen als »Eine Unachtsamkeit meines Vaters« vorstellte. Bis zum heutigen Tage hatte der Prinz sich nicht die Mühe gemacht, sich Lamars Namen zu merken.

In den folgenden Jahren hatten sie wenig miteinander zu tun gehabt, bis in einer Nacht ein königlicher Bote ihn aus dem Bett geholt hatte, um ihn davon zu unterrichten, dass der Prinz ihn zu sehen wünschte. Während des Morgens danach und den größten Teil des Tages war Lamar zu Pferd unterwegs gewesen, um den Prinzen in seinem Sommerpalast aufzusuchen. Kaum angekommen, wurde er sofort zu ihm bestellt.

Schlank, wohlgestalt, mit pechschwarzen Haaren, dunklen Augen und einem sinnlichen Mund, war er der Liebling des Hofes, vor allem die Weiblichkeit war ihm zugetan. Drei Dutzend und acht Jahre alt, war er ein Kriegspferd, das an seinem Geschirr zerrte. Seit Jahren lag sein Vater, der König, krank danieder, doch noch immer hielt er an dem Leben und der Krone fest. Sein Körper mochte ihn im Stich gelassen haben, doch sein Geist war noch so wach wie eh und je. Doch jeder im Königreich wusste, dass es bald mit ihm zu Ende gehen würde.

»Cousin«, hatte der Prinz damals ohne Umschweife begonnen, als Lamar vor ihm auf die Knie ging. »Ihr müsst mir helfen.«

»Jawohl, Hoheit«, hatte Lamar geantwortet. Er war vom Reiten erschöpft gewesen, sein Knie tat weh, er war durstig, es wäre ihm lieber gewesen, hätte er sich nach dem Ritt erfrischen können. Der Prinz indes war für seine Geduld nicht sonderlich bekannt.

»Gestern kam eine dieser Priesterinnen Mistrals zu mir. Sie besaß die Unverschämtheit, mich in meinem Schlafgemach aufzusuchen, und forderte zudem, dass ich ihr meine Aufmerksamkeit unter vier Augen gewähren sollte.« Der Prinz war ruhelos zu einer Anrichte gegangen, wo er sich großzügig einen Wein einschenkte, um dann seiner Verärgerung weiter Ausdruck zu verleihen. »Dass die Priesterschaft zur königlichen Familie einfach so Zugang erhält, war schon immer etwas, das mich störte. Ihr könnt Euch gar nicht vorstellen, wie herablassend sie mich ansah.«

Lamar hatte sich gehütet, dazu Stellung zu nehmen, kniete weiter und hörte zu.

»Sie teilte mir mit, dass es mit dem König zu Ende ginge. Nun müsse man Vorbereitungen für die Krönung treffen. Das war indessen noch der angenehme Part der Nachricht. Jetzt aber teilte sie mir mit, es wäre Tradition, dass der Prinz vor seiner Krönung eine Art Pilgerfahrt zu unternehmen hätte. Er habe ein Dorf im Süden aufzusuchen, eines, das sich Lytara nennt, und dort nach der Krone von Lytar zu fragen. Alles Weitere würde sich ergeben. Ich teilte ihr mit, dass ich für solches keine Zeit hätte. Wie ihr selbst sehen könnt, Cousin Kebel, erwarte ich Gäste.«

»Lamar, Hoheit. Mein Name ist Lamar«, hatte es Lamar gewagt, den Prinzen zu verbessern.

Dieser hatte ihm einen stechenden Blick zugeworfen. »Ich mag es nicht, unterbrochen zu werden, Cousin. Hört zu, dann bringen wir dies schnell zum Ende. Also, diese Priesterin sah über ihre lange Nase auf mich herab und teilte mir mit, dass ich durchaus darauf verzichten könnte, wenn es mir derart wichtig wäre, bräuchte ich nur ein anderes Mitglied der königlichen Familie dorthin zu schicken. Damit erdreistete sie sich, mir den Rücken zuzukehren, und ging ohne ein weiteres Wort davon. Wahrlich, die Arroganz mancher dieser Priesterinnen ist einfach unerträglich.«

Der Prinz nahm einen tiefen Schluck. »Diese eine war fast so unerträglich wie die Sera Sineale, die immer gerne darauf beharrt, der Paladin meines Vaters zu sein und nicht der meine! Ich schwöre Euch, Cousin, die Frau kann mich nicht leiden!«

Auch hierzu hatte sich Lamar jeden Kommentar gespart. Dem Gerücht nach war die Geschichte wenig rühmlich für den Prinzen gewesen, es hieß, er habe ihr ein eindeutiges Angebot unterbreitet, woraufhin sie ihn ausgelacht habe.

»Wie auch immer«, hatte der Prinz den Faden wieder aufgenommen. »Ihr seid mit mir verwandt, also werdet Ihr Euch dorthin begeben und nach dieser Krone fragen. Lasst sie Euch aushändigen und bringt sie mir. Einfach genug. Ihr dürft Euch entfernen.«

Mühsam hatte sich Lamar erhoben, seit einem Sturz neigte sein rechtes Knie dazu, schnell zu schmerzen. »Eines noch«, hatte der Prinz hinzugefügt, während er sich vom Wein nachschenkte. »Die Greifenlande sind tiefste Provinz, weit im Süden gelegen. Die Leute dort sind eigen-

brötlerisch, zeigen wenig Respekt vor dem Adel und besitzen nur wenige Manieren. Ein unzivilisiertes Pack. Wundert Euch also nicht, wenn man Euch im Kuhstall schlafen lässt.«

Mit diesen Worten war Lamar endgültig entlassen gewesen.

Während sich Lamar ankleidete, sah er sich in dem großzügig ausgestatteten Raum um. Dieser war sauber und gepflegt, nur gab es keine polierten Möbel, auch die Brokattapeten konnte man vermissen, und die Seife neben der Waschschüssel roch nur leicht nach Rosen. Bislang hatte er hier nicht einen einzigen Menschen gesehen, der eine Perücke trug, und wenn die Leute sich unterhielten, verzichteten sie darauf, sich über den neuesten Klatsch bei Hofe die Mäuler zu zerreißen. Lamar zog sein Hemd zurecht und erlaubte sich ein kleines Lächeln. Wie der Prinz schon sagte, ein unzivilisiertes Pack! Als er die Treppe zum Gastraum hinunterstieg, kam ihm ein kleines Mädchen entgegen und strahlte ihn an. »Guten Morgen und der Göttin Gnade mit Euch, Lamar«, rief sie fröhlich und mit blitzenden Augen. Sie griff nach seiner Hand und zog ihn fast hinter sich her. »Wir warten alle schon darauf, dass Ihr kommt, Großvater sagt, er würde nicht weitererzählen, bevor Ihr nicht da seid!«

»Auch Euch einen guten Morgen, Saana«, antwortete Lamar, dem es schien, als habe alleine schon das Lächeln des jungen Mädchens den größten Teil seines Kopfschmerzes genommen. »Erlaubt Ihr mir, zuerst mein Frühstück zu mir zu nehmen?«

»Warum nicht?«, lachte Saana. »Er kann ja erzählen, während Ihr speist.« Sie stieß die Tür zur Gaststube auf. »Er ist da! Großvater, wie ging es weiter?«

Wie bereits am Vortag war der Gastraum voll, es herrschte eine beinahe festliche Stimmung. Der große Raum bot vielen Leuten Platz und fast jeder Tisch war gut gefüllt, nur an einem, in der Mitte des Raumes, stand ein freier Stuhl für ihn. Der grauhaarige Geschichtenerzähler unterhielt sich gerade mit einer jungen Frau, die lächelnd aufsah, als Saanas Stimme ertönte.

»Dort ist sie!«, sagte der alte Mann lächelnd. »Sie ist uns also nicht verloren gegangen!«

»Ich habe Lamar wecken wollen, Mama«, teilte Saana den im Gastraum Versammelten fröhlich mit. »Aber er war schon wach!« Freundliches

Gelächter empfing Lamar, und auch wenn er einige Gesichter sah, die ihn seltsam prüfend musterten, blickten ihm doch die meisten mit einem aufgeräumten Lächeln entgegen. Am Anfang war dies anders gewesen, da war ihm ein jeder hier fremd erschienen. Doch jetzt, nachdem sie alle schon drei Tage lang der Geschichte des alten Mannes gelauscht hatten, hatte sich das geändert, hier und da erhielt Lamar sogar ein wohlgesinntes Nicken zur Begrüßung, und der Wirt selbst zog ihm mit einem breiten Grinsen den Stuhl heraus.

»Frische Eier, gerösteten Speck und der Tee, der Euch so gut geschmeckt hat, Ser«, teilte ihm der Wirt zuvorkommend mit. »Ich hoffe, es schmeckt Euch weiterhin … der Segen der Göttin Euch und diesem Mahl.«

»Guten Morgen, Ser! Ihr solltet wirklich zugreifen«, meinte der alte Mann und brach sich einen Kanten frischen Brots ab. »Es ist gut und Ihr solltet nicht zu lange zögern, denn heute Morgen habe ich einen mächtigen Appetit!«

Eines war sicher, hier in Lytara nahmen die Leute ihre Geschichtenerzähler ernst.

Nicht ein einziges Mal hatte der alte Mann für seinen Wein und das Essen zahlen müssen, und auch jetzt war der Tisch noch reichlich gedeckt, auch wenn der alte Mann sich schon deutlich an den Eiern und dem Schinken gütlich getan hatte.

Vor wenigen Tagen noch hätte sich Lamar brüskiert gefühlt, doch jetzt lächelte er nur und nahm sich selbst ein Stück des Brots. Er griff nach dem Buttertiegel und hielt inne. In den letzten Tagen hatte er sich daran gewöhnt, dass ihm ein großer Teil der Aufmerksamkeit der Leute hier galt, doch jetzt schien es ihm, als würden sie etwas von ihm erwarten. Auch der alte Mann sah ihn abwartend an.

»Mistrals Segen für dieses Mahl«, bat Lamar nach kurzem Zögern. Offenbar hatte er die richtigen Worte gefunden, denn hier und da nickten die Leute zustimmend und ihr Lächeln wurde offener.

»Können wir jetzt weitermachen?«, fragte Saana aufgeregt. »Was ist denn jetzt mit Argor und Knorre geschehen?«

»Immer langsam«, lachte der Geschichtenerzähler. »Lass doch Ser Lamar erst zur Ruhe kommen.«

»An mir soll es nicht liegen«, lächelte Lamar und tropfte Honig auf sein Brot. »Ich bin genauso gespannt wie die junge Sera hier!« Er zwin-

kerte ihr zu und sie lachte. Es war seltsam, dachte Lamar, aber es konnte gut sein, dass Prinz Teris ihm zum ersten Mal in seinem Leben einen Gefallen getan hatte, indem er ihn hierher geschickt hatte.

»Nun«, begann der alte Mann. »Gestern erzählte ich, wie Argor, der Sohn unseres Radmachers Ralik, und Knorre, der Arteficier, ihr eigenes Leben nicht achtend, den alten Staudamm zum Bersten brachten und die Truppen des Grafen Lindor in die See spülten. Zugleich aber, und das sollte sich als um vieles wichtiger erweisen, nahmen sie auch der Verderbnis, die so lange die alte Stadt verseuchte, die Macht.

Wie so oft, wenn Tragisches geschieht, nahm das Wetter keine Rücksicht darauf, denn der Morgen des nächsten Tages versprach einen blauen Himmel und am Himmel kreisten die Möwen … Niemand vermochte indessen, dies als gutes Omen zu sehen. Waren die Möwen doch gekommen, weil ihnen auf dem Platz vor der alten Börse ein überreichliches Mahl geboten wurde …«

»Hat jemand Brotkrumen verteilt?«, fragte Saana neugierig.

»Nicht ganz«, sagte der alte Mann und hob sie auf sein Knie. »Es gab nur viel für sie zum Essen.« Für einen Moment verdüsterte sich sein Gesicht, aber dann lächelte er wieder, als seine Enkelin sich an seinem Wams verkrallte, um sich bequemer auf sein Bein zu setzen. »Und was ist nun mit Argor und Knorre?«, fragte sie.

»Gleich«, lächelte der alte Mann. »Hab etwas Geduld, Prinzessin, denn die Geschichte fängt nun mal an diesem Morgen in der alten Stadt an. Durch Argors und Knorres Tapferkeit hatte die Nacht einen großen Sieg gebracht, doch als die Sonne aufging, war der Preis dafür überdeutlich zu sehen.« Er zögerte etwas und sah zu Saanas Mutter hin.

Diese nickte. »Sie wird es wissen wollen«, sagte sie leise.

»Gut«, fuhr der alte Mann fort. »Am nächsten Morgen also gingen Meister Pulver, unser Alchemist, und Ralik, unser Radmacher, Argors Vater, von der Anhöhe, auf der wir unser Lager aufgeschlagen hatten, hinunter zu dem großen Platz vor der Börse, um sich ein Bild von der Lage zu machen …«

1 Der Preis des Krieges

»Wir müssen sie verbrennen«, sagte Ralik Hammerfaust mit einer Stimme so rau wie berstender Fels. Er hob den schweren Kriegshammer, der noch vor wenigen Tagen der ganze Stolz seines Sohnes Argor gewesen war, und ließ den Hammerkopf mit einem metallenen Scheppern in die gepanzerte linke Hand fallen. »Wenn wir das Geschmeiß nicht entsorgen, bringen sie uns noch eine Seuche.«

Pulver sah besorgt auf seinen alten Freund herab. Der schlanke, fast schlaksige Alchemist und der breitschultrige Zwerg waren ein ungleiches Paar und doch seit Langem befreundet. So wie jetzt hatte Pulver den stämmigen Zwerg jedoch noch nie erlebt.

Ralik trug einen schweren Helm mit verstärktem Kinnschutz, dieser und der kräftige, dunkelblonde Bart machten es fast unmöglich, die Miene des Radmachers zu lesen. Die grauen Augen, im Schatten des Helmrands nur schwer zu erahnen, waren hart wie polierte Flusskiesel.

»Sie sind erst seit gestern tot, Ralik«, gab Pulver bedächtig zurück. »Es hat noch etwas Zeit. Findest du nicht, dass du vielleicht besser …«

»Was denkst du dir, alter Freund«, unterbrach ihn der Zwerg und sah zu Pulver hoch. »Soll ich zu Elyra gehen und vor ihr weinen? Soll ich mir den Bart zerraufen und meinen Schmerz in die Welt hinausschreien? Meinst du, dies wäre sinnvoll?« Er schüttelte langsam und unerbittlich den Kopf. »Ich werde genug Zeit zum Trauern haben, wenn dies hier getan ist.« Mit einer abrupten Geste hob er den Hammer und zeigte mit dem matt glänzenden Stahlkopf auf den mit Schlamm, Geröll und Toten bedeckten Platz vor ihnen. »Sie liegen hier und werden verrotten. Aber jeder Einzelne von ihnen hat etwas, das wir brauchen.«

Pulver sah hoch zu dem geborstenen Damm links von ihnen. Seit Jahrhunderten schon war er geborsten, doch gestern Nacht hatte der Sohn des Radmachers zusammen mit einem anderen Mann, einem Arteficier namens Knorre, den Pulver gerne kennengelernt hätte, den Damm gänzlich zum Bersten gebracht. Was von dem Damm noch stand, sah aus, als habe ein Riese mit einem Hammer darauf eingeschlagen. Eine breite Spur der Zerstörung führte von dem Damm über den alten Platz hinaus in die See, wo sich einst der Hafen der alten Stadt befunden hatte. Nur ein paar schiefe Masten zeugten noch von den mächtigen Schiffen, die hier vor Kurzem noch vor Anker gelegen hatten.

So groß war die Wucht der Wassermassen gewesen, dass sie sogar die tonnenschweren Steinblöcke, aus denen der Damm einst errichtet worden war, weit vor sich hergetragen hatte. Einer dieser Blöcke hatte es sogar fast bis zu den mächtigen Toren der alten Börse getragen, die als einziges Gebäude noch stand.

Achtlos, wie Puppen hier und dort verstreut, lagen die Toten Beliors auf dem Platz, bedeckt von einer dünnen Schlammschicht, die jedoch nicht ausreichte, um die Gesichtszüge der Toten zu verbergen. Seit dem Morgen waren Leute aus dem Dorf und gut zwei Dutzend der Söldner, die sich Lytara in ihrem aussichtslosen Kampf angeschlossen hatten, dabei, die Toten von Waffen und Rüstungen zu befreien.

Alles, was verwertbar war, kam auf einen von Hernuls großen Wagen, die Toten selbst wurden nahe dem Hafenrand auf einen großen Haufen geworfen, der stündlich höher wuchs. Noch roch es hier nach Wasser, Schlamm und salziger Seeluft, doch es war Sommer, lange würde es gewiss nicht dauern, bis der Geruch des Todes allgegenwärtig war.

»Ich weiß, Ralik, aber …«, begann Pulver, doch der Zwerg ignorierte ihn.

Mit schweren Schritten stampfte Ralik voran und blieb vor einem der toten Soldaten stehen. Eine Krähe hüpfte zur Seite und sah den Zwerg protestierend an, dann wandte sie sich einem anderen Opfer zu, es gab ja genug von ihnen. Ralik bückte sich und griff den Gefallenen am Arm, drehte ihn auf den Rücken. Der Schlamm hatte sich wie eine Maske über das Gesicht des Toten gelegt, unmöglich zu erkennen, ob der Mann jung oder alt gewesen war. Pulver war froh darum. In den letzten Tagen hatte er mehr als genug vom Tod gesehen.

»Die meisten von ihnen wird es in die See hinausgespült haben«, bemerkte der Zwerg nun und ließ den Arm des Toten los, der nur langsam herabsank, die Leichenstarre hatte sich noch nicht ganz wieder gelöst. »Es bleiben dennoch Hunderte.« Er sah auf den toten Soldaten herab. »Schau, wie gut er gerüstet ist«, sagte er dann. »Wir brauchen diese Rüstungen und Waffen. Wir haben zu wenig davon.« Er blickte zu Pulver. »Du brauchst auch eine. Deine Lederjacke dürfte wohl kaum ein tauglicher Schutz gegen einen Schwertstreich darstellen.«

»Ich habe nicht vor, einem Schwert im Weg zu stehen«, sagte Pulver sanft. »Niemand widerspricht dir, Ralik. Wir wissen alle, dass es getan werden muss. Nur nicht jetzt, nicht heute. Nicht von dir.« Er sah zum Horizont, wo die Sonne nur noch einen Finger breit über dem bleiernen Meer stand. »Es wird bald dunkel, Freund Ralik. Wir brauchen deine Weisheit im Rat, dort bewirkst du mehr, als wenn du hier Leichen plünderst.«

Die buschigen Augenbrauen des Radmachers zogen sich unter seinem Helm zusammen. »Was erwartest du von mir, Pulver? Dass ich dem Rat Mut mache? Dass ich mich hinstelle und ihnen sage, was für ein glorreicher Sieg dies war?«

»Aber es war ein Sieg. Ein wichtiger Sieg«, entgegnete Pulver leise. »Wenn dein Sohn nicht …«

Doch der Zwerg hörte nicht zu, sah nur über den schlammbedeckten Platz vor ihm. »Er ist hier irgendwo«, sagte Ralik dann rau und griff seinen Hammer fester. Er sah zu Pulver hoch. »Geh vor, Freund. Ich komme nach, wenn ich ihn gefunden habe.«

»Der Preis des Krieges«, meinte Lamar nachdenklich.

»In der Tat«, nickte der alte Mann und nahm einen tiefen Schluck von seinem Tee. »Selbst ein Sieg kann bitter sein.«

»Er suchte dort also seinen Sohn. Das muss für Ralik schwer gewesen sein. Wo hat er ihn gefunden?«

»Er fand ihn nicht«, erklärte der Geschichtenerzähler. »Es sollte noch länger dauern, bis er die frohe Kunde erhielt.«

»Er hat lange gedacht, Argor wäre tot?«, fragte Saana traurig.

»Ja, Prinzessin.«

»Hat er viel geweint?«

Der alte Mann nickte. »Ich bin mir sicher, dass er es tat«, meinte er dann. »Nur war er stolz und wollte nicht andere mit seinem Schmerz belasten. Ralik war ein tapferer Mann, doch eine solche Prüfung ist für jeden Vater zu hart.«

»Aber Argor lebt noch, nicht wahr?«, fragte Saana ungeduldig. »Ich will jetzt nichts mehr von den Toten hören! Erzähl von Argor und Knorre!« Sie zog am grauen Haar des alten Mannes. »Bitte! Ich mag Knorre, er ist verrückt!«

»Na, wenn das so ist …«, lachte der Großvater. »Erinnerst du dich noch, was Argor sah, als das Wasser über ihn stieg?«

»Ein Licht«, lachte Saana. »Und jemand reichte ihm die Hand! Wer war es denn?«

»Hast du dir das nicht denken können?«, schmunzelte der alte Mann.

»Es war bestimmt Knorre!«, meinte Saana überzeugt. »Oder die Frau vom Brunnen.«

»Wie kommst du denn darauf?«, fragte der alte Mann überrascht.

»Nur so«, antwortete Saana. »Was war jetzt mit Argor und Knorre?«

»Nun«, begann der Geschichtenerzähler. »So eine mächtige Magie, die in einem tiefen Wasser Zwerge retten kann, ist nicht alltäglich. Zudem darf man nicht vergessen, dass es eine alte Magie war … und nicht dafür gemacht. Dennoch wirkte sie, doch nicht ganz so, wie man es sich hätte erhoffen können.« Er lachte. »Es kommt noch dazu, dass Argor das Wasser nie sonderlich leiden konnte …«

2 Stein, Wasser und Magie

Als Argor erwachte, dachte er, seine Lungen beständen aus flüssigem Feuer. Würgend und hustend krampfte er sich zusammen, zog mit Mühe und Not gerade genug Luft ein, um atmen zu können, während seine Lungen gegen jeden Atemzug protestierten und sein Herz raste, als wäre er zehn Wegstunden ohne Unterlass bergauf gerannt.

Neben ihm wälzte sich hustend und spuckend Knorre, immer noch seinen weißen Stab in der Hand. Elmsfeuer liefen von dem Stab über Knorre, den jungen Zwerg und den halb zerfallenen Raum, in dem sie sich wiederfanden. In der Ferne hörte Argor jemanden schreien, nur im Moment war es ihm herzlich egal, sein Magen hob sich und er hustete zugleich mit seiner armen Seele auch noch einen neuen Schwall Wasser heraus.

»Wie … Wieso leben wir?«, keuchte er dann und brachte sich mühsam in eine sitzende Position. Der Raum, in dem sich beide befanden, war kreisrund und nicht weniger als sieben Schritt im Durchmesser. Ganz gewiss ein Turmzimmer, das deutlich unter dem Zahn der Zeit gelitten hatte, hier und da fehlte ein Dachziegel, bei vier der sechs Fenster befand sich kein Glas mehr im Rahmen.

Knorre wollte wohl etwas sagen, bekam allerdings erst einmal keinen Ton heraus, als auch ihn ein Hustenanfall erschütterte.

»Magie«, röchelte er dann, »im Stab!«

Das, dachte Argor säuerlich, hätte er sich auch selbst denken können, schließlich tanzte noch immer das Elmsfeuer über Knorres Stab und erlosch nur langsam.

Argors Lungen brannten wie Feuer, immer noch zogen sie sich krampfend zusammen, um den letzten Rest Wasser aus ihm herauszudrücken, und er war derart schwach, dass er nichts weiter tat, als dazusitzen und abzuwarten, ob ihn das Wasser nicht doch noch umbrachte … auf jeden Fall fühlte er sich zum Sterben elend.

Knorre indes hatte sich zur Seite und auf den Bauch gewälzt und begann auf allen vieren durch den Raum zu kriechen, einen Moment sah Argor ihm nur stumpfsinnig dabei zu und fragte sich, was das wohl sollte, dann fiel ihm wieder ein, dass Knorre sich im Staudamm das Bein gebrochen hatte. Damit kam ihm dann auch die ganze Erinnerung wieder. Argor stöhnte leise auf und schloss erschöpft die Augen.

Götter, es war ihm absolut unverständlich, wieso er sich hier befinden konnte, seine letzte Erinnerung war die, wie die Treppe im Schacht weggebrochen war und das Wasser anstieg. Wie er inmitten herabfallender Steine und eines berstenden Damms … gestorben war!

Doch dann erinnerte er sich wieder an den Lichtschein und die harte Hand, die ihn ergriff. Wie auch immer er es bewerkstelligt hatte, es war wohl Knorre, der ihn im letzten Moment mit der Magie seines Stabs aus den Tiefen des alten Staudamms gerettet hatte.

Der hagere Arteficier hatte den weißen Stab in einem Tempel der Mistral in den toten Händen eines Großmeisters der Magie des alten Lytars gefunden und an sich genommen. Doch bereits bei dem Versuch, ihn am Altar der Göttin aufzuladen, war etwas schiefgegangen. Damals wäre Argor beinahe einer sich öffnenden Erdspalte zum Opfer gefallen und selbst jetzt noch war er sich nicht sicher, ob es von Knorre eine gute Idee gewesen war, den Stab an sich zu nehmen. Auf der anderen Seite, dachte der Zwerg und spuckte Wasser aus, lebte er noch, ein wenig versöhnte ihn das durchaus mit der Magie. Dennoch, der Stab war einfach zu mächtig, und selbst Knorre waren die meisten der in den Stab gebundenen Magien unbekannt und unverständlich.

Wenn das hier ausgestanden war und er sich wieder mehr wie er selbst fühlte – und nicht wie etwas, das eine streunende Katze durch eine Pfütze gezogen hatte –, sollte er sich bei Knorre bedanken. Aber nicht, bevor er getrocknet war!

Knorre hatte es zwischenzeitlich vermocht, eines der Fenster zu erreichen, und zog sich gerade am Rahmen hoch, einen Moment sah er hinaus, dann ließ er sich wieder herabsinken und lehnte sich an die Wand unter dem Fenster. Er schien nicht erfreut über das, was er soeben gesehen hatte.

»Und?«, hustete Argor. »Wo sind wir?«

»In Berendall. In der Kronburg von Berendall. In einem alten Turm nahe der Kronburg.« Knorre verzog das Gesicht zu einer Grimasse. »In dem Turm, den die Leute hier den Geisterturm nennen. Und dort unten rennen sie umher wie aufgescheuchte Hühner.« Knorre musste wegen eines Hustenanfalls unterbrechen, es dauerte, bis er mit rauer Stimme weitersprach. »Noch trauen sie sich nicht, hier oben nachzusehen, aber spätestens, wenn einer von Beliors Leuten davon hört, wird sich das ändern.«

Argor sah ihn fassungslos an.

»Berendall? Das ist doch die Hafenstadt im Norden?«, fragte er dann entgeistert. »Wir können nicht dort sein!«

»Ach?«, meinte Knorre. »Und warum nicht?«

»Weil, weil … weil das unmöglich ist!«

»Wenn Ihr es sagt, Freund Zwerg«, meinte Knorre. »Aber vielleicht könntet Ihr so tun, als könnte es so sein. Denn wenn es so wäre, könnte ich nämlich etwas Hilfe gebrauchen.«

»Wobei?«, fragte Argor.

»Uns zu verstecken, wenn jemand die Treppe hinaufkommt … ich habe damit so meine Schwierigkeiten. Mein Bein ist gebrochen!«

Argor blinzelte. »Richtig«, stellte er dann fest. »In der großen Halle des Staudamms ist Euch eine Metallplatte auf das Bein gefallen, ich erinnere mich!«

»Das ist erfreulich«, antwortete Knorre etwas spitz. »Schön, dass es Euch wieder eingefallen ist. Hört Ihr das?«

Argor legte den Kopf schief, in der Ferne waren schwere Schläge und das Geräusch von berstendem Holz zu hören. »Ja. Was tun die da?«

»Sie brechen die Tür zum Turm auf«, erklärte Knorre. »Wenn Ihr Euch jetzt also aufraffen wollt, mir zu helfen, damit wir uns verstecken können, wäre ich Euch dafür dankbar!«

»Ihr wollt, dass wir uns verstecken?«, fragte Argor und sah sich ungläubig um. »Gerne, nur wie? Hier gibt es keine Möglichkeiten dazu!«

»Doch«, widersprach Knorre. »Nur dürfte es Euch wohl kaum gefallen!«

»Also haben sie überlebt!«, rief Saana erfreut. »Das haben sie«, sagte der alte Mann mit einem Lächeln und hob sie kurz hoch, um sie an sich zu drücken, bevor er sie an ihre Mutter zurückgab, die sie zu einem Tisch an der Seite brachte. Saana wäre wohl lieber noch bei ihrem Großvater geblieben, doch diesmal befand die Mutter, dass es genug wäre.

»Sie sind nicht die Einzigen gewesen, die überlebten, nicht wahr?«, fragte Lamar. »Habt Ihr nicht erzählt, dass der Graf Lindor mit seinem Drachen davonflog? Wie ist es ihm ergangen?«

»Nun, auch wenn der Drache sich nicht ganz von dem Pfeil erholt hatte, den ihm Garret Grauvogels Großvater ins Auge schoss, so sind Drachen doch recht zähe Biester. Der Graf selbst wusste auch, dass der Kanzler von Thyrmantor wenig erfreut sein würde. Dennoch zögerte er nicht, zu ihm zurückzufliegen, um ihm Bericht zu erstatten. Dennoch denke ich, dass Lindors Gedanken während des langen Flugs wohl weniger bei Belior verweilten als bei dem Prinzen, dem Belior der Regent war. Als Lindor in der Kronstadt landete, erwartete ihn bereits die Order, beim Kanzler vorstellig zu werden.«

»Der wusste schon davon?«, fragte Lamar überrascht.

»Ja«, antwortete der alte Mann knapp. »Belior wusste vieles, was er nicht hätte wissen dürfen. Aber auch dazu später mehr. Hier kehrte nun also Graf Lindor, der selbst der Vernichtung seiner Regimenter nur knapp entronnen war, zu einem Mann zurück, der wenig Scheu davor zeigte, jemanden wegen nichtigerer Dinge hinrichten zu lassen.«

»Ich kann den Grafen nicht mögen, aber er war wohl ein tapferer Mann«, meinte Lamar nachdenklich.

»Bildet Euch ein eigenes Urteil, Ser«, gab der alte Mann etwas kühler als erwartet zurück. »Was ich nun erzähle, erfuhren wir erst um

vieles später. Ob es sich jedoch wirklich so zugetragen hat, kann ich Euch nicht sagen.« Der alte Mann zuckte die Schultern. »Hört einfach zu ...«

3 Ein neuer Befehl

Belior, Kanzler des mächtigsten Reichs der bekannten Weltenkugel, stand am Fenster seines Arbeitszimmers und sah auf den Rosengarten hinaus, den die Großmutter des Prinzen vor vielen Jahren hatte anlegen lassen. Hinter ihm, auf ein gepanzertes Knie niedergelassen, den Kopf tief gebeugt, erstattete Graf Lindor dem Kanzler Bericht über die Geschehnisse in Lytar. Wie üblich trug der Kanzler eine schmucklose schwarze Hose, Stiefel und Wams, das schwarze, volle Haar war akkurat auf Schulterlänge getrimmt, und als einziges Zeichen seiner Macht lag ihm die schwere goldene Kette auf der Brust, das Zeichen seines Amtes als Kanzler von Thyrmantor.

Ohne auch nur die geringste Regung hörte der Regent zu, wie der Graf die mächtige Welle beschrieb, die seine Truppen in das Meer gespült hatte, nur einmal strich er sich über den sorgsam gestutzten Bart.

Am Ende seines Berichts angelangt, verharrte der Graf und schwieg. Langsam drehte sich Belior um und sah auf den knienden Grafen herab.

»Ihr habt mich erneut bitter enttäuscht«, sagte er in einem kalten Tonfall. »Ich hielt mehr von Euch. So wie es scheint, seid Ihr mir und Eurem Prinzen doch nicht von so viel Nutzen, wie man mir glauben machen wollte … Ihr wisst, was mit jenen geschieht, deren Nutzen mir gering erscheint?«

»Ja, Ser«, sagte Lindor, der damit beschäftigt war, seine Überraschung zu verbergen. Der Graf hatte mit einem Wutanfall Beliors gerechnet, nicht aber mit dieser kühlen Reaktion. Dennoch zweifelte er nicht daran, dass sein Leben nun verwirkt war, und hatte bereits auf dem Weg hierher damit abgeschlossen. Er konnte nur hoffen, dass die Götter ihm gegenüber Gnade walten lassen würden.

Eine Weile schwieg der junge Mann am Fenster.

»Graf Lindor, was soll ich nur mit Euch machen«, sagte er dann in scheinbar bedauerndem Tonfall. »Ihr und Euer Drache habt mir weitaus mehr Sorgen bereitet, als ich es je für tragbar gehalten hätte. Als ich von den Vorfällen hörte, wünschte ich mir nichts mehr als Euren Kopf auf einem Spieß. Wie soll ich Unfähigkeit dulden, wenn es darum geht, die Geschicke der Welt zu ordnen? Zu meiner Überraschung fand sich jedoch ein unerwarteter Fürsprecher, der mich bewog, Euch zu gestatten, Euren Fehler wiedergutzumachen.« Er wartete, doch Lindor regte sich nicht.

»Ihr seid nicht überrascht?«, fragte der Kanzler. »Wollt Ihr nicht wissen, wer Euer Fürsprecher ist?«

»Ja, Herr«, antwortete Lindor und hielt es diesmal für angebracht, zu gleichen Teilen sowohl Angst als auch Hoffnung in seine Stimme zu legen, Futter für die Gier des schlanken Mannes.

»Kommt herein, Kriegsmeister«, sagte Belior nachlässig. Die Tür des Arbeitszimmers öffnete sich mit einem leisen Knarren. »Ihr dürft Euch erheben, Graf«, fügte er hinzu. »Dies geht Euch etwas an.«

Lindor richtete sich schweigend auf. Sein linkes Bein war eingeschlafen, da er so lange gekniet hatte, aber nichts davon zeigte sich in seinem schmalen Gesicht. Dennoch fiel es ihm schwer, sich nichts von seiner Überraschung anmerken zu lassen, denn dort stand der Kriegsmeister vor ihm. Eines jener echsenähnlichen Wesen, die seit einiger Zeit in den Diensten Beliors standen. Das letzte Mal, als er dieses Wesen gesehen hatte, war es gerade von der Sturzflut aus dem Staudamm erfasst worden, um im nächsten Moment an den Steinen der alten Börse zerschmettert zu werden. Dass der Kriegsmeister überlebt hatte, schien ihm gänzlich undenkbar und doch stand das Wesen vor ihm. Lindor meinte sogar, in den unmenschlichen Augen so etwas wie Spott erkennen zu können.

»Euer Herrsscher brauchte nur einen kleinen Hinweiss von mir, um zu ssehen, dass Ihr ihm einen großen Diensst erwiessen habt«, sagte das Wesen, fast ohne zu lispeln. »Schließlich offenbarte sich auf diesse Weisse, wo ssich der Schatz von Lytar befindet ... in den Händen dieser Dorfbewohner! Vielleicht war es sogar die Macht der Krone, die den Staudamm bersten liess, einess ist jedoch ssicher: Diese Menschen aus dem Dorf wissen, wo ssich die Schätze Lytarss befinden. Es ist zu Eurem Vorteil, dass ssie wohl nicht wissen, wie man ssie benutzt, denn nur einer der Kriegsfalken Lytars wurde bisher gessichtet. Doch diess bedeutet auch, dass ess nun nicht mehr vonnöten isst, die alte Stadt zu durchforssten. Ganz gewiss wird man Euch zeigen können, wo ssich die alten Kriegssmaschinen befinden, sso Ihr nur nachdrücklich genug fragt.« Ein zischelndes Geräusch entsprang der Kehle des Kriegsmeisters, es war, wie Lindor nun wusste, nicht mehr als das Lachen des Kronoks. »Hättet Ihr auf meinen Rat mehr Wert gelegt, Graf, und mir die beiden Menschlinge zur Befragung übergeben, wer weiss, vielleicht wäre es nicht nötig gewessen, in Schande zu Eurem Herrn zurückzukehren!«

»Das mag so sein«, antwortete Lindor, als er fühlte, dass eine Antwort von ihm erwartet wurde. »Ich jedoch hege Zweifel daran. Es waren die Blitze eines Gewitters und nicht eine magische Macht, die den Staudamm zerstörten!«

»Oder eine Form der Magie, die weit jenseits dessen liegt, was sich Euer armseliger Geist vorzustellen vermag, Graf«, ergänzte Belior spöttisch. »Nun, wie dem auch sei, es ist vorbei. Neue Aufgaben warten auf Euch, Lindor. Der Kriegsmeister erwähnte mir gegenüber ein kleines Problem, das es zu lösen gilt. Ebenjenes Problem ist Eure Gelegenheit, mir Euren Wert zu beweisen. Es gibt, wie Ihr wohl wisst, nördlich von Lytar eine kleine befestigte Stadt an der Küste. Berendall. Mir scheint, Ihr wäret es selbst gewesen, der mir vor einiger Zeit vorschlug, diese Stadt uns untertan zu machen.« Der Kanzler lächelte in kühler Erheiterung. »Wenn ich mich recht erinnere, nanntet Ihr diesen Marktflecken einen Ort von hoher strategischer Bedeutung und wagtet sogar, mir zwei Mal zu widersprechen, als ich Euch mitteilte, dass das, was ich suchte, nicht dort läge.

Doch jetzt hat sich die Lage geändert, und Ihr werdet mir diesen Marktflecken zu Füßen legen!«

Der Kanzler sah hinüber zu dem Kriegsmeister, der wieder zischelnd lachte.

»Nun, Graf«, meinte die Echse jetzt. »Durch Euer unbedachtes Handeln isst der alte Hafen von Lytar nicht mehr für unssere Schiffe nutzbar. Wäre ess möglich, würde ich mich sselbst um die Befriedung diesser Stadt kümmern, doch ihr Menschen sscheint eine gewisse Abneigung gegen mich und meine Eibrüder zu hegen! Eure Aufgabe wird ssein, den Grafen von Berendall davon zu überzeugen, ssich dem Banner von Thyrmantor zu beugen.«

»Drei Wochen«, sagte Belior nun. »Drei Wochen habt Ihr Zeit, mir zu beweisen, dass Ihr und Eure Bestie imstande seid, eine solch einfache Aufgabe zu lösen. In vier Wochen wird meine Flotte in Berendall eine Armee anlanden, die diese Stadt nehmen oder halten wird, je nachdem, ob man uns die Tore öffnet oder nicht! Eine weitere Woche danach läuft die Flotte ein, die Euch die Truppen bringt, die Ihr benötigt, um diesen Dörflern mein Erbe zu entreißen. Ich rate Euch wohl, den Grafen Torwald von Berendall davon zu überzeugen, dass es in seinem Interesse ist, wenn wir die Tore seiner Stadt weit geöffnet vorfinden und er uns nicht nötigt, sie ihm einzuschlagen!«

Beliors dunkle Augen musterten den Grafen Lindor mit hartem Blick. »Wenn Ihr diesmal wieder versagt, werfe ich Euch Eurem eigenen Drachen zum Fraß vor. Geht mir aus den Augen, Graf!«

»Ja, Herr«, antwortete Graf Lindor und verbeugte sich tief. Rückwärts fand er den Weg zu der schweren Tür des Gemachs, mit einer letzten Verbeugung zog er sie hinter sich zu. Draußen, unter den kalten Blicken der zwei riesigen Kronoks, weitere Wesen aus der Brut des Kriegsmeisters, die diese Tür bewachten, drehte er sich um und ging gemessenen Schrittes davon.

Doch die Gedanken des Grafen überschlugen sich, als er verstand, dass er doch noch leben würde! Solange sein Herz schlug, solange gab es auch noch eine Möglichkeit, einen Weg, eine Gelegenheit, sein Ziel zu erreichen. Jetzt galt es nur, diesen Weg zu finden!

»Also verlor Graf Lindor nicht seinen Kopf«, stellte Lamar fest. »Dieser Graf war wohl genauso zäh wie sein Drache. Ihr wisst, dass Nestrok noch immer lebt?«

»Ja«, antwortete der Geschichtenerzähler. »Aber es ist nicht so, dass sich Garret nicht bemüht hätte, diesen Zustand zu ändern. Ihr werdet dazu später noch mehr erfahren.«

»Hhm«, meinte Lamar. »Ich muss mich da wohl etwas in Geduld üben. Dennoch, es wird interessant. Jetzt also hatte Lindor den Auftrag, Berendall einzunehmen. Auch wenn Kanzler Belior nur spöttische Worte für den Grafen fand, scheint es mir doch, als ginge der Kanzler davon aus, dass Graf Lindor damit kein Problem haben würde.«

»Ihr vergesst den Kriegsmeister«, sagte der alte Mann. »Diese Kreatur war dazu geboren, hinterhältige Pläne zu schmieden … manche Strategien erscheinen einem einfach, aber nur, weil man das Spiel, das sich hinter dem Spiel verbirgt, nicht sieht. Ihr habt indessen recht, gut sah es für den Grafen von Berendall wahrlich nicht aus. Auf der anderen Seite hatte er bereits Hilfe erhalten, von der selbst er noch nichts wissen konnte …«

4 Bein und Stein

Nachdem die Stadtwachen das alte Turmzimmer durchsucht hatten und wieder gegangen waren, ließ Argor den Arteficier langsam durch das Dach zurück auf den Boden des Turmzimmers herab. Als unter Argors Bauch das alte Gebälk knarrte, erstarrte der junge Zwerg und kniff die Augen zusammen.

»Ihr könnt mich loslassen«, schlug Knorre leicht belustigt vor. »Es ist nur noch eine Handbreit!«

Argor zwang sich, nach unten zu sehen, stellte fest, dass der Arteficier recht hatte, und ließ ihn erleichtert los. Knorre landete mit einem unterdrückten Schmerzenslaut auf seinem gesunden Bein und humpelte zur Seite. Er sah durch das Loch im Dach hinauf zu dem Zwerg, der noch immer auf den alten Dachziegeln lag und nicht die geringsten Anstalten machte, sich zu bewegen.

»Ihr solltet vielleicht selbst herunterkommen, Freund Argor«, schlug Knorre vor. »Nur die Göttin weiß, wie lange diese alten Balken Euer Gewicht noch tragen werden.«

»Musstet Ihr mir das so überdeutlich sagen?«, beschwerte sich der Zwerg. »Ich würde lieber hierbleiben!«

»Dort oben auf dem Dach? Ihr könntet abrutschen und über den Rand fallen, es ist ein weiter Weg nach unten!«

»Danke, dass Ihr mir solchen Mut zusprecht!«, knurrte Argor, doch Knorres Äußerungen waren ihm Antrieb genug, jetzt auch selbst langsam und vorsichtig durch das Loch herunterzuklettern und sich dann herabzulassen, bis er mit ausgestreckten Armen an dem alten Dachbalken hing, seine Füße gut anderthalb Schritt über dem Boden des Turmzimmers.

So verblieb er.

»Wollt Ihr den ganzen Tag dort hängen bleiben?«, fragte Knorre offenkundig erheitert. »Ihr könnt loslassen, es ist kaum mehr als die Höhe eines Tisches. Ihr habt den größten Teil bereits geschafft!«

»Das weiß ich«, presste Argor zwischen seinen Zähnen hervor. »Ich sehe es ja auch!«

»Aber?«, fragte Knorre und humpelte zu einem der besser erhaltenen Stühle hin, um sich mit schmerzverzerrtem Gesicht auf diesem niederzulassen. Durch den Treppenaufgang hörten sie entfernte Stimmen, als die Soldaten dem Hauptmann Bericht erstatteten. »Was hindert Euch?«

»Ich kann nicht«, antwortete Argor knirschend. »Ich will ja, aber meine Hände öffnen sich nicht!«

Knorre warf dem baumelnden Zwerg einen zweifelnden Blick zu, während er seinen Dolch zog. »Es ist einfach«, sagte er. »Ihr müsst nur loslassen.«

»Ihr seid kein Zwerg«, knirschte Argor. »Ihr versteht das nicht. Wir sind zu weit oben, nicht unter der Erde, wo ich hingehöre!«

»Wenn Ihr unter der Erde an einem Spalt über einer unterirdischen Schlucht hängen würdet, wäre dies kein Problem für Euch?«, fragte Knorre neugierig und musterte, mit dem Dolch in der Hand, skeptisch den stabilen Stiefel an seinem linken Fuß.

»Nein, dann wäre es kein Problem!«, knurrte Argor und warf dem hageren Mann einen bösen Blick zu. »Erheitert Ihr Euch über mich?«

»Nur ein wenig«, antwortete Knorre und zog scharf die Luft ein, als selbst die scharfe Klinge seines Dolches Mühe hatte, das zähe Leder des Stiefels zu zerschneiden. »Stellt Euch doch einfach vor, der Turm wäre unter der Erde.«

»Wäre er unter der Erde, wäre es kein Turm; sondern ein Keller!«, stellte Argor erzürnt fest und warf dem hageren Mann einen wütenden Blick zu.

»Nun, wenn dies ein Keller wäre, könntet Ihr dann loslassen?«

»Bei den Göttern, natürlich könnte ich das!«, fluchte Argor. »Haltet Ihr mich für dumm?«

»Nein«, sagte Knorre und sah zu Argor hoch. »Ihr seid einer

der mutigsten Männer, die ich jemals kennengelernt habe.« Er runzelte die Stirn. »Ich verstehe es nur nicht. Der Boden ist nicht tiefer unter Euren Füßen, als wenn Ihr in einem Keller hängen würdet. Und irgendwie ist so ein Turmzimmer auch etwas wie ein Keller. Zu beiden führen Treppen hin … nur ist ein Turm etwas höher.«

»Etwas?«, knirschte Argor und sah empört zu Knorre hinüber.

»Für einen Riesen wäre es wohl wenig Unterschied«, vermutete dieser.

»Götter«, rief Argor. »Ich gebe auf, bevor Ihr mich noch wahnsinnig macht!« Er ließ los und landete hart genug, dass der Boden vibrierte und Staub und eine morsche Dachschindel auf sie herunterregneten.

»Wie kann man nur einen Turm mit einem Keller vergleichen!«, beschwerte er sich, als er sich aufrichtete und sich die Hände abklopfte.

»Wie Ihr seht, war es möglich!«, antwortete Knorre gepresst, während er vorsichtig das Leder seines Stiefels aufklappte und dann hart schluckte.

»Ist es schlimm?«, fragte Argor.

»Schlimm genug, dass ich mir überlege, ob ich nicht doch besser ohnmächtig werde«, antwortete Knorre mit einem schiefen Grinsen. Er sah auf sein Bein hinab, der dicke Wollstrumpf glänzte blutig. Unter dem Stoff zeichnete sich eine Erhebung ab, die dort ganz gewiss nicht hingehörte.

Argor streckte die Hand aus. »Lasst mich das machen.«

Dankbar reichte Knorre Argor den Dolch. Der junge Zwerg kniete sich vor den Arteficier, hob dessen Bein vorsichtig an und schnitt den Strumpf auf. Sie waren beide bis auf die Knochen durchnässt, doch von Knorre tropfte das Wasser rot auf die alten Bodendielen.

Sorgsam schnitt Argor an der Seite entlang, dann löste er den aufgeschnittenen Strumpf langsam ab. Entsetzt hielt er inne, als er den weißen Knochen sah. Dann atmete er tief ein und hob den Rest des Strumpfes von der Wunde ab.

»Ich glaube, mir wird schlecht«, flüsterte Knorre. Das Gesicht des Arteficiers war bleich, Schweißperlen standen auf seiner Stirn, seine Hände waren mit weißen Knöcheln in die Lehnen des alten Stuhls gekrallt.

»Wie konntet Ihr damit nur gehen?«, fragte Argor beeindruckt.

»Fragt mich das ein anderes Mal«, antwortete Knorre gepresst. Fasziniert blickte er auf das Stück bleichen Knochen, das bestimmt zwei Finger breit aus der Haut herausstand.

»Ihr müsst damit zu einem Heiler. Und bald, bevor es schwärt und man Euch den Fuß abnehmen muss.«

»Da einhundertundzwölf Stufen vor mir liegen, trifft es sich gut, dass ich selbst ein Heiler bin«, antwortete Knorre und zog scharf die Luft ein, als er den Knochen vorsichtig betastete.

»Einhundertundzwölf? Woher wollt Ihr das wissen?«

»Ich kenne den Turm«, antwortete Knorre, während er sich suchend umsah. »Ihr wisst, dass ich Artefakte suche. Diesem Turm hier sagt man nach, dass er magisch sei und verflucht. Er stammt noch aus den Tagen Lytars und angeblich befinden sich hier zwei legendäre magische Artefakte aus jener Zeit. Unermesslich wertvoll sollen sie sein, alle beide. Vielleicht, hieß es, sogar noch anderes. Die Mauern sind dick, also dachte ich, es könnte etwas hier versteckt sein.«

»Habt Ihr etwas gefunden?«

»Der Stuhl dort.«

»Der Stuhl ist ein Artefakt?«, fragte Argor ungläubig und sah den Stuhl erstaunt an. Er sah aus wie ein einfacher Stuhl. Für ihn zu hoch, um bequem darauf sitzen zu können, das Leder alt und brüchig.

»Die Stuhlbeine«, erklärte Knorre geduldig. »Sie sehen stabil genug aus, um daraus Schienen zu fertigen. Aber nein, ich fand nichts. Nur Ratten und Taubendreck.«

Argor sah an sich herab. »Von Taubendreck gibt es hier reichlich. Müsste man den Bruch nicht vorher richten?«

»Ich glaube, das ist in der Tat so üblich«, sagte Knorre und sah zweifelnd auf den offenen Bruch herab. »Wenigstens sieht es aus, als hätte ich Glück gehabt.«

Argor stand auf und ging zu dem Stuhl hinüber. Er nahm ihn, zog an einem der Beine und nickte zustimmend. »Scheint stabil zu sein.« Er zog fester, es knirschte, und er hielt ein Stuhlbein in der Hand, einen Moment später hatte er das zweite Bein gelöst. Er sah zu dem Arteficier hin.

»Wie meintet Ihr eben? Das nennt Ihr Glück haben?«

»Es hätte auch eine Ader zerreißen können, dann hätte es schlecht um mich gestanden«, antwortete der Arteficier. Er beugte sich vor und fasste vorsichtig seinen Fuß, bewegte ihn leicht und zog erneut scharf die Luft ein.

»Das Wadenbein ist noch ganz«, stellte er heiser fest. »Ich muss nur ...« Er zog fester, stöhnte und sackte schwer atmend nach hinten in den Stuhl. Der hagere Mann war schweißgebadet und so weiß wie ein Laken.

Argor stand da, die Stuhlbeine in den Händen, und fühlte sich nutzlos.

»Kann ich ...?«, begann er, aber Knorre schüttelte den Kopf.

»Nein. Ich bin in der besten Position zu wissen, wenn der Knochen richtig sitzt.« Er sah mit einem schiefen Grinsen zu Argor auf. »Es wird mir überdeutlich gemeldet.«

Langsam, in vier Anläufen, richtete Knorre den Knochen, immer wieder unterbrochen von Pausen, in denen er versuchte, erneut Mut und Kraft zu sammeln. Beim dritten Anlauf verschwand der weiße Knochen wieder unter der Haut und als der hagere Mann zum letzten Mal Hand anlegte, sackte auch Argor beinahe das Blut weg, als er Knochen auf Knochen knirschen hörte.

Währenddessen hatte Argor das Leder des alten Stuhls, den er zerbrochen hatte, in doppelt daumendicke Streifen geschnitten. Das Leder war alt, aber zumindest dazu noch zu gebrauchen.

»Fertig?«, fragte Argor, als Knorre sich schweißnass, aber mit einem erleichterten Seufzer zurücklehnte. Der junge Zwerg betrachtete die Wunde an Knorres Bein. Das Bein wirkte gerade, wenn auch ein wenig dürr. Kein Wunder, dachte er, dass Menschen so zerbrechlich waren. Blut quoll aus der Wunde heraus, aber es war überraschend wenig.

»Ich hätte gedacht, dass es mehr blutet«, stellte Argor fest. »Kann ich etwas für Euch tun?«

»Es ist nur die Haut, die durchstoßen wurde, ich sagte ja, ich habe Glück gehabt. Ja, gewiss. Unter uns befindet sich ein Schlafzimmer. Dort gibt es einen großen Schrank und dort findet Ihr Bettwäsche aus Seide. Ich wäre Euch verbunden, würdet Ihr sie mir bringen.«

»Die dürfte verrottet sein«, vermutete Argor, aber er stand dennoch auf.

»Es liegt Magie auf dem Schrank«, erklärte Knorre abwesend, während er vorsichtig die Wundränder abtastete. »Ich sagte ja bereits, der Turm ist verwunschen.«

Argor nickte und beeilte sich, nach unten zu gehen.

Etwas später kam er wieder, mit geweiteten Augen und einem Seidenlaken in der Hand.

»Im Raum unter uns ist ein Skelett in den Boden eingebrannt!«

»Ich weiß«, meinte Knorre. »Das ist der Magier, der zuletzt versuchte, die Geheimnisse des Turms zu erkunden. Wie Ihr seht, ist es ihm nicht bekommen. Zugegeben, es war aber auch eine tückische Falle. Hätte mich beinahe auch erwischt. Ist die Seide noch gut?«

»Sieht so aus. Wie seid denn Ihr der Falle entkommen?«, fragte Argor neugierig, während Knorre die Seide aufschnitt, zusammenlegte und vorsichtig auf die Wunde presste.

»Er ging voran, also traf es ihn«, antwortete Knorre abwesend. »Könnt Ihr mir helfen, die Schienen anzulegen?«

»Geht es so?«, fragte Argor etwas später, als der Arteficier versuchte zu stehen, schwer auf seinen weißen Stab gestützt. Vorsichtig belastete Knorre den Fuß und nickte dann grimmig.

»Es muss ja gehen.« Er sah zweifelnd zum Treppenabgang. »Einhundertundzwölf verdammte Stufen«, grummelte er.

»Habt ihr sie gezählt?«

»Ich habe jede einzelne untersucht. Manchmal verstecken Leute etwas unter Stufen.«

»Sagtet Ihr nicht, Ihr hättet nichts gefunden?«, fragte der junge Zwerg.

»Richtig.«

»Habt Ihr Euch nicht gewundert, dass in dem Raum unter uns eine Falle war?«

Knorre zuckte die Schultern.

»Ich habe den Schrank durchsucht, aber da war nichts außer der Bettwäsche. Vielleicht hing der Vorbesitzer an seiner Seide?«

»Und hinter dem Schrank?«, fragte Argor. »Was habt Ihr dort im Fach in der Wand gefunden?«

»Fach in der Wand?«, fragte Knorre überrascht. »Es gibt keine Geheimfächer in der Wand. Ich habe danach gesucht. Auch dort. Wenn auch eher flüchtig«, gestand er ein und schüttelte sich angewidert, als er sich erinnerte. »Es stank zu sehr nach Spanferkel.«

»Nun, dort ist eines. Ein geheimes Fach, meine ich. Es war nicht schwer zu finden. Jeder Zwerg hätte es im Stein gefühlt.«

Knorre legte den Kopf zur Seite und blickte Argor interessiert an.

»Na, wenn das so ist ...«

»Einen Schatz habe ich mir anders vorgestellt«, meinte Argor enttäuscht, als mit einem leisen Klicken unter Knorres geschickten Händen die kleine Holzschatulle aufsprang, die sie aus dem Fach in der Wand geborgen hatten.

»Ihr täuscht Euch, Freund Argor«, stellte Knorre fest, als er den silbernen Armreif und den Kettenhandschuh aus schwarzem Stahl mit einem breiten Grinsen und einem Leuchten in den Augen musterte. »Euer Gewicht in Gold wäre weniger wert.« Mit spitzen Fingern nahm Knorre den Armreif aus der Schatulle und wog ihn in der Hand.

»Es gibt Schriften und magische Abhandlungen über diese beiden Gegenstände. Bis jetzt galten sie als verloren. Ich habe sie schon ewig lange gesucht. Wisst Ihr, beide wurden von meinem Vorfahr gefertigt. Sie wurden irgendwann gestohlen.«

»Geht es um ebenjenen Vorfahr, der noch verrückter war, als Ihr es seid?«

»Genau um jenen«, schmunzelte Knorre. »Aber spottet nicht zu sehr. Dieser Armreif hier könnte vielleicht sogar auch Euch nützlich sein.«

Der Zwerg hob abwehrend die Hand.

»Ich will mit Magie nichts zu tun haben.«

»Auch nicht, wenn es Euch vor dem Ertrinken bewahren kann?«, fragte Knorre mit einem spitzbübischen Grinsen. »Dieser Armreif erlaubt das Atmen auch unter Wasser.«

Argor sah den Armreif zweifelnd an.

»Ich habe nicht vor, die nächsten zweihundert Jahre auch nur einer Pfütze zu nahe zu kommen. Was vermag der Handschuh zu tun?«

»Ihr wisst von den Animatons, die es in der alten Stadt gab?«

Argor nickte. Er konnte sich noch gut an die metallenen Ungeheuer im Depot erinnern.

»Damit kann man sie kontrollieren. Jeden Einzelnen von ihnen.« Knorre legte den Armreif wieder in die Schatulle und klappte sie zu. »Mein Vorfahr fertigte ihn, als er herausfand, dass die Animatons, nun … unzuverlässig waren.«

»Unzuverlässig ist eine nette Umschreibung.« Argors buschige Augenbrauen zogen sich zusammen. »Ich denke, dass Belior dann wohl alles dafür geben würde, diesen Handschuh zu besitzen?«

»So ist es, mein junger Freund. Zumal es hier in der Stadt noch einen Animaton gibt, der früher die Stadt verteidigte. Doch heutzutage weiß niemand mehr, wie er zu bedienen ist. Mit diesem Handschuh allerdings mag es auch heute noch gelingen.« Er reichte die Schatulle an Argor, der sie zweifelnd ansah. »Ihr habt beide Beine zur Verfügung und die Magie wird Euch wohl kaum versuchen. Nehmt die Schatulle und seht zu, dass Belior sie nicht in die Hände bekommt!«

»Das«, sagte Argor mit einem harten Gesichtsausdruck, als er die Schatulle an sich nahm, »wird nicht geschehen.« Er richtete sich an den hageren Mann. »Was jetzt?«

»Noch einhundertundeine Stufen bleiben! Dann suchen wir eine alte Freundin von mir auf. Sie wird uns weiterhelfen. Hoffe ich«, knurrte Knorre.

Ganz sicher, dachte Argor, war sich der Arteficier offenbar nicht.

»Was ist mit den Wachsoldaten?«

»Die werden froh sein, Abstand von dem Turm halten zu können.« Knorre lachte. »Aus irgendeinem Grund haben die meisten Leute Angst, den Turm zu betreten. Nach dem letzten Vorfall wurde er zugenagelt.«

Argor sah auf die in die Bodenfliesen eingeschmolzenen braunen Knochen hinunter.

»Irgendwie kann ich das sogar verstehen.«

»In den Balladen brechen sich die Helden niemals ein Bein«, stellte Lamar erheitert fest. »Da wird auch mal aus einem Turm gesprungen oder von einer Klippe und niemand geschieht etwas.«

»Wenn Ihr eine Ballade hören wollt, nur zu«, lachte der Geschichtenerzähler. »Ich habe einen Enkel, der vortrefflich singen kann.«

»Ich bin zu faul!«, rief ein junger Mann an einem in ihrer Nähe stehenden Tisch und hob grinsend seinen Becher zum Gruß. »Erzähle du nur weiter, Großvater.«

»Zu Tanz und Gesang bestand nun wirklich kein Anlass«, fuhr der alte Mann fort, nachdem er den Neffen mit einem bösen Blick bedacht hatte. »Auf beiden Seiten nicht. Denn nachdem der Graf Lindor beim Kanzler vorstellig geworden war, stand auch ihm noch ein schwerer Gang bevor.«

»Noch jemand, der ihm den Kopf abschlagen lassen will?«, feixte Lamar, doch der alte Mann schüttelte nur ernst den Kopf. »Nein, so war es nicht.«

5 Der Prinz von Thyrmantor

Graf Lindor musterte Nestroks Auge sorgfältig. Bei dem Angriff auf das Dorf hatte ein Pfeil Lindors Drachen im Auge getroffen. Auch wenn die Heilungskräfte des Biests mehr als außergewöhnlich waren, war es doch notwendig geworden, den Pfeil herauszuschneiden, zu sehr hatte das Auge geeitert. Nestrok blinzelte mit einem äußeren und einem inneren Augenlid.

Du bist zu nah, das stört mich, beschwerte sich der Drache mit einem leicht beleidigten Unterton. Bislang hatte Nestrok noch nicht zugeben wollen, dass es die richtige Entscheidung gewesen war, ihm den Pfeil aus dem Auge zu entfernen.

»Lass mich einfach nur kurz schauen«, antwortete Lindor erheitert. Es war nur noch ein leicht gekrümmter Schnitt zu sehen und das Auge des Drachen war wesentlich klarer als noch vor zwei Tagen. Wieder blinzelte der Drache mit dem inneren Augenlid. Lindor vermutete, dass genau dieses dafür verantwortlich war, dass die Narbe nach und nach wegpoliert wurde.

Ich kann fliegen. Kämpfen auch.

»Ich weiß«, erwiderte Lindor. Er zog seinen Dolch und hebelte eine Schuppe ab, die sich schon zum größten Teil gelöst hatte, und steckte den Dolch wieder ein. Dann trat er zurück.

Nestroks Nest befand sich hinter dem Arsenal der Königsburg und es hatte dem Drachen offensichtlich gutgetan, sich ein bis zwei Stunden lang zu erholen. Fast ständig scheuerte er sich in dem Sand, den er mit seinem Feuerodem heiß hielt. Jetzt glänzten seine Schuppen wieder wie frisch poliert.

Etwas zur Seite hin stand ein großer offener Käfig, dort war der Boden blutig und aufgewühlt, eine abgerissene Kette hing von einer der Querstreben, eine andere führte zum Hals einer jungen Frau, die zusammengekauert in der Ecke saß und zitterte, während sie monoton vor- und zurückwippte.

Was ist mit ihr?, fragte Lindor lautlos, als er von dem Drachen zurücktrat.

Ich mag den Geschmack nicht. Rinder besser. Der massive Kopf schwenkte langsam zu Lindor hin. *Ich höre ihre Gedanken. Rinder denken nicht. Ich will Rinder.*

Das mächtige Maul öffnete sich und Lindor hielt unwillkürlich die Luft an, als ihm eine Woge fauliger Luft entgegenschlug.

»Belior hat sie zum Tode verurteilt«, sagte Lindor mit einem Blick auf die junge Frau.

Sie ist schuldlos. Ich bin kein Henker.

»Er wird sie den Kronoks geben«, sagte Lindor.

Wenn du sie tötest, fresse ich sie. Rinder besser. Denken nicht.

Nestrok hob seinen Kopf an und sah zur Königsburg hinüber.

Belior.

»Ich weiß«, sagte Lindor leise. Er sah zu der Frau hinüber. Griff an seinen Dolch und ließ die Hand wieder sinken.

Du willst auch kein Henker sein.

Wir nehmen sie nachher mit, entschied Lindor. *Ich treffe mich gleich mit dem Prinzen. Soll ich ihm etwas ausrichten?*

Wenn er König wird, soll er mir Rinder geben.

Der Graf lachte, doch seine Erheiterung verflog schnell.

»Ich werde es ausrichten«, sagte er und ging davon.

Ein schweres Tor war der einzige Zugang zu Nestroks Nest. Zwei Soldaten mit schweren Armbrüsten bewachten es, doch gar zu glücklich schienen sie mit ihrem Dienst nicht zu sein, denn sie sahen ängstlich zu Nestrok hin, als der Graf das massive Gittertor hinter sich zuzog. Der Graf hielt zwei Goldstücke hoch. »Besorgt ihm eine fette Kuh. Ihr braucht sie nur durch dieses Tor zu treiben, es ist nicht nötig hineinzugehen. Er kümmert sich dann schon um sie. Der Rest ist für euch.« Er sah zu Nestrok hin.

Zwei.

Der Graf seufzte und zog eine weitere Goldmünze heraus. »Zwei fette Kühe. Oder Ochsen. Wie ihr das macht, ist mir egal.«

Zögernd nahm einer der Soldaten das Gold entgegen.

»Es wird geschehen«, meinte er dann. »Warum frisst er nicht die Frau?«

»Die nehmen wir mit. Als Reiseproviant. Es reicht nicht, er ist hungrig«, sagte Lindor mit einem harten Lächeln. Der Mann wurde etwas bleich um die Nase.

»Ja, Ser«, stieß er hastig hervor und salutierte. »Wir werden die Kühe schon irgendwie auftreiben können.«

Davon gehe ich aus, dachte der Graf, als er weiterging, ohne die Soldaten eines weiteren Blicks zu würdigen. Göttin, dachte er, für drei Gold bekommt man eine halbe Herde!

Graf Lindor fand den Prinzen im Garten. Eingefasst in hohen Mauern, auf denen Beliors Männer Patrouille gingen, gab es nur einen Weg in diesen Garten, durch die königlichen Gemächer hindurch. Kaum mehr als dreißig mal dreißig Schritt groß, verdiente der Garten den Namen fast nicht, ein Birnenbaum, eine Bank darunter, ein Teich, in dem ein Karpfen träge durch das Wasser glitt, ein paar Büsche und Sträucher. Mehr nicht. Dennoch, suchte man den Prinzen, war es fast sicher, dass man ihn hier finden konnte.

Vor der Tür zu den Gemächern des Prinzen standen gleich vier Wachen, die einen Eid darauf geschworen hatten, den Prinzen zu beschützen. Was sie nicht daran hinderte, den Prinzen aufzuhalten, sollte er versuchen, seine Gemächer zu verlassen.

Es war nun schon gut drei Monate her, dass der Graf den jungen Prinzen das letzte Mal gesehen hatte. Einen Moment lang bemerkte Prinz Selmark den Grafen nicht, saß nur auf der Bank, die Hände über die Knie gelegt, und starrte in den Teich, wo der Karpfen schwamm. Er war gewachsen, dachte der Graf, aber das ließ ihn nur noch kränklicher und schwächer wirken, er wirkte fast schon abgemagert.

Sein Vater, dachte Lindor wehmütig, hatte in dem Alter den Schwertkampf geübt und schien schon damals nur aus Muskeln zu bestehen. So war es dem Grafen immer wieder ein seltsames Empfinden, die Züge des alten Königs auf dem ausgemergelten Gesicht des jungen Prinzen wiederzuerkennen.

»Hoheit«, sagte der Graf und ging auf ein Knie hinab, als der Junge aufsah. Ein kaum sichtbares Lächeln schoss über das Gesicht des Jungen, im nächsten Moment huschten seine Blicke über die hohen Mauern seines Gefängnisgartens, doch niemand schien ihnen größere Beachtung zu schenken.

Die dunklen Augen, die Lindor in diesem Moment sorgfältig musterten, waren die des Vaters, das feuerrote Haar war das seiner Mutter, Sera Aylen. Den wachen Verstand hatte er von beiden geerbt.

»Graf«, sagte der Prinz jetzt leise. »Ich hatte fast schon nicht mehr gehofft, Euch wiederzusehen. Der Kanzler schien recht erzürnt mit Euch zu sein, als ich ihn das letzte Mal sah.«

»Er fand anderen Nutzen für mich«, gab der Graf trocken Antwort. »Doch er versprach mir, es nachzuholen, enttäusche ich ihn erneut.«

Der Prinz nickte bedächtig. »Anders ist es ja nicht zu erwarten. Er scheint es zu mögen, das Henkersbeil über anderer Leute Nacken schweben zu lassen. Erhebt Euch und kommt näher … erzählt mir, wie es Euch ergangen ist.« Wieder sah der junge Prinz hoch zu den Zinnen, doch die eine Wache, die gerade den Wehrgang betrat, schien kein größeres Interesse an ihm und dem Grafen zu hegen. »Ich hörte, sowohl Nestrok als auch Ihr wäret im Kampf verletzt worden? Mein Kanzler erwähnte Eure Tapferkeit bei einem Festmahl letzte Woche. Das war, bevor er diese andere Nachricht erhielt.« Das Gesicht des Prinzen verzog sich zu einem wehmütigen Lächeln. »Ich konnte leider nichts essen, just an diesem Tag fand ich mich erneut indisponiert vor. Aber ich hörte, es sei eine äußerst heldenhafte Schlacht gewesen, ein glorreicher Sieg für unsere Armee.«

»Nestrok bekam einen Pfeil ins Auge, als wir ein Bauerndorf nahe der alten Stadt angriffen«, antwortete Lindor bitter. »Bauern, Handwerker, die seit Jahrhunderten ihr Tal nicht verlassen haben. Ich bekam einen Pfeil in die Seite, der mit einer Paste bestrichen war, die mir einen üblen Ausschlag und schweres Fieber bescherte. Eine heldenhafte Verwundung, in der Tat. Einen Moment zuvor erschlug ich eine unbewaffnete Frau, die

Heilerin des Dorfes. Zwei meiner Reiter haben die Sera ergriffen, als sie den Rückzug aus der Schlacht antraten. Die Sera hatte die Deckung verlassen, um jemandem zu helfen. Die Tochter der Frau musste es mit ansehen, einer ihrer Freunde schoss auf mich. So viel also zu unseren Heldentaten.«

»Warum?«, fragte der Prinz, während er den Grafen sorgfältig musterte.

»Warum ich sie erschlagen habe?«

Langsam, fast unmerklich, nickte der junge Prinz. Anders als sein Vater, der damals in seinem Alter immer in Bewegung zu sein schien, war Prinz Selmark sehr sparsam in seinen Bewegungen. Nun, er hatte allen Grund dazu.

»Belior gab Anweisung, alle gefangenen Frauen den Soldaten zu übergeben und danach an die Kronoks zu verfüttern.«

»Ich verstehe«, sagte der Prinz.

»Tut ihr das?«, fragte Lindor zweifelnd. »Ihr hättet sie sehen sollen, Hoheit. Sie stand stolz und aufrecht vor mir, sie hatte große Angst, das konnte ich sehen, aber dennoch ...« Der Graf schluckte und sah zur Seite weg. »Dennoch spuckte sie mir vor die Füße, als ich ihr anbot, sie leben zu lassen, wenn sie uns nur erzählte, was sie über die Geheimnisse des Dorfs wusste. Vielleicht wusste sie auch, was geschehen würde, ließe ich sie am Leben. Im Krieg ist es üblich, die Frauen des Feindes leiden zu lassen.«

Der Prinz nickte.

»Ich hörte, dass es so etwas gibt. Aber wart Ihr es nicht, der bei der Belagerung von Arnin solches untersagte?«, fragte der Prinz.

»Das war ein anderer Krieg, Hoheit«, antwortete der Graf mit rauer Stimme. »Dafür entschied der Kanzler später in seiner Weisheit, dass mein Wort keinen Wert besaß und ließ ein Exempel statuieren.«

Der Prinz sah auf seine Hände herab. »Fast schon bin ich froh, dass ich dieses Königreich nicht erben werde«, sagte er dann leise.

»Sagt so etwas nicht, Hoheit«, widersprach Graf Lindor erschrocken. »Ihr werdet die Krone Thyrmantors tragen und Eurem Vater Ehre bereiten!«

»Mein Vater hätte nicht aufgegeben, nicht wahr?«, fragte der Prinz.

Der Graf sah ihn an und seufzte. »Nein«, gab er dann zur Antwort. »Es war die Krankheit …«

»Die Krankheit«, wiederholte der Prinz bedächtig. »Es heißt, ich leide an derselben Seuche. Nur war ich nie zuvor krank, auch mein Vater war es niemals zuvor.«

Diesmal gab Graf Lindor dem Prinzen keine Antwort. Sie wussten beide um die Wahrheit. Es stand außer Zweifel, dass die Krankheit des Prinzen aus dem gleichen Gift bestand, das auch seinen Vater, den König, dahingerafft hatte. Die Medizin, die der Kanzler dem Prinzen regelmäßig verabreichte, war sowohl ein Gegengift als auch das Gift selbst. Verweigerte der Prinz die Dosis, so erging es ihm binnen eines Tages, als ob er sterben müsste, nahm er sie, schwächte und lähmte sie ihn. Einmal hatte der Prinz seine Dosis einem Schwein gegeben … dieses starb innerhalb von drei Tagen.

Der Prinz atmete tief durch. Er hob sein Kinn, um Lindor eingehender zu mustern. Sein Blick machte klar, dass er über die »Krankheit« nichts weiter hören wollte.

»Sie lehnte also ab? Diese Frau aus dem Dorf?«

»Wenn Ihr es so nennen wollt. Es war deutlich, ohne Zweifel. Ich denke, sie wusste, dass sie nicht auf Gnade hoffen konnte. Wir hatten zu dem Zeitpunkt schon verloren … und meine Leute waren verbittert und wütend. Sie … sie hätten es an ihr ausgelassen!«

»Also war es wohl doch kein glorreicher Sieg?«

Der Graf schüttelte langsam den Kopf.

»Nein, Hoheit. Es war eine vernichtende und zugleich beschämende Niederlage. Wir haben verheerende Verluste einstecken müssen.«

»Also, was bringt Euch her, Graf?«

»Belior schickt mich, eine Stadt für Euch zu erobern. Heute noch breche ich auf.«

»Was ist das für eine Stadt?«

»Eine befestigte Hafenstadt in den Vorlanden von Lytar. Die Hauptstadt einer Provinz, die sich die Greifenlande nennt. Sie eignet sich hervorragend, um dort die Truppen zusammenzuziehen, die der Kanzler braucht, um Lytar für sich zu gewinnen. Er will die Kriegsmaschinen, die es dort gibt.«

»Also ist es so, wie er sagte? Es gibt diese Kriegsmaschinen?«

»Ja, Hoheit. Ich sah eine von ihnen, einen Falken aus Metall, nur halb so groß wie Nestrok, doch schnell und wendig.«

Der Prinz seufzte. »Er wird diese Maschinen gegen die Elfen einsetzen wollen?«

»Ja, Hoheit«, gab Lindor zur Antwort.

»Dann wisst Ihr doch, was Ihr zu tun habt, Graf«, sagte der Prinz mit einem schmerzhaften Lächeln. »Es scheint mir töricht, auf ein Wunder hoffen zu wollen, Graf.«

»Ich habe es geschworen«, sagte der Graf so leise, dass der Prinz ihn kaum hören konnte. »Ich habe es mit jeder Faser meines Seins Eurer Mutter versprochen.«

»Auch sie wusste nicht, was Ihr da geschworen habt, Graf. Das Gift wird mich töten … heute, morgen, in einem halben Jahr …« Der Prinz lachte. »Vielleicht auch in einem oder zwei, wenn ich auch weiterhin zu stur zum Sterben bin.«

»Ihr solltet nicht so reden, Hoheit«, antwortete der Graf betroffen. »Ihr seid ein Kind, Kinder sollten nicht an den Tod denken!«

»Ich bin ein Prinz, Lindor«, entgegnete Prinz Selmark ernst. »Ein Unterpfand und eine Geisel … und jemand, den niemand ansehen mag. Ihr habt vorhin gelächelt, Graf, als Ihr mich gesehen habt. Dies war das erste Lächeln, das ich in den letzten Monaten sah.«

Mühsam richtete sich der Prinz auf und ging vorsichtig zwei Schritte auf den Grafen zu, der noch immer im Gras vor ihm kniete. Er legte eine zierliche Hand auf die schweren Schulterstücke des Grafen und sah ihn direkt an.

»Egal, was Ihr tut, Graf, Belior wird nicht dulden, dass ich alt genug werde, um die Krone zu tragen. Ich werde meinen zwölften Geburtstag nicht erleben, Ihr wisst es so gut wie ich. Er kann es nicht gestatten, denn er weiß, was ich als Erstes tun würde, trüge ich die Krone.«

»Deshalb will er die Krone von Lytar«, sagte Lindor. »Hat er sie, braucht er Euch nicht zu fürchten.«

»Hat er sie, Graf, braucht er niemanden zu fürchten«, korrigierte der Prinz niedergeschlagen. »Warum mich dann leben lassen? Sagt, Graf, stimmt es, dass Belior nun auch schon Menschen an Nestrok verfüttert?«

»Ja.«

»Mag er …« Der Prinz schluckte.

»Nein«, antwortete der Graf knapp. »Er mag Rinder lieber.«

Der Prinz lachte kurz auf, dann sah er über die Schulter des Grafen, wie der Kanzler den Garten betrat, und ließ die Hand sinken.

»Ich sehe, Ihr nehmt Euren Abschied von Eurem Prinzen«, sagte Belior mit einem kalten Lächeln. »Ihr solltet gehen, bevor Euer Schoßtier noch ungeduldig wird. Oder ich es werde.«

Langsam erhob sich der Graf und verbeugte sich tief vor dem Kanzler, der nun hinter den jungen Prinzen trat und eine schwere Hand in die dürren Schultern des Jungen grub.

»Dann werde ich mich empfehlen, Hoheit, Kanzler.«

»Tut dies, Graf«, meinte Belior nachlässig. »Enttäuscht uns nicht.«

»Der Götter Schutz mit Euch, Graf«, sagte der Prinz und stöhnte leise auf, als Belior die Finger tiefer in seine Schultern grub.

»Und mit Euch«, sagte der Graf, verbeugte sich tief und verließ rückwärts gehend den Garten. Kurz bevor er sich abwandte, sah er noch, wie der Prinz mit schmerzverzerrtem Gesicht die gleichen Worte formte wie zuvor.

Ihr wisst, was Ihr tun müsst.

Die Augen des jungen Prinzen hielten den Grafen fest. Es lag Angst darin, aber auch ein stolzer Wille.

Mit einer letzten Verbeugung ließ der Graf den Prinzen in der Hand des Kanzlers zurück.

»Auf diese Weise also brachte der Kanzler den Grafen dazu, ihm zu dienen«, sagte Lamar nachdenklich. »Auch heute noch ist der Drache das Reittier des Paladins des Königs.« Er schmunzelte etwas. »Es heißt, dass Nestrok seine Reiter nach der Sturheit aussucht. Der heutige Paladin ist eine Frau, die einen ganz besonderen Dickkopf besitzt. Ich kann mir nicht vorstellen, sie zwingen zu wollen … doch auf diese Weise …«

»Nun, das alles wussten wir nicht«, erklärte der alte Mann. »Und wenn, es wäre uns egal gewesen. Für uns, ganz besonders aber für Garret, war der Graf ein übler Schurke, nicht besser als Belior es war. Garret hatte sich geschworen, den Mann zur Strecke zu bringen … und es heißt, dass Garret auch nicht wenig stur gewesen wäre. Der Graf hatte die Sera Tylane erschlagen und Garret war es herzlich egal, ob der Graf nun dazu genötigt worden war oder nicht. Wir haben hier im Dorf ganz bestimmte Vorstellungen, was man tut und was nicht, wehrlose Frauen zu erschlagen gehört sicherlich nicht dazu!«

»Trafen die beiden noch einmal aufeinander?«, fragte Lamar neugierig, während der Wirt die Reste des Frühstücks wegräumte.

»Später, ja. Aber ich will nicht weiter vorgreifen. Während also der Graf dem Prinzen in seinem Garten die Aufwartung machte, hatten unsere beiden Freunde, Argor und Knorre, ein ganz anderes Problem zu bewältigen …«

6 Ein kurzes Gespräch

»Ich dachte, die Wachen hätten Angst vor dem Turm«, grummelte Argor, als er durch einen Spalt des geborstenen Türblatts sah. Der Hof, in dem der Turm stand, war von einer zum Teil verfallenen Mauer umgeben, an zwei Stellen war diese sogar eingestürzt. Ein schweres, schmiedeeisernes Tor hing verrostet und schief in den Angeln, dahinter konnte Argor eine kleine Gasse erkennen. Schräg gegenüber sah er den Eingang einer Bäckerei, hin und wieder kamen ein paar Leute die Gasse entlang. Nur war das nicht alles, durch den Spalt konnte er zudem gleich drei Wachen im Wappenrock Berendalls erkennen. Sonderlich wachsam schienen sie ihm allerdings nicht zu sein, denn zwei von ihnen hatten es sich auf einer niedrigen Stelle der Mauer bequem gemacht und machten Brotzeit, der dritte Soldat stand auf eine Hellebarde gestützt und sah träge den Leuten zu.

»Sie haben in der Tat Angst«, sagte Knorre, der auf den unteren Stufen der Treppe saß und sich den Schweiß von der Stirn tupfte. »Freiwillig stehen die bestimmt nicht da.«

»Hhm«, meinte Argor, als er erneut sein Auge gegen den Spalt presste. »Ich kann nicht sehen, was … oh.«

»Oh?«, fragte Knorre.

»Da ist so ein Kerl in einer langen schwarzen Robe … bah, der Kerl sieht aus, als ob er schon tot wäre und es nur selbst nicht weiß! Er unterhält sich mit einem Soldaten und der schüttelt gerade vehement den Kopf, während der Kerl in der Robe auf den Turm zeigt!«

Mühsam erhob sich Knorre und sah durch einen anderen Spalt nach draußen, dann fluchte er. »Seht Ihr das Symbol, das er auf seiner Brust trägt? Eine knöcherne Hand, die eine Fackel trägt?«

Argor blinzelte. Der Arteficier hatte gute Augen, er selbst konnte es kaum erkennen. Aber ja, es konnte ein solches Symbol sein.

»Ja.«

»Das ist einer der Priester des dunklen Gottes Darkoth, die sich um Belior scharen. Niemand, den ich zu einem Fest einladen würde, alleine sein Anblick macht ja schon schwermütig! Einer von denen, die predigen, dass es sowieso keinen Sinn hat zu leben, die Dunkelheit unausweichlich alles verschlingen wird, man sich also besser bereits zu Lebzeiten auf die Seite der Dunkelheit schlagen sollte … dann hätte man wenigstens was davon!«

Argor kratzte sich am Kopf, während er darüber nachdachte.

»Was soll das bringen?«

»Man soll sich den dunklen Gelüsten hingeben und auf diese Weise helfen, die Dunkelheit zu verbreiten. Man solle es genießen, dass das Leben eine Qual ist, alles vergänglich und nichts von Dauer. Nichts ist von Wert, das eigene Leben nicht und erst recht nicht das der anderen.«

»Sie haben Angst, dass die Dunkelheit kommt, also verbreiten sie diese selbst?«, fragte Argor zweifelnd.

»Genau das.«

»Das ergibt doch keinen Sinn!«, wunderte sich der junge Zwerg.

Knorre zuckte die Schultern. »Für diese Leute schon.«

»Dann wäre es angebracht, dass er sich von einer Brücke stürzt«, meinte Argor. »Dann hat er es gleich hinter sich.«

»Auf solche einfachen Lösungen kommen diese Kerle irgendwie nicht«, schmunzelte Knorre, doch dann wurde er schnell wieder ernst. »Damit haben wir ein Problem. Zum einen gibt es kaum jemanden, der bereit ist, sich gegen sie zu stellen, zum anderen verfügen sie über eine dunkle Magie, ebenso verzerrt und bösartig, wie auch ihr Gott es ist.« Er sah wieder durch den Spalt und schüttelte betrübt den Kopf. »Wenn der auf die Idee kommt, den Turm zu durchsuchen, werde ich ihn nicht dazu bringen können, Offensichtliches zu ignorieren.«

»Wie meint Ihr das?«, fragte Argor.

»Es gab keinen Platz dort oben, außer auf dem Dach. Selbst die dümmste Wache wäre auf die Idee gekommen, dass sich dort jemand verstecken könnte, sie haben es ja oft genug mit Dieben zu tun. Die mögen ja bekanntlich Dächer und die Stadtwachen wissen das auch. Also habe ich einen kleinen Zauber gelegt, dass keiner auf die Idee kam, auf dem Dach nachzusehen.«

»Ihr habt ihr Denken beeinflusst?«, fragte Argor empört. »Das ist eine hinterhältige Magie, wie könnt Ihr Euch nur mit solcherart Dingen beschäftigen?«

Knorre erwiderte Argors hitzigen Blick gelassen. »Wäre es Euch lieber gewesen, sie hätten uns gefunden?«

»Das nun nicht gerade«, gab Argor leicht säuerlich zu. »Aber es gehört sich trotzdem nicht.«

»Vielleicht. Ob es sich gehört oder nicht, den Kerl da vorne bringe ich nicht dazu wegzusehen.« Knorre lehnte sich müde gegen die Wand neben dem Eingang. »Wir sind hier wie die Ratten gefangen, allerdings können Ratten weglaufen …«

»Ich verstehe nur nicht, weshalb sie überhaupt hinter uns her sind«, meinte Argor. »Wie kamen sie nur auf die Idee, ausgerechnet den Turm zu durchsuchen?«

Knorre seufzte.

»Dass da draußen geborstene Dachziegel herumliegen, hat einen Grund! Wahrscheinlich hat die Druckwelle unserer Ankunft sie vom Dach gerissen! Der Lichtblitz dürfte schon schwer zu übersehen gewesen sein, doch den Donnerschlag hat wahrscheinlich jeder in ganz Berendall gehört.«

»Lichtblitz? Donnerschlag?«, fragte Argor überrascht. »Warum habe ich davon gar nichts mitbekommen?«

»Mit Verlaub, Freund Argor, zu dem Zeitpunkt wart Ihr zum größten Teil ersoffen. Ich wusste gar nicht, dass so viel Wasser in einen Menschen hineinpasst.«

»Ich bin ein Zwerg«, widersprach Argor pikiert.

»Ach, ihr Zwerge könnt mehr Wasser atmen als andere?«, fragte Knorre etwas spitz. »Wie auch immer, wir müssen hier weg und der Kerl da vorne steht uns im Weg.« Er wog abschätzend seinen Stab in der Hand. »Ich könnte ihm vielleicht einen Blitz schicken ... wenn es aussieht, als habe der Turm den Priester mit einem Blitz geröstet, laufen die Wachen vielleicht weg.«

»Es mag eine gute Tat sein, ihm die Last des Lebens fürsorglich von den Schultern zu nehmen«, meinte Argor ironisch, »aber es hat mir ein Wenn und ein Vielleicht zu viel. Pulver sagt, es gibt für jedes Problem eine perfekte Lösung, man muss sie nur finden.«

»Das sagte mein Vater auch immer«, lachte Knorre. »Er vergaß nur zu erwähnen, wie man die Lösung denn nun findet!«

Argor sah durch den Spalt nach draußen auf die zerborstenen Dachziegel und Teile des Mauerwerks, das sich zum Teil wohl schon vor Jahren aus dem Turm gelöst hatte.

»Entschuldigt mich kurz«, meinte Argor höflich und eilte die steile Treppe hinauf, so schnell ihn seine kurzen Beine nur trugen.

»Was habt Ihr vor?«, rief Knorre ihm nach.

»Gleich«, antwortete der junge Zwerg und beeilte sich noch mehr.

Es war so, wie er es in Erinnerung hatte. Oben im Turmzimmer war ein Teil des Mauerwerks unterhalb eines Fensters brüchig geworden, hier und da fehlte schon ein Stein.

Auf einen mehr oder weniger kommt es wohl nicht an, dachte Argor grimmig und dankte den Göttern, dass es wenigstens Felsgestein war und kein Ziegel.

Wie Menschen mit etwas bauen konnten, das keine Seele hatte, konnte er nie verstehen. Da lobte er sich einen anständigen, gewachsenen Stein, da wusste man wenigstens immer, woran man war, konnte ihn fühlen bis in die Tiefe seines Wesens!

Hier war der Stein, den er suchte, etwas größer als seine Faust, schwer genug und handlich zugleich. Roter Sandstein, etwas von der Witterung angegriffen, aber noch mit einem guten Kern.

Der Stein fiel ihm fast in die Hand, als wäre er selbst begierig darauf, diese lichte Höhe zu verlassen, in der er so lange hatte verweilen müssen. Argor beugte sich etwas vor, schluckte, als er in die Tiefe sah, und zog hastig seinen Kopf zurück. Du fällst nicht, du Feigling, du kannst nicht fallen, du hältst nur deine Nase aus dem Fenster! Es half nichts, alleine bei dem Gedanken bekam er schon wieder schweißnasse Hände!

Komm, tu etwas, du willst doch deinen Bart, oder nicht? Tief durchatmen, einen kleinen Blick nur, mehr braucht es nicht! Er stützte sich an einem Balken ab, der ihm noch stabil erschien, holte tief Luft ... und sah wieder nach unten.

Keinen Moment zu spät, denn der Priester ging gerade mit gemessenem Schritt auf den Turm zu, eine zögerlich wirkende Wache im Schlepptau.

Jetzt oder nie, dachte Argor, hielt die Hand aus dem kaputten Fenster und ließ den Stein los, um zugleich hastig zurückzutreten. Der Stein fiel zuerst nicht ganz so, wie er sollte, aber dann konnte Argor ihn doch überreden ... Der dumpfe Aufprall war bis hier oben zu hören, genauso das erschreckte Fluchen des Soldaten.

Argor nahm seinen ganzen Mut zusammen und sah noch einmal hinab. Der Priester lag der Länge nach in den Staub gestreckt und der Soldat wich bereits angstvoll vor dem Turm zurück, um dann fast schon panisch davonzurennen. Na also, dachte Argor und klopfte sich zufrieden die Hände ab. Wozu Magie, wenn es doch einfacher geht?

»Das war ein guter Wurf«, sagte Knorre anerkennend, als Argor wieder unten bei der Tür ankam.

»Danke, aber es war nicht weiter schwierig«, antwortete Argor bescheiden.

Knorre warf ihm einen skeptischen Blick zu und nickte dann, bevor er sein Auge wieder gegen den Spalt in der Tür drückte. »Der Turm ist gut zwölf Mannslängen hoch, ich kenne nur wenige, die aus dieser Entfernung getroffen hätten! Doch es hat ohne Zweifel seinen Zweck erfüllt. Die Wachen sind geflohen ... sie glauben jetzt erst recht, dass der Turm verwunschen ist! Ich gebe zu, die Idee mit dem Stein war besser. Bei alten Gemäuern wie diesen kann so etwas geschehen.« Er zog langsam die alte

Tür auf. »Dort drüben, wo die Mauer eingestürzt ist, seht Ihr die Bresche?«

»Ja.«

»Dort geht es hindurch. Danach scharf rechts und wir müssten in der Schäfergasse landen, von dort aus ist es nicht mehr weit zu meiner Freundin.«

»In Ordnung«, sagte Argor und stieß die Tür auf. Knorre stützte sich auf der Schulter des jungen Zwerges ab und gemeinsam humpelten sie davon, so schnell es ging. Doch sie waren keine vier Schritt weit gekommen, als der dunkle Priester sein blutüberströmtes Haupt hob. Der Stein hatte den Mann hart getroffen, der Schädel unter der Kapuze war eingedrückt, das eine Auge geplatzt und aus der Höhle herausgetreten. Es schien nicht möglich, dass der Mann noch lebte!

Vielleicht tat er es auch nicht mehr, denn das andere Auge glühte in einem rötlichen unheilvollen Licht, als der dunkle Priester zu den beiden aufsah.

»Ihr werdet …«, begann der Priester mit einer Stimme, die direkt aus dem tiefsten aller Gräber zu kommen schien.

»Jetzt nicht!«, knurrte Knorre, hüpfte auf dem guten Bein an den dunklen Priester heran und stieß seinen Stab mit Macht herab. Es gab einen gleißenden Blitz, gefolgt von einem dumpfen Donnerschlag, zum Glück nicht gar zu laut, und der Leichnam sackte rauchend in sich zusammen. »Ich habe jetzt wirklich keine Lust, mich mit einem Gott zu unterhalten«, erklärte Knorre dem Zwerg, der fassungslos dastand und mit bleichem Gesicht den verkohlten Leichnam anstarrte. »Das letzte Mal verlor ich dabei meinen Verstand.«

»Das«, sagte Argor rau und räusperte sich, »kann ich nur zu gut verstehen.«

Dafür, dass sie zusammen nur drei gesunde Beine besaßen, erreichten sie jetzt die Bresche in der Mauer erstaunlich schnell.

»Das mit dem Verstand oder dass ich keine Lust auf das Gespräch hatte?«, fragte Knorre keuchend, als er sich kurz an der alten Mauer anlehnte und nach Luft schnappte. Hastig sah er sich um, weit und breit waren keine Stadtwachen zu sehen.

»Beides«, antwortete Argor trocken, warf einen letzten Blick zu dem dunklen Priester hin, der noch immer bewegungslos auf dem Boden lag. Gleich darauf eilten sie weiter. Plötzlich hielt Knorre inne und sah nach oben. Wortlos hob er die Hand und Argor sah ihn nun auch, einen schwarzen Fleck hoch am Himmel, der immer näher kam.

»Bei allen Göttern! Der Dreckskerl lebt noch!«, stellte Argor verbittert fest. »Hätte es nicht auch ihn und seinen Drachen wegschwemmen können?«

»Das wäre ohne Zweifel nett gewesen«, stimmte Knorre ihm zu. »Aber wie es scheint, war es nicht so. Ich frage mich nur, was er in Berendall sucht!«

»Er war wohl wirklich nicht beliebt, dieser Graf Lindor«, bemerkte Lamar.

»Es war ihm auch kaum ein Anliegen, sich Freunde zu machen«, knurrte der alte Mann. »Auf jeden Fall erhielt er kein besonderes Willkommen, als er sein neues Kommando antrat.«

7 Lindors Regiment

Vor ein paar Jahren war er hier schon einmal vorbeigeflogen, erinnerte sich Graf Lindor, als er auf die Küstenstadt tief unter sich sah. Damals schon war ihm aufgefallen, wie gut Berendall befestigt war, jetzt nahm er sich die Zeit, die Stadt mit Muße in Augenschein zu nehmen. Die Wälle waren höher und stärker, als er es bei einer Stadt dieser Größe erwartet hätte, die Wallanlagen in einem sternförmigen Muster angelegt, keine Mauern in dem Sinne, sondern fest gefügte, steinerne Bollwerke, die fast so breit wie hoch waren, mit Verschanzungen und Plätzen für Katapulte oder Ballisten sowie massiven Wehrtürmen an den Spitzen.

Wenn er noch einen Hinweis dazu brauchte, wer der Erbauer dieser Wälle war, brauchte es nicht mehr als den Greifen, der über dem massiven Haupttor prangte.

Nestrok legte sich geschmeidig auf die Seite, Lindors Magen beschwerte sich, aber er war es gewohnt und beachtete es kaum. Wie mächtig mussten die Katapulte Lytars gewesen sein, dass sie solche Bollwerke schufen? Bei sich hoffte Lindor, dass er das nie erfahren würde.

So mächtig diese Mauern aus der Ferne auch wirkten, als sein Drache tiefer flog, wurden die Zeichen des Verfalls offenbar, auch sah der Graf nur vereinzelt Soldaten auf den Zinnen. Es brauchte mehr als starke Mauern, eine Stadt zu halten, es brauchte auch die Armee, diese Mauern zu bemannen.

Es war, wie er dem Kanzler schon vor Jahren berichtet hatte: Hielt man Berendall, so hielt man die Vorlande Lytars.

Ein paar Hundert Meter von dem Osttor der Stadt entfernt hatte Beliors Vorhut ihr Lager aufgeschlagen und dort, auf einem Hügel, im Sattel seiner Reitechse sitzend, sah ein Kronok zu ihnen empor.

Dort war die Gefahr, offensichtlich und allgegenwärtig.

Wieder erinnerte er sich an ein anderes Bild, das er durch die Augen seines Drachen gesehen hatte, in jener Nacht, in der ihn im Moment seiner Schande ein Pfeil getroffen hatte, und an den Bogenschützen, dessen Gesicht er durch das Blätterdach des Waldes hatte kurz sehen können ... und die wütenden und zugleich entschlossenen Augen des jungen Mannes. Drei Jungen und ein Mädchen. Der Schock vom Einschlag des Pfeils, die Scham über den Tod der Frau ... kein Krieg war gerecht, wenn man gegen Kinder zu Felde zog. Er hatte Nestrok zurückbeordert, ein Befehl, den der Drache nur widerstrebend befolgte, war er doch fast rasend vor Wut und Zorn über einen anderen Pfeil gewesen, der ihn im Auge getroffen hatte.

Graf Lindor seufzte, als er Nestrok das Signal zur Landung gab, dort, beim Lager der Vorhut. An Mut und Entschlossenheit fehlte es ihnen nicht, den Menschen von Lytar. Wäre ihre Lage nur nicht so aussichtslos ...

Nestrok faltete die Flügel zusammen und fiel wie ein Stein vom Himmel, des Grafen Magen hob sich erneut, als er sich fester am Sattel hielt, doch er kannte auch dieses Manöver gut und seine Gedanken waren noch bei den beiden jungen Männern, dem Bogenschützen und dem jungen Mann mit der Axt. Schade, dachte er, dass sie nach all den Mühen, sie den Klauen des Kriegsmeisters vorzuenthalten, wie Ratten ersaufen mussten.

Der Drache breitete die Schwingen wieder aus, und Lindor wurde so hart in den Sattel gedrückt, dass ihm das Blut in die Beine sackte, nur sein hart gepresster Atem half ihm, bei Sinnen zu bleiben.

In einer Staubwolke landete der Drache punktgenau in dem abgesperrten Areal, hier und da sah der Graf, wie einer der Soldaten Beliors angstvoll zurückwich.

Ein anderer, ein Leutnant, trat tapfer vor, als Lindor die Schlingen um seine Beine löste.

»Die Gnade der Götter mit Euch, Graf!«, begrüßte der Mann ihn heiser und schluckte, als Nestrok seinen mächtigen Kopf hob und zur Seite schwenkte, um den Mann näher zu betrachten.

Richtig, dachte der Graf bitter, als er seine schweren Handschuhe auszog und geschickt von Nestroks gepanzertem Rücken glitt, es gab wohl jene, welche die Gnade der Götter gut gebrauchen konnten, nur schien ihm diese zurzeit sehr rar gesät. Kurz dachte er an die junge Frau, die er kurz vor Berendall abgesetzt hatte. Sie hatte kaum glauben können, dass sie nicht im Magen des Drachen landen würde. Vielleicht hatten die Götter mit ihr ein Einsehen und gaben ihr ein glückliches Leben.

»Und mit Euch«, antwortete der Graf knapp. »Lasst zwei Kühe heranschaffen, damit er etwas zu fressen hat, und führt mich zur Kommandantur!«

Eilig salutierte der Mann, gab die Anweisung wegen der Fütterung des Drachen weiter und führte den Grafen sogleich quer durch das Lager zu einem Holzgebäude, das auf einem niedrigen Hügel in der Mitte des Lagers stand. Schon auf dem Weg dorthin fanden die Augen des Grafen mehr als genug Dinge, die er zu beanstanden hatte, zugleich aber ärgerte er sich auch darüber, dass er sich darüber noch erzürnte.

An der Kommandantur begrüßte Oberst Leklen den Grafen steif. Mit dessen Eintreffen hatte er sein Kommando an Lindor verloren, etwas, das ihm ganz und gar nicht behagte. Mit kühler Höflichkeit führte er den Grafen hinein und öffnete ihm die Tür zu dem Raum, der von nun an des Grafen Amtszimmer sein würde.

»Danke«, ließ Lindor knapp vernehmen, sah sich kurz in dem Raum um und trat dann an das Fenster hinter dem Schreibtisch, um von hier aus einen weiteren Blick auf das Regimentslager zu werfen.

Man sah ihm an, dass das Regiment hier schon seit fast zwei Jahren lagerte, dachte der Graf verärgert und beobachtete wortlos einen Versorgungswagen draußen vor dem Fenster, der bis zu den Achsen tief in den weichen Boden eingesunken war. Dem Wagen links daneben erging es nicht viel besser, nur dass hier auch noch ein Strauch durch das hintere linke Rad wuchs. Das schwere Leinen, das die Wagen abdeckte, war ausgeblieicht und spröde.

Das Lager war um einen kleinen Hügel herum angelegt worden, dem sogar eine Quelle entsprang. Der Ort war also gut gewählt. Im Laufe der letzten zwei Jahre war es befestigt worden, eine unregelmäßige Palisade zog sich um das Lager herum, an den beiden Toren standen primitive Wachtürme und an der Straße, die zum Lager führte, hatte sich ein kleines Dorf gebildet. Wenig überraschend, gab es dort auch zwei Tavernen und ein Hurenhaus. Mehrere niedrige Hallen, aus rohen Baumstämmen gezimmert, dienten als Unterkünfte für die Mannschaften. Das Zeughaus daneben war aus Stein gebaut, etwas weiter rechts stand das Gerüst für ein weiteres großes Gebäude. So wie es aussah, war schon lange nicht mehr an ihm gearbeitet worden.

»Was hat das Gebäude dort werden sollen?«, fragte Lindor kühl, ohne sich vom Fenster abzuwenden.

Oberst Leklen stand in Habtachtstellung hinter Lindor, vor dem Schreibtisch, der bis vor Kurzem noch dem Oberst selbst gedient hatte.

In seiner Paradeuniform fein rausgeputzt, gehörte Oberst Leklen zu der Sorte von Offizieren, die Lindor zutiefst verachtete. Ein politischer Opportunist, der Belior bei jeder Gelegenheit die Stiefel leckte. Nicht, dachte Lindor verbittert, dass es ihm selbst da anders erging, aber wenigstens tat er es nicht enthusiastisch!

Im ganzen Lager gab es nur ein einziges ordentliches Gebäude, die Kommandantur, und die hatte sich der Oberst bequem eingerichtet. Das Fenster, durch das Lindor auf das Lager blickte, war mit gutem Glas versehen, dicke Teppiche bedeckten den Boden, die Möbel hätten jedem Stadtpalast zur Zierde gereicht. Das Bett im Nebenraum hingegen wäre der Stolz eines jeden Hurenhauses.

»Das Waschhaus, Ser«, antwortete der Obrist steif. »Mein Vorgänger ließ es errichten, ich sah keinen Sinn darin, es weiter auszubauen, da die meisten Soldaten die Waschhäuser in der Stadt …« Er verstummte, denn Lindor hatte die Hand gehoben. Langsam drehte sich der Graf um und musterte den schlanken Mann vor ihm. Blond, blaue Augen, ein scharf gezeichnetes Gesicht mit gerader Nase und schmalen Lippen, er sah aus, wie man sich einen Soldaten vorstellte, doch die Rüstung des Obristen war mit goldenen Verzierungen versehen und so sehr poliert, dass man sich darin spiegeln konnte. Lindor konnte nicht einen einzigen Kratzer in dem Brustpanzer des Mannes erkennen und anders als Lindors eigener Umhang war der des Obristen weder verblichen noch verdreckt, das Rot seines Umhangs leuchtete, als würde er jeden zweiten Tag neu eingefärbt werden.

Achtete der Oberst noch auf seine eigene Erscheinung, so war das bei den Soldaten, die Lindor bisher gesehen hatte, anders. Kaum einer der Leute trug seine vollständige Ausrüstung und bei dem kurzen Gang durch das Lager hinauf zur Kommandantur hatte der Graf mindestens zwei Dutzend Soldaten gesehen, deren Rüstungen oder Waffen Rostflecken aufwiesen.

»Leklen«, begann der Graf nun mit gefährlich leiser Stimme. »Morgen früh, bei Sonnenaufgang, werdet Ihr einen Generalappell halten. Jeder Mann, dessen Ausrüstung Mangel aufweist, wird zu drei Tagen Strafdienst abgestellt. Jeder Soldat, der morgen früh nicht zum Appell erscheint, wird mit einer Woche Strafdienst rechnen müssen und zudem zehnmal mit der Rute gestrichen. Jeder Soldat, der es versäumt, sich innerhalb der nächsten vier Tage zum Dienst zu melden, wird mit zwanzig Rutenhieben bestraft. Wer es versäumt, sich in den nächsten zehn Tagen zum Dienst zu melden, wird hingerichtet. Ab sofort ist jeder Freigang gestrichen, wer ab dem morgigen Tage ohne einen *schriftlichen* Befehl dazu außerhalb des Lagers angetroffen wird, wird mit dem Strang hingerichtet. Ihr persönlich, Ser, steht mir dafür gerade, dass ich keine Mängel mehr finden werde, wenn ich das Lager in fünf Tagen inspiziere.«

»Aber …«, begann der Oberst, doch der Graf unterbrach ihn erneut. »Das bedeutet unter anderem, dass *jede* Ausrüstung des Regiments einsatzbereit ist. Wenn ich dann noch einen Wagen sehe, der bis zu den Achsen im Dreck steckt, werdet Ihr persönlich mit Eurer Haut dafür gerade stehen, wenn nicht sogar mit Eurem Kopf.«

Der Oberst war bleich geworden. Wieder wollte er etwas sagen, doch der Graf unterbrach ihn erneut.

»Heute Nachmittag werde ich mich auf einen Rundgang durchs Lager begeben. Jeder Soldat, den ich dabei ertappe, dass er seinen Rausch ausschläft, wird erhängt. Haben wir uns verstanden, Oberst Leklen?«

»Ja, Ser«, antwortete der Oberst rau.

»Gut. Wegtreten.«

Der Oberst salutierte, drehte sich um und floh aus der Schreibstube.

Der Graf wartete, bis sich die Tür hinter dem Oberst geschlossen hatte, nahm dann in dem bequemen Ledersessel hinter dem riesigen, reich verzierten Schreibtisch Platz und massierte sich die Schläfen.

Durch fünfzehn Jahre und zwei Kriege hatte der Graf seine drei Regimenter geführt. Die eisernen Drei, die Leibregimenter des Prinzen, waren dem Kanzler schon immer ein Dorn im Auge gewesen, da sie ihren Eid auf den Prinzen schworen und nicht auf das Reich. Schon im letzten Krieg war es so gewesen, dass Belior Lindors Regimenter immer dorthin entsandte, wo der Kampf am härtesten war. Anders als die anderen Regimenter wurden sie nach dem Krieg nicht in die Heimat zurückbeordert, sondern nach Lytar. Dort waren sie weit genug von der Kronstadt entfernt, sodass sie dem Kanzler in seinen Ambitionen nicht hinderlich sein konnten.

Zwei Aufgaben hatten die drei Leibregimenter des Prinzen dort zu erfüllen, die Krone und andere magische Artefakte für den Kanzler zu bergen und dort zu sterben.

Im Laufe der letzten zwei Jahre hatte Lindor in Lytar über fünfhundert Leute verloren, einen Teil an die Ungeheuer und verdorbenen Magien der Stadt, den größeren Teil an die Willkür der Priester des Darkoth, die immer wieder neue Gründe fanden, einen Soldaten als Heretiker hinrichten zu lassen. In den letzten Monaten waren die Delinquenten nicht mehr durch das Schwert gerichtet worden oder zumindest durch den Strang, sondern den Kronoks zum Spiel überlassen worden. Dennoch hatten die eisernen Drei ausgehalten. Selbst zu den schlimmsten Zeiten hatten sie den Mut nicht verloren und auch nicht ihr Ziel … irgendwann zur Kronstadt zurückzukehren und dem Prinzen zu seinem Thron zu verhelfen.

Beliors Ambitionen hatten sich nur zum Teil erfüllt, die Krone hielt er noch nicht in seinen Händen, aber die eisernen Drei waren nicht mehr.

Ein einziges, götterverfluchtes Dorf, dachte der Graf verbittert. Als er mit Nestrok vor dem Dammbruch floh, hatte er sehr wohl die beiden jungen Männer aus dem Dorf und diesen Hauptmann Hendriks auf dem Dach der alten Börse wahrgenommen. Es schien ihm unmöglich, dass sie etwas mit dem Dammbruch zu tun gehabt haben könnten, doch Lindor war sich sicher, dass der alte Damm nicht auf natürlichem Wege gebrochen war, niemals zuvor sah er derart viele Blitze an ein und derselben Stelle einschlagen, genau dort, wo der alte Damm dann letztlich brach.

Ohne es zu bemerken, rieb er sich die Stelle an der Seite, wo ihn der Pfeil dieses Garrets getroffen hatte. Fast wünschte Lindor es ihm und seinem großen Freund, dass sie die Welle doch irgendwie überlebt hatten, nur sah er nicht, wie das hätte möglich sein sollen.

Wieder sah er die klaren Augen der Frau vor sich, in dem Moment, bevor seine Klinge ihren schlanken Hals durchschlug, hatte sie ihn so seltsam angesehen. Verächtlich, ja, aber auch … mitleidig. Unruhig erhob sich der Graf und trat wieder ans Fenster.

Wie konnte das sein? Wie konnte jemand Mitleid mit seinem Henker haben? Er ballte die Fäuste. Hatte er richtig gehandelt? Auf Befehl Beliors wurde jede weibliche Gefangene den Männern übergeben … Lindor gab sich keinen Illusionen hin, seine Männer mochten die besten Soldaten Thyrmantors gewesen sein, aber in diesem Punkt waren sie nicht anders als andere. Aber hätte sie vielleicht doch überleben können?

Lindor presste die Fäuste gegen seine Schläfen. Sera, dachte er, Ihr verfolgt mich in meinen Träumen, aber was hätte ich tun sollen? Ich sah schon zu viele Frauen, sah, was von ihnen blieb danach. Selbst wenn Ihr überlebt hättet, Euer Geist und Eure Seele wären zerstört gewesen … und wenn Ihr mich jede Nacht heimsucht und mich mit Euren Blicken straft, es ist mir allemal lieber, als in Eure leeren Augen geblickt zu haben!

Es klopfte an der Tür.

Lindor atmete tief durch, wischte sich die Augen ab und richtete sich gerade auf.

»Herein!«

Es war der Ordonnanzoffizier, der Gleiche, der als Einziger den Mut bewiesen hatte, sich Nestrok zu nähern. Der Mann salutierte.

»Ser, der Baron Vidan und der Hohepriester des Darkoth, Seine Eminenz Lord Daren, machen Euch ihre Aufwartung und hoffen auf baldige Audienz. Der Hohepriester wies mich an, Euch mitzuteilen, dass er Verständnis dafür habe, dass Ihr ihm noch nicht Eure Aufwartung gemacht habt, aber da er, genauso wie Ihr, ein viel beschäftigter Mann sei, wäre es für Euer Seelenheil förderlich, würdet Ihr ihm *bald* die Audienz gewähren.«

»Ist das so?«, fragte der Graf mit gefährlich sanfter Stimme. »Droht er immer so höflich?«

Der Leutnant verschluckte sich beinahe, als Lindor ihm diese Frage stellte. Es war ihm deutlich anzusehen, dass er fieberhaft darüber nachdachte, was er darauf nun entgegnen sollte.

»Nein, Ser. Meist ist er … direkter«, gab er dann zur Antwort.

Lindor nickte erneut und rieb schon wieder seine Schläfen, der Kopfschmerz schien mit jedem Pulsschlag schlimmer zu werden. »Wie lange wartet Seine Eminenz denn schon?«

»Der Baron wartet schon eine Weile, aber auch kaum mehr als eine Kerzenlänge, Seine Eminenz kam eben erst zur Tür herein.«

»Wie ist Euer Name, Leutnant?«

»Leutnant Heskel, Ser!«

»Gut, Heskel.« Der Graf sah den Leutnant prüfend an. »Was haltet Ihr von den Lehren Darkoths?«

Wieder brachte die Frage den Leutnant in Verlegenheit. Doch dann fasste er Mut. »Ich folge Loivan.«

Der Graf zog überrascht eine Augenbraue hoch. »Das ist ein sehr alter Glaube, dem Ihr da folgt. Also strebt Ihr danach, ein ehrenhafter Mann zu sein.«

»Ja, Ser.«

Der Graf nickte langsam.

»Eine fast unmögliche Aufgabe in diesen Zeiten, nicht wahr?«

Der Leutnant zögerte einen kurzen Moment, bevor er Antwort gab, aber sein Blick war offen und klar.

»Ja, Ser, das ist es.«

Lindor trat wieder ans Fenster.

»Lasst sie beide warten. Erweckt Seine *Eminenz* den Anschein, gehen zu wollen, schickt ihn hinein. Klopft zuvor.«

»Ja, Ser!«, antwortete der Leutnant, salutierte und verließ erleichtert die Schreibstube.

Nichts war schlimmer als ein fanatischer Priester, dachte Lindor säuerlich. Darkoth. Der Herr der Dunkelheit, wie man sagte. Noch vor zehn Jahren kannte kaum jemand im Reich den dunklen Gott, jetzt lauerten seine Kreaturen überall. Man konnte den Kanzler kaum noch antreffen, ohne dass einer dieser dunklen Kuttenträger um ihn herumschlich! Dennoch war sich Lindor nicht im Klaren darüber, wer dabei wem diente. Mal schien es, als ob Belior auf die dunklen Priester hörte, mal war es auch schon vorgekommen, dass der Kanzler ihnen seinen Willen aufzwang. War diese Allianz zwischen dem Kanzler und der dunklen Priesterschaft schon unheilig genug, war es Lindor gänzlich unverständlich, wie es dazu gekommen war, dass nun auch die Kronoks in Beliors Diensten standen.

Niemand wusste, woher sie gekommen waren, doch eines war sicher, Ungeheuer oder dunkler Priester, sie standen beide in der Gunst des Kanzlers.

Lindor seufzte. Er wusste jetzt schon, was Seine Eminenz von ihm fordern würde. Es gab immer irgendwelche Gründe, einen Soldaten der Blasphemie anzuklagen. Noch war es nicht verboten, den anderen Göttern zu huldigen, aber die Priester Darkoths waren geschickt darin, bei jeder Gelegenheit eine Beleidigung ihres Gottes zu vermuten. Den Priestern, das wusste der Graf von einer Unterhaltung mit Belior, war es auferlegt, einmal im Monat ihrem Gott ein Leben zuzuführen … vorzugsweise ein menschliches. Einen Grund dazu fanden sie fast immer.

Viel Geduld besaßen sie auch nicht, dachte Lindor, als es schon im nächsten Moment an der Tür klopfte. Auf Lindors Ruf hin öffnete der Adjutant die Tür und trat einen Schritt zur Seite, um dem dunklen Priester Einlass zu gewähren. Der Graf hingegen sah immer noch aus dem Fenster.

»Ich bin es nicht gewohnt, dass man mich warten lässt«, begann der dunkle Priester ohne weitere Präambel. »Noch, dass man mir den Rücken zukehrt.«

»Wir haben alle unsere Schwächen«, antwortete Lindor kühl und wandte sich dem Priester zu. Ohne die dunkle, mit goldenem Brokat verzierte Robe wäre der Mann unscheinbar gewesen, mausgraues Haar, ein eher rundes Gesicht, die glatte Haut eines Jünglings. Wären da nicht die Augen, dachte Lindor, könnte man denken, der Mann wäre harmlos. Der Graf kannte solche Menschen, wusste, dass es sie gab, Menschen ohne Herz und Seele, mit den kalkulierenden Augen eines Raubtiers. Oder eines Kronoks.

Schon lange war es der Graf gewohnt, seine Gedanken nicht zu zeigen, bei diesem Mann hier mochte es nichts nützen, denn den dunklen Priestern sagte man viele Gaben nach. Dass sich der Glauben Darkoths überhaupt ausgebreitet hatte, war etwas, das Lindor nicht verstehen konnte. Er predigte nichts anderes als die Vernichtung und endgültige Zerstörung des Lebens, appellierte an die dunkelste Seite der Menschen, lud sie ein, ihren tiefsten Instinkten zu folgen. Wofür denkt der Mensch, wenn er sich verführen lässt, ein Tier zu sein? Aber ob es dem Grafen nun passte oder nicht, es gab mehr als genug, die diesem dunklen Lockruf Folge leisteten.

Über das Leben oder den Tod eines anderen Menschen Macht zu haben, war für manche ein erhebendes Gefühl, Lindor hatte selbst schon gesehen, dass ein Priester alleine schon bei dem Gedanken an eine Opferung in Ekstase geriet.

Mögen die Götter wissen, wo die Kronoks herkommen, dachte Lindor nun bitter, aber sie sind keine Menschen, sie sind das, was man sieht, intelligente Raubtiere mit Hunger und Lust auf die Jagd nach schwieriger Beute.

Verglichen mit dem Mann, der ihn nun mit kalten Augen musterte, waren die Kronoks dem Grafen sogar lieber. Katzen kann man auch schlecht vorwerfen, dass sie Mäuse fressen. Aber dieser hier, der so arrogant vor ihm stand … Auch dieser Priester war ein Ungeheuer, nicht weniger als ein Kronok, nur hatte dieser sich dazu entschieden, eines zu sein.

Der Priester sah ihn mit ausdruckslosen Augen an und zog sich dann einen der gepolsterten Stühle heran, die vor dem Schreibtisch standen. Er ließ sich nieder, ordnete seine Robe und sah zu Lindor auf … die Kunst, sitzend auf einen Stehenden herabzusehen, beherrschte er gut.

»Ihr erhaltet hiermit die Gelegenheit, sich im Namen Darkoths verdient zu machen«, eröffnete der Priester das Gefecht. »Ich erwarte Hingabe im Dienst an meinem Gott.«

»Ihr werdet den Blutzoll für Euren Gott schon noch bekommen«, antwortete Lindor kalt. »Wendet Euch an den Obristen Leklen, er wird Euch im Namen Beliors den Unglücklichen aushändigen.« Der Graf stützte seine Hände auf den Schreibtisch und beugte sich etwas vor. »Doch nur einen, jede Woche, Priester, *einen*. Nicht mehr.«

»Es gibt mehr als einen Blasphemiker unter Euren Leuten, Graf«, gab der Priester kalt zurück.

»Aber nur einen werdet Ihr opfern«, beharrte der Graf. »Es ist nicht verhandelbar.«

»Mein Gott ist es nicht gewöhnt, dass man ihm Vorschriften macht. Habt Acht, Graf, was Ihr sagt, kommt der Gotteslästerung selbst schon nahe.«

»Seht Ihr, ich sagte es schon, jeder hat so seine Schwächen«, antwortete der Graf mit einem feinen Lächeln. »Meine ist, dass ich nicht drohe.«

Der Priester blinzelte.

»Ich hörte, Ihr wäret königstreu?«

»Da habt Ihr recht gehört, Priester. Nur fragt Euch, was das bedeuten mag. Mir scheint, Ihr seid mit Euren Schlüssen voreilig. Ich bin kein Freund Eures Gottes, erst recht bin ich kein Freund von Euch.«

Ein schmales, kaltes Lächeln entstand auf den Lippen. »Klare Worte, Graf. Doch mich schreckt Ihr nicht. Ihr seid nicht mehr als ein scharfer Hund, Graf Lindor. Genauer gesagt, Ihr seid der Kettenhund des Kanzlers. Als solcher liegt ein Ende der Kette um Euren Hals, das andere fest in der Hand des Kanzlers.« Er zog spöttisch eine Augenbraue hoch. »Sagt Ihr immer noch, ich ziehe die falschen Schlüsse?«

»Ich sage nur, dass Ihr nicht wisst, wie lang meine Kette ist«, antwortete der Graf. »*Einen*, Priester. Nicht mehr.«

»Und nicht weniger. So soll es sein.« Der Priester lehnte sich ungerührt im Stuhl zurück. »Nur dass ich nicht deswegen gekommen bin. Es gibt solche, die sich gegen meinen Gott äußern, seine Vorherrschaft über das Reich der Lebenden nicht anerkennen wollen. Fehlgeleitete, die mit der richtigen Führung den Weg zu meinem Herrn finden können. Dann gibt es solche, die abfällig über den Herrn der Dunkelheit reden, ihn lächerlich machen, ihn beleidigen. Solche machen sich der Blasphemie schuldig. Aber dann gibt es noch andere, die sich gegen seine Macht erheben, es wagen, Hand an seine Priester zu legen. Solche der Gerichtsbarkeit unseres Herrn zuzuführen, ist die oberste und heiligste Pflicht eines jeden, der in Darkoth sein Leben neu gefunden hat. Just bevor Ihr gelandet seid, wurde ich auf genau solche Feinde meines Gottes aufmerksam. Seht.«

Der Priester hob die Hände und zwischen seinen Handflächen sammelte sich ein dunkler Rauch. Lindor legte die Hand an sein Schwert.

»Priester …«, begann er warnend.

»Fürchtet Ihr doch die Macht meines Gottes?«, lächelte der Priester mit deutlicher Genugtuung in der Stimme. »Habt keine Furcht, Graf, *dieses* Mal ist Furcht nicht vonnöten. Seht.«

Der dunkle Rauch verdichtete sich zu einer schwarzen Kugel, die zuerst rauchig blieb, dann plötzlich einem Ball aus dunklem Glas glich. Ein Bild entstand, ein anderer Priester des dunklen Gottes, der auf einen baufälligen Turm zuging, um plötzlich zu Boden geworfen zu werden.

»Wartet«, sagte der Priester, als Lindor etwas fragen wollte. »Wartet.«

Einen Moment später sah der Graf zwei Gestalten ins Bild kommen. Sie hätten nicht ungleicher sein können, ein Jüngling, der eine Kettenrüstung trug, nicht groß, aber so breitschultrig und stämmig wie ein Zwerg, der andere groß und hager, älter, mit einer auffälligen, dunkelblauen Robe gewandet, der sich auf einen reich verzierten weißen Stab stützte.

Schweigend sah Lindor zu, wie der tote Priester den Kopf hob, sich aufzuraffen versuchte, während der hagere Mann den Stab herniederstieß und tausend bläuliche Funken den Priester aufzucken und verglühen ließen.

Die Kugel zerfaserte in Rauch und Schatten.

»Prägt Euch diese zwei gut ein, Graf, denn diese beiden sind mein Begehr«, forderte der Priester nun mit kalter Stimme. »Findet sie, bringt sie mir und ich werde Euch persönlich einladen, an der Opferungszeremonie teilzunehmen. Ich will sie lebend, Lindor, hört Ihr? Sie haben sich an einem Priester vergangen und sind nicht nur Gotteslästerer, sondern Feinde des Glaubens!«

»Ich fürchte«, antwortete Lindor ruhig, »ich kann Euch nicht weiterhelfen. Meine Befehle lauten anders.«

»Der Golem kann warten«, zischte der Priester. »Mir sind Eure Befehle egal. Ob es Eure Leute sind, die mir diese Frevler bringen, oder die des Grafen von Berendall, es ist mir einerlei. Nur bringt sie mir!« Der Priester erhob sich und zog seine Robe gerade. »Sorgt dafür, Graf. Sonst werdet Ihr lernen, wie kurz Eure Kette werden kann!«

Mit zwei großen Schritten verließ der Priester den Raum und überließ es Heskel, die Tür hinter ihm zu schließen.

Lindor sah ihm mit geballten Fäusten nach und atmete tief

durch. Seine Schläfen pochten und es dauerte einige Zeit, bis er seine Wut wieder unter Kontrolle gebracht hatte.

»Heskel!«

Der Adjutant erschien sofort in der Tür.

»Ja, Ser?«

»Was wisst Ihr von einem Golem?«

Der junge Leutnant schluckte unwohl.

»Nichts Offizielles. Dazu müsstet Ihr Oberst Leklen befragen.«

»Schließt die Tür, Heskel, und erzählt mir, was Ihr *inoffiziell* wisst.«

Langsam tat der Leutnant wie ihm geheißen.

»Ich sollte nichts davon wissen, Ser, es war Zufall, dass ich die Unterhaltung hörte«, erklärte er unbehaglich.

»Lasst das meine Sorge sein. Fahrt fort.«

»Es gibt einen Golem, der im Wasser neben der Hafeneinfahrt der Stadt liegt. Oberst Leklen hat die Aufgabe, die Gelehrten zu unterstützen, die den Golem untersuchen.« Der junge Mann räusperte sich hastig. »Dies, so der Oberst, sei unsere Aufgabe. Wir lagern hier, um den Grafen von Berendall daran zu erinnern, dass es besser für ihn wäre, würde er die Gelehrten unterstützen.«

»Und? Tut er es?«

»In Maßen. Er scheint sie nicht zu behindern.«

»Haben die Gelehrten Erfolge zu verzeichnen?«

»Das weiß ich nicht«, antwortete der Leutnant. »Aber wenn, hätten wir es wohl mitbekommen. Der Golem soll gut sechzehn Mannslängen groß sein.« Er legte den Kopf nachdenklich zur Seite. »Die Gelehrten haben ein Haus in der Stadt gemietet, also sind sie nicht oft hier. Aber ich hörte noch etwas anderes. Angeblich haben sie herausgefunden, dass es eine Seele benötigen würde, um den Golem zu neuem Leben zu erwecken.« Er schluckte. »Sie sprachen mit dem Hohepriester darüber. Er meinte nur, dass sich das wohl einrichten ließe.«

Graf Lindor rieb sich die Schläfen, in der letzten Zeit plagte ihn der Kopfschmerz nicht nur öfter, manchmal war er auch fast unerträglich.

»Danke, Heskel«, sagte Lindor dann.

»Ser, der Baron wartet noch immer.«

Lindor seufzte.

»Gebt mir etwas Zeit, dann schickt ihn hinein.« Er atmete tief durch. »Nach dem Besuch Seiner Eminenz wird es mir sicherlich ein Vergnügen sein, den Baron zu empfangen. Ach, Heskel?«

»Ja, Ser?«

»Ich brauche einen guten Zeichner für zwei Steckbriefe. Treibt einen für mich auf.«

»Ja, Ser.«

8 Ein neuer Untertan

»Es ist mir eine Ehre, Euch meine Aufwartung machen zu dürfen, Graf Lindor«, waren die ersten Worte von Baron Vidan. Sie bargen keine Überraschung für den Grafen, alleine schon sein Anblick verriet den Mann. Der Graf mochte wetten, dass der Obrist Leklen und dieser Baron sich bestens verstanden hatten. Geckenhaft wäre noch zu wenig gesagt. Den Mann einen Pfau zu nennen, wäre nur eine Beleidigung für diese stolzen Vögel gewesen.

Zudem konnte der Baron sich wohl auch nicht für eine Farbe entscheiden, Gold, Rot, Silber und Königsblau stritten sich um den ersten Platz auf seinem Wams, das zudem mit Goldfäden durchwirkt war. Die eng anliegende Lederhose schmeichelte einem Geschlecht, das entweder einen Schrecken für alle Frauen darstellen musste oder einen ausgestopften Socken enthielt. Ganz entschieden vermutete der Graf bei diesem das Letztere. Um dem Ganzen noch eine besondere Note zu verleihen, hatte der Baron ein penetrantes Duftwasser aufgelegt, das Lindors Schreibstube in wenigen Atemzügen ausfüllte und dem Grafen fast sofort die Tränen in die Augen steigen ließ.

Viel wusste der Graf nicht über den Mann, nur das, was Leutnant Heskel ihm auf die Schnelle hatte mitteilen können, auch das war wenig genug. Eines aber war Lindor bekannt: Mislok war gewiss keine reiche Baronie. Den Baron selbst schien dies wenig zu berühren, immerhin hatte er es verstanden, genügend Gold aus seinen Untertanen herauszupressen, sodass er ein Wams tragen konnte, das sein Dorf ein Jahr hätte ernähren können. Das Schwert an der Seite des Edelmanns war mit Perlen und Edelsteinen überladen, der Brustpanzer reich graviert und verziert. Hier war ein Mann, dachte Lindor säuerlich, ganz nach dem Herzen des Obristen! Auch am Hof der Kronburg wäre der Mann gewiss nicht falsch gewesen.

»Nun gut, wie dem auch sei«, antwortete Lindor sichtlich unbeeindruckt. »Ihr habt ausrichten lassen, es sei wichtig. Ich hoffe, ich habe Euch nicht zu lange warten lassen.«

»Gewiss nicht«, antwortete der Baron mit einem strahlenden Lächeln, das sein spitzes Kinn eher noch betonte. Dunkle, eher zu kleine Augen lagen etwas eng in diesem Gesicht, das lange, blond gelockte Haar war gewiss der Neid mancher Frauen.

Hätte Lindor nicht auch Zeit am Hofe verbracht, hätte er den Baron wohl bestaunt wie ein seltenes Tier. So aber wusste er, dass es ein Fehler wäre, den Mann zu unterschätzen, solche Leute kämpften auf einem anderen Schlachtfeld als der Graf selbst, aber einem, das nicht minder tödlich war. Nur dass es einen Unterschied zwischen diesem Paradiesvogel und den Gecken am Hofe Thyrmantors gab: Letztere besaßen oft genug echte Macht und Einflussnahme.

Bedachte man, dass der Mann seit mehr als einer Kerze wartete, hätte die Antwort des Barons ihn überraschen sollen, aber tatsächlich hatte der Graf nichts anderes erwartet.

»Gut«, sagte Graf Lindor also und nahm hinter seinem Schreibtisch Platz, allerdings versäumte er es, seinem Gast einen Sitzplatz anzubieten. Einen kurzen Moment meinte der Graf, Empörung in den Augen des Barons zu sehen, also lehnte sich Lindor bequem zurück und wartete. Schon bevor der Baron zur Tür hereingekommen war, hatte der Graf gewusst, wie er mit ihm verfahren würde, jetzt, wo er den Mann sah, wusste er wenigstens, dass er es kaum bereuen würde. Kein Wunder, dass dem Grafen von Berendall nachgesagt wurde, dass er wenig Geduld mit seinen Baronen besaß. Er, Lindor, hätte wohl auch keine gehabt.

»Was wünscht Ihr?«, fragte er nach einer längeren Pause, die den anderen Mann sichtlich irritierte.

»Ich bin gekommen, um meine Dienste dem Kanzler des mächtigen Reiches Thyrmantor anzubieten«, sagte der Baron in gesetzten Worten, als es auch ihm bewusst wurde, dass die erwartete Einladung, ebenfalls Platz zu nehmen, ausbleiben würde.

»Warum?«, fragte Lindor.

Der Baron blinzelte, diese Frage hatte er wohl nicht erwartet. Doch er fing sich schnell. »Weil es die bessere Wahl ist!« Er beugte sich mit einem vertraulichen Lächeln vor. »Ich befinde mich gerne auf der Seite der Gewinner.«

Das glaube ich gerne, dachte Lindor. »Das meinte ich nicht«, wies er den Mann zurecht. »Warum sollte der Kanzler Eure Dienste in Anspruch nehmen wollen?«

»Ich verstehe nicht …«, stammelte der überraschte Baron. »Ich bin hier, um meinen Lehenseid dem Kanzler gegenüber abzulegen.«

»Ich weiß. Noch einmal, warum sollte der Kanzler Eurer bedürfen?«

Der Mann fing sich wieder. »Nun«, begann er. »Ich verfüge über ausgedehnte Ländereien und eine schlagkräftige Armee. Zum anderen kenne ich die anderen Barone und habe Zugang zum Grafen von Berendall. Ich versichere Euch, ich bin bereit, den Kanzler in vollem Umfang zu unterstützen. Zu lange haben diese Lande unter der unsicheren Herrschaft des Grafen gelitten.«

»Klare Worte. Das ist doch etwas«, bemerkte Lindor scheinbar anerkennend. »Ihr seht aus wie ein Mann, den man beim Wort nehmen kann. Also gut, ich erwarte, dass Ihr uns als Zeichen Eurer Ehrlichkeit vierzig Ochsen und zehn Wagen mit Mehl schicken werdet. Wir reden weiter, wenn Ihr das getan habt. Ihr seid entlassen.«

Einen Moment lang stand der Baron da und sah Lindor fassungslos an. Dann plusterte er sich auf wie ein Frosch. »Guter Mann, habt Ihr eine Ahnung, mit wem Ihr hier sprecht?«

»Einem zweitklassigen Baron, dessen Ländereien ausgeblutet werden, ein Mann mit einem Heer von unzuverlässigen Söldnern und schlechtem Geschmack. Ihr wollt dienen? So tut es. Ich erwarte Eure Lieferung in Bälde.«

»Ihr könnt nicht so mit mir reden!«, beschwerte sich der fassungslose Mann.

»Ich tue es doch gerade«, meinte Lindor und stand auf. »Diese Audienz ist beendet. Ihr könnt gehen. Wenn Ihr es wünscht, kann ich es auch einrichten, dass man Euch aus dem Lager eskortiert. Der Götter Segen mit Euch.«

»Aber …«, begann der Baron, doch Lindor ignorierte ihn.

»Heskel!«, rief er. Die Tür sprang auf und der Leutnant stand im Türrahmen stramm. »Der Baron kann gehen. Geleitet ihn hinaus.«

Der Baron schüttelte sich wie ein nasser Hund und warf Lindor einen giftigen Blick zu.

»Das, Graf«, sagte er mit einer schneidenden Stimme, »war Euer größter Fehler.«

Wohl kaum, dachte der Graf bitter. Es ist nicht Euer Antlitz, das mich in meinen Träumen verfolgt.

Ohne ein weiteres Wort drehte sich der Baron um und stapfte aus dem Raum heraus. Leutnant Heskel schloss die Tür hinter ihm und musterte den Grafen mit neugierigen Augen.

»Ich habe noch nie erlebt, wie ein Mann sich so schnell so viele Feinde zu schaffen vermochte«, wagte er dann anzumerken.

»Meint Ihr ihn oder mich?«, fragte der Graf belustigt.

»Euch. Mit Verlaub, Ser!«

»Wie ich sehe, habt Ihr auch den Mut gefasst, direkte Worte zu verwenden. So ist es gut, Heskel, ich wünsche mir kein Herumschleichen um den heißen Brei!« Lindor lachte. »Aber Ihr habt sicherlich recht mit dem, was Ihr sagt. Es wäre wohl noch schneller gegangen, wäre der geschätzte Ser Baron nicht so begriffsstutzig gewesen. Ich mag keine Stutzer, aber das werdet Ihr bereits bemerkt haben.«

»Es ist mir aufgefallen«, bemerkte Heskel, ohne die Miene zu verziehen. »Ich werde jedweden Brokat aus meinem Schrank verbannen.« Er seufzte übertrieben. »Es wird gewiss nicht einfach sein, besitze ich doch Hunderte solcher Wämse.«

Der Graf lachte trocken.

»Ihr seid ein Mann nach meinem Herzen, Heskel, und hier vollständig fehl am Platz. Hattet Ihr nichts Besseres zu tun als den Militärdienst?«

»Schon, nur wurde ich nicht gefragt«, gab Heskel zurück.

»So geht es manchmal«, sagte der Graf und seufzte. »Nun gut. Schickt den Zeugmeister nach Mislok. Ich will dort alles an Vorräten aufgekauft sehen, was es gibt. Er soll gute Münze zahlen, aber nicht vergessen, die Ochsen und die Wagen einzutreiben. Weigert sich der Baron, so soll der Zeugmeister ihm drohen. Mein Drache sei hungrig oder Ähnliches. Der Zeugmeister soll mitnehmen, was er Nützliches in den Kellern des Barons findet. Mit meinen Grüßen.«

Der Leutnant sah den Grafen einen Moment lang an, dann schüttelte er den Kopf.

»Ihr seid wahrlich nicht in der Diplomatie bewandert.«

»Oh«, lächelte der Graf. »Genau hierin täuscht Ihr Euch.« Er stand auf und trat ans Fenster. »Was will ich mit einem Mann, der seinen alten Lehenseid verraten will? Ach ja ... seht zu, dass es zum Gespräch unter den Soldaten wird. Geht im Gasthof trinken und verplappert Euch ein wenig. Ich halte es für angebracht, wenn Graf Torwald bald erfährt, wie loyal dieser Baron ihm gegenüber ist. Wenn die Ochsen ankommen, lasst sie schlachten und die Leute einen Trinkspruch auf den großzügigen Baron verlauten lassen, der lieber königliche Truppen mit Rindviechern füttert, als sich um seine eigenen Leute zu kümmern. Und Heskel?«

»Ja, Ser!«

»Lasst hier mal ordentlich durchlüften.«

Lamar lächelte, als der alte Mann das Geschehen beschrieb. »Passt auf, sonst wird mir dieser Graf noch angenehm«, sagte er dann. »Hrmpf«, meinte der Geschichtenerzähler irritiert und nahm einen tiefen Schluck von seinem Wein. Lamar selbst hatte sich entschieden, vorerst beim Tee zu bleiben, auch wenn er ihm viel zu schnell auf die Blase drückte. Dafür, dass er so viel trank, blieb der alte Mann allerdings bemerkenswert nüchtern, vielleicht verwässerte ihm der Wirt den Wein auch ordentlich. Jetzt sprach er weiter. »Vielleicht war der Graf nach seinem Dafürhalten ein ehrenhafter Mann, für uns, vor allem für Garret, stellte sich das alles anders dar.«

»Wie ging es denn bei ihm weiter? Diesem Garret und seinem großen Freund Tarlon?«

»Die befanden sich zu diesem Zeitpunkt noch in Lytar. Es war der erste Tag nach dem Dammbruch. Graf Lindor hatte einen Drachen, der schnell genug war, ihn an einem Tag nach Thyrmantor und dann wieder nach Berendall zu bringen, Knorre seinen Stab. Garret und die anderen hatten es nicht ganz so einfach zu reisen. Zudem … die Niederlage der königlichen Truppen in der alten Stadt kam auch für den Rat überraschend. Eigentlich hatte niemand daran geglaubt. Jetzt musste erst einmal entschieden werden, wie weiter zu verfahren war. Es stellte sich heraus, dass Meister Pulver als Einziger darüber nachgedacht hatte …«

9 Ratsversammlung

»So«, sagte Garret und zog die Schnur fest, »das wäre das.« Er sah auf Marcus herab, der die untere Ecke des schweren Leinentuchs an der Zeltstange festband. »Ziemlich viel Aufwand für ein einzelnes Zelt.«

Marcus nickte nur. Der junge Mann reichte Garret nur bis zum Brustbein, kaum größer als ein Zwerg, aber ohne die breitschultrige Statur, die Argor und seinen Vater auszeichnete. Es gab schon solche, die ihn einen Halbmann genannt hatten, nur fand Garret, dass es nichts »Halbes« an Marcus gab. Er war einfach nur kleiner.

Noch vor wenigen Wochen wäre es undenkbar gewesen, den jungen Mann ohne ein Lächeln auf dem Gesicht vorzufinden. Sein Vater Theo war Koch im Gasthof von Lytara gewesen, und obwohl Marcus hart arbeiten musste, galt seine gute Laune fast schon als sprichwörtlich.

Als jedoch die Truppen Beliors Lytara angriffen, warf der Drache des Grafen Lindor Feuer auf den alten Gasthof und Marcus' Vater war unter den ersten Opfern dieses Angriffes gewesen, verbrannt, als er Marcus aus den Flammen rettete. Seitdem lachte Marcus nicht mehr.

»Es ist ein gutes Zelt«, sagte Marcus nun und sah sich um, ob es noch etwas anderes zu tun gab, wo er mit seinen fleißigen Händen helfen konnte.

Es war in der Tat ein gutes Zelt, dachte Garret. Fünf hohe Stangen stützten es in der Mitte, gute zwanzig Stangen stützten die Wände, sodass ein ausgewachsener Mann ohne Probleme aufrecht stehen konnte und es war fast zwanzig Schritt im Durchmesser.

Der Ort, an dem es stand, war ein größerer, von den Ruinen einst stattlicher Häuser eingefasster Platz, nicht weit von der

Königsbrücke entfernt, die als einzige Brücke noch den Fluss Lyanta überspannte. Dieser südliche Teil der alten Stadt war noch am wenigsten zerstört, einige der alten Ruinen hatten kaum mehr als Fenster und Dach verloren. Es gab auch die eine oder andere Stimme, die vorschlug, zumindest eines der alten Häuser an dem Platz wieder bewohnbar zu machen.

Doch zumindest für den Moment musste man mit Zelten vorliebnehmen, die bereits jetzt schon den Platz füllten, auch wenn es manchmal nicht einfach war, die Heringe zwischen die alten Steinplatten des Platzes zu treiben. Als Garret hinaussah, dachte er, dass die Zelte überraschend ordentlich aufgebaut waren, mit etwas Fantasie konnte man tatsächlich glauben, hier hätte eine kleine Armee ihr Lager aufgebaut und nicht nur ein paar Bauern und Handwerker aus einem unbedeutenden Dorf in einem vergessenen Tal.

Dieses große Zelt war das letzte, das errichtet worden war. Heute Abend würde hier der Rat tagen, um zu bestimmen, was als Nächstes geschehen und wie man der Bedrohung durch den Usurpator Belior am besten entgegentreten sollte.

Dennoch hatte man eine Verwendung für das größte der Häuser gefunden, einen alten Stadtpalast, dessen Grundstück noch immer von einer intakten Mauer umgeben war. Dort befanden sich die Gefangenen. Obwohl nur ein Bruchteil von Lindors Streitmacht die gestrige Nacht überlebt hatte, waren es jetzt schon über dreihundert, und stündlich kamen mehr und mehr Soldaten aus den Ruinen, eher bereit, sich den Leuten aus Lytara zu stellen, als noch eine Nacht in den Ruinen der verdorbenen Stadt zu verbleiben. Da die Streitmacht Lytaras kaum mehr als einhundertundfünfzig Menschen umfasste, kamen zwei Gefangene auf einen der Kämpfer aus Lytara, ein eher etwas irritierender Zustand, wie nicht nur Meister Pulver schon festgestellt hatte.

Garret duckte sich durch den Eingang und ging zu dem schweren Fuhrwerk, das vor dem Zelt stand und mit Bänken, Tischen, Fässern und Kisten hoch beladen war.

Sein großer Freund Tarlon hob gerade zusammen mit seinem

Vater einen massiven Tisch herab. Die Familienähnlichkeit zwischen den beiden war verblüffend, nur war bei Hernul das flammendrote Haar mit Grau gesprenkelt. Auch war Tarlon vielleicht noch eine Handbreit höher und in den Schultern breiter als sein Vater.

Ein paar der Bänke hatten sie schon abgeladen und auf einer von diesen saß Vanessa, Tarlons Schwester. Sie hatte Garrets Größe, hellgraue Augen, die ihn nun sorgsam musterten, und die roten Haare ihrer Familie, in ihrem Fall etwas dunkler, sodass diese wie geschmolzenes Kupfer glänzten. Eine Farbe, die Garret gerade in der letzten Zeit lieb gewonnen hatte. Im Moment trug sie das Haar zu einem Zopf zusammengebunden. Gekleidet war sie, wie viele hier, in einer leichten Rüstung aus Leder, neben ihr auf der Bank lag das schwarze Schwert ihrer Familie. Sie sah wie eine dieser Kriegerinnen aus den Balladen aus, denen Garret früher immer so gerne gelauscht hatte. Vor allem dann, wenn es die Sera Bardin gewesen war, die sie erzählte.

Vanessa sah müde aus, sie hatte sich zurückgelehnt, die langen Beine von sich gestreckt, die durch die lederne Hose eher noch betont wurden. Vor dem Angriff hätte sich bestimmt jemand gefunden, um sie darauf hinzuweisen, wie unschicklich es war, Hosen zu tragen. Wenn man sie jetzt heimlich beobachtete, lag es wohl mehr daran, dass sie sich vor zwei Tagen einem der Echsenkrieger, einem dieser Kronoks, die in Diensten des Kanzlers Belior standen, im offenen Kampf gestellt hatte. Nur dem Eingreifen Marten Dunkelfeders und seines Kriegsfalken war es zu verdanken, dass sie den Kampf überlebt hatte, aber ihre Tapferkeit hatte Astrak und dem Heiler der Söldner das Leben gerettet. Im Kampf verwundet, stützte jetzt eine lederne Schlinge ihren rechten Arm und Garret sah noch immer den Schmerz in ihren Augen. Dennoch lächelte sie, als er sich zu ihr setzte und ihr einen Apfel reichte.

»Willst du ihnen nicht helfen?«, fragte sie ihn und biss herzhaft in den Apfel. Garret sah zu Tarlon und seinem Vater hinüber, die gemeinsam eine weitere schwere Bank mit scheinbarer Leichtigkeit vom Wagen wuchteten, und schüttelte dann übertrieben entsetzt den Kopf.

»Ich? Ihnen helfen? Ich bekomme schon vom Zusehen Muskelkater!« Er grinste breit. »Ich wäre ihnen doch nur im Weg. Zudem, ich habe schon etwas getan, ich habe bestimmt hundert dieser Zeltplanen festgebunden ... das reicht erst mal.«

Bei sich dachte Vanessa, dass Garrets Grinsen etwas bemüht wirkte, dennoch war sie froh, es zu sehen. Wie ihr Bruder Tarlon trug auch Garret noch immer die Rüstung des Gegners, und dieses Grinsen war alles, was sie noch an den jungen Mann von früher erinnerte. Noch vor wenigen Wochen hatte sie ihn kaum ernst nehmen können, obwohl sie wusste, dass er sich für sie interessierte. Jetzt hatte sich das geändert. Dennoch vermisste sie sein schallendes Lachen, die Art, wie er sie aufgezogen hatte, das freche Grinsen, das sie mehr als einmal vor die Wahl gestellt hatte, ihn entweder zu ohrfeigen oder doch zu küssen.

»Wie geht es dir?«, fragte er nun leise. Vanessa bewegte vorsichtig ihre Schulter. Helge, der Heiler der Söldner, hatte sie nach dem Kampf notdürftig verarztet und sie gewarnt, dass es sehr gut sein mochte, dass sie nie die volle Bewegungsfreiheit zurückerhalten würde, zu schwer war die Wunde, die der Kronok ihr geschlagen hatte.

Doch Marten hatte sie noch in der Nacht zum Dorf zurückgeflogen. Dort suchte dann Barius, einer der Wächter und ein Priester Loivans, sie auf und bat seinen Herrn um Heilung für sie. Es schmerzte noch immer und ihr zukünftiger Gemahl würde sich mit einem Geflecht von Narben auf ihrer Haut abfinden müssen. Helge hatte sie zwar gewarnt, dass ihr Arm womöglich nicht mehr ganz hergestellt werden konnte, doch anders als Helge war Barius zuversichtlich.

»Barius sagt, dass die Gnade seines Gottes die Heilung beschleunigt hätte. Er meint, ich müsste meinen Arm bald wieder verwenden können. Die Narben aber werden bleiben«, fügte sie mit einem vorsichtigen Blick in Garrets Richtung hinzu.

Garret schien diesen nicht wahrzunehmen. »Das ist gut«, sagte er, doch seine Aufmerksamkeit galt anderem. Der Platz, auf dem die Lytarianer ihr Lager aufgeschlagen hatten, befand sich auf einer Anhöhe etwas westlich von dem Pfad der Verwüstung, den die Wassermassen aus dem Stausee durch das Heerlager der Truppen Beliors geschlagen hatten. Einst hätten die stattlichen Häuser den Blick auf den Platz vor der alten Börse versperrt, doch jetzt waren die Häuser in sich zusammengefallen und erlaubten einen Blick bis hinunter zu dem alten Hafen.

Zwar war es zu weit, um zu erkennen, was gesagt wurde, aber Garret besaß gute Augen, so entging es ihm nicht, wie sich Pulver von Argors Vater abwandte und langsam zum Lager zurückging, während der Zwerg sich zu einem anderen Haufen Gefallener begab und die Leichen zur Seite zerrte, um zu sehen, ob vielleicht doch Argor darunterlag.

»Barius sagt, dass Loivan einem die Narben lässt, damit man mit Stolz daran erinnert wird, einen gerechten Kampf gefochten zu haben«, meinte er nun und zog sie sachte an sich heran. »Ich danke den Göttern dafür, dass du lebst, da werden mich die paar Narben wohl kaum stören!« Er sah ihr tief in die Augen. »Nur wäre es mir recht, wenn du keine weiteren sammeln würdest.«

»Das wird man sehen. Wenn ihr wieder ausgesandt werdet, begleite ich euch«, teilte sie ihm mit. Ihre Augen funkelten. »Weder du noch Tarlon werdet mich davon abbringen können.«

»Tarlon wird es nicht einmal versuchen«, sagte Garret sanft und zog sie fester an sich.

»Und du?«

Garret sah sie übertrieben überrascht an. »Ich? Ich bin froh, wenn jemand dabei ist, der mich verteidigt«, grinste er und in diesem Moment fiel ihr die Wahl nicht schwer. Sie küsste ihn.

Tarlon und Hernul tauschten einen Blick aus, als sie den letzten der schweren Tische von dem Wagen hoben. »So ganz weiß ich nicht, was ich davon halten soll«, vertraute sich Hernul dann seinem Sohn an, der nur die Schultern zuckte und eine der schweren Bänke alleine vom Wagen hob. Noch drei Bänke, dann waren sie fertig. Schon waren andere dabei, die Tische und Bänke in das große Zelt zu verfrachten und Meister Braun selbst war es, der das große Bierfass hineinrollte und zusammen mit zwei anderen auf einen Bock hob. »Es war unausweichlich, Vater«, sagte Tarlon dann und griff nach der nächsten Bank. »Diese beiden sind schon umeinander herumgeschlichen, als sie noch kniehoch waren.«

Hernul lachte. »Das hört sich an, als wärest du selbst nie so klein gewesen«, bemerkte er dann und wischte sich den Schweiß ab. Auch er sah zu dem Platz vor der alten Börse hinüber und eine steile Falte entstand auf seiner Stirn. Trotz der frischen Brise, die vom Meer her kam und die Zeltbahnen ständig leicht im Wind wehen ließen, war es warm, einer dieser Sommertage, wo es die Göttin gut mit ihnen meinte. Über ihnen erstreckte sich ein strahlend blauer Himmel, noch hier und da gab es einen weißen Tupfer am Firmament, nichts verriet, dass hier gestern einer der schlimmsten Stürme getobt hatte, an den sich Hernul erinnern konnte. Im Kontrast dazu wurde der Berg an Leichen dort unten immer größer, mittlerweile fragte er sich, wo man das ganze Holz hernehmen sollte, um sie alle zu verbrennen.

Tarlon folgte seinem Blick. »So kommt es mir auch vor«, sagte er nachdenklich und warf dann einen schnellen Blick zu seiner Schwester und Garret hinüber. »Manchmal beneide ich ihn«, fuhr er dann fort.

»Warum?«, wollte sein Vater wissen und setzte die letzte Bank vor dem Wagen ab. »Weil er sich keine Sorgen macht?«

Tarlon schüttelte langsam den Kopf und klappte die Wagenwand hoch, um den schweren Messingriegel mit einem harten Schlag in die Zuhaltung zu treiben. »Das ist es nicht. Ich weiß, dass er sich Sorgen macht, manchmal, wenn auch selten, spricht er sogar darüber. Nein, es ist sein Talent, die Dinge zu akzeptieren, wie sie sind, um das ich ihn beneide.« Er sah seinen Vater prüfend an. »Um Vanessa macht er sich Sorgen. Sag mal, wirst du es ihr verbieten, mit uns zu kommen? Sie hat es vor.«

Hernul wischte sich mit dem Hemdsärmel den Schweiß von der Stirn und sah zu seiner Tochter hinüber. Garret musste irgendetwas zu ihr gesagt haben, das sie erheiterte, denn sie lachte. »Nein«, erwiderte er dann. »Ich kann es nicht. Sie lacht. Seit deine Mutter von uns ging, lacht sie nur, wenn er da ist.« Wieder wischte er sich mit dem Ärmel über die Augen, nur war es diesmal kein Schweiß. »Was ist mit dir, Sohn?«, fragte er dann leise.

Tarlon hielt inne und sah seinen Vater fragend an.

»Was meinst du?«

»Du und Elyra. Deine Mutter war davon überzeugt, dass ihr euch die Hände binden würdet. Ich merke, wie du ihr nachsiehst, wenn sie in der Nähe ist.«

»Sie ist die Priesterin Mistrals«, teilte ihm Tarlon mit unbewegter Stimme mit. »Ihr Leben gehört nun der Göttin.« Er wandte sich ab und ging nach vorne, zu den Leitpferden des schweren Vierergespanns. »Ich fahre den Wagen zur Seite, schirre ab und versorge die Pferde. Da kommt Pulver, er sieht aus, als wolle er dich sprechen.«

»Die Stadt ist mir noch immer unheimlich«, bemerkte Garret etwas später zu Tarlon, der neben ihm stand. Beide hielten einen Humpen Dünnbier in der Hand; auch wenn es so schien, als ob die Verderbnis von der Stadt genommen worden war, wollte niemand das Risiko eingehen, das hiesige Wasser zu trinken. Garret lehnte an einer der Zeltstangen und ließ seinen Blick über die Ruinen der alten Stadt gleiten. »Lytar ist voller ruheloser Geister«, fügte er hinzu. »Was meinst du, werden wir sie je bannen können?«

Die Fackeln auf dem Platz vor der alten Börse waren nicht die einzigen Lichter in der Nacht. Dort hinten schimmerte blass und bläulich eine Säule aus Licht, hier und da sah er in der Ferne die Abbilder längst verfallener Häuser, am Tage nur noch Schutt und Geröll. Von Ungeheuern und verdorbenen Wesen bevölkert, schuf die Nacht mit einem Trick der alten Magien ein Bild aus längst vergangenen Tagen. Hier und da sah man auch eine Bewegung hinter den erleuchteten Fenstern, die bei Tage nur noch leere Höhlen waren. Ein kalter Schauer lief Tarlon über den Rücken und er sah schnell weg. Die Verderbnis war ihrer Quelle beraubt, mit etwas Glück würden ihre Folgen auch bald schwinden. Er schwieg noch einen Moment, bevor er einen Blick hinauf in den Himmel warf, dorthin, wo im Firmament ein Stern am hellsten leuchtete, der Stern der Göttin Mistral, die nach langen Jahrhunderten endlich Lytara wieder ihre Gnade gewährte.

»Das ist nicht unsere Aufgabe. Elyra wird sich darum kümmern.« Tarlon warf einen Blick durch die offene Zeltplane in das Zelt, dorthin, wo an einem langen Tisch der Ältestenrat tagte. Elyra saß auch dort, es war ungewohnt, sie dort bei den anderen sitzen zu sehen. Doch es war ihr Amt und nicht ihr Alter, das sie an diesen Tisch brachte. Was sie selbst davon hielt, war schwer zu erkennen, ihr fein gezeichnetes Gesicht zeigte wenig Regung. Sie sah auf und bemerkte seinen Blick, einen Moment nur trafen sich ihre Blicke, dann sah sie wieder zu Pulver hinüber, der sich mit Hendriks, dem Söldnerführer, unterhielt.

Auch für ihn hatte Barius seinen Herrn um Heilung angefleht, dennoch würde es noch Tage dauern, bis der Mann sich von der Bahre erheben konnte. Doch war er wach und hörte aufmerksam zu. Jetzt richtete sich der Hauptmann auf, um Pulvers letzte Frage zu beantworten.

»Ihr habt Belior eine blutige Nase gegeben«, sagte er und man merkte ihm an, dass ihn das Sprechen noch immer anstrengte. »Jeder andere Gegner würde aufgeben, doch nicht Belior. Er will diese Krone und es ist ihm egal, wie viele Tote es dafür braucht. Ihr habt ihm widerstanden, dies kann er nicht dulden. Wenn wir ihm das nächste Mal gegenüberstehen, wird er uns zu zertreten suchen!«

»Genau das gilt es zu verhindern«, sagte Pulver ruhig. »Wie besiegen wir ihn?«

»Besiegen?«, lachte Hendriks bitter. »Niemand konnte ihn je besiegen!«

»Dann wird es Zeit dafür«, sagte Meliande ruhig. Jedes Mal, wenn Garret die Hüterin sah, die so lange das alte Depot mit dem verlorenen Wissen Lytars bewacht hatte, beschlich ihn ein mulmiges Gefühl. Auch Vanessa war dies schon aufgefallen, sie hatte ihn sogar gefragt, warum er der Hüterin auswich. Aber wie sollte Garret ihr erklären, dass er sich noch zu gut daran erinnerte, wie er die braunen und verbrannten Knochen Meliandes in einem Sack zum Depot gebracht hatte? In einem Ritual, in dem die meisten der anderen Hüter ihr Leben gaben, hatte dann Barius seinen Gott angefleht, Meliande wieder ins Leben zu rufen. Die Hüterin schien nun kaum älter als ein Dutzend und vier, nur in ihren Augen sah man, wie alt sie wirklich war. Wie sollte Garret erklären, dass es ihm verständlicher erschien, dass ein Schwur und Magie jemanden lange nach seiner Zeit ans Leben band, dass er jedoch die Auferstehung der Hüterin als weitaus unheimlicher empfand?

Schwere Schritte rissen Garret aus seinen Gedanken. Es war Ralik, der nun neben Tarlon und Garret stehen blieb.

»Er liegt nicht auf dem Platz«, sagte Ralik rau. »Es muss ihn hinaus in die See gespült haben.«

»Argor hasst das Wasser«, bemerkte Garret und biss sich im nächsten Moment auf die Zunge.

Doch Ralik nickte nur und stampfte an ihm vorbei in das Zelt, in dem sich alle erhoben, als sie sahen, wer da zu ihnen stieß. Offenbar besaß der Radmacher gute Ohren.

»Wenn wir ihn besiegen wollen«, sagte Ralik kalt und legte den schweren Hammer auf den Tisch, während er nach einem Bierhumpen griff, »dann können wir das nicht alleine.« Er nahm einen Schluck von dem Bier, verzog das Gesicht und stellte den Humpen mit einem vorwurfsvollen Blick in Richtung von Meister Braun wieder ab. »Wenn wir ihn besiegen wollen«, wiederholte er, »brauchen wir Verbündete.« Er nahm seinen Helm ab und legte ihn neben den Hammer. Graue Augen suchten und fanden ein anderes Augenpaar, dieses meergrün und ähnlich einer Katze.

»Ihr habt uns beobachtet, über uns gewacht, oder soll ich sagen, bewacht?«, sagte er vorwurfsvoll zu der Sera Bardin, die in ihrem schwarzen Leder nicht viel weniger bedrohlich aussah als der gepanzerte Zwerg selbst. Sie war zierlich und nicht besonders groß, ihr Haar so schwarz wie das Gefieder eines Raben, doch ein Blick in dieses fein gezeichnete Gesicht und ein jeder wusste, dass man sie nicht unterschätzen durfte. »Ihr alleine kanntet von Anfang an die ganze Geschichte. Ihr seid es, die weiß, was zu tun ist«, fuhr der Zwerg im selben vorwurfsvollen Ton fort. Langsam hob die Bardin den Kopf, um den Blick des Zwergs kalt zu erwidern, doch Ralik ließ sich nicht beirren. »Die Sera Meliande ist zu höflich, um Euch daran zu erinnern. Vielleicht glaubt sie ja auch, dass die alten Verpflichtungen nicht mehr gelten. Aber es ist nicht so, nicht wahr, Sera?«

»Was wollt Ihr damit andeuten?«, fragte die Bardin nun mit ihrer weichen Stimme, die so viele Generationen der Dorfbewohner verzaubert hatte.

»Andeuten will ich nichts«, sagte nun der Zwerg und sah zu Pulver hinüber, der langsam nickte. »Ich fordere etwas von Euch. Ich fordere, dass Ihr anerkennt, dass sich die Menschen Lytaras verändert haben. Ich fordere, dass Ihr zu Eurem Versprechen steht. Ich fordere, im Namen des Greifen, die Allianz ein, die zwischen dem Greifen und dem Volk der Elfen besteht.«

Die Bardin erhob sich.

»Die Allianz wurde schon vor langer Zeit gebrochen. Es gibt nichts einzufordern, Radmacher. Ihr wisst nicht, wovon Ihr sprecht.«

»Ich weiß es nicht?«, fragte der Zwerg grimmig und eine buschige Augenbraue hob sich. Sein Blick suchte und fand den der Hüterin Meliande, die ihn mit überraschten Augen musterte. »Vorher wusste Belior nicht, dass wir das besitzen, was er will. Jetzt weiß er es. Meint Ihr wirklich, er wird Ruhe geben, bevor er es in seinen Händen hält?«

»Niemand weiß, wo sich die Krone befindet«, gab die Bardin zurück, während alle anderen diese überraschende Konfrontation gespannt verfolgten.

Ralik schüttelte sein graues Haupt. »Ob er nun die Krone findet oder nicht, wird für Euer Volk keinen Unterschied machen. Nicht wenn sich der Himmel mit metallischem Glanz füllt und Eure grünen Wälder unter dem Schritt der Kriegsmaschinen erzittern.«

Marten, der Falkenreiter, der in der letzten Zeit noch nicht einmal den Helm seiner kupfernen Rüstung abgenommen hatte, trat jetzt vor. »Gebt mir nur vier Freiwillige!«, forderte er. »Nur vier und wir werden mit unseren Krallen jede Bedrohung zerreißen, die sich gegen unsere Macht stellt. Nur vier und ich treibe euch die Truppen dieses Beliors aus unseren Landen!«

Neben Meliande richtete sich Barius auf, doch bevor er etwas sagen konnte, hob der Radmacher die Hand. »Es sind nicht mehr unsere Lande«, sagte er, aber auch wenn er zu Marten sprach, war sein Blick wieder auf die Bardin gerichtet.

»Ganz gewiss ist es nicht Euer Land, Zwerg«, kam die harte Antwort Martens, der das empörte Gemurmel ignorierte, als er weitersprach. »Wir brauchen keine Verbündeten, Elfe«, fuhr der junge Mann dann mit kalter Stimme fort. »Wir haben die Mittel und die Möglichkeiten. Wir brauchen nur unser Erbe anzunehmen und bald weht der Greif wieder in unserem Reich. Auch Belior wird dann die Knie vor uns beugen!«

Elyra straffte die Schultern, als sie sich dem Falkenreiter zuwandte.

»Die Göttin verbietet es. *Ich* verbiete es, Marten, hörst du?«

»Du bist auch keine von uns«, erwiderte Marten kalt. »Nicht ein Tropfen unseres Bluts fließt in deinen Adern!«

»Aber ich verbiete es, Falkenreiter.« Diese Stimme, kälter noch als die des jungen Mannes, gehörte der Sera Meliande. Sie zwängte sich an den anderen vorbei und trat vor Marten, der sie mit seltsam starrem Blick ansah.

»Und wer seid Ihr, dass Ihr mir etwas verbieten wollt?«, fragte er dann. »Ich weiß, wofür ich stehe. Ich stehe gegen jeden Feind des Greifen. Wofür steht Ihr?«

»Für den Greifen selbst«, sagte Meliande grimmig. »Du sprichst von Dingen, die dir dein Falke einflüstert. Du sprichst von dem alten Blut, von den Feinden des Reichs. Das Reich existiert nicht mehr.«

»Es ist Krieg. Ich wurde für den Krieg geschaffen. Was erwartet Ihr von mir?«, gab Marten kalt zurück. »Dass ich am Boden bleibe und zusehe, wie der Feind über uns hinwegrollt?«

»Der Falke wurde für den Krieg geschaffen, Marten«, sagte Meliande nun sanfter. »Nicht du. Du lebst ein Schicksal, das nicht für dich bestimmt ist.«

»Aber jetzt ist es das meine.«

»Dann setze dich und schweige. Ein Falkenreiter gehorcht und dient.« Ihre Augen bohrten sich in die des jungen Mannes. »Frag deinen Falken«, sagte sie. Langsam, fast widerwillig senkte Marten den Kopf und setzte sich wieder, seine Hände in ihrem Panzer aus Kupfer zu Fäusten geballt.

»Das«, sagte Ralik nun bedächtig zu der Bardin, »ist die andere Wahl. Jeder von uns weiß, wohin sie führt.« Er sah zu Elyra hinüber, die bleich neben Pulver stand. »Die Göttin warf Lytar zu Boden, strafte die Arroganz derer, die vor uns kamen. Doch diese Lektion ist gelernt, niemand wird noch einmal die Hand gegen eine Priesterin der Göttin erheben. Solange dies nicht geschieht, wird sich die Göttin nicht wieder gegen Lytar erheben, auch wenn die Falken fliegen sollten.« Er hob eine gewappnete Hand und deutete anklagend auf Marten. »Dies ist die andere, die einfachere Wahl. Ihr habt ihn gehört. Vier Reiter fordert er, vier Freiwillige, die ihre Seele dafür opfern, dass Belior fällt. Wollt Ihr riskieren, dass er sie findet? Oder doch Eure Entscheidung überdenken?«

Die Bardin sah ihn nur an. »Wollt Ihr mich erpressen, Ralik?«

»Nein«, sagte der Zwerg bitter. »Aber eines will ich. Euch daran erinnern, dass *wir* nicht Eure Feinde sind. Noch erinnert sich hier jeder daran, wie er oder sie zu Euren Füßen saß und Euren Worten lauschte. Ihr habt Lytara geprägt mit Euren Balladen und Legenden, Ihr habt jedem dieser Menschen hier mit einem Lächeln eine Welt gemalt, die besser war, als sie ist. Seht Ihr denn nicht, dass dies die Gelegenheit ist, auf die Ihr so lange gewartet habt? Ihr seid unter Freunden hier … und ich sah Euch weinen, als die Kinder in Euren Armen starben. Ist dies alles vergessen?«

Die Bardin senkte ihren Blick und seufzte.

»Nein, Freund Ralik«, sagte sie dann mit ihrer weichen Stimme. »Das ist es nicht.« Sie hob den Kopf und sah die anderen an. »Ich werde zu meinem Volk reisen und vor die Königin treten, sie an die Allianz erinnern.«

»Sie wird die Botschaft mit Euren Worten hören«, sagte Meliande, als sie vor die Bardin trat und ihr in die Augen sah. »Ihr könnt Euch die Reise sparen, wenn Ihr Euch nicht sicher seid, wer Euer Freund ist. Ihr seid es, die entscheiden wird, wie Eure Worte das Ohr der Königin berühren. Werdet Ihr um Beistand für Eure Freunde flehen oder sie mit nebensächlichen Worten an ein Pergament erinnern, das so alt ist, dass selbst die Elfen sich kaum mehr daran erinnern?«

»Ihr täuscht Euch, wenn Ihr diesen Pakt vergessen glaubt«, gab die Bardin gelassen zurück. »Es mag zu diskutieren sein, ob er noch gilt oder nicht, aber vergessen? Das ist nicht möglich. Hier in Lytar zu stehen, ruft alte Erinnerungen wach, lässt alte Gefühle erwachen, es ist unser Fluch, dass unsere Erinnerung so weit zurückreicht, wir manchmal eher sehen, was war, als das, was ist.« Ihr schneller Blick huschte zu Marten herüber, der still und schweigsam auf seiner Bank saß und sie nur mit starren Augen ansah. »Ich werde sie nicht an eine Allianz erinnern, sondern sie um Hilfe für unsere Freunde bitten. Drohungen indes werde ich keine ausrichten, es wäre müßig.«

»Danke«, sagte Meliande nur, doch die Art, wie sie es sagte, ließ Garret aufhorchen, auch der Blick, den die beiden Frauen austauschten, hatte eine tiefere Bedeutung.

»Gut«, sagte Meister Pulver nun. »Dann wäre das geklärt. Bleibt nur die Frage, wie Ihr zu Eurer Königin gelangt.«

»Ich werde nach Berendall reisen. Viele der Schiffe dort haben schon an unseren Ufern angelegt, mit etwas Glück wird sich eines finden, das mich hinbringt.«

»Wir werden Euch genügend Geld mitgeben, dass es keines Glücks bedarf«, sagte Pulver nun. »Genug, dass Ihr zur Not ein Schiff kaufen könnt.«

»Gold ist beim Handel mit Menschen immer hilfreich«, lächelte die Bardin.

»Die Hilfe der Elfen wird unerlässlich sein, um in diesem Kampf zu bestehen«, sagte nun Hauptmann Hendriks von seinem Lager aus. »Aber das alleine wird nicht reichen. Ihr … wir«, korrigierte er sich, »wir müssen Söldner anheuern. Wir brauchen selbst eine Armee, wenn wir gegen Belior lange genug bestehen wollen.« Er richtete sich mühsam auf seiner Bahre auf. »Nach dem Dammbruch wird der alte Hafen auf lange Zeit unbrauchbar sein. Hier kann kein Schiff mehr anlegen. Es gibt nur zwei Orte, wo Belior mit seinen Schiffen landen kann. Die Bucht, an der sich unser Lager befand, und Berendall selbst. Die Bucht ist zu klein, um mehr als einem Schiff Platz zu bieten. Also wird es Berendall sein.«

Er sah die anderen im Zelt der Reihe nach an.

»Belior lässt die Flotte bauen, um die Nationen der Elfen zu überfallen. Für dieses Unterfangen hat er im Moment noch nicht genügend Schiffe. Aber er besitzt bereits jetzt eine Flotte, die groß genug ist, um eine Armee zu uns zu bringen. Er kann auch über Land kommen, nur wird es dann Monate dauern, bis er uns erreicht. Der Marsch würde seine Truppen schwächen und uns Zeit geben. Oder aber er landet in Berendall an. In beiden Fällen müsste er den Pass überwinden. Kommt er zu Fuß, ist es zu spät dazu, der Winter wird ihm den Weg versperren. Also …«

»Also wird er seine Truppen nach Berendall verschiffen«, stellte Ralik grimmig fest. »Von dort aus braucht er kaum zwei Wochen, bis seine Truppen wieder vor unseren Toren stehen.«

»Richtig«, sagte Hendriks. »Der Pass muss gesichert werden und wir müssen ihm den Zugang zu der Stadt verwehren. Ich sah Berendall, als wir an dem Ort vorbeisegelten. Die Stadt ist nicht besonders groß, aber sie verfügt über mächtige Mauern. Fällt sie an Belior, so besitzt er einen Stützpunkt nahe Lytar und unser Schicksal ist besiegelt. Verwehrt ihm Berendall die Landung, dann …«

»Dann haben wir eine Chance«, stellte Pulver fest. Er wandte sich an die Bardin.

»Sera, Ihr seid durch Berendall gekommen, nicht wahr? Wie schätzt Ihr die Lage ein?«

Die Bardin schüttelte den Kopf. »Das kann ich Euch nicht sagen, Meister Pulver. Der Graf ist alt und hat keine Erben. Wie er entscheidet, ist schwer vorhersehbar. Nur eines weiß ich von ihm. Er ist stolz. Unter seiner Führung wurde Berendall die wichtigste Stadt der Vorlande, unter allen Baronen und Grafen, die sich diese Lande aufteilen, ist er derjenige, dessen Beispiel die meisten folgen werden.«

»Was sind diese Vorlande?«, fragte nun Elyra. »Ich weiß, dass es andere Länder gibt, aber wo befinden diese sich? Ich habe unser Tal noch nie verlassen und weiß darum nicht, wie sich die Welt um uns gestaltet.«

»Die Vorlande gehörten einst zum Reich. Vorlande ist unser Name für sie, sie selbst nennen sich die Greifenlande«, erklärte die Bardin. »Nach dem Fall Lytars zerfielen sie in kleine Baronien, auf ewig in Neid, Missgunst und Zwist miteinander verbunden. Die Grafschaft Berendall ist das größte dieser Länder und das einzige, das in den letzten Jahrzehnten von diesen Streitereien verschont geblieben ist. Der alte Graf ist ein geschickter Diplomat und Taktiker. Nur jetzt, wo ein jeder damit rechnet, dass er bald sterben wird, lauern die Wölfe auf seinen Tod.«

»Noch lebt er«, stellte Hernul fest. »Es gilt also, ihn auf unsere Seite zu ziehen. So es denn möglich ist.«

»Möglich ist alles«, sagte Pulver voller Überzeugung. »Versuchen werden wir es auf jeden Fall.«

»Es gibt noch eines zu bedenken«, fügte nun Hendriks nachdenklich hinzu. »Diese Streitereien und der Zwist, von dem die Sera Bardin spricht, sie könnten uns von Nutzen sein. Es gibt unzählige Söldnerkompanien dort. Macht ihnen das gleiche Angebot wie uns.« Seine Augen glänzten, aber vielleicht waren sie auch nur fiebrig. »Gebt ihnen einen Grund, der nicht aus Gold besteht. Gebt ihnen Land und die Chance auf eine Zukunft und sie werden eurem … unserem Banner folgen.«

»Gut«, sagte Pulver. »So wird es geschehen. Ich weiß auch schon, wen wir schicken werden, um die Vorlande zu erkunden.« Sein Blick suchte und fand Garret und Tarlon, die vor dem Zelt standen.

»Ich glaube, das ist keine Überraschung«, stellte Garret grinsend fest. »Wir sind einfach zu gut darin.«

»Oder wir haben bislang nur Glück gehabt«, gab Tarlon zu bedenken, so leise, dass nur Garret ihn hören konnte.

»Wo liegt der Unterschied?«, lachte dieser. »Solange wir ganz und heil zurückkehren, ist es mir egal, ob es Tüchtigkeit ist oder einfach nur Glück! Ich nehme beides gerne!«

Doch Pulver schüttelte den Kopf.

»Nein. Eure Aufgabe wird es sein, die Sera Bardin sicher nach Berendall zu geleiten.«

»Und wer erforscht die Vorlande?«, fragte Garret überrascht. »Wie ich schon sagte, wir sind gut darin.«

»Das mag sein«, sagte Pulver. »Aber Marten und sein Falke sind dafür geeigneter.« Er sah zu Sera Meliande hinüber.

»Er kann die Vorlande aus der Luft erkunden und die alten Karten korrigieren, vor allem aber kann er Kontakt zwischen uns, dem Dorf, dem Pass und auch denen halten, die wir ausschicken.«

Er wandte sich an die Freunde.

»Ihr seht zu, dass die Bardin ihr Schiff erreicht. Danach werdet ihr versuchen, eine Audienz bei dem alten Grafen zu erwirken.«

»Meister Pulver«, begann Garret zögerlich. »Ich danke für dieses Vertrauen, aber wir sind schwerlich geeignet, mit dem alten Grafen zu verhandeln!«

»So schlecht habt ihr euch bei Hendriks nicht angestellt«, lächelte Pulver. »Aber keine Sorge, die Verhandlungen wird jemand anderes führen.« Er sah zu der Hüterin hin. »Die Sera Meliande wird dies für uns tun. Marten kann sie hinfliegen, wenn es so weit ist.«

»Wieso ich?«, fragte die Hüterin erstaunt.

»Es gibt viele Gründe«, sagte Pulver mit einem seltsamen Unterton in der Stimme. »Aber um nur zwei von ihnen zu nennen: Ihr seid jemand, den der Falke auf seinem Rücken dulden wird, und Ihr seid geschult in den Belangen der Diplomatie, weitaus mehr als jeder andere von uns.«

»Aber ich bin eine Hüterin«, widersprach Meliande. »Ich bin an meinen Schwur gebunden!«

»Ja«, sagte jetzt Barius, der Priester des gerechten Gottes Loivan, als er ihr sanft eine gewappnete Hand auf die Schultern legte. Im unsteten Licht der Laternen, die das Zelt erleuchteten, schien es Garret für einen Moment, als ob er hinter dem kantigen Gesicht des Priesters die gelben Knochen eines Totenschädels sehen könnte. Wie die anderen Hüter auch existierte der breitschultrige Mann nur noch, weil sein Schwur ihn nicht sterben ließ. »Aber genau deshalb bist du die Richtige dafür. Der Fluch bindet dich nicht mehr an diesen Ort, nur dein Schwur ... aber es besteht wohl kaum ein Zweifel daran, dass du ihm folgst, wenn du für diese Menschen sprichst! Der Alchemist hat recht, Meliande, eine Geeignetere als dich wird sich wohl schwerlich finden lassen!«

»Genau so sehe ich es auch«, meinte Meister Pulver. »Wir werden also Ralik beauftragen, den Pass neu zu besetzen, und die Sera Meliande und Hauptmann Hendriks schicken, um mit den Söldnern zu verhandeln.«

»So erfahre ich also auch schon davon«, sagte Ralik grimmig. »Ist das nun deine Idee oder ist es die Entscheidung des Rats?«

Der Alchemist sah ihn überrascht an.

»Weder noch. Es ist eine Notwendigkeit.« Er sah sich zu Meister Braun, Hernul und Garen, Garrets Vater, um, der etwas weiter hinten saß und bislang kein Wort gesagt hatte.

»Hat jemand einen besseren Vorschlag oder ist jemand dagegen?« Sein Blick wanderte über die Leute im Zelt. »Niemand?«, fragte er dann. Als sich noch immer niemand zu Wort meldete, nickte er befriedigt.

»Gut, also gilt es als beschlossen.« Er sah zu Ralik hinüber. »Zufrieden, alter Freund?«

»Ja«, sagte Ralik und nahm Helm und Hammer wieder auf. »Zumindest damit.« Seine grauen Augen hielten den Alchemisten fest. »Der Rat entscheidet.«

Pulver erwiderte den Blick des Radmachers überrascht.

»So ist es«, stimmte er ihm dann zu. »Der Rat entscheidet.«

»Und so soll es ja auch sein«, sagte Ralik und ließ seinen Blick über die Anwesenden gleiten. »Das sollte hier niemand vergessen.«

Pulver sah Ralik nach, als dieser aus dem Zelt stampfte. Dann schweifte sein Blick hinüber zu der Hüterin, Sera Meliande, die sich mit dem Söldnerhauptmann Hendriks unterhielt. Einen Moment saß er so da, beobachtete die Freunde, die Bardin, die sich etwas abseits mit Elyra unterhielt, sagte nichts und dachte nur nach. Schlussendlich griff er zu seinem Beutel und entnahm ihm eine kleine Goldmünze, sorgsam in weiches Leder gewickelt. Er schlug das Leder auf und musterte die Münze wie schon so oft in den letzten Tagen.

Auf der einen Seite der Münze befand sich das Antlitz einer jungen Frau, neben ihr war eine Harfe eingeprägt, auf der anderen Seite das Antlitz eines jungen Mannes. An seiner Seite das Symbol eines Schwerts.

»Kunst und Wissen gegen Stärke und Kampf«, murmelte er. Er warf die Münze hoch und lachte. »Diese Wahl fällt nun gewiss nicht schwer!« Ein letztes Mal sah er zu Meliande hinüber, dann packte er die Münze wieder sorgfältig ein und erhob sich, um sein Lager zu suchen. Morgen gab es viel zu tun.

10 Alte Freunde

Mistrals Gnade war eine scharf gezeichnete Sichel am nächtlichen Himmel. Selten war eine Nacht so klar gewesen, doch der Mann mit der Maske, der in seinen ledernen Umhang gehüllt an einem halb zerfallenen Turm lehnte, hielt den Kopf gebeugt, als trage er eine schwere Last. Hund war der, der in den Himmel sah.

»Du hast die Sterne schon immer geliebt«, kam die leise Stimme aus der Dunkelheit. Hund sah hinüber zu ihr, beobachtete, wie die schlanke Gestalt näher kam. Das Licht eines fernen Feuers spiegelte sich auf ihrer altmodischen Rüstung, das Beste, was die Rüstungsschmiede des alten Lytar hatten fertigen können. Feines langes Haar spielte in der leichten Brise, die vom Meer her kam, und die blauen Augen reflektierten das Licht des Feuers fast so sehr wie die Augen einer Katze. »Kannst du sie sehen?«

Ariel schüttelte langsam den Kopf.

»Nein, seine Augen sind nicht dafür gemacht«, antwortete er mit rauer Stimme. »Aber er kann sie für mich erahnen und was er nicht sieht, füge ich aus der Erinnerung hinzu. So wie Euer Gesicht … nur während die Sterne ewig sind, hätte ich nicht gedacht, Euch jemals wiederzusehen. Ich bin mir nur nicht sicher, ob ich froh darüber bin.«

»Wenn du willst, gehe ich wieder«, sagte sie.

Hinter der ledernen Maske war ein Seufzer zu hören. »Das würde ich nicht wollen«, gab Ariel dann leise zu. Meliande trat an ihn heran und hob die Hand, um seine Maske zu berühren, doch er fing ihren Arm ab und drückte ihn leicht zu Seite, bevor er sie wieder losließ.

»Nicht«, bat er. »Bitte nicht.«

»Ares«, begann sie, doch er schüttelte den Kopf.

»Nein, ich bitte Euch … dich. Ich will nicht, dass du mich so siehst.«

»Das hab ich schon. Als es noch blutend und schwarz war …«

»Ist das so?«, sagte er leise. »Ich hatte es vergessen. Du warst da, nicht wahr? Habt Ihr … hast du mich aus dem Palast gebracht? Warst du es, die mich hielt im Fieber, als ich weinte um all das, was war?«

»Wir haben alle geweint an diesem Tag«, teilte ihm Meliande sanft mit. »Wir haben alle etwas verloren.«

»Ich habe die Stadt brennen sehen«, flüsterte er. »Wie kann es sein, dass ich das sah? Wie kann ich mich an die Flammen erinnern, die Feuerbrände und Explosionen, an den glühenden Stein und das brodelnde Meer, wenn ich doch keine Augen mehr besaß?«

»Ich hielt dich, als wir oben an der Brücke standen. Du befandest dich bereits in dem tiefen Schlaf, in den dich die Hohepriesterin versetzt hatte, ich wusste nicht, dass du in deinem Schlaf wach warst. Ich denke, du hast gesehen, was ich sah. Ich versuchte mich an einer Magie, versuchte, dir etwas zurückzugeben von dem, was mein verfluchter Bruder dir nahm. Mehr als das vermochte ich nicht für dich zu tun.«

»Ich erinnere mich … du hast eine Magie gewirkt, so mächtig, dass es dich beinahe selbst getötet hätte. Hast du mir die Gabe gegeben, mit anderen Augen zu sehen?«

Einen Moment stand sie nur da, musterte diese fein gezeichnete lederne Maske.

»Ja«, flüsterte sie dann. »Ich hatte die Macht dazu, also nahm ich sie mir.«

»Dann war es keine Einbildung? Dieser dünne Reif … du hast in dieser Nacht die Krone getragen, als du sie alle aus der Stadt geführt hast! Deshalb hast du diese Magie wirken können, die so mächtig war, dass sie noch heute mir das Licht der Welt zu geben vermag!«

»Es war die Krone und die Macht und die Gnade der Göttin«, antwortete sie. »Ihr kannst du danken, mir nicht. Ich war nur ein Werkzeug.«

»Danken?«, fragte er bitter. Die Maske wandte sich ihr zu. »Verfluchen könnte ich dich und die Göttin. Warum hast du mich nicht sterben lassen?«

»In all den Jahren musst du den Fehler in der Magie gefunden haben«, sagte sie. »Darin liegt deine Antwort.«

»Den Fehler …« Er holte tief Luft. »Ich weiß nicht, ob es ein Fehler ist oder eine Offenbarung, nur durch die Augen derer sehen zu können, die einen lieben. Aber hättest du mich wahrlich geliebt, hättest du mich sterben lassen.«

»Das konnte ich nicht.«

»Aber du konntest dich in diesen steinernen Sarg einschließen lassen!«, rief Ariel verbittert. »Weißt du, wie es war, dich hinter dem Stein und der Magie zu spüren? Zu wissen, dass du lebend stirbst? Ich lag wach in diesem dunklen Schlaf. Ich sah und hörte alles, doch ich konnte nicht aus der Dunkelheit ausbrechen. Der Tod wäre leichter zu ertragen gewesen. Und dann, als ich endlich erwachte … Wie konntest du unsere Kinder zurücklassen! Wie konntest du *mich* zurücklassen? Weißt du, wie es war für mich, aus dem dunklen Schlaf zu erwachen, zu erfahren, dass Jahre vergangen waren?«

»Nein«, antwortete Meliande. »Ich konnte es nicht wissen. Niemand wusste es. Ares, niemand wusste, ob du lebst oder bereits gestorben warst! Selbst deine Schwester vermochte es nicht zu sagen! Niemand wusste, wie man dir helfen konnte. Die Hohepriesterin war es, die dich in diesen Heilschlaf versetzte … sie hatte sicherlich vor, dich wieder zu erwecken, doch …«

»Doch wurde sie von demselben erschlagen, der mir das Augenlicht nahm! Meliande … ich sah unsere Kinder! Sie wussten nicht, wer ich war, und unsere Tochter, sie rannte davon, als sie das Ungeheuer erblickte, zu dem ich geworden bin.«

»Und du?«, fragte sie. »Bist du bei ihnen geblieben?«

Er schüttelte langsam den Kopf. »Ich vermochte es nicht«, flüsterte er mit erstickter Stimme. »Ich konnte den Abscheu nicht ertragen. Ich floh in den Wald … und dort verlor ich mich. Es dauerte lange, bis ich wieder zu mir fand … und dann stand ich am Grab der Kinder unserer Kinder.« Er griff sie hart am Oberarm. »Doch sage mir, warum bist *du* gegangen?«

»Weil es meine Pflicht war«, antwortete sie. »Ich ging für unsere Kinder. Für die Kinder unserer Kinder.«

»Pflicht? Für unsere Kinder? Sage mir, Meliande, wo sind unsere Kinder heute? Wo liegen sie begraben?«

Sie zuckte zusammen, als hätte er sie geschlagen.

»Wir beide, du und ich, haben sie nur knapp verpasst«, teilte sie ihm dann gepresst mit. »Die letzte unserer Linie war die Heilerin des Dorfes, Sera Tylane, Elyras Ziehmutter. Graf Lindor erschlug sie, nur wenige Tage bevor die Kinder dich fanden.«

»Hund sah sie einmal, als sie im Wald Kräuter sammeln ging«, erinnerte sich Ares. »Wie konnte ich nur … ich konnte mich ihr nicht zeigen. Ich wusste auch nicht, wer sie war!« Er lehnte sich schwer an die Wand. »So ist also nichts von uns geblieben«, flüsterte er.

Meliande lächelte und strich ihm sachte über das Haar.

»Das ist nicht richtig, Ares. Die Sera Tylane war die letzte unserer Nachkommen in direkter Linie. Aber … ich unterhielt mich mit Pulver. Ich versuchte, ihn über Tylane auszuhorchen. Ich glaube, er ahnte, worauf ich hinauswollte. Tylane, sie war die Heilerin des Dorfes und sie wachte über die Blutlinien, achtete darauf, dass sich das Blut nicht falsch verband. Er sagte mir, dass es immer schwerer geworden wäre, denn über die Jahrhunderte wäre nun fast schon jeder im Tal mit jedem anderen verwandt. Ares … sie sind alle unsere Kinder. Jeder Einzelne von ihnen.«

»Aber …«

Sie legte einen sanften Finger auf den gemalten Mund seiner Maske.

»Ich sah es in einer Vision. Es sind unsere Kinder, Ares. Für sie ging ich in die Dunkelheit. Für sie ist kein Opfer zu viel. Sie sind frei von dem üblen Blut, Ares, hörst du? Sie sind frei von dem Fluch. Alleine dafür war kein Preis zu hoch!«

»Niemand ist frei, solange Belior noch lebt«, antwortete Ariel mit geballten Fäusten. »Er hat alles zerstört, alles überschattet, was mir lieb und wichtig war, alles zerstört, was gut war in unserer Welt und unserer Liebe. Solange er lebt, werden wir nie einen Frieden finden!«

»Er ist schon lange tot, Ares«, beschwichtige sie ihn mit leiser Stimme. »Irgendwo verrotten seine Knochen. Mittlerweile ist nichts mehr von ihm geblieben.«

»Und wie erklärst du dir, dass dieser verfluchte Name die Welt schon wieder in Schrecken versetzt?«

»Vielleicht ist es ein entfernter Nachkomme«, vermutete sie.

»Das hoffst du nur«, widersprach Ariel bitter. »Und wenn er es doch selbst ist, der nun nach der Krone greift? Auf jeden Fall muss auch dieser Belior von dem Blut Lytars sein, sonst könnte er nicht auf die Macht der Krone hoffen.«

»Belior ist tot, Ares. Niemand entgeht dem Zorn einer Göttin«, sagte Meliande bestimmt.

Ariel seufzte. »Vielleicht. Dann ist es vielleicht wirklich einer seiner Nachkommen. Der Bastard hielt sich da ja wenig zurück. Doch in meinen Träumen ist er es selbst, der uns belauert, der vollenden will, was er angefangen hat.« Ariel ballte die Fäuste. »Du weißt, was das Letzte war, das ich mit meinen eigenen Augen sah, bevor er mich blendete?«

»Ja ...«, sagte sie. »Du hast es mir gesagt, als ich dich fand. Ich kam nicht mehr rechtzeitig, aber ich vermochte, das Schlimmste zu verhindern.«

»Sie sieht das anders«, sagte er bitter. »Du hast sie gebeten, sich um die Kinder zu kümmern, und sie hält ihre Versprechen. Immer. Aber sie hat gelitten, Meliande, geblutet und ... gehasst. Sie hasst alle Menschen mit einer Inbrunst, die sogar mich erschreckt. Du weißt gar nicht, was du ihr damit angetan hast.«

Meliande sah ihn mit weiten Augen an.

»Das tut mir leid«, sagte sie dann. »Ich wusste es nicht. Ich hielt es für das Beste. Sie ist deine Schwester und sie liebt Kinder.«

»Sie sagte es mir, als ich sie weinend in den Armen hielt. Dass es zu viel ist, zu verlangen, dass sie nicht hasst!«

»Das, Ares, ist nicht richtig«, hörten sie die Stimme der Bardin, als diese leise wie ein Schatten aus der Dunkelheit trat. »Es gab eine Zeit, da war es so. Aber das ist lange her. Wie kann man Kinder hassen, die einen lieben?« Sie ließ eine schlanke Hand über den verwitterten Stein gleiten.

»Die Göttin mit dir, Schwester«, lächelte Meliande. »Hast du also auch den Weg hierher gefunden?«

»Ihr habt euch oft genug hier getroffen, als hier noch die Apfelbäume wuchsen und keine verdorbenen Früchte.« Die Bardin lächelte, ein schnelles flüchtiges und zugleich schmerzliches Lächeln. »Es mag sich alles geändert haben, aber manche Dinge bleiben gleich.« Die Bardin sah jetzt Meliande direkt in die Augen. »Ares irrt. Es ist nicht mehr so. Ich hasse die Menschen nicht, nur den einen. Aber ich fürchte sie. Ich fürchte dich.«

»Glaubst du wirklich, dass du Grund dafür hast?«, fragte Meliande sanft.

Die Bardin sah die Hüterin an und seufzte.

»Nein, Meliande. Ich weiß es mit dem Verstand und dem Herzen. Doch ich sah, wozu Menschen fähig sind … und ich weiß um deine Macht.« Sie legte die Arme schützend um sich und schien zu frösteln. »Du kannst nichts dafür, wenn ich *ihn* in deinen Augen sehe.«

»Sprechen wir über etwas anderes«, schlug Ariel hastig vor. »Was also wirst du Mutter sagen?«, fragte er seine Schwester.

»Die Wahrheit in Gänze. Ich werde sie um Hilfe bitten. Für die Menschen aus dem Tal und für uns.« Sie sah Meliande an. »Ich meinte, was ich vorhin sagte«, fügte sie hinzu.

»Also hasst du die Menschen nicht mehr?«, fragte Meliande sanft.

»Manche werde ich bis zu meinem letzten Atemzug verfluchen, Meliande. Doch nicht alle. Selbst wenn ich noch hassen wollte, könnte ich es nicht mehr tun. Nicht nachdem ich deine letzten Worte hörte. Ich hörte, was du eben gesagt hast. Vielleicht hast du recht … dann ist ein jeder hier mit dem Baum genauso verwandt wie mit der Göttin. Wusstest du, dass ich im Schatten stand und zuhörte?«

»Wir wussten es beide«, erwiderte Ariel und sie konnten fast das Lächeln in seiner Stimme hören. »Hund hat dich gerochen. Und Meliande …«

»Hat ihre eigenen Geheimnisse«, lächelte die Bardin. Sie musterte die Hüterin. »So also siehst du die Erben des Greifen? Als deine Kinder?«

»Als *unsere* Kinder«, antwortete Meliande sanft. »Ich beneide dich darum, dass du sie hast kennenlernen können.«

Plötzlich lachte die Bardin. Selbst Ariels Maske schien sie überrascht zu mustern.

»Weißt du noch, Ares, was ich sagte, als wir damals herkamen?«

»Du hast vieles gesagt.«

Sie nickte und ließ ihren Blick über die mitternächtlichen Ruinen gleiten.

»Ich sagte, dass wir unsere Pflicht tun müssten. Dass wir es ertragen würden, sechzig oder siebzig Jahre bei Menschen zu leben, dass wir dann nach Hause gehen könnten und sie vergessen würden. Was sind schon die Jahre für uns?«

»Ich erinnere mich. Wir waren jung damals. Wir wussten es nicht besser.«

»Jetzt sieh uns an«, sagte die Bardin. »Wir sind alt geworden. Diese Steine hier haben uns über die Jahrhunderte verfolgt, das, was war, hat uns auf ewig gebrandmarkt. Ich wollte nie Kinder … und doch hatte ich Hunderte.« Sie sah zu Ariel hinüber und seufzte. »Wie soll man Kinder hassen, Ares? Ich war den Zwillingen eine gute Mutter, es war nicht das Opfer, das du befürchtet hast, Bruder. Was mir das Herz brach, war zu sehen, wie sie alt und grau wurden, wie sie starben … und es dauert lange, bis ich verstand, dass sie immer wiederkamen, ich immer wieder ihre Gesichter sah, mit neuem Namen, aber den gleichen Augen, dem gleichen Lächeln. Ich vergaß eure Gesichter nie … denn ich sah sie über die Jahrhunderte immer wieder aufs Neue. Ich hoffte allerdings …«

»Was hast du gehofft?«, fragte Meliande und wischte sich verstohlen die Augen.

»Dass manche von ihnen durch Ares' Blut vom Alter verschont werden würden. Es war eine Qual, sie sterben zu sehen. Deshalb kam ich später nur noch einmal im Jahr. Es war erträglicher so. Und jetzt … Spürst du die Zeit auch schon kommen, Ares?«

Der Elf nickte leicht. »Ja. Jeden Tag umso mehr.«

»Wovon sprecht ihr?«, fragte Meliande.

»Wir Elfen leben ein langes Leben, aber unsterblich sind wir nicht«, lächelte die Bardin. »In hundert oder vielleicht hundertfünfzig Jahren werden auch wir vergehen. Unsere Zeit ist auch bald abgelaufen. Selbst Mutter spürt das Alter schon, doch sie ist die Königin und der Baum hält sie am Leben … wir, die wir uns so weit von ihm entfernten, erhielten diese Gnade nicht. Wir werden dich nicht lange überdauern, Meliande.« Sie sah von Ares zu ihr und wieder zurück.

»Jetzt sind wir fast gleich«, sagte sie mit einem leisen Lächeln. »Denk du darüber nach, Bruder«, fügte sie hinzu … und entschwand in der Dunkelheit.

»Hat sie recht?«, fragte Meliande in einem seltsam eindringlichen Ton. »Und würde es etwas ändern?«

Ariel schüttelte den Kopf.

»Sie hat recht damit, dass unsere Zeit sich dem Ende zuneigt. In anderem nicht. Du liebst mich nicht mehr … und ich auch dich nicht«, sagte er. »Obwohl … vielleicht schon … auf eine andere Art. Aber es ist nicht mehr die gleiche Liebe.«

»Woher willst du das wissen?«, fragte sie.

»Ich kann nicht durch deine Augen sehen.«

Sie sagte nichts darauf und er seufzte.

»Wir wissen beide nicht, was kommt. Nur eines ist sicher: Zuerst muss dieser Belior besiegt werden. Sag … ist die Macht der Krone wirklich so groß, dass sie nach all den Jahren noch immer eine solche Bedrohung darstellt?«

Meliande sah ihn lange prüfend an, dann nickte sie langsam.

»Ja, Ares. Sie ist ganz anders, als man meinen könnte, aber ja. Ihre Macht ist so groß, dass sie noch heute imstande wäre, die Welt zu brechen. Sie zeigt dir eine Macht, die es stärker auf dieser Welt nicht gibt. In Beliors Händen wäre sie unser Untergang.«

»Hast du sie in Sicherheit gebracht?«, fragte er. »Hast du sie versteckt? Wenn dem so ist, könntest du dann nicht die Macht der Krone nutzen und …«

»Nein«, sagte sie und lächelte traurig. »Das könnte ich nicht. In Beliors Händen wäre sie eine Waffe, die imstande wäre, die Welt zu erschüttern, in meinen … etwas anderes. Aber auch ich weiß nicht, wo die Krone ist. Die Hohepriesterin nahm sie an sich und sagte, sie würde sie so verstecken, dass nur die Göttin selbst sie sehen könnte. Sie nahm dieses Geheimnis mit ins Grab. Bedenkt man, welche Fähigkeit die Hohepriesterin besaß, kann sich die Krone überall befinden.«

»Und was nun?«, fragte Ares.

Sie stellte sich auf die Zehenspitzen und gab dem gemalten Mund auf seiner Maske einen schnellen Kuss. »Wir fangen von vorne an«, sagte sie. »Wir lassen die Vergangenheit hinter uns … und folgen der Hoffnung der Prophezeiung. Die Göttin versprach uns, Lytar könne eine Kraft zum Guten werden. Also … glauben wir daran und sorgen wir dafür, dass es so sein wird.« Sie lächelte. »Ich muss zurück, es gibt noch viel zu tun. Willst du nicht mitkommen?«

»Nein«, sagte Ariel. »Ich fühle mich unter so vielen nicht mehr wohl. Sag … wissen sie, wer du bist?«

»Nein«, sagte Meliande entschieden. »Und sie werden es auch nie erfahren. Es wäre ein Fehler. Es würde nur alte Wunden aufreißen und falsche Gedanken und Hoffnungen erzeugen. Ich war einmal schon die Hoffnung von so vielen … und ich habe sie alle enttäuscht. Ich will nicht wieder solche Last auf meinen Schultern tragen.«

»Du hast niemanden enttäuscht, Meliande. Du hast sie gerettet.«

»Das habe ich nicht«, widersprach die Hüterin traurig. »Nicht mehr als eine Handvoll unter Tausenden. Ich habe nicht verhindern können, was geschah. Nichts von dem habe ich verhindern können! Es gab einen Moment … einen Augenblick, hätte ich damals nur zugeschlagen!« Sie ballte die Fäuste, als sie sich des Moments erinnerte, dann entspannte sie sich wieder mit sichtlicher Mühe. »Aber ich konnte es einfach nicht. Danach war der Moment vergangen und alles nahm seinen Lauf. Im entscheidenden Moment habe ich versagt.«

»Das denkst du nur«, widersprach Ariel mit belegter Stimme. »Unter den strahlenden Lichtern dieser Stadt warst du der Stern, dem alle folgten. Und doch, wenn du deinen Bruder hättest erschlagen können, wärest du nicht der Stern gewesen, den sie verehrten. Du bist dir treu geblieben ... ich nicht. Vielleicht habe ich deshalb deine Liebe verloren.«

»Das weißt du nicht«, lächelte sie. »Für Farindil und dich mag ein Jahrhundert kurz erscheinen, für uns Menschen ist es eine Ewigkeit ... Diese Zeit haben wir noch, mit der Göttin Gunst, vielleicht sogar zusammen. Es wäre Zeit genug für eine neue Liebe.« Sie strich ihm über die gemalte Wange. »Ich muss gehen«, sagte sie. Er nickte nur. Sie lächelte wehmütig und wandte sich ab.

Hund sah ihr nach, als auch sie in der Dunkelheit verschwand, dann sah er auf zu seinem Herrn.

»Was meinst du, Hund«, flüsterte Ariel, als er in die Knie ging und ihm die Halskrause kraulte. »Weiß sie, dass wir gelogen haben?«

Hund hob seine kalte Schnauze und winselte leicht, versuchte die Feuchtigkeit unter der Maske abzulecken.

»Lass nur, es tut gut«, flüsterte Ariel und vergrub sein Gesicht im Fell des treuen Tieres.

»Also kannten sie sich alle aus der Zeit vor der Katastrophe. Dieser Ariel, der Elf mit der Maske, und die Bardin, sie waren Geschwister?«, fragte Lamar gebannt.

Der alte Mann nickte.

»Für das Prinzenpaar Lytars haben die Elfen ein Prinzenpaar ihrer Nation geschickt. Vielleicht dachte die Elfenkönigin, dass es so besser sei. Es wäre praktisch gewesen, nicht wahr? Prinz und Prinzessin, Prinzessin und Prinz.« Der Geschichtenerzähler zog seine Pfeife aus dem Wams

und stopfte sie gemächlich, während seine Augen in die Ferne sahen. »Doch die Welt ist nicht derart gestrickt. Ares und Meliande verliebten sich, lagen nach dem Brauch der Elfen beieinander. Die Göttin segnete sie mit Zwillingen ... als die Katastrophe über Lytar hereinbrach, war Meliande im ersten Monat schwanger, doch sie wusste es nicht.«

»Also war Meliande, die Hüterin des Depots, in Wahrheit jene letzte Prinzessin von Lytar?«, fragte Lamar erstaunt.

»Ihr habt es erst jetzt erraten?«, lachte der alte Mann und zog an seiner Pfeife, um dann genüsslich Rauch nach oben zu blasen.

Seltsam, dachte Lamar, er hatte gar nicht gesehen, wie der alte Mann seine Pfeife entzündet hatte.

»Ich ahnte es«, lächelte Lamar. »Warum wollte sie nicht, dass die Leute aus dem Dorf dies erfuhren?«

»Was meint Ihr, Lamar, wäret Ihr für einen Tag ein König, und es wäre genau dieser Tag, an dem Euer Reich untergeht und sich der Zorn der Götter über Eure Untertanen ergießt, wäret Ihr dann erpicht darauf, es jedem zu sagen?« Der alte Mann zog an seiner Pfeife und runzelte die Stirn. »Ich dachte immer, dass sie sich schämte, dass sie sich selbst die Schuld daran gab. Manchmal sind Menschen so ... nun, damals ahnte nur einer von uns etwas von diesem mitternächtlichen Treffen zwischen der Bardin, Ariel und der Hüterin, und er behielt es für sich. Aber auch an einem anderen Ort trafen sich alte Freunde wieder.« Er schmunzelte. »Nur verlief dieses Treffen nicht ganz so gesittet ...«

11 Das Haus der Freuden

»Hier wohnt deine Freundin?«, fragte Argor erstaunt. Er hätte Knorre nicht so eingeschätzt, dass er sich in besseren Kreisen bewegte. Doch das Gebäude, auf das Knorre zusteuerte, war ein elegantes und vornehm wirkendes Stadthaus. Wie Knorre gesagt hatte, war es nicht weit gewesen, aber auf der kurzen Strecke hatte Argor so viel Neues gesehen, dass er mehr als einmal fast stolperte, nur weil er seine Augen woanders hatte.

Er hatte ja schon Lytar gesehen und alleine die Ausdehnung der zerstörten Stadt hatte ihn fast überwältigt, doch hier waren die Häuser intakt und bewohnt … kaum eines der Häuser hatte weniger als zwei Stockwerke, eng und dicht aneinandergebaut, ließen sie meist nur Platz für schmale Gassen. Argor kam es vor, als hätte er noch nie so viele Menschen auf einem Haufen gesehen. Was ihn aber am meisten irritierte, war, dass überall Beliors Soldaten zu sehen waren. Sie flanierten durch die Straßen, unterhielten sich mit den Bürgern der Stadt, kauften an den Ständen ein … als sei es vollständig normal, dass sie hier wären.

Nein, ganz so war es nicht, dachte er, als er sah, wie ein Straßenhändler einem der Soldaten wütend hinterherstarrte und hinter seinem Rücken eine Geste ausführte, die bestimmt nicht freundlich gemeint war.

»Das Haus gehört ihr. Aber ich bin nicht erfreut über das, was sie hier tut!«, grummelte Knorre. »Es gehört sich einfach nicht!«

Argor blinzelte, er hatte vergessen, was er vorher gefragt hatte. »Wen meint Ihr?«

»Meine Freundin«, erklärte Knorre und stützte sich schwer auf die Schulter des jungen Zwergs. Durch das schmiedeeiserne Tor konnte man den kurzen Kiesweg sehen, der durch einen kleinen, gepflegten Garten zu einer prächtig verzierten Tür führte.

»Und was gehört sich nicht?«, fragte Argor, dessen Neugier eben gerade geweckt wurde.

»Vergesst es. Sie ist eine erwachsene Frau. Stur und uneinsichtig noch dazu!«

»Wird sie uns denn helfen? Mir scheint, Ihr hättet Zweifel daran?«

»Etwas anderes bleibt uns nicht«, sagte Knorre etwas unwirsch. »Zudem … ich habe nie gewusst, woran ich bei ihr war. Aber sie besitzt ein großes Herz, also gibt es Hoffnung.«

»Dann lasst uns zu ihr gehen«, meinte Argor und drückte das Tor auf. »Es ist ja nicht mehr weit.« Er wollte weitergehen, doch Knorre hielt ihn zurück.

»Was ist?«

»Einen Moment, ich will nur kurz verschnaufen«, sagte Knorre und lehnte sich gegen einen der steinernen Torpfosten. Sein Blick war auf die Tür gerichtet und sein Gesichtsausdruck wirkte seltsam ängstlich. Dann atmete er tief durch und nickte entschlossen.

Gemeinsam bewältigten sie die zehn kurzen Schritte zum Eingang, dort angekommen, starrte Knorre den schweren Klopfer einen Moment lang an, seufzte und ließ ihn fallen.

Es dauerte keine drei Atemzüge, dann wurde ihnen die Tür geöffnet. Eine Frau, vielleicht knapp drei Dutzend Jahre alt, stand dort, kostbar, wenn auch etwas freizügig gekleidet, ein freundliches Lächeln auf ihren Lippen. Dieses erstarrte, als sie Knorre erkannte.

»Du!«, brachte sie hervor und ihr Gesicht verhärtete sich. »Hast du vergessen, dass ich dir versprochen habe, dich zu erschlagen, wenn du es noch ein einziges Mal wagst, dich hier blicken zu lassen?« Sie zog ihre Robe enger zusammen. Wenigstens, dachte Argor, warf sie ihnen die Tür nicht vor der Nase zu. Er entschloss sich, dies als gutes Zeichen zu werten.

Dafür duckte Knorre den Kopf etwas und setzte ein verlegenes Lächeln auf.

»Ich habe gehofft, du hättest es nicht wirklich ernst gemeint.«

»Du meinst wahrhaftig, du könntest hier nach all den Jahren einfach so auftauchen und auf ein Willkommen hoffen?«, rief sie erzürnt. »Wie stellst du dir das vor? Ich …«

»Ich brauche deine Hilfe, Leonora«, sagte Knorre.

Die Sera musterte Knorre nun intensiver, den Stab, die Art, wie er stand, wie er sich auf Argors Schulter stützte, schließlich den zerschnittenen, blutigen Stiefel.

Wortlos öffnete sie die Tür weiter und trat zurück.

Gestützt von Argor humpelte Knorre hinein und ließ sich schwer auf einen brokatbesetzten Stuhl nieder, der neben einem kleinen Tisch in der prächtigen Eingangshalle stand.

»Wer ist es?«, rief eine fröhliche Stimme von der Galerie der Halle herunter. Dort stand eine andere junge Frau, derart leicht bekleidet, dass es Argor die Röte ins Gesicht trieb und er hastig wegsah. Auch wenn er Menschenfrauen nicht sonderlich ansprechend fand, sie waren ihm meist zu dünn und zu groß, wusste er doch, was sich gehörte.

»Knorre!«, rief die andere Frau nun freudestrahlend und eilte die breite Freitreppe herab, die hinauf zur Galerie führte. »Du bist wieder da!«

»Hallo, Sina«, lächelte Knorre etwas betreten. Für einen Moment schien es Argor fast, als wäre es ihm nicht wohl zumute.

»Ja«, stellte Leonora fest und stemmte ihre Fäuste in die Hüften, um missbilligend auf Knorre herabzusehen. »Er ist wieder da. Und wie es aussieht, hat er wie üblich Ärger mitgebracht!« Strahlend blaue Augen fixierten nun den jungen Zwerg. »Und wer ist dein Freund hier? Er sieht nicht so aus, als hättest du ihn schon restlos verdorben.«

»Mein Name ist Argor«, antwortete der junge Zwerg höflich. »Wir hätten Euch sicherlich nicht belästigt, wüssten wir anderen Rat.«

Sina hatte Knorre erreicht und warf sich ihm in die Arme. »Ich habe dich ja sooo vermisst!«, rief sie und vergrub ihr Gesicht an seinem Hals. Etwas unbeholfen tätschelte Knorre den leicht bekleideten Rücken der jungen Frau.

»Ich dich auch«, erwiderte er leise. »Du bist ganz schön erwachsen geworden«, stellte er mit einem seltsamen Gesichtsausdruck fest.

»Ich wusste, dass du wiederkommen würdest«, strahlte sie. »Schau, ich trage es noch immer, so wie ich es dir versprochen habe!« Sie zog den Ärmel ihrer Robe zurück und präsentierte Knorre ein filigranes Armband aus Gold und Silber, das wie aus Spinnenseide gesponnen schien. »Ich wusste, solange ich dich durch das Armband fühlen kann, geht es dir gut!«

»Deshalb habe ich es dir gegeben«, sagte Knorre mit einem sanften Lächeln und strich ihr über das Haar. »Siehst du, ich halte meine Versprechen ebenfalls.«

»Manche vielleicht«, unterbrach Leonora bitter. »Auf jeden Fall nicht alle! Mit wem hast du dich diesmal angelegt, Knorre?«, fragte sie kalt. »Ist jemand hinter dir her? Muss ich Besuch von den Stadtwachen fürchten oder ist es nur ein eifersüchtiger Ehemann, der deine Eier am Spieß braten will?«

»Äh …«, sagte Knorre verlegen und versuchte, Sina ein Stück von sich wegzuschieben, doch sie ließ nicht los. »Ich habe ein paar Leute etwas verärgert, das ist schon alles«, antwortete Knorre ein wenig hilflos wirkend über ihre Schulter hinweg.

»Und wen, wenn ich fragen darf?«

»Das willst du nicht wissen.«

»Doch. Und *wage* es nicht zu lügen! Sonst schmeiße ich dich eigenhändig wieder hinaus, ob du blutest oder nicht!«

»Du bist verletzt?«, rief Sina erschrocken. »Was ist passiert? Ist es schlimm? Können wir etwas tun?«

»Sina«, sagte Leonora scharf. »Bitte! Du kennst ihn, meinst du, er hätte sich geändert?«

Sina sah sie vorwurfsvoll an, löste sich dann aber doch aus Knorres Armen und trat von ihm zurück, um ihn neugierig zu mustern. »Erzähl schon«, sagte sie. »Du weißt, dass Mutter vorher keine Ruhe geben wird!«

Knorre sah fast schon hilfesuchend zu Argor hinüber, nur wusste der auch nicht, was er sagen sollte.

»Raus damit«, beharrte Leonora. »Wen hast du diesmal verärgert?«

»Verärgert ist vielleicht nicht das richtige Wort …«, begann Knorre, doch ihr Blick ließ ihn stocken. »Nun …«, seufzte er, »so etwa in der Reihenfolge der Wichtigkeit: Lindor, Belior und Darkoth. Um ein paar zu nennen.« Knorre zuckte verlegen mit den Schultern. »Es war keine Absicht, aber es hat sich … ergeben.«

»Mit Darkoth meinst du den dunklen Gott?«, fragte Leonora ungläubig.

»Äh …« Knorre räusperte sich. »Im Prinzip … ja.«

»Dazu den Kanzler von Thyrmantor und seinen Kriegsherrn?«

»Ich glaube schon, bin mir nur nicht sicher, ob sie wissen, dass ich es war.«

»Dass du *was* warst?«

»Ähem … Argor und ich, nun … wir …«

»Was?«

»Wir haben die eisernen Drei ersäuft, Lindors Regimenter. Ich vermute, Belior und Lindor sind darüber nicht erfreut. Falls sie wissen, dass ich es war«, wiederholte er hastig.

Leonora öffnete den Mund, schloss ihn wieder und holte tief Luft.

»Nicht erfreut?«, wiederholte sie ungläubig. »Das«, sagte sie dann, »denke ich auch!« Sie seufzte laut. »Seitdem ich dich kenne, Knorre, und das ist ja nun wahrlich lange genug, scheint es mir, als hätte die Göttin dich ausschließlich zu dem Zweck zu mir geschickt, um mir meine härtesten Prüfungen aufzuerlegen!«

»Leonora, ich weiß nicht, zu wem ich sonst gehen kann. Es ist wichtig, es gibt noch vieles zu tun, bevor ich Ruhe finden kann!«

»Wenn du sie je findest«, seufzte sie. »In Ordnung, Knorre, du kannst bleiben. Aber nur für diese Nacht und nur damit wir deine Wunden versorgen können. Aber ich will keinen Ton von dir hören, solange du hier bist, und du verlässt dein Zimmer nicht. Wir erwarten bald einige hohe Gäste.« Sie wandte sich ab, blieb stehen und sah dann doch wieder zu Knorre zurück, der ein wenig unglücklich wirkte.

»Eine Frage nur, was hast du getan, um Darkoth zu erzürnen?«

»Ich hatte eine kleine Unterhaltung mit einem seiner Priester. Er sagte nicht sonderlich viel und es blieb auch kaum etwas von ihm übrig. Da der Gott selbst durch seinen Mund sprach, nehme ich an, dass auch Darkoth etwas nachtragend ist. Er ist es nicht gewohnt, wenn man ihm den Mund verbietet.«

»Du hast einen seiner Priester umgebracht?«, fragte Sina entgeistert.

Knorre sah verlegen drein.

»Es ist etwas komplizierter, aber ja, so in etwa.«

Leonora beugte sich vor und gab Knorre einen harten Kuss auf den Mund.

»Warum hast du das nicht gleich gesagt?«, rief sie und umarmte ihn. »Wir ... Knorre?«

Doch Knorre antwortete nicht, er sackte in sich zusammen und wäre vom Stuhl gerutscht, hätten die beiden Frauen ihn nicht aufgefangen. Sein weißer Stab glitt ihm aus den kraftlosen Händen und schlug auf dem polierten Marmorboden auf, kleine blaue Funken stoben auf und liefen über den verzierten Schaft.

»Du«, sagte Leonora mit Blick auf Argor, als sie Knorre unter den Armen griff. »Nimm den Stab und folge mir.«

»Der Stab ist magisch«, protestierte Argor mit einem angstvollen Blick auf den funkenstiebenden Stab. »Ich fass den nicht an, lieber sterbe ich!«

»Das lässt sich einrichten«, sagte Leonora hart. »Jeden Moment können Kunden kommen und was meinst du, was geschieht, wenn hier sein Stab herumliegt und weiter kleine Blitze von sich gibt?«

»Aber ...«

»Nimm den Stab!«

Bevor er sich versah, hatte Argor den Stab in der Hand. Er fühlte sich kühl und glatt an und war um ein Vielfaches schwerer, als er hätte sein dürfen, aber die Funken versiegten und auch sonst geschah nichts Schlimmes. Er eilte den Frauen nach, diese trugen Knorre in ein reich ausgestattetes Zimmer mit einem riesigen Bett, das sich im ersten Stock befand. Erleichtert stellte Argor den Stab neben den Türrahmen und sah zu, wie die beiden Frauen Knorre in das Bett legten. Dann erst bemerkte er die Gemälde an der Wand und verschluckte sich fast.

»Was ist?«, fragte Leonora etwas unwirsch.

»Die Gemälde …«, stammelte Argor. »Geht das denn überhaupt?«

Beide Frauen fingen an zu lachen, doch es war ein freundliches Gelächter.

»Sagt, Freund Argor, seid Ihr das erste Mal in einem Haus der Freude?«, fragte Sina mit einem koketten Lächeln.

»Ja«, brachte Argor mühsam heraus und sah verzweifelt auf seine Stiefelspitzen herab, so ziemlich die einzige Stelle im Raum, an die er hinsehen konnte, ohne dass ihm die Ohren noch heftiger brannten.

Sina schmunzelte. »Dann dürfte sich Euer Aufenthalt hier für Euch mehr als interessant gestalten!«

»Das hätte ich gerne gesehen«, lachte Lamar. Der Geschichtenerzähler schmunzelte nur. »Das Haus steht noch, Ihr könnt ja in Berendall Rast einlegen … ich hörte, die Gemälde seien von erstaunlicher Kunstfertigkeit!«

»Das will ich gerne glauben«, sagte Lamar erheitert. »Wenigstens hatte also Argor das Glück, die Nacht in einem richtigen Bett zu verbringen.«

»Darin habt Ihr recht«, grinste der alte Mann. »Garret und den anderen erging es nicht ganz so gut, sie hatten nur ein mit Leinen bespanntes Feldbett und vielen aus dem Dorf erging es sogar schlechter. Doch wenn Garret etwas wichtiger war als das Fischen, so war es ein gesunder Schlaf. Da war es eher ein Wunder, dass er von selbst erwachte …«

12 Ein Ungeheuer

Am nächsten Morgen wurde Garret von lauten Rufen geweckt. Verschlafen kroch er aus dem Zelt, das er sich mit seinem Vater teilte. Dieser war wohl auch eben erst aufgestanden, denn er zog sich gerade sein Hemd an, während ihm einer der Söldner etwas erzählte. Der Mann gestikulierte wild und schien verängstigt. Garret sah sich rasch um, sonst erschien ihm alles normal, also konnte es kein überraschender Angriff sein. Dafür versprach es erneut, ein schöner Tag zu werden.

Sein Vater war darüber sicher nicht besonders erfreut, denn er sorgte sich schon seit gestern darum, dass die Hitze des Tages Probleme verursachen könnte, wenn sie nicht in der Lage waren, die gefallenen Soldaten Beliors schnell genug zu bestatten. Eine Feuerbestattung erschien den Ältesten am besten, doch dafür mangelte es an Holz. Doch niemand hätte auch nur im Entferntesten vermuten können, wie die Lösung des Problems letztendlich aussehen würde.

Die Seeluft ließ Garret frösteln, also zog er rasch seine Hose an, streifte sich das Hemd über, ergriff seine Stiefel und eilte auf einem Bein hüpfend hinaus, während er hastig den anderen Stiefel anzog.

»Diese Stadt ist wahrlich verflucht«, verkündete der Söldner gerade, als Garret nahe genug heran war, um ihn zu verstehen. »Wir sollten nicht hier sein!« Selbst in der frühen Sonne erschien das Gesicht des Mannes blass und seine Augen waren geweitet.

Im gleichen Moment trat auch Meister Ralik aus dem Zelt heraus, er trug nur einen wattierten Waffenrock, aber er hielt seinen Kriegshammer in den Händen. Garret wusste, dass der Zwerg schon einige Jahrhunderte alt war, aber jetzt, so wie er da stand und sich den Schlaf aus den Augen rieb, sah Argors Vater aus, als wäre er über tausend Jahre alt.

»Was ist los?«, fragte er rau. »Werden wir angegriffen?«

»Ich weiß es nicht«, sagte der Söldner. »Sie sind einfach nicht mehr da!«

»Er meint die Toten«, erklärte Tarik, ein Scharfschütze aus der Söldnerkompanie des Hauptmanns Hendriks. Er war wohl schon etwas länger auf, zumindest war er vollständig gekleidet und gerüstet, seine Armbrust hing ihm auf dem Rücken. »Wir haben sie ja am alten Hafen aufgestapelt, so weit weg von unserem Lager, wie es möglich war«, fügte er nun hinzu. »Ich sah es eben selbst, ein Teil der Toten ist verschwunden.«

»Wie soll das möglich sein?«, fragte Ralik und griff seinen Hammer fester. »Sie sind ja wohl kaum aufgestanden und davongegangen!«

»Nein, natürlich nicht. Die Spuren sagen etwas anderes«, antwortete Tarik ruhig. »Ich denke eher …« Vom Hafen her waren plötzlich Schreie zu hören und die Augen des anderen Söldners weiteten sich, während er mit zitternden Fingern in Richtung des alten Hafens wies. Selbst von hier aus konnte man den langen dunklen Tentakel sehen, der sich aus dem Wasser erhob und sich über den Rand der Hafenanlage tastete.

»Ich dachte, das wären nur Legenden«, meinte Garret fasziniert.

»Gerade in der letzten Zeit habe ich aufgehört, so zu denken«, bemerkte Garen, der dem Spektakel genauso fasziniert folgte wie sein Sohn.

Auf die Entfernung war nur zu sehen, wie einige wenige Männer davonrannten, während sich der Tentakel im Haufen der Toten neue Opfer suchte, sich um gleich drei tote Körper wickelte und mit ihnen wieder im Wasser verschwand. »Das war es, was ich sagen wollte«, meinte Tarik. »Sie wurden ins Wasser gezogen.«

»Das Biest werde ich mir mal genauer anschauen«, grinste Garret. »Schließlich sieht man so etwas nicht alle Tage!«

»Das ist ein ziemlich großes Ungeheuer«, meinte Garret bald darauf beeindruckt zu Tarlon. Er, Tarlon und Vanessa hatten sich flugs zu der alten Börse begeben und beobachteten das Schauspiel von der Brüstung des Dachs. Sie standen keine zehn Schritte von der Stelle entfernt, an der Marten sie mit seinem Falken vor der Flut gerettet hatte.

Selbst hier oben waren noch Zeichen dieser Flut zu sehen, ein wahres Wunder, dass die alte Börse diese fürchterliche Sturmflut derart gut überstanden hatte. Die schweren Bronzetüren des Gebäudes gingen nach außen auf, die Flutwelle hatte sie zugedrückt, sie und die schweren Mauern hatten der Flut überraschend gut standgehalten. Nur durch die Fenster hatte die Flut wüten können, so war es auch zu erklären, dass sich die meisten Überlebenden innerhalb des alten Gebäudes hatten finden lassen.

Neugierig, wie er war, hatte Garret auch die Zelle aufgesucht, in der er und Tarlon gefangen gehalten worden waren. Die allgegenwärtigen Spuren des Wassers machten deutlich, dass das gesamte Erdgeschoss zumindest für kurze Zeit vollständig geflutet gewesen sein musste.

Viel hätte also nicht gefehlt und sie wären ebenfalls jämmerlich ertrunken. Jetzt, wo die Flut vergangen war, schien es fast nicht glaubhaft, wie hoch das Wasser gebrandet war.

Dennoch konnte sich Tarlon nur zu gut daran erinnern, wie die tosende Woge herangebraust kam, das ganze Gebäude unter ihren Füßen erzitterte, der Donner ihm fast die Sinne raubte und ihm wenig blieb, als betäubt dazustehen und auf sein Ende zu warten.

Tarlon schüttelte den Gedanken ab und beugte sich ein Stück über die breite Brüstung, um die neue Bedrohung besser sehen zu können. Wenn es denn wirklich eine Bedrohung war.

»Dort!«, meinte Garret im gleichen Moment und wies auf eine Art Panzer, der sich aus dem Wasser hob. Der Dammbruch hatte Tonnen von Schlamm in den Hafen gespült, noch immer war das Wasser nicht klar genug, um etwas erkennen zu können, nur die Art, wie das Wasser sich wölbte oder wenn das Ungeheuer den Wasserspiegel durchstieß, ließ erahnen, womit sie es hier zu tun hatten.

Kurz vor der Flutwelle hatte eines der Schiffe Beliors Feuer gefangen und war gesunken, die Flutwelle selbst hatte das zweite Schiff aus dem Wasser gehoben und dann auf das verbrannte Wrack geworfen, beide Wracks lagen, ineinander verkeilt, kurz vor der Hafenanlage auf Grund.

Zum größten Teil waren sie versunken, nur gebrochene und geschwärzte Masten und Spanten ragten noch immer aus dem Wasser heraus. Die Größe des Ungeheuers war alleine schon daran erkennbar, dass die Masten der versunkenen Schiffe wankten, als das Untier versuchte, im flachen Wasser Platz für sich zu finden.

»Es schiebt sie zur Seite«, rief Vanessa fassungslos, während ihr Bruder nur ungläubig den Kopf schüttelte. Für einen kurzen Moment wurde das Deck eines der Wracks sogar sichtbar, als das Ungeheuer es zur Seite schob, dann versank es wieder in den Fluten.

Wieder schob sich ein schwarzer Panzer aus dem vom Schlamm braunen Wasser, pechschwarz, aber über und über mit Muscheln und Algen bewachsen, war er für einen Moment sogar vollständig zu sehen, fast zehn Schritt länger und nur etwas schmaler als die versunkenen Galeonen Beliors.

Doch dieser Panzer war nur der kleinere Teil des Leviathans, der sich dort im Hafen wälzte. Diesmal waren es gleich zwei lange Tentakeln, jede von ihnen gute vierzig Schritt lang, die sich aus der Brühe erhoben und den Rand des Hafens abtasteten. Schweigend sahen die drei zu, wie sich jeder der Tentakel zwei Tote griffen und in die braunen Fluten zerrte.

Das Ungeheuer legte sich zur Seite und ein mächtiges Auge, bestimmt gut einen Schritt im Durchmesser, sah hinauf zu ihnen. Einen langen Moment schien es die Beobachter auf dem Dach der alten Börse zu mustern, dann verschwand das Ungeheuer wieder in den Fluten, eine mächtige Welle zeigte ihnen, wie es sich mit überraschender Geschwindigkeit unter Wasser entfernte.

»Göttin«, hauchte Vanessa ergriffen. »Ist das riesig!« Sie sah Tarlon fragend an. »Aber wie sollen wir ein Boot zum Palast schicken, um ihn zu untersuchen, wenn dieses Ungeheuer im Hafen herumschwimmt?«

Tarlon sah vom Hafen weg, hinaus auf die See. Dort, keine vierhundert Schritt entfernt, ragten noch immer die massiven Mauern des alten Palasts aus den Fluten. Schon Belior hatte versucht, den alten Palast zu erforschen, auch er hatte die Krone dort vermutet.

»Es muss trotzdem getan werden«, stellte Vanessa bedrückt fest und sprach somit seine eigenen Gedanken aus. »Auch wenn wir wissen, dass Belior dort nichts fand, dürfen wir es nicht unversucht lassen.«

Tarlon nickte nur.

»Dafür muss ja nur das Untier vertrieben werden«, sagte Garret und kratzte sich am Kopf. »Ich bin gespannt, wie sie es anstellen.«

Tarlon sah ihn überrascht an.

»Das hört sich an, als ob du davon ausgehst, dass sie erfolgreich sein werden.«

Garret zuckte die Schultern.

»Ja. Natürlich. Es ist nur ein Ungeheuer! Auch wenn ich zugeben muss, dass es einen zu beeindrucken vermag! Schade, dass wir nicht dabei sein können!«, fügte er grinsend hinzu. »Das wäre ein Abenteuer nach meinem Geschmack.«

»Du bist verrückt, weißt du das?«, bemerkte Vanessa, doch Garret schüttelte lachend den Kopf.

»Ich bin nur zuversichtlich«, erklärte er ihr. »Wenn man von vorneherein aufgibt, wird man nie Erfolg haben, also gehe ich davon aus, dass es auch für das Untier eine Lösung geben wird!«

Tarlon ignorierte Garret und seine Schwester, dafür sah er hinunter auf den Platz, wo sich, in sicherer Entfernung vom Rand des Hafenbeckens, sein Vater, Ralik und Elyra unterhielten. Immer wieder sah er, wie Elyra zu dem Leichenstapel hin blickte und energisch den Kopf schüttelte.

»Es passt ihr nicht, dass das geschieht«, stellte er fest.

»Was passt ihr nicht?«, fragte Garret, doch sein Blick folgte noch immer der Welle, die das Ungeheuer vor sich herschob.

»Sie wird der Meinung sein, dass auch die Soldaten Beliors ein Begräbnis verdienen«, erklärte ihm Vanessa.

»Warum? Hunderte hat es doch bereits in das Hafenwasser gespült«, antwortete Garret. »Ich weiß auch ehrlich nicht, was wir mit ihnen tun können. Um sie zu verbrennen, fehlt uns das trockene Holz ... Schaut!«, rief er und deutete auf das Hafenwasser. »Jetzt, wo das Riesenvieh weg ist, kommen auch die anderen Biester herbei!«

Dutzende von Rückenflossen durchschnitten das Wasser im Hafen, einmal zeigte sich sogar eine Schlange an der Oberfläche, die bestimmt gut und gerne auch zwanzig Schritt lang war. Besonders die Schlange bereitete Tarlon Sorge, vielleicht war diese sogar imstande, an Land zu kommen. Schweigend beobachteten die Freunde, wie ein mit Toten vollgeladener Karren herankam.

Elyra sagte noch etwas, dann wandte sie sich ab und ging davon, während Ralik und Hernul ihr nachsahen. Dann gab Ralik das Zeichen. Vorsichtig, immer mit einem Blick zur offenen See hin, luden die Söldner die Toten nahe dem Hafenrand ab.

»Es scheint, als ob wir jetzt wissen, wie wir mit den Toten verfahren sollen«, stellte Vanessa bedrückt fest. Sie sah zu Garret hin. »Kommt es dir gar nicht grausam vor, sie an diese Ungeheuer zu verfüttern?«

Er schüttelte den Kopf.

»Ihre Seelen sind bei ihren Göttern. Ob ihre Körper nun von Maden gefressen werden oder verbrannt oder von diesen Seeungeheuern verschlungen ... es macht wohl keinen großen Unterschied.«

»Ich sehe es nicht viel anders«, sagte Tarlon, als sie ihn fragend ansah. »Ich mache mir eher über etwas anderes Gedanken.«

»Über was?«, fragte Vanessa.

»Das Ungeheuer ist größer als eine von Beliors Galeonen. Es kam bis an den Hafenkai heran, also ist es dort noch tief genug für ein Schiff«, erklärte Tarlon. Er sah auf die See hinaus, aber von dem Ungeheuer war nichts mehr zu sehen. »Vielleicht sollten wir es besser nicht so schnell vertreiben«, fügte er dann nachdenklich hinzu.

»Es wird unser Problem nicht sein«, stellte Garret fest. »Ich hörte, wie euer Vater sagte, dass wir noch heute aufbrechen sollen.«

»Ach, deshalb hast du neue Stiefel«, lächelte Vanessa mit einem Blick auf Garrets Füße. »Waren die alten nicht mehr gut genug für ein Abenteuer?«

Garret blinzelte, dann lachte er.

»Frauen. Eben sprachen wir von Ungeheuern, jetzt sprichst du von meinen Stiefeln!«

»Sie sind schwer zu übersehen!«, meinte Vanessa fröhlich.

Tarlon und Garret tauschten einen Blick aus, sahen dann gemeinsam auf Garrets Füße herab.

»Sind sie das?«, meinte Tarlon skeptisch. »Bist du sicher, dass du solche Stiefel tragen willst?«

»Es sind gute Stiefel«, erklärte Garret und streckte den Fuß vor, damit man sie besser bewundern konnte.

»Sie gefallen mir«, lachte Vanessa. »Ich hätte nie erwartet, dass du solche Stiefel trägst. Sie sehen vornehm aus wie die eines Edelmanns.«

»Anders als der Rest von ihm«, grinste Tarlon und Garret lachte.

»Du bist nur neidisch. Vater hat sie mir vorhin gegeben. Er meinte, dass in einem Krieg gutes Schuhwerk fast wichtiger sei als das Essen.« Er schüttelte amüsiert den Kopf. »Und das, obwohl ich ihm sagte, dass ich nicht die Absicht hätte, viel zu marschieren.«

»So, wie du reitest, solltest du dankbar für die Stiefel sein … die werfen dich wenigstens nicht ab!«, lachte Vanessa und schmiegte sich an ihn, um einen Kuss zu stehlen.

13 Die Reise nach Berendall

»Bist du sicher, dass du schon bereit bist?«, fragte Tarlon nur eine Kerze später, als er Vanessa half, ihr Pferd zu satteln. Es war leicht zu erkennen, dass seine Schwester noch immer ihren Arm schonte.

»Zieh den Sattelgurt noch einmal nach, das Biest mag Spielchen«, antwortete sie. »Mir geht es so weit gut«, teilte sie ihm dann mit, als er den Gurt fester zog, woraufhin ihn das Pferd vorwurfsvoll ansah. »Barius meinte, es würde noch ein paar Tage dauern, bis ich keine Schmerzen mehr habe, aber wenn es sein muss, kann ich den Arm schon jetzt bewegen.« Sie berührte ihr schwarzes Schwert, das in einer ledernen Scheide an ihrer Hüfte hing. »Ich kann kämpfen.«

»Ich mache mir nur Sorgen um dich«, sagte Tarlon, aber sein Blick lag nicht auf ihr, sondern auf einer schlanken, fast schon zierlichen jungen Frau in den Gewändern einer Hohepriesterin der Mistral. Elyra. Die Blicke der beiden trafen sich und für einen Moment glaubte Tarlon, auch etwas in ihren Augen zu erkennen, und sie lächelte scheu. Doch nur für einen Augenblick, dann nahm ihr Gesicht wieder diesen ruhigen und zugleich entschlossenen Ausdruck an, den er in letzter Zeit zu oft bei ihr gesehen hatte. Er hatte davon gehört, welch harte Entscheidung sie hatte treffen müssen, dass sie es war, die entschied, seinen, Garrets und Argors Tod in Kauf zu nehmen, um die Truppen Beliors zu vernichten. Doch bislang war es nicht möglich gewesen, mit ihr darüber zu sprechen, vielmehr hatte er den Eindruck gewonnen, dass sie seine Nähe scheute.

»Der Friede der Göttin mit euch«, sagte Elyra, als sie an die Geschwister herantrat. »Ich …«, begann sie, aber Tarlon sah seine Schwester eindringlich an. »Dort drüben ist Garret und unterhält sich mit Ralik«, sagte er.

»Du hast recht«, lächelte Vanessa und schnallte nur noch einen Köcher seitlich hinter dem Sattel fest, bevor sie dem Pferd einen leichten Klaps auf die Kruppe gab. Sie sah von ihrem Bruder zu Elyra, die scheu zu Boden sah. »Ich gehe wohl besser und höre zu, was Ralik zu sagen hat.«

»Das wäre nicht nötig gewesen«, bemerkte Elyra leise, als Vanessa sich entfernte.

»Doch«, antwortete Tarlon bestimmt und zog die zierliche Priesterin an sich heran. Er ignorierte ihren überraschten Blick und den leichten Widerstand, dann entspannte sie sich und legte ihren Kopf an seine Brust. Sanft strich er ihr über das weißblonde Haar.

»Ich weiß, was es für dich bedeutet, die Priesterin unserer Herrin zu sein«, teilte er ihr mit. »Ich verstehe auch, dass du nun andere Verpflichtungen hast, dass die Würde deines Amtes anderes von dir fordert. Aber wenn du nicht gekommen wärst, hätte ich dich aufgesucht. Es gibt Dinge, die gesagt werden müssen.«

Er hörte, wie sie den Atem einzog, und fast hatte er das Gefühl, als ob sie weglaufen wollte, doch noch immer hielt er sie in seinen Armen und sein Blick machte ihr deutlich, dass er sie jetzt nicht gehen lassen wollte.

Vielleicht war es sogar Blasphemie, eine Priesterin so vertraulich zu umarmen, dachte Tarlon, doch bei allem, was er von der Göttin wusste, sollte es ihr gefallen, wenn ihre Dienerin aus ganzem Herzen geliebt wurde. Dennoch war er überrascht, als er Elyras feuchte Augen wahrnahm und sah, wie sich eine Träne aus ihren langen Wimpern löste.

»Ich ... ich konnte nicht anders«, stieß sie hervor. Im nächsten Moment waren ihre Arme um ihn gelegt und ihre Schultern zuckten unter seinen Händen. Mit tränennassen Augen sah sie zu ihm auf. »Wie hätte ich anders entscheiden können?«, flüsterte sie gequält. »Es schien der einzige Weg!«

»Ich denke, es war dir vorherbestimmt, eine Priesterin der Mistral zu werden. Du hast dir nichts vorzuwerfen!«, teilte er ihr sanft mit.

Überrascht sah sie ihn an. »Davon sprach ich doch gar nicht, Tar! Ich sprach davon, Knorre und Argor in den Tod zu schicken, wohl wissend, dass es dich und Garret auch umbringen wird!«

Tarlon schüttelte langsam den Kopf. »Deswegen machst du dir Vorwürfe?«, fragte er sanft.

Sie nickte gegen seine Brust. »Ich kann dir und Garret kaum mehr in die Augen sehen«, flüsterte sie.

Tarlon schob Elyra etwas von sich weg und lachte. »Du hast wohl nicht gehört, wie Garret die Geschichte erzählt? Er sagt, er wusste, dass so etwas geschehen würde, schließlich war Knorres Prophezeiung ja noch nicht eingetreten! Ich hätte an deiner Stelle genauso gehandelt. Außerdem«, schmunzelte er und zog sie wieder an sich heran, »… leben wir noch. Damit ist doch alles gut!«

»Nicht für Knorre und Argor«, sagte sie.

»Und hier hoffe ich sehr, dass Garret recht behält«, murmelte Tarlon.

Bevor Elyra fragen konnte, was er damit meinte, zeigte sich wieder einmal, dass Garret große Ohren besaß.

»Womit habe ich recht?«, fragte seine fröhliche Stimme hinter ihnen. »Ich meine, ich behalte gerne recht, aber worum geht es diesmal?«

»Manchmal, Garret, kommst du ungebeten«, knurrte Tarlon und hielt Elyra fest, als sie sich aus seinen Armen winden wollte, dafür bedachte er seinen Freund mit einem Blick, der für jeden anderen deutlich genug gewesen wäre. Garret indes ignorierte ihn. Wie üblich.

»Es geht um Argor und Knorre«, sagte Elyra. Sie sah bittend zu Tarlon hoch und widerwillig ließ dieser sie los. »Ihr Tod lastet schwer auf meinem Gewissen«, fügte sie leise hinzu. »Wenn ich schlafe, träume ich von ihnen.«

»Das kann nicht oft gewesen sein«, grinste Garret. »Schließlich hast du seitdem kaum geschlafen! Schau, Knorres Prophezeiungen trafen alle ein, also wussten Knorre und Argor, was zu tun ist, um dem Tod zu entgehen!«

»Ich wollte, ich wäre dessen so sicher wie du«, sagte Elyra zögerlich. »Ich sage mir, dass ich Vertrauen in die Gnade der Göttin habe, und ich *habe* es auch, nur in diesem Falle fällt es mir schwer. Und ich schäme mich, denn ich ertappe mich bei dem Gedanken, dass es leichter für mich wäre, hätte man ihre Körper gefunden. Das ist eigennützig und so sollte ich nicht denken!«

»Das ist doch nicht eigennützig«, widersprach Tarlon. »Der Mensch braucht einen Abschluss für solche Dinge. Wir hoffen gerne, also hoffen wir, dass sie dem Tod haben entgehen können. Ich kann daran nichts Falsches finden.«

»Siehst du das auch so?«, wandte sich Elyra an Garret.

Garret zuckte die Schultern. »Es ist entweder so oder es ist anders. Nichts, was wir hier tun können, wird etwas ändern. Du bist die Priesterin unserer Göttin, du hast anderes zu tun, als eine Last auf deinen Schultern zu tragen, die dir nicht zusteht.«

»Wie meinst du das?«, fragte Elyra erstaunt.

»Wie ich es sage«, meinte Garret, diesmal ernster. »Beide haben sich dazu entschieden. Wenn es ihr Ende war, dann haben sie es gewählt, nicht du. Es ist nicht rechtens, ihnen das zu nehmen!« Garret lachte, als er ihren überraschten Blick sah. »Gib uns lieber einen Segen, damit wir wissen, dass der Göttin Gnade auf uns ruht! Und wenn du noch etwas Salbe für meinen wunden Hintern hast, dann wäre ich dafür sogar noch dankbarer! Wenn die Götter gewollt hätten, dass wir reiten, hätten sie uns Hintern aus Leder geben sollen!« Er sagte es derart drollig, dass selbst Elyra lachen musste.

»Dass du eine lederne Hose trägst, mag damit zusammenhängen!«, fügte sie hinzu. Tarlon war froh, sie lachen zu hören, auch wenn er befürchtete, dass sie diese Last noch lange mit sich herumtragen würde. »Ich hatte noch etwas von der Salbe«, meinte sie dann. »Aber ich habe sie schon Vanessa gegeben.« Diesmal war ihr Grinsen echt. »Frag sie, ob sie dir etwas abgeben will!«

»Einreiben wirst du dich aber selbst«, warnte Tarlon mit einem schnellen Blick auf seine Schwester, doch er lächelte dabei.

»Aber nur, wenn sie Nein sagt«, grinste Garret und duckte sich unter einem spielerischen Schlag seines großen Freundes hinweg.

Vanessa ließ ihr Pferd zurückfallen, bis sie neben Garret ritt. Sie hob die linke Hand und deutete auf ein Reh, das nicht weit entfernt äste. Garret nickte und griff nach seinem schwarzen Bogen, doch sie legte ihm die Hand auf die Schulter und schüttelte den Kopf. Schweigend sahen sie zu, wie das Reh den Kopf hob und sie bewegungslos ansah.

»Ich kann kaum glauben, dass wir uns im Krieg befinden«, sagte Vanessa, während sie weiterritten. »Es ist so friedlich hier.« Sie gähnte verhalten, es war noch früh und in dieser Nacht hatte sie nicht besonders gut geschlafen. Es war nicht der harte Boden, der sie störte, noch immer machte ihr Arm ihr zu schaffen.

Helge, der Heiler der Söldner, hatte nicht geglaubt, dass ihr Arm nach der schweren Verwundung, die sie sich im Kampf gegen den Kronok zugezogen hatte, wieder vollständig heilen würde. Ohne die Heilung durch einen der Hüter, Barius, wäre dem sicherlich auch so gewesen. Doch auch Barius hatte sie darauf hingewiesen, dass es länger dauern würde, bis ihr Arm wieder vollständig hergestellt war.

»Durch die Gnade meines Gottes wurde dein Arm geheilt, Vanessa aus dem Haus des Bären. Doch vieles war zerstört und ist neu entstanden, noch mangelt es den Sehnen und Muskeln dort an Kraft und Ausdauer. Es wird seine Zeit brauchen, bis dein Arm seine alte Kraft und Stärke wieder erreicht.«

Damit, dachte Vanessa, konnte sie leben. Sie zog es vor, nicht an den Brand im Gasthof zu denken, auch Garret und ihr Bruder Tarlon taten meist so, als wäre es nie geschehen. Doch sie selbst konnte sich nur zu gut an die unerträglichen Schmerzen erinnern, an den Anblick ihrer verbrannten Hände, daran, wie sie *verstand*, was ihr widerfahren war.

Jeder, der den Tag erlebt hatte, sprach von einem Wunder, und genau so fühlte auch Vanessa. An diesem Tag hatten ihr die

Götter ein neues Leben gegeben. Aber an diesem Tag war sie auch gestorben. Jeder Tag seitdem, jeder Atemzug, jeder Schmerz und jede Freude, all das war wie ein Geschenk für sie und jetzt, als sie lächelnd zusah, wie das Reh im schützenden Waldrand verschwand, genoss sie dieses Geschenk umso mehr.

Als sie dem Kronok gegenübergestanden hatte, wusste sie, dass sie verlieren würde. Zu übermächtig war dieses Echsenwesen, zu gut bewaffnet und gerüstet. Dennoch kannte sie keine Angst, nur eine wilde Entschlossenheit, dieses Geschenk bis zum letzten möglichen Moment auszukosten.

Bis die Feuermagie des falschen Händlers sie niederstreckte und ihr die Haut wie Wachs vom Körper schmelzen ließ, war sie auf der Suche nach etwas gewesen, nach was, das hatte sie selbst nicht genau gewusst. Jetzt war das anders, vielleicht hatte sie sich ja selbst gefunden.

Verstohlen sah sie zu Garret hin, der noch immer neben ihr ritt. Auch er war an diesem frühen Morgen schweigsam, während seine Augen ständig in Bewegung waren und das Gelände absuchten. Auch er hatte sich subtil geändert. In den letzten Wochen war sein Gesicht schmaler und zugleich kräftiger geworden, aus dem schlaksigen Jungen mit dem frechen Grinsen war ein junger Mann geworden, dem das Lachen noch immer leichtfiel, der aber dennoch, wie gerade in diesem Moment, auch nachdenklich sein konnte.

»Was denkst du?«, fragte sie.

Er sah sie überrascht an und lachte dann.

»Ich habe daran gedacht, dass es dumm war, dich nicht zu heiraten, als die Gelegenheit dazu bestand. Bevor das alles geschah.«

»Ich hätte dich nicht genommen«, lächelte sie. »Ich wusste noch nicht, was ich will.«

»Und jetzt?«, fragte er.

»Jetzt ist es anders«, grinste sie. »Wenn sich die nächste Gelegenheit ergibt, zögere nicht zu lange. Allerdings solltest du vorher mich fragen.«

»Ich dachte, das hätte ich eben gerade getan«, lachte Garret.

»Und ich dachte, ich hätte dir die Antwort gegeben«, grinste sie.

Einen Moment sahen sie sich nur gegenseitig an, dann schüttelte Garret erheitert den Kopf.

»Kannst du dir vorstellen, wie viel Gedanken ich mir gemacht habe, *wie* ich dich fragen sollte? So etwas will reichlich überlegt sein.«

»Und?«, fragte sie neugierig. »Wie hast du es dir vorgestellt?«

»Nicht so«, sagte er. »Irgendetwas Romantisches … aber nicht so, vom Rücken eines Pferdes aus.«

»Ach«, meinte sie lachend. »Wenn ich daran denke, dass Vater Mutter fragte, nachdem sie von einem Pferd gefallen war, dann passt es für uns.« Sie grinste breit. »Vielleicht frage ich dich selbst noch mal, nachdem *du* vom Pferd gefallen bist. Dazu ist ja oft genug Gelegenheit.«

»Ich hätte dich nicht für unhöflich gehalten«, sagte die Sera Bardin, die mit Tarlon zusammen einige Pferdelängen vorausritt. Tarlon sah sie überrascht an, es war das erste Mal, dass die Bardin etwas sagte, seitdem sie am Morgen das karge Nachtlager verlassen hatten. Überhaupt schien es Tarlon, als habe sich die Bardin seit dem Angriff am meisten verändert. Jahrelang war es so gewesen, dass die Kinder des Dorfs dem Sommerfest entgegenfieberten, weil sie wussten, dass die Bardin mit ihren bunten Gewändern, ihren Geschichten und ihrem glockenhellen Lachen bald kommen würde, jetzt war es nur noch schwer vorstellbar, dass sie dieselbe Person war.

Die bunten Gewänder mochten sich noch immer in den großen Satteltaschen der Bardin befinden, doch darauf, dass sie lachte oder den Kindern alte Balladen oder Legenden erzählte, musste man vergeblich warten.

Seit dem Angriff trug sie schwarze Lederkleidung, wie auch Vanessa hatte sie auf einen Rock verzichtet und trug eine lederne Hose mit kniehohen Stiefeln, dazu Hemd und Jacke aus demselben schwarzen Leder wie ihre Hose. Auf Brust und Armen ihrer Jacke waren Scheiden eingearbeitet und hielten jeweils sechs Wurfmesser für sie bereit. Hatte sie vorher ihr rabenschwarzes Haar oft genug offen getragen, so war es nun in drei Zöpfen gebunden, die sie hochgesteckt trug. Ihr Gesicht, so fein gezeichnet, wie es nur bei Elfen der Fall war, zeigte wenig von ihren Gefühlen und nur noch selten lächelte sie.

Jetzt waren ihre dunkelgrünen Augen auf Tarlon gerichtet und eine feine steile Falte stand auf ihrer glatten Stirn. Der Rat hatte entschieden, dass Tarlon, Garret und Vanessa sie nach Berendall begleiten sollten, zu dem, was sie von dem Gedanken hielt, hatte sie sich bislang jedoch nicht geäußert. Tarlon vermutete, dass sie davon wenig erbaut war.

»Wie meint Ihr das?«, fragte Tarlon nun höflich.

»Du belauschst die beiden.«

»Sie sind zu weit hinter uns, als dass ich ihre Worte verstehen könnte«, sagte er milde.

»Du belauschst auch nicht ihre Worte«, sagte die Bardin knapp.

Tarlon sah sie erstaunt an.

»Du hörst ihre Gedanken«, erklärte sie kurz, doch Tarlon schüttelte entschieden den Kopf. »Nein«, sagte er, »das tue ich nicht.«

»Es gibt nichts, was ich mehr missbillige, als wenn mir jemand in die Augen sieht und lügt.« Die grünen Augen der Bardin funkelten. »Von dir hätte ich das am wenigsten erwartet!«

»Ich lüge nicht«, antwortete Tarlon steif. »Ich höre sie, aber ich höre nicht hin.« Sein Blick hielt ihren grünen Augen stand. »Auch Eure Gedanken bleiben Euch alleine«, teilte er ihr dann mit.

»Und das soll ich dir glauben? Wenn du nicht hören willst, warum hörst du dann?«

Es brauchte üblicherweise viel, um Tarlon zu reizen, aber seitdem sie die alte Stadt verlassen hatten, spürte er die Missbilligung der Bardin in ihren Blicken und in ihrem Schweigen. Zudem ging es ihr nicht alleine darum, dass er lauschte. Sie lag mit sich selbst in einem Zwist und war nicht imstande, diesen aufzulösen. Sie mochte tausend Jahre alt sein oder noch älter, aber hier unterschied sie sich kaum von Vanessa, nein, dachte er, das war ungerecht, Vanessa handelte schon lange nicht mehr so.

»Ich höre nicht auf Euch, Sera, noch belausche ich meine Schwester oder Garret. Ich höre auf das, was um uns ist, um gewarnt zu sein, wenn uns jemand zu nahe kommt.«

»Höre auf damit«, antwortete sie knapp.

»Das kann ich nicht«, entgegnete er ruhig. »Das wäre, als ob Ihr verlangt, dass ich mit dem Atmen aufhören soll. Seitdem die Sera in der alten Akademie es mir beibrachte, ist es so, als ob mein Gehör besser und besser wird. Es fühlt sich an, als ob ich einfach besser hören würde als früher. Wie soll ich verhindern, dass ich hören kann?«

»Du hörst, aber lauschst nicht?«, fragte die Sera nach.

»Genau so ist es. Sitzt Ihr in einem Wirtshaus, hört Ihr auch alle Unterhaltungen in der Nähe, doch belauscht Ihr sie auch?«

Sie sah ihn nachdenklich an.

»Von welcher Sera sprichst du?«, fragte sie dann. »Die Akademie ist vollständig geräumt, dort ist nichts mehr von Wert, die meisten Räume wurden verschlossen, ich habe mich selbst überzeugt. Niemand lebt dort …«

»Es gab dort zwei Statuen«, sagte Tarlon und fühlte sich ungemütlich dabei. Die Freunde waren übereingekommen, für sich zu behalten, was dort geschehen war, und nun hatte er sich verplappert. »Eine davon war von einer Frau, die dort einst wohl Unterricht in magischen Dingen gab. Als wir sie berührten, war es, als ob wir an diesem längst vergangenen Unterricht teilnehmen würden. Eine Art Traum, aber er veränderte uns.«

»Die anderen haben die Statue auch berührt?«, fragte die Bardin seltsam gespannt.

»Ja. Elyra und Garret lernten anderes, das weiß ich. Mir sagte die Sera, dass ich kein wahres Talent für Magie besäße, aber dafür anderes. Mir konnte sie deshalb nur zwei Dinge beibringen. Zum einen, wie ich besser hören kann, zum anderen ihren Namen, damit ich sie rufen kann, wenn sie gebraucht wird.« Er zuckte die Schultern. »Es war ein Traum, vielleicht der ihre, und es war die Vergangenheit ... sie weilt schon lange nicht mehr unter uns.«

»Ich war in der Akademie, bevor sie verschlossen wurde. Es gibt dort nur eine Statue. Die von dem Gründer der Akademie«, sagte die Bardin langsam. »Ich kann mich nicht an eine weibliche Statue erinnern.«

»Sie stand auf dem Brunnen«, teilte Tarlon ihr mit. »Ich täusche mich nicht. An ihrem Podest waren Runen eingelassen, die ihren Namen nannten, und es lag Staub auf ihren Schultern.«

»Was stand dort? Weißt du es noch?«

»Lanfaire, Dienerin der Herrin der Ewigkeit, Großmagister der Künste, Hüterin des Tales«, zitierte Tarlon und achtete auf das Gesicht der Bardin. In ihren Zügen zeigte sich nichts, doch für einen Moment schien es dem jungen Mann, als ob sich die Augen der Bardin geweitet hätten. »Sagt Euch dieser Name etwas?«

»Nein«, antwortete die Bardin, vielleicht etwas zu hastig. Sie sah seinen skeptischen Blick und zuckte die Schultern. »Doch ... es könnte eine Legende über sie geben.«

»Es könnte eine Legende geben?«, fragte Tarlon und diesmal war er es, der sie zweifelnd ansah. »Ihr seid eine Bardin. Ihr wisst nicht zufällig, wie diese Legende geht?«

»Es ist eine menschliche Legende«, entgegnete die Bardin und für Tarlon war deutlich zu erkennen, dass es ihr nicht gefiel, etwas darüber zu sagen. »Menschliche Legenden sind meist nicht zuverlässig«, erklärte sie ihm. »Zu viel verliert sich im Laufe der Generationen, mit jeder Erzählung verändert sie sich, bis zum Schluss kaum mehr als ein Kern der Wahrheit in ihnen liegt. Diese Legende war schon alt, als ich noch jung war.«

»So erzählt sie mir«, bat Tarlon.

Sie seufzte. »Sie ist nicht wahr. Wäre sie wahr, gäbe es Überlieferungen meines Volkes. Schließlich war sie eine Elfe.«

»Wenn die Statue sie richtig wiedergab, war sie keine der Unsterblichen«, sagte Tarlon. »Jeder Elf, den ich bis jetzt sah ...«

»Das wären dann ganze zwei an der Zahl«, unterbrach sie ihn etwas schnippisch.

»… war ungewöhnlich schlank, fast schon zierlich.« Er sah zu ihr herüber. »Das war sie nicht. Sie war athletisch wie Vanessa und auch wenn sie ähnliche Züge aufwies, kann ich Euch sagen, dass sie kein Elf war. Sie fühlte sich nicht so an.«

»Du hast eine Statue gesehen.«

»Ich sah sie in meinem Traum.«

»Ein Traum …«

»Ein Traum, der mir beibrachte, wie ich besser hören kann«, präzisierte er und sah sie bedeutsam an. »Auch wenn ich nicht hören *will*, so spüre ich doch, dass Ihr etwas verbergen wollt. Dieses Fühlen ist ihre Gabe … und nicht die eines Traums.«

»Hörst du jetzt auch meine Gedanken?«, fragte sie und die Art, wie sie ihn ansah, gefiel ihm wenig.

»Nein«, gab er zurück. »Doch ich spüre Euer Unbehagen. Nur geht es Euch nicht anders als mir«, sagte er. »Ihr tut das Gleiche.« Sie sah ihn überrascht an.

»Wie das? Ich lese keine Gedanken.«

»Ihr seid so alt, Ihr habt gelernt, die Menschen zu lesen wie ein offenes Buch.« Er zuckte die Schultern. »Wie man es macht, darin sehe ich keinen großen Unterschied. Ihr tut es und nutzt es auch, oft genug sah ich Euch schon die Reaktionen der Menschen um Euch abwägen und wie Ihr dann das gesagt habt, das Euch notwendig schien, um die Menschen in Eurem Sinne handeln zu lassen. Mit Blicken, Worten und Gesten habt Ihr uns geführt, uns und unseren Vorvätern ein Spiel aufgeführt, das seinesgleichen sucht. Werft mir nicht vor, wenn ich Dinge in Euch lesen kann, die Ihr ganz bewusst in anderen sucht.«

Ihre Augen weiteten sich.

»Mir scheint, ich habe dich unterschätzt, Tarlon«, sagte sie dann.

»Mir scheint, nicht nur mich.« Er sah sie direkt an. »Solange Ihr nicht nach mir ruft, sind Eure Gedanken die Euren, ich werde nicht hinhören. Erzählt mir die Legende, Sera.«

Sie atmete tief durch und nickte dann.

»Es ist eine menschliche Legende, wie ich schon sagte. Menschen leben mit dem Tod, so ist es nicht verwunderlich, dass sie auch glauben, dass Götter sterben können. Es ist eine sehr alte Legende. Sie stammt aus der Zeit vor dem Anbeginn der Zeit. Vor den Elfen, Zwergen und Menschen, sogar noch vor den Riesen, und manche sagen sogar, noch vor den Göttern selbst, gab es die Drachen auf dieser Welt. Manche Gelehrte, menschliche Gelehrte«, erklärte sie und warf ihm einen funkelnden Blick zu, »behaupten, dass die ersten Götter Götter der Drachen waren. Die Legende sagt, dass es auch damals eine Herrin der Welten gab, nur war es eine andere als die, die ihr hier so verehrt. Es waren diese Götter, die dann die anderen Rassen schufen, denn die Drachen waren auch damals schon alt und starben langsam aus.«

»Ich sah den Drachen des Grafen«, bemerkte Tarlon trocken. »Offenbar sterben sie wirklich nur sehr langsam aus.«

Sie warf ihm einen scharfen Blick zu. »Offensichtlich. Nun, die Legende sagt, dass, nachdem die Götter die neuen Rassen schufen, sie sich zurückzogen oder, wie die Menschen behaupten, starben. Auch die alten Götter hatten Priester, so auch die Herrin der Welten, die vor der kam, die ihr heute Mistral nennt. Die Frau, deren Statue du gesehen haben willst, diese Lanfaire oder Leanafaireal, wie sie in den Legenden genannt wird, war die oberste Priesterin dieser alten Göttin. Als ihre Göttin ging, blieb diese Priesterin zurück, sie hatte das Interesse an den Menschen nicht verloren. Es heißt weiterhin, dass sie und die Göttin, die ihr Mistral nennt, in vielen Dingen nicht einer Meinung waren. Mistral hat einen menschlichen Aspekt, sie ist eine Göttin der Menschen. Sie sieht die Dinge anders, als ein Drache sie sehen würde.«

»Die erste Herrin der Ewigkeit war also ein Drache?«, fragte Tarlon.

»Sagte ich dies nicht? Es waren Götter der Drachen, welchen Aspekt sollen sie sonst annehmen außer dem eines Drachen?«

»Dann ist diese Priesterin …?«

Die Bardin seufzte. »Ja. Ein Drache. Ein Drache, der den Aspekt eines Menschen angenommen hat, um die Menschen zu führen und zu schützen, wie es einst ihre Aufgabe gewesen ist.«

Sie warf ihm einen funkelnden Blick zu. »Ich glaube nicht daran.«

»Aber dieser Legende nach ist diese Lanfaire ein Drache?«

»Ja.«

»Warum sah ich sie dann in dieser Form?«

Die Bardin warf ihm einen scharfen Blick zu. »Sagte ich nicht, dass es eine Legende der Menschen ist? Also bilden sie sich ein, dieser Drache könne auch menschliche Form annehmen. Reiner Humbug, warum sollte ein Drache dies tun wollen?«

»Das weiß ich auch nicht«, lächelte Tarlon. »Aber es macht sie wahrscheinlich weniger furchterregend!«

Fast wider Willen lachte die Bardin. »Daran könnte etwas Wahres sein«, schmunzelte sie.

»Wie geht die Legende weiter?«, fragte Tarlon neugierig.

»Es folgt ein weiterer Grund, warum an dieser Legende nichts Wahres sein kann. Angeblich steht diese Priesterin außerhalb der Macht der Göttin, der sie dient. Sie ist weitaus älter als die Göttin selbst und steht ihr in nichts nach, ist ihr vielleicht sogar überlegen.«

»Wäre sie dann nicht selbst so etwas wie eine Göttin?«

Sie funkelte Tarlon an. »Das ist das Problem mit menschlichen Legenden. Sie verlieren an Sinn und Logik.«

»Ist es bei elfischen Legenden anders?«

»Sicherlich«, teilte sie ihm erhaben mit. »Wir verehren keine Personen, sondern Aspekte eines großen Ganzen. Auch wir nennen eure Göttin beim gleichen Namen, nur sind wir uns dessen bewusst, dass es kein lebendes Wesen, keine Person ist, sondern eben nur ein Aspekt der Macht, die uns schuf. Selbst wenn es eine Göttin gibt, so wie die Menschen sie sich vorstellen, ist sie für uns Elfen doch nicht mehr als eine Stellvertreterin der wahren Macht, eben nur ein Aspekt. Und dieser kann nicht vergehen und ist wahrhaftig ewig, unabhängig davon, welches Gesicht er im Moment gerade trägt!« Sie sah ihn mit funkelnden Augen an. »Und ganz gewiss ist eines sicher: Wir Elfen wurden nicht erschaffen, nur weil ein paar Götter gerade Langeweile hatten, wir entstammen den Wurzeln des ewigen

Baumes, wir entstanden aus der Erde, der Luft, dem Feuer wie auch dem Wasser, aus den Elementen, aus denen sich die Welt zusammenfügt. Wir entstanden aus dem Land, der Welt selbst, die wahrlich ewig ist und sich nicht im Gewand eines Gottes kleiden muss!«

»Also glauben Elfen nicht an Götter?«

»Das habe ich nicht gesagt«, widersprach sie. »Wir glauben nur anders an sie als ihr Menschen. Wir glauben nicht daran, erschaffen zu sein. Wir entstanden!«

»Macht es einen solch großen Unterschied?«, fragte Tarlon schmunzelnd.

»Ja«, beharrte sie. »Wir sind zu perfekt, als dass man uns aus Langeweile erschuf. Siehst du, genau daran krankt es in der Logik. Selbst eure Legenden sagen, dass wir Elfen die ältere Rasse sind. Wir sind perfekt … also warum sollten die Götter *nach uns* eine andere Rasse, eben die eure erschaffen, die so ganz und gar nicht perfekt ist?«

Tarlon sah sie überrascht an.

»Ihr seid wirklich davon überzeugt, dass Elfen *perfekter* sind als wir Menschen?«

»Ist es nicht offensichtlich?«, fragte sie.

»Nein«, antwortete Tarlon ehrlich. »Es scheint mir, als ob es keinen großen Unterschied zwischen den Rassen gibt. Sonst wären wir wohl auch kaum imstande, uns miteinander zu verbinden.«

»Kein Elf liegt freiwillig bei einem wilden Biest«, fauchte die Bardin. Sie war bleich geworden und ihre Hände hielten die Zügel ihres Pferdes so fest, dass die Knöchel ihrer Hand weiß hervortraten. »Denn das seid ihr, nichts anderes als wilde Bestien, Raubtiere, die ein Fehler der Schöpfung irrtümlich mit einem, wenn auch mangelndem Verstand verfluchte!«

Mit diesen Worten gab sie ihrem Pferd die Sporen und ritt im Galopp davon.

Tarlon sah ihr überrascht nach, vielleicht hätte er beleidigt sein sollen, doch er konnte sie noch immer fühlen. Über der Verachtung in ihren Worten lag ein Schmerz, alt und tief, eine

Wunde, die schon so lange währte, dass ihr Eiter jeden Winkel der Seele der Bardin füllte.

»Was hat sie?«, fragte Garret, als er und Vanessa zu ihm aufschlossen. Der Weg führte hier durch dichten Wald, der schon jetzt die Bardin vor ihrer Sicht verbarg, nur gedämpft konnten sie noch die Hufe ihres Pferdes hören, bevor auch dieser Widerhall verklang.

»Ich denke, ich habe sie an etwas Unangenehmes erinnert«, sagte Tarlon langsam. »Sie will wohl alleine sein.«

»Über was habt Ihr gesprochen, Tar?«, fragte Vanessa neugierig.

»Über die Schöpfung, Menschen und Elfen und auch über alte Götter«, antwortete Tarlon. »Nichts, was uns heute noch direkt berührt.« Er sah zu Vanessa und Garret hinüber. »Was meint ihr? Ist es ein Fluch, wenn man nie vergessen kann?«

»Es kann ein Fluch sein«, antwortete Vanessa, ohne zu zögern. »Aber nur, wenn man sich an mehr Schlechtes erinnert als an Gutes.« Sie warf einen bedeutsamen Blick zu Garret hinüber. »Deshalb ist es wichtig, so zu leben, dass man sich an die guten Dinge erinnern kann.«

»Dieser Vorsatz gefällt mir«, lachte Garret. »Dennoch sind mir solcherart Gedanken zu schwer für einen solch schönen Tag. Wenn wir den Pass erreichen und dann die Vorlande, ist es früh genug, schweren Gedanken nachzuhängen, im Moment weigere ich mich, mir meine gute Laune verderben zu lassen. Was meint ihr, wie lange wird es noch dauern, bis wir den Pass erreichen?«

»Ich denke, das wird im Laufe des Nachmittags geschehen«, sagte Tarlon. Meister Pulver hatte ihm eine Karte des Tals mitgegeben, jetzt trug er sie sicher verwahrt unter seinem Wams. Es war nicht nötig, sie herauszuholen, er hatte sie gründlich genug studiert. »Wenn wir unser Nachtlager aufschlagen, sind wir schon auf der anderen Seite.«

»Und wie lange wird es nach Berendall brauchen?«, fragte Garret und rutschte unruhig im Sattel hin und her.

»Noch fast zwei weitere Tage. Die Bardin wird es genauer

wissen, sie ist den Weg ja erst vor Kurzem gekommen. Frage doch sie.«

»Wenn ich sie wiedersehe, werde ich das tun«, antwortete Garret und setzte eine gequälte Miene auf. »Drei weitere Tage … Göttin, ich werde einen neuen Hintern brauchen, wenn das vorbei ist!«

Vanessa lachte. »Wenn du dein Gesicht sehen könntest! Ich dachte, du wolltest dir deine Laune nicht verderben lassen?«

»Das«, meinte Garret mit Leidensmiene, »ist etwas ganz anderes!«

Etwas später ließ Tarlon sein Pferd zurückfallen, sodass er neben seiner Schwester ritt. Mittlerweile ging der Pfad steiler bergauf und sie ritten langsamer, um die Pferde zu schonen. Garret hatte für den Moment die Führung übernommen und ritt voran.

»Sag mal«, fragte Tarlon seine Schwester. »Hast du jemals gesehen, dass die Bardin ein Gespräch mit Erwachsenen gesucht hätte?«

Vanessa überlegte kurz und schüttelte dann ihren Kopf. »Nein. Sie konnte stundenlang bei uns Kindern sitzen und erzählen, hatte immer die Geduld, jede noch so kleine Frage zu beantworten, aber ich kann mich ehrlich nicht daran erinnern, dass sie sich jemals länger mit einem der Erwachsenen unterhalten hätte. Jedenfalls nicht, bevor Ariel auftauchte … mit ihm unterhielt sie sich stundenlang … aber dann auch abseits der anderen.«

»Sie liebt die Kinder, nicht wahr?«, fragte Tarlon.

Sie sah ihn überrascht an.

»Natürlich. Daran kann es keinen Zweifel geben. Erinnerst du dich nicht daran, wie sie weinte, als die Kinder im Gasthof starben? Sie liebt die Kinder über alles, ein Blick in ihre Augen, wenn sie in ihrer Mitte sitzt und ihre Geschichten erzählt, und du weißt einfach, dass es daran keinen Zweifel geben kann. Warum?«

»Es sind nur Gedanken. Nicht weiter wichtig. Allerdings meine ich, mich erinnern zu können, dass sie sich das eine oder andere Mal mit Sera Tylane unterhielt. Einmal war sie auch bei uns zu Besuch und unterhielt sich länger mit Mutter.«

»Richtig«, meinte Vanessa. »Ich war damals mit Vater auf dem Markt, als wir zurückkamen, musste sie bald gehen, nicht wahr?«

»Das sagte sie …«, meinte Tarlon nachdenklich. »Bevor ihr kamt, hatte es allerdings nicht den Anschein.«

Vanessa sah ihn prüfend an. »Ich kenne dich, Tar. Du hast wieder diesen Gesichtsausdruck, den du immer hast, wenn du über etwas Wichtiges nachdenkst. Was ist es diesmal?«

Er schüttelte den Kopf. »Es ist nichts Wichtiges. Auf jeden Fall scheint es etwas zu sein, das uns nichts angeht.«

Vanessa musterte ihn nachdenklich.

»Weißt du, Tar«, sagte sie dann. »Ich habe mich darauf gefreut, mit der Sera Bardin zu reisen. Ich hoffte, dass sie vielleicht am Abend, bei der Rast, ein paar Geschichten erzählt oder uns auf ihrer Laute vorspielt, doch sie sitzt nur da und starrt ins Feuer. Manchmal, wenn ich sie sehe, bekomme ich sogar Angst vor ihr. Ich sage mir dann, dass ich es mir nur einbilde. Wir reisen zusammen und ich stelle fest, dass wir sie kaum kennen.« Sie holte tief Luft. »Es fällt mir erst jetzt auf. Ich kenne sie mein ganzes Leben lang, aber ich denke dennoch, dass sie uns in Wahrheit fremd blieb. Ich weiß nicht einmal ihren Namen, sie war immer nur die Sera Bardin für uns. Wenn du also etwas von ihr weißt, das wichtig ist …?«

Tarlon schüttelte den Kopf.

»Nein«, wiederholte er. »Es ist nicht wichtig. Für uns. Es ist nur so, dass sie, vielleicht noch mehr als Ariel, eine Maske trägt, wenn wir sie sehen. Doch ich bin davon überzeugt, dass sie unser Freund ist. Ich denke einfach, dass manches für sie schmerzhafter ist, als wir es wissen.« Er warf ihr einen schnellen Blick zu und lachte. »Aber ich werde sie bei Gelegenheit nach ihrem Namen fragen.«

»Wenn sie wiederkommt. Vielleicht hat sie sich auch entschlossen, alleine zu reisen, wie sie es sonst immer tut.«

Garret hatte sein Pferd jetzt auch zurückfallen lassen und hatte so Vanessas letzte Worte mitgehört. »Das wird sie nicht tun«, sagte er. »Sie ist jemand, die sich an das hält, was sie verspricht, selbst wenn es sie umbringen würde.«

Tarlon sah Garret nachdenklich an.

»Manchmal überraschst du mich mit deinen Einsichten.«

Garret lachte.

»Welchen Einsichten? Jeder, der sie etwas kennt, kann das sehen.« Er grinste breit. »Mir ist eingefallen, dass wir heute Nacht vielleicht doch nicht im Freien schlafen müssen. Kurz hinter dem Pass war doch ein Gasthof auf der Karte eingezeichnet, nicht wahr?«

»Richtig«, stimmte Tarlon ihm zu. »Aber Vater meinte, dass er verlassen wäre.«

»Ich denke, sie wird dort auf uns warten. Vielleicht gibt es dort sogar noch ein Dach«, sagte Garret und sah zum Himmel hoch, wo einige Wolken zu sehen waren. »Ich hörte, dass es im Gebirge nass und klamm sein kann, weil die Wolken an den Felsen hängen bleiben, ein Dach wäre also willkommen.« Er sah Tarlon an. »Meinst du, du könntest die Führung wieder übernehmen«, fragte er mit einem treuherzigen Blick.

Tarlon sah seine Schwester an und seufzte.

»Ich denke, das lässt sich machen«, erwiderte er schließlich und ritt voraus.

Etwas später hielt Tarlon sein Pferd an und stieg ab, um das Moos von einem Wegestein zu wischen. Er zeigte das Wappen Lytars mit dem nach oben gerichteten Schwert. Die Buchstaben waren tief genug eingeschlagen, sodass er sie trotz der Verwitterung noch lesen konnte. Wychwyrd, fünf Wegestunden. Er richtete sich auf und sah zum Waldrand. Sie befanden sich bereits auf den Ausläufern des Gebirges und der Wald war hier nicht mehr so dicht wie noch vor ein paar Stunden. Sah man genauer hin, konnte man noch immer erkennen, dass hier einst ein Weg abführte. Ein gepflasterter Weg, denn hier und da hatten die Baumwurzeln alte Pflastersteine nach oben gedrückt, nur mit Mühe konnte man sie noch erkennen.

Tarlon zog die Karte heraus und sah noch einmal nach, richtig, das Dorf war auf der Karte eingezeichnet. Mittlerweile hatten Vanessa und Garret zu ihm aufgeschlossen und Garret sah nun neugierig auf Tarlon herab.

»Was schaust du da?«, fragte er.

»Ein paar Stunden in dieser Richtung lag einst ein Dorf namens Wychwyrd«, sagte Tarlon, während er die Karte zusammenfaltete. »Es fiel mir auf, als ich die Karte das erste Mal studierte, ich habe vorher nicht gewusst, dass es noch andere Dörfer im Tal gab.«

Er saß wieder auf und ritt langsam weiter.

»Für ein einziges Dorf ist dieses Tal sehr groß … es ist verwunderlich, dass die anderen Dörfer nicht überlebt haben. Es muss viele Dörfer hier gegeben haben.«

»Warum?«, fragte Vanessa.

»Ihr habt doch selbst gesehen, wie groß Lytar war. Es gab sehr viele Menschen dort, sie mussten ja von etwas leben«, erklärte Tarlon. »Wahrscheinlich gab es überall bestellte Äcker und Bauernhöfe … nur, wo sind diese Menschen hin? Sie waren von dem Strafgericht der Göttin ja nicht betroffen.«

»Vielleicht nicht direkt«, überlegte Garret. »Aber wenn sie davon lebten, ihre Waren nach Lytar zu verkaufen …«

»Dann hätten sie nichts anderes zu tun brauchen, als nur noch die Felder zu bestellen, die sie zum Leben brauchten. So wie wir es taten. Es bestand kein Grund dazu, ihre Dörfer zu verlassen.« Tarlon sah den Weg zurück, der fast gradlinig durch den Wald verlief. »Ich möchte wetten, wenn wir hier graben, finden wir unter der Erde eine Straße wie die, die nach Lytar führt. Noch etwas anderes: Ich bin noch nie so weit von zu Hause weg gewesen, ich wusste zwar, dass es ein großes Tal ist, aber jetzt erst kann ich erkennen, wie groß es wirklich ist.«

Garret sah zurück.

»Ich sehe da nur Wald«, sagte er. »Gut, es ist ein großes Tal. Warum interessiert es dich, wie groß es ist? Es ist groß genug.«

»Auf der Karte ist das Tal grob wie ein Ei gezeichnet, das stumpfe Ende wäre Lytar und die Küste, die Flanken sind von Gebirgen gezogen. Nur erkenne ich jetzt, dass die Basis des Eis gute neunzig Meilen breit ist. Daraus folgt, dass es sich noch viel weiter in Richtung Osten ausdehnt. Es muss Dutzende Dörfer gegeben haben, vielleicht sogar noch andere Städte … warum blieb von ihnen nichts? Wenn ich alle Menschen im Dorf zusammenzähle, auch die von den umliegenden Gehöften, komme ich auf etwas über zweitausend Menschen.«

Er sah Garret an.

»Siehst du nicht, dass es seltsam ist? Wir konnten selbst sehen, wie fruchtbar der Boden überall ist. Dieses Tal könnte Zehntausende ernähren! Vielleicht sogar noch mehr!«

»Doch es gibt nur diesen einen Pass«, gab Vanessa zu bedenken. »Vielleicht war das der Grund? Ich weiß, dass die Händler immer unruhig werden, wenn sie befürchten, dass der Pass zu ist, bevor sie abreisen können.«

»Beziehen wir wirklich so viel von den Händlern?«, fragte Tarlon zweifelnd. »Es sind hauptsächlich Metalle, nicht wahr?« Er reichte die alte Karte an seine Schwester weiter. »Siehst du die Symbole hier an den Bergflanken? Dort sind Kupfer und Zinnminen eingezeichnet, ich weiß von Vater, dass es noch alte Eisenminen gibt. Es gibt hier im Tal fast alles, was man braucht.«

»Nur denke ich kaum, dass jemand in den Minen würde arbeiten wollen«, meinte Garret. »Ich stelle es mir als eine arge Schufterei vor.«

»Das Eisen, das wir von den Händlern beziehen, wird auch irgendwo in Minen abgebaut, irgendwo wird es Leute geben, die in Minen schuften«, sagte Tarlon. Vanessa hielt ihm die Karte hin und er verstaute sie wieder sorgfältig. »Es ist einfach so, dass ich nicht verstehe, warum nicht viel mehr Leute im Tal siedeln.«

»Nun, das wird sich ja jetzt ändern. Den Söldnern jedenfalls scheint es ernst damit, sich hier anzusiedeln«, sagte Garret. »Ich finde es gut, so sieht man auch einmal neue Gesichter im Dorf.« Er zuckte die Schultern. »Vielleicht ist es so und es gibt zu wenig Menschen hier, aber ist das von Belang für uns?«

»Genau das weiß ich nicht«, sagte Tarlon. »Ich würde es aber gerne wissen.«

Garret sah ihn an und lachte.

»Manchmal verstehe ich wirklich nicht, warum du dir über all das den Kopf zerbrichst. Manche Dinge sind doch einfach, wie sie sind!« Er hob seinen Blick zur alten Straße hinauf zum Pass. »Ich jedenfalls denke im Moment nur daran, so bald wie möglich unseren nächsten Rastplatz zu erreichen. Tut dir dein Hintern denn gar nicht weh?«

»Ich achte nicht darauf«, antwortete Tarlon. »Ich mache mir über andere Dinge Gedanken.«

»Das merke ich«, grinste Garret. »Nur gelingt mir das nicht, solange mein Hintern mich daran erinnert, dass ich keine Pferde mag! Es gibt nur einen Trost.«

»Und welcher wäre das?«, fragte Vanessa neugierig.

»Würden wir laufen, täten mir meine Füße weh. Das mag ich noch weniger!«

14 Ein Schuss ins Dunkle

Am späten Nachmittag erreichten sie die Ruinen der alten Passfeste. Noch immer bildeten mächtige behauene Steine eine massive Mauer, die den Pass verschloss, nur hatte der Winter mit Eis und Frost über die Jahrhunderte viele der Blöcke gesprengt und den Bereich um die Mauer herum mit großen Felsbrocken übersät.

Damit die schweren Handelswagen der Händler hier überhaupt passieren konnten, war es nötig gewesen, hier und da die schweren Steinbrocken mühsam zur Seite zu stemmen, eine Arbeit, die jedes Jahr im Frühjahr wiederholt werden musste.

»Halt«, rief Garret an einer Stelle und stieg ab, schweigend musterten auch die anderen einen skelettierten Fuß, der unter einem mehr als doppelt mannshohen Felsen hervorragte.

»Der Brocken stammt nicht aus der Mauer«, stellte Tarlon fest und sah zu den steilen Felswänden hoch, die den Pass einfassten. »Ich frage mich, ob er von alleine fiel oder ob jemand nachhalf.« Er wandte sich an Garret. »Kannst du etwas erkennen?«

»Ich bin mir nicht sicher«, antwortete dieser. »Es kann sein, dass es dort oben einen Pfad gibt. Wenn, dann wäre es nur in unserem Sinne … keine Armee wird hier passieren können, ohne zumindest ins Stocken zu kommen. Wenn wir fünfzig Bogenschützen dort oben postieren, würde dieser Pass einen fürchterlichen Blutzoll von jeder Armee fordern.«

»Wollte Ralik nicht, dass man den Pass wieder besetzt?«, fragte Vanessa und sah zu dem runden Turm, der ein Stück rechts vom eingestürzten Tor der alten Mauer stand. »Der Turm sieht noch benutzbar aus.«

»Die Mauern stehen noch, aber kaum mehr als das«, meinte Garret. »Wie man durch das offene Tor sehen kann, sind die

Böden eingefallen …« Er schüttelte den Kopf. »Gar so einfach wird es nicht werden. So ziemlich das Einzige, was dafür spricht, hier eine Feste zu errichten, ist, dass man genügend Steine hat und sie nicht erst hier hinaufschleppen muss.« Er schaute auf den desolaten Ort und sah Tarlon fragend an. »Wenn wir hier etwas tun wollen, müsste man nicht schon damit anfangen? Viel Zeit werden wir nicht haben.«

»Ich denke, Ralik wird sich darum kümmern, wenn er mit den anderen nachkommt«, meinte Tarlon. Er prüfte den Boden sorgfältig. »Sind das die Spuren der Sera?«, fragte er dann.

»Ja«, meinte Garret, als er wieder aufsaß. »Ihr Pferd ist beschlagen und das Eisen am linken Hinterhuf ist etwas verzogen. Sie wird das alte Wirtshaus schon erreicht haben.«

»Stimmt. Es muss gleich hinter dem Wall stehen. Gut, dass wir es rechtzeitig erreichen, es wird bald ziemlich dunkel werden.«

»Da hast du recht. Es ist zwar Sommer und die Sonne wird noch lange am Himmel stehen, doch hier sind schon jetzt die Schatten tief«, stellte Garret fest. »Wir sollten nicht länger Zeit verlieren. Ich kann jedenfalls nicht sagen, dass ich die Berge mag.«

»Stell dir vor, wie es hier im Herbst oder Winter ist«, sagte Tarlon, als er seinem Pferd leicht die Sporen gab, um Garret zu folgen.

»Das will ich lieber gar nicht«, antwortete Garret. »Mich friert es schon alleine bei dem Gedanken.« Sie ritten durch das alte Tor und sahen den alten Gasthof etwas versetzt zur rechten Hand liegen.

»So schlimm sieht der Gasthof gar nicht aus«, stellte Garret erleichtert fest. »Zumindest besitzt er noch ein Dach!« Seit einiger Zeit war ein kleiner Bach neben dem Weg hergeflossen, der Bach selbst war unscheinbar genug, nur das Bachbett verriet, dass er im Frühjahr eher ein reißender Strom sein würde, zum Teil hatte er die Steine des alten Wegs freigewaschen, an anderen Stellen so weit unterspült, dass sie weggebrochen waren. Nach etwas mehr als einer Kerze öffnete sich eine kleine Lichtung vor ihnen, Bach und Weg führten weiter in das Tal hinab.

Der Gasthof stand rechts, etwas weiter zurück, sodass Bach und Weg in einiger Entfernung an ihm vorbeiführten. Das Tor des Stalls links von dem Gasthof hing schief in seinen Angeln, dahinter konnten sie das Pferd der Bardin sehen, das nun neugierig den Kopf hob und witterte.

Die Fensterläden des alten Gasthofs waren geschlossen, doch durch die Spalten trat Licht hervor, aus dem Kamin schraubte sich eine dünne Rauchfahne in den klaren Himmel empor.

»Ihr könnt schon vorgehen«, sagte Tarlon, als sie ihre Pferde in den Stall führten. »Ich versorge die Pferde und komme dann nach.« Er zog fester am Zügel, als sein Pferd etwas scheute. »Sie sind etwas nervös«, fügte er hinzu.

»Danke«, meinte Garret breit grinsend. »Mal schauen, ob die Zimmer noch nutzbar sind, auch gegen einen Schluck Bier und ein anständiges Essen habe ich nichts einzuwenden. Was meinst du, hat sie etwas für uns gekocht?«

Vanessa warf dem alten Gemäuer einen skeptischen Blick zu und schüttelte dann den Kopf.

»Sie hat auch gestern außer diesen Trockenfrüchten nichts gegessen. Warum sollte sie für uns kochen?«

Garret bot ihr galant den Arm an.

»Ich wüsste auch keinen Grund, aber ich träume nun mal gerne davon, dass alle meine Wünsche wahr werden.«

Tarlons Pferd scheute erneut. Nur mit Mühe konnte Tarlon es beruhigen.

»Schon gut«, versuchte Tarlon, sein Pferd zu beruhigen und tätschelte es am Hals. »Ganz ruhig, Brauner. Was ist, riechst du etwas, das dir nicht gefällt?«

»Moment«, sagte Garret und runzelte die Stirn. »Wartet mal.« Er griff nach seinem Bogen, klemmte ihn zwischen seine Beine, hängte die Sehne ein, legte einen Pfeil auf und sah sich sorgsam um.

Noch war es nicht ganz dunkel, auch wenn die tiefen Schatten der steilen Berghänge die kleine Lichtung füllten. Tarlon schlug die Zügel der Pferde um einen noch recht stabil aussehenden Pfosten und löste ebenfalls seine schwere Axt vom

Sattel, auch Vanessa lockerte ihr Schwert in der Scheide. Dann schlossen die beiden zu Garret auf, der geduckt und mit halb gespanntem Bogen nahe dem Weg verharrte.

»Was ist?«, fragte Tarlon, während auch er zu sehen versuchte, was Garret hatte stutzen lassen. Die wenigen Bäume und das dürre Gestrüpp boten nur wenig Deckung. Wenn hier Gefahr lauerte, vermochte er sie nicht zu erkennen.

»Hier«, sagte Garret, richtete sich wieder auf und ließ den Bogen sinken. Er deutete mit einem Pfeil auf einen Haufen Dung nahe des Weges. »Das ist noch ziemlich frisch«, stellte er fest, während er näher an den Haufen herantrat, um sich dann neben ihm niederzuknien.

»Vielleicht von der Bardin?«, spekulierte Tarlon, der Garret im Moment nicht ganz verstand.

»Dann schau mal genauer hin«, meinte Garret ernster, als es für ihn üblich war. »Dieser Haufen hat eine ganz andere Konsistenz als Pferdedung und das hier ...«, er zeigte mit der Spitze des Pfeils auf etwas Helles in dem Haufen, »ist der zersplitterte Backenzahn einer Kuh.«

Er benutzte die stählerne Pfeilspitze, um den Zahn freizulegen.

»Ein Bär hätte einen ähnlichen Haufen hinterlassen können, aber so beeindruckend ihre Fänge auch sein können, zerkauen sie nicht Schädel und Zähne! Ich habe so einen Dungfladen noch nie gesehen, aber ich kann mir dennoch denken, von welchem Tier er stammt!«

»Ich auch«, sagte Vanessa. Sie war bleich geworden. »Die Reitechse eines Kronoks.«

»Wie lange liegt der Dung schon da?«, fragte Tarlon und ertappte sich dabei, wie er erneut die Umgebung absuchte. Es half nicht viel, dass er wusste, dass die Reitechse zu groß war, um sich verstecken zu können. Auf einmal kam ihm diese kleine Lichtung nicht mehr so freundlich vor.

»Nicht viel mehr als vier Stunden«, teilte ihm Garret mit und richtete sich wieder auf, während er den Boden sorgsam musterte. »Er kam hier hoch ... siehst du diese kleinen Kratzer hier?

Wie die Abdrücke von Vogelkrallen ... und dann ritt er wieder ins Tal.« Er sah den Weg entlang, der nach unten ins Tal und in die Vorlande führte. »Er ist irgendwo da unten«, fügte er leise hinzu.

»Also ist er weggeritten, bevor die Sera Bardin kam?«

»Ja«, sagte Garret mit gefurchter Stirn. »Er ritt hier hoch, aber er verharrte hier nicht, sondern ritt gleich wieder zurück ... Göttin, warum ist es hier so dunkel!« Dann fand er, was er suchte, einen anderen Haufen, gute zehn Schritt von dem ersten entfernt.

»Der hier ist älter«, sagte er dann, nachdem er sich den Fladen näher angesehen hatte. »Etwas über einen halben Tag, würde ich sagen. Und das bedeutet ...«

»Dass ein Kronok hier Streife reitet«, sagte Vanessa mit belegter Stimme. Sie sah zu ihrem Bruder hoch. »Gibt es einen anderen Weg hinunter in die Vorlande? Einen Pfad, der vielleicht weiter unten abzweigt?«

»Nein«, sagte Tarlon nach kurzer Überlegung. »Das Tal weitet sich mehr und mehr, und es ist vielleicht möglich, weiter unten den Weg zu verlassen und sich seitlich durch den Wald zu arbeiten, aber sicher kann ich mir nicht sein.«

»Er wird uns finden«, stellte Vanessa gepresst fest. Sie sah mit weiten Augen ihren Bruder und Garret an. »Es ist fraglich, ob wir gegen ihn bestehen können. Vielleicht ist deine Axt schwer genug, um seine Rüstung zu durchdringen, aber ...« Sie schluckte. »Das wird ein harter Kampf«, fügte sie fast unhörbar hinzu.

Garret und Tarlon tauschten einen Blick. Beide hatten nicht die geringste Absicht, sie so schnell noch einmal kämpfen zu lassen, auch wenn kaum jemand im Dorf so gut wie sie mit dem Schwert umgehen konnte.

»Ich will gar nicht gegen ihn kämpfen«, antwortete Tarlon, während er sich sorgfältig umsah. Allerdings suchte er nicht nach Tierdung. »Es sollte sich vermeiden lassen.«

»Wie denn?«, fragte Vanessa nervös. »Wir müssen an ihm vorbei! Oder sollen wir umkehren?«

»Das kommt gar nicht infrage«, grinste Garret. »Schließlich haben wir einen Vorteil.«

Sie sah ihn fragend an, sah dann zu ihrem Bruder, der regungslos wie eine Statue dastand und einen ganz bestimmten Baum zu fixieren schien, und lachte schließlich.

»Ihr meint, wir wissen, dass er kommt, und er weiß nicht, was ihn erwartet?«

»Fast«, korrigierte ihr Bruder und wog seine Axt in der Hand. »Er war mindestens schon zweimal hier. Also glaubt er, sich hier auszukennen.« Jetzt sah er sie an und auch wenn er nicht so breit grinste wie Garret, sah Vanessa doch die feinen Lachfältchen an seinen Augen.

»Habt ihr beide denn gar keine Angst?«

»Doch«, meinte Garret. »Nur ist jetzt nicht die Zeit dazu.«

Als Garret die Tür aufstieß, stellte er erfreut fest, dass sich die Gaststube in einem besseren Zustand befand, als er hätte hoffen können, fast erwartete er einen Wirt aus der Tür hinter der massiven Theke treten zu sehen. Offenbar nutzten die Händler den Ort regelmäßig, hier und da konnte er auch Spuren kleinerer Reparaturen sehen.

Die Sera Bardin hatte es sich auf einem Stuhl in der Nähe des Kamins bequem gemacht, dort brannte ein niedriges Feuer, ein kleinerer Kessel hing darin. Die Bardin selbst war damit beschäftigt, eine kleine Handarmbrust zu überprüfen, die Garret zuvor noch nie bei ihr gesehen hatte. Eine dampfende Teekanne und vier irdene Becher standen auf dem Tisch vor ihr. Vier der acht Kerzen auf dem Kronleuchter spendeten willkommenes Licht.

»Ihr kommt gerade rechtzeitig zum Tee«, sagte die Bardin lächelnd zur Begrüßung und legte die Handarmbrust zur Seite.

»Ahh«, strahlte Garret und rieb sich die Hände. »Das ist wirklich willkommen, Sera.«

Als Vanessa, die nach Garret hereingekommen war, die Tür hinter sich zuzog, hob die Bardin fragend eine Augenbraue. »Kommt Tarlon nicht?«

»Er baut eine Falle für den Kronok, der morgen herkommen wird«, teilte Garret ihr mit und stellte seine Packen neben der Tür ab. »Werdet Ihr heute Abend mit uns essen? Ich bin dran mit dem Kochen …«

»Was nicht unbedingt eine Empfehlung darstellt«, lächelte Vanessa und legte ihren Packen neben den von Garret. Wie er nahm auch sie ihr Schwert mit, als sie sich zu der Bardin an den Tisch setzten. »Aber wenn sich die Küche noch nutzen lässt, bin ich gerne bereit, heute Abend zu kochen.«

Die Bardin hatte sich aufgerichtet und sah beide misstrauisch an. »Von welchem Kronok sprecht ihr?«

»Von dem, dessen Spuren ich auf dem Weg da draußen fand«, teilte Garret ihr mit. »Die Spuren weisen darauf hin, dass er täglich vorbeikommt, wir hoffen, dass es morgen auch so ist.« Er sah zu Vanessa hinüber, deren Lächeln etwas von seinem Glanz verloren hatte. »Aber für den Fall, dass es sich der Kronok anders überlegt, wollen wir jetzt schon vorbereitet sein.«

»Sollten wir Tarlon dann nicht besser helfen?«, fragte die Bardin besorgt.

Vanessa schüttelte den Kopf.

»Er meint, bis er erklärt hat, was er will, macht er es lieber selbst, das ginge schneller. Er sagt, es braucht nicht lange.«

»Seid ihr sicher? Denn …«

Bevor die beiden erfuhren, was die Bardin sagen wollte, öffnete sich die Tür des alten Gasthofs. Tarlon stand im Türrahmen. Er hielt seine Axt in beiden Händen.

»Vanessa«, sagte er leise. »Du bleibst hier und verschanzt dich mit der Bardin. Lasst die Kerzen brennen. Garret, schnapp dir deinen Bogen.«

»Schade«, sagte Garret, als er sich seinen Bogen griff. »Er hätte ruhig bis morgen warten können.« Er sah zu den beiden Frauen hinüber und grinste breit. »Auf der anderen Seite können wir ruhiger schlafen, wenn wir wissen, dass er schon tot ist.«

Im nächsten Moment fiel die Tür hinter ihm und Tarlon zu.

»Ich werde nicht zusehen, wenn es einen Kampf gibt«, sagte

Vanessa und griff nach ihrem Schwert. Die Bardin legte ihr eine Hand auf den Arm. »Nein, wir sollten tun, was er sagt.«

»Warum?«

»Weil es das Richtige ist. Du bist noch verletzt. Zudem, hier im Gasthof, vor allem wenn wir uns in den Keller zurückziehen, haben wir bessere Chancen. Die Größe des Kronoks wird ihm dort unten zum Nachteil gereichen.«

Vanessa zögerte einen Moment, während die Bardin ihre Handarmbrust wieder aufnahm und ihren und auch Garrets Packen griff.

»Wenn es so weit kommt, sind Garret und Tarlon bereits tot«, protestierte Vanessa. »Genau das will ich verhindern.« Sie sah zur Tür hin. »Warum müssen Männer immer so tun, als wäre alles nur ein Kinderspiel! Ich habe gegen einen Kronok gekämpft, und ich sage Euch, es sind wahre Ungeheuer!«

»Aber du weißt, dass Garret recht hat, sonst wärest du ihnen schon gefolgt. Du weißt auch, dass du mit deiner Verletzung eher ein Hindernis für sie darstellst denn eine Hilfe.«

»Ich komme mir nur dermaßen feige vor«, beklagte sich Vanessa, folgte aber der Bardin, als diese eine Tür aufstieß, die wohl in den Keller des Gasthofs führte.

»Es ist nicht feige, es ist vernünftig«, erklärte die Bardin. »Sieh es anders«, fügte sie noch mit einem entschlossenen Gesichtsausdruck hinzu. »Wenn der Kronok sie tatsächlich besiegt, liegt es an uns, dafür zu sorgen, dass er nicht damit prahlen kann.«

Garret fluchte, als er Tarlon in die spärliche Bewaldung auf der anderen Seite des Weges folgte. »Warum muss es so stockdunkel sein!«

»Deshalb bat ich darum, dass sie die Kerzen anlassen, es gibt uns ein wenig Licht«, antwortete Tarlon. »Vielleicht lockt das Licht ihn sogar an.« Er griff nach einem Seil, das von dem größten der Bäume herabhing, und zog sich daran hoch.

»Hat Vanessa nicht erzählt, dass diese Biester in der Nacht sehen können?«, flüsterte Garret und folgte Tarlon auf den Baum.

Er suchte sich einen Platz in einer breiteren Astgabel und zog seinen Köcher zu sich heran. Mit den Fingern tastete er nach seinem besten Pfeil, während er versuchte, etwas zu erkennen. Der Weg war nur ein etwas hellerer Streifen, es würde etwas dauern, bis sich seine Augen an die Dunkelheit gewöhnt hatten. »Wo ist das Biest?«, fragte er dann.

»Im Moment etwas über vierhundert Schritt entfernt«, antwortete Tarlon und prüfte ein Seil, das er neben sich um den Stamm gebunden hatte. Garret blinzelte und versuchte dem Seil zu folgen, nur allmählich erkannte er, dass es zu einem schweren Baumstamm führte, der senkrecht, etwa zwei Schritt vom Stamm entfernt im Baum hing.

»Wie hast du den hochziehen können?«, fragte er beeindruckt.

»Mit dem Flaschenzug natürlich«, antwortete Tarlon. »Weiter kam ich allerdings nicht. Achtung, er kommt näher …«

»Und woher weißt du das?«, flüsterte Garret und legte einen Pfeil auf seine Sehne auf.

»Ich kann ihn fühlen«, sagte Tarlon. »Als ob er vor sich hin murmeln würde … er hat das Feuer gerochen und die Pferde im Stall.«

»Gute Nase«, flüsterte Garret. »Liest du seine Gedanken?«

Tarlon seufzte.

»So etwas Ähnliches, aber lass uns später darüber reden, ja?«

»In Ordnung«, meinte Garret und veränderte leicht seine Position in der Astgabel. »Wie ist der Plan?«

»Ich hoffe, dass er um den Gasthof herumschleicht … vielleicht gibt es für dich eine Möglichkeit zum Schuss. Wir locken ihn her und versuchen, ihn von hier oben aus zu erwischen.«

»Wenigstens kann er seine Echse nicht gegen uns einsetzen«, hoffte Garret.

»Aber seinen Bogen. Er ist im Vorteil, er kann im Dunkeln sehen.«

»Also sagst du, dass mein erster Schuss auch sitzen *muss*«, stellte Garret fest.

»Richtig … sch«, meinte Tarlon ganz leise. »Er kommt … dort …«

Zuerst war der Kronok nicht mehr als ein sich langsam bewegender Schatten. Ein großer Schatten, dachte Garret unbehaglich. Ein Schatten, der falsch erschien, nur wenig mit dem eines Reiters auf einem Ross gemein hatte. Es dauerte viel zu lange, bis Garret sicher war, dass es der Kopf des Kronoks war, dessen Schattenriss er mehr fühlen als sehen konnte. Ein leiser Grunzlaut, dann ein Zischeln des Furcht einflößenden Reiters, dann standen beide still.

Nur gegen den etwas helleren Streifen des Wegs war der Schatten zu sehen und selbst Garret mit seinen scharfen Augen konnte sich nicht sicher sein, ob er den Schatten nun wirklich sah oder es sich einbildete.

Während Tarlon und er als Gefangene zur alten Börse gebracht worden waren, hatte Garret die Gelegenheit genutzt, sich zwei Kronoks genauer anzusehen. Er verzog sein Gesicht zu einem grimmigen Lächeln, als er sich daran erinnerte, wie es den Soldaten, der den Wagen fuhr, verärgert hatte, dass Garret beständig die Nase über die Wagenkante hatte heben wollen. Doch jetzt zahlten sich die Schmerzen von damals aus. Beide Kronoks trugen die gleiche Art von Rüstung. Dazu gehörte ein Helm, der allerdings nicht geschlossen war. Die Rüstungen der Kronoks besaßen hohe Schulterstücke, um den Hals zu schützen. Vom Helm herabhängend schützte eine metallene Schürze den Nacken. Es waren schwere Rüstungen, weitaus schwerer, als ein Mensch sie zu tragen vermochte, und so war nicht davon auszugehen, dass er imstande sein würde, diese massiven Panzer mit seinem Pfeil zu durchschlagen. Es gab nur wenige Schwachstellen, eine im Schritt, dann auf der Rückseite der seltsamen Kniegelenke und dann noch eine weitere, etwas mehr als ein Fingerbreit unterhalb der Schnauze, dort wo der Brustpanzer endete.

Im Moment betrug die Entfernung etwa vierzig Schritt. Auf diese Strecke traute sich Garret sogar zu, einen Pfeil durch den Schlitz des Visiers zu schicken, aber … er sah nichts, es war zu dunkel!

Ein weiterer Zischlaut und die Echse setzte sich mit ihrem Reiter wieder langsam in Bewegung, auch die Echse ging nun geduckt wie ein Raubtier, das sprungbereit war. Kein Wunder, dachte Garret bitter, es *war* ein Raubtier!

Langsam näherte sich der Kronok, jetzt konnte Garret sogar beobachten, wie die Reitechse den Kopf hob und witterte, ein Glück, dachte er, dass der Wind günstig für ihn und Tarlon stand!

Jetzt erst konnte Garret die Konturen des Helms ausmachen ... und stellte mit einem sinkenden Gefühl im Magen fest, dass der Kronok genau in ihre Richtung sah!

Die Zeit schien stillzustehen. Vielleicht war es Einbildung, dass er fast das Gefühl hatte, sogar diese gelben Reptilienaugen hinter dem Schlitz des Visiers sehen zu können. Einbildung oder nicht, jetzt war es Garret gleich. In einer mühelos aussehenden Bewegung zog er den schweren Bogen aus und ließ den Pfeil von der Sehne schnellen.

Der Kronok war keine zwanzig Schritt mehr entfernt. Auf diese Entfernung konnten Tarlon und er den Einschlag hören, als die Stahlspitze des Pfeils sich durch den etwas zu engen Visierschlitz ihren Weg ins Auge der Bestie bahnte. So hart schlug der Pfeil ein, dass der Kronok aus dem Sattel geworfen wurde und dann nach hinten und zur Seite wegsackte.

Nur noch diese fremdartigen Steigbügel hielten den furchterregenden Reiter.

Die Reitechse stieß einen röhrenden Wutschrei aus, der Garret fast das Blut in den Adern gefrieren ließ, und rannte geradewegs auf sie zu, der leblose Körper des Kronoks schwankte wild im Sattel hin und her, um dann letztlich zur Seite hin herunterzurutschen. Der schwer gepanzerte Kopf der Echse rammte den Baum mit solcher Wucht, dass sich Garret festhalten musste und ihm sein nächster Pfeil aus der Hand fiel.

Fluchend zog er den nächsten Pfeil aus dem Köcher, während Tarlon neben ihm einen lauten Grunzlaut ausstieß und sich gegen den hängenden Baumstamm stemmte. Tarlon stieß den schweren Stamm von sich, holte mit seiner Axt aus und schlug zu. Das scharfe Blatt der Axt durchtrennte das schwere Seil mühelos. Er hatte es perfekt abgepasst, gerade als der Baumstamm nach vorne pendelte, löste sich das Seil und das angespitzte Ende schlug in der Schulter der Echse ein.

Der schwere Stamm presste einen letzten, grausigen Zischlaut aus den Lungen der Bestie, als diese mit Wucht von dem übergroßen Pflock in den harten Boden getrieben wurde. Eine Vorderklaue zuckte einmal, zweimal, der mächtige Schwanz der Bestie schlug ein letztes Mal hart auf den kargen Waldboden, dann zitterte das Biest und lag still.

Oben auf dem Baum verharrten Tarlon und Garret bewegungslos, fast als hätten sie vergessen, wie man atmet.

Garret fing sich als Erster und zog hart die Luft ein. »Ist das Vieh tot?«, brachte er mit belegter Stimme hervor. Er räusperte sich. »Ich meine, es müsste tot sein, nicht wahr?«

»Ich denke schon. Sein Rückgrat ist gebrochen«, antwortete Tarlon und schluckte. Beide sahen auf die Echse hinab. Dann räusperte sich Tarlon. »Ich hoffe, es hat ein Rückgrat. Aber ich will da nicht runter, bis ich sicher bin … du hast den Bogen.«

Stimmt, dachte Garret, fast schon überrascht. Er hatte sogar noch einen Pfeil in der Hand. Er konnte sich gar nicht daran erinnern, ihn ergriffen zu haben. War er ihm nicht aus der Hand gefallen? Garret beugte sich leicht vor, suchte das Auge der Bestie zu erkennen, fand es im Dunkeln nicht und schoss den Pfeil in den Hals der Echse. Vielleicht zitterte der mächtige Schwanz noch einmal leicht, aber sonst lag das Tier still.

Garret und Tarlon sahen sich gegenseitig an, dann kletterte Tarlon als Erster herunter, während sich Garret mit gespanntem Bogen bereithielt.

Unten angekommen, stieß Tarlon die Echse mit seiner Axt an.

»Es ist tot«, teilte er Garret mit vernehmbarer Erleichterung mit. Er beugte sich über den Reiter, der verdreht und mit offenem Maul etwas seitlich lag, ein Bein unter der Echse und dem Baumstamm begraben, der dem Tier den Rücken gebrochen hatte.

Der Helm des Kronoks hatte sich gelöst, doch der Pfeil im

Visierschlitz verhinderte, dass er herabfiel. Tarlon brach den Pfeil ab und schlug mit der Axt den Helm nach hinten weg und konnte jetzt die Spitze von Garrets Pfeil erkennen, die aus dem Hinterkopf der Echse herausragte.

Tarlon hob die Axt und mit einem wuchtigen Schlag trennte er den Kopf des Kronoks vom Körper ab.

»Jetzt ist er wohl mit Sicherheit tot«, stellte Garret erleichtert fest.

»Das will ich meinen«, sagte Tarlon und zog die Axt aus dem Waldboden, wo sie sich tief eingegraben hatte. Während Garret vom Baum herunterkam, trat er zurück, sah zu, wie das Blut des Kronoks im Waldboden versickerte. Schweigend standen sie vor der toten Echse und ihrem unheimlichen Reiter.

»Das war ein unglaublicher Schuss«, brach Tarlon dann das Schweigen. »Wie hast du das gemacht?«

Garret musterte den abgeschlagenen Kopf und den Pfeilschaft, der aus dem Auge herausragte. »Das weiß ich nicht.« Er schluckte. »Ehrlich gesagt, ist es mir egal. Ich bin einfach nur froh, dass ich noch lebe.«

»Ein meisterlicher Schuss«, sagte Lamar. »Hat es sich wirklich so abgespielt? Im Dunklen?«

»Ja«, meinte der alte Mann und zog an seiner Pfeife. »Übt man lange genug, entwickelt man ein Gefühl für den Bogen und die Pfeile«, fügte er schulterzuckend hinzu. »Es gibt hier im Dorf etliche, die Euch Ähnliches zeigen könnten. Was damals aber niemand wissen konnte, war, dass jeder Kronok das fühlt und sieht, was andere aus dem gleichen Gelege sehen. Es war etwas, das uns lange Rätsel aufgab, bis wir es verstanden. In diesem Fall jedoch gereichte es den Kronoks nicht zum Vorteil …«

Nur mühsam erholte sich der Kriegsmeister von dem Schock des plötzlichen Todes, nur verschwommen nahm er die Stimme des Menschlings Belior wahr.

»Was ist geschehen?«, fragte der Kanzler ungeduldig. »Ihr spracht davon, dass Euer Mann Licht im Gasthof sah … was geschah dann?«

Der Kriegsmeister blinzelte, sah sich um, als wolle er sich vergewissern, dass er sich hier in der Kronburg des Kanzlers befand und nicht dort, nicht auf einem weit entfernten Weg, der zu einem fernen Pass hinführte.

»Mein Eibruder sstarb«, teilte der Kriegsmeister dem Kanzler mit und erhob sich. »Ich ziehe mich jetzt zurück.«

»Wie starb er? Wurde er angegriffen?«

Der Kriegsmeister richtete sich zu seiner vollen Größe auf.

»Das weiss ich nicht. Er sstarb.«

Es war ihm sehr wohl bewusst, dass es dem Menschling nicht zusagte, wenn er einfach ging, nur sah er keinen Grund, Rücksicht darauf zu nehmen. Er ging zur Tür seines Nestraums. Selbst dieser Menschling wusste es besser, als ihm dorthin zu folgen.

»Er starb einfach so?«, fragte Belior ungläubig.

Der Kriegsmeister hielt inne und sah zu dem Kanzler zurück.

»Ja«, sagte er und zog die Tür hinter sich zu.

Er riss sich die menschlichen Gewänder vom Leib und rollte sich in seinem Nest zusammen, suchte die anderen Stimmen, fühlte ihr Willkommen, den geteilten Schmerz, die Erinnerung an den Tod des Eibruders in allen Stimmen.

Wir rochen das Menschling-Weibchen am Pass.
Wir starben.
Wir wissen nicht, wie.
Wir kämpften gegen das Weibchen.
Sie war verletzt.
Wir starben.
Wir wissen nicht, wie.
Neununddreißig Eibrüder, vier Wächter.
Acht Eibrüder und ein Wächter starben in der Flut.
Ein Eibruder starb gegen das unsterbliche Ungeheuer.
Hier wissen wir, wie wir starben.
Wir starben zwei Mal gegen das Weibchen.
Wir wissen nicht, wie.
Wir müssen wissen, wie.
Gibt es Brutmütter bei Menschlingen?

Der Kriegsmeister rollte sich enger zusammen. Schon lange hatte ein Nest nicht mehr solche Verluste hinnehmen müssen. Er nahm sich vor, morgen dem Menschling Belior mitzuteilen, dass sie Weibchen brauchten. Sie mussten wissen, wie Weibchen töten konnten, ohne dass das Nest wusste, wie.

Er rollte sich noch enger zusammen, suchte nach einer Bezeichnung für das seltsame Gefühl, das er spürte.

Er besaß das gesamte Wissen des Volks und der Nester. Niemand kannte den Krieg besser als ein Wächter. Die Eibrüder waren schneller, stärker und besser gerüstet als Menschlinge. Die Wächter führten sie, gaben ihnen die Weisheit aller Nester.

Wie konnte ein Eibruder sterben, ohne dass das Nest wusste, wie?

Der Kriegsmeister war beunruhigt.

Ein seltsames Wort, dachte er. Beunruhigt.

»Was, bei den Göttern, ist eine Brutmutter?«, fragte Lamar, während der Wirt neuen Wein an den Tisch brachte.

»So etwas wie eine Königin«, sagte der alte Mann und hielt, zur Überraschung Lamars, die Hand über seinen Becher, als der Wirt ihm nachschenken wollte.

»Oder wie ein General. Jedenfalls ist es wohl so, dass die Kronoks dem Befehl dieser Brutmütter bedingungslos folgen ... sie können nicht anders, es ist ihre Natur. Jedes Gelege hat wohl eine eigene Brutmutter, aber es ist wohl auch etwas wie ein Sakrileg, die Brutmütter anderer Gelege anzugreifen.«

»Was hat das mit der Geschichte zu tun?«

»Noch nicht viel. Nur damit, dass es immer darauf ankommt, wie jemand einen anderen sieht. Wie entscheiden wir Menschen, ob wir andere Wesen respektieren? Wäret Ihr ein Kronok, Lamar, so könntet Ihr an Menschen nicht viel finden, das Euch Respekt abnötigt. Klein und hilflos, ungeschuppt, mit stumpfen Zähnen, vor allem aber noch nicht einmal dazu fähig, miteinander zu reden, ohne dass es Missverständnisse gibt. Kleine nackte und dumme Tiere mit Werkzeugen.«

»Interessante Sichtweise«, sagte Lamar und nippte an seinem Wein. »Aber nicht so ganz die meine.«

Der alte Mann sah ihn scharf an. »Es gibt Menschen, die sogar andere Menschen so sehen.«

»Damit habt Ihr wohl leider auch recht«, stimmte der Gesandte dem alten Mann zu. Er brauchte da nur an den Prinzen zu denken.

»Jedenfalls hatte dieser Schuss noch andere Auswirkungen, aber das sollte sich erst später offenbaren«, sprach der Geschichtenerzähler weiter. »Im Moment waren Garret und Tarlon erst einmal nur froh, dass sie überhaupt noch unter den Lebenden weilten.«

»Ihr wollt sagen, dass dieser Garret nur eine große Klappe besaß, um zu vermeiden, dass andere erkannten, wie viel Angst er hatte?«

Der alte Mann sah ihn seltsam an und nickte dann langsam. »Das mag gut und gerne so gewesen sein.«

Der Gesandte schmunzelte. »Vielleicht hätte man ihm mal erklären sollen, dass es nicht darauf ankommt, ob man nun Angst hat oder nicht. Angst kann sehr vernünftig sein.«

»Worauf kommt es denn an?«, fragte der alte Mann neugierig.

»Darauf, dass man sich seiner Angst stellt und tut, was getan werden muss«, sagte Lamar und sah in seinen Becher. »Manchmal hat man einfach auch nur Angst vor der Angst. Aber selbst dann gilt das Gleiche.«

Der Geschichtenerzähler blickte Lamar eindringlich an. »Ihr habt das lernen müssen?«

»Man lernt so einiges am Hofe«, sagte Lamar bitter und spielte mit seinem Becher.

»Den Eindruck hatte ich so nicht«, sagte der alte Mann.

»Versucht es als Prügelknabe für den Prinzen«, meinte Lamar bitter und nahm einen tiefen Schluck. »Es gibt einem einen ganz anderen Blick für die Dinge.«

»War das Euer Schicksal?«, fragte der alte Mann leise genug, dass die anderen im Raum es nicht hören konnten.

»Ja«, sagte Lamar. »Ich habe meine Haut für ihn zu Markte getragen und er kennt nicht einmal meinen Namen.«

Der alte Mann musterte Lamar nachdenklich. »Wisst Ihr, ich hatte Euch für ein Mitglied der königlichen Familie gehalten. Ihr wurdet mir so angekündigt.«

»Ihr hattet mich erwartet?«, fragte Lamar überrascht. »Warum?«

»Weil es meine Aufgabe ist, dem, der kommt und nach der Krone fragt, ihre Geschichte zu erzählen. Nur seid Ihr nicht der Prinz.«

Lamar lachte bitter. »Ich bin weit davon entfernt, ein Prinz zu sein, guter Mann. Wer hat Euch denn gesagt, dass der Prinz kommen würde?«

»Die Hohepriesterin der Mistral«, antwortete der alte Mann bereitwillig und noch immer lagen seine Augen seltsam prüfend auf dem Gesicht des jungen Mannes. »Sie teilte mir mit, dass der Prinz die Einladung erhalten habe.«

»Hat er auch«, antwortete Lamar. Alleine bei der Erinnerung an diese kurze Audienz mit dem Prinzen tat ihm das Knie schon wieder weh. »Aber er hatte Besseres zu tun und schickte mich an seiner statt. Ich sollte nach der Krone fragen und sie ihm bringen.« Er lachte plötzlich. »Ich denke mir, dass Eure Geschichte wohl noch lange nicht zu Ende ist, aber wenn der Prinz alleine schon den Teil kennen würde, den Ihr mir bislang erzählt habt, dann hätte er wohl nicht so leichtfertig gesprochen!«

»Das wäre zu wünschen«, schmunzelte der alte Mann. »Aber hat ihm die Priesterin nicht gesagt, dass es ein Abkomme des Königs sein müsste, der nach der Krone fragen sollte?«

»Deshalb dachte der Prinz auch an mich. Wir haben denselben Vater, nur wurde ich im falschen Laken gezeugt.« Er zuckte die Schultern. »Solche Dinge geschehen. Ich kann mich nicht beschweren, der König ist gut zu mir gewesen.«

»Ah ja, das geschieht«, meinte der alte Mann mit einem leichten Lächeln. Er schien sich etwas zu entspannen. »Ihr habt es dem König nicht verübelt?«

»Nein«, sagte Lamar und sah wehmütig in seinen Becher. »Er fand oft Zeit für mich, als ich jung und er noch rüstig war. Mutter meinte immer, er habe sich dazu aus der Burg geschlichen. Nach dem Unfall ...« Er zuckte die Schulter. »Ich sah ihn danach gar nicht mehr und wurde auch nicht vorgelassen.« Er nippte zuerst, dann tat er doch einen tiefen Schluck und stellte seinen Becher hart auf den Tisch zurück. »Nur dass der Prinz meinen Namen nicht kennen will, das macht mich etwas zornig. Es ist ungerecht!«

»Ja«, meinte der alte Mann. »Man hat einen Namen, damit man bei ihm gekannt wird«, fügte er hinzu. »Ich sehe, dieses Thema ist Euch nicht genehm, Ser. Soll ich stattdessen mit der Geschichte fortfahren?«

»Ich bitte darum«, sagte Lamar und schenkte sich nach, diesmal allerdings füllte er den Becher zur Hälfte mit dem Wasser auf.

»Gut«, meinte der alte Mann mit Blick auf den Becher.

»Nun«, begann er etwas lauter, damit die anderen im Gastraum ihn hören konnten. Sofort wurde es wieder stiller.

»Nun«, wiederholte er. »Garret und Tarlon hatten eigentlich nicht damit gerechnet, den Kampf zu überleben, zugegeben hätten sie das natürlich nicht. Es ist also wenig verwunderlich, dass sie in bester Laune zu dem verfallenen Gasthof zurückkehrten ...«

15 Greifenland

»Wir sind es!«, rief Garret fröhlich, als Tarlon und er den alten Gasthof wieder betraten. Die Kellertür sprang auf und Vanessa rannte auf ihn zu und warf sich ihm an den Hals, während die Sera Bardin etwas gemächlicher und mit einem leichten Lächeln auf den Lippen nachkam. Sie zog die Kellertür hinter sich zu und lehnte sich dagegen.

»Ist euch etwas geschehen?«, fragte Vanessa, aber bevor Garret antworten konnte, gab sie ihm einen Kuss, der ihn vergessen ließ, was er sagen wollte.

Die Bardin musterte die beiden jungen Männer, die keinerlei Kampfspuren aufwiesen.

»War es ein falscher Alarm?«, fragte sie besorgt, doch Tarlon schüttelte den Kopf.

»Nein, er kam. Aber wir hatten Glück.« Er sah zu Garret hinüber und räusperte sich lautstark, allerdings konnte er ein Schmunzeln auch nicht unterdrücken.

Garret löste sich aus Vanessas Umarmung und zog sie an sich heran. »Es war allerdings schon etwas Unheimliches dabei … diese Kronoks können in der Nacht sehen und er sah uns direkt an, auf etwas mehr als dreißig Schritt Entfernung. Ein Wunder, dass er uns nicht zuvor schon sah. Nun ja, bevor es dazu kam, habe ich ihn im Auge erwischt. Er war sofort tot, der Göttin sei Dank.« Er sah Vanessa bewundernd an. »Nur mit einem Schwert bewaffnet, würde ich mich mit so einem Kerl nicht anlegen wollen.«

»Von Wollen war auch nicht die Rede«, lachte Vanessa. Sie wies auf die Stühle bei dem Tisch, an dem die Bardin nun wieder saß.

»Also ist er tot?«, fragte die Bardin.

»Sonst wären sie wohl nicht hier«, meinte Vanessa. »Setzt

euch«, sagte sie dann. »Heute übernehme ich das Essen zu Ehren unserer Helden!«

»Was ist mit der Reitechse?«, fragte die Sera Bardin. »Müssen wir uns da Sorgen machen?«

»Nein«, antwortete Garret, der sich nunmehr kalt gewordenen Tee einschenkte. »Tarlon hat ihr mit einem Baumstamm das Rückgrat gebrochen.«

»Ist das so?«, fragte die Bardin und sah jetzt Tarlon mit einer hochgezogenen Braue an.

»Es war ein Baumstamm, den ich vorher hochgezogen hatte«, versuchte Tarlon zu erklären.

»Aha?«

»Mit meinem Flaschenzug ...«

Die Bardin musterte beide prüfend. »Ihr habt also einen dieser Kronoks mitsamt seiner Reitechse getötet, ohne einen Kratzer davonzutragen. Kommt euch das nicht seltsam vor?«

Garret sah sie verwundert an.

»Nein? Wieso? Es war ein Hinterhalt und wir hatten Glück.«

»Was meint Ihr damit, Sera?«, fragte Tarlon neugierig.

Die Bardin sah erst auf ihre Hände herab, dann hoch zu Tarlon. »Ich will offen sein«, sagte sie dann. »Ich kenne euch, seitdem ihr Kinder wart, und jetzt frage ich mich, wie gefährlich ihr wirklich seid. Denn ich glaube nicht, dass es nur Glück oder göttliche Vorsehung war. Ich fürchte, ihr besitzt ein Talent zum Krieg ... wie die meisten Menschen es tun. Nur ist es bei euch besonders ausgeprägt.«

»Wen meint Ihr mit euch?«, fragte Tarlon behutsam.

»Euch. Die Leute aus dem Dorf. Lytara. Jeden von euch.« Sie musterte jetzt auch Vanessa mit diesen dunkelgrünen Augen, als ob sie ganz tief in sie hineinsehen wollte. »Das letzte Mal brauchte es die Macht der Götter, um euch aufzuhalten ...«

Tarlon sah überrascht auf, als er die Bedeutung ihrer Worte verstand.

»Sera, das wird es diesmal nicht. Niemand muss uns aufhalten, denn wir wollen keinen Krieg. Wir haben die Lektion der Macht gelernt.«

»Man muss uns nur in Ruhe lassen«, grinste Garret. »Aber Tarlon hat recht. Ich gehe lieber fischen, als dass ich mich mit Kronoks herumärgere.«

»Herumärgere? Andere wären gestorben!«, meinte die Bardin. »Glaubt mir, ich bin froh, dass ihr siegreich wart, und wünsche nichts mehr, als dass dieser Kampf gewonnen wird! Aber versteht ihr nicht, dass ihr mich erschreckt? Dass es mir vorkommt, als würde ein Riese erwachen? Dass ich mich frage, ob es gut ist, dass das Greifenbanner wieder weht?«

Garret sah sie verwundert an.

»Riese? Wir sind Bauern und Handwerker, Sera. Ein kleines Dorf in einem vergessenen Tal. Wir wollen wirklich nur unsere Ruhe und das schützen, was unser ist.«

Tarlon sah ihren Blick und wollte noch etwas hinzufügen, doch Vanessa unterbrach ihn rigoros.

»Ich will heute nichts mehr von Krieg oder Kampf hören«, teilte sie den anderen energisch mit. »Tarlon, hilfst du mir, das Gemüse zu putzen?«

»Ja, sicher«, sagte Tarlon mit einem schnellen Blick auf die Bardin und überlegte, ob er doch noch etwas sagen sollte. Doch diesmal war es Garret, der sprach.

»Sera«, begann er. »Das Greifenbanner weht wieder, das ist wahr. Aber vergesst nicht, wie der Greif das Schwert trägt. Mit der Spitze nach unten. Bereit, aber nicht zum Angriff erhoben. Sorgt Euch nicht, Sera. Wir sind nicht die Gefahr. Nicht mehr.«

Langsam nickte die Bardin und sah zu Vanessa hinüber. »Ich helfe Euch, Sera«, sagte sie dann. Und mit einem Blick zu Tarlon und Garret: »Ihr habt es euch heute verdient, bewirtet zu werden.«

»Hast du gehört«, sagte Garret, als die beiden Frauen mit dem Proviantbeutel in der Küche verschwanden. »Sie hat zu Vanessa Sera gesagt.«

»Ja«, antwortete Tarlon. Er sah auf seine Axt herab, die am Tisch lehnte. Auf dem polierten Stahl haftete noch das Blut der Echse und er meinte auch eine Scharte in der Schneide zu sehen. Er zog einen Stuhl heran, setzte sich, hob die Axt in seinen

Schoß und wühlte in seinem Packen, bis er einen Lappen und seinen Schleifstein fand. »Sie hat verstanden, dass wir keine Kinder mehr sind.«

Am nächsten Morgen widmete die Bardin dem toten Kronok und seiner nicht minder toten Echse einen langen nachdenklichen Blick, bevor sie auf ihr Pferd stieg. Sie hatten schon alles gepackt und waren bereit weiterzureisen, die Bardin hatte nur eben kurz ihr Pferd zu der toten Echse geführt, um sich den Feind aus der Nähe anzusehen.

»Mit solchen schweren Rüstungen wird es wohl auch notwendig sein, so zu schießen«, stellte sie fest. Sie sah zu Vanessa hinüber, die vom Sattel aus nur bleich nickte.

»Kommt es zu einem Nahkampf, haben wir nur mit einem schwarzen Schwert eine Hoffnung zu bestehen«, meinte die junge Frau. »Mit einem normalen Schwert gibt es kein Durchkommen durch diese Rüstungsplatten, höchstens mit einer Axt, wie Tarlon sie führt.«

»Hhm«, sagte Tarlon nachdenklich und wog die Axt in seiner Hand. Er gab den anderen ein Zeichen, von der toten Echse zurückzutreten, drückte Vanessa die Zügel seines Pferds in die Hand, griff die schwere Axt mit zwei Händen, holte aus und schlug zu.

Der Aufprall des schweren Axtblatts auf die Rüstung der toten Echse war laut genug, um überall die Vögel aufsteigen zu lassen. Doch abgesehen davon, dass die Rüstung des Kronoks nun eine tiefe Scharte aufwies, zeigte sie sich von Tarlons mächtigem Hieb unbeeindruckt.

»Götter!«, entfuhr es Tarlon. Er musterte das Blatt seiner Axt, dann das Stück Panzerung. »Natürlich würde ich versuchen, die Gelenke zu treffen, aber jetzt weiß ich wenigstens, dass alles andere wenig sinnvoll sein wird!« Er nahm die Zügel und saß auf, sah zu Garret hin, der Schwierigkeiten hatte, sein Pferd zu beruhigen. »Ich hoffe, du schießt jedes Mal so gut!«

»Das hoffe ich auch«, lachte Garret, auch wenn sein Lachen etwas bemüht klang. Er sah mit ungläubigen Augen auf die tote

Echse herab. »Entweder das, oder ich verstecke mich in einem Loch, in das ein Kronok nicht hineinpasst! Ich kann nicht glauben, dass dein Streich nicht mehr als eine Scharte schlug!«

»Ich werde wohl noch etwas fester zuschlagen müssen«, meinte Tarlon nachdenklich und schaute auf seine Axt. »Ich denke, ich brauche einen Stiel aus Stahl. Wie Argors Hammer einen hat. Möge die Göttin ihm gnädig sein.«

»Wenn er gefallen ist, hoffe ich nur, er sitzt bei seinem Gott und trinkt Starkbier«, sagte Garret. »Unser Dünnbier hat ihm ja nie so richtig geschmeckt.«

»Das hoffe ich auch. Götter, diese Kronoks sind wirklich so gut wie unbesiegbar«, stellte Vanessa mit leiser Stimme fest.

»So gut wie ist nicht ganz«, sagte Garret und folgte der Bardin, als diese anritt. »Und ich lege Wert auf diesen kleinen Unterschied!«

Kurz vor Mittag des gleichen Tages erreichten sie einen kleinen Fluss, in den sich der Bach ergoss, der sie den Weg bis hier hinab begleitet hatte. Der Fluss war weder besonders breit noch besonders tief, dennoch wären die schweren Wagen der Händler wohl kaum imstande gewesen, den Fluss zu überqueren, hätte es hier nicht eine aus weißem Stein gemauerte Brücke gegeben, die sich in einem überraschend guten Zustand befand.

Auf der dem Pass zugewandten Seite des Flussufers befanden sich Ruinen, die Reste von Grundmauern, allesamt Anzeichen dafür, dass es hier an dieser Furt einst eine kleine Ansiedlung gegeben hatte.

Auf der anderen Seite der Brücke befand sich ein stabiles Gemäuer mit einem niedrigen Turm und einem Stall, davor versperrte eine Schranke den Weg, an die jemand ein Schild mit einem unbekannten Wappen genagelt hatte. Doch auf der Brücke selbst prangte noch immer der Greif von Lytar.

»Was soll das?«, fragte Garret verwundert. »Das ist die einzige Brücke weit und breit und jemand baut eine Schranke drauf?« Er sah die Bardin fragend an. »Wisst Ihr, was das zu bedeuten hat?«

»Der örtliche Baron verlangt Brückenzoll. Brücken sind teure Bauwerke, mit diesem Brückenzoll holt er das Geld wieder herein, zudem wird der Zoll für die Instandhaltung verwendet.«

»Das verstehe ich«, sagte Garret. »Aber diese Brücke hier wurde von uns errichtet, noch immer sind die Spuren der Magie in ihr zu fühlen. Also steht uns der Brückenzoll zu, nicht wahr?«

Die Bardin lachte und schüttelte den Kopf. »Nein. Letztlich gehört die Brücke dem Baron, auf dessen Land sie steht. Da vorne rührt sich auch schon etwas ...«

»Sitzen die das ganze Jahr über in dem Haus?«, fragte Garret überrascht, als drei mit Kettenhemden gerüstete Soldaten aus dem Zollhaus heraustraten und einer von ihnen die Hand erhob, damit die kleine Gruppe aus Lytara anhielt. Schon aus der Ferne sahen die Männer etwas abgerissen aus.

»Nein«, lächelte die Bardin und zog ihren Beutel heraus. »Sie kommen knapp zwei Wochen vor dem Sommerwendefest und bleiben noch vier weitere Wochen, sodass sie die Händler abkassieren können, die zu euch ins Dorf fahren. Den Göttern zum Gruße, gute Leute«, rief sie dann. »Ein Kupfer pro Person und Pferd?«

»Drei Kupfer für jedes Pferd, zwei Kupfer für jeden Reisenden«, rief einer der Soldaten zurück. »Das macht dann zwanzig Kupfer, also ein Silber.«

»Das ist Wucher!«, stellte die Bardin fest und ihr Lächeln gefror. Dennoch zählte sie die Kupfermünzen ab. Garret öffnete den Mund, doch ihr Blick überzeugte ihn eines Besseren. Stattdessen nahm er sich die Zeit, diese drei zu mustern.

Alle drei Soldaten waren in Kettenhemden gerüstet und trugen einen Wappenrock mit dem gleichen Wappen, das auch an das Zollhaus genagelt war. Zwei der Soldaten trugen eine Hellebarde, der dritte ein Kurzschwert. Letzterer war es auch, der nun vortrat, um die Kupferstücke in Empfang zu nehmen. Jetzt, aus der Nähe betrachtet, war es kaum zu übersehen, dass die drei Männer ihre Ausrüstung kaum pflegten, an manchen Stellen war das Kettenhemd des Schwertträgers schon vom Rost steif geworden. Alle drei sahen sie aus, als hätten sie dieses Jahr noch kein Bad genommen.

Während der eine Soldat die Kupferstücke zweimal nachzählte, etwas, das ihm offensichtlich Konzentration abverlangte, kratzte sich einer der anderen Soldaten am Kopf, fand etwas zwischen seinen Fingerspitzen, biss drauf und spuckte es aus. Vanessa gab ein kleines unterdrücktes Geräusch von sich.

»Das is nich unsere Schuld, Sera«, sagte der Soldat und ließ die Kupferstücke in seinen Beutel gleiten. »Wir haben letzte Woche Anweisung erhalten, den Brückenzoll zu erhöhen.« Er gab einem seiner Kameraden ein Zeichen, dieser lehnte sich auf das Schrankengewicht und der Schlagbaum hob sich schwerfällig.

»Die Götter mit Euch«, sagte der Mann und verbeugte sich sogar leicht vor der Bardin, die nun langsam über die Brücke ritt.

»Die Götter mit Euch«, antwortete die Bardin höflich und auch Tarlon und Vanessa murmelten etwas, während Garret schweigsam und mit gefurchter Stirn über die steinerne Spanne ritt.

»Ich finde das nicht richtig«, sagte er später, als die Brücke und das Zollhaus schon lange nicht mehr zu sehen waren. »Sie haben die Brücke nicht gebaut, warum verlangen sie Geld für die Passage?«

»Es ist nicht nur wegen der Brücke«, erklärte die Bardin. »Es geht auch um die Zölle.«

»Das mit den Zöllen verstehe ich auch nicht«, sagte Garret. »Ein Händler bringt Waren mit seinem Wagen in die Baronie und muss dafür Zölle bezahlen, dass er die Waren in der Baronie verkaufen will?«

»In etwa so, ja«, stimmte die Bardin zu.

»Warum?«

»Weil es dann billiger ist, die Waren, die in der Baronie selbst hergestellt werden, zu kaufen.«

»Das ist doch sowieso der Fall!«, stellte Garret fest. »Die

Händler verkaufen doch nur die Waren, die man eben selbst nicht herstellt!«

»Es bringt Gold in die Taschen der Barone«, erklärte die Bardin. »Gold scheint mir oft das Wichtigste für die Menschen.«

»Es ergibt keinen Sinn für mich«, beharrte Garret. »Reist der Händler dann weiter in die nächste Baronie, muss er wieder Zölle zahlen, aber er bekommt das Geld, das er für die Waren bezahlt hat, die er nicht verkaufte, nicht zurück?«

»Nein«, lachte die Bardin. »Wenigstens habe ich noch nie gehört, dass dies geschieht.«

»Wir sind aber keine Händler. Wieso zahlen wir Zoll?«

»Ich denke, dass die Barone jede Möglichkeit nutzen, an Gold zu gelangen«, sagte nun Tarlon. »Und zudem kommt es mir vor, als ob man gar nicht wolle, dass Reisende von außerhalb sich in der Baronie aufhalten.«

»Wäre es nicht besser, es gäbe keine Zölle, und die Händler könnten überall frei verkaufen? Die Händler werden doch ihre Waren immer teurer machen, je weiter sie reisen und je mehr Zölle sie zahlen?«

»Genau so ist es«, sagte die Bardin. »Deshalb sind die Waren, die Ihr bei den Händlern kauft, so überteuert.«

»Sind sie das?«, fragte Garret stirnrunzelnd. »Das wusste ich nicht.«

»Das meiste, was man euch verkauft, kostet euch gut das Zwanzigfache dessen, was es den Händlern im Einkauf gekostet hat. Zum einen, weil die Händler selbst verdienen wollen, zum anderen wegen der hohen Zölle.« Die Bardin lachte, als sie Garrets empörten Blick sah. »Ihr macht es den Händlern aber schwer, das meiste stellt ihr selbst her, nur solche Waren wie Seide oder anderes, was ihr nicht selbst herstellen könnt, kann man euch noch verkaufen.«

»Und was ist mit den Bauern hier?«, fragte Garret und wies mit der Hand auf einen Hof, der in der Ferne zu sehen war. Selbst auf die Entfernung hin konnte man sehen, dass die Häuser in einem miserablen Zustand waren, bei einer Scheune konnte man sehen, dass das Dach Löcher aufwies. »Ich sah noch nie einen solch heruntergekommenen Hof, und das, obwohl dort hinten gut zwei Dutzend Kühe auf der Weide stehen … der Bauer müsste doch reich sein mit dieser Menge Vieh!« Er runzelte die Stirn. »Nur wenn ich's mir so ansehe, sehen die Rindviecher auch verhungert aus!«

»Das ist das Land von Baron Vidan«, erklärte die Bardin. »Ich habe schon oft gehört, dass er seine Bauern und Leibeigenen bis zum letzten Kupfer auspresst.« Sie seufzte. »So scheint es mir auch zu sein, über die Jahre, in denen ich hier durchreiste, sah ich das Elend immer weiter zunehmen. Selbst Menschen sollten nicht so leben müssen.«

»Selbst Menschen?«, fragte Tarlon überraschend scharf. »Wie seht Ihr uns denn, Bardin? Braucht es für Menschen weniger Komfort als für Elfen?«

Die Bardin sah mit gefurchter Stirn zu ihm herüber.

»Wollt Ihr eine wahre Antwort, Tarlon?«

»Sonst lohnt sich keine Frage«, antwortete dieser.

»Nun denn. Beschwert Euch nicht, wenn Ihr sie bekommt. In den Augen meines Volks seid ihr eine unzivilisierte Rasse, der es genügt, in Höhlen zu hausen und die keine Vorstellung von den feineren Arten des Lebens hat. Ihr seid ungebildet, ungewaschen, unhöflich und kurzsichtig im Denken und Handeln. Ihr zerstört gedankenlos, was Jahrtausende brauchte, um zu entstehen, seid beständig auf der Suche nach Neuem, was ihr sogleich als besser anseht. Dass hier Menschen in Elend leben, liegt daran, dass ihr euch gegen die Götter aufgelehnt habt, dies ist eure Strafe dafür! Denn dies sind die Vorlande Lytars und sie tragen ebenfalls den Fluch der Götter!«

»Stört es Euch denn nicht, dass Ihr mit solchem Denken uns als überheblich erscheint?«, fragte Tarlon überraschend mild.

»Der Schein trügt«, gab die Bardin leicht gereizt zurück. »Es ist einfach wahr. Was wahr ist, ist nicht überheblich!«

»Nur kommt es mir so vor, als ob es genau solches Denken war, was Lytar in die Verdammnis trieb«, stellte Tarlon fest. »Befürchtet Ihr denn nicht, es könne auch Euch geschehen?«

»Das wird es nicht«, antwortete die Bardin knapp. »Wir gründen unseren Stolz nicht auf Gewalt und Zerstörung. Für uns zählen andere Werte, wir sind stolz auf das, was wir erschaffen, nicht auf das, was wir zerstören können!«

»Sera, das ist wohl nicht gerecht!«, sagte jetzt Vanessa leise. »Ihr kanntet Lytar, als es noch reich und mächtig war. Gab es dort nichts an Künsten, das Euch beeindruckte? Gab es dort nichts Schönes, Erhabenes, das auch Euren Geist berührte? Gab es dort nichts, das Euch staunen ließ?«

Einen Moment sah es aus, als ob die Sera nichts sagen wollte, sie sah nicht einmal zu Vanessa hin. Dann seufzte sie. »Ich sehe, ihr wollt mich mit euren Worten in die Enge treiben.« Sie verzog das Gesicht zu einem schiefen Lächeln. »Nur fällt mir es schwer, zuzugeben, dass ihr recht haben könntet. Doch«, fuhr sie fort, »es gab so einiges, was einen in Ehrfurcht hat erstarren lassen. Es gab Dinge zu sehen und zu bestaunen, die mein Volk nicht zustande brachte. Damit habt ihr recht. Doch all das verblasste gegen eines: die tierhafte Brutalität, die euch Menschen eigen ist. Für mich seid ihr ein übler Scherz der Götter: Mit der Fähigkeit zu Großem gesegnet und verflucht dazu, mit eurer Gier und Tierhaftigkeit euch all dies immer wieder zunichtezumachen.« Ihr Gesicht war hart, als sie weitersprach. »Diese Menschen hier verdienen zu hausen wie die Tiere, denn in Wahrheit seid ihr nicht mehr als das. Dies zeigt sich immer wieder und wieder, egal wie prächtig die Gewänder sind, die ihr tragt!«

»Doch keiner *unserer* Bauern lebt wie ein Tier.« Garrets Stimme klang kühl und ruhig, ruhiger, als man es von ihm hätte erwarten können, und ließ Tarlon überrascht aufblicken. Er kannte seinen hitzköpfigen Freund und ihn so sprechen zu hören, war kein gutes Zeichen.

»Diese Menschen sind arm. Armut werdet ihr in unserem Tal nicht finden. Sie als Tiere zu beschimpfen, ist nicht rechtens. Sind wir Tiere, seid ihr es auch, einen großen Unterschied zwischen Elfen und Menschen habe ich nicht feststellen können. Wenn euer Volk so denkt, Sera, ist es kein Wunder, dass sich die Menschen gegen euer Volk empören.«

»Die Menschen haben sich nicht gegen uns empört«, gab die Bardin betroffen zurück. »Es war Lytar, das uns von unserem Land vertrieb!«

»Garret, Sera«, sagte Tarlon beschwichtigend. »Lassen wir es gut sein.« Er warf einen Blick zu der Bardin hinüber, die aussah, als ob sie im nächsten Moment wieder davonreiten wollte. »Nichts davon berührt, was wir zu tun haben! Vergesst nicht, Belior ist eine Bedrohung für uns alle, für uns Menschen und die Elfen! Wir sollten nicht über Dinge streiten, die nicht von Belang sind.«

»Ja, aber was, wenn sie es doch sind?«, gab Garret stur zurück. »Aber gut. Nur eine Frage habe ich noch an Euch, Sera. Als Lytar unterging, gab es noch viele Nationen der Elfen. Doch jetzt, sagt an, Sera, wie viele gibt es heute noch?«

Die Bardin musterte ihn mit einem undeutbaren Blick.

»Eine solche Frage stellt man keinem Elfen.«

»Warum? Weil die Antwort unangenehm ist? Ihr selbst habt uns die Balladen gelehrt, in denen hochgelobt wurde, ehrlich und treu zu sein. Rechtschaffenheit und Loyalität, all dies habt Ihr gepredigt, doch frage ich mich nun, ob Ihr die Worte gemeint haben könnt, habt Ihr doch zu Tieren gesprochen!«

»So meinte ich das nicht«, sagte die Bardin betroffen.

»Dann beantwortet die Frage.«

»Es ist uns unangenehm. Wir Elfen sterben aus. Es gibt nicht mehr viele von uns und von den großen Nationen der Elfen sind nur noch drei übrig geblieben. Davon ist meine Heimat die größte. Ihr Menschen habt uns alles genommen, was einst unser war, ihr seid diejenigen gewesen, die uns auf die Inseln zurückgedrängt haben.«

»Ihr seid gegangen und andere nahmen euch die Länder ab? So wie diese Brücke nicht mehr uns gehört, da das Land nicht mehr uns gehört? Also war es nicht Lytar, sondern die Menschheit allgemein?«

Widerstrebend nickte die Bardin. »Wenn Ihr es so sehen wollt.«

»Gut«, sagte Garret mit harter Stimme. »So teilt mir mit,

wann und wo *ich* Euch etwas nahm. Sagt mir, was *ich* oder auch nur eine einzige Person Lytaras Euch jemals tat.«

Die Bardin sah Garret kalt an.

»Was Lytar mir antat, Garret, wird in meinem Herzen niemals Vergebung finden.«

Garret schüttelte stur den Kopf.

»Wir wuchsen damit auf. Wir haben gelernt und verstanden, dass unsere Vorfahren Schlimmes taten. Wir haben es *verstanden,* Sera. Aber Ihr, Ihr macht Euch nicht die Mühe, zu unterscheiden zwischen denen, die seit Jahrhunderten in der Erde liegen, und *uns*!« Er hatte sein stures Gesicht aufgesetzt, Tarlon kannte es gut genug. Dies war etwas, das Garret geklärt haben wollte. Jetzt. »Dies, nichts anderes, ist mein Vorwurf an Euch! Dass Ihr nicht trennt zwischen dem, was war, und dem, was heute ist!«

»Wie dem auch sei! Es fällt mir so unsäglich schwer!«, antwortete die Bardin erhitzt. »Es fällt mir so unsäglich schwer, wenn ich in euch die gleichen Gesichter, die gleichen Gesten sehe, von euch die gleichen Stimmen höre. Ihr seid dieselben, auch wenn ihr es nicht wahrnehmt!« Ihr Pferd tänzelte nervös, als es die Erregung seiner Reiterin wahrnahm.

»Ich bin meines Vaters Sohn, doch nicht mein Vater«, protestierte Garret und sah sie mit einem direkten Blick an. »Nur Ihr seid noch die Gleiche. Was immer Euch angetan wurde, wir waren es nicht. Weiß der Rat, dass sein Fürsprecher bei den Elfen uns hasst?«

»Ich bin dieses Vorwurfs müde!«, widersprach die Bardin. »Glaubt mir, ich hasse euch nicht. Ich wollte, ich könnte es, doch das Gegenteil ist der Fall! Und genau das zerreißt mich!«

Einen Moment sah es aus, als ob sie ihrem Pferd die Sporen geben würde, aber sie war noch nicht fertig. Ihre Augen bohrten sich in Garrets. »Du brauchst keine Angst zu haben, ich werde das Anliegen des Rates so eloquent vortragen, wie es mir überhaupt nur möglich ist, wenn es denn möglich ist, eine Allianz zu schaffen, so werde ich mein Bestes dafür geben, dass es geschieht!« Diesmal wartete sie keine Antwort ab, sondern gab ihrem Pferd die Sporen und ritt davon, nicht allzu weit diesmal, denn sie zügelte es in etwas mehr als hundert Schritt Entfernung.

»Ich verstehe sie nicht!«, stieß Garret aus und fuhr sich irritiert über die Haare. »Ich merke, dass sie die Wahrheit sagt oder das, was sie als solches fühlt, aber zwischen dem, was sie sagt, und dem, wie sie handelt, genau dort klafft die Lücke!«

»Sie trägt noch mehr mit sich herum«, sagte Tarlon nachdenklich, die Augen auf den schlanken Rücken der Bardin gerichtet. »Sie würde nicht so reagieren, würden deine Worte sie nicht treffen. Habe etwas Verständnis für sie. Ich glaube nicht, dass es ihr leichtfällt, sich diesen Dingen zu stellen.«

Garret sah der Bardin stirnrunzelnd nach. »Das sieht man daran, dass sie jedes Mal das Weite sucht.« Er seufzte. »Schon möglich, dass es ihr schwerfällt, aber sie könnte ehrlicher sein. Sie verbirgt etwas vor uns. Das macht es schwer zu vertrauen. Was bedeutet eigentlich eloquent?«

»Wenn man etwas so geschickt als möglich ausdrückt oder so«, erklärte Vanessa. Sie ritt neben ihn und legte ihm die Hand auf den Arm. »Dieser Streit ist müßig. Es ist nicht an uns, den Entschluss des Rates infrage zu stellen, und uns obliegt es auch nicht, die Motivationen der Sera anzuzweifeln. Sie gab ihr Wort, das muss uns gültig sein.«

»Ja. Ich weiß. Ich zweifele auch nicht an ihrem Wort. Ich …« Garret schüttelte den Kopf. »Ich kann einfach nicht verstehen, dass sie so stur ist und nicht sieht, dass wir nicht unsere Vorfahren sind!«

»Ich denke, sie weiß es«, meinte Tarlon bedächtig. »Hast du dich schon einmal gefragt, was für eine Motivation es für sie geben könnte, jahrhundertelang jedes Jahr hierherzukommen? Den Kindern Geschichten von einer besseren Welt zu erzählen? Bislang war es doch immer so, dass man von ihr vernünftige Antworten bekam. Hat sie nicht unsere Fragen als Kinder mit einem geduldigen Lächeln beantwortet? Ich habe sie geliebt, ich tue es noch immer. Für das, was sie ist. Wie ist es bei dir?«

»Ich liebe sie auch. Natürlich liebe ich sie! Jeder im Dorf tut das«, sagte Garret. »Nur seitdem Belior uns überfiel …«

»Hat sie sich geändert, willst du das sagen?«

Garret nickte.

»Wir haben uns alle geändert«, sagte Tarlon. »Das liegt daran, dass wir nun alle Angst haben. Ich denke, sie hat Angst, das alte Lytar könnte sich wieder erheben.«

»Das ist Unfug«, sagte Garret entschieden. »Wie soll das möglich sein?«

Tarlon sah ihn überrascht an. »Siehst du es wirklich nicht?«, fragte er seinen Freund. »Unser Bestreben ist es, Thyrmantor zu besiegen, so ist es doch, oder? Es ist das mächtigste Reich, seitdem Lytar unterging. Aber daraus folgt, dass ein Reich, dem es gelingt, Thyrmantor zu besiegen, selbst noch mächtiger sein muss, nicht wahr? Ich verstehe, warum sie Angst hat. Unterliegen wir Belior, so hat er die Kriegsmaschinen und wird auch die Krone finden und es ist sein erklärtes Ziel, die Elfennationen zu zerstören. Unterliegt Belior *uns*, sind wir die neue Macht in den menschlichen Ländern. Dann ist es so, dass Lytar wieder auferstanden ist. Sind wir mächtiger als Belior, sind wir auch mächtiger als die Elfen. Dann hat es sich wiederholt, das Überleben der Elfen hängt von unserer Gnade ab.« Er sah Garret bedeutsam an. »Wie gefiele es dir, wenn dein Überleben von der Gnade anderer abhängig wäre?«

»Gar nicht«, gab Garret zu. Er sah nach vorne, zu der Bardin hin, die dort alleine ritt. »So habe ich die Lage gar nicht betrachtet. Es gefällt mir selbst ja auch nicht, dass unser Überleben von der Gnade der Elfen abhängt!«

»Warum also sollte es ihr besser munden als dir?«, fragte Tarlon und Garret nickte langsam.

»Tarlon, du sagst also, dass wir für sie das kleinere Übel sind«, meinte Vanessa mit einem nachdenklichen Blick zu ihrem Bruder. »Belior *wird* die Elfen vernichten, wenn er das Erbe des Greifen zu seinem machen kann. Von uns kann sie nur hoffen, dass wir es nicht tun *wollen*?«

»Genau so sehe ich es«, sagte Tarlon. »Da sie weiß, wie unsere Vorfahren handelten, kann ich verstehen, dass sie Angst hat, wir würden die Fehler der Vergangenheit wiederholen.«

»Ich verstehe es dennoch nicht«, sagte Garret widerspenstig. »Von uns geht doch keine Gefahr aus! Ein kleines Dorf in einem abgeschiedenen Tal? Jahrhundertelang hat niemand von uns das Tal verlassen! Wie kann man Angst vor uns haben?«

»Das fragst du dich ernsthaft?«, sagte Tarlon überrascht. »Und was ist damit?« Er wies mit seiner Hand in den Himmel. Dort, hoch oben am blauen Himmel, glänzte die Sonne auf kupfernem Gefieder. Marten.

»Ich weiß nicht, wie es dir geht, Garret«, fügte Tarlon hinzu. »Aber ich habe Angst vor dem Falken und dem, was er Marten antut.«

Garret sah mit zusammengekniffenen Augen hinauf und verfolgte den Flug des Falken. »Darin unterscheiden wir uns«, erwiderte er dann. »Ich habe Angst vor Marten.«

»Schaut«, sagte Vanessa. »Sie hat sich wieder beruhigt!«

Die Bardin hatte ihr Pferd gezügelt und wartete auf sie.

»Dort vorne liegt Mislok. Die Hauptstadt der Baronie«, sagte sie, als die anderen zu ihr aufschlossen. Sie warf Garret einen schelmischen Blick zu. »Dort lebt der Baron, der Brückenzoll für *eure* Brücke einzieht.«

»Eure Laune scheint sich gebessert zu haben«, stellte Garret fest. »Darf ich fragen, warum? Noch liegen zwei Tage des Weges vor uns.«

»Es gibt in Mislok ein gutes Gasthaus, das Greifenschild. Der Wirt dort ist ein alter Freund von mir, das Essen ist vorzüglich und er wird uns weiterhelfen können, er kennt Land und Leute wie kein anderer.« Sie warf ihm einen Blick zu. »Ein Moment der Ruhe vor Euren aufdringlichen Fragen half auch.«

»Sie müssen gestellt werden«, sagte Garret in sturem Ton.

»Vielleicht«, schritt Tarlon ein, noch bevor die Bardin etwas sagen konnte. »Nur nicht jetzt.« Er sah Garret bedeutsam an, dieser zögerte einen Moment und zuckte dann die Schultern.

Vanessa ignorierte Garrets Worte und wandte sich an die Bardin. »Wieso weiterhelfen?«, fragte sie dann. »Seht Ihr denn Schwierigkeiten für unseren Weg nach Berendall?«

»Abgesehen von den Kronoks und anderen Einheiten im Sold

Beliors?«, antwortete die Bardin etwas spöttisch. »Nein, eigentlich nicht. Noch liegen diese Lande nicht unter der Herrschaft Beliors, auch wenn ihm niemand ernstlich Widerstand entgegensetzen wird. Aber unser Freund wird uns über die Lage in den Vorlanden berichten können. Er kennt die Menschen hier. Es kann nicht schaden, sich mit ihm zu unterhalten.«

»Hhm«, sagte Garret nachdenklich zur Bardin. »Soeben wart Ihr noch erzürnt mit mir, jetzt lächelt Ihr und wollt sogar helfen.«

Sie sah ihn an und schüttelte schmunzelnd den Kopf.

»Weißt du, Garret, wie der alte Leitwolf den neugeborenen Welpen sieht?«

»Ich kann es mir vorstellen«, antwortete Garret und rieb seine Nase. »Er nimmt ihn wohl nicht sonderlich ernst.«

»Genau dieses. Nur, irgendwann, stellt auch der dümmste Wolf fest, dass er alt ist und die jungen Welpen erwachsen.« Ihr Blick, der unverwandt auf dem jungen Bogenschützen haftete, war nur sehr schwer zu lesen. »Ich gebe es nur ungern zu, aber Ihr habt recht mit Eurem Vorwurf, Garret. Die Vergangenheit, so allgegenwärtig sie für mich auch noch scheint, *ist* vergangen. Und Ihr seid nicht Euer Vater und auch nicht Euer Vorfahr, auch wenn Ihr dem ersten Lord Lytars ähnelt, als wäret Ihr Zwillinge.« Sie schüttelte irritiert den Kopf. »Es ist seltsam mit euch Menschen. Da stirbt einer, jemand, den man mochte oder verachtete, und gleich darauf steht er wieder vor einem, mit anderen Augen, anderer Nase oder Kinn, doch so unverwechselbar er selbst, dass man immer verwundert ist, nicht erkannt und begrüßt zu werden.«

»Gleich darauf ...!«, murmelte Garret und schüttelte den Kopf. »Aber gut. Sagt, Sera, wie war er denn, mein Vorfahr?«

»Garret!«, sagte Tarlon mahnend, doch die Bardin lächelte nur. »Ein paar der Antworten bin ich bereit zu geben.«

»Danke«, sagte Garret. »Also, was für ein Mensch war er?«

»Der Erste Lord Lytars?« Die Bardin lachte. »Ein sturer Hitzkopf, von seiner eigenen Meinung zu sehr eingenommen, jemand, der niemals zugab, Angst zu kennen. Doch er kannte sie und es war genau sein Bestreben, diese Angst zu besiegen, das ihn zu dem Mann machte, der er war.«

»Das hört sich jetzt nicht an, als hättet Ihr ihn verachtet«, stellte Garret überrascht fest, während er sich überlegte, wie er es finden sollte, dass Vanessa bei jedem Wort der Bardin genickt hatte und dieses amüsierte Lächeln um Tarlons Lippen spielte.

»Ich habe ihn nicht verachtet«, sagte die Bardin schmunzelnd. »Gestritten habe ich mich mit ihm. Er ließ keine Gelegenheit aus, seine Hörner an mir abzustoßen.«

»War er denn ein guter Mensch?«, fragte Vanessa überraschend.

Die Bardin sah sie scharf an.

»Er war der Erste Lord Lytars. Egrim Grauvogel. Ein stolzer Mann und hart.« Die Bardin seufzte. »Aber ja, ich denke, er war ein guter Mensch. In seinem Rahmen.«

»Ihr habt sie gesehen, unter ihnen gelebt, den Leuten aus Lytar«, sagte Vanessa. »Gab es nicht normale Menschen unter ihnen? Waren sie denn wirklich alle von Hochmut und Hass erfüllt?«

»Ihr wollt es unbedingt hören, nicht wahr?«, sagte die Bardin und seufzte. »Nun gut. Ich gestehe meine Fehler ein. Ihr habt recht, es ist ungerecht, alle aufgrund einiger weniger zu verurteilen. Ja, Vanessa, um Eure Frage vorwegzunehmen, es gab gute Menschen in Lytar. Allerdings waren sie, angesichts der Machtbesessenheit einiger, nur schwer zu sehen. Die anderen standen im Weg.«

»Ich würde gerne Eure eigene Geschichte hören«, sagte Vanessa vorsichtig. »Mir scheint es wichtig zu wissen, was damals geschah, wo Ihr standet und steht.«

Die Züge der Bardin verhärteten sich.

»Meine Geschichte geht niemanden etwas an«, gab sie knapp zurück.

»Das mag vielleicht sein«, erwiderte Vanessa. »Nur scheint mir wichtig zu wissen, was damals vorgefallen ist, was zum Kataklysmus führte. Ich … ich meine, Sera, jeder weiß, dass es die Strafe der Götter war, dass sie prophezeit und angekündigt war, dass die Göttin es als notwendig erachtete, die Menschen Lytars zu strafen. Doch *was* genau geschah damals, dass es der Prinz wagte, sich gegen die Göttin und jedes Recht zu erheben? All das muss doch einen Grund gehabt haben!«

»Der Prinz ließ die Priesterinnen Mistrals erschlagen. Als die letzte von ihnen starb, nahm das Schicksal seinen Lauf. *Das* ist geschehen!«

»So viel wissen wir auch«, grummelte Garret. »Nur *warum* tat der Prinz dies? Es muss doch einen Grund gegeben haben! Nach allem, was ich weiß, lag Lytar noch nicht einmal im Krieg mit jemandem!«

»Kein Krieg, da habt Ihr recht. Nur mit sich selbst lag die alte Stadt im Zwist.« Die Augen der Bardin waren unergründlich, ihre Stimme hart, als sie weitersprach. »Neid, Missgunst, Habsucht, Machtgier, Liebe und Verrat brachten die alte Stadt zu Fall. Kein Gegner wäre dafür mächtig genug gewesen. Nur Lytar selbst besaß die Kraft, sich selbst zu zerstören!«

»Nur wie!?«, fragte Garret aufgebracht. »Wie sollen wir aus Fehlern der Vergangenheit lernen, wenn wir nicht wissen, welche Fehler gemacht wurden? Erklärt es uns, zeigt es uns auf, ich bitte Euch, Sera, wie sonst sollen wir lernen?«

»Fragt Elyra, Garret«, gab die Bardin in einem Ton zurück, der deutlich machte, dass sie hierzu nichts weiter sagen wollte. »Sie ist die Priesterin eurer Göttin. Es ist ihre Aufgabe, euch zu leiten. Wenn ihr wissen wollt, was geschah, fragt sie.«

»Woher soll sie es wissen?«, fragte Garret überrascht. »Habt Ihr denn mit ihr gesprochen?«

»Nein«, antwortete die Bardin und trieb ihr Pferd voran. »Aber sie wird die Antworten im Tempel der Mistral finden. Alles, was einst war, ist dort noch präsent … wenn ihr sie das nächste Mal seht, wird sie die Antworten für euch haben.« Sie warf Garret einen letzten Blick zu und sah dann zu Tarlon hinüber. »Ob sie dann dazu bereit sein wird, euch zu sagen, was damals geschah, ist jedoch ihre Entscheidung.«

Er öffnete den Mund, und sie hob abwehrend die Hand.

»Garret Grauvogel«, sagte sie mit einem nicht unfreundlichen Lächeln. »Ich habe euch schon genug Rede und Antwort gestanden. Ich bitte euch alle, lasst es jetzt gut sein. Zumindest für den Moment.«

Einen Moment zögerte Garret, dann deutete er im Sattel eine Verbeugung an.

»Wenn Ihr es so wünscht, Sera«, lächelte er. »Für heute ist es wahrlich genug. Das Wetter ist zu schön für solch schwere Gedanken!«

Plötzlich lachte die Bardin. »Quecksilber«, erklärte sie als Antwort auf die fragenden Blicke der anderen. »Der Erste Lord war genau so ...! Stur in einem Moment, lachend im anderen. Ich sage es doch, ihr Menschen habt eine eigene Form der Unsterblichkeit!«

Vanessa schüttelte den Kopf.

»Ich glaube, es ist etwas anderes«, sagte sie dann. »Vielleicht erschaffen wir uns nur immer wieder neu.«

»Das ist ein schöner Gedanke«, stellte Lamar nachdenklich fest. »Sagt, gibt es noch Elfen?«

»Oh, ich denke doch, dass es sie noch gibt, Ser«, lachte der alte Mann. »Irgendwo werden sie schon noch sein!« Er schob seinen Stuhl zurück und stand auf. »Ihr müsst mich entschuldigen, ich fühle mich vom Wein getrieben«, meinte er dann und stand auf.

Lamar sah ihm nach und als der Wirt kam, berührte er diesen leicht am Ärmel.

»Sagt, guter Mann, wisst Ihr, wer der alte Mann ist?«

»O ja, ich weiß es!«, lachte der Wirt. »Ich habe ihn nur zuerst nicht erkannt, so wie er gekleidet ist.«

»Dann sagt es mir. Wenn ich es wissen will, weicht er mir nur aus.«

»Ihr werdet es erfahren, wenn es so weit ist. Ich war noch ein Kind, als er die Geschichte das letzte Mal erzählte, nicht viel älter als unsere kleine Saana hier, aber ich weiß, dass es alles aufgelöst werden wird. Wenn ich mich recht entsinne, war der König auch nicht wenig irritiert darüber.«

»Der König?«, fragte Lamar überrascht.

»Ja, natürlich. Wem sonst will er diese Geschichte erzählen?« Der

Wirt wischte geschickt den Tisch ab und zwinkerte ihm zu. »Da kommt er zurück«, grinste er. »Habt einfach etwas Geduld.«

Als der alte Mann sich wieder an den Tisch setzte, zwinkerte der Wirt ihm zu und der Geschichtenerzähler lachte. Verschiedene Leute tuschelten untereinander und erneut fand sich Lamar im Mittelpunkt der Blicke, ganz wohl war Lamar nicht dabei.

»Ihr solltet einen anderen Wams anziehen, Freund Lamar«, lachte der alte Mann, als er merkte, dass dem Gesandten die Aufmerksamkeit nicht so recht munden wollte. »So viel Goldbrokat blendet einem nur das Auge!«

»Was ist falsch an ihm?«, fragte Lamar. »Es ist die neueste Mode.«

Der alte Mann schmunzelte. »Lasst Euch von mir nicht ins Bockshorn jagen, wenn er Euch gefällt, so tragt ihn.« Er sah sich im Raum um und schmunzelte noch mehr. »Einigen der Seras scheint er ja trotzdem zu gefallen.«

Zu seinem Entsetzen stellte Lamar fest, dass ihm seine Ohren warm wurden. Der alte Mann grinste noch breiter. »Nehmt es mir nicht übel, Freund«, bat er. »Wir sind einfach solchen Glanz nicht gewöhnt.« Befriedigt stellte er fest, dass der Wirt eine neue Flasche Wein dagelassen hatte, entkorkte sie geschickt und schenkte sich ein, auch er wässerte seinen Wein zu großen Teilen mit Wasser aus dem Krug. »Wo waren wir?«

»Die Bardin, Vanessa, Tarlon und Garret waren auf dem Weg nach Berendall.«

»So, Ihr habt also tatsächlich zugehört«, grinste der alte Mann. »Wir lassen sie mal etwas weiterreiten, denn diese Geschichte spielt an vielen Orten, es wird Zeit, einen anderen zu besuchen. Vieles spielte ineinander … also sollte ich wohl auch davon erzählen, was sich zur gleichen Zeit in Lytar zugetragen hat. Wie Ihr wisst, war jetzt Elyra unsere Priesterin. Ihr könnt Euch sicherlich auch denken, dass sie erpicht darauf war, den Tempel der Göttin zu betreten …«

16 Brückenschlag

»Vater ist oben beim Zelt«, antwortete Astrak, der Sohn des Alchemisten, auf Elyras Frage nach dessen Aufenthaltsort. »Er spricht gerade mit Meister Ralik darüber, was wir mit den Gefangenen tun sollen. Keinem von uns ist geheuer, dass es mehr von ihnen gibt als von uns.«

Astrak saß auf einer steinernen Bank vor der alten Börse, zu seinen Füßen stand ein großer Weidenkorb, in dem sich allerlei seltsame Gegenstände befanden, kein einziger davon schien der jungen Priesterin vertraut. »Das Gespräch kann noch etwas dauern, du weißt ja, wie die beiden sind, wenn sie miteinander diskutieren. Willst du mir nicht etwas Gesellschaft leisten?«

Elyra sah sich um, musterte den offenen, immer noch mit Schlamm und Geröll bedeckten Platz vor ihnen, auf dem kleine Gruppen von Gefangenen unter der Aufsicht von Hendriks' Söldnern Aufräumarbeiten verrichteten. Die Sonne stand hoch am Himmel, es war warm und zum größten Teil war der Schlamm bereits getrocknet, dennoch stank es erbärmlich. Astrak schien das nicht zu stören. Nun, wenn man bedachte, welche Gerüche so manches Mal an Pulvers Kleidern hafteten, dachte Elyra erheitert, war das nicht weiter verwunderlich.

»Nein danke«, antwortete sie höflich.

»Schade«, meinte Astrak. »Was meinst du, was das ist?« Er hielt einen offenen Kubus hoch, in dem sich feine gezackte Räder aus einem glänzenden Metall befanden, hier und da funkelten kleine Edelsteine. »Schau, hier ist eine Scheibe mit Zahlen, von eins bis vierundzwanzig, so viele, wie der Tag Stunden hat. Deshalb meint Vater, es habe etwas mit der Zeit zu tun … nur, was tut es?«

Elyra warf einen Blick auf die eigentümliche Konstruktion

und zuckte mit den Schultern. »Ich habe nicht die geringste Ahnung. Wo hast du diese Dinge her?«

»Wir fanden sie in einem Raum hier in der Börse. Beliors Soldaten hatten die Anweisung, alles dort zu sammeln, was ihnen an seltsamen Gerätschaften unter die Finger kam. Wir haben jetzt ganze Körbe voll von ihnen und ich dachte, ich versuche mal herauszufinden, was für einen Sinn sie ergeben.«

»Hhm«, meinte Elyra und sah zweifelnd auf das Sammelsurium an Gegenständen in dem Korb. Nicht eines der Dinge, die dort lagen, kam ihr auch nur entfernt bekannt vor. Es gab Kästchen dort, die keine Öffnung hatten, dünne und dickere Fäden aus Metall, runde, ovale und rechteckige Teile aus grauem, schwarzem und grünem Glas, Dinge, die aussahen, als würde man sie auf der Hand tragen, Stirnreifen mit seltsam geschliffenen Gläsern in einem Gestell an dem Reifen selbst, Armreifen mit seltsamen Verzierungen … Ihr schwirrte jetzt schon der Kopf. Wenn Astrak für so etwas Zeit und Geduld aufbringen konnte, war es ihr recht. Besser er als sie. »Schon etwas herausgefunden?«

»Das eine oder andere«, meinte Astrak bescheiden. »Jedenfalls mehr als Beliors Leute vorher. Ich habe einen der Gefangenen befragt, der sagte mir, dass sich bislang keiner um den Kram gekümmert hat.«

»Sag, wie viele Gefangene haben wir denn?«

»So viele, dass sie ein Problem darstellen. Es sind jetzt gut und gerne siebenhundert von ihnen, ein Fünftel von ihnen sind mehr oder weniger schwer verletzt. Es ist erstaunlich, wie viele überlebten. Vater sagt allerdings, dass es ihn wenig wundern würde. Er meint, Menschen können erstaunlich zäh sein. Auf jeden Fall fressen die Gefangenen uns schon jetzt die Haare vom Kopf.« Er legte das Zeitgerät in den Korb zurück und sah stirnrunzelnd zu ihr hoch. »Ich sprach mit Lentus, der bei den Gefangenen Wache gehalten hat, und er sagt, es sind fast alles Veteranen. Selbst ohne Waffen stellen sie eine Gefahr dar und könnten uns wahrscheinlich ohne Mühe überwältigen.« Er rieb sich gedankenverloren die Nase. »Die Frage ist nur, warum sie es nicht einmal versuchen. Sie sitzen da und scheinen bester Laune.« Er schüttelte unverständig den Kopf. »Sag, wenn du gefangen genommen wirst, würdest du dann gute Laune haben?«

»Wohl eher nicht«, antwortete Elyra schmunzelnd.

»Eben. Da gibt es etwas, das wir nicht verstehen. Ich jedenfalls könnte auch nicht einfach so dasitzen und nichts tun. Mag natürlich sein, dass die Leute froh sind, nicht mehr die Stadt durchforsten zu müssen. Es hat fast jeden Tag einem oder mehreren von ihnen das Leben gekostet. Sag, hast du von diesen Darkoth-Priestern gehört?«

»Nur wenig. Ich weiß, dass Darkoth ein Gott ist, der mit meiner Herrin seit Anbeginn der Zeiten im Streit liegt. Einem seiner Priester bin ich allerdings noch nicht begegnet.«

»Es müssen üble Schurken gewesen sein. Sie predigen das Ende der Welt, Macht, Gier … all die tieferen Gelüste soll man ausleben, um zu sich selbst zurückzufinden. Vater meint, sie predigen Anarchie und Chaos.«

»Aufstand und Unordnung.« Sie streckte sich und stemmte die Hände in die Hüften. »Sag, hat einer dieser Priester überlebt? Ich würde mich gerne mit einem von ihnen unterhalten.«

»Sie hätten wahrscheinlich versucht, dich zu töten. Ich hörte, dass sie oft genug von Lindor verlangten, ihnen einen der Soldaten herauszugeben, den sie der Blasphemie für schuldig befanden. Das muss ein- bis zweimal die Woche gewesen sein.« Astrak schüttelte den Kopf. »Stell dir das mal vor. Du wirst weitab deiner Heimat irgendwo hingebracht, in eine Stadt, in der dich ein Schluck Wasser in ein Ungeheuer verwandeln kann, musst ebendiese verfluchte Stadt durchforsten, mit Ungeheuern und seltsamen Magien kämpfen … und dann wirst du noch diesem Dunklen Gott geopfert und das, was danach noch von dir übrig ist, wird an die Kronoks verfüttert! Drei Jahre haben sie das ausgehalten und gut ein Fünftel ihrer Leute starb, noch bevor wir das erste Mal von ihnen hörten. Ich versuche, mir das vorzustellen, und das Einzige, was ich denke, ist, dass ich mich dagegen gewehrt hätte! Vielleicht sind sie einfach nur froh, dass sie noch leben, und haben jetzt genug vom Krieg und Militärdienst.«

Elyra nickte. »Nun, ich kann mir auch nicht vorstellen, was daran so faszinierend sein soll, Krieg zu führen. Niemand, den ich kenne, will Krieg.«

»Vergisst du da nicht Marten?«, fragte Astrak und sie seufzte.

»Ja. Marten. Eines unserer Opfer in diesem Krieg. Hat denn jetzt einer dieser Priester überlebt? Ich kann mich ja auch mit ihm unterhalten, wenn er gefesselt ist. Zudem wird die Göttin mich schützen.«

»Vielleicht hat sie das bereits getan«, sagte Astrak. »Der Gefangene, mit dem ich mich unterhielt, meinte, es hätten ursprünglich zwei Priester überlebt. Sie haben sich als normale Soldaten ausgegeben und wurden zu den anderen gebracht. Dann muss es eine Art Unfall gegeben haben, angeblich sind sie gut ein Dutzend Mal gegen eine Mauer gelaufen, so lange, bis sie tot waren.« Astrak zuckte die Schultern. »Ich hab nicht weiter nachgefragt. Wenn einer dieser Priester einen von meinen Freunden diesem Darkoth opfern würde, fände ich bestimmt auch eine Wand, gegen die so ein Priester laufen kann.«

Elyra sah ihn einen Moment lang nachdenklich an und nickte dann zustimmend. »Wenn ich es mir recht überlege, hätte ich wahrscheinlich dabei die Wand gehalten. Dennoch, wenn wir noch mal so einen Priester in die Hände bekommen, will ich ihn lebend. Je mehr wir wissen, umso besser ist es. Weißt du, weshalb diese Priester überhaupt hier waren?«

»Vater sagt, Kanzler Beliors engster Beraterstab besteht aus diesen Priestern. Er ist entweder ein fanatischer Anhänger des Gottes oder steht vielleicht selbst in Priesterweihen. Vater meint, sie wären nichts anderes als politische Kettenhunde gewesen, die mit Angst und Schrecken die Leute zum Gehorsam zwangen. Räudige Hunde erschlägt man.«

»Hat er das gesagt?«, fragte Elyra.

»Nein, das denke ich selbst«, antwortete Astrak.

»Man kann nicht jedes Problem erschlagen.«

»Manche schon.« Er sah auf und an ihr vorbei. »Schau«, fügte er hinzu. »Da kommt Meister Ralik. Das bedeutet, dass Vater Zeit haben dürfte.« Sie sahen dem Zwerg nach, wie er über den Platz stampfte, den Kriegshammer fest in der Hand. Zwei der Gefangenen, die mit einem langen Hebel versuchten, einen der größeren Geröllbrocken zu bewegen, hielten furchtsam inne, bis der Radmacher an ihnen vorbeigegangen war.

»Recht haben sie«, bemerkte Astrak. »Ich gehe zurzeit Meister Ralik auch aus dem Weg ... Er ist so erzürnt, so wütend, dass ich befürchte, er könne beim kleinsten Anlass in Rage verfallen. Doch er tut es nicht. Es ist, als trüge er einen Sturm in sich, einen Gewittersturm, man kann die Blitze fast schon sehen.« Er schüttelte den Kopf. »Ich möchte nicht in Beliors Schuhen stecken, wenn Meister Ralik ihn zu fassen bekommt.«

»Ich möchte nur dabei sein«, antwortete Elyra mit einem grimmigen Lächeln. Sie nickte Astrak zu, hob ihre Röcke an und beeilte sich, hinauf zum Zelt zu kommen, bevor noch jemand anderes Meister Pulver in Beschlag nahm.

Sie fand ihn im Zelt, hinter einem großen Schreibtisch sitzend. Vor ihm lag eine Karte auf dem Tisch, vergilbt und brüchig. Eine Karte der alten Stadt, aus der Zeit vor dem Kataklysmus. Sein Gesicht war in sorgenvolle Falten gelegt.

»Meister Pulver«, fragte Elyra höflich. »Habt Ihr einen Moment Zeit für mich?« Als Meister Pulver aufsah und erkannte, wer da vor ihm stand, schien er erfreut, sie zu sehen.

»Für dich auf jeden Fall«, grinste er. »Wenn du nicht gerade neue sorgenvolle Nachrichten bringst.«

»Ich hoffe nicht«, antwortete Elyra und nahm, nach einer Geste des Alchemisten, auf einem der lederbezogenen Stühle vor dem großen Schreibtisch Platz. Unauffällig sah sie sich um, hier hatte sich in den letzten Tagen viel getan.

Das große Zelt war mit weiteren Planen in unterschiedliche Kammern aufgeteilt worden. Neben dem einfachen Feldbett, dessen zerwühlte Laken von einer unruhigen Nacht sprachen, befanden sich drei große Regale in dem Raum, darin alles an Büchern, was man in der Börse hatte finden können, sowie einiges an Schriftrollen, Karten und anderen Dingen. Vor eines der

Regale hatte Pulver ein Bild gehängt, eine junge Frau sah aus dem Rahmen heraus, die eine deutliche Ähnlichkeit mit Astrak besaß. Pulvers Frau, die kurz nach der Geburt ihres Sohnes verstorben war. Elyra sah es zum ersten Male. Pulvers Haus stand etwas abseits des Dorfs, viel zu oft hatten seine Experimente unangenehme Gerüche erzeugt, sodass ihm der Rat nahegelegt hatte, etwas entfernter zu bauen, es war eines der wenigen Häuser, die Elyra noch nicht besucht hatte.

Sie wusste nicht recht, was sie von Pulver halten sollte. Wie viele andere auch hatte sie ihn für einen Scherzbold gehalten, einen Mann, der nichts ernst nehmen konnte. Doch die Ereignisse der letzten Wochen hatten ihr Bild von ihm gewandelt.

Seit Beliors Überfall auf das Dorf schien es ihr, als ob keine wichtige Entscheidung ohne ihn gefällt werden würde, auch hatte es sich gezeigt, wie gelehrt der Mann wahrhaftig war, es schien kaum etwas zu geben, über das er nicht zumindest ein fundiertes Grundwissen hatte.

Der Einzige im Rat, der mittlerweile nicht immer zustimmend nickte, wenn Pulver etwas vorschlug, war der Radmacher des Dorfes, der Zwerg Ralik.

Aber Meister Pulver war auch der Einzige, der Meister Ralik dazu bringen konnte, seine Meinung zu überdenken.

»Was führt dich zu mir?«

»Ich wollte wissen, ob der Weg zu dem Haus meiner Herrin schon gefunden wurde und ob er gangbar ist.«

»Gefunden haben wir ihn«, sagte Pulver bedächtig und sah auf die Karte vor ihm. »Schau, hier ist der Hafen mit der alten Börse. Und das hier ist die Bruchlinie …« Er fuhr mit dem Finger einen Kohlestrich entlang, der die alte Stadt in zwei fast gleich große Hälften spaltete. »Alles, was rechts dieser Linie liegt, befindet sich zwei bis zwanzig Mannshöhen unter Wasser«, fuhr Pulver fort.

Elyra nickte ungeduldig, das wusste sie schon.

»Was ist mit dem Tempel? Ist er auch versunken?«

»Nein«, sagte Pulver. »Das ist das Kuriose daran. Diese Ausbuchtung hier … schau.«

Er legte den Finger auf eine Stelle der Karte, dort war, schwach und verblasst, der Stern der Mistral zu erkennen.

»Das ist der Tempelbezirk«, erklärte Pulver. »Er war und ist von hohen Mauern umgeben. Auch früher schon führte nur ein Tor hinein. In der Mitte liegt das Haus unserer Göttin … und wenn ich dem Glauben schenken will, was mir die Gefangenen berichtet haben, ist der Tempelbezirk vollständig intakt.«

»Wahrhaftig?«, fragte Elyra überrascht. Kaum eines der Gebäude in der Stadt hatte den Kataklysmus und die Zeit unbeschadet überstanden, die alte Börse war das einzige Gebäude, von dem sie wusste, dass es intakt geblieben war. Aber selbst dieser mächtige Bau hatte unter dem Ansturm der Wassermassen aus dem Damm gelitten.

»Es sieht ganz danach aus, als hätte die Göttin ihr eigenes Haus verschont«, lächelte Pulver. »Warum sollte sie auch ihr eigenes Heiligtum zerstören? Es ist dennoch seltsam.«

»Was meint Ihr mit seltsam?«, fragte Elyra neugierig.

»Hier«, erwiderte Pulver und zeigte mit dem Finger auf gezackte Linien, die nachträglich in die Karte eingezeichnet worden waren. »Schau, das sind Bruchlinien, dort ist der Boden gespalten worden … und wenn man sich das so ansieht, dann ergibt es ein Muster wie ein Glas, auf das man mit dem Hammer geschlagen hat. Du siehst, wo das Zentrum liegt? Wo uns der Hammer getroffen hat?«

»Der Tempel«, stellte Elyra mit belegter Stimme fest. »Ihn traf es also am härtesten.«

»Nur dass er unberührt geblieben ist.« Pulver schüttelte verständnislos den Kopf. »Es gibt vieles, was ich nicht verstehe, was einfach nicht zu dem passt, was wir von dem Untergang hörten. Aber, ja, der Tempel steht noch. Nur gibt es noch ein weiteres Problem.«

»Welches wäre das?«

»Das Gebiet ist noch nicht gesichert. Es gibt wilde Bestien dort und verdorbene Ungeheuer, auch ist der Boden dort unstet, von vielen Erdrissen durchzogen. Ein solcher, so hat man mir berichtet, zieht sich quer über den Tempelvorplatz und ist gut acht Schritt breit. So einfach wird man ihn nicht überqueren können.«

»Das heißt, wir müssen eine Brücke bauen«, stellte sie enttäuscht fest.

»Allerdings haben wir hier noch so vieles zu tun, dass ich dir einfach keine Leute abstellen kann, um dir die Brücke zu errichten«, sagte Pulver bedauernd. »Wir brauchen jeden Mann. Zudem ist die Gegend dort nicht sicher. Die Gefangenen behaupten, dass das Gebiet verwunschen ist, es dort unsichtbare Bestien gäbe, Flüche, alte Magien und Zaubereien ... für sie endete jeder Versuch, den Tempel zu betreten, unglücklich.«

»Vielleicht waren sie dort einfach nicht erwünscht«, lächelte Elyra.

»Das mag wohl sein.«

»Uns wird das nicht geschehen«, erklärte Elyra zuversichtlich. »Wir sind erwünscht.«

»Das will ich hoffen«, meinte Meister Pulver. »Doch es muss warten.«

»Meister Pulver, es ist wichtig«, sagte Elyra eindringlich.

Der Alchemist seufzte. »Ich kann verstehen, dass es dir wichtig ist, Elyra. Aber schau, wir haben in den letzten Jahrhunderten auch keinen Tempel gebraucht. Die Herrin der Welten ist überall dort, wo sich ihre Gläubigen befinden. Wir brauchen keinen Tempel, wir brauchen dich. Es ist noch zu gefährlich. In zwei oder drei Wochen vielleicht ...«

»Dann ist es zu spät. Wir müssen jetzt handeln«, sagte Elyra in bestimmtem Ton. Pulver sah sie überrascht an. Sie saß mit geradem Rücken vor ihm und begegnete seinem Blick entschlossen. Ihre Hände lagen ruhig und flach auf ihren Oberschenkeln, eine Pose, die er oft in alten Stichen und Bildern gesehen hatte, und jede Falte ihrer priesterlichen Robe lag exakt so, wie sie zu liegen hatte. Wusste Elyra, dass dies die Pose war, wie sie damals von den Priesterinnen eingenommen wurde, wenn sie eine Audienz gaben? Kannte sie die alten Bilder überhaupt? Auf jeden Fall wurde Pulver wieder bewusst, dass sie nicht mehr Elyra, die Tochter der Heilerin, war, sondern die Hohepriesterin seiner Göttin und damit das spirituelle Oberhaupt des Dorfes. Zudem lag in ihrem Blick eine ruhige Sicherheit, die ebenfalls neu an ihr war.

»Gibt es etwas, das ich nicht weiß?«, fragte er vorsichtig.

»Ich hatte letzte Nacht eine Vision. In ihr fand ich mich im Tempel meiner Herrin. Ich hielt eine Krone in der Hand und Belior stand vor mir und forderte sie ein. Ich gab sie ihm.«

Pulver zog scharf den Atem ein.

»Zeigte die Vision dir noch mehr?«

»Ich sagte etwas zu ihm.«

»Und was?«

»Von alle dem, was hier gehortet ist, alle dem, was dein Erbe war, willst du nur dieses Stück Tand? So nimm es aus der Hand einer Dienerin der Göttin, die du verleugnest.« Sie runzelte die Stirn. »Mit diesen Worten endete meine Vision, ich sah nur noch, wie er danach griff und hämisch lachte.«

»Wird die Vision in Erfüllung gehen?«, fragte Pulver mit fahlem Gesicht.

»Ich weiß es nicht«, gestand Elyra. Ein schnelles Lächeln huschte über ihr Gesicht. »Es ist schließlich meine erste Vision.«

»Die Göttin möge uns schützen, wenn diese Vision wahr werden sollte«, flüsterte er betroffen. »Bei allem Streben hofft man doch auf einen Sinn. Wenn deine Vision wahr wird ...«

Elyra lachte. »In der Vision wusste ich, dass es sein Untergang sein würde, nähme er die Krone«, erklärte sie lächelnd. »Also sehe ich keinen Grund, den Moment zu fürchten.« Sie sah, wie er erleichtert aufatmete und den Mund öffnete, doch sie sprach schon weiter. »Mir geht es um zwei Dinge, Meister Pulver. Zum einen kam mir Belior bekannt vor, als hätte ich ihn schon gesehen. Zum anderen sagte ich in meiner Vision: ›*von alle dem, was hier gehortet ist*‹. Ich denke, dass sich etwas im Tempel befindet, das wir finden sollten. *Wissen* sollten.« Sie sah ihn ernst an. »Es ist wichtig, sonst würde ich es nicht von Euch erbitten.«

Pulver nickte und sah einen Moment gedankenverloren auf die Karte vor ihm, während er seine Schläfen massierte.

»Ich glaube dir ja«, sagte er schließlich. »Wenn du sagst, dass es wichtig ist …« Er seufzte. »Ich weiß nur nicht, wie ich es machen soll! Wir haben schlichtweg nicht die Männer dazu. Wir sind derartig dünn aufgestellt, dass es jetzt schon zu knapp ist!«

»Seht Ihr?«, sagte sie mit einem strahlenden Lächeln. »Deshalb denke ich, dass es eine gute Idee wäre, den Gefangenen anzubieten, die Seite zu wechseln! Es mag zwar ein hoffnungsloser Kampf sein, aber ich wette, es gibt unter ihnen einige, die lieber bereit sind, für die richtige Seite zu sterben, als für die falsche Seite zu siegen.«

»Wir lassen die Gefangenen frei und dann? Was hindert sie, uns einfach zu überwältigen?«

»Was hindert sie jetzt? Sie bräuchten nur zu beschließen, alle auf einmal über die Mauern zu klettern! Sie tun es nicht und dafür muss es einen Grund geben! Wenn sie nicht *gegen* uns kämpfen wollen, vielleicht wollen sie es *für* uns tun?«

Er warf ihr einen undeutbaren Blick zu.

»Du hast wahrlich eine seltsame Auffassung von der Moral dieser Truppen. Es sind Veteranen … vergesse nicht, Belior hat die letzten Jahre nur Krieg geführt! Einige dieser Soldaten sind ihm in mehreren Kriegen gefolgt.«

»Sind sie das?«, fragte Elyra. Sie erhob sich. »Wenn Ihr nichts dagegen habt, schlage ich vor, wir fragen sie, warum sie das taten.«

17 Von Gedanken und Taten

Der Rest des Weges nach Mislok verlief ohne weitere Vorkommnisse. Auffällig war nur die Schar von meist ärmlich gekleideten Bauern, die sich, mit turmhoch beladenen Reisigkörben auf dem Rücken, schwerfällig in Richtung des Dorfs bewegten.

»Ist denn heute Markttag im Dorf?«, fragte Vanessa die Bardin, doch diese schüttelte nur den Kopf. »Tempeltag ist erst übermorgen, üblicherweise ist dann auch der Markt.«

Während sie vorbeiritten, beobachtete Garret einen alten Mann, der unter der Last auf seinem Rücken kaum imstande war zu gehen. Der hohe Korb war oben offen und vom Pferd aus konnte Garret hineinsehen, der Korb war über die Hälfte mit Kartoffeln gefüllt. Dem Mann lief der Schweiß in Strömen das Gesicht herunter, immer wieder musste er anhalten, schwer keuchend auf seinen Wanderstab gestützt. Es war zu Fuß vielleicht noch eine halbe Wegstunde nach Mislok, dennoch fürchtete Garret, dass der Mann vorher zusammenbrechen würde.

»Der Göttin Segen mit Euch, Väterchen«, grüßte Garret den Mann höflich. »Ich sehe, Ihr habt schwer geladen, wohin der Weges, so schwer beladen mit so vielen Kartoffeln?«

Der Mann blieb stehen und warf Garret unter der Krempe seines breiten Strohhutes einen misstrauischen Blick zu.

»Den Göttern zum Gruße, Jungchen«, antwortete der alte Mann und stützte sich auf seinen knorrigen Eichenstab. »Wohin des Weges, so schwer gerüstet und ohne Kartoffeln?«

Vanessa lachte, Tarlon schmunzelte und selbst die Bardin wirkte erheitert.

Garret grinste breit.

»Eine Frage für eine Frage? Nun denn, meine Antwort dann zuerst. Wir sind auf dem Weg nach Mislok. Es soll dort einen guten Gasthof geben.«

»Einen Marktplatz hat das Dorf auch«, gab der Mann zurück und zeigte eine Zahnlücke, als er lachte.

»Ich hörte, es sei kein Markttag heute?«

»Seht Ihr und ich hörte, der Gasthof sei voll«, grinste der Mann. »Ein Zeugmeister des Kanzlers Belior hat sich dort eingenistet. Zehn Wagenzüge hat er dabei und er kauft alles auf, was man ihm bringt.« Der alte Mann spuckte durch seine Zahnlücke auf den Boden. »Gutes Gold soll es dafür geben.«

»Ihr klingt nicht besonders erfreut darüber?«, fragte Garret, während die anderen einen Blick tauschten.

»Erfreulich ist, dass der Kerl gut zahlt. Dass er dort ist, behagt allerdings niemandem.« Er sah zu Garret hoch und sah dann zu den anderen, als er weitersprach. »Dies ist Greifenland. Thyrmantor hat hier nichts zu suchen.« Sein Blick blieb an der Bardin hängen und seine Augen weiteten sich leicht.

»Sagt, Sera«, begann der Mann zögernd. »Habe ich Euch nicht schon mal gesehen? So vor … Götter, es müssen um die vier Dutzend Jahre sein? Ich war ein Kind damals und Ihr habt am Brunnen in Mislok gesessen und uns Kindern Geschichten erzählt?«

Die Bardin schüttelte bedauernd den Kopf, doch Garret grinste nur.

»Es ist eine Angewohnheit, die sie hat. Sie ist älter, als sie aussieht«, lachte er und ignorierte ihren scharfen Blick. »Sagt, Ser, warum nennt Ihr dies die Greifenlande?«

»Weil sie es sind«, antwortete der alte Bauer und richtete sich trotz des hohen Gewichts auf seinem Rücken zu seiner vollen Größe auf. »Dieses Land ist das Land des Greifen und wird es immer sein. Nur weil wir keinen König haben, heißt das nicht, dass so ein dahergekommener Kerl aus Thyrmantor sich das Land unter den Nagel reißen kann!«

»Ihr bestellt Euer eigenes Land?«, fragte Garret neugierig, doch der alte Mann schüttelte den Kopf.

»Nein, es ist Kronland. Meine Familie bestellt es seit Generationen, auch wenn der Baron, mögen ihn die Götter strafen, mit dem Landzins wuchert wie kein Zweiter. Aber er ist vom

Greifen und egal, was für süße Worte ihm der Gesandte Beliors ins Ohr haucht, er wird ihn hoffentlich nicht erhören!«

»Das hört sich nicht an, als wäret Ihr mit ihm zufrieden«, stellte Garret fest. Der Mann warf ihm einen scharfen Blick zu.

»Das hört sich an, als wäret Ihr sehr neugierig«, erwiderte der Bauer und zeigte erneut seine Zahnlücke. »Aber wenn Ihr Eure Neugier befriedigt haben wollt, junger Ser, dann könntet Ihr auch etwas für mich tun.«

»Das ist gerecht, Väterchen. Was begehrt Ihr?«

»Eure Pferde haben einen breiten Rücken, findet sich da vielleicht sogar ein Sattelhorn, an dem ich meinen Korb festmachen kann? Wenn ja, will ich Euch gerne in das Dorf begleiten und Euch Rede und Antwort stehen.« Garret nickte schon, doch Tarlon, der das Gespräch schweigend verfolgt hatte, hob die Hand.

»Sagt, Väterchen«, begann er. »Seid Ihr jedem gegenüber so offen, der des Weges kommt?«

»Mitnichten.«

»Es gibt Leute, denen man nicht die Wörter einzeln aus dem Mund ziehen muss«, lachte Garret. »Ich kenne ...«

»Nur wenn jemand des Weges kommt und die schwarzen Schwerter von Lytar trägt«, ergänzte der alte Mann und Garret vergaß, was er sagen wollte. »Euer Schwert, junger Ser, trägt am Knauf das Wappen der Grauvogel. Erster Lord von Lytar«, fuhr der alte Mann fort. »Hier in den Greifenlanden wird ein jeder solchen Dingen Beachtung schenken.«

»Aber ...«, begann Garret, doch der alte Bauersmann hob die Hand.

»Stellt Eure Fragen, junger Ser, auf meine wird die Zeit die Antwort geben. Nur eines sei Euch gesagt: Es ist kein gutes Leben, so wie es jetzt ist. Unter dem Joch des Barons lässt es sich hier nur schwer leben.«

»Sagt, Ser«, unterbrach ihn die Bardin kühl, »meint Ihr wirklich, es ändert sich etwas, nur weil Ihr ein paar alte Schwerter gesehen habt?«

Der Bauer sah zu ihr hoch und grinste breit.

»Es wird Zeit dazu, findet Ihr nicht?«

»Das hast du gut hinbekommen«, sagte Tarlon vorwurfsvoll und sah dem alten Mann nach, der, trotz des Korbs auf dem Rücken, aufrecht und gerade durch das breite Tor in der Mauer des Gasthofs schritt.

»Ich habe doch gar nichts getan!«, protestierte Garret. »Ich hab nur höflich ein paar Fragen gestellt!«

Tarlon seufzte. »Bei der Göttin, du hast wirklich ein Talent dazu, Hornissennester zu finden! Der alte Mann wird nichts Besseres zu tun haben, als dem Nächstbesten zu erzählen, dass er den Ersten Lord Lytars vorbeireiten sah, gar sich länger mit ihm unterhalten hat!«

»Nun, auf der anderen Seite haben wir auch eine Menge erfahren. Doch das meiste davon gefällt mir nicht.« Garrets Blick folgte ebenfalls dem Bauern, doch auf seiner Stirn war eine steile Falte erschienen.

»Wenigstens machst du dir diesmal ein paar Gedanken«, sagte Tarlon leicht ungehalten.

»Ohne ihn wären wir jetzt voll gerüstet und mit unseren Schwertern an der Seite in das Dorf hineinspaziert und hätten so vielleicht einen Aufruhr verursacht. Insofern war es sicherlich kein Fehler«, meinte Vanessa, die wie Garret ihr Schwert in Leder eingeschlagen hatte und nun als Bündel auf dem Rücken trug. Die Kettenhemden hatten sie ebenfalls ausgezogen und in den Satteltaschen verstaut.

»Das mag sein«, sagte Tarlon. »Dennoch, es war falsch, dem Mann Hoffnung zu geben, dass wir an seinem Schicksal etwas ändern könnten! Es kann nicht angehen, dass der Mann jetzt denkt, dass wir zum Baron reiten, um von ihm einen Lehenseid einzufordern!«

»Aber es ist ungerecht«, stellte Garret fest und Tarlon sah ihn überrascht an.

»Es ist vieles ungerecht. Doch was meinst du jetzt genau?«

»Wie der Baron seine Leute behandelt. Drei Zehnte der Ernte ist zu viel, das weißt du selbst.«

»Ja, Garret, aber das ist nicht unsere …«

»Und dann ist da noch die Sache mit der Brücke!«

Tarlon seufzte.

»Lass die Brücke doch Brücke sein. Wir haben andere Sorgen. Wir müssen nach Berendall und zusehen, dass die Sera ein Schiff findet, das sie sicher nach Hause bringt. *Das*, Garret, ist unsere Aufgabe. Und nicht, die Leute denken zu lassen, dass die Greifenflagge bald wieder über diesen Dächern weht!« Tarlon sah hinüber zu dem offenen Tor des Gasthofs. »Wir sollten uns lieber überlegen, wie wir weiter vorgehen sollen!«

Garret saß von seinem Pferd ab, griff die Zügel und grinste zu Tarlon hoch.

»Ich finde, wir sollten schauen, ob wir hier nicht einkehren können.« Seine Augen funkelten schelmisch, als er weitersprach. »Ich möchte wetten, dass der Zeugmeister Beliors ein interessanter Gesprächspartner sein könnte!«

»Garret, findest du wirklich, dass dies eine gute Idee ist?«, fragte jetzt sogar Vanessa zweifelnd, doch Garret lachte nur.

»Meinst du, es ist besser, immer vor ihnen davonzulaufen? Dies sind die Greifenlande und noch gehören sie nicht zu Beliors Reich. Was spricht dagegen, dem Zeugmeister bei einem Bier oder Würfelspiel sein Wissen zu entlocken?«

Tarlon zuckte mit den Schultern und saß ebenfalls ab.

»Ich glaube, du wirst dich nie ändern.«

»Auf jeden Fall nicht, wenn ich keinen Sinn darin erkennen kann«, antwortete Garret. »Ich finde meinen Vorschlag gut!«

Tarlon sah hilfesuchend zu der Bardin hoch. »Sera?«, fragte er. »Der Wirt ist Euer Freund. Was meint Ihr, sollen wir hier einkehren oder von den Schergen Beliors Abstand halten?«

Die Bardin sah nachdenklich von Garret zu dem großen Gasthof auf der anderen Straßenseite, dann seufzte sie.

»Nein«, gab sie Tarlon Antwort. »Ser Garret hat recht. In einem Gasthof lernt man noch am besten, was in der Welt geschieht.«

»Siehst du!« Garret grinste Tarlon breit an und warf dann einen schelmischen Blick zur Bardin hin, die gerade vom Pferd absaß. »Vielleicht könntet Ihr den Nachmittag auflockern, indem Ihr ein paar muntere Weisen für den Zeugmeister spielt?«

»Das«, antwortete die Bardin kühl, »entspricht nicht meinem Wunsch. Wie Ser Tarlon schon sagte, wir haben einen wichtigen Auftrag zu erfüllen.«

»Und dabei darf man keinen Spaß haben?«, fragte Garret unschuldig.

Die Augen der Bardin zogen sich zusammen.

»Natürlich nicht!«, antwortete sie empört, nahm ihr Pferd bei den Zügeln und führte es durch das Tor in den Innenhof des Gasthauses.

Garret sah ihr verblüfft nach.

»Meint sie das ernst?«, fragte er Tarlon.

»Genau so ernst, wie du es mit dem Spaß meinst«, schmunzelte Tarlon und folgte der Bardin.

Der Hof des Gasthauses war recht groß, bot mehr als genug Platz für die zwei großen Fuhrwerke, die mit zurückgeschlagenen Planen neben dem Ziehbrunnen standen. Vor ihnen war ein Tisch aufgestellt, dahinter saß ein Mann in leichtem Kettenhemd, das sich über einem stattlichen Bauch spannte, und schrieb sorgfältig in ein großes Buch, das vor ihm auf dem Tisch lag. Neben dem Buch und dem Schreibzeug stand eine schwere eiserne Kassette, zurzeit offen und noch gut zur Hälfte gefüllt. Selbst auf die Entfernung konnte Garret das Gold darin funkeln sehen.

Vor dem Tisch, in einer Reihe, die bestimmt gute fünfzehn Schritt lang war, standen geduldig Bauern, ihre schweren Körbe zu ihren Füßen abgestellt, und warteten, bis sie an den Tisch herangewunken wurden.

Neben dem Tisch stand eine große Waage, die von einem Soldaten bedient wurde, oben auf der Waage war ein Schild befestigt, auf dem die Preise standen, die bezahlt wurden. Für einen ein Stein schweren Sack Kartoffeln erhielt man ein Silber und drei Kupfer.

»Göttin!«, entfuhr es Garret. »Für das Geld bekommt man bei uns gut das Fünffache an Kartoffeln! Ist der Mann verrückt, so viel zu zahlen?«

»Er hat ein paar Hundert hungrige Mäuler zu füttern«, erklärte die Bardin. »Es ist ein guter Preis, etwas über dem, was die Bauern bei einem Händler erhalten, aber unter dem, was der Zeugmeister bei diesem bezahlen würde.«

»Ein gutes Geschäft für beide Seiten«, stellte Tarlon fest. »Nur der Händler geht leer dabei aus.«

»In ein paar Monaten werden sich die Soldaten Beliors die Ernte einfach nehmen und das Gold dazu«, sagte die Bardin und sah zur Seite, als einer der Soldaten sie interessiert musterte. Sie ging schneller, zerrte ihr Pferd fast hinter sich her und murmelte etwas, das nicht freundlich klang.

»Bitte?«, fragte Garret höflich.

»Ich habe ihm gewünscht, dass ihm etwas abfällt, auf das er Wert legt«, gab die Bardin kalt zurück. »Habt Ihr ein Problem damit?«

Der junge Bogenmacher sah sie überrascht an.

»Aber er hat doch gar nichts getan. Ihr gefallt ihm, das ist alles.«

»Er dient Belior«, antwortete die Bardin. »Grund genug, es ihm abzuschneiden.« Mit diesen Worten wandte sie sich von ihm ab und zog ihr Pferd in den dunklen Stall, wo ein verschlafen wirkender Stallbursche die Zügel von ihr entgegennahm. Sie warf ihm ein Kupferstück zu und eilte, ohne auf die anderen zu warten, in Richtung des Gasthofes davon. Der Soldat sah ihr hinterher, sagte etwas zu seinem Kameraden, der nickte breit grinsend und griff sich anzüglich an den Schritt.

Vanessa rümpfte die Nase und wandte sich an Garret.

»Ich würde auch nicht wollen, dass man mich so ansieht.«

»Aber er hat sie doch nur angelächelt?«

»Und die Geste eben hast du nicht gesehen?«, fragte sie empört.

»Das war der andere Soldat. Und der will nur nicht zugeben, dass sie ihn beeindruckt.« Garret zuckte die Schultern. »So etwas ist nie ernst gemeint.«

Vanessa sah ihn fassungslos an und wandte sich dann an Tarlon.

»Und, was sagst du dazu?«, fragte sie.

»Frag mich doch nicht«, gab Tarlon seiner Schwester Antwort.

»Ich mache solche Gesten nicht.« Aber er runzelte die Stirn dabei.

Garret bot an, die Pferde alleine abzusatteln, sodass die anderen vorgehen konnten. Vanessa nickte dankbar, doch Tarlon blieb zurück, um zu helfen.

Der Sattel war schwer, aber bei Tarlon sah es mühelos aus, er griff einfach mit einer Hand an das Sattelhorn, hob den Sattel ab und platzierte ihn auf einem Holzbock.

»So etwas muss man ernst nehmen, Garret«, sagte er dann mit einem unauffälligen Blick zu den Soldaten.

»Ich weiß«, antwortete der schlaksige Bogenschütze. »Ich war nur überrascht, wie vehement sie reagierte ... hast du gesehen, wie sie mich ansah? Als ob sie mich hassen würde. Dabei habe ich gar nichts getan.« Er rieb sein Pferd ab und führte es zu einem Futtertrog, wo der Stallbursche bereits Hafer aufschüttete. »Wir haben sie alle schon so angesehen«, lachte er. »Sie ist ja auch eine schöne Frau.« Er grinste plötzlich. »Wenn auch etwas zu alt für uns!«

Tarlon blieb ernst.

»Der Unterschied liegt darin, dass keiner von uns je überlegte, wie er ihr am besten auflauern könnte.«

Garret hielt mitten in der Bewegung inne und richtete sich langsam auf.

»Du meinst das nicht ernst, oder?«

»Doch«, bestätigte Tarlon grimmig. »Es wäre nicht das erste Mal für diese Burschen. Sie denken, ihnen kann nichts geschehen, denn sie sind Soldaten Beliors. Sie glauben, dass es hier keiner wagen würde, gegen sie die Hand zu erheben. Es ist ein Sport für sie.«

Garret trat näher an den Eingang des Stalls heran, um die beiden Soldaten noch einmal unauffällig in Augenschein zu nehmen.

»Bislang dachte ich, dass die Soldaten Beliors nur ihren Dienst tun, dass sie so sind wie wir, nur dass sie einem anderen Herrn dienen.« Er verzog das Gesicht. »Offensichtlich unterlag ich einem Irrtum.«

»Zumindest, was diese beiden angeht! Vergiss nicht, in Lytar hatten wir es mit dem Regiment des Grafen Lindor zu tun. Das waren Veteranen, ausgesuchte Kämpfer, die es als Ehre empfanden, unter Lindor zu dienen. Aber nicht alle sind so. Diese beiden hier sind nicht mehr als Abschaum.« Er verzog das Gesicht. »Glaub mir, ihre Gedanken ähneln wahrhaftig einer Kloake.«

»Du kannst tatsächlich ihre Gedanken lesen?«, fragte Garret beeindruckt.

Tarlon nickte.

»Ja. Wenn ich es darauf anlege«, antwortete er schlicht. »Allerdings würde ich lieber eine Jauchegrube leeren, als diesen Gedanken zu lauschen. Es käme auf das Selbige hinaus.« Er sah sich um und holte tief Luft. »Deshalb kann ich dir schon jetzt einiges mit Gewissheit sagen.« Tarlon führte eine weite Geste aus, die den Stall, den Gasthof, das Dorf, irgendwie sogar das ganze Land einschloss. »Belior braucht die Krone nicht, um für uns eine Bedrohung zu sein. Schau dich um, Garret, so wie hier wird es auch in Lytara sein, wenn wir nicht gegen ihn bestehen können. Wenn er das Dorf nicht sogar schleifen lässt! Belior neigt zu drastischen Maßnahmen, um den Menschen den Willen zum Widerstand zu brechen. Er hat eine ganze Stadt schleifen lassen, die Männer wurden kastriert und bekamen die Fußsehnen gekappt, die Frauen wurden vergewaltigt und verschleppt.«

»Das kannst du alles aus den Gedanken der Leute lesen?«, fragte Garret fasziniert.

»Nicht direkt, nein«, antwortete Tarlon. »Meist sind es keine klaren Worte, sondern nur Empfindungen, Gedankenfetzen, Bilder. Einer der Soldaten hat sich vorhin daran erinnert, was das für eine blutige Angelegenheit war, die Stadt zu schleifen, und hat sich gefragt, ob es hier wohl auch so weit kommen würde.« Er lächelte flüchtig. »Dieser eine Soldat zumindest hat sich mit Abscheu daran erinnert und hofft auf anderes.«

»Liest du auch meine Gedanken?«, fragte Garret neugierig.

»Nein«, antwortete Tarlon. »Zum einen bist du, wie alle aus Lytara, sehr leise, ich müsste genau hinhören. Zum anderen …« Er klopfte Garret leicht auf die Schulter. »Lass uns zum Gasthof hinübergehen.« Ein schnelles Lächeln huschte über sein Gesicht. »Und sollte Vanessa auf die Idee kommen, ein Zimmer für euch beide zu belegen, rede ihr das aus.«

»Wieso sollte Vanessa auf die Idee kommen?«, fragte Garret überrascht und merkte, wie sich sein Herzschlag beschleunigte.

»Weil du nicht auf solche Ideen kommst, nicht wahr, mein Freund?«, lächelte Tarlon und verstärkte den Druck auf Garrets Schulter ein ganz klein wenig.

»Ich?« Garret versuchte möglichst unschuldig zu schauen. »Wie sollte ich auf eine solche Idee kommen? Ich kann warten.«

»Das ist gut«, sagte Tarlon. »Denn das bedeutet, dass die Bardin sich ein Zimmer mit Vanessa teilt und sie nicht alleine schlafen wird.«

»Vielleicht sollten alle zusammen ...«

»Nein«, sagte Tarlon erneut und lachte. »Vanessa behauptet, ich schnarche zu laut. Sie hat geschworen, nie wieder ein Zimmer mit mir zu teilen, als sie fünf war.«

»Ich hab nie gehört, dass du geschnarcht hast.«

»Dazu müsste ich auch lauter als du sein«, lachte Tarlon.

»Gedanken lesen zu können, muss praktisch sein«, meinte Lamar nachdenklich.

»Oder auch nicht«, entgegnete der alte Mann mit einem Lächeln. »Manchmal will ich gar nicht wissen, was andere von mir denken.«

»Der Punkt geht an Euch«, lachte der Gesandte. »Von der Höflichkeit bliebe nicht viel. Zudem, wenn ich will, dass der andere weiß, was ich von ihm denke, kann ich es ihm ja auch sagen!«

»Das ist die richtige Einstellung«, meinte der alte Mann. »Auf der anderen Seite, hätten die beiden Soldaten Gedanken lesen können, wären sie vielleicht nicht gar so unbekümmert gewesen ...«

Der eine Soldat sah den jungen Männern hinterher, die mit den beiden Frauen gekommen waren. Den Schlaksigen ignorierte er, doch der andere war groß und breit genug für zwei.

»Mach dir keine Gedanken«, flüsterte sein Kumpan. »Üblicherweise gibt es diese Kerle in schlau oder stark. Schau dir diesen Gesichtsausdruck an. Der hier ist so stark wie ein Ochse und mit Sicherheit genauso blöde!«

In diesem Moment lachte der junge Mann laut auf und sagte etwas zu dem anderen, das diesen auch zum Lachen brachte.

»Siehst du«, meinte der eine Soldat. »Dumm geht oft einher mit einem fröhlichen, wenn auch einfachen Gemüt. Sie verstehen einfach nicht, dass das Leben eine Qual ist.«

»Du meinst, wir tun ihm einen Gefallen, wenn ...« Der eine Soldat fuhr sich bezeichnend mit dem Finger über die Kehle.

»Genau«, grinste der andere. »Aber später. Der Zeugmeister schaut zu uns herüber, ich will keinen Ärger.«

»Das war nicht unbekümmert, sondern dumm«, stellte Lamar fest. »Es ist immer ein Fehler, andere zu unterschätzen.«

»Nichts bringt einen schneller ins Grab als Annahmen und Vorurteile«, sagte der Geschichtenerzähler dazu. »Auf der anderen Seite ... wer ist davon schon frei?«

»Nun, vielleicht dieser Tarlon«, meinte Lamar. »Er erscheint mir als jemand, der alles von allen Seiten zu sehen versuchte.«

»Die Frage ist nur, ob es ihm auch immer gelang.«

»Jedenfalls dürfte es ihm öfter gelungen sein als diesem Garret.«

»Meint Ihr?«, lachte der Geschichtenerzähler und streckte sich ein wenig. »Vielleicht eine kleine Pause?«, schlug er einen Moment später vor.

»Nein, noch nicht«, rief Saana und auch andere im Gastraum protestierten. »Doch nicht mitten in der Geschichte!«, protestierte ein anderer.

»Nun, was meint Ihr, Ser?«, fragte der alte Mann den Gesandten.

»Eine kleine Pause wäre nicht unwillkommen. Aber nicht jetzt. Jedenfalls nicht, bevor ich nicht weiß, wie es mit diesen Soldaten ausging«, sagte Lamar und zwinkerte Saana zu.

»Anders als erwartet«, grinste der alte Mann, »anders als erwartet ...«

»Warum schüttelst du den Kopf?«, fragte Vanessa Garret, als er mit Tarlon die Gaststube betrat. Groß, mit niedriger Decke, gestützt von altersschwarzen schweren Eichenbalken, war der Raum überfüllt, es stank nach Leder, Schweiß und anderen undefinierbaren Gerüchen. Die Theke, zu der sich die Bardin gerade ihren Weg bahnte, war belagert von einigen Einheimischen, meist Bauern und Arbeitern, sowie gut einem Dutzend Soldaten, die das Wappen Thyrmantors trugen.

»Nichts«, antwortete Garret hastig für Tarlon. »Wir hörten nur etwas, das uns erheiterte.«

»Und was?«

»Es ging um einen schlechten Witz über einen Ochsen«, grinste Garret und ignorierte Tarlons leicht gequälten Blick. »Wie sieht es aus?«, fragte er, bevor Vanessa oder Tarlon etwas sagen konnten. »Gibt es noch Zimmer für uns? Es sieht voll aus.«

»Noch wissen wir das nicht«, antwortete Vanessa und rümpfte die Nase, als sich ein dickbäuchiger, schwitzender Mann an ihnen vorbeiquetschte und ihr seine Bierfahne ins Gesicht wehte. »Ihr Freund ist nicht zu sehen, sie will nach ihm fragen.« Sie wedelte mit der Hand vor ihrem Gesicht. »Ich dachte, dies wäre ein gutes Haus.«

»Ein Gasthof ist immer nur so gut wie seine Gäste«, stellte Garret fest und zog sie etwas zu Seite, als zwei halb angetrunkene Soldaten mehr oder weniger aufrecht auf sie zukamen. »Dieser hier ist zurzeit deutlich schlechter als sein Ruf.«

Hinter der Theke stand ein älterer Mann, der geduldig Bier in hölzerne Humpen abfüllte. Die Bardin beugte sich über die Theke, um ihn etwas zu fragen, der Mann schüttelte zuerst den Kopf, dann fragte sie etwas anderes, er nickte und wies mit dem Daumen über die Schulter auf eine Tür hinter der Theke.

Die Bardin nickte, drehte sich um und kam zu ihnen zurück, die Blicke ignorierend, die ihr folgten.

»Wir haben Glück«, teilte sie den anderen mit. »Ich dachte schon, er wäre nicht da, aber er ist hinten in seiner Schreibstube. Wir können durchgehen.« Sie zog ihren Umhang enger um sich und warf einen verächtlichen Blick zurück in den Gastraum. »Ich bin froh, wenn ich dieses Geschmeiß nicht mehr sehen muss.«

»Ist es hier immer so voll?«, fragte Garret, während sie der Bardin durch die Tür folgten. Vor ihnen lag ein langer Gang mit mehreren Türen, die gleich zur Linken stand offen und gab den Blick in die Küche frei. Ein spindeldürrer Mann beobachtete sie missbilligend. Als Vanessa die Tür zum Gastraum schloss, wurde es schlagartig ruhiger und die Bardin atmete erleichtert auf.

»Besser«, stellte sie fest und ging weiter, während Garret einen neugierigen Blick in die Küche warf. Der Koch hob drohend sein Fleischermesser, Garret duckte sich rasch zur Seite und grinste breit, als die anderen ihn fragend ansahen.

»Er erinnert mich an Marcus«, lachte er.

»Marcus ist klein und stämmig. Der hier ist lang und dürr«, sagte Vanessa zweifelnd.

»Aber der drohende Blick, wenn man es wagt, ihn beim Kochen zu stören, ist der Gleiche«, grinste Garret. Er wandte sich an die Bardin.

»Sagt, Sera, vertraut Ihr diesem Wirt?«

Sie sah ihn überrascht an. »Sagte ich nicht, dass er ein Freund ist? Meinen Freunden vertraue ich mit meinem Leben.«

»Dann steht Ihr in der Gnade der Götter und habt bessere Freunde als die meisten«, lächelte Vanessa.

Die Bardin zog eine Augenbraue hoch. »Nur weniger«, antwortete sie, als sie vor einer Türe stehen blieb.

»Um auf Eure Frage zurückzukommen, Garret«, sagte sie dann. »So voll war es hier noch nie. Ich denke, es wird ruhiger werden, wenn der Zeugmeister schließt.« Sie hob die Hand und klopfte.

»Herein!«, tönte es von innen und die Bardin stieß die Tür auf.

Der bullige Mann hinter dem Schreibtisch sah zuerst irritiert hoch, doch dann, als er erkannte, wer der überraschende Besuch war, machte sich ein strahlendes Lächeln auf seinen faltigen Zügen breit und er sprang rasch auf.

»Die Sera Farindil, bei meiner Ehr', welche Überraschung!«, rief er, eilte um den schweren Schreibtisch herum, umarmte sie und hob sie hoch, während sie mit den Füßen strampelte und mit den Fäusten auf seiner breiten Brust herumtrommelte. Ihn schien es wenig zu kümmern.

»Lass mich runter, du … du … Ochse!«, rief sie und lachend setzte er sie wieder ab.

»Bei der Göttin«, sagte er dann und musterte nun Garret, Tarlon und Vanessa neugierig, während Letztere die Tür hinter ihnen zuzog. »Wie lange ist es her?«, fragte er dann. »Sind es dreißig Jahre? Oder noch mehr? Und nicht einen Tag älter geworden, anders als ich.«

»Ihr wollt doch nur ein Kompliment erhaschen«, lachte die Bardin. »Aber nachdem Ihr mir fast die Rippen gebrochen habt, könnt Ihr lange darauf warten, dass ich erwähne, wie gut Ihr Euch gehalten habt.«

Garret und Tarlon sahen sich gegenseitig an. So hatten beide die Bardin noch nicht erlebt.

»Hiram«, sprach die Bardin weiter. »Dies sind meine Freunde, Vanessa, Garret und Tarlon.« Sie zögerte einen fast unmerklichen Moment, bevor sie weitersprach. »Sie dienen dem Greifen.«

Der Wirt mochte so um die sechzig Jahre alt sein, dachte Vanessa bei sich, doch die breiten Schultern und muskulösen Arme sowie die feinen Narben an den Händen erhielt man nicht nur dadurch, dass man Bierfässer wuchtete, zudem war der Blick des Mannes klar und stetig. Die Bardin hatte recht, der Wirt Hiram war ein stattlicher Mann, auch wenn ein gut genährter Bauch darauf hinwies, dass er dem guten Leben nicht abgeneigt war. Er wirkte gemütlich, dachte sie, doch auch wie jemand, auf den man sich verlassen konnte. Sie warf einen Blick zu Tarlon hinüber. Er sah es und nickte leicht, als ob er ihre unausgesprochene Frage verstanden hätte. In der letzten Zeit war es ihr fast schon unheimlich zu sehen, wie aufmerksam er war. Tatsächlich kam es ihr manchmal so vor, als könne er ihre Gedanken lesen.

»Dem Greifen also«, sagte der Mann und musterte die drei Freunde nun noch aufmerksamer. »Setzt euch doch.« Er wies auf einen Tisch zur Seite, an dem er wohl gerade am Schreiben gewesen war, etliche Schriftrollen, Tinte, Löschsand und Federn lagen dort bereit. Zwei Bänke flankierten den Tisch.

Er schob die Schriftstücke zusammen und zur Seite und wartete, bis die anderen sich gesetzt hatten. Dann stellte er einen großen Krug Apfelwein auf den Tisch sowie fünf Becher aus Zinn.

»Ihr kommt aus diesem kleinen Dorf im Tal? Lytara?«, fragte er, während er ihnen und sich einschenkte. Dann nahm er auf einem Stuhl an der Stirnseite des Tischs Platz.

»Ja«, antwortete Garret und wartete darauf, dass die Bardin mehr sagte, doch sie schwieg, nur ein leichtes Lächeln spielte um ihre Lippen. Wenigstens, dachte Garret, wissen wir jetzt ihren Namen. Farindil.

»Was bringt euch dazu, euer Tal zu verlassen? Ich dachte, ihr habt gerne eure Ruhe vor der Außenwelt? Wenigstens ist es das, was sie sagte, als ich sie dorthin begleiten wollte.«

»Belior«, antwortete Garret nun und nahm einen Schluck von dem gekühlten Apfelwein. Nach der staubigen Reise war dergleichen ihm mehr als willkommen. »Seine Truppen haben uns überfallen.«

»Also seid ihr auf der Flucht?«, fragte der Wirt beunruhigt. »Ihr habt euch einen denkbar ungünstigen Moment ausgesucht, es wimmelt von Beliors Leuten im Dorf, aber ich werde helfen, so gut ich kann.«

»Nein«, widersprach Garret lächelnd. »Wir sind nicht auf der Flucht. Wir sind unterwegs nach Berendall, um der Sera Farindil zu einer sicheren Passage zu den Ländern der Elfen zu verhelfen.«

Der Wirt sah die Bardin enttäuscht an.

»Ihr verlasst uns schon wieder? Nun gut, ich kann es verstehen. Ihr seid hier nicht sicher und dies ist kein Konflikt der Elfen.«

»Doch«, widersprach Garret, bevor Tarlon ihn stoppen konnte. »Belior hat es ebenfalls auf die Elfen abgesehen. Deshalb werden sie in der bevorstehenden Auseinandersetzung unsere Verbündeten sein.«

Die Bardin zog scharf die Luft ein, doch Garret fing ihren Blick ein. »Ist es nicht so, Sera?«, fragte er.

Einen Moment zögerte die Bardin noch, dann seufzte sie und nickte.

»Es ist so, Hiram«, antwortete sie dann. »Es war blind von mir, zu hoffen, dass sich dieser Konflikt vermeiden lassen kann. Es ist, wie er sagt, der Greif erhebt sich gegen den Drachen.«

»Also beginnt es«, sagte der Wirt langsam. »Es wird zu einem Kampf kommen?«

»So sieht es aus«, stimmte die Bardin zu. »Es war wohl doch nicht zu vermeiden.«

»Dann können wir nur auf die Gnade der Götter hoffen«, sagte der Wirt.

»Darf ich fragen, wovon hier die Rede ist?«, fragte Tarlon höflich.

»Es gibt eine Prophezeiung, dass der Greif sich wieder erheben wird«, erklärte der Wirt. »Gerade hier in diesen Landen wartet man sehnsüchtig darauf.«

Tarlon sah ihn überrascht an.

»Nach all den Jahrhunderten? Warum?«

»Ganz einfach«, sagte der Wirt und lehnte sich in seinem Stuhl zurück. »Dies hier sind die Greifenlande und wie Lytar selbst wurde auch dieses Land von der Göttin gestraft.« Der Wirt schüttelte verständnislos den Kopf. »Wenn eine Ernte nicht so ausfällt, wie sie soll, wenn eine Krankheit kommt oder eine Dürre oder auch einfach nur ein Brunnen versiegt, dann denken die Leute gleich, es sei die Strafe der Göttin. Aberglaube, wenn Ihr mich fragt. Aber jeder Einzelne hier wünscht sich, dass der Greif wiederkommt, denn dies wäre das Zeichen, dass die Göttin uns verziehen hat.«

»Das hat sie bereits«, teilte Tarlon dem Mann lächelnd mit. »Es gibt wieder eine Dienerin Mistrals in Lytar, und die Verderbnis der alten Stadt wurde gebannt. Wenn es eine Strafe auch für die Vorlande gab, seid beruhigt, Wirt, es ist ausgestanden. Die Göttin hat uns vergeben.«

Der Wirt sah ihn an und zuckte die Schultern.

»Ich halte mich nicht für einen besonders abergläubischen Mann, mir braucht Ihr das nicht zu sagen. Selbst mit der Gunst der Göttin werden manche Ernten schlecht ausfallen. Die Leute hier werden es gerne hören. Aber glauben werden sie es erst, wenn der Greif die Schlange zu Boden geworfen hat, ganz so, wie es das alte Wappen Lytars zeigt.«

»Schlange?«, fragte Vanessa neugierig.

»Sie sehen in der Schlange den Drachen, das Wappentier des Könighauses von Thyrmantor. Es ist eine alte Bezeichnung für das Königreich«, erklärte Hiram. »Es hat wohl auch damit zu tun, dass der Paladin des Königs seit jeher einen Drachen reitet, der das Königreich schützen soll.«

»Ich dachte, Lindor reitet einen Drachen?«, fragte Garret überrascht.

»Richtig«, nickte der Wirt. »Graf Lindor ist der Paladin des Prinzen. Er ist der Einzige von dem ganzen Pack, der noch so etwas wie Ehre in sich trägt.«

Garrets Gesicht verdüsterte sich.

»Glaubt mir«, sagte er dann kühl. »Von Ehre versteht dieser *Paladin* nicht viel!«

»Verwechselt Ihr hier vielleicht den Mann, Ser Garret?«, fragte Hiram höflich.

»Ich glaube nicht«, sagte Garret. »Ich sah selbst, wie wenig Ehre er besitzt. Er erschlug eine wehrlose Frau vor meinen Augen.«

»Nun, wenn Ihr es sagt«, lenkte der Wirt ein, aber er klang nicht überzeugt. »Was ich Euch sagen kann, ist, dass Graf Lindor bereits in Berendall eingetroffen ist. Die Gerüchte besagen zudem, dass er den alten Grafen dazu bewegen will, dem Reich beizutreten. Von dem hiesigen Baron weiß ich, dass er geradezu begierig danach ist.« Er lachte kurz und bitter. »Es heißt, er habe sich umgehend zum Regimentslager begeben, um eine Audienz beim Grafen Lindor zu ersuchen.«

Garret, Vanessa und Tarlon sahen sich gegenseitig an.

»Graf Lindor ist in Berendall?«, fragte Garret überrascht.

»Ja«, antwortete der Wirt. »Er ist heute Morgen angekommen und hat das Kommando über das Regiment übernommen, das dort vor Berendalls Toren lagert.«

»Ein Regiment von Beliors Soldaten? Tausend Mann also?«, fragte Tarlon nach.

»Richtig. Sie liegen dort schon seit einiger Zeit. Angeblich in friedlicher Absicht.« Der Wirt zuckte die massiven Schultern. »Was daran friedlich sein soll, wenn ein Regiment ungefragt vor den Mauern einer Stadt kampiert, frage ich mich allerdings auch. Tatsächlich aber lagern sie fast schon zwei Jahre dort und noch immer ist nichts geschehen. Außer dass man die Soldaten überall sieht ... auf Freigang, wie es heißt. Sie sind nicht einmal unwillkommen, denn offensichtlich beziehen sie einen sehr guten Sold und sind nur allzu gerne bereit, ihn auszugeben. Nur in den letzten zwei Tagen scheint sich etwas zu tun.«

»Erzählt mehr«, sagte die Bardin. »Was tut sich?«

Hiram kratzte sich am Kopf. »So genau scheint dies niemand zu wissen. Zum einen wurden alle Soldaten in das Lager zurückgerufen. Zum anderen sind kleine Gruppen unterwegs und suchen jemand. Oftmals begleitet sie einer der dunklen Priester Darkoths. Angeblich wurde einer dieser Priester erschlagen und jetzt sinnen sie auf Rache. Sie scheren sich wenig um die Stadtgesetze, gehen, wohin es ihnen gefällt, durchsuchen Häuser und verhören Leute, die sie auf der Straße antreffen. Einmal, so hörte ich, kam es sogar zu einem Handgemenge zwischen den Stadtwachen und den Soldaten des Grafen Lindor.«

»Dem Grafen von Berendall wird dies wohl nicht so gut gefallen«, vermutete Garret und der Wirt nickte.

»Das ist wahr, doch was soll er tun? In Berendall gibt es vielleicht zweihundert Stadtwachen, wenn er die Miliz aushebt, kommen noch einmal fünfhundert dazu. Was will er da gegen Soldaten ausrichten?«

»Nicht allzu viel, vermute ich«, sagte Garret.

»Ich bin nicht der Einzige, der wünscht, es wäre anders, Ser Garret«, sagte der Wirt. »Glaubt mir, nichts wäre mir lieber.« Er verzog das Gesicht. »Nur dürfte es dazu ein Heer benötigen.«

»Ich frage mich«, sagte Garret langsam und sah nachdenklich zu der Bardin hin, »ob es dazu wirklich ein Heer braucht.«

»Wie meint Ihr das?«, fragte Hiram überrascht.

»Keinem Land tut es gut, wenn es mit Krieg überzogen wird«, erklärte Garret. »Die, die in der Schlacht fallen, sind selten die, die diese wollten. Es gibt nur einen, der diesen Krieg will und sucht. Belior. Ihn muss man dazu bewegen, davon abzusehen, die Hand nach diesen Landen auszustrecken. Mehr braucht es nicht.«

»Darf ich fragen, wie Ihr das bewerkstelligen wollt?«, fragte Hiram höflich, aber mit einem zweifelnden Blick.

»Darüber denke ich noch nach«, grinste Garret. »Wenn ich es weiß, werdet Ihr es erfahren!«

Die Bardin räusperte sich.

»Wir sind noch aus anderen Gründen hier, alter Freund«, sagte sie dann mit einem missbilligenden Blick zu Garret. »Wir brauchen Informationen, auch wenn Ihr uns schon das meiste von dem, was wir wissen wollten, berichtet habt. Eine Gesandte des Greifen ist unterwegs, um für Unterstützung bei den örtlichen Adeligen zu werben. Was meint Ihr, könnte ein solches Unterfangen Erfolg haben?«

»Nur wenn ihr den alten Grafen überzeugen könnt«, antwortete der Wirt nachdenklich. »Die anderen Barone werden ihm in seiner Entscheidung folgen.« Hiram runzelte die Stirn. »Es heißt, dass der alte Mann keinen Krieg will. Wenn er sich für den Drachen entscheidet, dann wird er bei den Verhandlungen versuchen, das Bestmögliche für die Greifenlande herauszuholen. Entscheidet er sich für den Greifen …« Er zuckte die Schultern. »Ich denke, die meisten Barone würden ihm folgen. Manche nicht.«

Garret kratzte sich am Kopf.

»Warum muss nur alles immer so kompliziert sein?«

»Es ist der Lauf der Welt, dass es nicht einfach ist«, antwortete der Wirt. »Eine Frage hätte ich jetzt auch an euch.«

»Nur zu«, lächelte die Bardin.

»Nun, wenn Beliors Truppen euch überfielen, wie kommt es, dass ihr nicht auf der Flucht seid? Oder habt ihr euch seinem Willen unterworfen?«

Garret sah überrascht auf.

»Unterworfen? Nein, guter Mann, wir haben seine Truppen begraben.«

»Ich denke, dass der Wirt unserem Freund nicht so ganz Glauben schenken konnte«, sagte der alte Mann. »Jedenfalls schien er danach abgelenkt und hatte es eilig, die Freunde wieder loszuwerden. Aber er gab ihnen zwei Zimmer und teilte ihnen mit, dass die Münze der Bardin in seinem Haus keinen Wert haben würde, sie seien persönliche Gäste. Dann wünschte er den Segen der Götter auf sie herab und verabschiedete sich rasch. Tarlon sah ihm nachdenklich hinterher, doch die Bardin lachte nur und sagte, er sei schon immer so gewesen. Also gingen sie auf ihre Zimmer. Die Frauen waren müde und wollten sich erholen, ein Vorhaben, dem Tarlon sich durchaus anschließen wollte, doch Garret bestand darauf, dass er und Tarlon sich im Gastraum umhören sollten, um vielleicht das eine oder andere an Neuigkeiten zu erfahren. Etwas widerwillig folgte Tarlon seinem Freund, der zu seiner Freude den Zeugmeister der Königlichen an einem einzelnen Tisch sitzend vorfand. Während sich Garret, mit einem Würfelbecher bewaffnet, selbst an den Tisch des Zeugmeisters einlud, bestellte Tarlon ein Bier und machte es sich bequem. Von dort, wo er saß, hatte er einen guten Blick auf den Tisch, an dem die beiden Soldaten saßen …«

18 Freund und Feind

»Ihr habt kein Glück, mein Freund«, grinste der Zeugmeister etwas später, als er zum wiederholten Male seinen Gewinn einstrich. Garret lächelte etwas schief, als er die Kupferstücke in die Börse des anderen wandern sah.

»So geht es mir ständig«, gab er dann zu. »Auf dem Hof meines Vaters bin ich der, der den einzigen Kuhfladen findet … und das auf einer Weide, die lange keine Kühe mehr gesehen hat.«

Der Zeugmeister nickte und seufzte. »Ich kenne das Gefühl«, vertraute er Garret an. »Dennoch, junger Ser, solltet Ihr nicht so voreilig sein. Es ist nicht nur Glanz und Glorie, die einen erwartet, dient man dem Reich … Ihr seid auf Eurem Hof gut aufgehoben, glaubt mir. Eine neue Runde?«

»Gern«, antwortete Garret und schüttelte seinen Würfelbecher. Er knallte ihn auf den Tisch, unter dem dicken Leder sprangen die Würfel auf und ab und blieben liegen, vier Eichenblätter oben. Seufzend konzentrierte sich Garret und warf drei der Würfel wieder um, es war nicht an der Zeit zu gewinnen. Solche kleine Magien fielen Garret in letzter Zeit immer leichter. Er hob den Becher an, der Zeugmeister grinste breit und griff den Becher, schüttelte ihn neben seinem Ohr und knallte ihn auf den schweren Eichentisch, der solches gewohnt war und nicht einmal die Becher wackeln ließ. Man sollte nicht meinen, dass man noch schlechter würfeln kann, dachte Garret frustriert und drehte noch hastig einen der Würfel, bevor der Zeugmeister abhob.

Wieder strich der Soldat den Gewinn ein und rief mit einer Geste die Schankmagd herbei.

»Noch zwei Bier!«, rief er. »Für mich und meinen Freund hier. Ihr seid eingeladen«, lachte der Mann. »Schließlich habt Ihr sie mir bezahlt.«

»Danke, Ser. Irgendwie plagt mich beim Würfelspiel immer der Durst.«

»Ha, das kenne ich«, lachte der Zeugmeister und stieß mit Garret an.

»Aber warum ratet Ihr mir ab, Soldat zu werden?«, fragte Garret. »Auf dem Hof gibt es nichts für mich zu tun. Außerdem hörte ich, dass es vor den Mauern Berendalls ein Lager geben soll. Es wird dort einen geben, bei dem man sich melden kann. Zudem führt dort ein unbesiegbarer Drachenreiter den Befehl. Wenn ich mich schon bewerbe, dann dort, wo man siegreich sein wird. Wer legt sich schon gerne mit einem Drachen an?« Garret kratzte sich hinter dem Ohr. »Allerdings muss das ja nicht stimmen. Nicht alles, was man hört, entspricht der Wahrheit.«

»So weit habt Ihr diesmal die Wahrheit vernommen. Es gibt ein Lager der Königlichen nahe Berendall und Graf Lindor führt das Kommando dort. Und ja, er reitet auf einem Drachen. So weit stimmt es also. Trotzdem, Ser, solltet Ihr Eure Entscheidung überdenken. Nicht, dass es Euch ergeht wie mir!«

»Wie ist es Euch denn ergangen, Ser?«, fragte Garret, während die Würfel wieder tanzten. Diesmal erlaubte er sich einen kleinen Gewinn … faszinierend, dass es mit jedem Wurf einfacher wurde, die Würfel nach seinem Willen zu legen. »Euch scheint es gut zu gehen, abgemagert seid Ihr jedenfalls nicht.«

Der Zeugmeister lachte und schob drei Kupferstücke zu Garret hin. Dann klopfte er sich auf den Bauch. »Nun, das ist alles hart erarbeitet«, grinste er. »Allerdings bin ich auch in der Position dazu. Doch glaubt mir, es kann allzu leicht passieren, dass man Gras und Wurzeln frisst. Gut, so schnell wird es keinen Krieg mehr geben … doch das Leben in der Armee ist alles andere als schön und gut ist es auch nicht zu einem. Manchen Menschen geht etwas verloren, wenn sie töten.« Der Zeugmeister wurde von einem Gähnen überrascht und hob hastig die Hand, um seinen Mund zu verbergen.

»Es ist Zeit für mich«, meinte er dann. »Habt Dank für Euer Kupfer, junger Ser, aber hört auf meine Worte. Erspart es Euch,

Soldat zu werden … es ist nicht gut für die Seele.« Leicht schwankend erhob sich der Zeugmeister und beugte sich dann etwas vor.

»Der Göttin Segen mit Euch, junger Ser«, sagte er dann leise, bevor er sich abwandte und mit dem leicht staksenden Gang entfernte, den manche Menschen hatten, wenn sie betrunken waren und es nicht wahrhaben wollten.

»Und mit Euch, Ser«, murmelte Garret. Er packte den Würfelbecher ein und wandte sich an Tarlon, der still neben ihm auf der Bank saß, die Hände über den Bauch gefaltet und scheinbar schlafend. Nur ab und zu war von ihm inmitten des Lärms der Schankstufe ein Schnarchlaut zu hören.

»Bist du wach?«, fragte Garret leise.

»Natürlich«, antwortete Tarlon, ohne die Augen zu öffnen.

»Solche Menschen machen es einem schwer, sie zu hassen«, sagte Garret nachdenklich und sah zu, wie der Zeugmeister mit etwas Mühe die Treppe hoch zu den Gastzimmern bezwang. »Wer hätte denn gedacht, dass ausgerechnet ein Zeugmeister in Beliors Armee eine ehrliche Haut sein könnte?«

»Warum ihn hassen?«, fragte Tarlon, ohne sich zu bewegen. »Er weiß, wie man Geschäfte macht, ist meistens ehrlich und eher von gutmütiger Gesinnung. Er glaubt an Mistral, weil ein Gebet an sie erhört wurde und seine Tochter eine schwere Krankheit überstand. Ein ganz normaler Mensch, der zusieht, wie er überleben kann. Es gibt überall gute und schlechte Menschen, das weiß ich mittlerweile. Die schlechten sind nur scheinbar in der Überzahl, aber das liegt nur daran, dass man die guten nicht erkennt.«

»Du überraschst mich immer wieder, Tar«, sagte Garret. »Seit wann machst du dir solche Gedanken?«

»Schon immer«, antwortete sein Freund und richtete sich auf, gähnte und streckte sich dann. »Du hast mich gebeten, hier zu sitzen und den Gedanken der Leute zu lauschen, also habe ich es getan … es macht vieles klarer und zugleich vieles noch verworrener. Das Einzige, was ich dir sagen kann, ist, dass mir die Menschen alle gleich erscheinen. Ob sie Belior dienen oder nicht, sie haben die gleichen Sorgen, Ängste und Begierden. Es gibt nur wenig schlechte Menschen, Garret, nur zu viele untätige, die nichts mit anderer Leute Sorgen zu tun haben wollen, weil die eigenen sie erdrücken. Der Zeugmeister … ich mag ihn. Jemand wie er wäre in Lytara willkommen. So wie es ist, kann es sein, dass er durch uns stirbt.«

»Und was ist mit diesen beiden Halunken?«, fragte Garret und warf einen verstohlenen Blick hinüber zu den beiden Soldaten von vorhin, die dort in einer Ecke saßen und sich bei Bier und Korn prächtig zu amüsieren schienen.

Tarlons freundliches Gesicht verhärtete sich. »Diese beiden dort erhitzen sich an der Vorstellung dessen, was sie der Sera und Vani antun wollen. Das Schlimme ist, sie erinnern sich mit Lust an andere Gelegenheiten.« Tarlons Augen wurden dunkel, als er zu den Soldaten hinübersah. »Sie haben mindestens ein halbes Dutzend Frauen und Mädchen getötet, Dutzende andere geschändet! Es ist ein Spiel für sie, ein Zeitvertreib. Vorgestern Nacht haben sie eine junge Frau hier im Dorf erschlagen, nachdem sie ihr Gewalt antaten … wenn ich wüsste, wer sie war, könnte man die Burschen vielleicht dem Obmann übergeben, auf dass der sie hängen lässt. Sie haben den Strang ein Dutzend Mal verdient!«

»Das wäre eine elegante Lösung«, antwortete Garret nachdenklich. »Ist sie denn durchführbar?«

Tarlon schüttelte bedauernd den Kopf.

»Nein. Die Zeit fehlt uns dazu. Sie haben genug von Wein und Korn, nach dieser Runde haben sie vor, zur Tat zu schreiten. Der Kleinere der beiden hat schon herausgefunden, welches Zimmer die Frauen belegt haben. Das Einzige, was sie bisher gehindert hat, war, dass wir hier noch sitzen! Nur haben sie jetzt die Geduld verloren.«

»Was tun wir also?«, fragte Garret. »Ich will nicht, dass die Frauen es mitbekommen. Warten wir, bis sie gehen, und erschlagen sie im Gang? Was dann? Verstecken wir die Leichen? Wenn ja, wie? Und wie machen wir es, dass wir nicht gesehen werden?«

Tarlon sah ihn an und lachte dann bitter.

»Ich lerne gerade, dass ich mich nicht zum Mörder eigne. Ich habe keine Antwort auf deine Fragen, Garret. Ich fürchte, wir müssen zulassen, dass sie in das Zimmer der Frauen eindringen, nur so haben wir eine Möglichkeit, uns den Wachen zu erklären. Am besten wäre, wenn möglichst viele der Gäste hier mitbekommen würden, was geschieht, vielleicht glaubt man uns dann eher.«

»Das will ich nicht«, meinte Tarlon grimmig. »Ich will das nicht Vanessa zumuten. Auch nicht der Bardin.«

»Darin sind wir uns wohl einig!«, antwortete Garret frustriert. »Nur wie … Göttin, die beiden stehen auf!«

»Dann lassen wir sie vorgehen … wenn sie dann versuchen, die Tür zu dem Zimmer der Frauen aufzubrechen, erschlage ich sie.«

»Nur wenn du schneller bist als ich, Tar«, schwor Garret grimmig und stand auf.

Tarlon folgte ihm eilig und so erreichten sie die Treppe nach oben etwa zu dem Zeitpunkt, als die beiden Halunken sie halb erklommen hatten. Doch plötzlich runzelte Tarlon die Stirn.

»Warte, Garret«, sagte er und legte eine Hand auf den Arm seines Freundes.

»Was ist?«, fragte Garret überrascht.

»Ich weiß nicht …«, begann Tarlon, doch bevor er mehr sagen konnte, sah Garret, wie der hintere der beiden Soldaten dem vorderen einen Dolch in den Rücken stieß. Der Getroffene schrie überrascht auf und wirbelte herum, zog seinen eigenen Dolch, im gleichen Moment rammte der andere ihm seine Klinge noch einmal von vorne in den Bauch. Vor Tarlons und Garrets ungläubigen Augen und denen der anderen Gäste rangen die beiden miteinander auf der Treppe, fest verklammert und verkeilt, immer wieder aufeinander einstechend, bis sie schließlich das Gleichgewicht verloren und gemeinsam, noch immer aufeinander einstechend, die Treppe herabfielen.

Tarlon zog Garret gerade noch rechtzeitig zur Seite, als die beiden Soldaten in einem Knäuel am Fuß der Treppe landeten.

Einer der Männer sah zu den beiden Freunden hoch, ein verwunderter Ausdruck in seinem Gesicht, dann ging ein Zittern durch ihn und er lag still.

Tarlon trat schweigend einen Schritt zurück, als sich eine Blutlache auf den dreckigen Steinplatten ausbreitete, und warf einen langen nachdenklichen Blick nach oben, wo der obere Treppenabsatz im Dunkeln lag. Dann zog er den verständnislos dreinschauenden Garret zurück zu ihrem Tisch, während ein Tumult entstand, als nahezu jeder hier in der Gaststube versuchte, einen Blick zu erhaschen und lautstark darüber diskutiert wurde, was denn eben wohl geschehen war.

Am Tisch angekommen, griff Garret seinen Humpen und nahm einen tiefen Schluck. »Was, bei der Göttin, ist dort geschehen?«, fragte er ungläubig und warf einen Blick zu der Treppe zurück, an deren Fuß sich gut ein Dutzend Leute um die beiden Toten scharten.

»Später«, meinte Tarlon leise. Im gleichen Moment sprang die Tür zur Gaststube auf und ein Soldat der Stadtwache eilte herein.

Garret nahm einen weiteren tiefen Schluck und beide sahen schweigend zu, wie der Soldat sich seinen Weg zu den beiden Toten bahnte.

Scheinbar hatte jeder gesehen, was geschehen war, nur ein jeder erinnerte sich anders, an allen Tischen wurde wild spekuliert, während zwei kreidebleiche Schankmädchen weiterhin bedienten und Hiram selbst erschien, um mit donnernder Stimme Ruhe zu befehlen und die schaulustigen Gäste an ihre Tische zurückzuscheuchen.

Als Garret seinen Becher absetzte, griff Tarlon diesen und trank ihn in einem Zug aus.

Garret zog eine Augenbraue hoch.

»Das war mein Bier.«

»Ich hatte einen trockenen Hals.«

»Ich auch«, beschwerte sich Garret und sah zur Treppe hin. »Ich verstehe noch immer nicht, was eben dort geschah!«

»Du hast es doch gesehen. Der eine griff den anderen an,

dieser wehrte sich und sie haben sich dann gegenseitig umgebracht. Die zweitbeste elegante Lösung.«

Garret sah seinen großen Freund misstrauisch an.

»Hast du etwas damit zu tun gehabt?«

»Nein«, sagte Tarlon. »Das Einzige, das ich dir sagen kann, ist, dass diese beiden innerhalb eines Atemzugs eine derartige Wut und einen solchen großen Zorn aufeinander empfanden, dass es für sie nichts Wichtigeres gab, als den anderen mit ins Grab zu nehmen. Es war wie ... wie eine Flutwelle aus Hass und Zorn.« Er sah Garret bedeutsam an. »Einen Hass und einen Zorn, der nicht aus ihnen selbst entstand.«

»Also ...«, flüsterte Garret und sah sich nach links und rechts um, ob ihnen auch niemand zuhören konnte. »Also war es Magie?«

»Eine Form davon«, sagte Tarlon bedächtig. »Ähnlich meinen Fähigkeiten.«

Garret sah ihn prüfend an; doch Tarlon schüttelte leicht den Kopf. »Ich sagte dir doch, ich habe damit nichts zu tun gehabt. Ich vermag ja nur mit viel Mühe mehr als nur Gefühle zu spüren! Doch wer auch immer das war, ist ein Meister seiner Kunst im Vergleich zu einem einfältigen Laien wie mich!«

Er warf einen erneuten Blick zur Treppe hinüber, als ob er erwarten würde, dass jemand dort herunterkam. Es kam auch jemand, doch es war nur der Zeugmeister, der sich noch im Gehen das Schwert umschnallte. Es sah etwas zerzaust aus, als hätte er sich bereits zu Bett begeben und habe sich nur hastig angekleidet. Er fragte etwas, erhielt Antwort, sah dann mit gefurchter Braue auf die beiden Toten herab. Kurz war es ruhiger und sie konnten ihn hören.

»... nur dazu sagen, dass es nicht schade ist um diese ...« Mit diesen Worten drehte sich der Zeugmeister um und stieg wieder die Treppe hinauf. Schweigend sahen die beiden Freunde zu, wie der Soldat der Wache die anderen Gäste befragte, bevor wenig später die beiden Leichen hinausgetragen wurden.

Eines der Mädchen wischte mit angeekeltem Gesichtsausdruck den Blutfleck auf und kurz darauf war es fast so, als wäre es niemals geschehen, nur dass man an den meisten Tischen noch kopfschüttelnd und ungläubig darüber diskutierte.

»Also hat sie jemand umgebracht. Mit … Gedanken?«, fragte Garret.

»Mag sein. Ich selbst denke, dass jemand sehr viel Erfahrung darin besitzt, wie man solche Probleme löst«, antwortete sein großer Freund bedächtig.

»Und wer?«

Tarlon sah ihn überrascht an. »Wen kennst du, die viel Erfahrung mit Menschen hat und kaum bereit gewesen sein dürfte, den beiden als Opfer zu dienen?«

»Die Sera Bardin?«, fragte Garret ungläubig. »Aber wie? Ich habe niemanden gesehen! Oder meinst du, sie hat es aus ihrem Raum heraus tun können, ohne ihn überhaupt zu verlassen?«

»Vielleicht wollte sie ja nicht gesehen werden«, meinte Tarlon.

Garret sah nachdenklich drein und sagte nichts weiter. Tarlon griff Garrets Becher, sah hinein und runzelte die Stirn, als er den Boden sah. »Ich glaube, eines können wir uns noch gönnen«, meinte er dann. »Dann sollten wir schlafen.«

Garret nickte nur, fing den Blick eines der Schankmädchen auf und hob den leeren Becher als Zeichen. Als sie später hinaufgingen, war nur noch ein etwas dunklerer Fleck auf den Steinplatten vor der Treppe zu sehen und ein paar Tropfen auf dem hölzernen Geländer der Treppe.

»Das war in der Tat nicht das, was ich erwartet habe. Nur sagt«, fragte Lamar gespannt, »war es die Sera Farindil, die Bardin?« Der Geschichtenerzähler, der gerade genüsslich geschnittenen Käse mit Weintrauben aus einer flachen Schüssel pickte, hielt in seiner Bewegung inne, sah zu Ser Lamar hin und warf sich dann eine Traube in den Mund.

»Woher soll ich das wissen?«, gab er zurück. »Aufgeklärt wurde es nie. Ich kann Euch sagen, dass Tarlon felsenfest davon überzeugt war, dass es die Sera Bardin gewesen sein musste. Wer sonst? Es war bekannt, dass auch die Sera Farindil über magische Fähigkeiten verfügt, nur welche das waren, blieb ungewiss. Garrets Neugier war fast durch nichts zu brem-

sen, aber selbst er wusste es besser, als zu der Bardin hinzugehen und sie zu fragen, ob sie alleine durch die Kraft ihrer Gedanken jemanden getötet hatte. Wie Tarlon später einmal dazu sagte, waren es die beiden auch nicht wert, sich weiterhin Gedanken über sie zu machen.«

»Für seine These spricht zumindest, dass, wer es auch immer war, dieser wartete, bis die beiden tatsächlich zur Tat schreiten wollten«, stellte Lamar nachdenklich fest. »Schade finde ich es um diese beiden nicht. So wie Ihr sie beschreibt, waren sie kaum besser als Tiere und hatten den Strang verdient. Ich frage mich nur, wie man so werden kann …«

Der alte Mann zuckte die Schultern und pickte sich sorgfältig die nächste Traube aus der Schale.

»Erlebt man einen Krieg, macht es einen härter. Man stumpft ab. Dinge, die einen vorher entsetzten, nimmt man als gegeben. Der Unterschied offenbart sich darin, ob man noch Gnade und Barmherzigkeit im Herzen hält, gerade weil der Krieg so entsetzlich wenig davon zeigt, oder ob man sich dem Tier in uns unterwirft.« Er warf ein Stück Käse hoch und fing es überraschend geschickt mit dem Mund auf. »Was ich Euch aber sagen kann, ist, dass jeder, der sich dem Krieg hingab und in seiner Verrohung keinen Einhalt fand, diesem dunklen Gott Vorschub leistete.« Er hielt die Schüssel Ser Lamar hin, doch dieser lehnte dankend ab. »Nach all den Jahren des Kriegs, des Mordens, der Verzweiflung und Not war es nicht verwunderlich, dass der Gott Darkoth erstarkte. Für ihn war es, wie für uns das Brot und der Wein, ein Festmahl der Seelen.«

»Hhm …«, meinte Lamar nachdenklich. »Was mich verwundert, ist, dass ich, bevor ich hierherkam, so wenig von diesem Gott Darkoth hörte. Ich weiß, dass es ihn gab, aber das war schon alles.«

»Ich kannte so einige, die froh gewesen wären, dies zu hören«, meinte der alte Mann und ein Schatten fiel über sein Gesicht. »Es zeigt, dass ihre Taten und ihre Opfer nicht vergeblich waren und der dunkle Gott an Einfluss verlor!« Doch dann lachte er kurz auf. »Aber es gab auch so einige, die schlichtweg nichts anderes erwarteten.« Er beugte sich leicht vor. »Glaube und Liebe sind die stärksten Kräfte, die es für uns Menschen gibt, Ser Lamar. Glaubt man an die Liebe … so wird einem Unmögliches gelingen. Nur manchmal … manchmal fällt es einem schwer, daran zu glauben.«

»Da habt Ihr allerdings recht«, sagte Lamar.

»Die Kunst ist, zu glauben, auch wenn es aussichtslos erscheint«, lächelte der alte Mann. »Es gab aber auch solche, deren Glauben an sich selbst unerschütterlich war. Manchmal habe ich diese beneidet.«

»Ihr meint Garret?«, fragte Lamar.

»Wie kommt Ihr darauf?«, fragte der alte Mann sichtlich überrascht. »Garret fiel es am schwersten zu glauben. Und am wenigsten glaubte er an sich selbst! Nur hätte er dies nie zugegeben! Nein, ich meinte andere. Meister Pulver zum Beispiel oder auch Elyra, die sich ihrer Bestimmung endlich sicher war, oder auch Astrak. Der glaubte daran, dass es keine Lösung ohne ein Problem gäbe.«

»Meint Ihr das nicht andersherum?«

»Nein«, lächelte der alte Mann. »Genau so meinte Astrak es auch. Er war der Ansicht, dass man ständig über Lösungen stolpern würde, man müsse nur herausfinden, welche Probleme man auf derlei Weise lösen könnte! Aber da wir nun schon mal bei ihm sind …«

19 Die Wächter des Tempels

»Wie ging es mit Elyra und den Gefangenen aus?«, fragte Astrak seinen Vater beim Abendessen. Pulver lachte.

»Sie ließ mir wenig Wahl in der Angelegenheit«, erklärte Pulver. Auch Ralik saß mit am Tisch, doch der Zwerg schien kaum zu schmecken, was er da mechanisch aß, sein Blick war in die Ferne gerichtet.

»Sie ging zu den Gefangenen«, fuhr Pulver fort. »Sie stellte sich vor, nicht, dass das nötig gewesen wäre, denn die Gefangenen wussten bereits von ihr, erklärte, was sie wollte, und jeder Einzelne von ihnen, ohne eine einzige Ausnahme, erklärte sich bereit, den Segen und die Vergebung der Göttin zu erhalten und den Schwur zu leisten.«

»Wie das?«, wollte Astrak wissen. »Hassen sie uns nicht? Ich meine, sie haben sich beim Dorf eine blutige Nase geholt und die Flutwelle hat den größten Teil von ihnen zu den Göttern geschickt … ich wäre sturer.«

»Reich mir mal das Salz rüber, Junge«, sagte Ralik rau. Er hob seinen massigen Kopf und sah Pulver an. »Ich hoffe, es ist kein Fehler, alter Freund«, fuhr er dann zweifelnd fort. »Wie soll man jemandem trauen, der so schnell seine Eide vergisst?«

»Vertrauen kommt mit der Zeit«, antwortete Pulver, als Astrak das silberne Döschen mit dem kostbaren Salz weiterreichte. »Ich kann nur so viel sagen, dass ich den Eindruck hatte, sie würden es ehrlich meinen. Einer der Gefangenen sagte sogar etwas Ähnliches, als ich ihn fragte, warum er bereit wäre, den Eid zu schwören.«

»Was sagte er genau?«, fragte Astrak neugierig und beobachtete, wie der Zwerg seine Suppe reichlich salzte. Astrak hoffte, dass Ralik noch etwas übrig ließ, denn ganz ohne Salz schmeckte die Suppe ziemlich fad. Weder sein Vater noch er waren jemals gute Köche gewesen, aber man konnte die Bohnensuppe essen, sie füllte den Magen und das war wohl die Hauptsache.

»Nichts Überraschendes, wenn man darüber nachdenkt«, antwortete sein Vater. »Diese drei Regimenter … sie gehörten zu dem Besten, das Thyrmantor zu bieten hatte. Die Leibregimenter des Prinzen. Sie haben alle einen Eid auf ihn geschworen, ihn zu schützen, für ihn zu sterben.«

»Letzteres haben sie ja reichlich getan«, stellte Ralik verbittert fest. »Es waren nur noch nicht genug!«

Pulver warf ihm einen mahnenden Blick zu.

»Ralik, wusstest du, warum der Kanzler sie nach Lytar entsandte?«

»Um zu morden und zu plündern.«

Pulver seufzte.

»Dazu hatten sie Befehl, ja. Hätten sie sich nicht daran gehalten, wären sie dem dunklen Gott geopfert oder den Kronoks zum Spiel und Fraß vorgeworfen worden. Nein, Ralik, sie waren dem Kanzler unbequem! Deshalb wurden sie hierher geschickt. Um aus dem Weg zu sein, wenn der Kanzler nach der Krone von Thyrmantor greift. Sie sind loyal zum Prinzen … und das, was sie in den letzten Jahren haben durchmachen müssen, hat sie hart wie Stahl gemacht, nichts wird diese Menschen dazu bringen, dem Prinzen die Treue zu brechen.«

»Das verstehe ich nicht«, sagte Astrak überrascht. »Ich dachte, sie hätten uns den Eid geschworen?«

Der Alchemist schüttelte schmunzelnd den Kopf.

»Das ist genau das, was der Soldat mir zu erklären suchte. Jeder von ihnen weiß, was der Kanzler für Absichten hat, er verbirgt es ja nicht gerade gut. Es geht sogar das Gerücht um, dass Belior den Prinzen bereits vergiftet hat, ihn jetzt nur gerade so am Leben erhält. Die Soldaten sind fast einhellig der Meinung, dass Belior den Prinzen in dem Moment sterben lassen wird, in dem er ihn nicht mehr braucht. Wenn Belior die Krone Lytars in den Händen hält, davon sind die meisten der Soldaten fest überzeugt, ist der Prinz so gut wie tot.«

»Was meinst du, stimmt das?«, fragte Astrak zweifelnd.

Pulver zuckte die Schultern.

»Wir wissen nicht viel über Belior. Aber zu dem, was wir wissen, würde es passen. Auf jeden Fall glaube ich den Soldaten, dass sie es so sehen.«

»Trotzdem wäre es voreilig, ihnen zu vertrauen«, widersprach der Zwerg. »Sie haben eine vernichtende Niederlage einstecken müssen, Freunde und Kameraden verloren, eher hassen sie uns, als dass sie uns dienen werden!«

»Vielleicht hast du recht, alter Freund. Aber wir können hoffen, nicht wahr? Manche von ihnen mögen uns hassen, aber es sind Veteranen, sie kennen den Krieg, sie wissen, dass, wenn man jemanden angreift, dieser auf die Idee kommen kann, sich zu wehren! Eines kann ich dir allerdings sagen, Ralik. Der Hass, den sie gegenüber dem Kanzler empfinden, ist tief empfunden und echt.«

»Das ist dann auch das Einzige, was wir mit diesen Leuten gemein haben«, grummelte Ralik und tunkte einen Brotkanten in die dünne Suppe. »Das reicht nicht für Loyalität!«

Astrak ignorierte den Zwerg und holte sich den Salzstreuer wieder. »Was hat Elyra jetzt genau gesagt?«

»Zu viel«, grummelte der Zwerg.

»Einiges«, sagte Pulver mit einem scharfen Blick zu Ralik, der störrisch den Kopf schüttelte.

»Zuerst gab sie ihnen den Segen der Göttin und ihre Vergebung für alles, was geschehen war«, erklärte Pulver. »Dann teilte sie ihnen mit, dass sie frei seien. Bot ihnen an, dass jeder von ihnen ein Messer erhalten würde und versuchen könnte, den Weg zurück nach Thyrmantor zu finden.«

»*Sie* mag vergeben haben, *ich* nicht«, grummelte Ralik. »Zudem hätte sie das mit uns im Rat klären müssen! Sie mag jetzt die Priesterin sein, aber das ging dann doch zu weit!«

»Vielleicht«, antwortete Pulver. »Aber du kannst sicher sein, danach hatte sie die Aufmerksamkeit der Soldaten.«

»Wie ging es weiter?«, fragte Astrak neugierig.

»Sie erklärte ihnen, dass sie nun eine Wahl hätten. Entweder zu gehen, ihr Glück zu versuchen, oder sich uns anzuschließen.

Dass, wenn sie sich uns anschließen würden, sie die Gelegenheit erhielten, den Prinzen entweder zu retten oder zu rächen. Dass der Eid, den sie von ihnen fordern würde, nur für die Zeitdauer des Konflikts gelten solle, und dass es dann anschließend jedem Einzelnen freistünde, sich hier im Tal niederzulassen und ein neues Leben mit dem Segen der Göttin zu beginnen. Oder eben nach Thyrmantor zurückzukehren.«

Pulver setzte die Suppenschale an die Lippen und trank, dann wischte er sich die Lippen ab und lachte.

»Einer der Gefangenen fragte nach, wie sie das meinte, und sie antwortete ihm, dass Belior unser Feind sei und nicht Thyrmantor. In dem Moment, in dem Belior besiegt sei, sei auch der Krieg zu Ende. Das war es auch schon, mehr brauchte es nicht. Sie schworen alle.«

»Ich sage noch immer, dass man solchen Schwüren nicht trauen kann!«, grummelte Ralik und schob seinen Teller von sich. Er griff seinen Kriegshammer und stand auf. »Ich denke, dass es ein Fehler war!« Er sah Pulver hart an. »Aber das wird dein Problem sein, Pulver. Hauptmann Hendriks hat sich so weit erholt, dass er reiten kann. Wir brechen morgen früh auf.« Er verzog das Gesicht. »Nur Menschen können auf die Idee kommen, für Gold zu kämpfen. Also werden wir eine Armee aufstellen, die für nichts kämpft, was von Wert ist, sondern nur für Gold!«

»Du vergisst eines, alter Freund«, antwortete Pulver.

Ralik hielt inne und musterte den Alchemisten skeptisch.

»Ich vergesse selten etwas.«

»Vielleicht hast du nur nicht daran gedacht. Wenn die Söldner für uns kämpfen, dann kämpfen sie nicht für Belior.«

»Eine einfache Rechnung«, stellte Lamar fest. »Wie ging es jetzt mit dem Tempel weiter?«

»Seid Ihr neugierig geworden?«, fragte der alte Mann schelmisch.

»Nein, nicht im Geringsten«, gab der Gesandte lächelnd zurück. »Seit zwei Tagen höre ich nun Eure Geschichte, aber seid versichert, es ist pure Höflichkeit, dass ich nicht gähnend einschlafe!« Er trank einen Schluck. »Also …?«

»Nun, die Gefangenen, die nun keine mehr waren, erhielten ihre Ausrüstung und Waffen zurück. Es war ein etwas … sagen wir mal, angespannter Moment. Aber es geschah nichts. Elyra fragte nach Freiwilligen, die sie zum Tempel begleiten wollten, und es haben sich gleich mehrere Dutzend gemeldet. Sie suchte sich zehn Leute aus und am nächsten Morgen brachen sie auf. Astrak ging auch mit. Dass Meister Pulver darüber nicht erfreut war, könnt Ihr Euch denken, aber das ist eine andere Geschichte. Eines der Ungeheuer lief ihnen über den Weg und wurde ohne Verluste erschlagen, sonst geschah erst einmal nichts weiter. Am späten Morgen des nächsten Tages hatten sie die Brücke fertiggestellt …«

»So schlecht sieht das doch gar nicht aus«, stellte Astrak befriedigt fest. Er wandte sich an den bulligen Mann, der neben ihm stand und die einfache Brücke misstrauisch musterte. »Das ging schneller, als ich gedacht habe.«

»Wir haben ein wenig Erfahrung darin«, antwortete Korporal Delos bescheiden. Er wirkte etwas abwesend dabei, denn sein Blick suchte unentwegt die Umgebung ab. »So etwas haben wir jeden Tag bauen müssen.« Delos war einer der zehn ehemaligen Gefangenen, die sich gemeldet hatten, um Elyra zum Tempel der Göttin zu geleiten. »Warum wirkt sie immer so traurig?«, fragte Delos nun mit einem Blick zu der jungen Priesterin, die still und ruhig etwas abseits stand und geduldig darauf wartete, dass sie die Brücke überqueren konnte.

»Euer Graf Lindor erschlug ihre Mutter mit dem Schwert«, teilte der schlaksige junge Mann ihm mit.

»Oh«, meinte Delos und sein Gesicht verdüsterte sich. »Ich hörte davon. Auf dem Weg zurück von eurem Dorf, nicht wahr?«

»Richtig. Sie musste es mit ansehen.«

»Dann wundere ich mich, dass sie uns nicht hasst.«

»Ich weiß nicht, ob sie euch alle hasst oder nicht«, antwortete Astrak. »Sie versteht es, ihre Gedanken bei sich zu behalten. Nur eines weiß ich mit Sicherheit. Sie wird nicht ruhen, bis Belior vernichtet ist. Belior und diese Brut, von der wir erfahren haben, diese dunklen Priester.«

»Dann bete ich, dass sie ihr Ziel erreicht«, sagte Delos und betrat die Brücke. Vorsichtig, Schritt für Schritt, bis er das andere Ende erreichte. Dort untersuchte er die Stelle, an der die rohen Baumstämme auflagen, und kam dann zurück.

»Es wird nicht mehr lange dauern«, sagte er dann und gab einem seiner Leute ein Zeichen. »Wir müssen nur noch die andere Seite verkeilen, dass nichts ins Rutschen kommen kann.« Schnell hatte er erklärt, was er wollte, gleich darauf machten sich drei Soldaten auf den Weg auf die andere Seite.

»Das hört sich an, als ob Ihr ebenfalls nicht viel für diese Priester übrig gehabt hättet«, stellte Astrak fest, während die Keile auf der anderen Seite eingetrieben wurden. Er musste laut sprechen, die schweren Hammerschläge hallten weit über den alten Tempelplatz.

»Wundert Euch dies? Sie fanden immer neue Vorwände, einen von uns ihrem Gott zu opfern«, entgegnete Delos mit harter Miene. »Selbst der Graf konnte nichts dagegen tun.«

»Hat er es denn versucht?«

»Ja. Bei einer Gelegenheit weigerte er sich, den Priestern den Mann zu überstellen. Ich habe selbst gesehen, was daraufhin geschah. Erst zogen die Priester mit einer höflichen Verbeugung ab, dann geschah ein paar Tage lang gar nichts, bis fünf Tage später der oberste der Priester dem Grafen einen schriftlichen Befehl des Kanzlers überbrachte. Am gleichen Tag wurden zehn Leute den Priestern übergeben und Lindor war gezwungen zuzusehen, wie sie erst geopfert und dann an die Kronoks verfüttert wurden.«

»Ich verstehe nicht, wie ihr unter diesen Umständen einem Mann wie Belior dienen konntet«, sagte Astrak betroffen. »Wie war es möglich, loyal zu bleiben, wenn jede Woche einer von euch auf diese Weise geopfert wurde?«

Delos zeigte seine Zähne.

»Wir waren nie loyal dem Kanzler gegenüber. Er hält den Prinzen als Unterpfand … und solange es uns gab, waren wir ein Risiko für ihn. Wir haben bereits versucht, es eurer Priesterin zu erklären. Sie jedenfalls scheint es verstanden zu haben. Belior … Belior ist ein Ungeheuer, mehr als manche der Verdrehten hier.« Er spuckte abfällig auf den Boden. »Die Pest soll diesen Kerl holen!«

»Wenn Belior so verhasst ist, wieso ist er noch Kanzler? Warum stellt sich keiner gegen ihn?«

»Der Mann hat mehrere Königreiche erobert, Dutzende von Attentaten überstanden, genießt den Schutz der Priester des Darkoth und die Kronoks sind ihm treu ergeben.« Korporal Delos zuckte die Schultern. »Es gibt niemanden mehr, der gegen ihn steht. Vielleicht die Elfen noch, aber die sind dafür bekannt, dass sie immer zu lange zögern und erst dann handeln, wenn es schon zu spät ist! Zudem kauft er sich die Gunst der Massen. Er hat die Steuern gesenkt, eine einheitliche Währung in allen Reichen eingeführt und unterstützt den Handel alleine schon dadurch, dass es keine Zölle mehr gibt. Er lässt Straßen bauen, an manchen Orten sogar neue Dörfer und Städte. Es gibt für jeden Arbeit und er verspricht einen dauerhaften Frieden. Nach all den Kriegen sind die Lande des Kämpfens müde.« Der Korporal lachte bitter. »So viele, wie in den Kriegen starben, da ist es nun wahrlich kein Wunder, dass es für jeden Arbeit gibt! In dem Dorf, in dem ich aufwuchs, gab es zum Schluss nur noch einen Schreiner und dieser war alt und grau. Seine drei Gesellen wurden in Beliors Armee eingezogen. Jetzt aber macht der Kanzler den Leuten Hoffnung, dass es besser wird. Das ist das, was die Leute hören wollen. Keine Kriege mehr, alles wird besser. Mehr braucht es nicht. Also jubeln die Leute und vergessen, was zuvor war. Niemand hat dem Kanzler je unterstellt, er sei nicht gewitzt.«

»Niemand ist unbesiegbar«, meinte Astrak und hoffte, dass es tatsächlich so war.

»Belior ist es. Oder scheint es zu sein«, entgegnete der Korporal bitter.

»Warum habt ihr euch dann dazu entschieden, euch uns anzuschließen?«

»Meint Ihr nun mich persönlich oder uns, die Reste der eisernen Drei?«

»Euch und die anderen.«

Delos grinste breit. »Wollt Ihr die ehrliche Antwort, mein Freund?«

»Nichts anderes.«

»Nun gut. Es ist einfach«, erklärte der Korporal bitter. »Solange wir nicht unseren Schwur aufgeben, sind wir dem Kanzler ein Dorn im Auge. Er will uns tot sehen. Das ist jedem von uns bewusst. Uns euch anzuschließen, ist vielleicht die einzige Gelegenheit, ihm noch einmal auf die Füße zu treten, bevor er uns alle begraben hat. Es ist leichter, für eine gute Sache zu sterben als für eine schlechte.« Er lachte und schüttelte den Kopf. »Es gibt aber noch einen anderen Grund.«

»Welcher?«, fragte Astrak neugierig.

»Wir sind ... wir waren die besten Soldaten des Königreichs. Ihr habt uns bei eurem kleinen Dorf eine derart blutige Nase gegeben, dass kaum jemand nicht davon beeindruckt ist. Diese verfluchte Stadt hier ...« Der Korporal führte eine Geste aus, die den Tempelvorplatz und den Rest der alten Stadt einschloss, »hat uns aufgerieben. Dann kommt ihr, ein kleines Häufchen Bauern ... und ihr beseitigt die Verderbnis im gleichen Handstreich, in dem ihr unsere Truppen dezimiert habt. All das hätte niemand von uns für möglich gehalten. Es war undenkbar. Nun, es ist auch undenkbar, dass jemand gegen Belior bestehen kann ... aber es *könnte* ja sein, dass eure Göttin wirklich auf eurer Seite steht. Und vielleicht ...«

»Vielleicht ist es ja doch möglich, Belior zu besiegen, meint Ihr?«, führte Astrak den Satz des Korporals zu Ende.

Dieser nickte. »Genau das. Wollen wir hoffen, dass es so kommt.«

»Amen!«, sagte Astrak und sah hinüber zur anderen Seite der Brücke, wo sich etwas tat. Einer der Männer dort rief, dass die Bohlen und Balken nun fest verankert seien. Korporal Delos nickte zufrieden und sah erneut zu Elyra hinüber.

»Ihr könnt ihr mitteilen, dass wir fertig sind. Diese Brücke wird halten.«

»Danke«, sagte Astrak artig. »Ich verstehe nicht viel von solchen Konstruktionen, aber diese sieht stabil aus. Die Leute waren mit viel Eifer bei der Arbeit.«

»Wundert Ihr Euch darüber?«, lachte Korporal Delos. »Es hat seinen eigenen Lohn, wenn man etwas erschafft und nicht zerstört!«

Elyra ging schweigend voran, Astrak folgte ihr dicht auf den Fersen, danach überquerten Delos' Männer die Brücke, die Schilde erhoben und die Waffen bereit.

Aus der Ferne hatten die meisten Gebäude hier am Tempelplatz weitestgehend unversehrt ausgesehen, jetzt, wo er sie aus der Nähe sehen konnte, offenbarte sich, dass die Zeit an den Häusern keineswegs spurlos vorbeigegangen war. Bis auf wenige Ausnahmen waren die Dächer eingestürzt, die Fenster nicht mehr als leere Höhlen. Zwei Ausnahmen gab es jedoch, ein langgestrecktes Gebäude mit hohen Säulen und einer prächtigen Fassade, das zur linken Hand den Weg hinauf zum Tempel flankierte, und ein anderes Haus, eine herrschaftliche Villa, etwas weiter weg zur rechten.

»Mich wundert, dass ihr nicht versucht habt, diese Gebäude zu erforschen«, meinte Astrak.

»Wie kommt Ihr darauf, dass wir es nicht taten?«, fragte Delos verwundert. »Nur hörten wir alsbald damit auf, auch wenn die Priester des Darkoth nicht erfreut darüber waren.« Er lachte bitter. »Zum Schluss haben sie sich gar nicht mehr in die Nähe des Tempels getraut.«

»Ihr habt aufgehört? Warum?«

»Weil zu viele von uns einfach spurlos verschwunden sind. Jemand ging um eine Ecke und ward nicht mehr gesehen.« Delos zeigte auf das langgestreckte Gebäude. »Wenn einer der Priester Darkoths auch nur den Fuß in das Gebäude dort drüben setzte, war es sicher, dass er nicht wiederkommen würde. Nach dem dritten Mal haben sie es gelernt.« Er atmete tief durch. »Nur traf es leider nicht nur die Priester.«

»Wisst Ihr, was dieses Gebäude einst war?«

»Hier das große Gebäude war die Tempelschule. Und das Gebäude dort drüben«, er wies auf die Villa, »war die Botschaft der Elfen. Auf beiden muss eine Art Magie liegen, die sie vor dem Verfall schützte, wenn auch nicht vor der Verderbnis. Der Baum dort, im Garten der Villa ... er kann sich bewegen, fängt alles mit seinen Ästen und Wurzeln, was ihm zu nahe kommt. Und in der Tempelschule gibt es Geister. Man kann sie hören, wie sie durch die Hallen streifen, sich über längst Vergangenes unterhalten ... manchmal kann man sie auch sehen.«

»Ihr habt sie selbst gesehen?«

»Ja.« Delos bedachte die alte Schule mit einem nachdenklichen Blick. »Es ist vor allem deshalb unheimlich, weil alles so normal erscheint. Kein Geist, der mit Ketten rasselte, kein Skelett, das einen mit schauderhaftem Stöhnen zu erschrecken suchte ... junge Männer und Frauen, lächelnd oder in ernste Gespräche vertieft ... nur dass man weiß, dass es Schatten sind, längst vergangen, auf ewig in diesen Mauern gefangen. Manchmal, wenn man aus dem Fenster sieht, sieht man die alte Stadt vor der Katastrophe. Und manchmal ging jemand durch eine Tür und verschwand. Vor den Augen der anderen. Einfach so.« Er sah Astrak an. »Ich kannte mindestens einen, der absichtlich durch ein Fenster stieg und verschwand. Er meinte, alles wäre besser, als hier für Belior zu sterben.«

Astrak wollte noch etwas sagen, aber mittlerweile hatten sie das Tor in der Tempelmauer erreicht.

Die Natur hatte den einst so gepflegten Tempelgarten zurückerobert. Dichtes Unterholz, hohe, knorrige Bäume und hüfthohes Gras hatten den breiten Weg hoch zu den schweren bronzenen Türen des Tempels fast gänzlich überwuchert. Breite Ranken wanden sich um Säulen und krochen über Wände, kaum etwas, das nicht überwachsen war. Doch unter all diesem Grün schien der Tempel unberührt von der Katastrophe und der Zeit. Die Pflanzen selbst, obwohl wild wuchernd, erschienen Astrak normal, als hätte die Verderbnis vor den Mauern des Tempels einen Halt gemacht.

Doch was ihm den Atem stocken ließ, war das kleine Mädchen, das auf den Tempelstufen saß, und das Ungeheuer, das zu ihren Füßen lag!

»Wie wäre es jetzt mit einer Pause?«, fragte der alte Mann schelmisch. Sein Publikum stöhnte auf und protestierte lautstark und der Wirt drohte sogar damit, ihn nicht mehr zu bedienen.

»Es scheint, als wäret Ihr überstimmt«, stellte Lamar lächelnd fest.

Der alte Mann sah sich schmunzelnd um. »Nun, wenn ich dergestalt genötigt werde, habe ich wohl keine andere Wahl«, meinte er dann.

»Du willst doch weitererzählen, Großvater«, rief Saana. »Also erzähl weiter!«

»Er will sich nur betteln lassen«, stellte ihre Mutter lächelnd fest und lachte, als der alte Mann sie vorwurfsvoll ansah.

»Was hat Elyra dann getan?«, fragte Saana ganz aufgeregt. »War sie erschrocken?«

»Erschrocken?«, meinte der alte Mann und kratzte sich am Hinterkopf. »Nein, ich glaube nicht. Ich denke, dass, selbst wenn Belior persönlich auf den Stufen des Tempels erschienen wäre, es sie nicht zurückgehalten hätte. Ich weiß nicht, ob es überhaupt etwas auf dieser Welt gab, das in diesem Moment Elyra davor hätte zurückschrecken lassen, das Haus ihrer Herrin zu öffnen!« Er schüttelte erheitert den Kopf. »Ein Kind, in bestem Sonntagsgewand, mit Blumen geschmückt, gehörte gewiss nicht dazu ...«

Elyra ignorierte das Geraune hinter ihnen, ihr Blick auf das Kind gerichtet. Es saß da, die Hände im Schoß gefaltet, sein langes, blondes Haar frisch gebürstet. Zwei schmale Zöpfe hielten seine sonst offenen Haare und waren mit Blumen geschmückt. Sie trug ein blaues Kleid aus feinster Seide, hier und da mit feinem, goldenem Brokat verziert. Auf die Entfernung hin war es schwer, ihr Alter einzuschätzen, sie mochte vielleicht acht Jahre alt sein oder zehn oder jünger.

Das Ungeheuer zu ihren Füßen mochte vielleicht einmal ein Hund gewesen sein oder ein Wolf, solchem ähnelte es am meisten. Nur dass ein Hund wohl selten die Schulterhöhe eines Pferdes erreichte, sechs Beine besaß oder anstelle eines Fells ölig schwarz schimmernde Panzerplatten. Der Hund, wenn man es so nennen konnte, lag auf einer unteren Stufe quer zu ihren Füßen und hob nun langsam den mächtigen Schädel, um zu schauen, wer da gekommen war. Ein blaues und ein grünes Auge mit Schärfe, Sinn und Verstand musterten die Neuankömmlinge, dann erhob er sich gemächlich. Jetzt zog er die Lefzen zu einem wölfischen Grinsen hoch, zeigte lange scharfe Zähne, länger als die Klinge mancher Stiefeldolche.

»Bitte bleibt zurück«, sagte Elyra leise nach hinten.

»Kommt gar nicht infrage«, protestierte Astrak, wie es nicht anders zu erwarten war.

Elyra seufzte. »Ich bin …«

»Ich weiß, wer du bist«, flüsterte er, als er neben sie trat. »Selbst wenn du mir einen Befehl erteilst, werde ich ihn nicht befolgen. Ich lasse nicht zu, dass du hier alleine hineingehst. Tarlon würde mich umbringen.«

Elyra spürte einen Stich im Herzen, als sie Tarlons Namen hörte, und atmete tief durch. Wenn Astrak diesen Ton hören ließ, dann wollte er stur sein.

»Überlass wenigstens mir das Reden, ja?«

»Das kannst du sowieso besser als ich.«

»Astrak?«

»Ja?«

»Schh.«

Er sagte nichts weiter, als sie langsam den überwucherten Weg hinauf zu dem Tor entlangschritten. Trotz ihrer Proteste war sie froh, dass sie nicht alleine gehen musste. Sie war eine Priesterin der Mistral, aber sie durfte dennoch Angst haben, nicht wahr?

Näher und näher kamen die beiden dem Tor des Tempels, dem Mädchen und dem Schreckenswolf, wie Astrak das Biest bei sich nannte.

Noch immer hatte das Mädchen sich nicht gerührt, doch jetzt konnten sie sehen, dass sich ihre Brust hob und senkte, es war kein Geist, keine Erscheinung, sondern ein Mensch aus Fleisch und Blut. Wie dies sein konnte, ein junges Mädchen hier an dieser Stelle zu finden … weder Astrak noch Elyra konnten es sich erklären.

Schließlich waren sie nahe genug heran, um das Hecheln des

Schreckenswolfes zu hören. Hielt das Mädchen noch den Kopf gesenkt, beobachtete er sie umso aufmerksamer.

»Ich hoffe, er beißt nicht!«, platzte Astrak heraus und hielt sich im nächsten Moment den Mund zu.

Leises, helles Lachen ertönte, als das Mädchen den Kopf hob. Ein feines Lächeln spielte um ihre fein gezeichneten Lippen und ihre Nasenflügel bebten, als ob sie wie der Schreckenswolf neben ihr die Witterung ihrer Gäste aufnehmen würde.

»Nur wenn ich es ihm sage«, lächelte das Mädchen. »Ich wurde gesandt, Euch willkommen zu heißen, im Haus der Herrin, Dienerin der Mistral und Hoffnung der Verlorenen.«

»Ich danke dir«, sagte Elyra mühsam, mehr brachte sie nicht heraus, zu groß war die Überraschung und der Schreck gewesen.

»Du hast keine Augen!«, entfuhr es Astrak und Elyra funkelte ihn wütend an.

»Astrak!«, rief sie erzürnt.

»Jetzt verstehe ich, warum Ihr ihm den Mund verbieten wolltet«, lächelte das Mädchen und stand auf, strich mit einer eleganten Geste ihr Kleid glatt. Als sie stand, konnten sie erkennen, dass sie älter war als zuerst angenommen, vielleicht fünfzehn oder sechzehn, ihr zierlicher Körperbau hatte Elyra in die Irre geführt.

»Aber er spricht es offen an und ...«

»Ihr seid bildschön!«, stammelte Astrak. »Es ist ... es ist, als ob es so sein sollte, nicht, als ob etwas fehlen würde ... wie ist das möglich? Ihr seht mit dem Hund, nicht wahr? Und mit anderen Sinnen? Ich möchte wetten, Ihr nehmt die Welt ganz anders wahr und ...«

»Astrak!«, fuhr ihn Elyra erneut an, aber er schien es nicht wahrzunehmen. Abgesehen davon stimmte es, was er sagte. Unter der glatten, porzellanfarbenen Haut der jungen Frau waren die Augenhöhlen erkennbar, doch keine Lider fanden sich dort, nur glatte Haut, die im sanften Bogen zu einer hohen Stirn führten, die von Blumen geziert wurde. Sie war makellos, dachte Astrak, außergewöhnlich, fremdartig, aber ... sie war wunderschön!

Eine feine Röte stieg auf den weißen Wangen auf und der Schreckenswolf bellte, ließ Astrak und Elyra zusammenzucken. Der Blick des Hundes war intensiver, durchdringend und nachdenklich zugleich. Niemand bewegte sich, als der Wolf sich erhob und langsam auf Astrak zuging.

Dieser spürte, wie sein Herz raste, aber es war nicht die Angst, es war etwas anderes, als wäre dies ein ganz besonderer Moment in seinem Leben, einer, der so wichtig war, dass alles andere dagegen verblasste. Ohne den Blick von dem Mädchen zu wenden, hob er die Hand, hielt sie dem Furcht einflößenden Wolf hin. Dieser senkte seinen mächtigen Kopf und schnupperte daran und noch immer konnte Astrak seinen Blick nicht von dem Mädchen wenden. Er fühlte sich, als hätte der Blitz ihn getroffen oder als wäre der Himmel auf ihn herabgestürzt.

Der Wolf trat zurück und ließ sich auf die hinteren Beinpaare nieder, legte den Kopf zur Seite, sah von Astrak zu Elyra, von ihr zu Astrak und dann zurück zu seiner Herrin. Mit einem leisen »Wuff«, das seltsam erheitert klang, ließ er sich zu Boden sinken und schloss die Augen, der mächtige Schwanz wedelte zwei-, dreimal und lag dann still.

»Astrak?«

Doch der Sohn des Alchemisten reagierte noch immer nicht, er stand nur da und starrte das Mädchen an. »Astrak!«

Es mochte die Schärfe in Elyras Stimme sein oder die Tatsache, dass sie ihm hart mit dem Ellenbogen in die Seite stieß, eines von beiden brachte letztlich das erwünschte Ergebnis!

»Verzeiht«, stotterte er. »Ich …«

»Astrak«, sagte Elyra leise, aber deutlich. »Wenn du noch einen Ton sagst, wirst du es bereuen!«

»Er bereut es jetzt schon«, lächelte das Mädchen. »Mein Name ist Lenise. Dies ist Trok, mein treuer Begleiter und Wächter. Wie Euer Freund heißt, weiß ich nun, aber wie ist Euer Name, Dienerin der Mistral?«

»Elyra«, antwortete die junge Halbelfe verlegen. Der Blick, den sie Astrak zuwarf, verhieß dem jungen Mann für später wenig Gutes. »Verzeiht ihm, er ist … manchmal … etwas ungestüm.«

»Es gibt nichts zu verzeihen. Er ist ehrlich, das alleine zählt.«

Lenise legte den Kopf etwas schräg, als ob sie Astrak mustern würde, dann lächelte sie erneut.

»Wie ich sagte, willkommen, Elyra, Dienerin der Mistral. Ihr könnt nicht ahnen, wie sehr Euer Kommen ersehnt wurde. Wir haben auf Euch gewartet, Elyra, seit dem Untergang. Wir haben ausgeharrt, über das Haus der Göttin gewacht, einen jeden Tag dafür gebetet, dass sie uns verzeihen möge. Willkommen zurück, Priesterin der Göttin der Welten.«

Mit diesen Worten sank sie anmutig vor Elyra auf die Knie.

»Segnet mich«, bat sie leise, so leise, dass Elyra sie fast nicht hören konnte. »Nehmt meine Sünden und die meiner Ahnen von mir, lasst mich teilhaftig werden an der Vergebung jener, die unser Leben, unsere Herzen und unsere Seele bestimmt. Segnet mich, ich bitte Euch darum, und erlasst mir meine Sünden.«

Elyra schluckte. So leise die Stimme der jungen Frau auch war, sosehr konnte sie die Sehnsucht darin spüren, die Angst, das Flehen und die Hoffnung.

»Im Namen Mistrals«, begann sie und stockte, denn ihre eigenen Worte hatten einen ganz besonderen Widerhall, als ob die Luft um sie herum zu pulsieren schien. Sie holte tief Luft. »Im Namen der Göttin der Welten, in ihrem Licht und in ihrer Weisheit. Mögen deine Sünden von dir genommen werden.« Ein goldener Schimmer entstand um das schwere Symbol, das die junge Priesterin um ihren schlanken Hals trug. Mit jedem Wort schien es zugleich schwerer zu werden als auch leichter. Das Schimmern wuchs, umspielte die heilige Robe, füllte Elyra mit etwas Unbeschreiblichem, etwas, das sich in ihr entfaltete, jeden ihrer Sinne zum Vibrieren brachte. »Dir ist vergeben, Lenise, und zusammen mit deinen Sünden soll die Strafe von dir genommen werden!« Elyra berührte die Schläfen der jungen Frau sanft mit ihren Händen.

»Im Namen der Göttin …«

»Nein!«, rief Lenise und warf sich zur Seite. Der Wolf sprang auf und knurrte, um im nächsten Moment zu winseln. »Nein, Herrin, nicht das. Nicht … noch nicht!«

»Was …?«, fragte Elyra verwirrt und ließ die Hände sinken. »Ich wollte doch nur …«

Die junge Frau richtete sich auf, ein schmerzliches Lächeln auf ihren Lippen.

»Ich spürte die Macht in Euch, Priesterin der Mistral, Ihr seid wahrlich ihre Dienerin. Niemand sonst …« Sie schüttelte den Kopf, eine der Blumen löste sich aus ihrem Haar, doch sie beachtete es nicht.

»Niemand hätte das geglaubt«, fuhr Lenise atemlos fort, während Astrak sie verständnislos ansah. »Niemand hätte auch nur zu hoffen gewagt, dass die Göttin diese Gnade zeigen würde, aber Ihr dürft mich nicht von meiner Strafe erlösen. Noch nicht. Noch nicht …«

Lenise sank langsam wieder vor Elyra auf die Knie und hob ihr Gesicht, als ob sie die Priesterin ansehen würde.

»Seht, Elyra, Priesterin der Mistral, unser Leiden hat einen Sinn, auch wenn er sich erst spät für uns entdeckte. Wir verloren …« Eine zierliche Hand hob sich dorthin, wo ihre Augen sein müssten. »Doch wir erhielten auch etwas. Und was, was wir erhielten …« Lenise schluckte. »Ihr … wir werden es brauchen in dem Kampf, der folgen wird. Ihr dürft uns nicht heilen, Sera, nicht, bevor wir nicht unsere Bestimmung erfüllt haben!«

»Ich verstehe nicht …«, begann Elyra.

»Ich beginne es zu ahnen«, sagte Astrak. Er kniete sich vor Lenise hin und nahm ihre Hand. »Ihr seid nicht alleine, nicht wahr? Es gibt andere, die ausgeharrt haben?«

»Ja.«

»Aber das ist nicht möglich«, flüsterte Elyra. »Wie kann das sein?«

»Einige überlebten und harrten aus«, antwortete Lenise und ein feines Lächeln spielte um ihre Lippen. »Großvater sagt, unsere Vorfahren waren nur zu stur zum Sterben.«

»Sturheit scheint eine Charaktereigenschaft der Lytarianer

zu sein«, grinste Astrak. Dann wurde er wieder ernst. »Was … was wurde Euch gegeben, Sera?«, fragte er eindringlich. »Was habt Ihr für Euer Augenlicht erhalten?«

»Die Gabe der Sicht, Astrak«, lächelte sie. »Könnte ich weinen, wäre Eure Hand vor Tränen nass, denn ich sehe, was war, was ist und was kommen wird. Könnte ich durch meine Augen sehen, wäre die Strafe zwar von mir genommen, aber dann wäre ich auch nutzlos im Kampf gegen den Prinzen der Nacht.«

»Ihr meint Belior?«, fragte Elyra.

»Den Prinzen der Nacht. Den Zerstörer, den Boten der Finsternis. Wie Ihr ihn nennt, ist unerheblich, er ist der Selbige.« Lenise hob ihr Gesicht zu Elyra, während ihre Hand Astraks eigene so fest hielt, dass er sich wunderte, woher sie die Kraft nahm.

»Wir litten, starben, wandelten uns. Wurden durch die Verderbnis geläutert, verfluchten die Herrin und erduldeten ihr Urteil … doch wir verstanden nicht! Wir waren es doch nicht gewesen, die den Frevel zuließen, waren doch nicht die, die schuldig waren? Warum traf uns noch immer die Strafe? Über die Generationen war dies das Schlimmste, das wir erdulden mussten, die Frage, warum *wir* gestraft wurden, die wir nichts anderes taten, als die Göttin zu verehren, obwohl sie uns wandelte.«

»Und jetzt habt ihr die Antwort auf diese Frage endlich gefunden?«, fragte Astrak. »Ist es das, was Ihr uns sagen wollt?«

»Ja. Als Ihr, Elyra, Dienerin der Mistral, vor dem Schrein im Norden gesungen habt, an dem Tag, bevor der Damm brach, erreichte mich Eure Stimme und mit ihr eine Vision. Ich sah Euch, Priesterin, hier am Tempel. Euch, Astrak, sah ich auch … einen Moment nur, dann sah ich eine Schlacht, die hier stattfinden wird. Der Prinz wird kommen. Auf dem Meer, zu Lande und in der Luft. Nichts wird ihn von seinem Ziel abbringen, keine Taktik wird gelingen. Er wird hier stehen, dort, wo Ihr jetzt steht, und wird die Krone verlangen … und Ihr, Elyra, werdet sie ihm geben. Das wird der Moment sein, an dem ich etwas sehen werde, was ich nicht werde sehen können, gäbet Ihr mir mein

Augenlicht. Ich kann nicht sagen, was es ist, nur eines weiß ich: An diesem Tag wird sich das, was an uns verdorben wurde, für Lytar zum Segen wandeln.« Ihre Schultern zuckten, als sie ohne Tränen weinte. »Dies war die Erlösung für uns, denn uns ist nun eines gewiss … unser Leiden hat einen Sinn, ein Ziel … es ist *notwendig*!«

Atemlos ließ sie den Kopf sinken.

»Ihr könnt die Strafe von uns nehmen, wenn der dunkle Prinz besiegt ist, vielleicht vorher Einzelnen von uns das Leid lindern, aber wir werden die dunklen Gaben der Göttin brauchen, wenn der Tag kommt.«

»Wer …«, begann Astrak mit belegter Stimme und räusperte sich erneut. »Wer ist wir, Sera?«, fragte er dann.

»Wir, die Verdorbenen«, antwortete sie mit gesenktem Haupt. »Verdreht, gebogen, gestraft und verflucht, sind wir die Bewahrer der Stadt. Dies ist unsere Heimat …«

»Wie viele seid ihr?«, fragte Elyra, als sie hoffen konnte, dass ihre Stimme ihrem Willen folgte.

»Viele … Wir sind viele, Priesterin der Mistral. Es gibt mehr als zwei Dutzend Hundert von uns und wir stehen bereit, der Göttin und Euch zu dienen.«

»Göttin«, entfuhr es Astrak. »So viele? Und ihr lebt hier in der Stadt?«

»Ja. Es gibt Orte hier, die sicherer sind als andere.«

»Aber hier zu leben, muss grausam sein!«, meinte Astrak entsetzt.

»Wenn man nichts anderes gewohnt ist, verkommt auch das Ungewöhnlichste zum Gewöhnlichen.« Lenise zuckte die Schultern. »Es ist wie es ist. Es war der Wille der Göttin, ihre Strafe für uns. Wir haben sie in Demut getragen.« Ihr Gesicht verzog sich schmerzhaft. »Jedenfalls diejenigen, die es konnten. Die anderen … wir verloren sie an die Stadt, die Wildnis … oder an das Verderben. Aber wir beteten dafür, dass dieser Moment kommen würde, der Moment, an dem offenbar wird, dass die Göttin uns verziehen hat und die Verderbnis von uns nimmt!«

»Lenise«, fragte Elyra, »sagt, warum nennt Ihr Belior einen Prinzen? Er ist der Kanzler von Thyrmantor, ich wüsste nicht, dass er von Adel wäre.«

»Weil er der Prinz ist!«, antwortete Lenise sichtbar überrascht von der Frage. »Seine Gier, sein Morden, seine Tat war es, die Lytar ins Verderben stürzte. Er war es, der dem verbannten Gott die Tür in diese Welt öffnete.«

»Belior? Belior ist der letzte Prinz von Lytar?«, fragte Elyra ungläubig. »Aber das kann nicht sein! Wie ist es möglich, dass er noch lebt?«

Lenise erhob sich und ordnete ihre Kleider, dann stieg sie die Treppe empor und legte sanft eine Hand auf das schwere Tor des Tempels.

»Wenn Ihr den Tempel Eurer Göttin betretet, Priesterin der Mistral, werden dort alle Eure Fragen eine Antwort finden.«

»Und, war dem so?«, fragte Lamar atemlos.

»Schon«, erwiderte der alte Mann. »Doch selbst die Antworten warfen noch mehr Fragen auf. Seht Ihr, wir hatten unsere Überlieferungen und wir glaubten zu wissen, was damals geschehen war, warum die Göttin uns so übel strafte. Doch wir wussten nicht alles.« Der alte Mann seufzte und massierte sich die Schläfen.

»Das mit Belior …«, meinte Lamar. »Ihr sagt, er wäre derjenige gewesen, der damals die Strafe der Göttin über Lytar brachte? Und er sei derselbe, der nun wieder nach der Krone griff? Das ist schwer zu glauben!«

»Seltsamere Dinge sind geschehen, Freund Lamar«, gab der alte Mann zurück und seufzte. »Aber ja, es schien uns zunehmend, als würden uns die Sünden der Vergangenheit einholen. Noch hatte sich nicht alles offenbart, noch wussten wir nicht, welches Spiel der Kanzler trieb. Eines sei gesagt, der Kanzler verstand sich auf Täuschung und Hinterlist wie kaum ein anderer. Vielleicht haben wir ihn unterschätzt, nur die Götter wissen es. Wir taten einfach, was wir tun konnten. Dazu gehörte auch, Belior den Zugang zu unserem Tal zu verwehren. Das war die Aufgabe von Meister Ralik. Die Hüterin Meliande und Hauptmann Hendriks sollten die Söldner in den Vorlanden für sich gewinnen. Das zumindest

war der Plan. Und das bedeutete, den Pass für uns zu sichern. Meister Ralik war am frühen Morgen mit dem Hauptmann, der Hüterin und einigen Leuten aufgebrochen ...«

»Wollt Ihr nicht erzählen, was sich am Tempel tat?«, fragte Lamar. »Das ist es, was mich in diesem Moment am meisten interessiert.«

»Seht«, sagte der alte Mann mit einem Lächeln. »Es geschahen viele Dinge an verschiedenen Orten, oftmals auch zur gleichen Zeit. Eines fügt sich ins andere ...«

»Ich nehme an, wir erfahren noch, was sich im Tempel zutrug?«

»Deshalb seid Ihr ja hier«, antwortete der alte Mann mit einem Lächeln. »Aber zuerst verbleiben wir ein wenig bei Meister Ralik, der Hüterin und unserem wackeren Hauptmann Hendriks ...«

20 Der Greifenpass

Die Truppe aus dem Dorf brauchte fast den ganzen Tag zu Pferd, um den Pass zu erreichen, und Ralik war froh, als er endlich die alte Passfeste vor sich liegen sah. Obwohl er reiten konnte, hasste er es, auf einem Pferd zu sitzen. Da half auch der Sattel, den Hernul eigens für ihn gefertigt hatte, nicht besonders. Mit dem Wetter hatten sie zudem auch wenig Glück gehabt, hier oben war es feucht und klamm und auf dem Weg hierher hatte sie ein ständiger Nieselregen bis auf die Knochen durchnässt.

Er lenkte sein Pferd in die Nähe eines großen Steinbrockens und verließ erleichtert den Sattel. Dort auf dem Stein blieb er stehen, froh, wieder festen Fels unter den Füßen zu haben, drückte die Fäuste in den Rücken und streckte sich, während eine der jungen Frauen aus dem Dorf Raliks Pferd beim Zügel nahm und wegführte.

Knapp hundert Leute hatten sich dem Trupp angeschlossen, der die alte Passfeste sichern sollte, ein gutes Drittel kam aus den Reihen der Söldner, ansonsten bestand der Rest aus meist unverheirateten jungen Männern und auch gut ein Dutzend ledigen jungen Frauen aus dem Dorf.

Neben ihm unterdrückte Hauptmann Hendriks, der Anführer der Söldner, ein Stöhnen, als der Heiler Helge und Hendriks' Tochter Rabea ihm aus dem Sattel halfen.

Ralik hielt nicht viel von Söldnern, aber zumindest Hendriks schien es ehrlich zu meinen. Obwohl noch lange nicht vollständig genesen, hatte er die Strapazen des Ritts auf sich genommen, gutgetan hatte es ihm nicht, denn er wirkte bleich und erschöpft, als er sich schwer auf seine Krücke stützte und dann langsam umsah.

Anders Meliande, die ehemalige Hüterin des Depots. Ihr

schienen die Strapazen des Ritts wenig ausgemacht zu haben, sie wirkte frisch und munter, hatte immer ein freundliches Lächeln für jeden parat. Sie schien jeden Moment zu genießen, auch wenn sich ein Schatten auf ihr Gesicht legte, als sie ebenfalls die Ruine der Passfeste musterte.

»So viel Zeit«, flüsterte sie. »Als ich das letzte Mal hier war, wehte das Banner des Greifen dort oben … und hier standen Häuser, fast schon ein kleines Dorf.« Ihr Blick glitt über die Bruchsteine, die von den Höhen des Passes und dem Wall herabgestürzt waren, über die Ruinen und Reste von Grundmauern. »Es tut weh, das so zu sehen.«

»Wartet ab, Sera«, sagte Ralik. »Wir werden die Feste schneller wieder aufbauen, als ihr es für möglich haltet.«

»Das wird ein ganzes Stück Arbeit werden«, stellte Hendriks fest. Er rieb sich die Hände, es war empfindlich kühl hier oben. »Wenigstens scheinen die Mauern des Turms noch stabil.« Er kratzte sich am Hinterkopf. »Bei dem Wall bin ich mir da nicht so sicher.«

»Es gibt einen Vorteil«, meinte Ralik und kletterte von seinem Stein herab. »Der Gegner wird wohl kaum Katapulte mit sich führen. Wenn wir den Wall instand setzen, wird er den Truppen Beliors ein starkes Hindernis sein.«

»Lasst uns zu dem alten Gasthof gehen, den es hier oben geben soll«, schlug Hauptmann Hendriks vor. Er stützte sich schwer auf die Schulter seiner Tochter. »Ich könnte etwas Erholung vertragen«, fügte er mit einem schiefen Lächeln hinzu.

»Du hättest nicht mitkommen sollen, Vater«, meinte Rabea. Sie wischte sich die langen Haare aus dem Gesicht und warf einen skeptischen Blick in die Umgebung.

»Es ist unwirtlich und fast schon gespenstisch hier oben«, stellte sie fest und sah zu Helge hinüber. »Ich würde hier oben nicht alleine sein wollen.«

Ein erheitertes Lächeln glitt über das Gesicht ihres Vaters.

»Glaub mir, wenn wir lange genug hier sind, wirst du es verfluchen, dass du nie alleine bist.« Dann blickte er zu Helge hinüber. »Vielleicht auch nicht!«, fügte er mit einem Schmunzeln hinzu.

Der Zustand des alten Gasthofs war für alle eine freudige Überraschung, zumal bis auf drei Zimmer unter dem Dach fast alle Räume bewohnbar waren.

Wie es sich gehörte, hatten die Freunde das Holz vor dem Kamin aufgefüllt, bevor sie abgereist waren, so dauerte es nicht lange, bis ein anständiges Feuer im Kamin prasselte.

»Nett von ihnen«, meinte Lamar anerkennend.

Der alte Mann sah ihn überrascht an. »Wie ich schon sagte, es gehört sich so …«

»Schade nur, dass der Gasthof auf der falschen Seite des Walls liegt«, stellte Hauptmann Hendriks fest, als er sich erleichtert in einen der Stühle vor dem Kamin sinken ließ. Er hatte sein verletztes Bein hochgelegt und hielt eine Tasse Tee in seiner linken Hand, die rechte Schulter und der Arm waren weiterhin dick verbunden, es würde wohl noch immer eine Weile dauern, bis er sie wieder würde benutzen können.

»Es ist nicht gesagt, dass Belior überhaupt den Pass angehen wird«, brummte Meister Ralik und stellte seinen Helm neben seinen schweren Kriegshammer auf den Tisch nahe dem Kamin. »Ich würde es mir wünschen«, fügte er mit einem harten Glitzern in den Augen hinzu, »denn es würde einen schweren Blutzoll erfordern.«

»Von seinen Truppen, nicht von ihm«, sagte die Sera Meliande, als auch sie an den Tisch herantrat. Der Gasthof füllte sich indes schnell, jeder war froh darüber, aus dem nassen Wetter herauszukommen. Eben noch war es Dämmerung gewesen, doch nun war es vor den vernagelten Fenstern dunkelste Nacht. »Anderer Leute Blut wird ihn wohl kaum stören«, fügte die Hüterin hinzu, als sie sich einen Stuhl herauszog und sich zu den anderen setzte.

»Das ist leider nur zu wahr«, sagte Meister Ralik bitter. »Es wird wahrlich Zeit, dass er selbst einmal blutet!«

»Ich bete dafür, dass der Tag kommen wird«, meinte Hauptmann Hendriks mit Inbrunst. Er sah sich um. »Damit wir dafür gerüstet sind, sollten wir das Lager bald aufbauen!«

In den letzten Tagen hatte kaum jemand den Zwerg lächeln sehen, nun war eine dieser seltenen Gelegenheiten.

»Schaut sie Euch an«, sagte Ralik und wies auf die Männer und Frauen, die es sich dicht gedrängt im Gastraum bequem gemacht hatten. »Wollt Ihr ihnen sagen, dass sie heute Nacht in nassen Zelten schlafen sollen? Es mag etwas eng sein, aber dieser Raum ist warm und trocken, da ist es ihnen lieber, hier unter einem Tisch zu liegen, als da draußen zu frieren.«

»Es ist eine Frage der Disziplin«, meinte der Hauptmann, doch auch er lächelte jetzt.

»Eben«, sagte Ralik. »Morgen früh wird die Luft hier drinnen unerträglich sein und ein jeder froh darüber, wenn es wieder an die frische Luft geht.« Er musterte Hendriks. »Keiner von uns ist ein Soldat. Und wen Ihr auch immer fragt, Ihr werdet keinen finden, der es sein will.«

»Bis auf ihn vielleicht«, sagte Hendriks knapp und wies auf den jungen Mann in der Kupferrüstung, der eben den Gastraum betrat.

Marten.

Raliks Gesicht verdüsterte sich.

»Ich weiß, dass er nichts dazu kann, außer dass er blöde genug war, einen der Falken aus dem Depot zu stehlen. Aber wenn er nicht lernt, sich zurückzuhalten, kann es leicht geschehen, dass mir der Hammer ausrutscht.«

»Ich bitte Euch, lasst Euch nicht provozieren«, bat die Hüterin und stand auf. »Ich werde etwas auf ihn achtgeben.« Doch bevor sie einen Schritt tun konnte, wurde es offenbar, dass der junge Falkenreiter auf den Tisch zusteuerte. Ralik erhob sich ebenfalls, seine Hände auf den Tisch gestützt, sein Kriegshammer lag direkt daneben. Der Falkenreiter ignorierte die neugierigen Blicke der Leute im Gastraum und trat mit einer knappen Verbeugung an den Tisch heran.

»Was gibt es, Marten?«, fragte die Hüterin freundlich.

»Ich bin das Gebiet abgeflogen, so wie man es mir befahl«, antwortete der junge Mann knapp, seine Augen nur auf die der Hüterin gerichtet. Er zog eine Rollenhülle aus Messing aus seinem Gürtel hervor, öffnete sie und breitete eine Karte vor ihnen auf dem Tisch aus. Die Karte hatte einst dem Händler gehört, der sich dann als verräterischer Magier entpuppt und das Gasthaus in Lytar in eine tödliche Feuerfalle verwandelt hatte.

»Ich habe die Karte überprüft«, teilte er ihnen dann knapp mit. »Sie scheint im Großen und Ganzen gültig zu sein. Die Brücke hier unten am Fluss scheint noch stabil, sie wird von einem Zollhaus bewacht. Diesen Ort hier, ihn gibt es nicht mehr. Es stehen noch ein paar verfallene Häuser dort, aber er ist verlassen. Es gibt einige verlassene Höfe hier in der Gegend, obwohl mir das Land fruchtbar erscheint. Die Straße hier führt wie angegeben durch diesen Ort, Mislok heißt er, und von dort direkt weiter nach Berendall. Alles in allem würde ich von hier aus auf zwei bis drei Tagesritte schätzen, je nachdem, wie sehr man sich beeilt.« Er tippte mit der Spitze seines Dolches auf einige Punkte auf der Karte, dort waren kleine Burgen eingezeichnet.

Er warf einen Blick zu Hendriks hinüber. »Es ist, wie der Hauptmann berichtet hat: Etwa zehn Barone haben sich die Vorlande untereinander aufgeteilt, und Berendall ist bei Weitem die größte Stadt. Es gibt eine kleine Stadt im Südosten, alles andere sind mehr oder weniger große Dörfer. Die meisten von ihnen sind größer als Lytara, aber wohlhabend scheint mir keines davon. Die Söldner habe ich auch gefunden, sie lagern hier, etwas östlich von Berendall, dort ist ein kleines Dorf, das sie zu kontrollieren scheinen. Überall gibt es Spuren von gewaltsamen Auseinandersetzungen, auch wenn manche schon Jahre zurückzuliegen scheinen. Jeder der Barone unterhält eine Truppe von Kämpfern, die mir als zu groß erscheint.«

»Wie groß?«, fragte Ralik.

»Ich konnte sie ja wohl kaum durchzählen, Zwerg, aber ich schätze, dass jeder der Barone mindestens fünfzig Kämpfer in

Diensten hat. Diese sind meist durch hundert bis zweihundert Söldner verstärkt. Die Anzahl der Söldner im Lager schätze ich auf etwas über neunhundert.«

Ralik schnaubte laut, während Hendriks prüfend auf die Karte sah.

»Gute Zeiten für Söldner«, stellte der Hauptmann dann fest. »Das letzte Mal, als wir dort waren, befanden sich in diesem Lager noch gut und gerne zehn Söldnerkompanien. Jeder der Barone hat wohl seine Truppen verstärkt, so gut er konnte.«

»Warum eigentlich?«, fragte Meister Ralik. »Wäre es nicht besser, sich darum zu kümmern, dass das Land bestellt wird und die Ernte eingebracht? Es ergibt für mich keinen Sinn, das Land auszubluten, nur um sich Söldner leisten zu können.«

»Sie schielen mit einem Auge auf ihre Nachbarn, mit dem anderen auf Berendall«, erklärte der Hauptmann. »Wie Hyänen warten sie darauf, dass der alte Mann stirbt. Es gibt mindestens drei Barone, die versuchen werden, Anspruch auf die Stadt zu erheben. Und wer Berendall hält, hält die Vorlande.«

»Nun, wir können sicher sein, dass Belior das auch weiß«, stellte Ralik bitter fest. »Das bedeutet, dass wir schneller sein müssen.«

»Das wird nicht möglich sein, Zwerg«, sagte Marten. »Vor zwei Tagen ist Lindor bei den königlichen Truppen angekommen, die vor Berendall lagern. Er hat dort den Befehl übernommen.«

»Woher weißt du das?«, fragte die Hüterin.

Marten zuckte die Schultern. »Ich bin gelandet und habe ein paar Leute gefragt, ob sie Neuigkeiten aus Berendall für mich haben.«

»Hat jemand deinen Falken gesehen?«

»Nein, natürlich nicht«, antwortete er pikiert. »Ich achte darauf.« Er sah Meliande vorwurfsvoll an. »Wenn Ihr mir die Lanze geben würdet, an die sich mein Falke erinnert, wäre es etwas anderes. Aber so meide ich vorerst Lindor und seinen Drachen. Ich kann mir so nicht sicher sein, ob ich gewinne.«

Der Hauptmann sah ihn überrascht an.

»Müsstet Ihr nicht sicher sein, dass Ihr verlieren würdet?«

»Ihr unterschätzt meinen Falken und mich«, antwortete Marten steif. Er nickte in Richtung der Karte und sah dann Meliande an, Ralik geflissentlich ignorierend.

»Habt Ihr noch Fragen an mich, Sera?«

»Ja«, antwortete die Hüterin. »Was ist mit der Bardin, Vanessa, ihrem Bruder Tarlon und Garret? Habt Ihr sie gesehen?«

Der Falkenreiter nickte.

»Ja. Ich sah sie gen Mislok reiten, sie werden wohl dort eine Unterkunft gefunden haben. Ich denke, sie werden morgen Nachmittag Berendall erreichen.«

»Wie sieht es mit Kronoks aus?«, fragte Ralik. »Habt Ihr welche ausfindig machen können?«

»Bis auf den, der dort vorne im Wald liegt?«, meinte Marten trocken. »Nein. Sonst hätte ich es Euch ja gemeldet, nicht wahr, Zwerg? Aber ich weiß, dass ein halbes Dutzend von ihnen nördlich von Berendall nahe den Reichstruppen lagert.«

»Ein Kronok liegt da draußen im Wald?«, fragte Ralik ungläubig.

»Ja«, antwortete Marten und rollte seine Karte ein. »Garret hat ihn erschossen. Habt ihr ihn noch nicht gefunden?«

Die anderen sahen sich gegenseitig an.

»Nein, noch nicht«, sagte dann die Hüterin. »Aber das werden wir ändern.«

»Gut«, meinte Marten und verstaute die Karte wieder vorsichtig in dem Rollenbehälter. »Ich fliege jetzt nach Lytara zurück. Irgendwelche Nachrichten?«

»Berichte Pulver einfach, was du weißt«, sagte Ralik etwas mürrisch.

»Das werde ich tun, Zwerg«, antwortete Marten, salutierte der Hüterin auf die alte Art, machte auf dem Absatz kehrt, ignorierte dabei die Blicke, die ihm folgten, und verließ ohne ein weiteres Wort die Gaststube. Ralik sah ihm hinterher, bis sich die Tür hinter dem Falkenreiter schloss. Dann sah er zu Meliande auf.

»Eines sage ich Euch«, meinte er dann grimmig. »Ich war

mehr als geduldig mit ihm. Aber wenn er mich noch einmal Zwerg nennt, kann ich für nichts mehr garantieren.« Er griff seinen Hammer. »Und jetzt sehe ich mir diesen Kronok an.«

»Der Anblick dieser Wesen war gewiss ernüchternd für diese Truppe«, vermutete Lamar. »Ich hoffe, es hat sie nicht all zu sehr entmutigt.«

»Entmutigt?«, fragte der Geschichtenerzähler erstaunt, während einige Leute im Raum leise lachten.

»Etwa nicht?«

»Wieso sollte es? Immer wieder hörten wir davon, wie unbesiegbar diese Kronoks seien. Nun aber war es so, dass eine von uns, Vanessa, Tarlons Schwester, einem dieser Wesen im Kampf getrotzt hatte und hier lag ein anderes, gefällt durch einen einzigen Schuss. Man konnte sie töten … das war alles, das zählte. An jenem Abend gab es etliche Trinksprüche auf Garret und einige Wetten darauf, ob es auch anderen gelingen würde, einen Pfeil durch ein Visier zu schicken. Schließlich war eine Goldkrone auch nicht viel größer.«

Lamar schüttelte erheitert den Kopf.

»Kann es sein, dass niemand so richtig verstand, was ihnen da entgegenstand?«

Der alte Mann schmunzelte. »Das war ganz gewiss so, Freund Lamar. Keiner von uns war vorher aus dem Tal herausgekommen und unsere Vorstellung von der Welt war mehr als unvollkommen. Natürlich wussten wir nicht, worauf wir uns einließen … und im Nachhinein war es gewiss ein Segen!«

»Wie meint Ihr das?«

»Nun, wenn man nicht weiß, dass etwas unmöglich ist, dann meint man vielleicht, dass es doch möglich sein könnte, nicht wahr?«, grinste der alte Mann.

»So jedenfalls erging es auch Argor. Er dachte an alles Mögliche, an seinen Vater, an die Freunde, die er verloren glaubte, aber ganz gewiss nicht daran, dass er auf verlorenem Posten sich befinden könnte …«

21 Ein Korb für Darkoth

Argor griff sich einen Apfel aus der Auslage eines Straßenhändlers, warf dem Mann einen Kupfer zu und schlenderte auf die andere Straßenseite hinüber, wo an einem Brett angeschlagen ein paar Steckbriefe hingen.

Knorre war auf dem Weg der Besserung, wenigstens behauptete das Leonora. So wie die beiden sich stritten, gab es für Argor keinen Anlass, an ihrem Urteil zu zweifeln. Knorre war vielleicht noch nicht imstande, wieder zu gehen, aber für lautstarke Auseinandersetzungen reichte es allemal.

Während der letzten zwei Tage hatte Argor sich im Haus nützlich gemacht und für die Frauen Besorgungen erledigt. Er musste Sina zustimmen, der Aufenthalt in einem Freudenhaus hatte sich für ihn in der Tat interessant gestaltet. Argor schmunzelte bei dem Gedanken, diese Geschichte Garret und Tarlon zu erzählen, aber so, dass Vanessa nichts davon mitbekam!

Dann fiel ihm wieder ein, dass Tarlon und Garret tot waren, von der Flutwelle weggespült, die er und Knorre ausgelöst hatten. Er blieb stehen, holte tief Luft, ballte die Fäuste und schloss die Augen. Es tat weh, an sie zu denken, an sie und die anderen, die diesem Krieg bereits zum Opfer gefallen waren. Elyra hatte recht, das wusste er, seine Freunde hätten genauso entschieden. Aber als Knorre und er mit letzter Kraft das Ventil öffneten, hatte er auch nicht damit gerechnet, den Tod seiner Freunde zu überleben. Doch niemand hatte ihm gesagt, dass ein Herz derart schmerzen konnte!

Er wischte sich verstohlen die Augen ab, es half nichts, was geschehen war, war geschehen! Sie waren in der Hand der Göttin. Und er selbst hatte andere Probleme! Da war es wohl kaum von Nutzen, wenn er sich wegen etwas zerfleischte, das er nicht ändern konnte!

So interessant es im ersten Moment auch für ihn gewesen war, eine Stadt wie Berendall zu erkunden, hatte es nicht sehr lange gedauert, bis er der Stadt überdrüssig wurde. Die engen Gassen, die Gerüche, nein, das war zu schmeichlerisch, der Gestank, die schiere Vielzahl der Menschen, die sich hier durch die Straßen drängten, all das war Argor schon jetzt zu viel.

Das nennt man wohl Heimweh, dachte er und schluckte. Er blieb vor dem Brett stehen und betrachtete die Steckbriefe von ihm und Knorre. Wer auch immer der Zeichner war, er hatte Argor nicht besonders gut getroffen, ein junger breitschultriger Mann in Kettenrüstung, mehr war nicht zu erkennen. Es könnte jeder sein. Vorausgesetzt natürlich, er wäre deutlich kleiner und gedrungener als die meisten Menschen hier.

Dennoch hatte Argor nicht viel Sorge, dass man ihn erkennen könnte, denn er war nicht mehr in eine Kettenrüstung gewandet, sondern trug Samt und Seide, ganz wie ein vornehmer Stutzer. Dazu kam noch der große Weidenkorb in seiner Hand, sorgfältig mit einem weißen Leinentuch überdeckt. Sogar sein Bart, der langsam Form annahm, war sauber gestutzt und Sina hatte ihm das Haar ausgebürstet, schwarz gefärbt und in Wellen gelegt. Selbst sein Vater würde ihn nicht erkennen! Und wenn, dachte Argor leicht erheitert, würde er ihn auf der Stelle enterben!

Natürlich hatte er protestiert, aber irgendwie hatte ihn Sina überredet. Es war die Regel im Haus, dass ein jeder dort am Tag mindestens zwei Mal badete.

Nicht, dass er sich nicht vorher auch sauber gehalten hätte, aber eher mit einem Eimer kalten Wassers und einer Bürste als mit Seife und in einer Wanne, die mit heißem, nach Rosen duftendem Wasser gefüllt war. Wenn er ehrlich war, dann gefiel es ihm, so sauber zu sein und gut zu riechen. Wenigstens, solange das Wasser nicht mehr als eine Handbreit in der Wanne stand!

Zu Hause hätte ihn vor allem Garret damit gnadenlos aufgezogen und Tarlon hätte wahrscheinlich irgendwann eine Bemerkung gemacht, dass Rosen immer noch besser riechen würden als öliges Metall und schweißnasse Wolle.

Argor seufzte, polierte den Apfel am Ärmel seines neuen Gewandes und biss herzhaft hinein, während er den anderen Steckbrief las, der ihm mehr Sorge bereitete.

Gestern hing hier noch ein anderer Steckbrief, eher eine Parodie von Knorre als eine Zeichnung, nach der man ihn hätte erkennen können, nur heute war das anders.

Offenbar war Meister Knorre hier in Berendall nicht ganz unbekannt, jedenfalls hatte es nicht lange gedauert, bis ein neues Konterfei auf dem Steckbrief prangte und dieser neue Steckbrief nannte nicht nur seinen Namen, sondern zeigte ihn auch überdeutlich, jede Narbe, sogar die kleine Warze am linken Nasenflügel der Arteficiers war deutlich zu erkennen. Auf einhundert Goldstücke war die Belohnung angestiegen, eine fürstliche Summe, wie ihm Sina erklärt hatte. Für eine solche Summe Goldes könnte sich ein Galan sogar sie für vier ganze Nächte leisten!

Jetzt stand dort, dass Meister Knorre ein stadtbekannter Schwindler und Taugenichts wäre. Gesucht wegen Mordes an einem Priester des Darkoth.

Fast wider Willen lächelte Argor, diese letzte Zeile hatte vielleicht nicht das bewirkt, was sie sollte. Eher das Gegenteil, mehr als einmal hatte er Leute tuscheln gehört, die der Meinung waren, Meister Knorre hätte ihnen damit einen Dienst erwiesen.

Das änderte nichts daran, dass die Stadtwachen an den Toren genau diesen Steckbrief vor Augen hatten. Und an jedem der Tore waren zudem immer mindestens vier königstreue Soldaten stationiert, die jeden mit Argusaugen musterten und sogar die Wagen der Händler durchsuchten. Kein Wunder, dachte Argor. Wenn die Gerüchte stimmten, dann wurde jede Woche einer aus ihren Reihen dem dunklen Gott geopfert und der kleinste Fehler konnte dazu führen, dass man selbst der Nächste war, der dem Gott begegnen würde.

Dennoch konnten und wollten Knorre und Argor nicht hier verweilen. Mit einem Pferd waren es nur vier Tagesreisen von hier nach Lytara. Erst gestern hatte Knorre gesagt, dass es noch einiges in Lytar für ihn zu erledigen gab, auch wenn er sich darüber ausschwieg, was es denn war. Argor hatte einen anderen, nicht weniger wichtigen Grund. So lange, bis er nicht zurückgekommen war, musste sein Vater ihn für tot halten.

Knorre hatte ihm vorgeschlagen, alleine zu gehen, es war kaum davon auszugehen, dass man ihn erkennen würde, denn bisher hatten ihm weder die Stadtwachen noch die Soldaten Beliors kaum mehr als einen Blick geschenkt ... und wenn, dann nur, um über seine feinen Kleider zu schmunzeln, die vielleicht ein wenig ... farbenfroh geraten waren.

»Jemand, der sich verstecken will, wird niemals solche Kleidung anziehen«, hatte Sina ihm grinsend versichert. »Hiermit fällst du auf wie ein bunter Hund!« Und damit hatte sie recht behalten, auch jetzt wieder beobachtete ihn ein älterer Herr mit hochgezogenen Brauen.

»Einen schönen Tag dem Ser«, strahlte Argor ihn an. »Wollt Ihr nicht einen schönen Tag noch besser gestalten, indem Ihr das Haus der Freuden am Schiefertor besucht?«, fügte er laut vernehmlich hinzu.

Wie Sina ihm schmunzelnd versichert hatte, reichte das meist, um die Sers zurückweichen zu lassen. Wer weiß, so Sina, vielleicht gewannen sie auf diese Weise sogar neue Kunden. Auch hier behielt sie recht, eilig wandte sich der Mann ab und floh schon fast aus Argors Sicht.

Bis Sina ihm erklärte, was sie und Leonora taten, hatte Argor nicht einmal gewusst, dass es solche Häuser gab. Dass sie und Leonora sich für Gold Männern im Bett gaben, war befremdlich für ihn gewesen, nein, eigentlich war es immer noch so, auch wenn er sie nun ein wenig besser verstand.

»Es ist besser, als zu hungern«, hatte sie ihm lächelnd erklärt. »Da wir uns unsere Gäste sorgsam aussuchen, ist es nicht so schlimm, wie man denken mag. Wer zu uns kommt, kommt als Freund und nicht als Kunde.«

»Aber stört dich das nicht?«, hatte er gefragt.

»Irgendwann werde ich mir einen Mann suchen und dann werde ich ihm ein treues Weib sein«, hatte ihm Sina erklärt,

»sein Schaden wird es nicht sein«, lachte sie dann mit einem schelmischen Blick in den Augen, »denn er wird sich nie mehr nach einer anderen umdrehen müssen.« Sie lachte, als sie seinen Blick sah, und fuhr ihm mit der Hand über die Haare, eine Geste, die Argor ganz und gar nicht leiden konnte und bei der er sich ständig fragte, wieso er es Sina erlaubte!

»Weißt du, Argor«, hatte sie dann verschwörerisch hinzugefügt, »es ist nicht immer alles so, wie es aussieht! Manchmal ... manchmal ist es einfacher, sich auf eine Weise zu verstecken, dass ein jeder einen zu sehen und zu kennen glaubt! Es ist ein wenig so wie mit deinen neuen Gewändern! Die, das gestehe ich dir neidlos ein, dir ausgezeichnet stehen!«

Das Ganze ließ ihn doch etwas verwirrt zurück, aber vielleicht war es einfach so, wie sein Vater immer sagte, dass man Frauen eben nicht verstehen konnte, egal, wie sehr man sich darum bemühte!

Weiter vorne die Straße hoch gab es einen Menschenauflauf, der Argor aus seinen Gedanken riss, die Leute tuschelten untereinander und schubsten sich gegenseitig, offenbar gab es dort etwas zu sehen.

Argor warf den Apfelbutzen beiseite und folgte seiner eigenen Neugier, eben überlegte er noch, wie er es anstellen sollte, etwas zu sehen, wenn jeder ihm den Weg versperrte, im nächsten Moment teilte sich die Menge und eine Gruppe Reiter kam langsam den Weg entlanggeritten. Es dauerte einen Moment, bis er verstand, wer es war, der hier an ihm vorüberritt. Es waren der Graf Lindor und einer der Priester Darkoths, begleitet von vier schwer gepanzerten Kavalleristen. Offenbar waren sie auf dem Weg hinauf zu der Burg des Grafen von Berendall. Und nach Graf Lindors Blick zu urteilen, plante er keinen Freundschaftsbesuch.

Als Argor den Grafen das letzte Mal gesehen hatte, war es dunkel gewesen und sein Brustharnisch schwarz von dem Blut seines letzten Opfers, Elyras Mutter, der Heilerin des Dorfes. Jetzt, im hellen Licht des Tages, sah der Graf nicht weniger grimmig aus, tiefe Furchen zeichneten sein Gesicht und seine

Stirn war gerunzelt, als er sich zur Seite beugte, um zu hören, was der Priester ihm sagte. Zu gefallen schien es ihm nicht, dennoch nickte er knapp, während er die Hand hob, als ob er nichts weiter hören wollte.

Einen Moment lang lagen die Augen des dunklen Priesters auf Argor, kalt, stechend und schwarz, Argors Herz begann wie wild zu rasen, er rechnete schon fast damit, dass der Priester im nächsten Moment die Hand heben und auf ihn zeigen würde, doch dann sah der Priester beiseite und Argor atmete auf, sah dem kleinen Trupp nach, wie er gemächlich weiterritt.

Die Pest soll die Kerle holen, dachte Argor. Besser noch, Darkoth selbst! Er stellte fest, dass er die Hände zu Fäusten geballt hatte, und zwang sich, sich zu entspannen. Er hatte heute noch einiges vor.

Der Weg hinunter zum Hafen und dem Markt führte ihn durch ein weiteres befestigtes Tor, nur war hier das Fallgitter wohl schon länger hochgezogen und Sand und Staub hatten Verwehungen an den schweren Torflügeln gebildet. Es war leicht zu erkennen, dass dieses Tor schon lange nicht mehr geschlossen gewesen war. Auch war es nicht bewacht, etwas, das Argor erleichtert zur Kenntnis nahm. Auch wenn er hoffen durfte, nicht erkannt zu werden, klopfte ihm jedes Mal das Herz im Hals, wenn eine der Stadtwachen ihn genauer ansah.

Nachdem er das erste Mal Besorgungen erledigt hatte, rollte Leonora die Augen, als er ihr das spärliche Wechselgeld zurückgab.

»Junge, hast du dich übers Ohr hauen lassen«, stellte dann auch noch Sina kopfschüttelnd fest. »Selbst ich bin besser im Feilschen!«

Argor hatte sie überrascht angesehen. »Was meint Ihr mit feilschen?«

Er verstand es immer noch nicht ganz, warum sollte man für eine Ware mehr verlangen, als man letztlich wollte? Wenn er für seinen Vater etwas gekauft hatte, nannte man ihm den Preis in Waren oder Dienstleistungen, und das war es dann gewesen.

Vielleicht, dachte Argor, tat man es auch wegen des Spaßes daran. Ein breites Grinsen erschien auf seinem Gesicht, als er den Gemüsehändler begrüßte und der übertrieben stöhnte.

»Wollt Ihr mich wieder arm machen, junger Ser?«, klagte der Mann übertrieben. »Wie soll ich meine vier Kinder ernähren, wenn Ihr mich zwingt, Euch meine Ernte zu schenken?«

»Das weiß ich nicht, guter Mann«, gab Argor zurück, während sein Grinsen noch breiter wurde. »Aber ich weiß, dass ich Euch gratulieren sollte, zum einen, weil Eure Frau Euch seit gestern ein weiteres Kind geschenkt hat, zum anderen, dass Ihr es versteht, Eure fruchtbaren Äcker in einer Nacht abzuernten! Ihr scheint auf jeden Fall ein Mann zu sein, auf dem der Segen der Göttin liegt!«

Der Mann wurde schlagartig ernst und winkte den jungen Zwerg näher heran. »Da habt Ihr recht«, meinte er dann leiser. »Der Göttin Gunst scheint mir hold. Nur verkündet es nicht ganz so laut, nicht, wenn einer dieser verfluchten Priester in Hörweite ist!« Mit seinen Augen deutete der Händler auf jemanden hinter Argor. »Ist es denn schon so weit, dass man niemandem mehr Ihren Segen wünschen kann?«, fragte Argor überrascht und sah sich verstohlen um. Dort, nahe dem Brunnen, stand ein weiterer dieser verfluchten Priester. Hastig wandte sich Argor wieder dem Händler zu.

»Viel fehlt auf jeden Fall nicht mehr«, sagte der Mann und packte zwei große Handvoll Kartoffeln in Argors Korb. »Aber achtet mehr auf Eure Worte, ja?«

»Das werde ich tun«, antwortete Argor und griff nach seinem Beutel.

»Drei Kupfer«, antwortete der Mann und schmunzelte ein wenig, als Argor überrascht zu ihm hochsah. »Ich habe keine Lust zu feilschen, wenn dieser Kerl uns anstarrt. Das ist der Preis von gestern … und grüßt mir die Seras! Mistral mit Euch, junger Ser.«

Argor bedankte sich höflich, nahm den Korb und wandte sich ab, versuchte den Mann in der dunklen Kutte zu ignorieren, der wie eine Statue in der Mitte des Marktplatzes stand und einen jeden mit Argusaugen zu mustern schien.

So verstohlen Argors Blick auch war, der dunkle Priester hatte es bemerkt und musterte nun Argor intensiver. Fast schien es, als wolle er auf Argor zugehen, als etwas anderes seine Aufmerksamkeit beanspruchte. Ein selbstzufriedenes und gehässiges Lächeln entstand auf den harschen Zügen des Priesters, als er seine Kapuze tiefer ins Gesicht zog und mit raschen Schritten davoneilte, er hatte wohl etwas gesehen, das ihn mehr interessierte als ein junger Bursche in bunten Kleidern.

Was oder wer es denn war, was die Aufmerksamkeit des Priesters auf sich gezogen hatte, interessierte nun auch Argor. Auch wenn er wusste, dass es wahrscheinlich ein Fehler sein würde, folgte er dem Mann. Dieser war so erpicht darauf, sein Ziel nicht aus den Augen zu verlieren, dass er selbst nicht auf die Idee kam, man könne nun auch ihm folgen, so hatte Argor wenig Mühe, in seiner Nähe zu bleiben. Nur einmal sah sich der Mann um, aber ein Hauseingang war nahe genug, um Argor Sichtschutz zu gewähren.

Hatten die Häuser in der Oberstadt Argor beeindruckt, war dies im Hafen nicht so, die Häuser hier waren alt und verwahrlost, wo sich irgendwie Platz finden ließ, hatte jemand eine windschiefe Hütte hingebaut, wo dafür der Platz nicht reichte, tat es auch eine Zeltbahn oder ein Verschlag. Hier lebten die Ärmsten der Armen und wenn dies das Leben war, dem Sina und Leonora entflohen waren, dann hatte er nun wirklich Verständnis dafür.

Waren manche Gassen in der Oberstadt schon eng, so war dies nichts im Vergleich zum Hafenviertel, einmal war eine der Stellen so eng, dass Argor Mühe hatte, sich mit seinem breiten Brustkorb hindurchzuquetschen.

Obwohl es helllichter Tag war und Markttag noch dazu, war diese Gegend hier wie ausgestorben, fast schon menschenleer, wenn man von einem blinden Bettler absah, der vor einem Hauseingang saß, seine tönerne Schüssel bis auf einen Kupfer leer.

Argor ließ ihm einen Kupfer in die Schüssel fallen und eilte weiter, um sogleich hastig abzubremsen, beinahe hätte er den dunklen Priester nach der nächsten Ecke umgerannt.

Denn der hatte sein Opfer jetzt ebenfalls gestellt … es gab keinen weiteren Ausgang aus diesem Hinterhof bis auf eine windschiefe Tür, die mit schwerem Riegel und Schloss versperrt war.

Die junge Frau, die der Priester verfolgt hatte, zog an der Tür, die erwartungsgemäß nicht nachgab, drehte sich um und blies sich rotes Haar aus ihrer Stirn, während ihre grün funkelnden Augen den Priester beobachteten, der nun einen Schritt näher an sie herantrat.

»Das wird mir ein Lob einbringen, Sera«, ließ sich der Priester mit deutlich hörbarer Genugtuung in der Stimme vernehmen. »Lange genug habt Ihr uns gefoppt, heute Nacht werden Eure Schreie auf dem Altar die Ohren unseres Gottes liebkosen.«

»Meint Ihr?«, fragte die junge Frau und richtete sich zu ihrer vollen Größe auf.

Vielleicht weil Vanessa ebenfalls rote Haare und grüne Augen besaß, kam die junge Frau Argor bekannt vor. Dennoch, er war sich sicher, dass er sie schon einmal gesehen hatte, auch wenn er sich nicht erinnern konnte, wann und wo das hätte gewesen sein können. Das alleine war schon seltsam genug, denn Argor war zu Recht stolz auf sein gutes Gedächtnis.

Die Frau war sauber, wenn auch einfach und schlicht gekleidet. Bluse, Rock und Robe waren aus dem gleichen blau eingefärbten Leinen, ein schmaler, schwarzer Gürtel betonte ihre schlanke Hüfte. Ein Dolch hing dort an ihrem Gürtel, auf diesen legte sie nun ihre Hand und hob das Kinn. Ihr Gesicht war klar gezeichnet, mit hohen Wangenknochen, gerader Nase und einem etwas zu weiten Mund, ihre schneeweiße Haut war mit Sommersprossen gesprenkelt. Argor hatte immer Schwierigkeiten, das Alter von Menschen abzuschätzen, aber auch wenn sein Leben davon abgehangen hätte, ihres hätte er nicht nennen können. Vielleicht war sie so alt wie Vanessa oder ein Dutzend Jahre älter … beachtete man die weiße Strähne in ihrem vollen roten Haar, mochte sie sogar noch älter sein.

Viel wichtiger aber war das schwere goldene Symbol der Mistral, das sie offen auf ihrer Brust trug.

Eine Priesterin der Mistral hier in Berendall? Gehörten die Vorlande nicht zum alten Reich? Er hatte gedacht, dass die Göttin auch den Greifenlanden ihre Gunst entzogen hätten, doch dies war ohne Zweifel eine ihrer Dienerinnen. Genauso wenig Zweifel bestanden an den Absichten des dunklen Priesters.

Warum auch immer ihre Götter miteinander im Zwist lagen, hier in diesem Hof ließen beide Priester keinen Zweifel daran, wie tödlich ernst sie ihre Feindschaft nahmen. Nur einer würde diesen Ort lebend verlassen.

Für Argor wiederum gab es nicht den geringsten Zweifel, auf wessen Seite er stand!

Göttin, dachte er jetzt, über sich selbst erzürnt, wie kann ich nur so dumm sein! Wenn man schon einem dunklen Priester folgt, sollte man mit mehr bewaffnet sein als einem jämmerlichen Dolch.

»Ihr solltet die Sera in Ruhe lassen«, teilte Argor dennoch dem Priester entschlossen mit.

Dieser fuhr erschreckt herum, dann lachte er, als er sah, wer dort stand.

»Kleiner Mann, was wollt Ihr tun?«, spottete er. »Mich mit Gemüse bewerfen?«

So schlecht war die Idee gar nicht, dachte Argor und warf dem Priester mit aller Kraft den schweren Weidenkorb an den Kopf. Kleiner Mann, in der Tat!

Alles, was sich in den letzten Tagen an Wut über das Leid und Elend, das Belior über sie brachte, in Argor aufgestaut hatte, entlud sich in diesem Moment, während die Welt um ihn herum einen roten Schimmer annahm.

Es tat einen dumpfen Schlag, der Priester taumelte zurück, während Kartoffeln, Karotten, zwei Salatköpfe und eine Handvoll Tomaten davonflogen. Doch schon im nächsten Moment hatte der Priester sich gefangen.

»Spüre die Macht meines Gottes und verzweifle!«, rief er mit einer Stimme, die Argor einen Schauer über den Rücken trieb, gleichzeitig sammelte sich dunkler Rauch um seine Hände, während ein dunkles Leuchten in seinen Augen entstand.

»Hey!«, rief die Frau. »Vergisst du da nicht etwas?« Sie hob die Hände dem dunklen Priester entgegen, ein Ärmel ihrer Robe verrutschte und gab den Blick auf ein filigran gewobenes Armband aus Gold und Silber frei.

Das mit dunklen Schatten wabernde Gesicht des Priesters wandte sich ihr zu. »Was ...?«, begann er, aber zu mehr kam er nicht.

Ein Gewitter aus fahlen Blitzen schoss knatternd aus den Fingerspitzen der Frau, hüllte den dunklen Priester in ein leuchtendes Netz aus Funken, hob ihn und schüttelte ihn für einen ewig währenden Moment. Dunkelheit wogte, versuchte dem leuchtenden Netz zu entkommen, zuckte und wand sich darin, bis das, was von dem Priester übrig war, in sich zusammensackte und herunterfiel, wobei es beim Aufprall in verkohlte Brocken zerbrach.

Argor sah auf die rauchenden Reste herab, trat einen Schritt zurück und wandte sich an die junge Frau.

»Sagt«, fragte er dann drollig, »kennt Ihr einen gewissen Knorre? Ihr habt eine deutliche Ähnlichkeit im Umgang mit diesen Priestern!«

»Richtet ihm meinen Gruß aus«, lachte die junge Frau, eilte hinüber zu der Tür, die sich eben noch geweigert hatte, sich zu öffnen. Diesmal gelang es ihr mühelos. Einen Atemzug später war sie fort, ließ Argor mit dem toten Priester und dem Korb alleine in dem verlassenen Hinterhof zurück.

Argor seufzte, nahm den Korb und sammelte das Gemüse wieder ein.

22 Die Tochter des Arteficiers

»Sagt, Knorre«, meinte Argor später, als er in einem bequemen Sessel neben Knorres Bett saß und dem Arteficier zusah, wie er aus Elfenbein etwas schnitzte. »Kennt Ihr jemanden mit langen, roten Haaren, grünen Augen, Sommersprossen und einer weißen Strähne im Haar? Jemanden, die mit einer Handbewegung einen Priester des Darkoth einzuäschern vermag, ohne dass sie dazu einen Stab benötigt?«

Knorre hielt inne, legte langsam Schnitzmesser und Elfenbein neben sich auf die Bettdecke und drehte sich halb zu Argor um. Knorre ging es deutlich besser, die Geschwindigkeit, mit der sich der hagere Mann erholte, war selbst für Argor überraschend. Dennoch war es noch lange nicht abzusehen, dass er wieder laufen konnte, für den Moment zumindest war Knorre an das Bett gefesselt.

»Ja«, antwortete der Arteficier mit einem seltsamen Unterton in der Stimme. »So jemanden kenne ich.«

»Ich soll Euch einen Gruß ausrichten«, sagte Argor so unschuldig, wie er konnte.

»Ist das so?«, fragte Knorre stirnrunzelnd. »Wo habt Ihr sie gesehen, Freund Argor?«

»Ein dunkler Priester folgte ihr und stellte sie in einem verlassenen Hinterhof im Hafenviertel. Ich versuchte ihr zu helfen, doch war nicht geschickt darin. Einen Moment lang sah es aus, als ob er eine dunkle Magie an mir verüben wollte, doch dann hüllte sie ihn in ein Netz aus Blitzen, bis er auseinanderfiel.« Argor zuckte die Schultern. »Das war es auch schon.«

»War es das?«, meinte Knorre gefährlich leise und richtete sich im Bett auf. »Leonora!«, rief er lauter, als man es von einem bettlägerigen Mann hätte erwarten können.

Es dauerte keine drei Atemzüge, bis Leonora in der Tür erschien. Sie zwinkerte Argor zu und zog dann mit Blick auf Knorre eine Augenbraue hoch.

»Sag, Leonora, kennst du vielleicht *rein zufällig* eine junge Frau mit roten Haaren, einer weißen Strähnen darin, mit grünen Augen und Sommersprossen um die Nase? Vielleicht sogar eine, die gerne mit Blitzen um sich wirft?«

Leonora lehnte sich gegen den Türrahmen, verschränkte ihre Arme unter dem Busen und lächelte.

»Sie hatte eine Vision, Knorre. Sie sagte, ein Priester würde Argor erkennen und ihn mit seinen dunklen Kräften überwältigen. Das, was du ihm gegeben hättest, würde so in die Hände der dunklen Priesterschaft fallen und Argor selbst würde sein Leben auf dem Altar aushauchen. Sie mag Argor, Knorre, was hätte ich tun sollen?«

»Also war es wirklich Sina«, sagte Argor und beide sahen ihn überrascht an.

»Du hast sie erkannt?«, fragte Leonora.

»Ja.«

»Wie denn?«

»Ich weiß nicht, wie sie es fertigbrachte, so verändert auszusehen, aber sie vergaß das Armband.«

»Welches Armband?«, fragte Knorre irritiert.

»Das, das du ihr gegeben hast, bevor du dich aus dem Staub gemacht hast«, erklärte Leonora etwas spitz. »Sie hat dir versprochen, es nie abzulegen!«

»Das tut jetzt nichts zur Sache!«, erklärte Knorre erhitzt. »Wie kannst du sie nur alleine gehen lassen?«

»Wer sagt das?«, fragte Leonora mit einem Funkeln in ihren Augen. »Ich war da. Wenn etwas schiefgegangen wäre, hätte ich eingegriffen.«

Diesmal war es Argor, der verständnislos blinzelte.

»Ich habe niemanden sonst dort gesehen.«

»Auch keinen Bettler?«, lächelte sie.

»Ihr wart das?«, fragte Argor erstaunt. »Euch habe ich nicht erkannt!«

»Sie hat auch mehr Übung in solchen Spielchen!«, grummelte Knorre. Er sah zu ihr hoch. »Du hast auf sie aufgepasst?«

»Wofür hältst du mich? Natürlich habe ich auf sie aufgepasst. Auch wenn sie keine Hilfe mehr braucht. Sie ist wirklich talentiert.«

Knorre seufzte.

»Ich hatte gehofft, sie wäre es nicht.«

»Warum? Weil es dich in den Wahnsinn trieb?«

Argors Augen schnellten zwischen den beiden hin und her, als würde er ein Ballspiel verfolgen.

»Genau deshalb!«, rief Knorre. »Ich will nicht, dass es ihr geschieht!«

»Sie wird gewiss nicht versuchen, sich das Wissen der Götter anzueignen.« Sie stemmte ihre Fäuste in die Hüften. »Außerdem tue nicht so, ich habe dich schließlich geheilt!«

»Tja, und genau da weiß ich nicht, ob ich nicht einen Wahnsinn gegen einen anderen eingetauscht habe!«, gab Knorre erhitzt zurück. »Hast du dir angesehen, was da draußen in der Welt geschieht? Wie kannst du nur ernsthaft denken, es gäbe einen Weg, all das wieder ins rechte Lot zu rücken?«

»Du versuchst es ja nicht einmal!«

»Ach ja? Und wie war das mit dem Staudamm? Warum liege ich hier wohl mit einem gebrochenen Bein in der Gegend herum, kannst du mir das verraten?«

»Da du es schon ansprichst, Knorre, wenn du schon so etwas machst, hättest du ruhig etwas vorsichtiger sein können!«, antwortete sie erhitzt.

»Als hätte ich eine Wahl gehabt!«, rief Knorre empört.

Argor stand auf, hob schlichtend die Hände und bewegte sich zur Tür. Dort blieb er stehen, die Hand auf der Klinke, und beobachtete die beiden Streithähne.

»Ihr könnt Euch ohne mich weiterstreiten«, meinte er dann. »Ich gehe hinunter in die Küche und helfe Sina beim Abendmahl, mit ihr verstehe ich mich wenigstens, ohne Kopfschmerzen zu bekommen!«

In der Küche angekommen, ließ er sich auf einen Stuhl sinken und stützte den Kopf schwer in seine Hände. Sina stellte ihm einen Krug Wasser und einen Becher hin. Beide sahen sie hoch zur Decke. Hörte man genau hin, konnte man immer noch die gedämpften Stimmen hören.

»Sind sie immer so?«, fragte Argor.

»Als ich klein war, ging das den ganzen Tag«, lachte Sina und schob ihm den Korb mit den gewaschenen Kartoffeln hin. »Ich glaube, sie brauchen das. Knorre ist der Einzige, der ihr je widersprochen hat. Außer mir natürlich.«

»Natürlich!«, schmunzelte Argor.

Sie lachte. »Hier, hilf mir, sie zu schälen.«

Argor griff sich eine Kartoffel und zog seinen Dolch, dann hielt er inne und sah sie prüfend an.

»Ist das hier eine Täuschung oder die Frau im Hinterhof?«

»Das hier«, lächelte sie, ein Schimmer ging über sie und vor ihm saß die junge Frau mit den roten Haaren und der weißen Strähne darin. »Woran hast du mich erkannt?«

»Das Armband.«

»Dann war ich unvorsichtig.«

Argor nickte. »Ja, das warst du. Warum das Ganze?«

»Die dunklen Priester sind schon hinter uns her, solange ich denken kann, deshalb habe ich diesen kleinen Trick gelernt.« Wieder schimmerte sie und vor ihm saß wieder die Sina, die er kannte.

»Ich mag die Sommersprossen«, teilte Argor ihr mit.

»Danke«, lächelte sie und griff sich ebenfalls eine Kartoffel.

»Weißt du«, sagte Argor, als er geschickt die Kartoffel schälte. »Eigentlich halte ich so ganz und gar nichts von Magie. Ich bekomme Kopfschmerzen und meine Nase juckt, wenn davon zu viel in der Nähe ist. Aber manchmal kann sie wohl auch nützlich sein.« Er wurde still und sah etwas verloren auf die halb geschälte Kartoffel in seiner Hand herab.

Ihre Augen wurden weich.

»Was ist, Argor?«, fragte sie und legte eine Hand auf seinen Arm.

»Ich hatte einen Freund. Er war von Magie fasziniert. Immer habe ich mich mit ihm darüber gestritten.« Argor schniefte und wollte sich in seinen Ärmel schnäuzen, doch Sina war schneller und hielt ihm ein Tuch hin.

»Was ist ihm geschehen?«, fragte sie.

»Er ertrank in der Flutwelle. In der Flut, die ich ausgelöst habe. Er und Tarlon … ich habe meine besten Freunde getötet!«

Einen Moment sah sie ihn erstaunt an, dann lachte sie und schüttelte den Kopf.

»Zum Lachen ist das nicht!«, begehrte Argor auf.

»Nein«, lächelte Sina. »Aber vielleicht muntert es dich auf, wenn ich dir sage, dass sie nicht tot sind?«

»Woher willst du das wissen?«, fragte Argor misstrauisch.

»Ich wollte, ich könnte dir die Frage beantworten«, lächelte sie. »Aber ich kann es selbst nicht erklären. Manche Dinge weiß ich einfach. Hier«, sagte sie und drückte ihm eine Kartoffel in die Hand. »Die Kartoffeln schälen sich nicht von alleine.«

»Bist du sicher?«, fragte er hoffnungsvoll.

»Mit den Kartoffeln?«, fragte sie drollig und lachte, als er sie empört ansah.

»Wenn Garret der ist, der dich damit foppte, dass du gerne Gedichte liest, und er dich ausgelacht hat, als er schneller laufen konnte als du, ja, dann bin ich mir sicher.«

»Ja«, sagte Argor erleichtert. »Das ist Garret. Woher weißt du das alles?«

»Ich weiß es eben«, sagte sie schmunzelnd. »Argor …«

»Ja?«

»Die Kartoffeln!«

»Während sich Argor also mit Erdpflanzen beschäftigte, empfing Graf Torwald von Berendall den Grafen Lindor. Es brauchte etwas, bis Lindor zum Grafen von Berendall vorgelassen wurde, Lord Daren allerdings wurde sogar das Betreten der großen Halle verweigert, eine deutliche Beleidigung, die der Hohepriester kaum ertragen konnte«, erklärte der Geschichtenerzähler und verbarg hastig ein Gähnen hinter seiner Hand. Schon wurden die Schatten wieder lang, der Abend war nicht mehr fern.

Der alte Mann räusperte sich, trank einen Schluck von dem gewässerten Wein und sah dann nachdenklich in seinen Becher.

»Die ganze Stadt sprach später davon«, fuhr er fort und nippte erneut an seinem Wein, bevor er den Becher wieder absetzte. »Ob es klug war, den Hohepriester so vor den Kopf zu stoßen, darüber scheiden sich die Geister bis heute.«

»Ratsam erscheint es mir nicht«, sagte Lamar nachdenklich. »Der Mann musste gewusst haben, welchen Feind er sich damit machte. Auf der anderen Seite ... manchmal muss man für das einstehen, was man glaubt.«

»Hättet Ihr ihn der Türe verwiesen?«, fragte der alte Mann neugierig.

»Wäre ich an seiner statt gewesen?«, fragte der Gesandte. Er seufzte. »Ich kann es Euch nicht sagen. Nur dass ich mir wünsche, ich wäre dazu imstande. Es gibt Dinge, denen man nicht untreu werden darf. Das, wofür man selbst steht, gehört dazu. Doch jeder beugt sein Haupt, wird nur die Last schwer genug.«

»Habt Ihr Euer Haupt unter Zwang beugen müssen?«, fragte der alte Mann.

Lamar nickte und spielte mit seinem Becher.

»Mehr als einmal. Stolz ... es ist ein schwieriges Ding. Ich denke, es kommt darauf an, worauf sich der Stolz begründet. Ich wollte leben ... da war mir der Stolz nicht so wichtig.«

»Und doch hinterließ es Spuren«, stellte der alte Mann fest. »Darf ich fragen, was geschehen ist?«

»Es ist kein Geheimnis, nur ist es heute auch nicht mehr von Belang. Der Prinz zwang mich zu einer Wahl, die darin bestand, ihm entweder die Füße zu küssen oder von ihm von der Burgmauer gestoßen zu werden. Im Graben befinden sich Pfähle ... und selbst wenn ich diese verfehlt hätte, ist es mit meinen Schwimmkünsten nicht gut bestellt. Also küsste ich ihm die Füße und bat um Verzeihung dafür, dass ich nicht für ihn gelogen hatte.« Ein schiefes Lächeln entstand auf den Lippen des Gesandten. »Zudem bezog ich noch die Prügel für die Lügen des Prinzen ... also rundherum ein schlechtes Geschäft für mich.«

»Und doch habt Ihr Euren Stolz behalten, das sehe ich an Euren Augen. Wie?«

»Ich war und bin stolz darauf, dass ich nicht aus Angst gelogen habe«,

sagte der Gesandte. »Zudem, dass ich ihm die Füße küsste, war ihm mehr wert als mir. Letztlich kam es nicht aus mir, sondern wurde von mir erzwungen ...«

»Und dennoch seid Ihr sein loyaler Diener?«

»Er ist mein Prinz«, antwortete der Gesandte einfach.

»Ich verstehe«, sagte der alte Mann nachdenklich und musterte den Gesandten mit einem seltsam unergründlichen Blick. »Worauf seid Ihr stolz, Freund Lamar?«, fragte er dann.

»Es gibt nicht viel«, antwortete Lamar leise. »Ich weiß nicht, ob es gerechtfertigt ist, sich wie an einer Krücke an der Rechtschaffenheit festzuhalten.«

»Wie meint Ihr das?«

»Nun, ich denke mir, dass, wenn ich versuche, rechtschaffen zu leben, Gnade und Barmherzigkeit kenne, mich nach bestem Wissen bemühe, meinem Gewissen zu folgen, ich mir nichts vorzuwerfen brauche ... egal, wie es andere nun sehen mögen.« Er schenkte sich Wein nach und nahm einen großen Schluck. »Solange ich weiß, dass ich mich bemühe, das Rechte zu tun, kann ich vor jedem und allem gerade stehen. Dies meine ich mit Krücke ... ich halte mich daran fest.«

»Also seid Ihr ein guter Mensch?«

Lamar lachte. »Nein, gewiss nicht! Ich gebe selten den Bettlern etwas, versäume immer wieder die Tempeldienste, fluche oft arg lästerlich. Ich habe schon genug damit zu tun, kein schlechter Mensch zu sein, als dass ich mich als gut bezeichnen könnte.«

»Was denkt Ihr, wäre Euer größter Fehler?«, fragte der Geschichtenerzähler.

»Ich grübele zu viel. Über mich, andere, die Götter, das Wesen der Dinge. Ich füge mich nur ungern, wenn es keinen Sinn für mich ergibt. Oft genug meine ich, Dinge besser zu wissen als andere und neige zur Überheblichkeit, wenn ich mich dann im Recht befinde.« Er schüttelte ungläubig den Kopf. »Ich verstehe nicht, wie Ihr mir solche Fragen stellen könnt, und noch weniger, wieso ich sie Euch beantworte.«

»Manchmal ergibt es sich einfach so«, lächelte der alte Mann und beugte sich vor, um kurz Ser Lamars freie Hand zu berühren. Es war eine seltsam vertrauliche Geste, doch zu seiner Überraschung fand der Gesandte sie nicht unangenehm. »Freunde sprechen so miteinander«, fuhr

der alte Mann mit einem Lächeln fort. »Nun denn, zu dem Gespräch der beiden Grafen. Ich erfuhr erst später, was dort besprochen wurde, noch länger dauerte es, bis ich in Gänze verstand, was dort gesprochen wurde …«

23 Eine Übung in Diplomatie

Graf Torwald war anders, als Lindor erwartet hatte. Trotz seiner hohen Jahre hielt er sich noch immer aufrecht und gerade, obwohl weiß, war sein Haupthaar noch voll und dicht. Der Graf hatte die Angewohnheit, sich zu rasieren, und wirkte so um ein Vieles jünger als die sieben Dutzend und fünf Jahre, die man ihm zuschrieb.

Anders als erwartet, fand die Audienz nicht in der Ratshalle statt. Graf Torwald hatte Lindor stattdessen in seine eigenen Gemächer gebeten, die ganz oben im Trutzturm der Burg lagen. So fand sich Graf Lindor in einem Raum wieder, der so ganz nach seinem eigenen Geschmack war. Offenbar scheute Torwald nicht die vielen Stufen, die zu diesem Raum hoch oben in der Burg führten. Verständlich, dachte Lindor, als er Graf Torwald auf den Balkon folgte, von hier aus konnte man gut zwei Drittel der Stadt unter sich liegen sehen.

»Ich kannte Euren Vater, Lindor«, begann der alte Graf unvermittelt und musterte den jüngeren Mann mit blassgrauen, wachen Augen. »Er war Gast bei meiner Hochzeit. Ein gerader Mann, Euer Vater. Etwas steif und formell, aber verlässlich. Ich kenne auch Nestrok.«

Torwald wies mit einer Geste auf einen kleinen Tisch und zwei Stühle, die auf dem Balkon standen. Eine Karaffe Wein und zwei silberne Becher standen dort bereit. »Das war zu einer Zeit, als er noch Kühe fraß und nicht als Scharfrichter fungierte. Bitte.«

Lindor zog es vor, dazu nichts zu sagen, er nahm Platz, der alte Graf selbst schenkte ihnen beiden ein, bevor er sich ebenfalls an den Tisch setzte.

»Ich mag es hier«, sagte er und sah nach oben. Lindor folgte seinem Blick hinauf in den Himmel. »Nichts zwischen mir, den

Wolken und den Göttern. Ich habe noch nie etwas vor Ihnen zu verbergen versucht.« Torwald lächelte und zeigte dabei starke, wenn auch leicht gelbliche Zähne. Er hob seinen Becher an. »Auf den Prinzen.«

»Auf den Prinzen«, antwortete Lindor und trank, während seine Gedanken rasten. Vor ihm saß ein Mann, der diese Lande hier regiert hatte, seitdem er ein Dutzend und zwei Jahre alt gewesen war. Torwald mochte nur ein Graf sein, aber über ihm stand hier niemand außer den Göttern selbst.

»Wie fühlt man sich, wenn man alles verrät, woran man guten Gewissens glauben kann?«, fragte Torwald über den Rand seines Bechers hinweg.

Kein Geplänkel für den Mann, dachte Lindor anerkennend. Direkt und geradewegs hinein in die Schlachtenlinie. Die blassgrauen Augen des älteren Mannes waren ruhig und gelassen, er wartete ab, hatte sein Urteil noch nicht gefällt. Eines schien dem Grafen Lindor gewiss. Alt mochte der Graf von Berendall sein, doch war er weder gebrechlich noch von Altersirrsinn erfüllt. Hier saß ein Mann, der stets genau überlegte, bevor er handelte. Nur zu gerne hätte er dem alten Grafen gezeigt, wie sehr er ihn verstand, vielleicht sogar für das bewunderte, was er in seinen langen Jahren hier in den Grafenlanden vollbracht hatte. Doch das ging nicht. Er war hier, um die vollständige Unterwerfung des alten Mannes zu fordern und ihm unmissverständlich zu erklären, dass etwaiger Widerstand mit voller Härte geahndet werden würde.

Ob er sich unterwarf oder ob der Kanzler seine Truppen schicken würde, diese Bastion zu schleifen, war einerlei, denn der Graf würde so oder so alles verlieren, für das er sein Leben lang eingestanden hatte.

»Ich diene dem Prinzen«, antwortete Lindor knapp.

»Und war es der Prinz, der dieses Regiment an meine Mauern befahl?«, fragte Torwald. »Er wäre damals sieben gewesen, nicht wahr? Ein junges Alter für eine solche Provokation.«

»Der Kanzler hielt es für angebracht, unsere Präsenz hier zu verstärken«, antwortete Lindor steif.

»Ah, verstärken nennt man das. Täusche ich mich oder liegt Thyrmantor etwas über dreihundert Meilen nördlich? Hinter dem Steinhauer-Gebirge, in dem man noch immer keinen Pass gefunden hat?« Torwald setzte hart seinen Becher ab. »Da ist es natürlich verständlich, fast schon notwendig, hier Truppen anzulanden! Ich bin dankbar, dass Ihr es mir erklären konntet.«

»Der Kanzler wird seine Gründe gehabt haben«, antwortete Lindor unbehaglich. »Vielleicht offenbart sich sein Plan mit dieser Nachricht an Euch.« Er griff unter seinen Brustpanzer und zog eine flache Ledermappe heraus, sie war mit dem goldenen Wappen von Thyrmantor gesiegelt. Er hielt sie Torwald hin, dieser nahm sie und legte sie vor sich auf den Tisch.

»Ich darf vermuten, dass Euer Kanzler mir hiermit seinen Schutz anbietet?«, fragte Torwald kühl.

»Ich kenne den genauen Wortlaut nicht, aber ja, ich denke, dass dies der Inhalt der Nachricht ist.«

»Was denkt Ihr, was wird Euer Kanzler tun, wenn ich dankend ablehne?«

»Fünf Regimenter anlanden und Berendall binnen einer Woche nehmen«, antwortete Lindor hart. »Nehmt sein Angebot lieber an. Ihr werdet Euer Leben behalten und auf Eure alten Tage sehen, wie ein Tempel des Darkoth in Euren Mauern errichtet wird. Aber dies ist allemal besser, als Widerstand zu leisten. Opfert Eure Prinzipien und ein paar Bürger dem dunklen Gott … schwört Mistral ab, mehr braucht es nicht und die Greifenlande sind Euch gerettet.«

Der alte Graf lachte laut und schüttelte dann den Kopf.

»Ein Diplomat seid Ihr wohl nicht, Lindor«, sagte er dann deutlich erheitert. »Zwei Jahre schleichen die Diener Eures Kanzlers nun schon um mich und meine Barone herum. Kostbare Geschenke gab es, verlockende Angebote … dieser Wein hier, vielleicht habt Ihr es geschmeckt, ist aus Eurer Heimat. Ein Gastgeschenk Eures Kanzlers. Es kam zugleich mit der Forderung, dass man den Priestern Darkoths nicht im Weg stehen sollte, wenn sie einen Ketzer strafen wollen. Zwei Jahre schleicht also Euer Kanzler schon um uns herum. Und jetzt dies? Warum hat er nicht früher seine Regimenter geschickt?«

»Das weiß ich nicht zu beantworten. Ich bin nicht er.«

»Ihr habt nicht die geringste Absicht, Zugeständnisse zu machen, nicht wahr, Lindor?«, fragte der alte Graf.

Lindor zuckte die Schultern.

»Wofür? Warum Zugeständnisse machen, wenn man sie nicht halten will? Lord Daren will Euren Tod auf seinem Altar. Er wird ihn bekommen. Der Kanzler weiß, dass Ihr nicht imstande seid, Widerstand zu leisten. Also, warum Versteck spielen?«

»Das sind klare Worte. Ich frage Euch erneut, was denkt Ihr, warum wurden sie zuvor nicht gesprochen?«

»Ich vermute, dass zuvor der Kanzler dachte, er hätte alle Zeit der Welt, sich Berendall untertan zu machen. Schließlich seid Ihr alt. Ihr werdet sterben.«

»Das ist gewiss«, lachte der alte Graf. »Nur geht es ihm jetzt nicht mehr schnell genug? Warum, was ist geschehen?«

»Er teilt mir seine Überlegungen nicht mit, Graf«, antwortete Lindor. »Vielleicht wendet er sich einem neuen Gegner zu. Vielleicht hat er einfach nicht mehr die Muße. Also wird er sich mit Gewalt holen, was er will. So einfach ist es. Ihr müsst Euch damit abfinden.« Er lehnte sich im Stuhl zurück und musterte den Grafen Torwald, doch was immer der alte Graf dachte, verbarg er gut.

»So«, erwiderte jetzt Torwald. »Muss ich das?« Er sah in seinen Becher und trank dann einen kleinen Schluck. »Ich denke nicht«, stellte er dann fest.

»Vielleicht behaltet Ihr damit sogar recht«, sagte nun Lindor. »Ihr könnt das Schicksal gewiss noch abwenden, indem Ihr Eurer Göttin abschwört und Euch Darkoth unterwerft. Lord Daren will Euren Tod, aber vielleicht lässt er sich ja auf einen Handel ein. Gebt ihm ein paar Dutzend Eurer Bürger, um sie Darkoth zu opfern, und er wird zufrieden sein. Bürger habt Ihr genug, aber nur ein Haupt.«

»Ein gutes Geschäft, so wie es aussieht«, stellte der alte Graf bitter fest. »Sicherlich ganz nach Beliors Geschmack.«

»Es wäre ein Geschäft, das der Kanzler an Eurer Stelle ohne Zögern eingehen würde«, erklärte Graf Lindor mit einem kalten Lächeln. »Er würde sagen, es sei eine Frage der Vernunft. Zudem sich die Priester ihre Opfer so oder so holen werden! Es gäbe nur den Unterschied, dass Ihr am Leben wäret, um zu sehen, wie man sie schreiend und winselnd vor den dunklen Altar zerrt.«

»Ich bin alt«, lächelte Graf Torwald mit einem harten Funkeln in den Augen. »Ich habe schon so vieles gesehen, dass ich manche andere Dinge gar nicht mehr sehen *will.* Wahrscheinlich ist es das Alter. Es macht einen stur. Zudem besitze ich etwas, das mich mein Leben lang geleitet hat. Ich fürchte, ich werde mich nicht ändern.«

»Meint Ihr Euren Glauben und Eure Prinzipien?«, fragte Lindor spöttisch. »Seid gewiss, der Kanzler ist mit solchen Dingen nur wenig belastet.«

»Dessen bin ich mir sicher«, gab der alte Graf kalt zurück. »Sagt, Graf Lindor, wisst Ihr eigentlich um die Geschichte Darkoths?«, fragte er betont nebensächlich.

»Nein. Ich weiß nur, dass er ein alter Gott ist.«

»Ihr wisst, dass man im alten Lytar die Göttin Mistral verehrte?«, fragte der alte Graf und Lindor nickte.

»Ja, das weiß ich.«

»Es gibt eine alte Legende. Nach dieser forderte Darkoth von Mistral die Krone der Schöpfung. Als sie diese ihm nicht geben wollte, versuchte er, ihr die Krone mit Gewalt zu entringen. Er unterlag der Herrin der Welten. Einen Gott kann man nicht töten, aber man kann ihn einkerkern. Also zerschlug sie den gefallenen Gott in sieben Teile. Jedes einzelne ließ sie unter ihren größten Tempeln einkerkern, sein Haupt und sein Herz aber bannte sie unter ihr größtes Heiligtum. Dort liegen Herz und Haupt des dunklen Gottes noch immer, in goldene Ketten geschlagen, gehalten und gebannt durch die Macht des Glaubens an die Herrin der Welten.«

»Warum erzählt Ihr mir diese alten Legenden? Verfolgt Ihr damit einen Zweck?«, fragte Lindor. Er wies auf die lederne

Mappe. »Dies ist der Grund für mein Kommen und, seid dessen versichert, der Kanzler wartet ungeduldig auf eine Antwort.«

»Dann kann er auch noch ein wenig länger warten. Graf, was meint Ihr, wo befindet sich wohl Mistrals ältestes und größtes Heiligtum?«

»In Lytar, wo sonst«, sagte Lindor ungehalten. »Worauf wollt Ihr hinaus?«

»Sagt, gab es nicht auch einen Tempel Mistrals in Thyrmantor?«

»Ja. Er brannte vor ein paar Jahren ab. Ich erinnere mich daran, es galt als ein böses Omen. Zu Recht, wie es sich zeigte, denn bald darauf erkrankte der König.«

»Ich kenne die Geschichte, Lindor. Belior kam und bot seine Dienste als Gelehrter an, versprach Heilung. Und mit ihm kamen die dunklen Priester Darkoths. Es waren zuerst nur wenige, nicht wahr?«

Lindor zuckte die Schultern. »Drei oder vier, mehr waren es nicht. Kommt zum Punkt, Torwald.«

»Eine Frage noch«, lächelte der alte Graf. »Habt Ihr *vor* dem Tempelbrand jemals etwas von Darkoth gehört? Was meint Ihr, wie kommt es, dass sechs der größten Tempel der Göttin in den Kriegswirren Schaden nahmen?«

»Davon weiß ich wenig.« Lindor beugte sich vor. »Ich warte noch immer auf Eure Antwort, Graf Torwald.«

Der alte Graf trank einen letzten Schluck und setzte seinen Becher ab.

»Ihr habt meine Antwort. Ich kann, will und werde mich nicht vor einem Mann beugen, der den Gott befreien will, der einst die Schöpfung stehlen wollte.«

Lindor sah auf die Mappe herab, dann begegnete er dem entschlossenen Blick des Grafen von Berendall.

»Wenn dies so ist, Graf«, sagte er langsam. »Warum duldet Ihr überhaupt unser Lager vor Euren Toren? Warum erlaubt Ihr den dunklen Priestern Zutritt? Ich an Eurer Stelle hätte die dunklen Priester ins Feuer verbannt!«

Torwald erhob sich.

»Die Audienz ist beendet, Graf. Ich bedauere, dass sie unter diesen Umständen stattfand, ich schätzte Euren Vater sehr. Um Euch die Antwort zu geben, die Ihr sucht: Ich muss nichts tun. Unheil beschwört stets selbst die eigene Vernichtung herauf.« Ein feines Lächeln spielte um die Lippen des alten Grafen. »Ich überlasse es Euch, Eurem treuen Begleiter, dem Hohepriester eines verfluchten Gottes, zu berichten, wie diese Audienz verlief und warum er keinen Fuß über meine Schwelle setzen wird. Der Göttin Gnade mit Euch, Lindor.«

»Und mit Euch«, antwortete Lindor steif, verbeugte sich und ging zu Tür.

»Eines noch«, sagte Torwald, als Lindor die Hand an die Klinke legte.

»Euer Vater *war* ein Diplomat. Oftmals folgt der Sohn dem Vater auch in dessen Talenten. Wo bleibt Euer Talent für Diplomatie?«

Lindor blieb stehen und sah zu Torwald zurück.

»Ihr habt es eben erlebt«, antwortete er und zog die Tür hinter sich zu.

»Das nannte Lindor Diplomatie?«, fragte Lamar und schüttelte verständnislos den Kopf. »Da bin ja ich noch ein besserer Diplomat!«

»Das mag sein«, lächelte der alte Mann. »Auf jeden Fall war Graf Lindor ganz gewiss ein Mann mit überraschenden Talenten …«

»Er wird Euch nicht empfangen, Eminenz«, teilte Lindor kühl dem Hohepriester mit, der unten in der Halle hatte warten müssen. Lord Daren sah ihn mit kalten Augen an und lächelte, ein Lächeln, das nichts Gutes ahnen ließ.

»Er wird diese Beleidigung bereuen, denn ich stehe für meinen Gott und wer mich beleidigt, beleidigt meinen Herrn!«

»Ich denke, das ist ihm nur zu gut bewusst«, gab Lindor in neutralem Ton zur Antwort. »Ich habe an Deutlichkeit nicht gespart. Graf Torwald weiß nun ganz genau, welche Wahl ihm als Einziges verbleibt.«

»Dann sollte er nicht länger zögern, denn lange wird meine

Geduld nicht mehr währen«, sagte der Hohepriester mit deutlicher Verärgerung. »Äußerte sich der Graf dazu, dass seine Leute die Diener meines Herrn nur mangelnd unterstützen?«

»Nein«, antwortete Lindor. »Das Gespräch bewegte sich in anderen Bahnen.« Er ging weiter, während der Priester in seinen Schritt einfiel. Entweder war es die dunkle Robe oder der Mann selbst, dachte Lindor angewidert, als ein Lufthauch ihm den Geruch des Mannes in die Nase trug, ein unangenehmer Geruch, der Lindor an modrige Keller und altes Blut erinnerte. Es würde ihn wenig wundern, wenn an der Legende, die ihm der alte Graf erzählt hatte, etwas Wahres wäre.

»Dann werdet Ihr härter durchgreifen müssen, Graf«, meinte der Priester, als sie den Burghof erreichten. »Ich kann es nicht zulassen, dass jemand ungestraft meine Priester tötet!«

Lindor sah Lord Daren an.

»Ihr habt recht, Eminenz«, sagte er dann und stellte die Überraschung in den Augen des Mannes fest. »Es wird Zeit, den Leuten hier zu zeigen, wer hier das Sagen hat. Der alte Graf sitzt blind und taub in seiner Burg, sein Verstand verharrt zum größten Teil in der Vergangenheit ... vielleicht verwirrt ihn sogar bereits sein Alter! Was will er uns schon entgegenstellen? Ein paar Stadtwachen? Der Gedanke alleine ist lächerlich!«

»Mir scheint, als habe der alte Mann auch Euch verärgert. Ich sagte ja, dass er uneinsichtig und stur ist.«

»Er verstand nicht, was es bedeutet, uns die Stirn zu bieten«, antwortete Lindor nachlässig. »Er wird es lernen. Wenn nicht«, er zuckte die Achseln. »Es kann uns einerlei sein. Von mir aus kann er dort oben in seiner Burg sitzen und auf den Tod warten, wir brauchen weder ihn noch seine Zustimmung.« Er blieb stehen und wandte sich dem Priester zu. »Sagt, Eminenz, wie viele Priester dienen Euch und Eurem Herrn?«

»Etwas über ein Dutzend«, antwortete der Priester. »Warum?« Er erforschte Lindors Gesicht, als suche er in den harten Zügen des Grafen einen Hinweis für dessen überraschendes Verhalten. Doch Graf Lindor nahm nur die Zügel seines Pferds von einem Stallburschen entgegen und saß auf.

»Wir sehen die Dinge unterschiedlich«, sagte er dann. »Ihr braucht Opfer für Euren Gott und ich brauche meine Leute. Sie sind mir nützlicher, wenn sie nicht auf Eurem Altar landen. Ich mache Euch einen Vorschlag.«

»Der wäre?«

»Wir überlassen es Euren Priestern, diese Ketzer zu finden. Jedem von ihnen unterstelle ich vier Mann, um sie zu schützen. Eure Priester werden weisungsberechtigt sein. Wir werden dem alten Grafen seine Machtlosigkeit demonstrieren. Was mich angeht, braucht Ihr Euch nicht mehr um die Stadtgesetze zu kümmern. Tut, was nötig ist, um die Ketzer dingfest zu machen. Im Gegenzug verlange ich von Euch, dass die Opferungen meiner Leute ein Ende finden.« Der Graf führte eine Geste aus, die ganz Berendall einschloss. »Es gibt hier genügend Ketzer, da braucht Ihr meine Soldaten nicht. Demonstriert die Macht und Entschlossenheit unseres Reiches zusammen mit der Stärke Eures Glaubens.«

Der Priester sah Lindor hart an.

»Was bezweckt Ihr damit, Graf?«

»Wie ich sagte. Ich habe etwas dagegen, meine Soldaten Euren Altären zuzuführen. Sucht Euch Eure Opfer anderswo.«

»Hhm. Die Soldaten, die Ihr meinen Priestern unterstellt, sie werden die Weisungen meiner Leute befolgen?«

»Bedingungslos.«

»Gut«, antwortete der Priester. »Dann soll unser Handel gelten!«

»Je mehr ich von diesem Grafen Lindor höre, desto weniger gefällt er mir!«, rief Lamar empört. »Das ist, als ob er diesem Priester einen Freibrief ausgestellt hätte! Wie konnte der Mann denn mit sich selbst nur leben?«

»Vielleicht hat er sich das selbst auch gefragt«, sagte der alte Mann bedächtig. »Jedenfalls war er nicht bei bester Stimmung, als er wieder im Regimentslager eintraf …«

»Heskel!«, rief Lindor, kaum dass er die Tür der Kommandantur geöffnet hatte. Fast im Sturmschritt eilte Lindor in sein Schreibzimmer. Sein erster Weg führte ihn zu der Anrichte, wo er sich großzügig einen klaren Korn einschenkte. Mit einem Schluck trank er das Glas leer und warf es mit einer Geste der Abscheu in den Kamin, wo es zerschellte.

Leutnant Heskel stand bereits in der Tür, falls er das Verhalten des Grafen seltsam fand, dann zeigte er es nicht.

»Leutnant. Sucht mir vierzig unserer übelsten Kerle heraus. Solche, die dem Strang oder Kerker entronnen sind, um in der Armee zu dienen. Solche, die weder Gewissen noch Reue kennen. Lasst sie antreten, teilt ihnen mit, dass sie ab sofort dem Hohepriester Darkoths unterstellt sind!«

»Aber …«, begann der Leutnant, doch ein eiskalter Blick des Grafen brachte ihn sofort zum Schweigen.

»Für den Rest … für den Rest verhänge ich Ausgangssperre. Niemand außer diesen vierzig verlässt unser Lager. Jeglicher Kontakt zu den Bewohnern dieser Lande wird unter Strafe eingestellt. Ab sofort werden nur diese vierzig und die Priester des Darkoth das Königreich repräsentieren!«

»Darf ich offen sprechen, Graf?«

»Wenn Ihr müsst, Heskel.«

»Das ist, als ob man eine Horde tollwütiger Hunde auf Schafe loslassen würde. Wenn sie einmal anfangen, werden die Diener Darkoths kein Ende finden.«

»Ihr habt recht«, antwortete Lindor und ließ sich schwer in seinen Stuhl fallen, um dann den Kopf in beide Hände zu stützen. Dann sah er zu dem Leutnant auf.

»Aber was, wenn die Schafe keine Schafe wären, sondern Wölfe?«

»Ser, ich verstehe nicht …«

»Seit zwei Jahren lagern wir hier, bedrohen diese Stadt. Was tat der alte Graf in dieser Zeit?«

Der Leutnant legte den Kopf zu Seite.

»Ich glaube, er tat nichts.«

»So?«, fragte Lindor. »Wir haben eine der am besten befestigten Städte vor uns liegen, die ich jemals sah, mit einem eigenen Hafen und einer Handelsflotte, die sich sehen lassen kann. Wir haben gut dreißigtausend Einwohner und kaum mehr als fünfhundert Stadtwachen. Wir haben aufsässige Barone, die untereinander einen Krieg führen. Und wir haben einen alten Grafen, der es vermochte, diese Lande sechzig Jahre lang zu regieren … wenn Ihr es nicht besser wüsstet, würdet Ihr glauben, dass ein solcher Mann nichts tut?«

»Nein, Ser.«

»So bleibt eine Frage, Heskel: Wisst Ihr es besser oder glaubt Ihr es nur?«

»Ihr meint, er lässt uns nur in dem Glauben?«

»Genau das meine ich«, sagte Lindor. Er lehnte sich zurück und rieb seine Schläfen.

»Aber warum?«, fragte der junge Leutnant erstaunt.

»Weil er auf etwas wartet!«, antwortete der Graf. »Ihr habt Eure Befehle, Heskel, führt sie aus.«

»Ja, Ser!«, rief der Leutnant, salutierte und zog die Tür hinter sich zu. Der Graf hörte, wie sich die Schritte des Leutnants entfernten, und atmete tief durch, sah auf seine Hände herab. Kein Blut. Es ließ sich abwaschen. Nur er konnte es sehen. Der Graf seufzte, stand auf und füllte sich ein neues Glas mit dem klaren Korn.

In einem hatte der Leutnant recht, die Priester Darkoths würden wie wilde Hunde wüten.

Das Glas in der Hand trat er ans Fenster und sah hinaus. Dort, in der Ferne, hinter diesem gestrengen Gebirgskamm, lag Lytar. Wenn der alte Graf recht hatte, barg der Tempel dort mehr als nur ein Geheimnis.

Langsam setzte er das Glas an und trank einen kleinen Schluck. Kein Priester Darkoths hatte es je vermocht, den Tempel dort zu betreten. Es war mehr als nur die Verderbnis der alten Stadt, mehr als nur Zufall oder unglückliche Zustände.

Selbst nach der Zerstörung, selbst nach all den Jahrhunderten gab es etwas oder jemand, der den Tempel beschützte …

Dies hier waren die Greifenlande. Untereinander überworfen, ausgeblutet und verarmt, vom Fluch der Göttin gezeichnet. In wenigen Wochen würden hier vier Regimenter anlanden, mehr als genug, um das ganze Land mit Gewalt zu befrieden. Zu Hause, in der Heimat, waren selbst die Heere stolzer Königreiche nicht imstande gewesen, sich gegen Beliors Macht zu stellen.

Der Prinz war über seine Jahre hinaus weise. Vielleicht sah man klarer, wenn man ohne jeden Zweifel das eigene Schicksal kannte. Oder alt genug wurde, um weise zu werden.

Er hob das Glas in einem stillen Gruß. Die eisernen Drei waren Belior stets ein Dorn im Auge gewesen und dennoch waren sie die besten Soldaten, die Thyrmantor je besessen hatte.

Von Belior hieß es, er wäre unbesiegbar.

Dasselbe sagte man einst auch von dem Greifen.

Einen Moment lang stellte er sich vor, wie er im Garten des Prinzen bei diesem saß und ihm die Legende von Darkoth erzählte. Was würde der Prinz wohl dazu sagen?

Der Graf leerte das Glas und blieb am Fenster stehen. Zwei Wochen noch, höchstens deren drei, dann würden fünf Regimenter hier anlanden. Mit Kronoks und ihrem Kriegsmeister. Vielleicht kam sogar der Kanzler selbst.

Langsam drehte Lindor sich um, sah blind auf seinen Schreibtisch herab, die Stirn gerunzelt. Er war nun schon seit Tagen hier. Und noch immer hatte ihn der Kriegsmeister der Kronoks nicht beehrt. Sie hatten ein Lager östlich des Regiments, das wusste er, aber bislang hatte er nicht einen der gefürchteten Echsenkrieger zu Gesicht bekommen. Nur warum nicht?

»Jetzt habt Ihr mich zum Zweifeln gebracht!«, beschwerte sich Lamar. »Was hat Lindor vor? Sein Prinz ist bereit, sein Leben zu geben, auf dass es nicht mehr als Pfand gegen Lindor verwendet werden kann. Graf Lindor muss irgendeinen Plan verfolgen ... und dennoch beschreibt Ihr, dass er mit sich selbst ringt, geplagt ist von schlechtem Gewissen ...«

»Wenn jede seiner Nächte von Dämonen geplagt war, dann war es noch zu wenig«, meinte der alte Mann stur. »Er war Soldat in einem Krieg, das rechtfertigt manches. Aber in meinen Augen nicht alles! Auf je-

den Fall nicht, wie man eine wehrlose Frau vor den Augen ihrer Tochter erschlagen kann!« Lamar sah auf die geballten Fäuste des Geschichtenerzählers hinab, dieser bemerkte den Blick und entspannte sich mit sichtlicher Mühe. »Jeder liebte die Sera Tylane«, fügte er dann leise hinzu. »In meinen Augen wiegt nichts von dem, was er tat, diesen Mord auf.«

»Es war, wie Ihr sagtet, Krieg«, meinte der Gesandte. »Es geschehen schreckliche Dinge im Krieg.«

»Und eine jede üble Tat bleibt in ihren Folgen bestehen … manchmal über die Jahrhunderte«, stellte der alte Mann fest. »Nur manchmal werden sie gesühnt. Sieht man es unbeteiligt, war das Schicksal der Sera Tylane nicht so selten.« Der alte Mann seufzte. »Ein Mord ist immer widerwärtig, doch kennt man das Opfer, ist es näher, als man ertragen will.« Er wischte sich verstohlen über die Augen und atmete tief durch.

»Manche Opfer lernt man erst nach ihrem Tode kennen … und auch dann geht es einem nahe. Dieses Morden hatte seinen Anfang in Lytar, wo ein anderer als Lindor wütete. Wie sehr und was genau die Göttin so erzürnte, das erfuhren Elyra und Astrak ungefähr zur gleichen Zeit, als der Graf Befehl gab, seine Mordbuben in die Stadt zu schicken …«

24 Das Geheimnis des Tempels

»Das sind ziemlich große Türen«, meinte Astrak beeindruckt und musterte die mächtigen bronzenen Türflügel. Sand, Staub und Erde hatten auf der obersten Stufe Verwehungen gebildet, Gräser wuchsen darin und auf der rechten Seite blockierte sogar ein niedriger Busch die Tür. Er sah zu Lenise hinüber, die mit ihrem Wolf still neben ihnen stand.

»Gehen die nach innen oder nach außen auf?«

»Nach außen«, lächelte Lenise. »Ich glaube, alle Tempeltüren öffnen sich nach außen. Diese hier …«, sie fuhr mit ihrer Hand fast liebevoll über das verwitterte Metall, »schlossen sich von alleine, als die letzte Priesterin der Mistral erschlagen wurde. Der Legende nach, so wie mein Großvater sie mir erzählte, verwehrten sie so auch den Mördern die Flucht.«

»Gibt es denn keinen anderen Eingang?«, fragte Astrak neugierig. »Dort oben sind Fenster, warum nicht durch diese fliehen?«

»Es sind massive Platten aus armdickem Glas, klar wie Luft und fest wie Stein«, antwortete die junge Sera. »Ich war schon auf dem Dach, suchte nach einer Möglichkeit, den Tempel zu betreten. Es gibt keine. Diese Türen hier sind der einzige Zugang … und nur eine Dienerin der Mistral vermag sie zu öffnen.«

»Und wie?«, fragte Elyra.

Lenise zuckte die Schultern.

»Das vermag auch ich nicht zu sagen. Ich weiß nur, dass Ihr sie öffnen werdet.«

Andächtig legte Elyra eine Hand auf das alte Metall.

»Es ist warm von der Sonne«, stellte sie staunend fest. Sie sah sich im Tempelgarten um, musterte die überwucherten Flächen, das dichte Grün. »Die Verderbnis hat diesen Garten nicht berührt«, stellte sie verwundert fest. »Keine der Bäume, Sträucher oder Blumen und Gräser sieht aus, als wären sie verdorben worden.«

»Es gibt einen Teich im hinteren Teil des Gartens«, erklärte Lenise. »Er wird von einer Quelle gespeist ... die einzige Quelle in ganz Lytar, die klares und sauberes Wasser liefert. Ohne diese Quelle hätte niemand von uns überlebt.«

Elyra legte nun beide Hände auf das verwitterte Metall ... doch nichts geschah.

»Diese Quelle werde ich mir nachher ansehen«, sagte sie. Die junge Priesterin trat zurück und musterte die schweren Türen. »Wir lassen das Wasser von außerhalb bringen, ein mühsames Unterfangen. Wie geht diese Tür nur auf? Es gibt nicht einmal einen Ring, Knauf oder Griff. Nichts, nur glattes Metall. Ihr sagt, die Türen schlossen sich von alleine?«

»So wurde es überliefert. Und vorher ... vor der Katastrophe sollen sie jahrhundertelang offen gestanden haben.«

Astrak schüttelte den Kopf. »Es *muss* einen anderen Weg in den Tempel geben. Seht Euch an, wie groß er ist, mindestens sechzig Schritt im Durchmesser. Irgendeinen geheimen Gang, irgendwo, irgendwie.«

»Als ich noch ein Kind war, habe ich diesen Garten erforscht wie Hunderte andere vor mir. Wir haben alle nach einem Zugang gesucht, im Tempel beten zu können, war und ist ein tief empfundener Wunsch von jedem von uns«, erklärte Lenise mit einem Schmunzeln. »Wenn Ihr meint, erfolgreicher zu sein als wir, Ser Astrak, so sucht den Eingang.«

»Danke, nein«, sagte Astrak. »Wenn Ihr keinen gefunden habt, werde ich wohl kaum erfolgreicher sein können.« Er betrachtete die schweren Türen mit gerunzelter Stirn. »Auf der anderen Seite haben wir so unsere Erfahrungen mit Türen, die sich nicht öffnen lassen wollen.«

»Ich glaube nicht, dass ein Schwert für diese Türen ein Schlüssel sein kann«, sagte nun Elyra nachdenklich. »Aber vielleicht etwas anderes?« Sie trat zurück und betrachtete das Relief auf den beiden Türen, das alte Zeichen der Göttin, der Stern in einem Kreis. Also griff sie unter ihre Robe und hob das schwere Symbol ihres Glaubens von ihrem Hals. Als sie es anhob, war es warm in ihren Händen, funkelte und glänzte golden im Licht der Sonne.

Sie trat näher an die Türflügel heran. Dort oben war das Zentrum des Sterns und dort befand sich eine Aussparung im Metall, die dem Stern in ihrer Hand entsprach.

»Astrak«, sagte sie. »Hilf mir. Hebe mich hoch.«

Astrak nickte, trat vorsichtig an sie heran und legte seine Hände an ihre Hüften. Astrak war nicht der Kräftigste, aber dafür wog Elyra auch nicht viel, also holte er tief Luft und hob sie hoch. Im ersten Versuch verkantete sich das Symbol, Elyra löste es wieder, drehte es ein wenig, sodass die Öse für die schwere, goldene Kette direkt nach oben zeigte, und presste erneut.

Ein leises Klicken war zu hören, einen Moment später begann es tief unter ihnen im Boden zu knirschen und zu poltern, als ob dort ein schwerer Mühlstein mahlen würde.

»Gegengewichte!«, rief Astrak begeistert, während er sie wieder herabließ. »Es ist ein Mechanismus aus Gegengewichten und nicht Magie!«

Fast unmerklich bewegten sie die schweren Türen, das Knirschen und Poltern wurde lauter. Zuerst langsam, dann aber immer schneller werdend, öffneten sich die massiven Türen, auch der Sand und der Busch waren kein Hindernis für sie. Dreck, Staub, Sand, Pflanzenwurzeln, alles wurde beiseitegeschoben, als der alte Mechanismus zum Leben erwachte.

Alle drei waren gezwungen zurückzutreten, als die Türen aufschwangen, dumpf schlugen die beiden Türen an den Eckpfosten an, so hart, dass es schien, als würde die Erde beben. Staub und Dreck rieselte von dem oberen Türrahmen herunter und jetzt lag das Innere des Tempels vor ihnen, das seit der Katastrophe kein lebendes Wesen mehr gesehen hatte.

Stickige und zugleich leicht modrig riechende Luft schlug ihnen entgegen. Ein gut acht Schritt breiter und hoher Gang, der aber nicht viel länger als zehn Schritt war, lag vor ihnen. An den Wänden des Gangs lobten farbenprächtige Mosaike die

Göttin und ihre Werke, jeweils eine geschlossene Tür ging beidseitig vom Gang aus ab. Der Gang gab die Sicht frei auf die Haupthalle, kreisrund wie der Tempel selbst, in der Mitte befand sich eine Vertiefung, zu der vom Rand aus Stufen hinabführten wie in einem Amphitheater. Und dort, in der Mitte, direkt unter der gläsernen, gut fünf Schritt durchmessenden Glaskuppel, die das Dach des Tempels abschloss, befand sich der reich gearbeitete goldene Altar. Etwa einen Schritt über diesem schwebte silbern schimmernd die Statue von Mistral, so präzise geformt, dass es ihnen erschien, als wäre dies keine Statue, sondern ein lebendes Wesen!

Nicht viel größer als ein normaler Mensch, drückte die Statue eine Erhabenheit und Schönheit aus, die Astrak den Atem raubte. Sie stellte eine junge Frau dar mit feinen Gesichtszügen und ausgeprägten Wangenknochen, in der eleganten Mode des ersten Reichs gekleidet. Sie schwebte mit geschlossenen Beinen über dem Altar, die Arme leicht angewinkelt, die Lippen leicht geöffnet, aber mit geschlossenen Augen. Ihr knöchellanges Haar, kunstvoll mit feinen Ketten und Kämmen gehalten, wehte hinter ihr in einem unsichtbaren Wind.

Dann geschah das Wunder!

Die silbrig schimmernden Augenlider hoben sich und strahlend blaue Augen sahen fragend zu den drei Jugendlichen hinüber, den ersten Menschen, die nach so langer Zeit ihren Tempel betreten hatten.

Neben ihm schluchzte Lenise auf, während Elyra langsam auf den Boden sank, Tränen flossen ihre Wangen herab, nur Astrak stand und war nicht imstande, sich zu bewegen, so ergriffen war er von dem Anblick.

»Ich … ich kann sie *sehen*!«, hauchte Lenise ergriffen neben ihm. »Ich kann sie sehen, als ob ich Augen hätte … sie ist so wunderschön …«

»Astrak!«, mahnte Elyra neben ihm und zog ihn am Ärmel, etwas verspätet, wenn auch nicht aus Mangel an Andacht, sank auch Astrak auf die Knie, irgendetwas knirschte unter ihm. Doch er beachtete es nicht, war zu ergriffen, um irgendetwas anderes zu tun, als nur die Statue der Göttin anzustarren, deren blaue Augen scheinbar bis in die Tiefen seiner Seele zu blicken vermochten.

Dann fing Elyra an zu singen. Tränen stiegen ihm in die Augen, als Elyra die alte Weise sang, eine Lobpreisung der Göttin, eine Danksagung für das Leben und alles, was die Welten hielt.

Andächtig senkte Astrak den Blick ... und sah geradewegs in die leeren Augenhöhlen eines ausgetrockneten Leichnams. Das, was unter seinem Knie geknirscht hatte, war eine verdörrte Hand, die noch immer ein leicht verrostetes Schwert hielt!

»Göttin!«, rief er entsetzt und sprang wieder auf.

Elyra warf ihm zwar einen bösen Blick zu, doch sie stockte nur kurz und ließ sich nicht in ihrem Gebetsgesang beirren. Ihre klare Stimme füllte den alten Tempel und erreichte auch Delos und seine Männer, die vorsichtig näher gekommen waren und nun andächtig vor den Tempelstufen knieten.

Der letzte klare Ton aus Elyras Stimme verhallte, schien einen langen Moment noch in der Luft zu liegen, dann war Stille.

»Astrak«, sagte Elyra unverkennbar erzürnt. »Wenn du mich noch einmal im Betgesang unterbrichst ...«

»Ich habe auf einem Toten gekniet«, protestierte der junge Mann. »Entschuldigung, aber das ist für mich nun mal ein Grund, mich zu erschrecken!«

Er zeigte auf die Knochen zu seinen Füßen. »Hier!«, rief er. »Wie willst du mir einen Vorwurf machen, wenn ...«

»Schon gut«, meinte Elyra betroffen. »Ich habe es jetzt auch gesehen!« Sie betrachtete den Toten. »Dieser Mann trägt ein Schwert in der Hand ... und der Kerl hier einen schweren Dolch ... und beide sind gerüstet!«

»Priester waren die beiden ganz sicher nicht«, stellte Astrak fest. Er sah zu Lenise hinüber, die immer noch kniete, das Gesicht zu der Statue der Göttin erhoben. »Es scheint, als wären Eure Legenden wahr ... der Tempel wurde auch den Mördern zum Grab.«

»Nicht allen«, antwortete die junge Frau. »Einer entkam, bevor die üble Tat vollendet war ... wie kann es sein, dass ich Sie *sehe*?«, flüsterte sie.

Astrak sah wieder zu der Statue der Göttin hin, ihre Augen waren wieder geschlossen, doch noch immer lag ein leichtes Lächeln auf ihren Lippen.

»Es ist ein Wunder ganz anderer Art«, stellte Astrak beeindruckt fest. »Ich kenne den Glanz dieses Metalls, es ist Quecksilber ... es ist nicht möglich, daraus eine Statue zu erschaffen, denn dieses Metall fließt wie Wasser. Es muss Magie sein, die dieser Statue ihre Form verleiht. Vielleicht ist es das, was Ihr seht, vielleicht seht Ihr die Magie.«

»Vielleicht, Astrak«, sagte Elyra ernst, »ist es weniger Magie als göttlicher Wille. Es ist ihr Wille, dass wir sie so sehen.«

»Was unterscheidet denn ihren Willen von Magie?«, fragte Astrak neugierig und Elyra seufzte.

»Irgendwann werde ich ihre Schriften studiert und mehr von ihrer Weisheit erkannt haben. Dann, Astrak, werden wir zwei uns einmal länger unterhalten.« Sie wischte sich die Tränen aus den Augen und sah sich im Eingangsbereich um, schluckte heftig, als sie ein zusammengefallenes Bündel in den gelben Roben einer Akolythin wahrnahm, das Skelett war so klein und zierlich, es musste ein Mädchen gewesen sein, kaum älter als zehn Jahre.

Doch direkt vor ihnen, zu ihren Füßen, lagen diese zwei anderen, schwer bewaffneten Skelette in prächtigen, gut erhaltenen Rüstungen ähnlich denen, wie die Hüter sie trugen.

Astrak hoffte nur, dass sie sich, anders als die Hüter, nicht mehr erheben würden. Er stutzte, als er ein Symbol auf den Brustpanzerungen der Soldaten erkannte, einen Greifen mit einer Krone darüber.

»Das waren Soldaten der königlichen Garde«, stellte er verwundert fest. Vorsichtig traten er und Elyra näher heran, während Lenise noch zögerte. Astrak kniete sich neben einen der Toten, schob sanft braune Knochen und einen Dolch zur Seite. Dort, im Stein eingeritzt, standen zwei Worte.

»Vergebt uns«, las Elyra vor.

»Das fällt schwer«, sagte Astrak mit belegter Stimme, als er die anderen Skelette musterte, die im Vorraum des Tempels lagen. Die allermeisten von ihnen trugen Roben ähnlich der, die Elyra nun trug, nur dass sie nicht weiß, sondern von einem hellen Gelb waren. Ähnlich wie die Rüstungen waren auch die Roben gut erhalten, ebenso die rostig-roten dunklen Flecken darauf und die Risse im Stoff. Er war kein Fährtenleser, wie Garret es war, aber es war leicht zu erkennen, was hier einst geschehen war.

»Sie müssen ihre Schwerter schon gezogen haben, als sie hereinkamen«, fuhr er fort, während er einen zierlichen Schädel studierte, der noch immer die Spuren des tödlichen Schlags trug. »Sie fingen sofort an zu morden ... hier, diese Frau liegt mit dem Gesicht zu uns, sie rannte nicht weg, die anderen hier und hier ... sie wurden von hinten erschlagen, wahrscheinlich, als sie versuchten, tiefer in den Tempel zu fliehen.«

»Das hier ...«, meinte er dann und wies auf ein anderes Skelett, das noch immer die einfache Kleidung eines Bauern trug. Es lag schützend über einem anderen, kleineren Skelett. »... war keine Priesterin, sondern ein Glaubender ... jemand, der hierherkam, um zu beten. Er warf sich schützend über das Kind! Seht, sein Unterarm ist zersplittert und hier und dort ... das sind Schwertstreiche. Der letzte Streich ging durch ihn hindurch und traf auch das Kind unter ihm ...«

Fassungslos schüttelte er den Kopf.

»Wie kann man nur in einem Tempel morden? Wie kalt muss man sein, Blut an einem solchen Ort zu vergießen?«

Elyra sagte einen Moment lang nichts, dann schniefte sie, richtete sich gerade auf und trat auf die oberste Treppenstufe, um sich dem Sergeanten Delos und seinen Männern zuzuwenden.

»Tretet ein in das Haus unserer Göttin. Erweist ihr Ehrfurcht und Dankbarkeit, dass sie uns die Tore zu ihrem Haus geöffnet hat. Und dann ... dann tragt diese armen Leute hinaus. Behandelt sie mit Respekt und legt sie zur Seite, dorthin entlang des Weges. Achtet darauf, dass alles beisammenbleibt, was beisammen gehört, auf dass wir sie in Ehren bestatten können. Die Überreste der Mörder aber werft in die Erdspalte ... sie haben kein Grab verdient!«

Delos nickte und führte das Zeichen des Sterns aus. Er sah an ihr vorbei, ließ seinen Blick über die Spuren dieser alten Untat gleiten. »Also ist es wahr, dass die Priesterinnen erschlagen wurden und die Göttin ihr Strafgericht verhängte«, stellte er ehrfürchtig fest. »Dürfen wir denn überhaupt ...«

»Habt keine Furcht. Sie hat uns vergeben. Ihre Gnade erlaubte uns, die Stadt von der Verderbnis zu befreien, der Fluch ist von uns genommen. Ihr Haus steht jedem, der glauben will, offen.« Ihre Stimme wurde härter. »Nur will ich den Tempel gereinigt sehen von den Spuren dieser Schandtaten!«

Delos zupfte an seiner Locke, verbeugte sich tief, dann betraten er und seine Leute andächtig den alten Tempel. Sorgsam fingen sie an, die sterblichen Überreste zu sortieren und alles, was zusammengehörte, geordnet hinauszutragen.

Währenddessen drangen Elyra, Astrak und auch Lenise mit ihrem Schreckenswolf tiefer in den Tempel vor. Überall waren die Spuren dieses Gemetzels zu sehen, es mussten Dutzende gewesen sein, die hier abgeschlachtet worden waren. Nicht alle Opfer waren vollständig bekleidet, sie fanden viele, die nur leichte Nachtkleider trugen.

»Sie überfielen den Tempel in der Nacht«, stellte Astrak betroffen fest. Trok, Lenises Schreckenswolf, winselte leicht, er lief geduckt und mit eingekniffenem Schwanz, immer wieder hob er die Nase und witterte. Es sah aus, als ob das Ungeheuer nicht minder trauern würde als sie selbst.

»Spürt er, was hier geschehen ist?«, fragte Astrak leise Lenise, als Elyra langsam vor den goldenen Altar trat, dort lagen die sterblichen Überreste einer Frau, die eine Robe ähnlich Elyras trug, auch sie trug das schwere Symbol des Sterns auf ihrer Brust, ein Schwertstreich hatte es zum Teil zerstört.

»Er fühlt und denkt das Gleiche wie wir und trauert um die Toten«, teilte sie ihm mit und sah ihn zugleich leicht überrascht an.

»Wie das?«, fragte Astrak.

»Habt Ihr es noch nicht verstanden, Astrak?«, fragte sie. »Er ist einer von uns. In seiner gepanzerten Brust schlägt ein menschliches Herz, sein Geist, sein Intellekt und sein Wesen entspricht dem unseren, er ist nicht weniger ein Mensch, als Ihr es seid.«

Trok sah zu Astrak, zwinkerte ihm mit seinem blauen Auge zu. Dann sah er zu Lenise hoch und sie lachte leicht.

»Ich soll Euch sagen, dass Erscheinung nichts über das Wesen sagt, im Schönen und dem Bösen, im Guten und dem Hässlichen.«

»Hässlich ist er nicht!«, protestierte Astrak. »Er ist fremd und unbekannt … aber in seiner Art perfekt gelungen!«

Lenise lachte, das erste Lachen an diesem Ort nach so vielen Jahrhunderten.

»Er sagt, diese Form habe ihre Nachteile.«

»Und welche?«

»Mit Pfoten lassen sich die Seiten von Büchern oft nur schwerlich umblättern!«

»Astrak?«, rief Elyra vom Altar her. »Kannst du mir bitte mal helfen?«

»Sogleich!«

Der Tempel war kreisrund, eine große Halle mit der Statue der Göttin als Mittelpunkt. Um diese Halle herum waren drei Stockwerke hoch die Quartiere der Priesterinnen und andere Räume gebaut, erreichbar durch weit geschwungene Treppen, die zu Galerien im ersten und zweiten Stock hinaufführten.

Das innere Heiligtum war wie ein Amphitheater in den Boden eingelassen, drei Stufen führten hinunter zu dem Altar, der unter dem Abbild der Göttin stand. Hinter dem Altar führten weitere Treppenstufen tiefer hinab, zu einer goldenen Tür direkt unter dem Altar, auch diese wieder mit einer Aussparung für das heilige Symbol der Göttin versehen. Auf der Treppe, als ob sie noch im Tode den Weg hinunter zu dieser Tür versperren wollte, lagen die sterblichen Überreste einer weiteren Priesterin.

Astrak half Elyra, die Überreste der Toten einzusammeln und sorgsam in die alte Robe der Toten einzuwickeln, dann trug er das Bündel hinaus zu den anderen, die nun den Weg hin zum Tempel säumten. Delos stand da und wischte sich mit einem Tuch die Stirn ab, die Mittagssonne stand hoch am Himmel, es war ein warmer Tag.

»Wir haben vierunddreißig bis jetzt«, stellte Delos mit belegter Stimme fest.

»Zwei liegen noch auf der Treppe hinter dem Altar. Mit ihr hier sind es dann siebenunddreißig«, sagte Astrak und legte das Bündel aus alter Robe und vergilbten Knochen vorsichtig ab. »Was für ein Gemetzel.« Er sah hinüber zu der anderen Seite, wo nur vier Haufen in Rüstungen lagen. »Sind das alle?«

»Ja«, sagte Delos. »Bis jetzt jedenfalls. Vier Männer, schwer gerüstet und mit Schwertern bewaffnet, mehr brauchte es nicht.«

»Hätte man sie nicht einfach niederdrücken können? Überrennen, sich irgendwie ihrer erwehren?«

»Vielleicht«, meinte Sergeant Delos nachdenklich. »Aber die meisten Opfer waren Frauen, viele davon in ihrem Nachtgewand … und dann stürmen vier schwerbewaffnete Männer herein, bereits über und über mit dem Blut anderer Unschuldiger befleckt … es ist Nacht, es ist dunkel …« Der Soldat schüttelte den Kopf. »Sie werden nicht geglaubt haben, dass es geschieht.« Er sah an Astrak vorbei ins Leere. »Ich habe solche Szenen schon gesehen. Und manchmal war ich derjenige, von dessen Klinge das Blut tropfte.«

»Ihr habt Unschuldige erschlagen?«

Delos sah ihn ernst an.

»Im Krieg leiden fast nur die Unschuldigen. Und manchmal … manchmal ist es wie ein Rausch. Ich habe gesehen, was einer von ihnen vor der Tür in den Boden ritzte. Vergebt uns …« Er zuckte die Schultern. »Ich frage mich, ob ich mehr Recht habe, auf Vergebung zu hoffen, als diese hier.«

»Da müsst Ihr Elyra fragen«, meinte Astrak rau. »Ich weiß nur, dass es am schwersten ist, sich selbst zu vergeben.«

»Manche Dinge *kann* man sich nicht selbst vergeben!«, antwortete Delos.

Astrak öffnete den Mund, doch der Soldat schüttelte den Kopf. »Wenn ich darüber reden will, dann vielleicht mit *ihr*«, sagte er mit tonloser Stimme und sah zum Tempel zurück. »Ich mache jetzt hier weiter«, fügte er hinzu, als Astrak wortlos nickte. »Es gibt noch genug zu tun.«

25 Alte Sünden

Als Astrak den Altar erreichte, stand die Tür dahinter bereits offen, von unten hörte er gedämpfte Stimmen, Trok aber lag noch oben vor den Stufen.

»Du gehst nicht mit hinunter?«, fragte Astrak den Schreckenswolf. Trok schüttelte das mächtige Haupt und ließ es wieder auf seine Vorderpfoten sinken, die Augen unverwandt auf den offenen Zugang gerichtet.

»Wisst Ihr, was das hier war?«, hörte Astrak Elyra fragen, als er unten ankam.

»Das hier dürften die Hocharchive des Tempels sein«, meinte Lenise. »Mit Sicherheit weiß ich das nicht. Ich denke allerdings, dass dies der Ort ist, an dem Ihr Antworten auf Eure Fragen finden werdet.«

Die Stimmen kamen von dem anderen Ende eines Gangs, anders als erwartet war es hier nicht dunkel, ein leichter Schimmer ging von den Deckensteinen aus, sie gaben mehr als genug Licht, um sehen zu können.

Astrak folgte dem Gang und den Stimmen der beiden Frauen und fand sie in einem großen, runden Raum. Regale mit Schriftrollenbehältern und dicken Büchern beherrschten den Raum und auch die Wand, in der sich fünf weitere Türen befanden.

In der Mitte des Raums stand ein Lesepult, über diesem schwebte eine kristallklare Kugel, die helleres Licht spendete, wenn sich Astrak nicht irrte, musste dieses Pult sich direkt unter der Statue der Göttin befinden. Auf dem Pult lag ein dickes, in Leder geschlagenes Buch, aufgeschlagen, daneben standen noch immer Schreibutensilien, feine Federn, ein silbernes Messer, zudem ein aus kostbarem Kristall geschliffenes Tintenfass, das noch Reste eingetrockneter Tinte erhielt.

Gerade als Astrak sie ereichte, blies Elyra den Staub von den aufgeschlagenen Seiten. Nur ein Satz stand dort … »mit der Gnade der Göttin«.

Elyra blätterte eine Seite zurück und beugte sich vor.

»Es ist ein Geständnis«, sagte sie überrascht. »Nein«, korrigierte sie. »Es ist eine Anklage, die vor die Hohepriesterin gebracht wurde!« Sie blätterte eine Seite weiter zurück, las ein paar Absätze und zog scharf die Luft ein. Dann sah sie zu Astrak hoch.

»Es scheint so, als ob dies eine Art Tagebuch wäre, in dem die Hohepriesterin alles Wichtige vermerkte, unter anderem auch Beichten, Gebete, Predigten und eben auch Anklagen«, teilte sie ihm atemlos mit. »Darin, Astrak, liegt die Antwort auf unsere Fragen, ganz so, wie Lenise es vermutete! Hier … höre, was die Hohepriesterin zuletzt schrieb:

»Heute Nacht kam die Prinzessin zu mir, verhüllt und einfach gekleidet, ohne die Begleitung ihrer Leibwache. Ich hatte mich schon zur Ruhe begeben, doch sie bestand darauf, mich zu sprechen. Osleen ließ sich überzeugen und weckte mich und berichtete, dass die Prinzessin bleich sei und von Gram gedrückt. Ich empfing sie in meinen Räumen und fand Osleens Eindruck bestätigt, die Prinzessin war bleich und nervös, ihre Augen gerötet, als hätte sie geweint, ihre Stimme belegt, auch blutete sie aus einer schweren Wunde. Sie bat Osleen zu gehen, was sie zu berichten hätte, wäre nur für meine Ohren und die der Göttin bestimmt. Nachdem Osleen gegangen war, teilte die Prinzessin mir mit brüchiger Stimme mit, dass sie Kenntnis von einem ungeheuerlichen Verbrechen erlangt habe und nun nicht wisse, was sie tun sollte, denn der Täter stände über dem Gesetz.

Folgendes wäre geschehen: Der Prinz, in Lust für die Gesandte der Elfen, Sera Farindil, entflammt, habe sich über ihre Ablehnung erzürnt und ihr Gewalt angetan. Ser Ares, der Verlobte der Prinzessin, habe versucht das Unheil zu verhindern. Auf Befehl des Prinzen wurde er von den Leibgardisten des Prinzen überwältigt und mit einer Fackel geblendet. Mit letzter Kraft sei Ser Ares imstande gewesen, das Quartier der Prinzessin zu erreichen, dort fand diese ihn schwer verletzt und dem Tode nahe vor. Als die Prinzessin von den fürchterlichen Taten erfuhr, suchte sie ihren Bruder auf und fand dort die Sera Farindil übelst geschunden vor, denn auf Befehl des Prinzen vergingen sich gerade seine Leibgardisten an ihr. Die Prinzessin habe dem Einhalt geboten und ihren Bruder zur Rede gestellt. Es sei zu einem Streit gekommen, in dessen Verlauf der Bruder sein Schwert gezogen und versucht habe, die Schwester zu erschlagen. Schwer verletzt wäre sie durch die Gnade der Göttin imstande gewesen, sich des Angriffs zu erwehren und ihren Bruder in die Flucht zu schlagen, da die Leibgardisten ihres Bruders, durch ihren auch an sie gebundenen Eid, nicht hätten eingreifen dürfen. Sie befürchtet nun, dass der wahnsinnige Jähzorn, unter dem der Prinz von Jugend an leidet, ihn dazu verführen könnte, sich das anzueignen, was ihm verwehrt worden war! Er habe zudem damit gedroht, dass er die Entscheidung des hohen Rats und der Priesterschaft, dass die Prinzessin die Erbin des Throns von Lytar werden solle, nicht akzeptieren würde. Das Bedenklichste aber sei die erzürnte Drohung ihres Bruders gewesen, dass er sich mit einem Gott verbündet habe, um sein Erbe der verfluchten Priesterschaft der Mistral abzuringen, und dieser ihm versprochen habe, dass er, Belior, nicht eher sterben würde, bis er die Krone in seiner Hand hielte. Mit der Gnade der Göttin war es mir möglich, die Wunde der Prinzessin zu mindern. Ich gab Anweisung, den Prinzen nicht im Tempel zu empfangen, und eile nun mit den Schwestern Osleen und Esirlene zum Palast, um den Gesandten der Elfen, Ser Ares, Beistand zu leisten. In all meiner Zeit ist mir solcher Jähzorn nicht untergekommen, ich bete um den Beistand der Göttin und hoffe inständigst, dass sich ein Krieg mit den Nationen der Elfen noch vermeiden lässt … auch wenn der Preis das Haupt des Prinzen sein sollte!«

Elyras Stimme versiegte. Astrak sah von dem Buch zu ihr. »Das steht dort so geschrieben?«, fragte er fassungslos. Elyra nickte schwer.

»Göttin!«, hauchte Astrak. »Der Prinz tut einer elfischen Gesandten Gewalt an, blendet den Verlobten seiner Schwester, versucht seine eigene Schwester zu erschlagen und greift nach der Krone? Und dann fordert die Hohepriesterin der Mistral den Kopf des Prinzen als Ausgleich, um einen Krieg mit den Elfennationen zu verhindern?«

»So steht es hier, ja.«

»Du besitzt doch ein Buch, das die Prinzessin und ihren Bruder zeigt, wie sie beide nach der Krone greifen, ich kann mich an das Bild noch gut erinnern! Das waren doch Zwillinge, nicht wahr? Wie können sich Geschwister untereinander solches antun? Welcher Mann fällt über eine Frau her, nur weil sie ihn ablehnt?« Astrak schüttelte verständnislos den Kopf. »All das, was geschah, die Katastrophe, der Untergang des Reichs und der Stadt, all das, nur weil ein Mann nicht akzeptieren wollte, dass eine Frau seinen Antrag ablehnte? Dafür lehnt er sich gegen die göttliche Ordnung auf? Das kann doch nicht wahr sein!«

»Nicht jeder ist wie du, Astrak«, sagte Elyra. Obwohl ihre Augen feucht waren, lächelte sie und beugte sich vor, um Astrak einen Kuss auf die Wange zu geben. »Ändere dich nie«, fügte sie hinzu. »Dann wirst du immer in der Gunst der Göttin stehen.«

»Ich habe nicht vor, mich zu ändern«, meinte Astrak. »Aber ... dort steht, dass Belior sich mit einem Gott verbündet habe. Kann das sein?«

»Es ist so«, sagte nun Lenise. »Ihr wusstet das nicht? Ich sagte es doch. Belior ist der dunkle Prinz, er war es, der Verderben über die Stadt und das Reich brachte und das Strafgericht der Göttin. Nun greift er erneut nach der Krone.«

»Ist das denn möglich? Wie kann er jetzt noch leben?«

»Denk an Meliande«, sagte Elyra. »Auch sie lebt wieder durch die Gunst eines Gottes.«

Lenises Kopf hob sich ruckartig.

»Die Prinzessin lebt?«, fragte sie ungläubig. »Wenn Meliande noch lebt, dann haben wir allen Grund zur Hoffnung, denn sie war schon immer stärker als ihr Bruder und stand hoch in der Gunst der Göttin!«

Astrak verschluckte sich und hustete.

»Meliande? Sie ist die Prinzessin? Sie ist Beliors Schwester?«, fragte er ungläubig.

»Ja«, antwortete Lenise. »Wenn es die Meliande ist, die vor

dem Strafgericht der Göttin Tausenden das Leben rettete, als sie befahl, die Stadt zu verlassen.«

»Göttin!«, hauchte Astrak, als ihm etwas anderes klar wurde, sich vieles in seinen Gedanken zu einem gänzlich neuen Bild zusammenfügte.

»Entschuldigt!«, sagte er rasch und verbeugte sich vor den Seras. »Ich muss dringend Vater aufsuchen, er muss davon erfahren. Wollt Ihr mich begleiten, Sera Lenise?«

»Besser nicht. Mein Anblick dürfte niemandem willkommen sein«, antwortete die junge Frau. »Ich bin ein Ungeheuer, habt Ihr es bereits vergessen? Nicht minder verdorben und verdreht, als es Trok ist. Zudem, ich werde nicht ohne ihn gehen.«

Astrak lachte. »Ihr unterschätzt meinen Vater«, grinste er. »Er wird auch keine andere Wahl haben, als Euch zu akzeptieren! Außerdem mag ich Trok.«

»Wirklich? Wieso?«

»Woher soll ich das wissen? Vielleicht weil er Gedichte liest?«

»Ihr habt recht, aber wie kommt Ihr darauf?«, fragte Lenise überrascht.

Astrak lachte.

»Ich kenne noch jemanden, der gerne Gedichte liest und dem es niemand zutrauen würde! Es schien mir für Trok passend zu sein. Kommt mit mir, mein Vater wird Euch so oder so sehen wollen.« Er hielt inne. »Vater wird auch bald Euren Anführer sprechen wollen. Also ist dies eine Gelegenheit, dieses Treffen vorzubereiten.«

»Dann wäre es vielleicht besser, wenn er hierherkommen würde«, meinte Elyra. »Ich weiß, dass er genauso begierig darauf ist, den Tempel zu betreten und vor der Göttin zu beten, wie du es warst.«

»O verflucht!«, entfuhr es Astrak. »Das habe ich glatt vergessen.«

»Astrak!«, sagte Elyra mahnend, aber es lag ein leichtes Lächeln auf ihren Lippen.

»Entschuldigung!«, meinte Astrak zerknirscht.

»Sie wird dir vergeben. Achte auf dich, wenn du gehst, um deinen Vater zu holen.«

»Das werde ich. Also, ihr bleibt beide hier?«

»Ich habe hier noch viel zu tun«, sagte Elyra. »Und Lenise und ich, wir haben noch einiges an Fragen zu klären.«

»Gut«, sagte Astrak. »Dann nehme ich mir Delos und zwei seiner Leute mit und sehe zu, dass wir so schnell wie möglich wieder zurück sind.« Er sah sich in der unterirdischen Kammer um.

»Ich kann es noch immer nicht glauben, was wir hier erfahren haben. Aber ich weiß, wen ich dazu befragen werde.«

»Wen?«, wollte Elyra wissen.

»Ser Ariel«, antwortete Astrak. »Ich habe schon immer vermutet, dass seine Rolle eine größere ist, als er hat zugeben wollen.«

Elyras Augen weiteten sich.

»Du meinst, er ist der andere Gesandte der Elfen und der Verlobte der Prinzessin?«

»Kennst du noch mehr Elfen, die vom Feuer geblendet wurden und sowohl mit der Sera Bardin als auch Meliande bekannt zu sein scheinen?«, fragte Astrak. »Ich nicht.«

»Also ist die Sera Farindil eine Gesandte der Elfen gewesen?«, fragte Lamar.

»Mehr als das«, antwortete der alte Mann. »Sie war eine Prinzessin, ihre Mutter war, nein, ist die Königin der Elfen.«

»Und Ares? Ariel?«

»Der Bruder der Sera Farindil. Nachdem sich die Heerscharen der Menschen und Elfen zum Ende des ersten Zeitalters zum letzten Male gegenübergestanden hatten, hatte die Göttin verfügt, dass ein jedes Mal, wenn ein Prinz von Lytar alt genug dafür ist, eine Prinzessin der Elfen entsandt werden sollte. Deswegen waren Ser Ares und die Sera Farindil in Lytar, sie sollten durch ihre Vermählung die Bande zwischen Elfen und Menschen fester binden.«

»Ares ist also auch ein Prinz gewesen?«

»Nein«, sagte der alte Mann. »Bei den Elfen gibt es ein Matriarchat und von daher keine männlichen Erben für den Thron.«

»Hhm«, sagte Lamar nachdenklich. »Doch diesmal wies die Sera Farindil den Prinzen von Lytar zurück. War ihr das denn gestattet?«

Der Geschichtenerzähler zog an seiner Pfeife. »Wisst Ihr, diese Frage stellte sich bislang niemand. Ich denke, dass sie es durfte. Seht Ihr, es ist nicht unüblich, dass Heiraten arrangiert werden, es war notwendig, damit in unserem Tal keine Inzucht herrschte. Aber trotz alle dem stand es jeder Frau und jedem Mann frei, dies abzulehnen, auch wenn dies bedeutete, dass er oder sie innerhalb des Tals keine Verbindung eingehen konnte. Auch wenn es um einen Thron geht, braucht eine Heirat den Segen der Göttin. Und dieser beinhaltet die Frage, ob ein jeder frei und ohne Zwang vor die Göttin tritt.«

»Wenn es so ist wie bei uns«, sagte Lamar nachdenklich, »so wird man dem Brautpaar zumindest sehr nahelegen, wie sie auf diese Frage zu antworten haben. Die Sera Farindil wird sich mit ihrer Entscheidung gegen den Willen ihrer Mutter aufgelehnt haben, gewiss keine leichtfertige Entscheidung. Dieser Prinz ... selbst jung an Jahren, wie er damals war, muss er auf sie abstoßend gewirkt haben. Sagt ... war er entstellt?«

»Ganz im Gegenteil«, teilte der alte Mann dem Gesandten mit. »Nach allem, was ich weiß, war er außerordentlich wohl gestaltet und schon früh erfolgreich beim anderen Geschlecht. Es gab niemand, der ihm beim Lanzengang oder im Schwertkampf gewachsen war, sein Talent zur Kriegführung bewies er bei Grenzkonflikten und stets kam er siegreich und als Held zurück. Man bewunderte und respektierte ihn.«

»Aber die Priesterinnen entschieden, dass die Krone an die Prinzessin Meliande gehen sollte?«

»So habe ich es verstanden«, nickte der alte Mann. »Man achtete, respektierte den Prinzen. Vielleicht ... vielleicht fürchtete man ihn auch, denn er galt als jähzornig. Aber Meliande wurde geliebt. Zudem ...« Ein Schmunzeln huschte über das Gesicht des Geschichtenerzählers. »Zudem hörte ich, dass sie die Einzige gewesen wäre, die ihn im Kampf übertreffen konnte, und das, obwohl sie an der Kriegskunst deutlich weniger Interesse als an der Kunst des Bardentums und der Magie besaß. Er nutzte und bestand auf seine Privilegien, sie jedoch kümmerte sich wenig darum. Während er nur mit seinem Gefolge den Palast verließ, fand man sie auf dem Marktplatz, wo sie sich kaum anders gab als andere.«

»Also sah das Volk ihn als Helden und sie als eine von ihnen.«

»Das nicht«, lächelte der alte Mann. »Meliande war außergewöhnlich und jeder wusste, wer sie war. Es gab einen anderen, weitaus einfacheren Grund, weshalb die Priesterschaft sie als die Herrscherin von Lytar sehen wollte. Meliande kannte Gnade. Belior nicht.«

»Eine Herrschaft ohne Gnade ist Knechtschaft«, zitierte Lamar und runzelte die Stirn. »Woher stammt dieses Zitat?«

»Aus dem Buch der Göttin«, lächelte der alte Mann. »Ihr findet diese Worte auf jedem Altarstein ihrer Tempel.«

»Wie ging es weiter?«, fragte Lamar.

»Nun, Astrak erreichte das Hauptlager in Lytar ohne Probleme. Gleichzeitig erreichten aber auch die Freunde und die Sera Farindil die Stadt Berendall ...«

26 Die Mauern von Berendall

»Ich dachte, Berendall wäre kaum mehr als ein größeres Dorf«, meinte Garret überrascht, als die massiven Mauern der Stadt in der Ferne sichtbar wurden. »Hätte ich zuvor nicht die Ruinen von Lytar gesehen, wäre ich wohl noch weitaus stärker beeindruckt … aber bei der Göttin, diese Stadt ist dennoch groß genug!«

»Ich denke, es leben etwa dreißigtausend Menschen hinter diesen Wällen«, teilte ihm die Sera Bardin mit. »Berendall ist das Zentrum der Greifenlande und war es seit jeher. Schon vor dem Kataklysmus spielte Berendall eine wichtige Rolle. Auch damals schon beschränkte der Pass nördlich den Zugang zum Tal, der größte Teil des Warenverkehrs wurde von hier aus mit Schiffen nach Lytar verfrachtet.«

»Das erklärt wohl auch diese massiven Wälle«, meinte Garret und wich mit seinem Pferd einem entgegenkommenden Lastkarren aus. »Schwer vorzustellen, dass man diese Stadt erfolgreich belagern kann!«

»Es gibt Belagerungsmaschinen, die schwere Steine über die Mauern werfen können. Es gibt Magie, Krankheit, Hungersnöte und Verrat. Belior verfügt über eine Flotte, die den Hafen blockieren könnte. Zudem fehlen dem Grafen von Berendall die Mittel, die Mauern instand zu setzen, Vorräte anzulegen oder eine Armee aufzubauen. Was nützt eine Mauer, wenn man sie nicht verteidigen kann? Was hilft sie gegen den Feuerodem eines Drachen?«, fragte die Bardin betrübt. »Ohne eine Armee ist die Stadt nicht zu verteidigen!«

»Dann hoffe ich nur, dass es Meister Ralik und dem Hauptmann gelingen wird, die Söldner den Baronen abzuwerben«, meinte Garret. »Am besten wäre es wohl, wenn Meliande auch die Unterstützung der Barone erhalten würde!«

»Setzt Eure Hoffnung nicht allzu sehr darauf. Die hiesigen Barone sind meist nur auf ihren eigenen Vorteil bedacht«, erklärte die Bardin missmutig. »Menschen haben keinen Sinn für Gemeinwohl!«

Garret sah sie überrascht an, doch bevor er ihr darauf antworten konnte, legte Vanessa schlichtend eine Hand auf seinen Arm. »Lass sie«, flüsterte sie. »Sie weiß selbst, dass es nicht stimmt.«

Den feinen Ohren der Bardin entgingen indessen Vanessas Worte nicht. Doch sie reagierte nicht erhitzt, wie man vielleicht hätte befürchten müssen.

»Lytara stellt eine rühmliche Ausnahme dar«, antwortete sie. »Glaubt mir, solche Ausnahmen sind selten.« Sie musterte die Freunde mit einem nachdenklichen Blick. »Ihr werdet lernen müssen, dass die Welt nicht wie Lytara ist. Sie war es noch nie!«

»Ist das gut oder schlecht?«, fragte Garret.

»Das kommt darauf an, ob Lytara den Lauf der Geschichte wird ändern können. Ich habe meine Zweifel daran!« Sie ließ ihrem Pferd die Zügel und stob davon, diesmal allerdings nicht allzu weit.

»Was meint sie?«, fragte Garret Tarlon.

Dieser sah nach vorne, dorthin, wo die Bardin ritt. »Sie glaubt nicht, dass wir gegen Belior bestehen können. Das ist es, was sie meint.«

»Dann werden wir ihr zeigen, dass sie irrt!«, grinste Garret.

Mittlerweile waren sie nahe genug gekommen, um die Geschehnisse an dem vor ihnen liegenden Tor beobachten zu können. Von dem nahe gelegenen Hügel aus, auf dem die Sera Bardin auf die Freunde wartete, lag die ganze Stadt vor ihnen. Garret stellte sich in den Steigbügeln auf und beschattete seine Augen, um sie besser zu sehen.

»Das ist seltsam«, meinte er dann.

»Was meinst du?«, fragte Tarlon.

»Die Soldaten der Wache durchsuchen nur die Wagen, die aus der Stadt ausfahren. Aber um die, die in sie einfahren, kümmern sie sich nicht.« Garret ließ sich in den Sattel zurücksinken. »Irgendwie habe ich gedacht, man würde eher auf unerwünschte Gäste achten. Auf so jemanden wie uns.«

»Warum sollten sie?«, fragte Vanessa. »Dazu müssten sie wissen, dass wir kommen. Zudem, wir stellen keine Bedrohung dar.«

»Das mag sein«, meinte Tarlon bedächtig. »Aber ich denke, *jemand* weiß über unsere Schritte Bescheid.«

»Wie das?«, fragte Garret neugierig.

»Ich fühle mich beobachtet, seitdem wir Mislok verlassen haben«, erklärte Tarlon. »Ich kann niemanden erkennen, niemand verfolgt uns ... dennoch fühle ich, dass jemand seine Augen auf uns hält.«

Garret sah sich um, konnte aber nichts Verdächtiges erkennen. »Ich sehe niemanden.«

»Ich ja auch nicht«, gab Tarlon zu. »Ich fühle nur etwas. Eine Art Aufmerksamkeit.« Er zuckte die massiven Schultern. »Vielleicht beobachtet uns jemand durch Magie, falls so etwas möglich ist.«

»Sera, gibt es solche Magie?«, fragte Garret die Bardin.

Diese seufzte.

»Wahrscheinlich«, teilte sie ihm mit. »Doch wenn uns jemand mit Magie beobachtet, können wir nicht viel tun.«

»Auch Ihr nicht?«, fragte Garret. Sie sah ihn überrascht an.

»Haltet Ihr mich für eine Magierin?«

»Ich wäre nicht überrascht, hättet Ihr Talente in dieser Richtung.«

»Da muss ich Euch enttäuschen, Garret«, antwortete die Bardin schmunzelnd. »Meine Talente reichen dazu aus, Kinder zu beeindrucken, ein paar kleine Tricks, mehr ist es nicht. Wendet Euch an Meliande, ihre Fähigkeiten in den Künsten waren einst legendär.«

»Waren sie das?«, fragte Garret mit einem raschen Blick in ihre Richtung. »Also habe ich mich nicht getäuscht. Auch wenn ihr euch aus dem Wege geht, so habe ich doch das Gefühl, dass Ihr die Hüterin von früher her kennt.«

»Garret«, sagte die Bardin mahnend. »Ihr bohrt schon wieder.«

Doch diesmal war es Vanessa, die dem schlaksigen jungen Mann zu Hilfe eilte. »Sera«, begann sie. »Könnt Ihr nicht verstehen, wie wichtig all dies für uns ist? Wir wissen zu wenig über das, was damals geschah! Ares, Meliande, Ihr und selbst Ser Barius … fragt man euch nach den Geschehnissen von damals, erhält man nur ausweichende Antworten. Wie Garret schon sagte, wie sollen wir verstehen und lernen, wenn wir nicht wissen, aus *was* wir lernen sollen?«

Die Bardin zügelte ihr Pferd und lenkte es zur Seite.

»Vanessa«, sagte sie in ernsthaftem Ton. »Es gab vieles, das zum Untergang beitrug. Die Machtbesessenheit des Reichs, die Herablassung, mit der man anderen Völkern begegnete, die ungeheure Macht und scheinbare Unbesiegbarkeit des Greifen. Ihr wisst schon alles, was man wissen muss. Kurz und bündig: Macht und Überheblichkeit führt zu maßlosem Handeln.«

»Aber was geschah genau?«, bohrte Garret nach. »Könnt Ihr uns nicht einfach sagen, was geschah? Vielleicht auch nur in kurzen Worten?«

Ihr Gesicht verdüsterte sich.

»Es wird Euch nicht weiterhelfen, Garret.«

»Ich bitte Euch, Sera. Könnt Ihr nicht verstehen, wie wichtig es für uns ist?«

»Meint Ihr nicht eher, wie grenzenlos Eure Neugier ist?« Die Bardin seufzte. »Also gut. Der letzte König von Lytar hinterließ zwei Kinder, Zwillinge. Sie waren zu jung, um die Krone zu tragen. Da es Zwillinge waren, wurde beschlossen, dass der hohe Rat der Stadt und die Priesterschaft der Mistral bestimmen sollten, wer die Krone tragen würde. Der Prinz erhob sich gegen seine Schwester, als er erfuhr, dass man ihr die Krone antragen wollte. Er schwor, nicht eher zu ruhen, bis er sein Geburtsrecht in den Händen hielt. Am Vorabend der Krönung schickte er seine treuesten Leute, Leibgardisten, die durch ihren Eid an ihn gebunden waren, in den Tempel der Mistral, um sich mit Gewalt das anzueignen, was ihm verwehrt werden sollte. Als ihm auch dort die Krone verwehrt wurde, ließ er in seinem Zorn die Priesterinnen erschlagen … was folgte, wisst Ihr. Seitdem, seit Jahrhunderten, wurde sein Name nicht mehr genannt.«

»Dies ist wahrlich eine üble Geschichte«, meinte Garret betroffen. »Also war es die Gier und der Zorn eines Einzigen, der dieses Unheil über uns brachte? Wie hieß er?«, fragte er neugierig.

»Könnt Ihr Euch es nicht denken?«, fragte die Bardin grimmig. »Damals wie heute trägt das Unheil den gleichen Namen. Belior. Es ist ein alter Name und nach der Katastrophe wurde er von den Überlebenden nicht mehr verwendet. Manche, die so hießen, änderten ihren Namen sogar. Ich selbst empfand es als ein schlechtes Omen, als ich zum ersten Mal von diesem Belior hörte, der uns nun aufs Neue bedrängt.«

»Meint Ihr, es könnte derselbe sein?«, fragte Vanessa neugierig.

Die Bardin sah sie fast schon erschrocken an.

»Nein«, rief sie und wurde allein schon bei dem Gedanken bleich. »Der Prinz wurde von Loivan für seine Verbrechen gerichtet! Das ist Jahrhunderte her! Belior mag stark in den magischen Talenten gewesen sein, aber er war nur ein Mensch und zudem noch wahnsinnig. Die Strafe, die Lytar ereilte, wäre nichts als eine Farce, wenn dieser Mann entkommen wäre … selbst eure Götter können nicht so grausam sein! Selbst wenn er sich, was undenkbar wäre, damals hätte der Strafe entziehen können, wird ihn das Alter ereilt haben. Ganz gewiss werden seine Knochen irgendwo verrotten!«

»Ich hoffe, er starb so, dass er seine Taten bereuen konnte«, meinte Garret hart.

»Seid Ihr nun zufrieden?«, fragte die Bardin etwas barsch.

»Ja«, antwortete Garret mit einem erleichterten Lächeln. »Es war die Tat eines Einzelnen. Nicht ein jeder in Lytar trug daran Schuld. Das ist es, was ich erhofft habe.«

Die Bardin sah ihn ernst an. »Aber trägt nicht auch jeder, der zuließ, dass es so weit kam, die Schuld daran? Alle die, die wussten, wie gefährlich er war, und es ignorierten? Ihn gewähren ließen, weil er ein Prinz war?«

»Jetzt verstehe ich auch, warum wir heute einen Rat haben, der unsere Geschicke lenkt«, stellte Vanessa nachdenklich fest. »Damit wird so etwas nicht mehr geschehen können.« Sie warf einen Blick hinüber zu Garret. »Sera, Ihr selbst tragt Befürchtungen in Euch, dass Lytar wieder zu alter Macht und damit zu alter Grausamkeit erwachen könnte. Und habt damit auch bei uns die Frage aufgeworfen, ob dies denn möglich wäre. Nun habt Ihr uns die Antwort gegeben. Es wird nicht geschehen!«

»Ich hoffe, Ihr behaltet recht«, sagte die Bardin. Sie suchte Garrets Blick. »Habt Ihr genug erfahren, Garret? Könnt Ihr mir nun meinen Frieden lassen?«

»Ja, Sera«, sagte Garret und deutete im Sattel eine Verbeugung an. »Und ich danke Euch dafür.« Er grinste breit. »Auch wenn ich noch immer nicht weiß, woher Ihr und die Sera Meliande euch kennen.«

Zu Garrets Überraschung schmunzelte die Bardin darüber nur.

»Das, Garret, könnt Ihr sie selbst fragen«, lächelte sie. Sie sah nach vorne, zum Tor. Lange war die Schlange nicht mehr, bald würden sie das Tor und die eindringlichen Blicke der Wachen passieren. Ihr Lächeln verschwand schlagartig.

»Wir haben ein Problem«, sagte sie.

Vor dem Tor stand ein Wachhaus, aus diesem war soeben ein schlanker, junger Mann in einer dunklen Kutte herausgetreten. Einer der Bauern, etwas älter und hager, einfach gekleidet und mit einem Strohhut auf dem Kopf, sah verständnislos auf, als der Mann in der Robe zwei Soldaten ein Zeichen gab. Diese reagierten sofort, traten an den Mann heran und warfen ihn brutal zu Boden. Ohne Rücksicht auf seine Scham zu nehmen, rissen die Soldaten dem Unglücklichen die Kleider vom Leibe und drückten ihn mit harten Sohlen in den Staub. Der Mann in der Robe musterte den Bauern genauer, wandte sich dann mit einer nachlässigen Geste ab und trat wieder in das Wachhaus.

Die Soldaten ließen den verängstigten Mann los, dieser raffte hastig seine Kleider zusammen und ergriff die Flucht, nahm sich nicht einmal die Zeit, seine einfache Kutte wieder überzuwerfen.

Einer der anderen Passanten, seiner Kleidung nach ein Händler, sagte etwas, daraufhin drehte sich einer der Soldaten um und schlug dem Händler mit einer gepanzerten Faust ins Gesicht. Der Händler taumelte mit blutiger Nase zurück, auch andere Passanten gaben dem Soldaten nun ängstlich Raum. Dieser lachte und winkte die Leute mit einer herablassenden Geste davon.

»Ich mag diese Stadtwachen hier nicht«, stellte Garret fest.

»Das waren Soldaten Beliors«, korrigierte ihn Tarlon. »Hast du die Rüstungen nicht gesehen? Sie suchen jemanden und es ist ihnen egal, wer darunter leidet.«

»Nur ist das nicht unser Problem«, sagte die Bardin und zog ihre Kapuze hoch. »Der Mann in der dunklen Robe ist ein Priester Darkoths.«

»Von dem habe ich gehört. Sind das nicht die Priester, die Belior beraten?«, meinte Tarlon. »Als wir in der Börse gefangen waren, sprachen dort die Soldaten des Grafen Lindor von ihnen. In wenig schmeichelhaftem Ton, wenn ich mich recht erinnere. Aber sie kennen uns nicht, warum also stellen sie ein Problem dar?«

»Da die älteren Rassen ihm stets widerstanden haben, fordert der dunkle Gott von seinen Gläubigen auch die Vernichtung der Elfen, was sich ja auch mit Beliors erklärtem Ziel deckt, die Elfennationen zu zerstören. Normalerweise kann ich mich unerkannt zwischen Menschen bewegen, nur hat er die Fähigkeit, mich zu erkennen.«

»Wie das?«, fragte Garret. »Das Einzige, woran er Euch erkennen könnte, wäre Eure Schönheit«, fügte er galant hinzu. »Aber es soll auch schöne Frauen bei uns Menschen geben«, meinte er mit einem Blick zu Vanessa.

Fast wider Willen musste die Bardin schmunzeln.

»Wäre es nur das, sähe ich auch keine Schwierigkeiten«, erwiderte sie. »Doch Darkoth gibt seinen Priestern die Fähigkeit, Feinde ihres Glaubens zu erkennen. Er hat ein langes Gedächtnis und erinnert sich derer, die ihm zu schaden versuchten.« Sie sah Tarlon an. »Vielleicht solltet ihr alleine vorreiten, um die Lage zu erkunden, während ich mir einen anderen Weg in die Stadt suche.«

»Ich lasse Euch nicht alleine«, sagte Garret bestimmt.

»Warum nicht?«, fragte sie überrascht. »Ich habe in solchen Dingen gewiss mehr Erfahrung als Ihr.«

Tarlon war es, der antwortete. »Darum geht es nicht. Es ist nur … wir haben den Auftrag erhalten und jeder verlässt sich darauf, dass wir ihn auch ausführen. Stellt Euch vor, Euch geschieht etwas … dies ist alles zu wichtig, versteht Ihr? Warum besteht diese Feindschaft mit den Elfen eigentlich?«

»Seine Anhänger glauben, dass Elfen durch ihre Lebensspanne ein erhöhtes Maß an Lebenskraft besitzen würden. Solche opfern sie gerne dem dunklen Gott, um seine Macht zu stärken. Heute dürfte es kaum anders sein. Es ist eine Schande, dass diese Schlange ihr Haupt überhaupt erneut erhebt.«

»Wie das?«, fragte Garret, als sie langsam näher an das Tor heranritten.

»Jahrhundertelang hörte man wenig von ihnen. Es ist nur diesem Belior zu verdanken, dass sie wieder die Welt verpesten!«, antwortete die Bardin barsch. »Nur was machen wir jetzt? Wenn wir umdrehen und davonreiten, erwecken wir ihre Aufmerksamkeit erst recht!«

»Dazu ist es ohnehin schon zu spät«, sagte Garret leise, als ein Soldat der Stadtwache sie heranwinkte.

»Das macht zwölf Kupfer Stadtzoll«, meinte der Soldat zu Tarlon, der vorne ritt. »Vier für Euch und acht für die Pferde. Hier.« Er reichte Tarlon vier blau angemalte hölzerne Scheiben hoch, während dieser das Kupfer aus dem Beutel fischte. »Damit könnt Ihr Euch einen Tag lang in der Stadt aufhalten … wollt Ihr länger bleiben, nehmt Euch ein Zimmer und lasst Euch vom Wirt einen anderen Stadtpfand geben. Wir dulden keine Stadtstreicher in Berendall.«

»Danke«, meinte Tarlon höflich und reichte dem Soldaten das Kupfer. »Könnt Ihr uns einen guten Gasthof empfehlen?«

»Versucht es mit der Dürren Gans in der Treibergasse.« Der Soldat grinste und zeigte eine Zahnlücke. »Er ist um vieles besser, als sein Name vermuten lässt.« Er deutete auf das Tor. »Reitet weiter, Ihr haltet den Verkehr auf.«

Wortlos ritten die vier weiter. Als sie durch den massiven Tortunnel hindurch waren, drehte sich die Bardin um und sah zurück. Noch immer war der Priester nicht zu sehen.

»Das ging jetzt ohne Schwierigkeiten«, stellte Garret fest. »Waren Eure Befürchtungen vielleicht doch unnötig?«

»Wir haben Glück gehabt«, antwortete die Bardin mit gefurchter Stirn. »Irgendetwas gefällt mir daran nicht.«

»Euch missfällt, dass wir Glück hatten?«, fragte Garret amüsiert.

»Ich bin solches nicht gewöhnt, wenn es um Belior geht«, antwortete sie. »Ich habe das Gefühl, als wären wir eben geradewegs in eine Falle gelaufen.«

»Vielleicht ist es auch so, Sera«, meinte Garret lachend. »Dass Ihr Euch zu viel Sorgen macht. Hier herrscht kein Krieg und niemand erwartet uns oder ist hinter uns her.«

»Das mag sein«, gab die Bardin zu. »Aber von Euch *weiß* ich, dass Ihr Euch selten mit solchen Sorgen belastet!«

»Recht habt Ihr«, stimmte Garret ihr breit grinsend zu. »Sorgen vermiesen einem nur den Tag!« Er sah hinauf zur Sonne. »Es ist später, als ich dachte. Was meint Ihr, sollen wir uns Zimmer für die Nacht nehmen oder gleich im Hafen schauen, wann ein Schiff fährt? Fahren denn Schiffe überhaupt spät am Nachmittag aus?«

»Das kommt wohl auf die Flut an«, antwortete die Bardin. »Für heute dürfte es allerdings zu spät sein. Also sollten wir beides tun, uns Zimmer nehmen und den Hafenmeister fragen, welche Schiffe zurzeit hier vor Anker liegen und welche Ziele sie haben.«

»Dann also den Gasthof zuerst«, sagte Garret und versuchte,

sein Pferd zu beruhigen, dem die vielen Menschen auf den Straßen genauso wenig geheuer waren wie ihm.

»Die Flut hat etwas mit dem Meer zu tun, nicht wahr?«, fragte er dann Tarlon.

Der nickte. »Die beiden Monde ziehen das Wasser herauf zu sich, sodass eine Art Beule auf dem Meer entsteht, deshalb entstehen an den Ufern unterschiedliche hohe Wasserstände. Da wir zwei Monde haben, ist es recht kompliziert, zu berechnen, wann wo Flut ist.«

»Ach so«, sagte Garret und gähnte. »Das wäre mir zu kompliziert. Ich würde die Häfen einfach so tief ausheben, dass sie auch dann tief genug sind, wenn nicht Flut ist.«

»Das wäre dann Ebbe. Darum geht es nicht, Garret. Wenn man auf dem Höhepunkt der Flut ausläuft, hat man die Strömung für sich, weil sie dann in die Ebbe umschlägt.«

Garret lachte. »Ich sehe schon, die Seefahrt ist nichts für mich. Woher weißt du das alles?«

»Ich habe es in einem Buch gelesen.«

»Das ist auch nichts für mich. Ich finde lieber selbst heraus, wie etwas ist. Außerdem, wenn ich etwas wissen will, kann ich ja dich fragen.«

»Schön, dass du das so siehst«, antwortete Tarlon in einem leicht gequälten Ton, der Vanessa kichern ließ. Doch Garret achtete schon gar nicht mehr darauf, er hatte die Hand gehoben und zügelte sein Pferd.

Weiter vorne, kurz bevor die Straße auf den Marktplatz traf, hatte sich eine wütende Menschenmenge gebildet. Obwohl sie vom Rücken ihrer Pferde eine bessere Sicht besaßen, war nicht sofort erkennbar, was die Menge derart erzürnte, im nächsten Moment jedoch stolperte ein hagerer Mann aus einem Haus hinaus auf die Straße, dicht gefolgt von einem schwer gepanzerten Soldaten im Wappenrock Thyrmantors.

Bevor der ältere Mann fliehen konnte, traf ihn ein harter Schlag in den Rücken, der ihn zu Boden warf, dann schien der Soldat nach dem Mann zu treten. Unter den Buhrufen der Menge trat nun einer der dunklen Priester aus dem gleichen

Haus heraus, bückte sich und zog den blutenden Mann mit einem Griff in dessen Haare nach oben.

Mit der anderen Hand griff er einen Unglücklichen beim Kinn, drehte ihn hierhin und dorthin, musterte ihn gründlich, um ihn dann nachlässig wieder fallen zu lassen.

Von weiter hinten flog eine Tomate im hohen Bogen heran und verfehlte den Priester nur knapp. Der Mann schaute auf die Menge vor sich, die erschreckt und schweigend zurückwich, dann schufen die Soldaten ihm mit harten Schlägen einen Pfad durch die Menge.

»Einen Moment lang dachte ich, die Leute würden sich auf den Priester stürzen«, meinte Garret und kratzte sich am Kinn. »Ich bin fast schon überrascht, dass es nicht geschah.«

»Dort«, meinte Tarlon und wies mit der Hand zum Marktplatz, wo ein anderer Priester stand, ebenfalls von vier schwer gepanzerten Soldaten begleitet. Auch er hatte das Geschehen am Haus verfolgt. »Unbewaffnete Bürger gegen gewappnete Soldaten mit Schwertern«, sagte Tarlon nun bedächtig, während er sich am Sattelknauf abstützte. »Das wäre nicht gut ausgegangen.«

»Es ist dumm«, stellte Garret fest, während er zusah, wie der erste Priester etwas weiter entfernt ein anderes Haus betrat. »Sie scheinen nicht einmal zu bemerken, dass sie sich Feinde schaffen.«

»Sie sehen jeden, der sich nicht ihrem dunklen Gott beugt, als Feind an«, meinte die Bardin. »Da kommt es auf ein paar mehr nicht an.«

»Ich verstehe nur eines nicht«, meinte Garret verwundert. »Hat nicht Euer Freund Hiram gesagt, dass sich die Bevölkerung an die Anwesenheit der königlichen Soldaten gewöhnt hätte? Sie ihr Gold dankbar genommen hätten und sie fast schon willkommen geheißen hätten? Nach einem freundlichen Willkommen sieht mir das aber nicht aus.«

»Es muss sich etwas geändert haben«, antwortete die Bardin. »Ich war schon lange nicht mehr in der Stadt, die Enge und Betriebsamkeit hier schlägt mir aufs Gemüt. Aber wenn solche

Vorkommnisse üblich gewesen wären, hätte ich davon gewusst.«

»Da vorne ist die Dürre Gans«, sagte Garret und wies mit der Hand auf das Schild des Gasthofs. Er drehte sich im Sattel nach der Bardin um. »Was machen wir jetzt? Es sieht aus, als ob diese Priester die Häuser durchsuchen. Was ist, wenn sie in den Gasthof kommen und Euch finden?«

Die Bardin beobachtete verstohlen den Priester auf dem Marktplatz. »Welche andere Möglichkeit bleibt uns? Wir können hoffen, dass sie den Gasthof schon durchsucht haben.« Ihr Gesicht verhärtete sich. »Ich habe schon anderes überstanden.«

»Ich frage mich, wen sie eigentlich suchen«, meinte Garret und lenkte sein Pferd näher an eine Tafel heran, auf der Steckbriefe hingen. Im nächsten Moment stutzte er, beugte sich im Sattel vor und riss einen der Steckbriefe ab.

»Das verstehe ich nicht …«, meinte er dann und reichte die Zeichnung an die anderen weiter.

»Das ist Meister Knorre!«, rief Vanessa überrascht. »Aber wie kann das sein? Er ist doch tot.«

»Vielleicht ein alter Steckbrief?«, fragte Tarlon Garret. Der schüttelte nur langsam den Kopf, während er gebannt auf einen der anderen Steckbriefe sah.

»Das glaube ich nicht«, sagte er und gab seinem Pferd leicht die Sporen. »Lasst uns weiterreiten und kein Aufsehen erregen.«

»Sagt der, der eben einen Steckbrief abriss«, sagte Vanessa und sah immer noch ungläubig auf die Zeichnung in ihrer Hand. »Warum meinst du, dass es ein neuer Steckbrief sei?«

»Weil er über ältere geklebt worden ist und direkt neben diesem ein Bild von Argor gehangen hat«, antwortete Garret mit einem freudigen Funkeln in den Augen. »Ich weiß nicht, wie es möglich ist, aber die beiden leben!«

»Ich bin froh, das zu hören«, sagte Tarlon lächelnd. Er las jetzt auch den Steckbrief. »Du hast das Bild schlecht abgerissen, was stand denn da, weshalb man sie sucht?«

»Wegen Mord an einem Darkoth-Priester«, lachte Garret

leise. »Offenbar mögen die beiden diese Priesterschaft auch nicht!«

»Gar so erfreulich ist es nicht«, stellte Tarlon fest. »Der Mann am Tor und der Mann, der eben aus seinem Haus gezerrt wurde … beide waren groß und hager, in etwa von Meister Knorres Statur. Die Priester suchen Meister Knorre und es ist ihnen egal, wer darunter leidet.« Er wandte sich an die Bardin, die schweigend zugehört hatte, nur ihre Augen waren ständig in Bewegung.

»Die Belohnung beträgt zehn Kroner. Ist das viel?«

»Etwa drei Jahreslöhne für einen Handwerksmeister«, antwortete die Bardin. »Für achtzig oder neunzig Kroner kann man hier ein kleines Haus kaufen.« Sie sah die drei anderen bedeutsam an. »Mehr als genug also, um selbst einen ehrlichen Menschen in Versuchung zu führen.«

Sie waren mittlerweile am Gasthof angekommen und ritten in den Hof, ein Stallbursche kam ihnen entgegen und hielt die Zügel, während sie absaßen.

»Wir sollten sehen, dass wir möglichst schnell für Euch ein Schiff finden, Sera«, meinte Garret, als er seinen und Vanessas Beutel über seine Schultern schwang. »Ich kann nicht sagen, dass ich von Berendall begeistert bin.« Er grinste plötzlich. »Göttin, Argor und Knorre leben! Ich würde am liebsten einen Freudentanz aufführen und der Göttin lautstark danken!«

Tarlon ließ zwei Kupfer in die Hand des Stallburschen fallen und warf Garret einen mahnenden Blick zu.

»Das solltest du dir für später aufheben«, meinte auch Vanessa und wies Garret mit einem Blick darauf hin, dass am Tor der Priester von eben stand, der zu den vieren hinübersah.

»Geht weiter!«, mahnte die Bardin. »Wir sollten ihm besser nicht auffallen!«

Doch schon im nächsten Moment wandte sich der Priester ab und ging weiter.

Garret hingegen blieb stehen.

»Wir sind noch gar nicht richtig in der Stadt«, stellte er angewidert fest. »Kaum angekommen! Und dennoch fühle ich mich jetzt schon eingeschüchtert und wie gejagt! Das darf doch wohl nicht sein!«

»Was willst du tun, Garret?«, fragte Vanessa und zog ihn am Arm durch die Tür des Gasthofs. »Willst du einen Krieg anfangen?«

»Wieso anfangen?«, sagte Garret unwirsch. »Ich dachte, wir hätten bereits Krieg!«

»Fehlt Euch dazu nicht eine Armee?«, flüsterte die Bardin scharf von der Seite. »Lasst es gut sein, Garret! Im Moment sollten wir nicht auffallen.«

»Wenigstens tun Argor und Meister Knorre etwas«, grummelte Garret.

Tarlon öffnete eine weitere Türe und sie betraten den Gastraum. Besonders gut war der Gastraum nicht gefüllt und die wenigen Gäste standen an der Tür zum Marktplatz und an den Fenstern. Nur der Wirt stand hinter der Theke und putzte Becher.

»Guter Mann«, begann Tarlon. »Habt Ihr zwei gute Zimmer frei? Eines für die Seras und eines für ihn und mich?«

»Selbstverständlich. Das macht drei Kupfer die Nacht. Wenn Ihr etwas zu essen wünscht, gibt es einen guten Braten für drei Kupfer, mit gutem Bier, wenn Ihr vier zahlen wollt.«

»Das hört sich nach einem guten Vorschlag an«, meinte Garret mit einem gewinnenden Lächeln. »Und nach dem Essen«, meinte er flüsternd zu Tarlon, »gehe ich Meister Knorre und Argor suchen.«

27 Pulvers Rat

Oben am Pass stand Meister Ralik auf einem Felsen und sah zu, wie die Männer die schweren Wagen aus dem Dorf abluden, die mit Materialien und Werkzeugen beladen waren. Obwohl vor jeden Wagen vier bis sechs Ochsen gespannt worden waren, waren die Wagen nur langsam vorangekommen und hatten den Pass erst am späten Mittag erreicht.

Hernul, Tarlons Vater, der den Wagenzug anführte, hatte den Großteil der schweren Gespanne gestellt. Zudem hatte niemand sonst so viel Erfahrung wie er, wenn es darum ging, schwere Lasten durch unwirtliches Gelände zu transportieren. Meister Hernul trat den Bremshebel nach vorne und stellte ihn fest, dann sprang er behände vom Kutschbock ab und gesellte sich zu dem Zwerg.

»Wie ich sehe, habt ihr es euch schon recht bequem gemacht«, meinte er und griff dankend nach dem Wasserschlauch, den Ralik ihm reichte. Er schaute auf das Lager vor dem alten Wall, das langsam Form annahm. »Wie geht es sonst voran?«

»Im Moment räumen wir noch die Trümmer weg«, antwortete Ralik. »Die meisten der Gebäude hier sind vorerst nicht mehr zu gebrauchen. Aber wir haben Glück, es sieht aus, als seien die Mauern der alten Messe noch brauchbar, ein neues Dach dafür und wir haben einen trockenen Ort für die Leute. Mit etwas Glück können wir auch die Küche wieder gangbar machen.«

Hernul sah zu dem Wall hinauf.

»Was ist damit?«, fragte er dann.

»Die Basis ist, bis auf den Riss dort drüben, noch intakt. Wir überlegen noch, ob wir einen Teil abreißen sollen, um ihn dann komplett neu aufzubauen, oder ob wir versuchen sollten, ihn zu reparieren. Das oberste Stockwerk des Wehrturms ist verloren, aber die drei unteren können wir wahrscheinlich retten, wenn wir neue Böden einziehen.« Er sah zu dem großen Holzfäller hoch. »Zumindest für die Böden und die Dachfirste brauchen wir ein paar stabile Eichenbalken.«

»Abgelagertes Holz, wenn es etwas taugen soll«, meinte Hernul nachdenklich. »Ich habe Holz mitgebracht, darunter auch ein paar Balken, die sich vielleicht als Dachfirste eignen werden. Wahrscheinlich aber muss ich noch zu meinem Lager im Dorf. Das da drüben ist die Messe?«

»Ja.«

Hernul betrachtete das alte Gemäuer mit kritischen Augen. »Ich habe zwei alte Stämme im Lager liegen, die mein Vater noch geschlagen hat. Einer davon sollte lang genug sein.« Er nahm noch einen Schluck aus dem Weinschlauch und reichte diesen dann an Ralik zurück. »Ich habe ein gutes Drittel meines Lagers schon aufgebraucht, solche Balken werden nicht oft gebraucht und die meisten, die ich hatte, wurden bei der Reparatur des Gasthofs verbraucht.«

»Brauchst du mehr Männer?«, fragte Ralik.

»Das weiß ich, wenn ich mir das hier alles genauer angesehen habe. Wenn ich noch Leute brauche, wende ich mich an Pulver.«

Der Zwerg verzog das Gesicht. »Du meinst die Gefangenen?«

»Der Gedanke scheint dir nicht zu gefallen«, stellte Hernul fest.

»Richtig«, sagte Ralik. »Ich mag es, wenn Dinge ihre Ordnung haben. Feind ist Feind. Freund ist Freund. Ich vertraue nicht leicht. Von jemanden, der vor wenigen Wochen unser Dorf angriff, kann ich wohl kaum die Loyalität verlangen, die es braucht, um es zu verteidigen.«

Hernul lachte.

»Tatsächlich hilft die Tatsache, dass wir sie besiegt haben. Es scheint so, als habe Belior noch niemals auch nur eine einzige Schlacht verloren. Es gibt ihnen Hoffnung, etwas gegen ihn tun zu können.«

»Belior war nicht dabei«, sagte Ralik verbittert. »Ich hätte es Argor gewünscht. Und ich verstehe diese Leute nicht. Wenn sie gegen Belior stehen, warum haben sie ihm dann gedient?«

»Sie sagen, weil Kanzler Belior den Prinzen als Pfand hält.«

»Wenn dem so ist, können wir damit rechnen, dass sie die Waffen niederlegen, wenn Belior droht, dem Prinzen auch nur ein Haar zu krümmen.« Ralik schüttelte den Kopf. »Ich hätte nie gedacht, dass ich das sagen würde, aber da vertraue ich den Söldnern doch mehr. Wenigstens sind sie in ihrer Gier ehrlich.«

»Wie geht es mit der Anwerbung der Söldner voran?«

»Noch gar nicht«, antwortete der Zwerg enttäuscht. »Wir sind ja auch erst gestern hier angekommen und Hendriks ist in keiner guten Verfassung. Wir werden noch einen Tag warten müssen, bevor er aufbricht. Das passt mir gar nicht. Die Hüterin wird ihn begleiten, dazu noch ein gutes Dutzend seiner Männer. Von uns wird keiner mitreiten. Wer sagt uns, dass sie es nicht darauf abgesehen haben, die Hüterin zu erschlagen und sich dann mit dem Gold aus dem Staub zu machen?«

»Niemand. Wir müssen vertrauen. Wenn nicht in die Söldner, dann in sie.«

»Hrumpf!«, knurrte der Zwerg. »Wir wissen über sie beinahe noch weniger als über die Söldner! Wieso vertraut ihr jeder, als ob er sie seit Jahrzehnten kennen würde? Wir wissen erst seit wenigen Wochen von ihr … hat jeder vergessen, dass sie im Depot ein Unleben führte und nicht etwa im Dorf wohnte?«

»Nun, Barius steht immer noch in der Gnade seines Gottes. Wäre sie nicht vertrauenswürdig, hätte sein Gott ihr sicherlich nicht gestattet, von den Toten zurückzukehren. Aber ich denke, es liegt an etwas anderem.«

»An was denn?«, fragte der Radmacher bissig. »Daran, dass sie für menschliche Augen ein angenehmer Anblick ist?«

»Das auch«, lachte Hernul und klopfte seinem Freund auf die gepanzerte Schulter. »Die Leute mögen sie. Ich ebenfalls.«

»Und was ist mit deiner Frau? So lange liegt sie ja noch nicht in ihrem Grab!«

Hernuls Gesicht verhärtete sich.

»Das, mein Freund, war unangebracht.«

Ralik sah hoch zu ihm und schluckte.

»Ich brauche dir nur in die Augen zu sehen, um den Schmerz noch erkennen zu können. Du hast recht, Hernul, das war unverzeihlich. Es ist nur …«

»Argor.«

Ralik nickte. »Es gehört sich nicht, dass ein Vater den Sohn überlebt. Er war alles, was mir blieb.«

»Ich weiß genau, was du meinst«, sagte Hernul langsam. Er stemmte die Hände in die Hüften, streckte sich und sah nachdenklich nach oben.

»Manchmal frage ich mich, ob es wirklich ein vorgezeichnetes Schicksal gibt, ob die Götter mit einem Finger auf einen deuten und sagen: Du bist der Nächste. Aber vielleicht ist es alles nur Zufall und wir geben den Göttern die Schuld, wo keine ist. Weil es einfach … geschieht.«

»Ich bilde mir ein, dass alles, was wir tun, einen Sinn ergibt. Nur würde ich ihn gerne verstehen. Wie hältst du das aus? Vanessa und Tarlon, wie konntest du sie gehen lassen?«

»Hättest du Argor zurückhalten können oder wollen? Selbst wenn du gewusst hättest, was geschehen wird? Ohne sein Opfer … Ralik, wir hätten es versucht, aber es ist mehr als zweifelhaft, ob wir gegen Lindors Regimenter hätten bestehen können.«

»Vielleicht«, sagte der Zwerg müde. »Vielleicht.«

»Ich konnte in der ersten Nacht nicht schlafen«, teilte Hernul ihm mit. »Aber in der nächsten Nacht träumte ich von ihnen. Von Vanessa, Tarlon, Garret und auch der Bardin. In meinem Traum sah ich, wie sie hier ankamen.« Er schüttelte lachend den Kopf. »Es ist alles Einbildung, aber ich schlafe besser dadurch.«

»Vielleicht ist es mehr als ein Traum.«

Hernul schüttelte lachend den Kopf. »Dann hätte Garret einen Kronok in stockdunkler Nacht erschossen. So gut ist selbst Garret nicht.«

»Doch, das ist er«, sagte Ralik leise und musterte seinen alten Freund aufmerksam. »Der Kronok liegt jenseits des Walls in einem kleinen Wäldchen.« Er stand auf und berührte Hernul, der ihn nur ungläubig ansah, mit einer gepanzerten Faust leicht am Arm.

»Ich wünsche dir noch viele solcher Träume, Freund. Und solltest du die Hüterin Meliande suchen, findest du sie am alten Wehrturm.«

»Der Göttin Segen mit Euch«, begrüßte Hernul die blonde Hüterin, die am Fuße des alten Wachturms einen alten Plan studierte, den sie mit Steinen auf einem provisorischen Tisch festgemacht hatte. »Ralik sagte mir, Ihr würdet überlegen, ob es besser wäre, das oberste Stockwerk des Turms abzureißen.«

»Die Göttin mit Euch, Meister Hernul«, lächelte Meliande. »Darin sind wir uns noch nicht ganz einig. Ihr seid mit den Wagen gut durchgekommen?«

»Es ging so, Sera«, antwortete Hernul. »Die Händler haben über die Jahre den Passweg von den gröbsten Hindernissen befreit, aber für einen Holztransport braucht man mehr Platz.« Er sah zu dem Passwall zurück. »Wir haben unter all der Erde und den Steinen einen alten Weg gefunden. Er liegt fast einen Meter tief … wäre er noch befahrbar, wir hätten nur die Hälfte der Probleme. Ich kann mir gar nicht vorstellen, wie es möglich war, solche Straßen zu bauen.«

»Es gab eine Abteilung des Heeres, die sich damit beschäftigte. Und wir hatten andere Wagen, die mehr Last aufnehmen konnten. Und letztlich gab es die Golems, die uns erlaubten, schwere Blöcke mit Leichtigkeit an die richtigen Stellen zu bringen.«

»Ein solcher wäre bestimmt hilfreich«, meinte Hernul. »Habt ihr Golems im Depot gelagert?«

Sie zögerte einen Moment, bevor sie Antwort gab.

»Wir haben einen Helm, der einen Golem steuern kann«, sagte sie widerwillig. »Die Golems selbst waren zu groß, als dass wir sie im Depot unterbringen konnten. Wir haben einen neben dem Depot vergraben. Nur …«

»Haben sie auch diese zerstörerische Wirkung auf den Geist?«, fragte er.

»Nein. Die Golems sind unbeseelt. Anders als die Animatons besitzen sie keinen eigenen Geist, sie sind nicht mehr als Maschinen.«

»Also ist nicht jeder Animaton schädlich für den, der sie steuert?«

Wieder zögerte sie.

»Nein. Es gibt viele, die nicht schaden. Die Pferde zum Beispiel … es braucht nicht diese Verschmelzung wie bei den Falken, um sie zu reiten. Andere … andere schaden auch nicht.«

Hernul sah sie aufmerksam an.

»Was spricht dann dagegen, diese Animatons zu nutzen? Wenn ihr nicht den Nutzen gesehen hättet, hättet ihr wohl kaum die Animatons ins Depot eingelagert.«

»Warum fragt Ihr, Meister Hernul? Ihr habt doch selbst einen Platz im Rat der Ältesten, habt Ihr nicht auch die Entscheidung getragen, die Animatons nicht zu nutzen?«

»Wir wollen diese Kriegsgeräte nicht. Aber was ist mit anderen Dingen, die eine Nutzung im Frieden haben? Alleine diese Pferde, wenn sie so stark sind, wie ich es denke, werden sie meinen Wagen ohne Schwierigkeiten hinauf zu diesem Pass ziehen können. Alleine das wäre schon von ernormem Nutzen. Was spricht dagegen?«

»Jedes Animaton ist von Nutzen«, sagte Meliande. »Die Fertigung jedes Einzelnen war mit einem großen Aufwand verbunden. Schmiedemeister, Ingenieure, Gelehrte und Meister der Magie waren beteiligt, die Kosten hoch genug, dass man für jeden Animaton fünf Paläste hätte bauen können. Man hätte diesen Aufwand nicht getrieben, wären sie nicht von Nutzen gewesen.«

»Aber?«, fragte Hernul. »Es hört sich an, als gäbe es einen Haken an der Sache?«

»Welche Auswirkung hat ein Pferd, das nie ermüdet und dem keine Armbrust und kein Schwert schaden kann, auf einen Kampf?«

»Ihr meint ein Reittier wie diese Echsen, die von den Kronoks geritten werden? Wenn wir dem etwas entgegensetzen könnten, wäre es gut. Sera«, sagte Hernul ernsthaft, »was ist möglich mit dem, was im Depot lagert? Zu was wären wir fähig, würden wir damit gewissenhaft umgehen?«

»Zu vielem, Meister Hernul, zu vielem. Nur ist es so wie an einem See, in den Ihr ein Steinchen werft. Die Wellen werden sich ausbreiten, alles berühren, was sich im See und auch am Rand befindet, selbst wenn man die Welle nicht mehr sieht. Die Macht Lytars, das Ungleichgewicht, das so entstand, erlaubte anderen keine Entwicklung, alle anderen waren hilflos vor unserer Macht ... unserem Wissen. Dieser Knorre ... er *wusste*, wie er den Staudamm als Waffe nutzen konnte. Es ist das Wissen, nicht die Waffen, Hernul, das Lytar so mächtig machte. Wissen, das an einem Ort gesammelt war, eifersüchtig gehütet, der Welt vorenthalten. Jetzt ist es vergangen. Die Welt hat ein neues Gleichgewicht gefunden, eines, in dem Lytar nicht mehr wiegt als andere. Und so ... Meister Hernul, so ist es gut.«

»Ihr findet, die Welt sei im Gleichgewicht? Was ist mit Kanzler Belior, belastet er die Waage nicht zu seinen Gunsten?«

»Doch. Aber genau das ist die Lehre, die ich zog. Die Welt braucht ein Gleichgewicht. Ihr seid dieses Gleichgewicht. Lytara. Ihr werdet ihn aufhalten können.«

»Es braucht mehr als einen Wall aus verwitterten Steinen dazu«, sagte Hernul ernst. »Es braucht den Tod tapferer Menschen, unschuldig vergossenes Blut, Schmerzen und Leid. Wenn sich in diesem Depot etwas befindet, das uns hilft, Leid und Pein zu verhindern, wäre es nicht unsere Pflicht, dies zu nutzen?«

»Gäbe ich Euch eine Waffe, die Euch unbesiegbar macht, damit Ihr diesen Feind schlagen könntet, würdet Ihr sie wieder weggeben, wenn der Sieg Euer ist? Oder würdet Ihr nicht eher diese Waffe behalten wollen, für den Fall, dass ein neuer Feind kommt?«

»Ich würde sie sicher verwahren. So, wie Ihr es getan habt.«

Sie sah ihn überrascht an, dann nickte sie.

»Ja. Das war der Grund. Aber auch, dass niemand anderes diese Waffen in die Hände bekommt.«

»Dann ist es nur so, dass Ihr es uns nicht zutraut, mit diesem Wissen und der Macht des Depots umzugehen. Ihr haltet uns für Kinder, die nicht wissen, dass ein Dolch scharf sein kann.«

»Nein«, erwiderte sie. »Das ist nicht wahr. Wir waren die Kinder. Wir haben uns an einem Feuer verbrannt, mit dem wir nicht achtsam umgingen. Es darf sich nicht wiederholen.«

»Warum dann überhaupt all das in einem Depot zusammentragen? Warum habt Ihr es nicht auf ein Schiff geladen und dieses in den Tiefen des Ozeans versenkt?«

»Stolz«, antwortete sie. »Und ein Traum, eine Hoffnung, dass es einst eine Welt geben wird, in der dieses Wissen nicht zum Schaden anderer verwendet wird. Eine Welt, in der dieses Wissen jedem zusteht und niemandem vorenthalten wird.«

»Ein kühner Traum. Aber was ist mit der Krone, Sera? Bringt sie die Welt aus dem Gleichgewicht? Was wisst Ihr über sie?«

»Die Krone?«, sagte sie langsam. »Von allen Dingen, die je in Lytar geschaffen wurden, ist sie das Mächtigste.« Sie sah Hernul ernsthaft an. »Es heißt, der Erschaffer stahl das Wissen um ihr Wesen von der Göttin selbst. Es war sein Meisterwerk, nie hat ein Mensch Größeres erschaffen! Er vergaß nur eines: Was für einen Gott bestimmt ist, lastet in der Regel schwer auf einem Menschen. Wir sind keine Götter … und die Krone ist nicht für uns bestimmt.«

»Gibt es nicht einen Mittelweg? Wissen, das in diesem Depot bereitliegt, das uns helfen kann, *ohne* dass das Gleichgewicht zerstört wird? Ich meine …« Hernul stockte.

»Was meint Ihr, Meister Hernul?«, fragte die Sera sanft.

Hernul bückte sich und nahm einen Stein auf, hielt ihn hoch. »Ihr seid bewaffnet und gerüstet, Sera, ich bin es nicht. Ihr seid gelehrt in altem Wissen und Magie, auch das geht mir ab. Aber … wenn ich mich *entscheide*, Euch mit dem Stein zu erschlagen, während Ihr Euch dazu *entscheidet*, nicht das zu nutzen, was Ihr besitzt und könnt, wer von uns hätte mehr Macht über den anderen?«

Sie betrachtete skeptisch den Stein. »Ich könnte mich *entscheiden*, nicht vom Stein getroffen zu werden.«

Hernul sah sie an, lachte und ließ den Stein wieder fallen. »Damit habt Ihr wohl auch wieder recht.«

»Worauf wollt Ihr hinaus, Meister Hernul?«, fragte Meliande.

»Ich meine«, sagte Hernul, »dass es nicht darauf ankommt, wie groß die Macht ist, die man erlangt, sondern wie man sich entscheidet, damit umzugehen. Die Entscheidung ist immer die gleiche. Im Kleinen wie im Großen.« Er suchte ihren Blick und hielt ihn. »Wir sind keine Kinder, Sera. Aber wenn sich in dem Depot etwas findet, was uns hilft, ohne das Gleichgewicht zu gefährden, müsstet Ihr uns nicht entscheiden lassen, wie wir damit umzugehen wünschen? Ihr, Barius und die anderen, ihr seid die letzten verbliebenen Hüter. Wollt ihr uns das Erbe vorenthalten oder wollt ihr uns lehren, damit vernünftig und gewissenhaft umzugehen?« Er schmunzelte. »Vielleicht würdet ihr uns lehren wollen, wie wir uns entscheiden können, *nicht* von Beliors Stein getroffen zu werden?«

Meliande sah ihn überrascht an, dann lachte sie. »Geschlagen mit den eigenen Worten. Meister Hernul, ich muss mich mit Barius beraten. Es kann keine leichtfertige Entscheidung sein. Zu viel steht auf dem Spiel. Aber … aber vielleicht habt Ihr recht. Es wird Dinge geben, die Euch nützen, ohne dass es die Welt aus den Angeln hebt. Jetzt weiß ich, woher Tarlon seine Geistesschärfe hat.«

»Nicht von mir, das ist gewiss«, lächelte Hernul etwas wehmütig. »Das verdankt er seiner Mutter.«

»Schade, dass ich sie nicht kennenlernte«, sagte Meliande sanft. »Aber was führte Euch ursprünglich zu mir?«

»Was, wenn es Eure Gesellschaft gewesen wäre, die mich anzog?«

»Danke«, lächelte sie. »Aber das ist nicht der einzige Grund, nicht wahr?«

»Meister Pulver bat mich, ein paar Fragen an Euch zu richten.«

»Meister Pulver«, sagte die Sera nachdenklich. »Nun, habt Ihr alle Eure Antworten?«

»Nein.« Hernuls Blick wich nicht von ihren Augen, als er weitersprach. »Eine Frage habe ich Euch noch nicht gestellt.«

»So stellt sie.«

Hernul griff in seine Weste und nahm eine große goldene Münze heraus. In der späten Sonne funkelte und glänzte sie, als sei sie frisch geprägt.

»Habt Ihr diesen Mann schon einmal gesehen?«, fragte er und hielt die Münze so, dass sie die Prägung sehen konnte. Sie zeigte einen Mann mit schmalem Gesicht, gerader Nase und hoher Stirn.

Sie zog bleich die Luft ein.

»Das kann nicht sein«, hauchte sie.

»Das ist der Regent von Thyrmantor«, teilte Hernul ihr mit. »Wir fanden diese Münze bei den Sachen des Magiers, der das Feuer auf uns herabbeschwor.« Er griff erneut in seine Tasche und entnahm ihr eine andere Münze, die er in ihre Hand legte. »Und diese hier fand Pulver bei dem Gold im Keller.«

Sie sah auf die Münze herab. Dort, auf der Prägung, prangte ihr eigenes Gesicht. Langsam, mit nur einem Finger drehte sie die Münze um. Auf der anderen Seite war das Gesicht Beliors zu sehen, jünger zwar, aber unverkennbar der gleiche Mann wie auf der Münze aus Thyrmantor.

»Pulver meinte, diese Münze sei eine Gedenkmünze gewesen, geprägt zu Ehren der Zwillinge an ihrem sechzehnten Geburtstag. Zu Ehren der Erben des Greifen. Sie zeigt Prinzessin Meliande und Prinz Belior von Lytar.«

Wenn möglich wurde sie noch bleicher. »Wie lange wisst Ihr es schon?«

Hernul sah sie an und zuckte die Schultern. »Ich? Seit vorgestern. Pulver kam zu mir, bevor ich aufbrach. Er? Ich vermute, er wusste es in dem Moment, in dem er Euch das erste Mal sah. Er sagte, wenn er die Wahl hätte, die Krone jemandem zu geben, dann dem, der sie nicht will.«

»Ich will die Krone nicht«, flüsterte sie.

»Ja«, sagte Meister Hernul. »Genau das meinte er wohl damit. Eines soll ich Euch noch ausrichten und es findet auch meine Unterstützung.«

»Und was wäre das?«, fragte sie.

»Ihr seid eingeladen, dem Rat der Ältesten beizutreten.« Hernul lachte leise. »Pulver sagt, er würde gerne darauf bestehen.«

Er verbeugte sich vor ihr. »Ich glaube, ich werde jetzt diesen alten Gasthof aufsuchen. Ich will sehen, ob man mir noch einen Eintopf übrig ließ. Die Göttin mit Euch, Sera.«

»Und mit Euch, Meister Hernul«, antwortete Meliande und sah Tarlons Vater nachdenklich hinterher, als dieser sich zwischen den Steinen vorsichtig einen Weg hinunter zum Gasthof suchte.

Dann sah sie wieder auf die Münze in ihrer Hand herab. »Verflucht sollst du sein«, flüsterte sie. »Wie ist das nur möglich? Welche Gier lebt in dir, dass du deinen Tod überdauert hast? Diesmal, Bruder, werde ich keinen Lidschlag zögern, dich zu erschlagen! Göttin!«, rief sie und ballte die Faust um die Münze, um sie dann verzweifelt gen Himmel zu recken. »Wie konntest du zulassen, dass *er* deinem Strafgericht entkam? Wie konntest du das *zulassen*!«

In einem dunklen Raum weit oben im Norden, in einem Zimmer hoch in einem Turm, zu dem niemand sonst Zutritt besaß, nahm der Kanzler und Regent von Thyrmantor seine Hand von einer gläsernen Kugel, langsam verblasste dort das Bild Meliandes.

»Du hast lange gebraucht, um zu verstehen, Schwester«, lächelte er kalt und wandte sich an den Kriegsmeister, der neben ihm stand. »Ihr seid sicher, dass Euer Plan noch besteht?«, fragte er mit harter Stimme.

»Nun, Kanzler«, antwortete der Kriegsmeister, »Ihr kennt ssie besser alss wir. Wird ssie Ruhe finden, bevor ssie Euch gestellt hat?«

Belior lachte.

»Wohl kaum. Sie hasst mich nicht minder als ich sie. Jetzt wird nichts mehr sie aufhalten. Wartet ab, sie wird darauf drängen, die Söldner aufzusuchen, versuchen, sie mit ihrer goldenen Zunge zu bewegen, sich ihr anzuschließen. Vielleicht verliert sie sogar die Geduld und kommt alleine.«

»Es macht keinen Unterschied. Wir werden ssie erwarten«, lispelte der Kriegsmeister. »Ssie kann unss nicht ssehen, nicht finden, bis wir ssie ergreifen. Fragt nicht, ob wir uns ssicher sind. Stellt Euch die Frage, ob Ihr ssicher seid, dass diesess Weibchen das Rissiko wert isst.«

»Risiko? Ihr sagtet, Ihr wäret sicher, dass Euer Plan Erfolg zeigen wird.«

»Es gibt immer etwass, das man nicht planen kann. Ihr sseid selbst das besste Beispiel. Wie hätten wir wissen sollen, dass Euch diese Frau wichtiger ist als Berendall? Sie isst ein Weibchen.«

»Sie ist die Einzige, die mir gefährlich werden kann.«

»Euch mit Eurer Macht? Wacht nicht Euer dunkler Gott über Euch?«

»Sie ... Ihr versteht nicht, Kriegsmeister. Sie tat mir dies alles an. Wäre sie nicht gewesen, niemand hätte sich mir in den Weg gestellt. Bringt mir ihren Kopf, Kriegsmeister, und ich will Euch reich entlohnen. Aber lasst sie mir nicht entkommen!«

»Wie Ihr wünscht, Kanzler«, sagte der Kriegsmeister und verbeugte sich tief.

»Pulver will Meliande im Rat sehen«, sagte Hernul etwas später zu Ralik. Sie standen an der Theke des alten Gasthofs und Hernul hatte sich und dem Radmacher gerade einen Humpen Bier gezapft. Er schob Ralik einen gefüllten Bierkrug zu, griff sich seinen eigenen und wies auf einen Tisch, der in einer Ecke stand. Der alte Gasthof war mittlerweile zu neuem Leben erwacht, es hatte sich auch jemand gefunden, der hinter der Theke stand. Der Bürgermeister hatte Hernul vier Fässer Bier mitgegeben, in weiser Voraussicht hatte er sie erst abgeladen, als die Nacht hereinbrach. Der Anblick der Fässer wurde mit Jubel begrüßt und es fand sich sogleich auch jemand, der das erste Fass anstach.

»Viel länger hätten wir nicht warten dürfen«, schmunzelte Hernul. »Sonst hätten wir nichts abbekommen.«

Der Zwerg trank einen tiefen Schluck, doch das Bier munterte ihn nicht wesentlich auf. Unter seinen buschigen Brauen musterte er die Hüterin Meliande, die zwei Tische weiter saß und sich mit Hauptmann Hendriks und dem Heiler Helge unterhielt. Er zog sich einen Stuhl heran und setzte sich, seinen Blick noch immer auf die blonde Hüterin gerichtet.

»Sie sieht aus, als wäre sie nicht einmal zwei Dutzend Jahre alt. Ein Kind noch«, sagte er dann. »Also, Pulver will sie im Rat sehen. Warum? Wir wissen nichts von ihr.«

»Pulver zumindest wusste mehr, als er uns sagen wollte. Vielleicht war es auch nur eine Vermutung. Aber er behielt recht damit«, sagte Hernul. Er sah sich um, ob nicht jemand in Hörreichweite war, bevor er leise weitersprach. »Sie ist die letzte Prinzessin von Lytar. Und unmittelbar vor der Katastrophe entschied der Rat der Stadt und die Priesterschaft, sie über ihren Bruder, Prinz Belior, zu setzen und ihr die Krone anzutragen. Vielleicht wurde sie sogar gekrönt, aber das weiß Pulver nicht. Wir haben nicht gefragt.«

Eine lange Zeit sagte Ralik nichts, aber noch immer ruhten seine Augen auf Meliande. Sie musste seinen Blick gespürt haben, denn sie sah auf und lächelte ihn an.

»Hrumpf«, grummelte er. »Selbst ich bin gegen ihr Lächeln nicht gefeit. Sie ist also Meliande von Lytar. Sie hat Eure Vorfahren aus der Stadt geführt … sie ist diejenige, die Lytara gegründet hat? Ist es das, was Pulver glaubt?«

»Er war sich nicht vollständig sicher, deshalb bat er mich, sie zu fragen. Du wirkst nicht überrascht, alter Freund?«

»Ich habe ihre Schwerter gesehen«, sagte Ralik.

»Was ist mit ihnen?«

»Hast du nicht bemerkt, von welcher Qualität sie sind? Jedes Einzelne von ihnen wertvoll genug, um ein Unterpfand für ein Königreich zu stellen. Schon damals, als ich sie das erste Mal sah, fragte ich mich, wer sie sein könnte, dass sie solche Waffen ihr Eigen nennen konnte. Nein«, korrigierte sich der Radmacher. »Damals fragte ich mich, wer sie einst gewesen war, denn sie lag noch unter diesem Bann. Dann verschwand sie … und die meisten Hüter gaben das, was von ihrem Leben noch verblieb, um sie von den Toten zurückzuholen.« Seine stahlgrauen Augen musterten Hernul eindringlich. »Ich bin nicht blind, mein Freund.«

»Aber du hast nichts gesagt.«

»Pulver auch nicht.«

»Und doch bist du gegen sie eingestellt?«

»Bin ich das?«, fragte der Zwerg bedächtig. »Ich weiß nicht, ob ich es bin. Ich misstraue Barden. Ihre Berufung ist es, Geschichten zu erzählen. Nicht jede davon ist wahr.«

»Bardin?«

»Meliande vom Silbermond. So hat sie sich uns vorgestellt, erinnerst du dich?«

Hernul nickte. »Ich weiß.«

»Ich sage nicht, dass sie damit gelogen hat … warum sollte nicht eine Prinzessin die Kunst des Bardentums erlernen. Aber wenn es so ist, dann weiß sie um die Kunst der Worte und die Wirkung ihres Lächelns. Dann lernte sie, Vertrauen und Freundschaft zu gewinnen. Sowohl das Wort als auch Vertrauen sind Waffen, schärfer als jedes Schwert.«

»Hhm. Also weißt du nicht, ob du ihr vertrauen kannst?«

»Tut es Pulver?«

Hernul rollte die Augen. »Ich weiß es nicht. Es scheint mir so. Was ist mit dir und Pulver? In letzter Zeit scheint ihr mir mehr über Kreuz zu liegen als alles andere. Ihr seid noch länger miteinander befreundet, als wir es sind … seid ihr nicht sogar zusammen auf Reisen gewesen? Was wirfst du ihm vor?«

»Der Rat soll über die Geschicke Lytaras entscheiden, ist es nicht so? Vielleicht war sogar sie es«, er wies mit seinem Humpen auf Meliande, »die es einst so bestimmte. Doch in der letzten Zeit ist es Pulver, der den Rat bestimmt. Er und seine verfluchten Argumente. Es klingt so richtig, was er sagt, so sinnvoll und überlegt … und doch waren es seine Argumente, die Argor in den Tod schickten und deine Kinder in die Gefahr. Aber seinen eigenen Sohn, den behielt er wohlweislich bei sich, verbot ihm, sich in Gefahr zu begeben.«

»Das ist es, was du ihm vorwirfst?«, fragte Hernul überrascht. »Du denkst, er habe seinen Sohn auf Kosten unserer Kinder geschont? Du kennst doch Astrak. Selbst Vanessa könnte ihn mit einer Hand besiegen, so dürr, wie er ist. Er ist kein Kämpfer. Doch er hat seines Vaters Geist und Verstand … und er wird sich in Lytar noch als Hilfe erweisen, dessen bin ich mir sicher.«

»Mag sein«, knurrte Ralik. »Eines solltest du wissen. Ich lebe nun schon lange Jahrhunderte. Und in all meinen Jahren habe ich nie jemand kennengelernt, der gerissener ist als Pulver. Ich weiß nicht, wie er es vollbringt, aber selbst ich unterschätze ihn regelmäßig. Wäre er nicht mein Freund und ja, so sehe ich ihn noch immer, wäre er derjenige, vor dem ich mehr Angst hätte als vor Belior.«

»Pulver?«, fragte Hernul überrascht.

»Auf unseren Reisen war das Gold hier und da etwas knapp. Er hatte dieses Spiel dabei, Shah. Er wettete darauf, dass ihn niemand in diesem Spiel schlagen könnte … und es ist auch nie geschehen. Mehr als einmal zahlte sein Talent die Zeche und das Nachtlager. Zudem, ich kenne ihn schon lange genug. Er hat etwas vor, verfolgt einen Plan. Schritt für Schritt …«

Er sah auf den Humpen, der vor ihm stand. »Hernul, wir sind seine Spielsteine, das ist es, was ich ihm vorwerfe! Seitdem wir angegriffen wurden, gibt es nicht einen Schritt, den einer von uns tat, den Pulver vorher nicht bedachte. Nur an den Staudamm … an den hat er wohl nicht gedacht!«

»Hhm«, erwiderte Hernul. »Du hast von diesem Kriegsmeister gehört? Der, von dem die Gefangenen sprachen, der Kronok, der Roben trug und der dem Grafen Lindor als Berater zur Seite stand?«

»Ja«, sagte Ralik knurrend. »Ich habe von ihm gehört. Was ist mit ihm?«

»Er ist tot. Hoffe ich. Aber dieser Kronok soll ein Planer gewesen sein, ein Meister der Strategie. Es soll auch noch mehr von ihnen geben. Sie dienen Belior.«

»Und?«

»Wenn du recht hast, bin ich froh, dass es Pulver ist, der unsere Züge plant. Wie du schon sagst, er hat noch nie verloren. Also wird er auch einen Grund haben, die Hüterin im Rat sehen zu wollen.« Hernul legte eine Hand auf Raliks gepanzerten Arm. »Schau, Freund, egal wie herum du es betrachtest, bleiben nur wenige Fragen. Die eine, ob du Pulvers Urteil traust, die andere, ob du *ihm* vertraust.«

»Ich mag es nicht, wenn etwas hinter meinem Rücken geschieht oder entschieden wird. Es mag gut und recht sein, wenn er *weiß*, was meine Entscheidung gewesen wäre, aber bei den Göttern, er könnte mich doch wenigstens fragen, wenn er schon meine Entscheidungen vorwegnimmt!«, beschwerte sich Ralik. »Aber was mir die Barthaare abstehen lässt, ist die Tatsache, dass ich *weiß*, dass er mich überreden kann. Er wird Grund um Grund finden, meine Bedenken zu zerstreuen, für jede meiner Fragen wird er eine Antwort haben und dann zum Schluss klopft er mir auf die Schulter und sagt, na, siehst du, Ralik, ich wusste, dass wir einer Meinung sind! Gütige Götter, Hernul, ich bin nun wahrlich kein kleines Kind mehr und es sollte niemanden geben, der mich dumm nennen kann, aber bei Pulver fühle ich mich immer so, als wäre ich einfach zu langsam im Geiste, um auf Anhieb zu verstehen, was er sagt! Und dann, wenn er mir alles haarklein erklärt hat, jede noch so kleinste Erwägung schrittlang ausführte, mir nicht mehr ein einziger Grund einfällt, ihm noch zu widersprechen ... genau dann fühle ich mich, als ob ich gar nicht mehr wüsste, was ich eigentlich wollte! Dann fühle ich mich dumm, weil ich am Anfang nicht sah, was er mir erklärte und stur und trotzig wie ein Kleinkind war, das seinen Willen nicht bekam. Manchmal *will* ich einfach recht haben ... doch bei Pulver bekomme ich es nicht!«

Hernul lachte erheitert. »Ich weiß genau, wie du dich fühlst. Mir geht es manchmal bei Tarlon so. Ich habe gelernt, mich damit abzufinden, dass er jeden Gedanken durchdacht hat, bevor er den Mund auch nur öffnet. Und was Pulver betrifft … was erwartest du von jemandem, der jedes Buch gelesen hat, dessen er habhaft werden konnte, und schlichtweg nie etwas vergisst?«

»Und warum kommt er so oft als Spaßvogel daher, sodass es schwerfällt, ihn ernst zu nehmen?«

»Ralik«, sagte Hernul. »Niemand mag jemanden, der immer recht hat. Pulver lernte dies schon als Kind und Astrak tut es ihm nach. Sie sind beide so. Und beide zeigen sich in ihrer Ernsthaftigkeit nur solchen, die sie wahrlich mögen und denen sie selbst vertrauen. Die meisten im Dorf werden gar nicht wissen, wovon du sprichst, weil Pulver sich noch nie auf diese Weise mit ihnen unterhielt, es nie für nötig fand, sie überzeugen zu wollen. Weil sie ihm nicht *wichtig* sind! Pulver ist auf jedem Fest gerne gesehen, weil er das Lachen mit sich bringt … doch nur die wenigsten kennen ihn so, wie du ihn mir beschreibst. Doch das ändert sich gerade.«

»So habe ich es noch nie gesehen«, sagte Ralik nachdenklich. »Ich werde darüber nachdenken. Aber wieso sollte sich etwas ändern?«

»Ralik, alter Freund. Sieh mich an und sage mir, ob du die Verantwortung übernehmen willst, bereit bist, die Entscheidungen zu treffen, die unser aller Leben verändern werden. Entscheidungen, die in ihren Auswirkungen weit über unser Tal hinaus reichen werden?«

»Das tue ich gerade. Ich werde unsere Kämpfer anführen und wenn wir den Feind stellen, werde ich in vorderster Reihe stehen.«

»Und wenn Belior nicht blind den Pass hinaufgestürmt kommt? Wie sieht dein Plan dafür aus?«

Der Zwerg strich sich durch den Bart.

»Darüber dachte ich noch nicht nach. Es wird sich zeigen, wenn es so weit ist.«

»Was meinst du, hat Pulver auch dafür einen Plan?«

Der Zwerg seufzte.

»Was genau willst du mir aufzeigen, Freund?«

»Es liegt auf der Hand. Anselm ist unser Bürgermeister … aber mehr will er nicht sein. Er ist in Lytara verblieben, hat dort Gründe gefunden, nicht nach Lytar zu gehen. Er sagt, er sei mit der Versorgung beschäftigt und in Sorge um seinen Sohn, von dem sowohl Meliande als auch Barius sagen, dass er sterben *wird,* nicht mehr zu retten *ist.* Im Moment zumindest wirst du von ihm keine Leitung erwarten können, er ist es zufrieden, wenn man ihm sagt, was *er* tun soll. Ich dagegen … Ich baue dir jedes Haus, das du willst, ich weiß, *wie* man die Dinge transportiert, die wir benötigen, aber nicht, *was* wir benötigen werden! Ich hätte nicht an das Bier gedacht, es war Pulver, der Anselm darauf ansprach. Wir alle … wir sind froh, wenn uns jemand sagt, was wir tun sollen. Froh darum, nicht mehr entscheiden zu müssen! Pulver aber ist der, der die Vorschläge einbringt! Er sagt nicht, tue dies oder tue jenes, er sagt, wäre es nicht besser, wenn … und oft genug habe ich mich gefragt, warum ich nicht selbst auf die Idee kam. Wenn nicht der Rat, sondern ein Einzelner regieren würde … wer, Ralik, wäre dazu von allen, die du kennst, am besten imstande?«

»Pulver und vielleicht auch Garen. Aber was ändert sich gerade?«

»Die Leute merken, dass Pulver mehr ist, als es den Anschein hatte. Sie kommen mit ihren Problemen zu ihm. Er findet dann eine Lösung für sie. Immer.«

»Und was ist mit Garen?«, fragte Ralik.

»Er hilft Anselm im Dorf. Bereitet dort die Verteidigung vor. Aber auch er ist froh, dass es Pulver ist, der das Steuer in die Hand genommen hat. So, und jetzt sage mir, warum Pulver die Hüterin im Rat haben will.«

Ralik strich sich über den Bart. »Das liegt wohl auf der Hand. Er will die Last nicht alleine tragen und ich kann ihn gut verstehen. Ich habe dich verstanden, Hernul. Aber dennoch … nur einmal will ich erleben, dass Pulver nicht recht behält.«

»Dann will *ich* hoffen, dass dies geschieht, nachdem Belior besiegt ist.«

»Ich muss zugeben«, stellte Lamar nachdenklich fest, »dass ich anfänglich von diesem Meister Pulver ähnlich dachte wie euer Radmacher.«

»Er war darin nicht alleine«, antwortete der alte Mann gemächlich. »Auf der anderen Seite hätte man es sich denken können. Meister Pulver war Alchemist, immer voller Ideen und mit einem außerordentlichen Wissensdurst gesegnet. Es lag nahe, dass er einen klugen Geist hatte besitzen müssen, um zu sein, was er war. Doch er verbarg es gut. Später hörte ich von Astrak, dass manche Menschen es einem übel nehmen, zeigt man ihnen, um wie vieles klüger man selbst ist. Es wäre demnach klug, so meinte Astrak, zeigt man es nicht!« Der Geschichtenerzähler lachte leise. »Aber es gab ja noch einen anderen klugen Mann, dem seine ganze Klugheit im Moment nichts nützen wollte ...«

28 Das Haus der Göttin

Knorre stand, auf eine Krücke gestützt, am Fenster, wo er den Vorhang vorsichtig zur Seite schob, um den Priester und die königlichen Soldaten besser beobachten zu können, als diese das Haus wieder verließen.

»Verdammt«, sagte er. »Ich weiß nicht, wie sie es geschafft hat, aber die ziehen tatsächlich wieder ab.« Er ließ den Vorhang herabfallen und lehnte sich mit dem Rücken an die Wand neben dem Fenster. »Vier Tage schon und noch immer sitze ich hier fest!«

Argor saß neben Knorres Bett in einem bequemen Stuhl und hatte bis eben in einem Gedichtband gelesen, den ihm Sina gegeben hatte. Jetzt sah er zu dem hageren Arteficier. »Ich vermute, dass Ihr es auch nicht genau wissen wollt.«

»Damit dürftet Ihr recht haben«, seufzte Knorre. »Warum musste ausgerechnet *mir* das geschehen!«

»Nun, Meister Knorre, Ihr habt gewusst, dass es geschehen würde. Es war doch Eure eigene Vision. Zudem verstehe ich nicht, worüber Ihr Euch beschwert. Ich kenne mich damit nicht so sehr aus, aber ist es nicht etwas unüblich für einen Menschen, vier Tage nachdem sein Bein in Splittern vor ihm lag, wieder zu stehen und zu fluchen, als wäre es lediglich ein leichter Kratzer gewesen?«

»Leonora hat ein gewisses Talent in der Wundheilung«, antwortete Knorre und klang ungehalten darüber. »Sie hat überhaupt eine ganze Menge Talente!«

»Werft Ihr Leonora das vor?«, fragte Argor schmunzelnd. »Ich für meinen Teil bin dankbar darum. Etwas Ruhe schadet weder Euch noch mir.«

»Und wie soll ich Ruhe finden, wenn die ganze Welt am Abgrund schwebt? Ihr habt doch auch gehört, was Sina berichtete, als sie vom Markt zurückkam! Darkoths Priester sind wie Fliegen auf einem Kadaver. Sie kennen keine Rücksicht und heute Morgen ist ein alter Mann so hart getreten worden, dass es fraglich ist, ob er überlebt! Und Leonora und Sina … mir dreht sich der Magen um, wenn ich nur daran denke, was sie tun mussten, damit diese Kerle wieder abzogen … habt Ihr gesehen, wie selbstgefällig und zufrieden diese Kerle gegrinst haben!«

»Ihr standet am Fenster, Meister Knorre, nicht ich«, erinnerte ihn der Zwerg. Er legte das Buch zur Seite und stand auf. »Ihr könnt das Bein fast schon wieder belasten. Nur noch etwas Geduld und Ihr könnt tun, was Ihr tun müsst. Ich werde Euch dabei helfen, so gut ich kann.«

»Du hast ja noch nicht einmal gefragt, was es ist!«

»Muss ich das?«, fragte Argor. »Ich habe von Euch einiges gelernt, Meister Knorre, und auch *über* Euch. Ihr vermeidet es zu lügen, aber die ganze Wahrheit hört man selten. Ich sah Euch morgens und am Abend mit diesem Stab meditieren … vielleicht spracht Ihr die Wahrheit, als Ihr anfänglich behauptet habt, Ihr wüsstet nicht viel über die Magie in dem Stab, aber ich wage zu behaupten, dass dies jetzt nicht mehr stimmt! Vielmehr brauche ich ihn nur anzusehen, um zu wissen, dass Ihr ihn wieder aufgeladen habt. Leonora, Eure Tochter Sina und Ihr selbst … Ihr riecht geradezu nach Magie und anderen Dingen, die Ihr verheimlicht. Also frage ich Euch nicht, damit müsst Ihr für mich die Wahrheit nicht verdrehen.«

»Eine weise Entscheidung«, tönte Leonoras Stimme von der Tür her. Sie kam herein, schloss die Tür hinter sich und ließ sich erschöpft gegen das Türblatt sinken. »Ich kenne ihn nun wahrlich lange genug, es ist die einzige Art, ihn zu ertragen.«

»Du siehst erschöpft aus«, stellte Knorre mit erkennbarer Beunruhigung fest. »War es … war es schlimm für dich?«, fragte er besorgt, doch auf ihre Worte ging er wohlweislich nicht ein.

Leonora seufzte.

»Ja, aber nicht in dem Sinne, wie du es denkst«, sagte sie. »Du bist ein verdammter Querkopf und willst nicht sehen, was wir hier tun.«

»Da hast du recht«, knurrte Knorre. »Ich will es nicht sehen.«

»Knorre, ich gebe mich als Kurtisane aus, doch in Wahrheit sind es weder Sina noch ich! Über meinen geheimnisvollen Gönner spekuliert die halbe Stadt, aber es gibt keinen! Ich gebe rauschende Bälle, flirte, unterhalte mich mit meinen Gästen und manchmal sind auch andere Frauen dabei anwesend. Was diese dann tun, ist ihre Sache. Aber Sina ist keine von ihnen! Wenn sie einen Mann findet, der ihr gewachsen ist, wird sie unschuldig in diese Verbindung gehen.« Sie schmunzelte etwas. »Allerdings wird sie mehr wissen als andere Jungfern … wahrscheinlich dürfte der Glückliche zu beneiden sein.«

Knorre sah sie wortlos an, dann schüttelte er müde den Kopf.

»Vier Nächte lang hast du mich das denken lassen, hättest du mir das nicht schon vorher sagen können?«, fragte er dann in vorwurfsvollem Ton. »Du hast mich glauben lassen …«

»Seht Ihr, Argor, so ist er«, rief Leonora und warf die Hände in die Luft. »Er bildet sich etwas ein, er denkt und wenn es das Falsche ist, ist nicht er schuld daran, sondern andere!«

Argor trat hastig einen Schritt zurück und seine Geste gab zu verstehen, dass er sich aus diesem Streit heraushalten wollte.

»Du hättest etwas sagen können!«, rief Knorre erzürnt.

»Was kann ich dafür, dass du Schlechtes von uns denkst? Wie soll ich mich fühlen, wenn ich weiß, dass du wahrlich und ernsthaft geglaubt hast, ich würde unsere Tochter fremden Männern zuführen!«

»Ich hab doch gesehen, wie sie gekleidet war!«, röhrte Knorre. »Was soll ich denn da denken!«

»Etwas anderes als andere! Ist dir nie in den Sinn gekommen, dass es auffallen würde, wenn wir uns anders geben und kleiden würden?«

»Wenn es nicht das ist, was ihr hier tut, was ist es dann?«, rief Knorre.

Sie schüttelte den Kopf.

»Das, was du gesagt hast, du Dickkopf! Glauben und Beten. Dies hier ist ein Tempel der Mistral. Und manche unserer

›Gäste‹ kommen nicht um der Fleischeslust willen, sondern um vor ihrem Bild zu beten! Bei der Göttin«, rief sie und stampfte mit dem Fuß auf, »dass du das wirklich von uns denken konntest!«

Knorre stützte sich schwer auf seine Krücke und sah sie fassungslos an, fast schon befürchtete Argor, ihm würde der Kiefer herunterfallen und auf den Boden poltern.

»Das hier … dieses Haus ist … ein Tempel der Göttin?«, stammelte Knorre. »Aber …«

»So ist es«, sagte Leonora und verschränkte die Arme trotzig vor der Brust. »Niemand würde es vermuten, nicht wahr? Genau deshalb haben wir so gewählt! Wir sind hier, weil wir den Glaubenden Hilfe und Beistand gewähren!«

Knorre humpelte zum Bett hinüber und ließ sich schwer auf die Kissen sinken.

»Es tut mir leid«, sagte er schließlich.

»Es tut dir leid?«, fragte Leonora mit einem ungläubigen Unterton in der Stimme. »Du entschuldigst dich? Wahrlich und ernsthaft?«

»Ja!«, fauchte Knorre. »Bist du jetzt zufrieden?«

Sie schmunzelte. »Ja. Durchaus. Ich hätte nur nicht gedacht, dass ich den Tag je erleben würde!«

»Gut. Jetzt hast du es erlebt. Sag mir, was war mit diesem Priester des Darkoth?«

»Es war nicht leicht, seinem Geist das vorzugaukeln, was er hatte sehen sollen. Sina war dafür, ihn auf der Stelle zu entfernen. Sie ist etwas hitzköpfig.« Leonora zog eine Augenbraue hoch. »Ich frage mich, von wem sie das wohl hat.«

Knorre hob die Hand und lachte. »Friede, Leonora?«

Sie lächelte und nickte. »Friede. Bis du mir einen neuen Grund gibst!« Leonora ging nun selbst zum Fenster und schob den Vorhang zur Seite. »Ich muss zugeben, ich war versucht, Sina den Gefallen zu tun. Gerade in den letzten Tagen hat es überhandgenommen. Die königlichen Soldaten benehmen sich, als gehöre die Stadt ihnen, und die Priester des Darkoth …« Sie seufzte. »Es scheint mir fast, als ob sie keine Gelegenheit ausließen, einen jeden hier zu provozieren. Aber wehe, jemand lässt sich darauf ein.« Sie ließ den Vorhang fallen und wandte sich Knorre zu.

»Du hast gesagt, du wolltest etwas gegen dieses Geschmeiß tun. Was hast du bislang tun *können*?«

»Ich finde, Lindors Regimenter in die See zu spülen, war ein guter Anfang! Dummerweise wären wir dabei beinahe ersoffen, nur die Magie des Stabs hat uns gerettet. Und der brachte uns schnurstracks in den alten Turm hier in der Stadt.« Er zuckte die Schultern. »Ich muss zugeben, dass es so nicht geplant war. Zudem scheint es mir, als hätten wir auf der Strecke irgendwo Zeit verloren. Irgendetwas ging schief mit der Magie … es könnte an dem Wasser gelegen haben, das wir mitnehmen mussten! Es hat den alten Turm fast zerrissen, als wir ankamen.«

»Ich hab mir schon gedacht, dass du das warst. Die magische Erschütterung war weithin zu spüren. Und nun?«

»Wir hätten nicht hier landen sollen. Es gab in Lytar noch mehr als genug zu tun. Nur …« Er sah verärgert aus dem Fenster, auch wenn dort niemand mehr zu sehen war. »Hier gibt es wahrlich auch mehr als genug zu tun!«

»Du wirst es kaum glauben, aber sie kommen in Lytar wahrscheinlich auch ohne dich ganz gut zurecht. Aber wie dem auch sei. Nun bist du hier. Was jetzt?«

»Zuerst dachte ich, wir reiten zurück, sobald ich genesen bin. Dass sie jetzt die Tore so streng bewachen, ist ärgerlich. Es gibt zwar andere Wege, die Stadt zu verlassen, aber dann würde es uns an Pferden mangeln. Ich habe mir überlegt, Lindors Lager aufzusuchen und dort etwas Unheil anzurichten.«

»Der Graf hat das Lager abriegeln lassen. Es dürfte schwer sein, in das Lager zu gelangen, und fast unmöglich, an ihn selbst heranzukommen. Er drillt seine Soldaten bis aufs Blut und benimmt sich, als wäre Krieg.«

»Da hat er nicht unrecht«, meinte Knorre grimmig. »Er trat den Leuten von Lytara empfindlich auf die Füße und sie gehören nun mal nicht zu dem Menschenschlag, der sich das bieten lässt. Sie haben Thyrmantor den Krieg erklärt.«

Leonora sah ihn nachdenklich an.

»Das dürfte interessant werden«, meinte sie dann.

»Entschuldigt, Sera«, fragte Argor nun, der die ganze Zeit still zugehört hat. »Ihr scheint etwas über Lytara zu wissen?«

Sie nickte.

»Ich war vor ein paar Jahren zum Sommerfest dort. Ich mag die Leute aus dem Tal. Nur war es unbefriedigend zu sehen, wie sehr man dort die Göttin verehrt und doch keinen Gottesdienst dort abhalten zu können.«

»Ihr seid eine Priesterin Mistrals?«, fragte Argor erstaunt. »Das habe ich richtig verstanden?«

»Ja«, lächelte Leonora. »Aber ich konnte dort nicht viel tun, solange die Verderbnis über Lytar lag, war ihr Widerstand fühlbar. Die Göttin lässt sich nicht allzu leicht von ihrem Weg abbringen, wisst Ihr?«

»Das«, grinste Argor, »kann ich mir vorstellen. Aber sagt, warum nimmt man uns eigentlich so ernst? Müsste man nicht in hysterisches Gelächter ausbrechen, wenn man hört, dass ein Dorf gegen Thyrmantor in den Krieg zieht?«

»Es kommt auf das Dorf an«, antwortete Leonora ernst. »Das hier sind die Greifenlande, Freund Argor. Lytars Untergang war spektakulär genug, sodass sich die Legenden hielten. Es sind ja nicht nur Legenden, überall findet man die Spuren der alten Macht des Greifen. Jetzt aber erhebt sich der Greif erneut. Wenn Ihr wüsstet, wie viele Legenden sich darum ranken, was geschehen wird, wenn der Greif aufersteht, dann wüsstet Ihr, warum es ein jeder ernst nimmt. Lindor jedenfalls geht kein Risiko mehr ein.«

»Vielleicht wenn man sich als einen königlichen Soldaten ausgibt?«, überlegte Knorre laut. »Vielleicht kommt man so in sein Lager?«

»Jetzt, wo jeder nach dir sucht? Die einzigen Soldaten, die das Lager verlassen, sind die Eskorten der Priesterschaft des dunklen Gottes. Willst du dich ausgerechnet bei diesen einschmuggeln?«

»Zugegeben, das dürfte schwierig werden. Aber vielleicht …

wenn Lindor tot wäre, würde das die Königlichen weit zurückschlagen!«

»Knorre«, sagte Leonora nun in einem seltsam eindringlichen Ton. »Wenn ich dir sage, dass dieser Weg deinen Tod bedeuten würde, wäre es dir genug, um von diesen Gedanken Abstand zu nehmen? Lindor wird noch eine Rolle spielen, glaube mir das.«

»Ich glaube dir«, entgegnete Knorre einfach. »In solchen Dingen hast du meist recht behalten. Also ist Graf Lindor das falsche Ziel?«

»Ja.«

»Schade«, knurrte Argor. »Ich habe da noch ganz persönliche Schulden einzutreiben. Aber was nun?«

»Ich muss den Grafen sprechen«, sagte Knorre.

»Lindor? Seid Ihr verrückt?«, rief Argor. »Habt Ihr nicht gehört, was Sera Leonora soeben sagte?«

Knorre lachte. »Doch. Es gibt sogar Gelegenheiten, da höre ich auf sie. Dies ist eine davon. Aber habt Ihr vergessen, dass es hier einen anderen Grafen gibt?« Er wandte sich an Leonora. »Ich muss Graf Torwald sprechen, sobald es irgend möglich ist. Hast du noch … Verbindung zu ihm?«

»Ja. Natürlich.«

»Natürlich«, seufzte Knorre und rieb sich die Schläfen. »Also gut. Kannst du ein Treffen einrichten?«

»Ich werde sehen, was ich tun kann.« Sie lachte. »Du musst mir nur versprechen, dass du dich benimmst. Wenn ich mich recht erinnere, drohte er das letzte Mal damit, dich auspeitschen zu lassen!«

»Das war ein Missverständnis«, winkte Knorre ab. »Soll ich ihm die Nachricht schreiben?«

»Nein«, antwortete Leonora. »Sina wird die Nachricht überbringen. Es wird keine Aufmerksamkeit erwecken, sie besucht ihn öfter. Ich glaube, sie haben ein gemeinsames Interesse an Rosen.«

»Rosen?«, fragte Knorre überrascht.

»Rosen. Sie liebt diese Blumen und der Graf hat einen

Garten mit mehr als dreißig Sorten, seine Frau richtete ihn ein. Schon vergessen?«

»Ja«, sagte Knorre langsam. »Ich erinnere mich. Es ist eine Schande, dass sie starb.« Er runzelte die Stirn. »Mir passt es nur nicht, Sina damit hineinzuziehen.«

»Sie ist erwachsen«, lächelte Leonora. »Mach dir keine Sorgen um sie.«

»Ihr scheint viele Menschen zu kennen, Sera«, sagte nun Argor höflich. »Kennt Ihr vielleicht auch jemanden, bei dem ich eine Armbrust kaufen kann? Zurzeit habe ich nur einen Dolch und ich fühle mich hilflos damit.«

»Mit einem Weidenkorb könnt Ihr wohl besser umgehen?«, schmunzelte Leonora und Argor lachte.

»Mehr als Glück war das nicht und auf Glück ist wenig Verlass. Kennt Ihr also jemanden?«

»Ja. Berosch, unten am Hafen. Er hat einen kleinen Laden neben dem Blauen Ruder dort unten. Eine üble Kaschemme und niemandem zu empfehlen, den man wiedersehen will. Wer dort zu viel trinkt, wird sich anderen Tags an Bord eines Seglers wiederfinden. Ich hörte zwar, Seeluft sei gut für die Gesundheit, aber nicht auf diese Art. Berosch stellt keine Fragen, aber ob er vertrauenswürdig ist, das weiß ich nicht. Wofür braucht Ihr eine Armbrust? Wäre nicht eine Axt besser für Euch?«

»Ich mag Äxte nicht, ich ziehe meinen Kriegshammer vor. Nur bewahrt den mein Vater für mich auf.«

»Zur gleichen Zeit«, meinte der alte Mann gemächlich und nickte dankbar, als ihm der Wirt einen gut gefüllten Teller mit Wildbret in Weinsoße, Preiselbeeren und gebratenen Kartoffelstückchen vorsetzte, »saßen auch die Sera Bardin und die Freunde zu Tisch in Berendall. Auch wenn ich bezweifle, dass das Essen so gut war wie hier …«

29 Unbedachte Worte

Die Wache am Tor hatte recht behalten, das Essen in der Dürren Gans war besser, als der Name des Gasthauses vermuten ließ. Gut gesättigt blieben die Freunde noch an ihrem Tisch sitzen und tranken das Dünnbier, dem es, wie Tarlon bemerkte, deutlich an Würze fehlte, das aber dennoch genießbar war. Es war ruhig hier in der Gaststube, zu ruhig, außer den Freunden und der Bardin waren kaum Gäste anwesend und der Wirt selbst sah immer wieder stirnrunzelnd zur Eingangstür. Garret, der die ganze Zeit unruhig hin- und hergerutscht war und nun ständig mit seinem Becher spielte, wurde es zu viel und er stand auf. Vanessa sah ihn fragend an. »Jemand, der Langeweile hat, ist immer gut für einen Schwatz«, beantwortete er ihre unausgesprochene Frage mit einem schnellen Blick zu dem Wirt hinüber, der seine Theke nun schon zum zehnten Mal polierte. »Ich weiß, wer hier die Langeweile hat«, lächelte Vanessa und sah ihm schmunzelnd zu, wie er sich an die Theke lehnte und zum Wirt vorbeugte. »Ich weiß nicht, wie er es macht«, sagte sie dann leise. »Er geht zu jemandem hin, spricht ihn an und bald denkt man, er und seine neue Bekanntschaft wären seit Jahren die besten Freunde.«

Tarlon, der entspannt mit geschlossenen Augen und den Händen über dem Bauch verschränkt dasaß, öffnete ein Auge und sah seine Schwester an.

»Er ist stets gut gelaunt. Das mögen die Leute.«

»Und er sieht gut aus«, sagte Vanessa und die Bardin lachte erheitert.

»Das kann ich nicht beurteilen«, grummelte Tarlon und schloss die Augen wieder.

»Euer Bier ist gut«, sagte Garret lächelnd und legte dem Wirt vier Kupfer auf die Theke. »Noch eine Runde für mich und meine Freunde.«

»Danke, Ser«, antwortete der Wirt und musterte den schlaksigen jungen Mann genauer. »Seid Ihr neu in der Stadt?«

»In der Tat«, antwortete Garret bereitwillig. »Gerade heute erst angekommen. Da fällt mir ein, die Wache sprach von irgendwelchen Marken, die man bekommt, wenn man länger absteigt, habt Ihr solche für uns?«

»Hier«, sagte der Wirt und schob vier blau lackierte Holzscheiben zu ihm hinüber. »Lange Reise?«

»Es ging«, gab Garret zurück und sah zu, wie der Wirt das Bier einschenkte. Als eines der Schankmädchen damit zum Tisch gehen wollte, schnappte Garret sich einen Humpen und lehnte sich wieder an die Theke. »Wenn man bedenkt, dass es Abend wird und Euer Bier so gut, ist es verwunderlich, wie leer Eure Gaststube ist.«

»Das war nicht immer so«, meinte der Wirt und runzelte erneut die Stirn. »Bis vor zwei Tagen hättet Ihr Mühe gehabt, einen Tisch zu finden. Jetzt allerdings traut sich kaum mehr jemand auf die Straße hinaus. Und alles nur, weil dieser Graf Lindor das Kommando über die königlichen Truppen übernommen hat!«

»Wie das?«, fragte Garret neugierig.

»Vorher hatten die königlichen Truppen zu viel Zeit und zu viel Sold. Sie ließen die Kassen klingeln und auch wenn nicht jeder sie gerne sah, war es doch erträglich. Jetzt aber hat Lindor ausgerechnet die zurückgepfiffen, die man noch ganz gerne sah, und dafür seine Kettenhunde von der Leine gelassen.« Der Wirt schüttelte den Kopf. »Ich verstehe den Mann nicht. Vorher hörte ich, dass der Graf ein gerechter Mann sei, auch wenn er diesem Belior dient, aber mittlerweile zweifle ich daran. Und an seinem Geist, denn er muss doch wissen, dass das, was hier seitdem geschieht, jedes Wohlwollen vernichtet, das sich die Königlichen in den letzten beiden Jahren mit ihrem Gold erkauft haben.« Der Wirt sah durch eines der offenen Fenster nach draußen, auf den Marktplatz, wo einige Händler bereits damit beschäftigt waren, ihre Stände abzubauen, obwohl die Sonne noch nicht untergegangen war. »Er schürt nur Unruhe damit, das muss ihm doch bewusst sein!«

»Vielleicht interessiert es ihn nicht«, mutmaßte Garret. »Wer will sich ihm schon entgegenstellen? Es wird mehr von seinen Truppen geben, als diese Stadt Wachen hat.«

»Ich möchte nicht unhöflich sein, Freund«, meinte der Wirt verärgert. »Aber vielleicht vermögt Ihr Euch zu denken, wohin er sich seine Truppen stecken kann, wenn es so weitergeht! Noch weht hier nicht die Flagge Thyrmantors … und das sollte dieser Lindor nicht vergessen!« Er wies mit seinen Augen hinauf zur Decke des Gasthofs. Dort, kaum noch sichtbar, war das Wappen des Greifen zu sehen, das Schwert gesenkt. »Das hier ist Greifenland. Niemals hat hier eine fremde Macht ihr Banner erhoben und das wird auch nicht geschehen!«

»Nur was soll man dagegen tun?«, fragte Garret betrübt. »Die Königlichen sind überall. Und wer würde es schon wagen, Hand gegen sie zu erheben?«

»Es gibt eine Prophezeiung, junger Ser. Kennt Ihr sie nicht? Der Greif wird sich wieder erheben!«

»Nun«, sagte Garret mit Blick zur Decke, »wenn Ihr hier die Greifenlande seid, dann bedeutet das wohl, dass Ihr Euch erheben werdet?«

Der Wirt sah ihn überrascht an.

»Woher kommt Ihr, dass Ihr das nicht wisst? Lytar ist der Greif, eine verwunschene Stadt im Süden hinter dem Königspass.«

»Ich hörte davon. Wurde sie nicht von einer Göttin vernichtet? Ihr sagt, dies hier sei Greifenland … wenn es diese Stadt nicht mehr gibt, aber es die Greifenlande noch gibt, wer ist es dann, der sich erheben wird?«

Der Wirt, der schon wieder die Theke putzte, erstarrte in seiner Bewegung und sah Garret überrascht an.

»So habe ich das noch gar nicht gesehen.«

Garret zuckte die Schultern. »Es erscheint mir einfach nur schlüssig. Hier lebt der Greif … wo sonst soll er sich erheben?

Auf die Wiedergeburt einer zerstörten Stadt zu hoffen, erscheint mir dagegen Wunschdenken zu sein. Als ob man sich drauf verlässt, dass ein Märchen wahr wird. Meine Erfahrung ist, dass Wünsche wahr werden, wenn man selbst etwas tut.«

Der Wirt sah ihn lange prüfend an.

»Diese Fährte habt Ihr wohl gelegt, Ser. Darf ich fragen, wer Ihr seid?«

Einen kurzen Moment lang zögerte Garret, überlegte sich, ob es vernünftig war, was er tun wollte. Nein, das war es nicht. Es gab Tausende von Gründen, die dagegen sprachen. Wenn er ehrlich war, gab es nur einen einzigen Grund dafür. Er war es müde, nichts zu tun, und er hatte es schon immer gemocht, Hornissennester anzustupsen, um zu schauen, was dann geschah. Er legte seine Hand vor dem Wirt auf die Theke, konzentrierte sich und während die Augen des Wirts sich weiteten, stieg Qualm zwischen seinen Fingern empor.

Als Garret die Hand wegnahm, war in das Holz der frisch polierten Theke das Wappen Lytars eingebrannt. Es war ihm sogar recht gut gelungen, dachte Garret bei sich.

Er stellte seinen Humpen auf das eingebrannte Wappen und sah den Wirt an, der ungläubig blinzelte.

»Wisst Ihr«, sagte Garret, »selbst Prophezeiungen brauchen manchmal Hilfe von denen, die an sie glauben. Sonst werden sie nicht wahr.«

Als Garret an den Tisch zurückkam, öffnete Tarlon ein Auge, sah Garret an und schüttelte den Kopf. »Das war unüberlegt.«

Garret rollte die Augen und zog sich einen Stuhl heran. »Ja, vielleicht. Sag mir einfach, ob es ein Fehler war.«

Während Vanessa und die Bardin sie beide fragend ansahen, richtete sich Tarlon mit einem Seufzer auf und wandte sich an seinen Freund. »Diesmal nicht. Tatsächlich war es genau das Richtige. Aber das hast du nicht wissen können.«

»Wovon sprecht ihr?«, fragte Vanessa neugierig, während die Bardin aufmerksam zuhörte und Garret mit einem nachdenklichen Blick bedachte.

»Weißt du, Vani, das ist schon immer ein kleiner Streitpunkt zwischen uns gewesen«, lachte Garret. »Er ist der Meinung, ich handele unüberlegt. Ich hingegen sage, dass ich auf meinen Bauch höre und mich mein Gefühl nur selten trügt.«

»Ich muss zugeben, dass er bislang recht erfolgreich war, wenn er auf seinen Bauch hörte. Aber im Allgemeinen ist es doch besser, vor dem Handeln zu denken!«

»Oh«, grinste Garret. »Ich habe vorher darüber nachgedacht, ganz wie du es immer sagst.«

Wider Willen musste Tarlon lachen.

»Das glaube ich dir gerne. Die Frage ist nur, *wie* du denkst.«

»Anders«, gab Garret grinsend zurück und beugte sich zu Vanessa hin. »Ich habe genug, mir fällt hier die Decke auf den Kopf, ich muss raus. Wir werden hier nicht gesucht, also sollten wir keine Schwierigkeiten bekommen, also gibt es auch nichts, das uns daran hindern sollte, Argor zu suchen. Er muss hier irgendwo sein, gefunden haben sie ihn jedenfalls nicht! Ich werde auch den Hafen aufsuchen, um nach Schiffen zu fragen. Kommt ihr mit?«

»Nein«, sagte Tarlon mit einem bedeutungsvollen Blick zu dem Wirt, der nun immer wieder zu ihrem Tisch hinübersah. »Ich werde noch ein wenig die Augen offen halten.«

»Mit geschlossenen Augen?«, witzelte Vanessa, als sie aufstand. »Ich komme mit, Garret.« Sie sah die Bardin fragend an, doch diese schüttelte den Kopf. »Ich denke, ich halte mich lieber etwas bedeckt.«

»Mal sehen, was wir so erfahren«, sagte Garret. »Sera«, wandte er sich dann an die Bardin. »Nach welchem Hafen soll ich fragen, ob er von Schiffen angelaufen wird?«

»Es gibt nur einen«, antwortete die Bardin. »Evenbrok. Es ist der einzige unserer Häfen, der erlaubt, dass fremde Schiffe anlegen. Schaut, ob die *Dunkelrabe* oder die *Samtschwalbe* im Hafen liegen, beide Schiffe habe ich in der Vergangenheit benutzt, die Kapitäne kennen mich.«

»Das werden wir tun«, sagte Garret. »Ich hoffe nur, dass das Glück uns hold ist.«

»Passt auf euch auf«, sagte Tarlon, als Garret sich das Lederbündel griff, das sein Schwert enthielt.

»Immer«, grinste Garret und nahm fröhlich seinen Abschied.

Die Bardin sah ihm nach und wandte sich dann an Tarlon. »Hat er wirklich so oft recht?«

»Nein«, antwortete Tarlon eher nachdenklich. »Man kann nicht sagen, dass er immer recht hat mit dem, was er tut. Manchmal weiß auch er, dass es *falsch* ist. Nur dass er es dann trotzdem tut, weil er fühlt, es sei richtig.«

»Das ergibt keinen Sinn«, sagte die Bardin.

»Doch, für ihn schon«, antwortete Tarlon. »Seht Ihr, manchmal kann man die Dinge stundenlang im Geiste wenden, von allen Seiten betrachten und man übersieht das, worauf es ankommt. Aber es ist da. Nur *konnte* man es vorher nicht wissen. Und dann geht es gut, obwohl es hätte schlecht ausgehen *müssen*!«

»Was war es, was er tat?«, fragte die Bardin.

»Etwas sehr Dummes. Wir sind gerade in die Stadt gekommen, dieses Wirtshaus wurde uns von einer der Stadtwachen empfohlen und niemand von uns weiß auch nur das Geringste über den Wirt. Und Garret geht hin zu ihm, sagt ihm, dass er aus Lytar kommt und der Meinung ist, dass die Greifenlande selbst tätig werden müssen, wenn sie verhindern wollen, dass das Banner von Thyrmantor hier über den Zinnen weht. Er ruft mehr oder weniger offen zum Aufstand gegen Thyrmantor auf!«

»Das ist wahrlich unüberlegt«, sagte die Bardin mit einem schnellen Blick zum Wirt. »Es gibt bestimmt bezahlte Informanten hier und wer sagt uns, dass der Wirt nicht einer ist?«

»Niemand«, gab Tarlon zu und seufzte. »Tatsächlich aber ist der Wirt Feuer und Flamme für die Idee und fragt sich, warum er nicht selbst darauf kam, dass dies *genau* das ist, was man tun müsste. Dort steht er und putzt seine Theke … und geht im Geist bereits die Leute durch, die er kennt und zusammenrufen will, um sie zu fragen, was sie davon halten.«

»Aber das hat Garret unmöglich wissen können.«

»Eben«, sagte Tarlon. »Das ist das Problem mit Garret. Es war *falsch,* dem Wirt auf die Nase zu binden, woher wir kommen. Aber vielleicht ist es genau das, was nötig war, damit sich die Greifenlande gegen Thyrmantor erheben … was uns zupass kommen würde.« Er trank und richtete das Wort über den Rand seines Bechers hinweg an die Bardin. »Nun sagt mir, Sera, war es richtig oder falsch, was er tat?«

»*Wenn* es zum Aufstand kommt, *wenn* dieser erfolgreich ist, *dann* war es richtig«, antwortete die Bardin nachdenklich. »Führt es dazu, dass man uns festnimmt und hinrichtet, wäre es wohl falsch gewesen.«

»Das sehe ich nicht anders«, schmunzelte Tarlon. »Ich habe ebenfalls etwas dagegen, hingerichtet zu werden. Nur … *jetzt* kann man das nicht wissen. Niemand weiß es. Auch Garret nicht. Aber er hat es getan. Einfach so. Aus dem Gefühl heraus.«

»Und wie oft liegt er falsch?«, fragte die Bardin.

»Garret? Selten, eher nie. Ich kann mich erinnern, wie wir fischen gehen wollten. Er wollte gehen, ich wollte nicht, ich war auf der Suche nach einem geraden Stamm für meinen Vater. Er meinte, ich solle mitkommen, wir würden bestimmt einen Stamm finden.« Tarlon setzte den Becher ab und schüttelte schmunzelnd den Kopf. »Ich sollte erwähnen, dass ich die ganzen drei Wochen zuvor durch das Tal streifte, um diesen Baum zu finden. Vierzig Schritt hoch sollte er sein, gerade gewachsen und gesund. So gelegen, dass man den Stamm auch transportieren kann. Eine schöne, gerade Eiche … so viele gibt es nicht von ihnen. Ich sagte also Nein, ich müsse den Baum suchen. Er meinte, er ginge an die kleine Quelle im Osten, über dem Taschensee im Norden des Dorfs. Ich könnte anschließend dorthin kommen, wenn ich keine Lust mehr hätte. Es gäbe ja auch ein paar Bäume dort. Am Abend habe ich ihn dort aufgesucht. Ich hatte weiterhin keine passende Eiche gefunden. Ich fand Garret dort vor, am Fuß einer Eiche angelehnt, die Angelschnur um seinen Zeh gewickelt. Am Fuß einer Eiche, so kerzengerade und gesund, wie selbst mein Vater sie selten gesehen hatte. Man brauchte den Stamm nur den Abhang herunterrollen, in den See, und von dort aus zum dorfnahen Ufer zu ziehen, wo eine schöne gerade Ebene den Transport mit dem Holzwagen erlaubte.«

»War das Zufall?«, fragte die Bardin neugierig.

Tarlon zuckte die Schultern. »Vielleicht, vielleicht wusste er es auch irgendwie. Es ist öfter so bei ihm.«

Die Bardin sah ihn fragend an.

»Letztes Jahr suchte Vanessa einen Ring, den ihr unsere Großmutter vererbt hatte. Sie hat jeden damit verrückt gemacht. Mutter, Vater, mich, sich selbst ... wir suchten den ganzen Tag nach dem Ring. Garret kam irgendwann vorbei, als es Abendessen gab, ich schwöre, er riecht so etwas. Wir erzählen ihm von dem Ring, er hört es sich an und meint, der fände sich schon wieder. Am Abend, kurz bevor er ging, blieb er mit seiner Jacke an der Anrichte hängen, die wir neben der Tür stehen haben, und verschob sie auf diese Weise ein kleines Stück. Etwas fiel herunter, etwas, das hinter die Anrichte gefallen war und zwischen ihr und der Wand eingeklemmt worden war.«

»Vanessas Ring?«, fragte die Bardin.

»Was sonst?«, antwortete Tarlon mit einem Schmunzeln. »Erinnert Ihr Euch an den Kronok? Es war stockdunkel, Garret konnte nichts sehen. Nur hatte er das *Gefühl,* dass er treffen würde. Ihr saht selbst, wie gut er getroffen hat. Wie soll man jemandem wie ihm den Sinn von Logik und sorgfältiger Planung erklären?«

»*Sa'vant'ee*«, sagte die Bardin.

»Bitte?«

»So nennt man bei uns diejenigen, die vom Glück begünstigt scheinen«, erklärte die Bardin und sah nachdenklich drein. »Nur ... manchmal verlässt sie das Glück dann doch.«

»Was haltet Ihr vom Glück, alter Mann?«, fragte Lamar. »Entspringt es dem Wankelmut der Göttin oder ist es mehr?«

»Ich weiß es nicht«, sagte der Geschichtenerzähler und streckte sich. Er sah aus den Fenstern der Gaststube hinaus auf den Marktplatz, dort war es bereits dunkel. Das lange Sitzen tat ihm nicht gut.

»Glück hat eine eigene Qualität«, meinte er nachdenklich. »Manchmal

offenbart es sich gar nicht. Es mag sein, dass jemand das Glück hat, sich den Fuß zu brechen, nur wie soll er es wissen?«

»Wie soll es Glück sein, wenn man sich etwas bricht?«

»Stellt Euch vor, es wäre ein Holzfäller. Hätte er sich nicht den Fuß gebrochen, hätte ihm am nächsten Tag ein Baum erschlagen. Er wird nie erfahren, dass er Glück hatte. Auf der anderen Seite gehört Glück zum Wagnis dazu. Wagt man nichts, braucht man kein Glück und erhält es auch nicht. Ob Garret nun mehr Glück hatte als andere, wer will das sagen können? Solches wissen nur die Götter. Eines ist jedoch klar, die Bardin und die Freunde konnten jedes Glück gebrauchen …«

30 Waldor

»Ich kann mich gar nicht daran gewöhnen, so viele Menschen auf einem Haufen zu sehen«, meinte Garret, als er zusammen mit Vanessa über den Marktplatz schlenderte. »Auch wenn sich die meisten zurzeit von den Straßen fernzuhalten scheinen«, fügte er hinzu.

»Glücklich scheinen hier nicht viele«, stellte Vanessa fest. »Die Händler sind es gewiss nicht. Schau hier, die alte Frau schließt ihren Stand, obwohl sie nur einen Teil ihrer Ware verkauft hat.«

»Da ist sie nicht die Einzige«, sagte Garret. Er trat an die alte Frau heran und lächelte freundlich. »Die Äpfel sehen gut aus«, meinte er. »Was kosten sie?«

»Fünf Stück ein Kupfer.«

»Danke!«, gab Garret fröhlich zur Antwort, ließ ein Kupferstück in die Hand der überraschten Frau gleiten und fischte sich fünf Äpfel heraus. Zwei reichte er an Vanessa weiter, zwei steckte er ein und nahm einen herzhaften Bissen von dem letzten.

Vanessa lachte. »Du weißt, dass sie erwartet hat, dass du um die Äpfel feilschen würdest?«

Garret zuckte die Schultern. »Wir haben Gold genug, sie nicht. Sie sah mir aus, als könnte sie ein gutes Geschäft gebrauchen. Da drüben geht's hinunter zum Hafen«, fügte er hinzu und wies mit dem Apfel die Richtung. Die meisten Straßen hier waren eng und verwinkelt, doch die Straße zum Hafen hinunter war breit und mit schweren Steinplatten ausgelegt, Platten, die Garret nur zu bekannt vorkamen. Schließlich erreichten sie ein inneres Stadttor, das den Hafen von der inneren Stadt trennte. Dort standen zwei Stadtwachen und musterten sie gelangweilt, keiner von ihnen reagierte, als sie vorbeigingen. Als sie den massiven Torbogen passierten, stieß Vanessa Garret leicht mit dem Ellenbogen an. Er folgte ihrem Blick eine lange Leiter hinauf und sah einen Soldaten der Wache, der mit einem Spachtel Dreck aus der Laufrinne des Fallgitters kratzte und anschließend die Rinne großzügig mit Wagenfett bestrich.

»Das sieht aus, als seien die Fallgitter lange nicht unten gewesen«, flüsterte Vanessa mit einem Blick auf die große Trommel an der Seite, von der aus eine rostige Kette nach oben führte. Rostig mochten sie sein, aber auch solide genug, um noch Jahrhunderte zu halten.

»Das mag sein«, erwiderte Garret nachdenklich, als sie weitergingen. »Aber offenbar trifft jemand Vorbereitungen dazu, damit es möglich ist.«

Nach dem Tor machte die Straße einen scharfen Rechtsknick, dort führte eine stabile hölzerne Rampe, bestimmt gut drei Mannslängen hoch, zu dem tiefer gelegenen Pflaster des Hafens. Die schweren Bohlen klangen dumpf unter ihren Füßen.

Unten angekommen, untersuchte Garret die Konstruktion der Rampe.

»Stabil genug«, meinte er dann. »Tarlon könnte es uns mit Bestimmtheit sagen, aber ich denke, dass diese Rampe so gebaut ist, dass man sie leicht abreißen kann. Dann liegt das Tor gute sechs Schritt in der Höhe, das macht es dann schwieriger, das Tor anzugreifen.« Er sah sich um. »Nur warum ist es so hoch angesetzt?«

»Vielleicht hat es mit diesen Fluten zu tun, von denen Tarlon sprach«, meinte Vanessa. »Ich hörte, es gäbe auch solche, die außergewöhnlich hoch und heftig wären, vor allem wenn Sturm ist. Diese Mauer schützt dann die innere Stadt auch gegen solche Fluten.«

»Das wird Tarlon gefallen«, stellte Garret erheitert fest. »Er mag es, wenn ein Ding mehr als einen Nutzen hat.«

Er beugte sich etwas herunter, um besser unter die Rampe sehen zu können. Vanessa zupfte an seinem Ärmel.

»Suchst du etwas, Junge?«, kam es in barschem Ton von der Seite. Eine Wache stand dort und musterte Garret misstrauisch.

»Nein«, antwortete Garret mit einem leicht tumb wirkenden

Gesichtsausdruck. »Ich hab nur no' nie nich' so 'ne Rampe gesehen, Ser Wachtmeister! So was ham' mer nich' in unsrem Dorf.«

»Verzeiht«, sagte Vanessa mit einem bezaubernden Lächeln. »Ihr müsst meinem Bruder verzeihen! Er ist langsam im Geist, aber wenn er einen Schmetterling sieht, will er ihn fangen, hat er ihn, vergisst er ihn schon wieder! Wenn er etwas sieht, muss er gucken und anfassen, es ist eine Plage mit ihm!«

Der Wachmann blickte zu Vanessa und Garret, stieß ein »Hrumpf!« aus und marschierte weiter. Sie setzten ihren Weg fort, bis sie außer Sichtweite waren, dann lachte Vanessa und stieß Garret in die Seite. »Ich wusste gar nicht, dass du einen so dämlichen Gesichtsausdruck aufsetzen kannst!«

»Eines meiner vielen Talente«, antwortete Garret heiter, doch auf seiner Stirn war gleich darauf wieder eine Falte zu sehen.

»Über was denkst du nach?«, fragte sie. Vor ihnen lag jetzt der Hafen. Lytar hatte einst einen mächtigen Hafen besessen, der um ein Vielfaches größer war als dieser, aber der Anblick war beeindruckend genug. Er bot an den Molen gut zwanzig großen Schiffen Platz, auch wenn die meisten Liegestellen im Moment nicht belegt waren. Ein massiver Turm schützte die Hafeneinfahrt, oben auf den Zinnen entdeckte Garret eine Ballista, an der sich gerade zwei Soldaten zu schaffen machten. Es ging wohl darum, die alten Seile auszutauschen, vermutete Garret. Wer weiß schon, wie lange die Speerschleuder nicht mehr verwendet worden war.

Das offene Viereck des Hafens war von Warenhäusern, Tavernen, Läden und Hebekränen gesäumt. Ein ständiges Kommen und Gehen herrschte und obwohl die Abenddämmerung sich bereits ankündigte, sah es nicht so aus, als würde man darauf Rücksicht nehmen. Dort hinten sahen sie einen Mann mit einem Korb schwerer Fackeln auf dem Rücken, er trug zudem eine kurze Leiter mit sich. Eben lehnte er diese an eine Hauswand und stieg sie hinauf, um eine verbrannte Fackel aus einer Eisenhalterung zu ziehen und eine neue Fackel einzusetzen.

»Hier geschieht etwas«, teilte Garret Vanessa mit, während sie langsam weitergingen. »Unter dieser hölzernen Rampe, die so alt zu sein scheint wie die Stadt selbst, sind frische Fässer angebracht worden. Sie sind dick mit Teer überzogen, ich nehme an, sie enthalten Brandpulver oder Ähnliches. Dieses eine Fallgitter wurde gangbar gemacht und dort oben wird eine Ballista gewartet. Haben wir nicht überall gehört, dass der alte Graf wohl kaum den Königlichen wirksamen Widerstand entgegensetzen kann?«

»Das hat zumindest dieser Hiram durchblicken lassen«, sagte Vanessa. »Aber es sieht aus, als ob der alte Graf die Stadt dennoch darauf vorbereiten lassen will, nicht wahr?«

»Mag sein«, antwortete Garret nachdenklich. »Vielleicht will er auch seine Verhandlungsposition gegenüber Lindor stärken.«

»Meinst du wirklich?«, fragte Vanessa.

»Nein«, sagte Garret. Er blieb stehen und wies sie auf eine Vierergruppe königlicher Soldaten hin, die einen Priester Darkoths begleiteten. Letzterer stand vor einem steinernen Haus mit dem eingemeißelten Wappen Berendalls und diskutierte mit einem kleinen, rundlichen Mann, der ein offiziell aussehendes dunkelblaues Gewand trug. Dem Priester gefiel wohl nicht, was der Mann ihm sagte, denn einer der Soldaten trat heran und streckte den älteren Mann mit einem Schlag zu Boden. Der Priester fügte mit einer herablassenden Geste noch etwas hinzu, dann stapfte er davon, die Soldaten im Schlepptau. Der Mann richtete sich auf, spuckte Blut und einen Zahn aus und sah der kleinen Gruppe hinterher, während er sich die Wange hielt. Der Priester und seine Soldaten hatten sich bereits ihr nächstes Ziel auserkoren und betraten eine der vielen Kneipen, die es hier am Hafen gab.

»Was möchtest du wetten, dass dies der Hafenmeister ist, von dem die Sera Bardin sprach?«, flüsterte Garret. »Lass uns sehen, was er zu sagen hat.« Ein gewisses Funkeln stand in seinen Augen, als er weitersprach. »Mir scheint, die Königlichen machen sich hier überall Freunde.«

Noch bevor sie das Haus erreichten, trat aus diesem ein älterer Mann heraus, der Garret sofort an seinen Großvater erinnerte, schlank, mit breiten Schultern und einem scharf gezeichneten Gesicht und blassen, blau-grauen Augen. Alt mochte er sein, aber es lag ein gewisser Stolz in seiner Haltung. Der Mann war sauber, aber einfach gekleidet, vielleicht, als er jünger war, hatte ihm die Kleidung auch gepasst, jetzt war sie ihm an manchen Stellen zu groß. Garrets Großvater war es ähnlich ergangen, als ob er im Alter geschrumpft wäre. Alt oder nicht, jedenfalls reichte er dem Mann am Boden die Hand und zog ihn scheinbar mühelos hoch. Der kleinere, rundliche Mann zeigte dem älteren seinen Zahn und lachte, während er kopfschüttelnd den Zahn in einer Westentasche verstaute.

»… nicht zu glauben, wie blind diese Leute sind«, hörte Garret noch, dann nahmen die beiden Männer das junge Paar wahr und musterten es neugierig, während Vanessa und Garret näher kamen.

»Entschuldigt, Sers«, begann Garret höflich. »Wir suchen den Hafenmeister. Könnt Ihr uns sagen, wo wir ihn finden?«

»Ihr steht vor ihm, Junge«, meinte der rundlichere der beiden Männer und klopfte sich den Staub von seiner dunkelblauen Jacke. »Frese ist mein Name und ich bin der Hafenkommandant … was hier in etwa das Gleiche wie ein Hafenmeister ist.«

»Zwei Dinge«, meinte Garret freundlich, während er in seinen Beutel griff. »Zum einen … wir suchen eine Passage für eine Person nach Evenbrok. Zum anderen … darf ich fragen, was hier soeben geschah? Ich sah nichts, was diesen gemeinen Schlag rechtfertigte!«

»Selbst mit den Augen eines Adlers hättet Ihr da nichts entdecken können«, antwortete der Hafenmeister verärgert und tupfte sich mit einem Tuch den blutigen Mundwinkel ab, während er mit der Zunge die Reihe seiner Zähne ertastete. »Ich gab dem ehrenwerten Priester nur eine Antwort, die ihm nicht gefiel«, fuhr er mit von Ironie triefender Stimme fort. »Was Euer Begehr angeht, muss ich Euch enttäuschen, zurzeit liegt kein Schiff im Hafen, das die Elfenlande anläuft. Allerdings erwarten wir seit Tagen die Ankunft der *Samtschwalbe.* Wenn sie in der Nacht oder morgen einläuft, könntet Ihr Glück haben. Sie läuft bei jeder zweiten Reise Evenbrok an … und ich glaube, mit dieser Fahrt wäre es wieder so weit. Nur ...« Er zuckte die Schultern. »Es kann sein, dass sie gar nicht einlaufen wird.«

»Warum nicht?«, fragte Vanessa neugierig.

»Weil mir eben der Priester eröffnete, dass bis auf Weiteres keine Schiffe mehr im Hafen einlaufen sollen und erst recht keines auslaufen wird, sofern es nicht von einem Priester Darkoths ›gesegnet‹ wird. Ein Paar der Seeleute auf der *Samtschwalbe* sind Elfen. Sie werden nicht erfreut sein.«

»Die Priester wollen die Schiffe durchsuchen«, stellte Garret fest und sah zu dem hageren, älteren Mann hin, der schweigend neben dem Hafenmeister stand. Noch immer erinnerte er Garret an seinen Großvater, er besaß dieselbe ruhige Würde und ähnlich wache Augen. Seine Hände waren trotz des Alters kräftig, von vielen Narben gezeichnet, aber sauber, die Fingernägel nicht minder sauber als die von Vanessa ... was man von seinen eigenen nicht behaupten konnte, dachte Garret etwas beschämt. War die Kleidung des Mannes einfach, so trug er unter seinem langen Mantel aus grob gewebtem braunem Leinen ein Paar Stiefel, die sorgsam gearbeitet und gepflegt waren. Ein kostbares Schuhwerk für einen Mann, der so einfach gekleidet war.

»Damit habt Ihr wohl recht«, meinte der Hafenmeister und verzog sein Gesicht, als ihn die Wange schmerzte.

»Dürfen die das denn fordern?«, fragte Garret unschuldig. »Und wer sind diese Priester überhaupt?«

»Die Diener Darkoths«, antwortete Frese verächtlich und spuckte auf den Boden. »Es mag ein alter Gott Thyrmantors sein, aber das gibt ihnen hier keine Rechte.«

»Nur verhalten sie sich, als wäre dem so. Wie ist das möglich?«, fragte Garret.

»Darf ich fragen, wer *Ihr* seid?«, fragte der ältere Mann, dessen Blick nun auf Garrets Stiefeln ruhte.

»Mein Name ist Garret und dies ist Vanessa, meine Anvertraute«, antwortete Garret höflich und verbeugte sich leicht. Es schien ihm diesem Mann gegenüber das Richtige zu sein, auch Vanessa folgte seinem Beispiel. »Wir sind fremd in der Stadt.«

»Mein Name ist Waldor«, stellte sich der ältere Mann mit einem Lächeln vor. »Frese hier und ich sind alte Freunde. Etwas sagt mir, dass ihr auf einen Segen Darkoths wenig erpicht seid.«

»Das ist wahr, Ser«, antwortete Garret. »Aber wir suchen eine Passage nicht für uns, sondern für einen Bekannten.« Er schüttelte den Kopf. »Wir sind das erste Mal hier in Berendall, gehört haben wir schon viel von dieser Stadt, aber nicht das, was wir hier sehen.« Er nickte bezeichnend in die Richtung der Taverne, in die der Priester und die vier Soldaten verschwunden waren.

»Es gereicht uns auch schwerlich zum Ruhme«, antwortete Waldor mit gefurchter Stirn.

»Ich verstehe es auch nicht«, meinte nun Garret und hielt dem Mann und Frese fragend einen Apfel hin. Frese wies auf seine blutende Lippe, aber Waldor nahm dankend an.

»Danke. Was versteht Ihr nicht?«

Garret fischte seinen letzten Apfel heraus und biss hinein.

»Die Mauern dieser Stadt sind alt, sie scheinen aber noch dick und fest zu sein. Dieser Graf Lindor, er lagert außerhalb der Stadt mit einem Regiment. Graf Torwald verfügt nur über ein paar Hundert Stadtwachen, aber diese scheinen gut gerüstet und ausgebildet. Warum lässt er sich das gefallen?«

»Weil der Krieg nicht nur vor den Mauern Berendalls stattfinden würde, nehme ich an«, antwortete Waldor. »Die Königlichen würden auch das Umland verwüsten. Und dieser Lindor besitzt einen Drachen. Er könnte die Stadt mit einem Flug entzünden.«

»Nur wenn er Armbrüste mag«, lachte Frese und erntete damit einen Blick mit einer hochgezogenen Braue von dem älteren Mann.

»Warum ruft der alte Graf dann nicht die Barone unter seinem Banner zusammen?«, fragte Garret unschuldig. »Das sollte doch reichen, um Lindors Regiment ins Meer zu drängen!«

»Schön wär's«, meinte Frese mit Inbrunst. »Schön wär's!«

»Sagt, woher kommt Ihr, junger Ser?«, fragte Waldor. »Ist es dort üblich, dass sich ein jeder mit der Strategie beschäftigt?«

»Nein«, lachte Garret und überhörte geflissentlich die erste

Frage. »Ist es nicht. Nur manchmal ergeben sich Notwendigkeiten.« Er wandte sich wieder an den Hafenmeister. »Was denkt Ihr, wie lange wird die *Samtschwalbe* hier im Hafen liegen? Wenn sie denn anlegt.«

»Unter den gegebenen Umständen werden sie wohl ihre Ladung so schnell als möglich löschen und wieder ablegen. Länger als einen Tag wird es gewiss nicht dauern.«

»Dann danke ich Euch«, meinte Garret höflich und verbeugte sich vor dem Hafenmeister und Waldor. »Der Göttin Gnade mit Euch.«

»Bevor Ihr geht, einen Moment«, bat der hagere Mann. »Darf ich fragen, was ihr beide in diesem ledernen Packen führt? Mir sieht es sehr nach einem Schwert aus.«

»Es sind in der Tat Schwerter, Ser Waldor«, bekannte Garret. »Aber nach den Stadtgesetzen ist es nicht erlaubt, sie offen zu führen.«

»Aber dort, wo ihr herkommt, tragt ihr beide eure Waffen offen?«, fragte Waldor.

Garret zögerte einen Moment, dann nickte er.

»Ihr seht mir nicht wie Söldner aus«, stellte Waldor nachdenklich fest.

»Wir sind auch keine Söldner«, antwortete Garret und hielt dem bohrenden Blick des Mannes stand. »Ich hoffe, es ist kein Problem für Euch?«, fragte er höflich.

Überraschend lachte der ältere Mann.

»Für mich? Mitnichten!« Er deutete nun ebenfalls eine Verbeugung an. »Die Göttin mit euch, Sers.«

»Waldor?«, lachte Lamar. »Ein nettes Wortspiel. Es war der Graf, nicht wahr?«

Die Augen des Geschichtenerzählers funkelten erheitert. »Waren wir nicht übereingekommen, dass ich die Geschichte erzähle?«

»Dieser ältere Mann war seltsam«, sagte Vanessa. »Er hielt etwas zurück, aber dennoch mochte ich ihn. Er kommt mir nicht vor wie jemand, der Winkelzüge betreibt und dennoch …«

Garret nickte und sah noch einmal zu dem Hafenkommandant und seinem Freund zurück, die sich angeregt unterhielten, während sie ihm und Vanessa nachsahen.

»Er verbirgt etwas.«

»Das denke ich auch«, stimmte Garret ihr zu. »Hast du seine Stiefel gesehen? Er ist mehr als nur ein einfacher Mann. Ein Adeliger vielleicht, vielleicht sogar jemand, der das Ohr des Grafen besitzt.«

Vanessa sah bedeutsam auf Garrets Stiefel herab. »Das Gleiche wird er von dir gedacht haben.«

»Möglich. Sogar wahrscheinlich. Aber eines weiß ich … den Königlichen ist er wohl kaum wohlgesonnen.« Er runzelte die Stirn. »Sag, wie heißt dieser Graf hier noch mal? Torwald, nicht wahr?«

Sie lachte. »Du meinst, es war der Graf selbst?«

»Zumindest hört sich Waldor ähnlich an.« Garret zuckte die Schultern. »Er scheint es nicht übel mit uns zu meinen, also soll er sich nennen, wie er will. Es ist schließlich seine Stadt.« Garret blieb neben einem Poller stehen, lehnte sich dagegen und sah auf den Hafen hinaus, wo die Schiffe bedächtig schaukelten. Es war ein seltsam faszinierender Anblick, dachte Garret. »Weißt du, Vani, was ich nicht verstehe?«

Sie lehnte sich gegen ihn und er legte seine Arme um sie.

»Nein«, antwortete sie mit einem Lächeln, »aber du wirst es mir wohl sagen.«

»Ich verstehe den Grafen Lindor nicht. Ich hatte schon in der Börse ein komisches Gefühl, als wir ihm dort gegenüberstanden. Eigentlich hätte ich gedacht, dass er uns sofort hinrichten würde. Doch das geschah nicht. Wir wurden sogar gut behandelt. Wir spielten ihm etwas vor, doch es war so unglaubwürdig, dass ich mich wunderte, dass er darauf hereinfiel. Nein, das ist falsch. Damals war ich voller Hass auf den Mann, gewundert habe ich mich erst später. Wir haben mittlerweile viel von ihm gehört. Dass er ehrenhaft sei. Gerecht. Nun, das sehe ich anders. Aber eines hörten wir nicht von ihm.«

»Und das wäre?«

»Dass er dumm ist. Lindor gilt als meisterhafter Stratege. Er ist nicht dumm.«

»Worauf willst du hinaus?«

»Dass sein Verhalten hier dumm ist«, erklärte Garret und strich ihr über die Haare.

»Aber er tut doch gar nichts.«

»Eben«, meinte Garret und gab ihr einen keuschen Kuss auf die Stirn. »Jetzt haben wir hier schon zwei Grafen, die nichts tun. Ist das nicht seltsam? Aber gut, lass uns zu den anderen zurückgehen. Es wird bald dunkel und ich glaube nicht, dass wir jetzt noch Argor finden können.«

»War es nun der Graf?«, fragte Lamar gespannt, während er geschickt eine halbe Wachtel zerlegte. Es war seltsam, obwohl er nichts anderes tat, als zu sitzen, zu trinken und zu essen und dieser Geschichte zu lauschen, schien es ihm nicht weniger anstrengend, als den Tag auf dem Stechplatz zu verbringen.

»Freund Lamar«, begann der alte Mann, doch der Gesandte winkte ab. »Ich weiß, ich weiß, Ihr seid es, der die Geschichte erzählt ...«

»Sind das zwei von denen, die mit der Elfe in die Stadt gekommen sind?«, fragte Frese den alten Mann.

»Ich denke schon«, antwortete der Graf von Berendall und zog eine Pfeife heraus, um sie gemächlich zu stopfen. »Hiram wusste nicht so recht, was er von diesem Garret halten sollte, aber mir gefällt er.«

»Meint Ihr, dass die beiden etwas mit den erschlagenen Priestern zu tun haben?«

»Nicht direkt«, antwortete der Graf. »Sie sind ja erst heute in die Stadt gekommen. Ich habe den Bericht erhalten, kurz bevor ich zu Euch aufbrach. Aber ich würde mich nicht wundern, wenn sie diejenigen kennen.« Der Graf seufzte. »Habt Ihr gesehen, dass die junge Sera verletzt war?«

»Ja, aber nur an ihren Bewegungen. Auch sie trug ein Schwert in Leder und sie bewegt sich wie eine Kämpferin.«

»Wohin ist die Welt gekommen, dass solche jungen Leute kämpfen müssen«, seufzte der Graf.

»Oder dass Kinder gar als Pfand genommen werden.«

Der Graf sah ihn fragend an.

»Ich meinte den Prinzen, von dem Ihr mir erzählt habt«, erklärte Frese.

Der alte Graf nickte betrübt.

»Oder das. Frese … zurück zum Grund meines Kommens. Wie sieht es aus, wie lange wird es dauern, bis die Ballisten auf den Türmen einsatzbereit sind? Werden wir den Hafen halten können, wenn Belior mit seiner Flotte einzudringen versucht?«

»Das kommt auf die Anzahl der Schiffe an.«

»Vier Regimenter. Sechzig Schiffe, grob geschätzt, wenn er seine Soldaten versorgt haben will.«

»Solange die Ballisten dort oben schießen können, wird es ihm einen gewaltigen Blutzoll abfordern. Aber es braucht nur den Drachen oder Magie, um die Ballisten zu zerstören. Die Kette in der Hafeneinfahrt?« Frese kratzte sich nachdenklich am Kopf. »Sie wurde jahrhundertelang nicht angehoben. Vielleicht hält sie, vielleicht nicht. Aber meine ehrliche Meinung, Graf?«

»Nur diese will ich hören, Frese.«

»Nein. Wir werden den Hafen nicht halten können. Nicht auf Dauer. Aber er wird es nicht wagen, die Verluste würden sich nicht rechnen. Hätte er den Hafen, wäre ihm auch nicht viel geholfen. Ich vermute, er wird an der Küste anlanden und unseren Hafen nur blockieren.«

»Gut. Dann wird es ihn Zeit kosten, bis er Belagerungsgerät gebaut hat«, dachte der Graf laut. »Vier Wochen, vielleicht fünf. Dann braucht er nichts weiter zu tun, als an mehreren Stellen gleichzeitig die Wälle anzugreifen … wir sind zu dünn besetzt, um sie alle zu verteidigen.« Er schüttelte den Kopf. »Ich sehe einfach keine Möglichkeit, dass wir gegen Thyrmantor bestehen können. Es ist eine Schande. Ihr ahnt gar nicht, wie versucht ich bin, dem Drachen die Stirn zu bieten. Ich bin alt, wenn es dann für mich vorbei ist, ist es nicht so schade drum. Aber was wird aus meiner Stadt?«

»War da nicht etwas, das Hiram derart seltsam fand, dass er es in seiner Botschaft erwähnte? Dass dieser Garret meinte, es bräuchte keine Armee?«

»Ja«, meinte der Graf und zog an seiner Pfeife. »Nur wüsste ich nicht, wie das möglich sein soll.« Er seufzte. »Seht mich an, Frese, ich bin ein alter Mann. Und womöglich bin ich schon mit der Altersblödheit geschlagen, wie sonst ist es zu erklären, dass ich meine Hoffnung in einen jungen Mann setze, der mein Urenkel sein könnte?«

»Heißt es nicht in den heiligen Worten, dass Hoffnung nach der Liebe die stärkste Kraft ist?«

»Hoffnung?« Der Graf lachte bitter. »Ich habe gehofft, dass mein Sohn die Krankheit überlebt. Ich hoffte, dass mein Enkel sich von seinem Sturz erholt. Dass mein Weib gesunden würde. Ich hoffte so vieles. Wie viel Hoffnung kann ein Mensch in sich tragen? Soll ich darauf hoffen, dass sich die Himmel öffnen und Belior vom Blitz erschlagen wird?«

»Solche Dinge sind geschehen, Graf«, sagte Frese.

»Nur traf es meist nicht den Richtigen«, gab der Graf bitter zurück.

Er sah auf das Meer hinaus. Dort, etwas hinter der Hafeneinfahrt, lagen drei große Boote aneinandergebunden auf See. Eben wurden dort auch Laternen entzündet.

»Was ist mit denen?«, fragte der Graf nun. »Gibt es dort Neuigkeiten?«

Frese zuckte die Schultern. »Sie schicken jeden Tag Taucher hinab, die sich bis zur Erschöpfung bemühen, den Golem freizulegen. Sie haben ihn vermessen und gezeichnet, auch Bohrer und Axt versucht, nichts hat etwas gebracht. Er liegt noch da wie immer. Ich hörte, sie suchen nun den Einstieg und lassen die Taucher unter ihm graben. Es hat schon zweien das Leben gekostet, doch sie geben nicht auf. Ich glaube dennoch nicht, dass sie Erfolg haben werden.«

»Ich bete jedenfalls dafür, dass sich ihre Mühe nicht lohnen wird!«, sagte der Graf bedrückt. »Aber wenn Beliors Gelehrte den Golem wieder zum Leben erwecken können, brauche ich mir wenigstens nicht mehr über einen Widerstand Gedanken zu machen. Alle Überlegung wäre in dem Fall müßig.«

»So weit wird es nicht kommen. Wenn sich der Golem bewegt, ist dafür schon Vorkehrung getroffen worden. Ich habe drei zuverlässige Leute dort an Bord, wenn es aussieht, als hätten die Gelehrten Erfolg, werden meine Leute die Gelehrten sofort erschlagen.«

»Was hat es mit diesem Golem und diesen Gelehrten auf sich?«, fragte Lamar überrascht. »Irgendwann habt Ihr es erwähnt, aber ich weiß nicht mehr, wann.«

»Ähnlich ging es den Freunden«, erklärte der alte Mann gemächlich. »Sie wussten auch nichts davon. Wie ich schon erklärte, war Berendall auch im zweiten Zeitalter schon eine wichtige Stadt, das Tor zum Greifen nannte man sie auch. So ist es nicht verwunderlich, dass unsere Vorfahren sie zu schützen suchten. Mit starken Wällen und einem Wächter, einem riesigen Golem aus Eisen, der nicht nur die Stadt verteidigen konnte, sondern sich auch sonst als recht nützlich erwies. Doch kurz nach dem Untergang Lytars wurde das Geheimnis gestohlen, das es einem erlaubte, sich den Golem untertan zu machen. Er stand dann wohl noch lange Jahrhunderte in der Hafeneinfahrt, fiel irgendwann vorneüber und lag seitdem im Wasser, wo er vor sich hin rostete. Nur Belior erinnerte sich noch seiner … der Kanzler entsandte zusammen mit dem Regiment Gelehrte nach Berendall, auf dass sie einen Weg suchen sollten, den Golem für ihn nutzbar zu machen. Ich beschrieb Euch, dass auch der Graf Lindor überrascht war, von diesem Golem zu hören.«

»Ich erinnere mich jetzt«, sagte Lamar und gähnte verhalten. »Ich wundere mich nur, dass Ihr so etwas Wichtigem in Eurer Geschichte so wenig Beachtung schenkt.«

Der alte Mann zuckte die Schultern. »Sagte ich, dass er wichtig gewesen wäre? Er war es nicht. Er lag da und rostete. Wichtig war damals anderes. Denn ungefähr zu dieser Zeit, am Abend des gleichen Tages, löste sich ein anderes Rätsel. Zudem geschah etwas, das jedem Mut gab, der es erlebte … es geschah, als Astrak vom Tempel zurückkehrte und seinen Vater aufsuchte, um ihm zu berichten.«

31 Loivans Zorn

»Dein Vater?«, fragte Marcus. »Der ist unten am Hafen. Er hat wohl etwas mit dem Ungeheuer vor. Sag, wie geht es beim Tempel voran? Ist er offen? Ist das Abbild der Göttin so erhaben, wie ich hörte?«

Astrak hob schmunzelnd die Hand, um Marcus in seiner Neugier zu bremsen. »Lasse mich eine Frage nach der anderen beantworten!«, grinste er. »Ja, wir hatten Erfolg, Elyra konnte den Tempel öffnen. Und etwas Erhabeneres habe ich noch nie zuvor gesehen. Du, ich erzähle dir später mehr, aber jetzt bin ich in Eile.« Marcus wirkte etwas enttäuscht, als sich Astrak abwandte, aber es half nichts. Abgesehen davon, dass Astrak ihn nur zu gut verstehen konnte. Ihm wäre es auch lieber gewesen, mit Vanessa, Garret und Tarlon auf Reisen zu sein ... aber dann hätte er Lenise nicht kennengelernt. Es ist seltsam, dachte Astrak, als er sich seinen Weg durch die Zelte hinunter zum Börsenplatz suchte. Sie hat keine Augen, aber es fühlt sich nicht so an. Es ist, als ob ich ihre Augen trotzdem sehe. Augen so blau wie Kornblumen. Wie wird Vater wohl auf sie reagieren?

Der Weg zum Tempel und der Bau der Brücke hatten fast den gesamten Tag in Anspruch genommen, die Sonne stand schon tief am Himmel. Dennoch, jetzt, da Pulver die ehemaligen Gefangenen als Unterstützung hatte, war vieles geschehen. Selbst einige der Brocken vom Staudamm waren beiseitegeräumt worden und die schweren Türen der Börse hingen wieder gerade in ihren Angeln und waren weit geöffnet. Im Inneren sah er, wie gut zwei Dutzend Männer damit beschäftigt waren, auch hier den Schlamm und die Toten zu entfernen. Sie trugen befeuchtete Tücher vor dem Gesicht, es war nun schon einige Tage her, dass der Damm brach und die Wärme bewirkte, dass die Opfer sich aufblähten. Obwohl er Abstand hielt, erreichte ihn der Gestank … er beschleunigte seine Schritte und war froh darüber, dass er diese Arbeit nicht tun musste.

Er fand Meister Pulver nahe der Stelle, an der die Leichen dem Ungeheuer aus dem Meer geopfert wurden. Er war in einem Gespräch mit Barius vertieft. Beide wirkten erleichtert, als sie Astrak sahen.

»Schön, dich wohlbehalten zu sehen, mein Sohn«, sagte Pulver, während er Astrak überraschend heftig umarmte. »Seid ihr gut durchgekommen? Gab es Probleme auf dem Weg zum Tempel?«

»Ein Ungeheuer griff uns an, aber es kam nicht weit«, berichtete Astrak und begrüßte den Priester der Hüter höflich. »Delos und seine Leute haben gute Arbeit geleistet und schnell eine Brücke geschaffen. Wir erreichten den Tempel ohne Schwierigkeiten und Elyra fand auch einen Weg, ihn zu öffnen. Das vorab … aber das war auch nicht alles. Was machst du hier eigentlich?«

»Wir versuchen herauszufinden, ob es uns gelingt, das Seeungeheuer zu besiegen«, erklärte Pulver. »Barius hier ist nicht glücklich mit dem Weg, den wir gehen, aber ihm fällt auch nichts Besseres ein.«

»Und wie willst du es tun? Mit der Ballista auf dem Dach der Börse?«

»Das haben wir uns auch überlegt, aber es ist nicht sicher genug. Nein, Sohn, ich fand einen anderen, aber schändlicheren Weg.« Er sah zu dem Priester des Loivan hinüber. »Wir sprachen soeben gerade darüber, ob wir uns damit Schuld auf unsere Seelen legen oder nicht.«

»Ich verstehe nicht«, sagte Astrak. »Was hast du getan?«

Pulver zuckte die Schultern.

»Gift. Ich habe die Toten als Köder verwendet … jede Leiche, die das Ungeheuer fraß, habe ich großzügig mit Gift versetzen lassen. Jetzt warten wir, ob es wirkt. Heute war das Ungeheuer auch schon da und ich bin der Meinung, dass es sich träger bewegt als zuvor. Also mag es sein, dass das Gift bereits Wirkung zeigt.« Er sah hinaus aufs Meer. »Jedenfalls ist es mir lieber, dass das Vieh die Toten frisst und nicht die Lebenden.«

»Du machst dir Sorgen, dass du damit die Götter beleidigst?«

»So ist es.«

»Nun, wenn wir unsere Toten begraben, werden sie anschließend auch von den Maden gefressen. So wie ich es sehe, ist dieses Ungeheuer nicht mehr als eine große Made«, sagte Astrak und Pulver lachte.

»Du warst zu viel mit Garret zusammen!«, meinte der Alchemist und schmunzelte. »Sag, wie ist es euch ergangen?«

Astrak rümpfte die Nase. »Können wir woanders hingehen? Hier stinkt es.«

»Es ist zu viel Zeit vergangen seit den letzten Experimenten«, lachte Pulver und klopfte seinem Sohn auf die Schulter. »Deine Nase erholt sich. Für mich ist es zu spät, ich fürchte, ich werde nie wieder etwas riechen können. Dort drüben vielleicht?«, meinte er dann und wies auf das Zelt, unter dem Wasserfässer für die Männer aufbewahrt wurden. Niemand wagte es, das Wasser aus der Stadt zu trinken, also wurden die Fässer weit außerhalb an einer Quelle gefüllt und jeden Tag erneut hierher gekarrt. Eine Plane schützte die Fässer vor der Wucht der Sonne und es waren feuchte Tücher über die Fässer gelegt, damit sie kühl blieben. Der kleine Stapel Fässer war weit genug entfernt, sodass dort der Gestank wohl nicht so stark sein würde.

»Habt Ihr etwas dagegen, dass ich Euren Bericht ebenfalls höre?«, fragte der Priester des Loivan Astrak höflich.

»Nein ... ich denke, es geht einen jeden von uns etwas an und Ihr ... vielleicht seid Ihr sogar imstande, etwas Licht ins Dunkel zu bringen.«

Im Schatten des Zelts war es ein wenig kühler und die Meeresluft hielt den Verwesungsgestank fern. Durstig füllte sich Astrak einen Becher mit dem klaren Wasser und berichtete dann ausführlich, was Elyra und er vorgefunden hatten.

»Dieses Mädchen, diese Lenise? Sie wollte nicht geheilt werden, da sie fürchtete, wir würden ihr Talent noch im Kampf gegen Belior brauchen?«, fragte Pulver nach geraumer Zeit beeindruckt. »Das ist tapfer von ihr. Wäre ich so entstellt, weiß ich nicht, ob ich das tun könnte.«

»Sie ist nicht entstellt, Vater«, protestierte Astrak. »Sie ist makellos … nur eben anders als wir. Und doch nicht. Ich … ich glaube, ich habe mich in sie verliebt!«, platzte er heraus.

»Unter dem Auge meines Gottes sind alle jene, die ihn verehren, gleich«, sagte Barius bedächtig, als Pulver seinen Sohn sorgfältig musterte. »Ich weiß, dass Mistral es ähnlich sieht.«

Pulver schüttelte lächelnd den Kopf. »Es ist nicht wegen ihr, Astrak. Es ist wegen deines Enthusiasmus'. Nun, warten wir ab, was daraus wird. Ich jedenfalls bin gespannt, sie und ihren Begleiter, diesen Schreckenswolf, kennenzulernen. Er ist mit einem menschlichen Geist beseelt?«

»Ja«, grinste Astrak. »Er liest sogar Gedichte. Ich habe die anderen noch nicht kennengelernt, Vater, aber diese beiden wirken nicht entstellt … sondern vielmehr, als ob sie wären, wie sie sein müssten. Ich kann es nicht erklären … es ist nichts ›falsch‹ an ihnen. Sie sind nur anders, als wir es kennen.«

»Du kannst stolz auf deinen Sohn sein«, sagte Barius. Astrak sah den Priester verblüfft an und Pulver lachte. »Das brauchst du mir nicht zu sagen, Barius. Ich bin stolz auf ihn. Fast schon zu sehr!« Er wandte sich wieder an seinen Sohn.

»Ich will diese … Menschen gerne bei uns willkommen heißen, aber es muss mit Bedacht eingerichtet werden. Ich will nicht, dass es Missverständnisse gibt. Du schlägst also vor, ich solle zum Tempel kommen? Gut, dann werde ich das tun.«

»Am besten noch heute, Vater.«

»Es ist bereits Abend, mein Sohn. Warum die Eile? Gibt es einen Grund dazu?«

»Vielleicht nicht, aber … es gibt noch mehr zu berichten.«

»Dann erzähle weiter.«

Als Astrak von dem letzten Eintrag im Buch der Hohepriesterin berichtete, nickte Pulver nur nachdenklich, überrascht schien er nicht zu sein.

»Ich habe es vermutet, Astrak«, sagte er dann. »Ich fand eine Münze mit den Abbildungen der königlichen Zwillinge. Mir fiel sofort die Ähnlichkeit mit Meliande und den Münzen aus Thyrmantor auf, die Belior hat prägen lassen.«

»Belior? Es ist der Gleiche, der damals die Priesterinnen töten ließ? Belior, der Prinz von Lytar?« Astrak schüttelte fassungslos den Kopf. »Wie ist er dann imstande gewesen, dem Tod zu entkommen und so lange zu überleben?«

»Das ist nicht möglich«, widersprach Barius auf der Stelle.

»Vielleicht konnte er sein Leben ähnlich verlängern wie Ihr?«, fragte Astrak, doch Barius' Gesichtsausdruck ließ vermuten, was der Priester davon hielt.

»Ich bin dem Tod nicht entkommen. Ich verweile nur ein wenig länger auf dieser Welt, bis mein Schwur erfüllt ist. Aber Belior? Es ist unmöglich.«

»Wieso? Wenn Meliande dem Untergang entkommen konnte, warum nicht auch er?«

»Weil ich ihn eigenhändig erschlug«, teilte Barius ihnen mit harter Stimme mit. »Ihr wisst, welchem Gott ich diene, dass mein Gott für Ehre und Gerechtigkeit einsteht?«

Pulver und Astrak nickten.

»Es war so …«, sprach der Priester weiter. »Noch in der Nacht kam die Prinzessin Meliande zu mir, bat mich um Hilfe für Ariel und Sera Farindil, die beiden elfischen Gesandten. Ariel lag dort wie tot, er war jenseits meiner Macht, aber die Hohepriesterin der Mistral war eine begnadete Heilerin, wir hofften, sie könnte ihm helfen. Ich tat für ihn, was ich konnte, aber in meinen Augen war er schon tot und meine Sorge musste den Lebenden gelten. Also wandte ich mich der Sera Farindil zu, die übelst zugerichtet war. Doch sie war noch am Leben, sogar noch wach, wenn auch nicht gänzlich bei Verstand. Sie erkannte mich und dennoch, als ich sie baden wollte, schreckte sie vor mir zurück. Sie bat darum, dass eine Frau ihr dabei helfen möge, und mich, eine Anklage anzunehmen. Ich trat zurück, ein Leinentuch wurde zwischen uns gespannt, was sie zu beruhigen schien. Eine der Zofen der Prinzessin versorgte und wusch sie dann, während wir darauf warteten, dass die Priesterin der Mistral eintraf. Was ich der Sera Farindil an Heilung hätte geben können, war auch nicht viel. Ihre Wunde lag nicht auf der Haut, sondern tiefer, in der Seele und im Herzen der Sera. Während sie sich wusch, als glaubte sie, nie wieder rein zu werden, erhob sie Anklage gegen den Prinzen von Lytar und bezichtigte ihn der Schändung an ihrer Jungfernschaft. Mein Gott gibt mir die Gnade, Wahres zu erkennen, so wusste ich, dass jedes ihrer furchtbaren Worte Gewicht vor seinen Augen besaß. Zum Schluss bat sie mich, den Ehrlosen aufzusuchen und zu richten. Ich spürte, dass es der Wille Loivans war, dass dieser Mann gerichtet werden sollte, also versprach ich es ihr, rüstete mich und begab mich auf die Suche, den Prinzen zu richten.«

Barius senkte den Kopf.

»Hätte ich klarer gedacht, wäre ich nicht vor gerechtem Zorn entbrannt, dann hätte ich eher darauf kommen können, dass Belior den Tempel der Mistral entehren würde ... Er war schon immer so, dass er die Göttin und ihre Priesterinnen für all das verantwortlich machte, was ihm im Wege stand. Ich fand ihn, gerade als er aus dem Tempel der Mistral floh, dessen mächtige Türen sich mit einem tiefen Grollen in der Erde schlossen. Nur knapp war es ihm gelungen, zu entkommen, beinahe wäre der Tempel auch sein Grab geworden. Doch es half ihm nicht viel, denn vor dem Portal des Tempels habe ich ihn im Namen meines Herrn gestellt! Er versuchte, mich abzukanzeln, fragte mich, was ich mir einbilden würde, wie es sein konnte, dass ich mich wegen einer Elfenhure derart erdreistete.

Ich forderte ihn auf, sein Schwert zu ziehen, letztlich tat er es, und dann erschlug ich ihn. Er mag ein geschickter Kämpfer gewesen sein, doch ich führte meine Klinge mit dem Zorn eines Gottes und der Kraft eines heiligen Eids! So war er von Anfang an unterlegen. Mein Streich spaltete ihm die Schulter und den Körper, er fiel in zwei Teilen vor mir zu Boden ... gerichtet und auf ewig der Verdammnis anheim! Glaubt mir, Freunde, Belior war tot! Niemand überlebt einen solchen Streich, und da es ein Streich war, der von göttlichem Feuer getrieben wurde, zugleich auch das Gericht meines Gottes über diesen Mörder darstellte, war damit auch jede Form der Heilung unmöglich geworden! So geurteilt, hätte es die direkte Berührung eines Gottes gebraucht, um ihn wieder zu beleben!«

»Wie meint Ihr das?«, fragte Pulver.

»Mistral selbst hätte von ihrem hohen Ort herabsteigen und den Prinzen mit göttlicher Macht berühren müssen!«, rief der Priester leidenschaftlich. »Selbst das wäre kaum denkbar, denn obwohl mein Gott Mistral liebt, hätte sich selbst seine Schwester damit den Zorn meines Herrn zugezogen! Was er richtet, ist seines alleine. Der Prinz der Lügen, der Zerstörer Lytars, ist tot und vernichtet, ich schwöre es bei meiner Seele und meinem Gott!« Nur selten hatten Astrak und Pulver den Priester so aufgeregt erlebt. »Ich habe es der Sera Farindil versprochen und ich habe mein Versprechen gehalten!«

»Sie bedeutete Euch viel, nicht wahr?«, fragte Pulver.

Barius stockte, dann nickte er.

»Ja«, antwortete er einfach. »Vor dem, was ihr geschah, war sie wie ein kluges Kind, freundlich, fast immer lächelnd. Könnte es noch bluten, so würde mein Herz es tun, so sehr schmerzt mir die Seele zu wissen, dass sie derart viele Jahre mit dieser Verbitterung hat leben müssen. In jener Nacht zerstörte Belior noch so viel mehr, aber das macht es nicht zu einem geringeren Verbrechen, dass er ihr die Freude am Leben nahm!«

Astrak verstand plötzlich.

»Ihr meint die Sera Bardin, nicht wahr? Ist sie es, dic Ihr die Sera Farindil nennt?«

»Ja, sie ist es, die in dieser verfluchten Nacht ihre Unschuld verlor.«

»Das ist hart«, sagte Astrak. »Es sollte in Liebe gegeben werden, nicht geraubt. Ein Wunder, dass sie nicht verbittert ist.«

»Ich sah sie kaum mehr, bevor ich in das Depot ging«, teilte der Priester ihm mit. »Sie war zurückgezogen und litt noch sehr. Sie war verbittert. Und ich danke den Göttern, wenn es verging.«

»Findet Ihr es nicht seltsam«, sagte Pulver nachdenklich, »dass nach all diesen Jahren sich alle wieder zusammenfinden? Die Katastrophe nahm mit dieser einen Tat ihren Lauf, damit, dass Prinz Belior der Sera Farindil Gewalt antat. Alles andere folgte daraus. Ihr sagt, der Belior, der nach der Krone greift, könne nicht der Gleiche sein, den Ihr erschlagen habt. Aber hier steht Ihr, der Ihr nicht sterben könnt, bevor sich nicht jeder Eurer Schwüre erfüllt. Ihr selbst habt Meliande unter großen Opfern wieder ins Leben zurückgerufen. In Berendall wartet die Sera Farindil auf das Schiff, das sie zu ihrer Heimat bringen wird, um dort eine Allianz gegen Kanzler Belior zu schmieden. Ariel verzehrt sich nach Meliande und fertigt Pfeile, als wolle er alleine eine Armee bezwingen. Mir zumindest erscheint es, als gäbe es hier keine neue Schlacht, sondern eine alte, die nun fortgesetzt wird. Alle Figuren befinden sich auf dem Schlachtfeld … das kann kein Zufall sein.«

»Alle bis auf Belior. Nur der Name alleine macht aus diesem Kanzler nicht den verfluchten Prinzen!«

»Barius«, sagte Pulver leise, aber eindringlich. »Ihr habt es vielleicht nicht gehört, aber unter den königlichen Soldaten befanden sich Priester eines dunklen Kults. Der Name des Gottes, den sie verehren, ist Darkoth. Ihr sagt selbst, nur ein Gott hätte Belior wiederauferstehen lassen können. Dieser Gott hätte sich mit einer solchen Tat die Feindschaft Eures Herrn zugezogen. Sagt, Barius, ist es möglich …«

So hart traf den Priester die Erkenntnis, dass er sich vergaß, für einen langen Moment sahen sich Astrak und Pulver mit dem ausgetrockneten Schädel des Priesters konfrontiert, nur noch Reste von Haut hingen an den gelben Knochen, nur in den Augenhöhlen glühte ein dunkles, unheilvolles blaues Licht. Ein Anblick, der gewiss jedem das Blut in den Adern erstarren lassen konnte. Astrak zog scharf die Luft ein, versuchte, sich daran zu erinnern, dass dieser Mann durch seinen Glauben und Eid an diesen vertrockneten Körper gebunden war und auf *ihrer* Seite stand, solide wie ein Fels und über den Tod hinaus. Pulver hingegen blinzelte nur.

»*LOIVAN!*«, schrie Barius und zog sein Schwert, um es gegen den Himmel zu stoßen. »Ich schwöre bei *ALLEM*, dass ich weder Rast noch Ruhe finden werde, bis ich dieses Ungeheuer endgültig von dieser Welt getilgt sehe! Ich flehe Euch an, Herr, gebt mir die Kraft und den Willen, diesen Schwur zu halten! Helft mir, dieses Ungeheuer zu richten, das es *wagte*, sich gegen Euer

Urteil zu stellen. Gebt mir die Kraft, diesem dunklen Gott zu trotzen, lasst mich Euer Schwert sein in diesem Kampf!«

Ein weißes Licht spielte um die alte Klinge und am strahlend blauen Himmel zogen sich dunkle Wolken zusammen.

»O Götter!«, flüsterte Pulver und zog Astrak am Arm zurück, doch auch Astrak fand es angebracht, sich von dem alten Priester zu entfernen, um den nun langsam Staub und Steine zu kreisen begannen. Das schwere Leinen, das über die Wasserfässer gespannt war, begann in einem aufkommenden Wind zu flattern. Astrak und Pulver drehten sich um und rannten, als der Wind um den Priester immer stärker wurde.

»O Herr, Gott der Gerechtigkeit, ich flehe dich an, gib mir die *KRAFT* und die *STÄRKE* und den *MUT*, allem zu trotzen, was sich zwischen mich und das gerechte Ziel meines Schwurs stellen will! Ich bitte Euch, helft Eurem armseligen Diener, diese Ruhe zu finden!«, dröhnte die Stimme Barius', als wäre es sein Gott selbst, der aus seinem Mund sprach.

Immer schneller drehte sich die Windhose, riss mehr und mehr mit sich, mit einem lauten Knall wurde die Plane von den Stecken gerissen, die sie gespannt gehalten hatten, wild wirbelnd flog sie davon, kreiste in dem Wirbel aus Sand, Staub und Gestein, der sich immer höher in den Himmel reckte, in einen strahlend blauen Himmel, in dem eine andere Windhose sich hinabschraubte, dunkel und zornig und mit donnernden Blitzen erfüllt.

Vater und Sohn brachten sich hinter einem schweren Trümmerstück des Damms in Sicherheit und sahen mit aufgerissenen Augen dorthin, wo schwere Wasserfässer von der Windhose in die Luft erhoben wurden, bis sie so schnell kreisten, dass sie fast vor ihren Augen verschwammen, um dann zu bersten und das kostbare Wasser dem wütenden Wind zu übergeben.

»Ich dachte«, keuchte Astrak, während er sich tiefer in den Windschatten des Steins drückte und sein flatterndes Gewand festhielt, »dass die Götter nicht direkt eingreifen dürften?«

»Sie dürfen Gebete erhören!«, antwortete Pulver gepresst. »Manchmal braucht es nicht mehr.« Er zog seinen Sohn näher zu sich heran und legte sich schützend über ihn. »Zumindest weiß ich jetzt, weshalb man eine Windhose oftmals den Finger eines Gottes nennt!«

Schneller und schneller drehte sich die Windhose, zog Staub, Dreck und Gestein in ihren vernichtenden Mahlstrom, so dunkel und schwarz, dass der Priester schon lange nicht mehr zu sehen war. Blitze zuckten umher, fortwährender Donner ließ die Erde beben und selbst in der Entfernung alte Steine von den Ruinen poltern. Überall rannten die Menschen davon, suchten Deckung und Schutz vor diesem wahrhaft göttlichen Zorn. Der Wind peitschte ihnen die Haare ins Gesicht, zerrte an ihnen, griff mit gierigen Fingern nach ihnen, fast schon befürchtete Pulver, dass er seinen verzweifelten Griff an dem Stein und seinem Sohn verlieren würde, denn viel fehlte nicht mehr und der gierige Griff des Windes hätte sie beide in die Lüfte erhoben.

Dann, hoch über ihnen, trafen sich beide Windhosen.

Ein gleißendes Licht, ein Donnerknall, wie er nur das Ende der Welt ankündigen konnte, erschütterte die alte Stadt und riss nieder, was nicht fest verankert war, ein Donner so laut, dass er alle Sinne überwältigte, nichts schien schlimmer zu sein als dieser gerechte Zorn eines Gottes … dann kam der Blitz, eine Säule gleißenden Lichts, das die Windhose weiß aufglühen ließ, durch geschlossene Augenlider sich einbrannte, so hell war das Licht, dass es fast schon einen Schatten *durch* den schweren Stein zu werfen schien.

Stille.

Im nächsten Moment fielen lautlos kopfgroße Steine, Dreck und Unrat um sie herum zu Boden, die Windhose, der Blitz … all das war vorbei und ließ nichts als vollständige Stille walten.

Vorsichtig öffnete Pulver die Augen, sah, wie Astraks Mund sich bewegte, doch er verstand nichts. Stille.

Dann kam die Welt zurück, als ob ein letztes Beben durch Vater und Sohn gingen, fassungslos sahen beide hinüber zu dem Priester, der noch immer dort stand, wo sie ihn zuletzt gesehen hatten, und der nun langsam sein Schwert sinken ließ.

»Das …«, keuchte Pulver, »ist wohl das, was man das Wort

eines Gottes nennt!« Er war sich nicht sicher, ob sein Sohn ihn überhaupt gehört hatte, doch Astrak nickte benommen.

Langsam standen die beiden auf, sahen sich um. Um den Priester herum waren die alten Platten des Börsenplatzes wie poliert und von allem Dreck gereinigt, der Priester selbst schien seltsam verändert, es dauerte einen Moment, bis Pulver verstand, dass der Mahlstrom des Sturms die alte Rüstung des Priesters poliert hatte, bis sie in einem überirdischen Licht zu schimmern schien.

Überall standen Menschen auf, krochen aus ihren Verstecken, sahen sich benommen um. Das Pfeifen in ihren Ohren wurde leiser … dann sah Pulver gen Himmel, als er einen fernen Ruf hörte … über ihnen kreisten Möwen, als wäre nie etwas geschehen.

Auch Barius schien benommen, schüttelte den Kopf wie ein Faustkämpfer, der von einem Schlag schwer erschüttert wurde.

»Ich verstehe nicht, was über mich kam«, sagte er dann und musste es lauter wiederholen, bis Vater und Sohn ihn verstanden.

»Der Zorn eines Gottes«, rief Pulver laut, doch selbst in seinen eigenen Ohren war seine Stimme noch fern. »Aber er schien nicht gegen Euch gerichtet! Und dafür können wir dankbar sein!« Er sah sich um. »Ich hoffe nur, niemand wurde verletzt.«

»Nein«, antwortete Barius. »Denn das wäre nicht gerecht gewesen!« Mit einem seltsamen Gesichtsausdruck löste er einen gepanzerten Handschuh, sah auf die Hand, die darunter zum Vorschein kam. »Was hat er nur mit mir gemacht?«, fragte er fassungslos.

»Ich würde vermuten, genau das, worum Ihr ihn gebeten habt«, sagte Pulver, aber auch er schluckte. Der Schimmer auf der Rüstung des alten Priesters kam wohl doch nicht nur von der Politur des Sturms, auch die Hand des Priesters schimmerte, fast meinte Pulver, pulsierende Adern, die Struktur von Fleisch und Knochen unter der Haut erkennen zu können.

»Hat er Euch am Ende etwa auch wieder ins Leben zurückgerufen?«, fragte er ehrfürchtig.

Der Priester musterte seine Hand ein letztes Mal, bevor er den glänzenden Handschuh wieder anzog.

»Nein, Freund Pulver, es scheint mir etwas anderes zu sein. Ich glaube ...« Er schluckte und hob ein tränennasses Gesicht zum wolkenlosen Himmel empor. »Ich glaube, er bestimmte mich zu seinem Diener!«

»Das verstehe ich nicht!«, sagte Astrak. »Ich dachte, das wäret Ihr vorher schon gewesen?«

»Nicht auf diese Art«, gab der Priester zurück.

»Barius«, begann Ser Pulver und schluckte. »Wäre es möglich, etwas weniger ... zu leuchten? Ihr habt jetzt etwas an Euch, dass man versucht ist, sich winselnd vor Euch in den Staub zu werfen und um Gnade zu betteln. Ich bin mir aber keiner Verfehlung bewusst, für die ich Loivan um Vergebung bitten müsste ...«

»Verzeiht!«, sagte Barius und lächelte schief. »Dies ist auch neu für mich ...« Er schloss die Augen und atmete tief durch, langsam verschwand das Leuchten und die ehrfurchtgebietende Majestät, die von dem Priester ausging.

Er öffnete die Augen und lachte.

»Es ist mir nicht entgangen, dass ihr euch nicht in den Staub geworfen habt, Freunde. Ist es jetzt besser so?«

»Euer Gott ist nicht der unsere«, lächelte Pulver und nickte. »Und, ja, es ist besser. Barius?«

»Ja?«

»Wenn Ihr das nächste Mal einen solchen Schwur leistet, wäret Ihr bitte so freundlich, uns vorher zu warnen?«, fragte Pulver drollig.

Barius brach in schallendes Gelächter aus.

»Pulver ... glaubt mir, das wird so schnell nicht wieder geschehen!« Es lag ein neuer Glanz in den Augen des Priesters, als er weitersprach. »Mir wurde eben eine Gnade gewährt, die sich weit jenseits all dessen befindet, was ich mir jemals erträumen konnte!«

»Was genau ist denn geschehen?«, fragte Astrak neugierig.

»Er hat mich zu seinem Streiter auserkoren. Er hat mich erwählt, seine Gnade und Gerechtigkeit auf dieser Welt zu vertreten. Schlage ich Belior in diesem Zustand, wird es der Gott selbst sein, der ihn erschlägt. Versteht ihr? Loivan selbst hat mich berührt, mich mit seiner Essenz erfüllt. Ich bin nur noch zum Teil derjenige, der ich war, alles andere ist von meinem Herrn selbst, der mich durchdrungen hat, rein gewaschen, geläutert auch von dem grenzenlosen Hass, den ich spürte. Ich habe nicht gewusst, wie sehr ich mich verloren hatte. Hass ist es nicht, was Gerechtigkeit fordert. Nur die Liebe zu allen kann gerecht urteilen.«

»Ihr seid nicht mehr zornig?«, fragte Astrak vorsichtig.

»Nein«, lächelte Barius. »Nur noch entschlossen.«

»Also sagt Ihr, Ihr wäret von Eurem Gott besessen?«, fragte Pulver zögernd.

Barius schüttelte den Kopf. »Nicht besessen. Erfüllt. Es ist ein Unterschied.«

Er sah nach oben, zu dem klaren Himmel.

»Eines scheint mir jetzt gewiss«, verkündete er. »In diesem Streit haben wir die Götter auf unserer Seite.«

»So scheint es mir auch«, sagte Lamar ergriffen. »Ich habe schon den einen oder anderen Priester kennengelernt, auch einen Priester Loivans. Aber sie laufen nicht umher und werfen mit Blitzen, werden von den Göttern mit Windhosen berührt oder heilen tödliche Wunden mit Gesang und Gebet. Die Priester, die Ihr hier beschreibt … sie sind anders. Sie wandeln durch Eure Geschichte wie Titanen!«

»Ich werde Elyra berichten, dass Ihr sie als Titan anseht«, lachte der alte Mann und warf einen versteckten Blick in eine Ecke des Gastraums, wo eine junge Frau neben einem grauhaarigen, schwer gebauten Mann saß, der in seinem Stuhl zu schlafen schien. Dieser öffnete nun seine Augen und die junge Frau neben ihm teilte ihm etwas hinter vorgehaltener Hand mit, was den Mann lächeln ließ.

»Ich weiß, was Ihr meint, Freund Lamar«, fuhr der Geschichtenerzähler fort. »Glaubt mir, es ist besser so. In Zeiten, in denen die Götter selbst in die Geschicke der Menschen eingreifen, ist es meist so, dass es notwendig ist, dass sie es tun. Kurzum, mir scheint es besser, wenn man auf sol-

che Wunder verzichten kann.« Der alte Mann lachte. »Zudem erlaubt es einem die Illusion, dass man selbst seine eigenen Geschicke lenkt. Ich kannte manch einen, der sich arg dagegen wehrte, den Göttern als Spielstein zu dienen. Ich denke da auch an die Hüterin, Sera Meliande. Leicht fügte sie sich ihrem Schicksal nie …«

»Sie war ja mit Ralik an dem Pass«, erinnerte sich Lamar. »Geschah dort etwas?«

»Nein«, sagte der alte Mann. »Nur dass sie von dort aus aufbrach, um zusammen mit dem Hauptmann Hendriks weitere Söldner anzuwerben. Das war am Morgen des gleichen Tags, als Elyra den Tempel öffnete und kurz nachdem Meister Hernul mit seinen Wagen am Pass angekommen war.«

32 Brutmutter

»Ich werde dem Rat gerne beitreten«, sagte Meliande zu Ralik, als dieser sie aufsuchte, um sich von ihr zu verabschieden und ihr bei dem Unterfangen Glück zu wünschen. Die Hüterin, Hauptmann Hendriks und Helge waren die Letzten, die noch nicht aufgesessen waren. »Nur muss es warten, bis wir wieder zurück sind.«

Sie warf einen Blick hoch zu dem alten Turm, wo drei Männer damit beschäftigt waren, die losen Steine des obersten Stockwerks zu entfernen. »Bis dahin habt Ihr wahrscheinlich Euer Ziel auch erreicht, ich hätte nicht gedacht, dass die Arbeit so schnell voranschreiten könnte.«

»Es hilft, wenn man nicht raten muss, ob ein Stein fest gefügt ist oder nicht«, antwortete der Zwerg. Er seufzte. »Mir ist nicht ganz wohl damit, dass ihr so wenige seid. Die Vorlande mögen nicht von Belior besetzt sein, aber sie sind dennoch nicht sicher.«

»Wir werden Sorge dafür tragen, dass der Sera nichts geschieht«, meinte Hauptmann Hendriks, dem seine Tochter gerade half, auf sein Pferd aufzusteigen. Er setzte sich im Sattel zurecht und verzog schmerzhaft das Gesicht, seine Wunden plagten ihn wohl noch immer. »Achtet lieber auf Euch«, lachte die Hüterin. Sie hielt dem Zwerg ihre gepanzerte Hand hin.

»Wir werden mit einer Armee zurückkehren, Meister Ralik«, kündigte sie dann an. »Belior wird es nicht gelingen, der Krone habhaft zu werden.«

Ralik nahm ihre Hand und drückte sie.

»Achtet auf Euch, Sera«, sagte er. »Die Menschen hier brauchen Euch.«

»Auch Ihr, Meister Ralik?«, fragte sie lächelnd.

Er sah zu, wie sie sich elegant in den Sattel schwang, die

schwere Rüstung schien sie dabei kaum zu behindern. »Jeder hier. Auch ich. Denn jeder kann Hoffnung gebrauchen. Und niemand sonst verkörpert diese so sehr, wie Ihr es tut.«

Obwohl sie es zu verbergen suchte, waren es wohl die falschen Worte, die er gewählt hatte.

»Ich bin niemandes Hoffnung«, sagte sie und zwang sich zu einem letzten Lächeln, bevor sie ihrem Pferd die Sporen gab und dem Hauptmann und Helge folgte.

Ralik sah ihr lange nach. »Der Götter Segen mit Euch, Meliande vom Silbermond«, sagte er dann, bevor er sich umdrehte und zum Turm zurückging. Es gab noch viel zu tun.

Während des Vormittags war der Ritt noch recht beschwerlich, der Weg war unsicher und uneben, leicht konnte es geschehen, dass sich die Pferde auf dem Geröll verletzten. Bald darauf erreichten sie die Brücke, von der Marten gesprochen hatte, und fanden dort auch ein Zollhaus vor. Der Hauptmann griff an seinen Beutel, um den Brückenzoll zu zahlen, doch niemand trat aus dem Haus heraus. Auf sein Zeichen hin stiegen zwei seiner Männer ab und näherten sich dem alten Gemäuer vorsichtig. Mit dem gezogenen Schwert drückte einer von ihnen die Tür zum Haus auf und trat sofort zurück, rief den Hauptmann herbei.

»Es ist niemand hier, aber es stinkt nach Blut und es gibt überreichlich Fliegen. Seht die Tür.«

Auch Meliande beugte sich im Sattel vor, musterte die tiefen Kratzspuren in dem alten Holz.

»Kronoks«, stellte der Hauptmann fest. »Hat Euer fliegender Kundschafter nicht behauptet, es wären keine in der Gegend?«

»Gestern fand er keine«, antwortete Meliande und setzte sich im Sattel aufrechter. Ihr Blick glitt über die überwucherten Ruinen, alles schien, wie es sein sollte. »Seht die Farbe des Blutes …das ist heute Morgen geschehen, erst vor wenigen Stunden.«

»Hier führt eine Blutspur tiefer in die Ruinen«, rief einer der Männer.

»Sammelt Eure Leute und lasst uns weiterreiten«, schlug Meliande dem Hauptmann vor. »Wenn Ihr der Spur folgt, werdet Ihr einen Toten oder eine Falle finden … oder beides. Helfen werden wir niemandem können. Hier ist es zu unübersichtlich, in offenem Gelände fühle ich mich wohler.«

Hendriks nickte und gab den Befehl anzureiten. Fast jeder hatte die Hand auf seinem Schwert, aber nichts geschah. Dennoch atmete Hendriks erst auf, als sie die Ruinen hinter sich gelassen hatten. Der Hauptmann lenkte sein Pferd neben das der Hüterin.

»Einen Moment lang dachte ich, dass dieses verlassene Dorf unser Ende bedeuten könnte«, gab er dann zu. »Ich hasse diese Echsen. Aber warum habt Ihr von einer Falle gesprochen? Niemand kann wissen, wo wir sind … und warum sollte uns jemand eine Falle stellen?«

»Ihr meint, Belior würde uns ignorieren?«, lachte Meliande und schüttelte den Kopf. »Nein, Ihr könnt gewiss sein, dass er versucht, ein Auge auf uns zu halten.«

»Warum sollte er? Meint Ihr wirklich, er schätzt uns als so gefährlich ein? Bislang wurde er noch nie besiegt.«

»Wir haben seine Pläne durchkreuzt und er kommt mir wie jemand vor, der nachtragend ist.« Sie schenkte ihm ein schnelles Lächeln. »Hauptmann, habt Ihr noch nicht verstanden, dass wir gefährlich für ihn sind?«

»Ich wüsste nicht, warum«, antwortete der Hauptmann bedrückt. »Meine Kompanie hat gegen Thyrmantor gekämpft … zwei Mal und jedes Mal wurden wir geschlagen. Ich weiß, was er ins Feld führen kann, Sera! Deshalb entschloss ich mich, für ihn zu arbeiten.« Er seufzte. »Weiter gebracht hat es uns nicht. Ich habe nur gute Leute und Freunde verloren. Gegen Euch, denn ich hörte, Ihr wäret es gewesen, die den Plan vereitelte, dem Dorf das Gold zu stehlen. Und jetzt … jetzt reiten wir Seite an Seite und ein Teil des Goldes befindet sich in unseren Satteltaschen.« Er sah sie von der Seite an. »Ich verstehe nur nicht, wie Ihr meine Leute habt besiegen können! Sie gehörten zu meinen Besten!«

»Ich erhielt eine sehr umfassende Ausbildung«, antwortete Meliande. »Ich lernte Dinge, die heute kaum noch jemand weiß.«

»Und welche?«, fragte Hendriks.

»So zum Beispiel die Fähigkeit zu erkennen, wenn Magie gewirkt wird«, erklärte sie und drehte sich im Sattel um.

»Tarik«, rief sie zu dem Scharfschützen zurück. »Schließt neben mich auf!«

»Was gibt es, Sera?«, fragte Tarik, als er sein Pferd neben ihr zügelte.

»Wenn ich mich nicht täusche, werden wir bald überfallen werden. Dabei wird Magie im Spiel sein und magische Täuschung. Es gibt zwei Arten von Magie, die eine wird einem Priester von seinem Gott gewährt, die andere ist durch Wissenschaft erlernt. Ein Priester ist in der Nähe und wirkt göttliche Magie ... und nur ein Gott wird sich in diesen Landen gegen uns stellen. Irgendwo dort hinten wirkt ein Priester des dunklen Gottes Magie, eine Magie der Täuschung! Erlaubt mir ...« Sie beugte sich im Sattel zur Seite und berührte Tarik an der Schläfe, ein kurzes Schimmern lief über ihn und er zuckte zurück. »Das war schmerzhaft kalt!«, beschwerte er sich. »Was habt Ihr getan?«

»Euch für das Viertel einer Stunde die Fähigkeit gegeben, magische Täuschungen zu durchschauen. Sollte es so sein, dass wir tatsächlich angegriffen werden, dann haltet Ausschau nach einem Mann oder einer Frau in einer dunklen Robe. Ignoriert alles andere, selbst Kronoks, selbst wenn Ihr in Gefahr geratet ... die Person in der dunklen Robe ist ein Priester des Darkoth, der seine Magie gegen uns richten wird. Er muss sterben, sonst werden wir verloren sein.«

Der Scharfschütze sah von ihr zu Hendriks, der bleich geworden war. »Also rechnet Ihr mit einem Angriff?«

»Ja«, sagte Meliande. »Es wird auch nicht mehr lange dauern. Da ich das Wirken seiner Magie spüre, kann ich Euch sagen, dass er nicht weit entfernt ist.«

Tarik schaute auf die flache Ebene um sie herum.

»Wir haben freie Sicht«, sagte er. »Wenn sie uns versuchen

anzugreifen, werden wir sie früh genug sehen, um zu fliehen.« Er schluckte. »Anderes wird uns nichts nützen. Selbst wenn er nur einer ist, werden wir ihn nicht besiegen können.«

»Wenn wir fliehen, sterben wir auf jeden Fall«, sagte Meliande. »Ihr müsst diesen Priester töten, denn er wird es sein, der die Kronoks vor unseren Augen verbirgt. Sieht man den Feind nicht, kann man weder fliehen noch kämpfen. Erschießt den Priester, dann könnt Ihr Euch retten. Ich werde mich um die Kronoks kümmern.«

»Ihr habt noch nie einem Kronok gegenübergestanden, Sera«, sagte der Hauptmann. »Ihr wisst nicht, gegen was Ihr Euch da stellen wollt!«

»Es ist nur gerecht«, gab die Hüterin mit einem grimmigen Lächeln zurück. »Sie standen bislang auch mir nicht gegenüber.«

Schweigend ritten sie voran. Weiter und weiter fiel das zerstörte Dorf hinter ihnen zurück, doch nichts geschah.

»Seid Ihr sicher, Sera?«, fragte Tarik nach einer Weile. Er hielt seine Armbrust bereit, einen Bolzen aufgelegt und den Schaft auf seinen Oberschenkel gestützt. »Ich sehe nichts ... und hier kann sich auch kaum jemand verstecken.«

»Sie sind näher als zuvor«, widersprach Meliande und wandte sich an den Hauptmann. »Gebt Zeichen, dass die Männer sich bereit machen sollen.«

»Aber hier ist weit und breit nichts«, sagte Tarik. »Nur flaches Gebüsch und niedrige Hügel. Hier kann sich niemand ... oh.«

»Seht Ihr sie?«, fragte Meliande und lockerte ihre Schwerter.

»Ich sehe nichts«, sagte Hendriks.

»Götter«, hauchte Tarik. »Es sind sechs. Zwei vor uns und zwei an jeder Seite. Dort, wo der krumme Baum sich befindet, zwei stehen dort, ganz offen ... ich verstehe nicht, wieso ich sie vorher nicht sah.«

»Ich sehe immer noch nichts«, sagte der Hauptmann. »Was sollen wir tun?«

»Wenn Tarik schießt, reitet, so schnell ihr könnt«, erklärte die Hüterin. »Seht Ihr den Priester, Tarik?«

Dieser nickte angespannt. »Ja. Aber wir sind noch nicht nahe genug für einen sicheren Schuss.«

»Schießt, sobald Ihr Eures Bolzens sicher seid«, flüsterte die Hüterin.

»Das wird nicht mehr lange dauern«, sagte Tarik, doch noch immer ruhte die Armbrust auf seinem Bein. Vielleicht zehn Schritte weiter löste er einen Fuß aus dem Steigbügel, im nächsten Moment ließ er sich seitlich vom Pferd gleiten, kam schon in kniender Position auf dem Boden an, hob die Armbrust und schoss.

»Ein guter Schuss!«, rief Meliande. »Und jetzt … reitet!«

Hendriks zog scharf die Luft ein, als er plötzlich den fallenden Priester und die Kronoks sah, und gab seinem Pferd die Sporen, auch Tarik zögerte nicht, wie ein Affe klammerte er sich an sein Pferd und trieb es an, noch bevor er fest im Sattel saß.

Einzig Meliande zügelte ihr Pferd und bereitete sich auf den Angriff vor, der sicherlich kommen würde.

Er kam nicht. Die Kronoks auf ihren mächtigen Kriegsechsen sahen den Söldnern nach, wie sie davonritten, dann ritt einer von ihnen gemächlich auf die Hüterin zu.

»Du bisst ein Weibchen«, begrüßte er sie, als er in etwa fünf Schritt Entfernung seine Echse anhielt.

»Ja«, antwortete Meliande verwundert. Was hatte das zu bedeuten? Sie versuchte, sich nicht anmerken zu lassen, wie sehr sie der Anblick der Echse erschreckte. Einen toten Kronok zu sehen, war etwas anderes, als einem gegenüberzustehen. Sollte sie das hier überleben, nahm sie sich vor, bei dem Hauptmann Abbitte zu leisten, diese Echsen waren wahrlich Furcht einflößend.

»Hast du ein Nesst?«

Meliande blinzelte.

»Ich verstehe nicht?«

Mit dem Überfall hatte sie gerechnet, sogar den Priester hatte sie erwartet, doch nicht, dass diese Echsen vor dem Kampf eine Unterhaltung wünschten!

»Hast du … Eier … Kinder gelegt? Du Mutter?«

»Ja«, antwortete Meliande, die nicht verstand, was der Kronok von ihr wollte.

»Gut«, sagte der Kronok. »Wir kämpfen gegeneinander.«

Er stieg von der Echse ab und schickte diese mit einem gutturalen Laut davon.

Vanessa hatte Meliande von ihrem Kampf mit dem Kronok Ähnliches berichtet, aber auch, dass diese Echsen nicht fair kämpfen würden. Dennoch, es war eine größere Chance, als wenn sie sich gegen alle sechs gleichzeitig hätte erwehren müssen.

Sie ließ sich vom Pferd gleiten, gab diesem einen Klaps auf die Kruppe ... unnötig, wie sich herausstellte, denn in dem Moment, in dem sie ihrem Pferd die Zügel freigab, ergriff es die Flucht.

Langsam zog der Kronok sein Schwert, ein Schwert, das beinahe so groß war wie Meliande selbst.

Er hob es an und wartete. Meliande zog ihre Schwerter und als nichts geschah, nickte sie dem Echsenkrieger einfach zu.

Es war schreckenerregend zu sehen, wie schnell diese Kreatur sich bewegen konnte. Eben noch stand der Kronok gelassen da, im nächsten Moment brachte ein riesiger Satz ihn an sie heran, das Schwert fuhr herab und hätte sie sicherlich entzweigespalten, wäre sie dort verblieben. So aber rollte sie sich zur Seite ab. Ein gleißendes Licht entstand um ihre Hände und lief weiß leuchtend ihre blanken Klingen hoch, ihr linkes Schwert zuckte aufwärts und vor und fing den nächsten Schlag der Echse mit überraschender Leichtigkeit ab.

Als die Klingen aufeinandertrafen, war es die weißglühende Klinge der Hüterin, die Späne von dem Stahl der Echse zog. Doch zugleich drehte sich die Hüterin in den Schlag hinein und duckte sich unter dem Schildstoß der Echse hindurch. Ihre andere Klinge beschrieb einen weiten Bogen, noch während ihr gleißender Stahl das Schwert der Echse schnitt, bis es in zwei Teilen zu Boden fiel.

Der Kronok erstarrte in seiner Bewegung, dann ließ er langsam den Rest des Schwertes sinken.

Kein Schwert der Welten hätte so scharf sein dürfen wie die

Klingen Meliandes, auch war es kaum möglich, so hart zu schlagen, doch hier traf nicht nur Stahl auf Stahl. Es war die gleißende, uralte Magie der alten Stadt, Zeuge einer Meisterschaft, die jetzt niemand mehr zu erringen hoffen konnte.

Doch auch diese Meisterschaft kam nicht ohne einen hohen Preis!

»Du jedenfalls wirst meine Kinder nicht anrühren!«, keuchte Meliande und trat schwer atmend zurück … ein letztes Mal flackerte das gleißende Licht und versiegte in dem blutigen Stahl. Ihr Herz raste und ihre Hände zitterten, schwarze Ränder drohten ihren Blick zu beengen, doch Meliandes eiserner Wille drängte die Ohnmacht zurück. Götter, dachte sie verzweifelt. Noch fünf von ihnen, Göttin, gib mir die Kraft, diese Prüfung zu bestehen!

Der Kronok ließ seinen Schild und die Reste seines Schwerts fallen und griff sich an den Bauch, dorthin, wo in der dicken Panzerung ein Spalt klaffte, aus dem erst Tropfen flossen und sich dann ein Sturzbach aus Blut ergoss.

Dennoch überraschte der Kronok sie. In den gelben Augen las sie keine Angst, kein Entsetzen, sondern nur Akzeptanz dessen, was geschehen war.

»Mutter«, sagte er und nickte, als habe er etwas bestätigt gefunden, dann brach das Licht in seinen Augen und er fiel vornüber.

Meliande fasste ihre Schwerter fester und bereitete sich auf den Ansturm der anderen vor, bat die Göttin erneut um Stärke. Doch wieder geschah das Unerwartete. Einer der Kronoks ritt an die Echse des Gefallenen heran und ergriff ihre Zügel. Mit ihr ritt er zu dem Ort, an dem die Hüterin wartete. Er saß ab, griff die tote Echse und wuchtete sie auf den Sattel des Reittiers … um dann selbst aufzusitzen und davonzureiten. Die restlichen vier Kronoks schlossen sich ihm an.

Meliande stand dort und sah ihnen nach, bis sie in der Ferne verschwanden.

Dann hob sie ihren Blick in den klaren blauen Himmel.

»Göttin!«, hauchte sie. »Vermag mir das jemand zu erklären?«

»Woher sollte sie auch von der Brutmutter dieser Kronoks wissen«, sagte Lamar. Er musterte den alten Mann. »Das bringt mich zu der Frage, woher Ihr davon wisst.«

Der alte Mann lachte. »Ich werde mich hüten, Euch zu viel zu verraten. Allerdings muss ich gestehen, dass ich, nachdem alles vorbei war, von einer gewissen Neugier erfüllt war und nicht eher Ruhe gab, bis sich mir jeder Stein zum anderen fügte und ich endlich verstand, was geschehen war. Eine Geschichte in sich ... aber nicht für heute. Aber Ihr habt recht, denn für die Kronoks hatte sich etwas bestätigt, was sie zuvor nur befürchtet hatten ...«

Weit entfernt von dem Schauplatz des Kampfs, in einer Burg, über der das Banner des Drachen wehte, öffnete der Kriegsmeister seine Augen. Er teilte sich das Nest mit niemandem, dennoch war er nicht allein.

»Wir starben«, sagte eine ferne Stimme. »Wir hörten, was sie sagte.«

»Ja«, sagte eine andere. »Wir hörten sie.«

»Sie kämpft um ihre Kinder«, stellte der Kriegsmeister fest. »Sie sah uns. Sie schickte ihr Gelege weg und blieb. Sie blieb, um uns zu besiegen. Sie zeigte keine Angst und forderte uns, den ersten Schlag zu führen.«

»Sie stand offen vor uns. Sie ist eine Brutmutter«, stellte die ferne Stimme fest.

»Wir verloren viele Eibrüder, weil wir es nicht besser wussten«, sagte eine andere.

Er schmeckte, sie schmeckten, das Eisen auf der Zunge des Kriegsmeisters, als diesem bewusst wurde, welchen schweren, schrecklichen Irrtum sie begangen hatten.

Der Kriegsmeister schloss die Augen, suchte und fand den Geist, den er kaum wagte zu berühren. Er öffnete sich ihr, zeigte ihr alles, was er wusste und erfahren hatte. Dann wartete er.

Lange lag er in seinem Nest, fühlte die Gegenwart der anderen bei sich, aber auch sie schwiegen, warteten auf das Urteil der Brutmutter.

»*Kommt*«, hörten sie dann die Stimme, die ihnen heilig war. »*Kommt zurück. Aber bringt mir eine ihrer Brutmütter.*«

»So soll es geschehen«, flüsterte der Kriegsmeister voller Ehrfurcht und presste sich flach gegen den Sand seines Nests.

»So soll es geschehen«, wiederholten die fernen Stimmen.

»Ich dachte, die Kronoks verfolgten keine eigenen Interessen?«, fragte Lamar.

»Nun, das dachte Kanzler Belior auch«, grinste der alte Mann.

»Ich nehme an, er hat von seinem Irrtum noch erfahren«, meinte der Gesandte. »Immerhin erstaunlich, dass die Hüterin imstande war, den Kronok überhaupt zu besiegen.«

»Die Kronoks waren nicht ganz so unbesiegbar, wie es schien, letztlich waren ja auch sie nur Wesen aus Fleisch und Blut. Doch gab es nur wenige, die sich damit brüsten konnten, einen von ihnen besiegt zu haben. Die meisten überlebten ihren eigenen Sieg nur kurz … aber die Hüterin pflegte sich nicht mit solchen Gedanken abzugeben. Sie tat einfach, was getan werden musste, ein Streben nach Ruhm und Ehre war ihr weitestgehend fremd.«

»Anders dieser Garret«, schmunzelte Lamar. »Mir scheint, er mochte es, wenn man ihn bewunderte.«

»Seid Ihr sicher?«, fragte der alte Mann lächelnd.

»Gewiss war es ihm recht, wenn die Sera Vanessa zu ihm aufsah«, grinste Lamar.

»Damit dürftet ihr allerdings recht haben«, meinte der alte Mann erheitert. »Nun, zurück zu Sera Meliande und Hauptmann Hendriks …«

»Sera, seid Ihr wohlauf?«, hörte Meliande Hendriks' zögerliche Stimme. Dem Hauptmann war nie wohl bei einer Flucht, diese hier endete in dem Moment, als er verstand, dass die Echsen ihnen nicht folgten. So schnell es ging, sammelte er seine Leute, einer von ihnen brachte auch das Pferd der Sera. Eine Weile warteten sie, suchten nach dem Feind, der nicht kam, dann, vorsichtig, ritten sie zurück.

Sie fanden Meliande neben der Leiche des Priesters auf dem Boden sitzen, ihre blanken Schwerter über ihre Beine gelegt, die

Augen geschlossen. Das Gras um sie herum war blutig, doch von den Kronoks war weit und breit nichts zu sehen. Der Bolzen des Scharfschützen steckte noch immer im linken Auge des Priesters, dennoch hatte Meliande ihm wohl noch den Kopf vom Rumpf getrennt. Sein Blut war es, das hier den Boden tränkte.

Im ersten Moment fürchtete der Hauptmann, die Sera wäre tot, so still saß sie da, doch dann hob sich ihre Brust in einem mächtigen Atemzug und sie öffnete die Augen.

»Ja«, sagte sie, während sie sich langsam erhob. »Es geht mir gut.«

Seine Augen suchten nach Spuren von Verletzungen, doch ihre Rüstung schien intakt, nur eine Spur von Blut an ihrem rechten Schwert zeugte davon, dass sie sich in einem Kampf befunden haben musste. Dennoch wirkte sie erschöpft.

»Was ist geschehen?«, fragte Hendriks verwundert. Sie bückte sich und säuberte die Klingen im Gras, dann stieß sie die Schwerter wieder in ihre Scheiden. Einer der Männer brachte ihr das Pferd und sie saß auf.

»Ein Kronok kam heran. Er forderte mich zum Zweikampf. Ich gewann. Die anderen Kronoks nahmen die tote Echse und ritten davon.« Sie sah auf den Priester herab. »Der hier schien mit dem Sterben Schwierigkeiten zu haben, er zuckte noch und fast schien es mir, als wolle er sich wieder erheben, also half ich ihm dabei, zu seinem Gott zu gehen.«

Hendriks nickte, mehr um zu zeigen, dass er ihre Worte gehört hatte, als dass er sie verstand.

»Aber wie?«, fragte er fassungslos. »Wie war es Euch möglich, den Kronok zu besiegen?«

»Ich betrog und nutzte Magie in Verbindung mit dem Kampf. Es ist eine alte Kunst … ein Duell so zu bestreiten, galt schon immer als unehrenhaft.«

»Gegen einen Kronok?« Hendriks schüttelte ungläubig den Kopf. »Gegen eine solche Kreatur ist kein Vorteil, den man ziehen kann, unehrenhaft!«

Ein schnelles Lächeln zuckte über ihre Lippen.

»Seht Ihr«, meinte sie. »Das habe ich mir auch gedacht.« Sie löste ihren Weinschlauch vom Sattel und trank gierig. Danach sah sie den Hauptmann an.

»Ich nehme an, dass die Göttin meine Gebete erhörte«, teilte sie ihm müde mit. »Vielleicht hätte ich noch zwei oder drei von ihnen erschlagen können, aber spätestens dann wären meine Kräfte am Ende gewesen. Es war ein Wunder, Hauptmann.«

Er nickte ernst.

»Von solchen Wundern können wir noch mehr gebrauchen.«

»Ich verstehe, was Ihr meint, mein Freund«, sagte Lamar nachdenklich. »Wenn man Wunder braucht, ist die Lage selten gut, nicht wahr?«

»Richtig. Aber Gleiches gilt auch für die Magie«, meinte der alte Mann. »Irgendwie hat es die Magie an sich, dass man sie dann am meisten braucht, wenn nichts anderes mehr helfen kann. Weder Magie noch Wunder sollten jemals leichtfertig Verwendung finden.« Er lachte. »Von den Freunden war es Argor, der am wenigsten von Wundern und Magie hielt. Seiner Meinung nach war beides nur dann nötig, wenn der Meißel schon im Stein festsaß.«

»Was wohl das Gleiche bedeuten soll, wie wenn der Karren im Dreck feststeckt«, lachte Lamar.

»Auf jeden Fall nichts, was man brauchen sollte!«, stimmte der alte Mann ihm zu. »Vorher denken, dann handeln, dann braucht es keine Wunder. Das war Argors Meinung … nur vergaß er, dass man nicht an alles denken kann …«

33 Der Reif des Wassers

Am Nachmittag des gleichen Tages war Argor unterwegs, um sich seine Armbrust zu kaufen. Es fiel ihm nicht weiter schwer, die Taverne zum Blauen Ruder zu finden, auch wenn die Farbe im Lauf der Zeit abgeblättert war. Die Sera Leonora hatte recht, dachte Argor, als er den heruntergekommenen Bau sah, vertrauenswürdig sah die Taverne wahrlich nicht aus. Auch der kleine Laden dieses Berosch' war alles andere als einladend, nicht viel mehr als eine windschiefe Bude, die sich an die linke Außenwand der Taverne presste.

Mehr Sorge bereitete Argor der kaum drei Schritt breite Weg, der am dunklen Wasser des Hafens entlang zu der Taverne führte. Drei Schritt waren nun nicht gerade ein schmaler Grat, aber Argor war das Wasser schon immer unheimlich gewesen. Verstohlen griff er unter sein Wams, suchte dort die lederne Tasche, die Knorre ihm anvertraut hatte. Er fischte den Armreif heraus und betrachtete ihn zweifelnd. Er war nicht mehr als ein schmales Band aus dunkel angelaufenem Silber … und sah kaum aus, wie man sich ein mächtiges magisches Artefakt vorstellte. Einen Moment zögerte er, dann zuckte er die Schultern und verstaute ihn wieder sicher unter seinem Wams.

Der Weg ist drei Schritt breit, versuchte Argor sich selbst zu überzeugen. Es war mehr als unwahrscheinlich, dass er auf dieser kurzen Strecke so heftig stolpern könnte, dass er in dieses Wasser fiel.

Dennoch hielt er sich nahe an den Hauswänden, während er vorsichtig weiterging. Drei betrunkene Seeleute kamen aus der Taverne und wankten ihm entgegen, einer lachte, als er Argor sah, und lallte etwas Unverständliches, das sich wie Blumenjunge anhörte, die anderen lachten ebenfalls, als wäre dem einen ein Scherz gelungen, und dann waren die drei auch schon vorbeigetorkelt.

Argor hob die Hand und klopfte, doch die Tür war bereits offen und schwang zurück, gab den Blick auf einen dunklen, engen Raum frei, der mit allerlei Tand und Zeug vollgestopft war. Kisten und Fässer stapelten sich hier, an einer Wand hingen schwere Rollen von Seil, an der anderen eine Auswahl an kurzen und langen Messern sowie Schiffsäxten und diesen komischen Haken, wie sie die Bootsleute verwendeten. An der Decke hingen gut zwei Dutzend Laternen, manche davon alt und verrostet, keine davon brannte.

Ihm gegenüber befand sich eine Art Theke und hinter dieser ein schmächtiger Mann mit ungepflegten Haaren und einem struppigen Bart. Er war in ein Lederwams gekleidet und trank gerade aus einem Tonkrug.

»Meister Berosch?«, fragte Argor höflich, als er die Tür hinter sich zufallen ließ.

»Ja. Wer fragt?«, wandte sich Berosch an den jungen Zwerg mit den rot geränderten Augen. »Habt Ihr Euch verlaufen?«

»Nur wenn es so ist, dass Ihr keine Waffen verkauft«, antwortete Argor.

Der Mann lachte trunken.

»Solange Ihr es nicht auf das Schwert des Grafen abgesehen habt, werde ich Euch schon besorgen können, was Ihr braucht.« Er blinzelte zur Tür hin. »Ihr seid alleine, hoffe ich? Ich habe keine Lust, meinen Schnaps mit Stadtwachen zu teilen.«

»Seid unbesorgt, Meister Berosch«, antwortete Argor.

»Gut, also, was wollt Ihr?«

»Ich suche eine Armbrust.«

»Ha!«, rief der Mann. »Eine Armbrust! Was denn sonst! Die einzige Waffe, die hier in Berendall bei Strafe verboten ist. Lieber doch ein Schwert? Das ist zwar auch nicht erwünscht, aber Ihr könntet es immerhin verschnürt mit Euch führen!«

»Nein«, sagte Argor. »Ich suche eine Armbrust. Warum sind sie verboten? Davon wusste ich bislang nichts.«

»Eine Armbrust vermag einen Brustpanzer zu durchschlagen, deshalb dürfen nur die Wachen eine solche führen. Aber gut. Mag es Euer Verderben sein, mich geht es nichts an. Habt Ihr Gold, könnt Ihr zahlen? Eine Armbrust ist nicht billig.«

»Was kostet sie denn?«

»Kauft Ihr sie beim Waffenschmied, etwas mehr als acht Silber. Bei mir kostet sie einen ganzen Kroner und zwei Silberstücke, aber ich stelle auch keine Fragen. Habt Ihr so viel?«

Argor griff unter sein Wams und holte seinen Beutel heraus, zählte dem Mann die Münzen auf den Tisch. Dieser sah auf die Münzen herab, musterte Argor etwas genauer und nickte schließlich.

»Gut. Wartet hier. Wie Ihr Euch denken könnt, habe ich keine Armbrust hier herumliegen. Ich werde gleich zurück sein.«

»Ich kann auch später wiederkommen«, bot Argor ihm an, doch der Mann wollte davon nichts wissen.

»Nein, es ist besser, wenn Ihr hier wartet. So lange wird es nicht dauern. Ich bin sogleich zurück. Wenn Ihr wollt, könnt Ihr Euch am Schnaps bedienen, nur anderes rührt Ihr nicht an, verstanden?«

»Verstanden«, antwortete Argor zweifelnd.

Berosch griff sich einen Umhang und eilte zur Tür. »Es dauert nicht lang!«, wiederholte er. »Bleibt einfach hier.« Mit diesen Worten verschwand er durch die Tür.

Argor sah ihm stirnrunzelnd nach. Irgendetwas störte ihn, nur wusste er nicht, was es war. Der Mann hatte sogar das Gold auf der Theke liegen lassen, es hätte ihn beruhigen sollen, nur tat es das nicht.

Irgendetwas … war es die Art, wie der Mann ihn angesehen hatte? Vielleicht, sicher konnte sich Argor nicht sein. Etwas, das er gesehen, aber nicht wahrgenommen hatte, etwas, das ihn irgendwie warnte? Es gab nur ein kleines Fenster in der windschiefen Bude, die der Mann seinen Laden nannte, und die Sonne stand bereits so tief, dass kaum mehr Licht in den Laden fiel. Doch Argor sah im Dunklen besser als andere, so störte es ihn wenig. Es war etwas, das er gesehen hatte. Hier gesehen hatte. Etwas, das nicht passte. Nur was war es?

Langsam ließ er seine Augen über das Gerümpel schweifen. Dort hinten, hinter der Theke, an der Wand, zum größten Teil hinter einem Fass verborgen, ragte ein Stück geschwungenes Metall hervor. Es dauerte einen Moment, bis Argor verstand, was er dort sah, das Bogenstück einer Armbrust.

Zögernd trat Argor hinter die Theke und sah nach, es war eine Armbrust und sie befand sich sogar in recht brauchbarem Zustand. Warum hatte der Mann gesagt, er hätte keine Armbrust hier? Wusste er selbst nicht, was sich in seinem Laden befand?

Vielleicht war es besser, später wiederzukommen. Argor fischte sich seine Goldmünzen von der Theke und ging zur Tür, als er sie aufdrückte, hörte er die Stimme des Ladenbesitzers.

»Ich schwöre Euch, Euer Würden, es ist der Kleinere der beiden. Er hat andere Kleider an, aber ich erkannte ihn trotzdem! Und er will eine Armbrust kaufen!«

Argor öffnete die Tür etwas weiter, um zu sehen, mit wem Berosch da sprach.

»Wir werden sehen, wer er ist«, antwortete der dunkle Priester, der in Begleitung seiner vier Soldaten und des Ladenbesitzers auf den Laden zukam. »Wenn er es ist, wird er es auf dem Altar bereuen, die Hand gegen einen der Unseren erhoben zu haben.«

Bevor Argor die Tür zuziehen konnte, hob Berosch die Hand und zeigte auf ihn.

»Da ist er! Er versucht zu entkommen!«

Argor war viel zu überrascht, als dass er sich hätte überlegen können, was er tun sollte, aber dem dunklen Priester zu entkommen, schien ihm keine schlechte Idee.

Er warf die Tür zu und schob den Riegel vor, bevor er in den hinteren Teil des Ladens eilte.

»Er kann nicht entkommen, es gibt nur diesen Ausgang«, hörte er Berosch von draußen.

»Er hat die Tür verriegelt«, rief einer der Soldaten, nachdem er an der Ladentür gerüttelt hatte.

»So schlage er die Tür ein!«, antwortete der Priester ungehalten. Im nächsten Moment sprang die Tür auf, Argor rammte den verblüfften Soldaten mit der Schulter und warf ihn nieder.

»Haltet ihn!«, rief der Priester und die drei verbliebenen Soldaten versuchten, ihn zu greifen, noch während der Mann am Boden die Finger in den Saum von Argors Mantel krallte.

Der Priester stand direkt vor Argor und grinste gehässig, während er die Hände hob, um die sich Dunkelheit zusammenzog.

»Es gibt kein Entkommen!«, rief der Priester triumphierend.

Im nächsten Moment gab es ein Geräusch von reißendem Stoff, als Argor sich losriss und gegen den Priester warf. Mit einem Arm hielt er ihn fest umklammert, mit dem anderen stieß er dem Priester den Dolch von hinten in den Rücken … gemeinsam taumelten sie einen Schritt zurück, um mit einem lauten Platschen zwischen zwei der Schiffe auf das trübe Hafenwasser aufzuschlagen.

Fluchend eilten die Soldaten an den Rand des Kais, während Berosch händeringend im Hintergrund verblieb.

»Dort!«, rief einer der Soldaten, als etwas von der Tiefe an die Oberfläche trieb. Mit einem Enterhaken zogen sie es heran, es war der Priester. Noch lebte er. Hastig zogen sie ihn keuchend, Wasser spuckend und blutend aus dem trüben Hafenwasser.

»Bringt ihn mir«, keuchte der Priester und spuckte Blut, Argors Dolch hatte ihn schwer getroffen. »Ich will seinen Kopf! Wir müssen ihn finden, er darf nicht entkommen!«

»Nun, irgendwann muss er ja auftauchen«, sagte einer der anderen Soldaten und legte einen Bolzen auf seine Armbrust. »Wenn er hochkommt, erledige ich ihn.«

Ohne Unterlass und indem sie auch immer wieder zwischen den Schiffen schauten, suchten die Soldaten das Wasser ab. Aber als auch nach einer Zehntel Stunde noch kein Kopf im Wasser auftauchte, sahen sie sich gegenseitig betreten an.

»Vielleicht ist er davongeschwommen?«, fragte einer der Soldaten.

»Nein«, meinte der andere. »Wir haben überall geschaut, er hat sich auch nirgendwo festgehalten, auch nicht an den Rudern oder Tauen. Der ist nicht wieder hochgekommen. Der ist ersoffen.«

»Seid Ihr sicher?«, zischte der Priester mit einem mordlüsternen Blick in seinen Augen.

»Ja«, antwortete der Soldat und ließ die Armbrust sinken. Mühsam erhob sich der Priester, stützte sich auf der gepanzerten Schulter des einen Soldaten ab.

»Diesmal«, knirschte er mit zusammengebissenen Zähnen, »haben wir ihn alle gesehen, diesmal wissen wir genau, wie er aussieht. Wir werden ihn finden.«

»Ich sage Euch, Euer Würden, der Kerl ist tot!«, beharrte der Soldat.

»Er ist tot, wenn sein Blut vom schwarzen Stein aufgesogen wird!«, zischte der Priester.

»Und was wird mit mir und der Belohnung?«, fragte Berosch zögernd.

»Welche Belohnung?«, fauchte der Priester. »Siehst du den Gesuchten in unserem Gewahrsam? Nein? Genauso wenig wirst du deine Belohnung sehen. Sei froh, dass ich nicht vermute, dass du mir eine Falle stellen wolltest!«

Er trat schwer atmend vor den Händler.

»Du solltest zusehen, dass du uns beweist, dass man dir vertrauen kann! Und jetzt verziehe dich aus meinen Augen!«

»Wohin jetzt, Euer Würden?«, fragte einer der Soldaten vorsichtig, als Berosch hastig in seinem Laden verschwand.

»Was denkst du wohl, du Dummkopf!«, fauchte der Priester. »Bringt mich zum Schrein zurück. Ich brauche Heilung und muss dem Hohepriester Bericht erstatten.« Er bedachte die betreten dreinschauenden Soldaten mit einem Basiliskenblick. »Ihr könnt von Glück sagen, wenn keiner von euch auf dem Altar dort landet!«

Er warf einen letzten glühenden Blick auf das Hafenwasser.

»Ich hoffe, dass diese Ratte wahrhaftig ersoffen ist. Wie konntet ihr ihn nur entkommen lassen! Tölpel, elendige!«

»Aber …«, begann der eine Soldat, doch seine Stimme erstarb, als der Blick des Priesters auf ihn fiel.

»Zum Schrein«, presste der Priester heraus. »Und steht nicht herum, helft mir damit!«

Schiere Panik erfasste Argor, als er in die dunklen Fluten sank. Eben noch hatte er sich an dem Priester festgekrallt, aber dieser trat aus wie ein Maultier und traf Argor mitten auf die Nase, ein sengender Schmerz durchfuhr ihn, ließ ihn unwillkürlich den Mund öffnen, er schluckte Wasser, das wie Feuer in seine Lungen floss … und irgendwo regte sich in Argor die Wut.

Sein ganzes Leben hatte er Angst vor dem Wasser gehabt. Und jetzt, innerhalb weniger Tage, sollte er zum zweiten Mal ertrinken? Nein, bei allen Göttern, nein!

Tiefer und tiefer sank er … doch so tief war es nicht, als er auf dem schlammigen Grund des Hafens aufkam, sah er fast greifbar über sich die dunklen Rümpfe der Schiffe schweben, nahe und doch so unerreichbar fern.

Nein, dachte Argor verbissen, ich *will* hier nicht ersaufen! Luftblasen stiegen um ihn herum auf, Luftblasen, die aus seinen brennenden Lungen stammten … wild entschlossen stieß er sich vom Grund ab, stieg nach oben … fast konnte er die Wasseroberfläche erreichen, doch dann sank er wieder in die Tiefe.

Götter, fluchte er innerlich. Es gab sonst nichts, was die Menschen den Zwergen voraus hatten … außer dass sie weniger wogen und so schwimmen konnten!

Der Drang zu husten war fast unerträglich, es war fast unmöglich, den Mund geschlossen zu halten … in wenigen Atemzügen würde es zu spät sein … Atemzüge!

Panisch griff er sich unter den Wams, nestelte an dem Beutel herum, griff den alten Reif, dann war es zu spät, egal wie sehr er sich dagegen sträubte und stemmte, sein Mund öffnete sich und flüssiges Feuer füllte seine protestierenden Lungen … wie glühendes Blei … er spürte noch, wie er auf den Grund sank, dann war es vorbei, gnädige Dunkelheit umfing ihn.

Als er erwachte, war dunkles Zwielicht um ihn herum. Hustend richtete er sich auf, doch das Husten ging seltsam schwer, auch waren seine Bewegungen träge, als ob die Luft um ihn herum … Argors Augen weiteten sich und eine kleine silbrig schimmernde Luftblase stieg vor seinen ungläubigen Augen auf, hinauf zu den dunklen Schatten über ihm. Das glitzernde Tuch dort oben war die Wasseroberfläche, vom Mondlicht beleuchtet, diese Schatten Schiffe und er … er lag im Schlamm auf dem Grund des Hafens … Schlamm, der bei seiner hastigen Bewegung aufstieg und das Wasser trübe werden ließ.

Hastig zog er die Luft ein, doch sein Brustkorb schmerzte, denn es war keine Luft, sondern Wasser, das er mühsam einzog … Wasser, das den fauligen Geschmack von Hafenschlamm in sich trug!

Ein Fisch schwamm vorbei und glotzte den verstörten Zwerg an, dann schwamm er wie ein Pfeil davon. Langsam hob Argor die linke Hand, in der er krampfhaft ein schimmerndes Band hielt, das langsam im Dunkel zu pulsieren schien.

»Götter!«, stieß Argor aus oder er wollte es, doch nur eine weitere Luftblase und ein seltsamer Ton entrang sich seiner schmerzenden Kehle.

Verdammt, dachte der Zwerg, ich kann nicht einmal fluchen! Im nächsten Moment beeilte er sich, den Göttern ein Dankgebet zu schicken, letztlich war es ja nicht weniger als ein Wunder, dass er überhaupt noch denken konnte!

Sein Brustkorb brannte, die Magie ließ ihn das Wasser atmen, aber es blieb Wasser und ließ sich nur schwer bewegen, seine Brustmuskeln und das Zwerchfell protestierten mit jedem Atemzug … zwar war er dieser verfluchten Magie dankbar, offenbar hatte Garret recht und sie war doch ab und an zu etwas nütze, aber es blieb schmerzhaft und vor allem mühsam. Grund dazu, ein Fisch zu werden, fand Argor darin nicht!

Wieder stieß er sich vom Boden ab, doch diesmal kam er nicht einmal halb so hoch wie vorher, ohne die Luft in seinen Lungen sackte er ab wie ein Stein, dies war wohl nicht der Weg zurück in die Welt der Luft! Also, wo ging es entlang?

Die Steine der Hafenmole waren zu seiner linken Hand, über ihm schwebten die Rümpfe der zwei Schiffe, zwischen denen er und der Priester ins Wasser gefallen waren. Also ging es in diese eine Richtung landeinwärts.

Den Göttern sei Dank, dachte er, dass sie seiner Rasse die Fähigkeit gegeben hatten, auch in Dunkelheit noch sehen zu können!

Langsam und bedächtig setzte er einen Fuß vor den anderen und ging über den Grund landeinwärts, seltsam schwerelos und schwerfällig zugleich.

Sein Fuß verfing sich in etwas, er bückte sich und zog das alte Seil zur Seite und hoch, ein Totenschädel grinste ihn an, erschrocken ließ er das alte Seil los, langsam sank es wieder zu Boden. Offenbar gehörte es hier zur Tradition, Leichen im Hafen zu entsorgen, es lagen Dutzende hier herum, zum Teil mit Netzen und Steinen beschwert, eine davon noch recht neu. Aufgedunsen und von Fischen angefressen, schwebte der Mann aufrecht vor ihm, andere Leichen waren alt wie brüchige Holzfiguren, zum Teil tief im Schlamm vergraben.

Etwas glänzte und diesmal war es eine verrottete Geldbörse, prall gefüllt mit Gold und angelaufenem Silber … wenigstens, dachte Argor, hatte sich die Qual gelohnt.

Es dauerte eine Ewigkeit, bis er das fand, was er so verzweifelt suchte, Treppenstufen, die tief unter die Oberfläche reichten.

Langsam stieg er sie empor, als sein Kopf die Wasseroberfläche erreichte, atmete er erleichtert aus, ein Schwall Wasser ergoss sich aus seinem Mund … doch als er diesmal einatmete, war es die Luft, die wie Feuer brannte.

Keuchend, hustend, von Krämpfen geschüttelt, arbeitete sich Argor zwei weitere Stufen empor und blieb röchelnd dort liegen. Immer wieder rissen ihn die Hustenkrämpfe fast entzwei, wieder und wieder spie er Wasser aus … bis er schwer atmend und kraftlos wie ein kleines Kind auf der Treppe lag.

Wie lange es dauerte, bis er die Stärke fand, sich aufzusetzen, wusste er nicht.

So fest hatte er seine Hand um das Armband gekrallt, dass es ihm selbst schwerfiel, die steifen Finger zu lösen, dann hielt er den Armreif in den Händen und betrachtete ihn mit tränenden Augen. Schließlich, mit zitternden Fingern, streifte er ihn sich über den Arm, mit einem tiefempfundenen Schwur, den Reif niemals mehr abzulegen, egal, was kommen möge!

Als er an Leonoras Hintertür klopfte, war er so erschöpft, dass er für Sina, die ihm hastig die Tür zur Küche öffnete, nicht mehr als ein fahles Lächeln übrig hatte.

»Argor!«, rief die junge Sera entsetzt, als der junge Zwerg triefnass an ihr vorbeitaumelte. »Was, bei den Göttern, ist dir geschehen?«

Argor sank auf die Knie herab, sah zu ihr hoch, nuschelte etwas von Wasser. Hastig füllte sie einen Becher aus einem Krug und hielt ihm den Becher hin, doch Argor ließ sich nur zur Seite fallen und lag still.

Besorgt beugte sich Sina über den jungen Zwerg, um dann erleichtert aufzulachen, als Argor zu schnarchen anfing.

»Was ist geschehen?«, fragte Knorre von der Tür zur Halle her.

»Ich weiß es nicht«, sagte Sina. »Es sieht aus, als habe er ein unfreiwilliges Bad genommen!«

»Argor?«, fragte Knorre zweifelnd und kratzte sich am Kopf. »Niemand bringt Argor dazu, sich ins Wasser zu begeben!«

»Nun«, sagte sie, »er ist tropfnass und vollständig erschöpft …« Sie legte eine Hand auf Argors Hals und sah erschrocken hoch zu Knorre. »Zudem ist er kalt wie Eis!«

»Dann sollten wir ihn ins Bett stecken«, meinte Knorre. Er griff den jungen Zwerg und Argors Ärmel verrutschte, gab den Blick frei auf den Armreif. Knorre lachte auf und schüttelte zugleich den Kopf. »Auf diese Geschichte bin ich jetzt aber gespannt!«

»In allen Dingen scheinen die Zwerge doch uns Menschen ähnlich«, sagte Lamar. Er warf dem alten Mann einen skeptischen Blick zu. »Ich bin mir nicht sicher, ob ich diesen Teil Eurer Geschichte glauben darf. Ich habe nie jemanden gekannt, der jemals einen Zwerg in seinem Leben traf.«

»Nun, mit mir kennt Ihr nun jemanden«, lachte der alte Mann.

»Dann erklärt mir noch einmal, warum ein Zwerg nicht schwimmen können sollte.«

»Ich fragte Argor danach. Für jemanden, der die besonderen Umstände nicht verstand, war seine Angst vor dem Wasser eher erheiternd als ernstzunehmend, doch sie hat einen wahrhaftigen Hintergrund. So wie er es mir erklärte, nimmt auch der Mensch Teile der Erde in sich auf, wenn er seine Nahrung isst. Kleine Teile, aber isst man lange genug, so sammelt sich einiges an. Zwerge leben in der Erde, nahe dem Stein und seltsamen Metallen. Über die Zeit finden diese Metalle ihren Weg in die Körper der Zwerge … und lassen ihre Knochen fast so schwer und auch so stabil werden wie Stein oder Eisen. Es ist also wirklich so, dass sie zu schwer zum Schwimmen sind.«

»Vielleicht ist es so«, sagte Lamar nachdenklich. »Als ich klein war, fand ich in einer Schlucht Knochen eines Ungeheuers, auch sie waren aus Stein. Und zu schwer, um sie zu heben.« Er schüttelte ungläubig den Kopf. »Es gibt schon die seltsamsten Dinge.«

»Das dachte sich auch Meister Pulver, als er die Sera Lenise und ihren treuen Begleiter kennenlernte«, lachte der alte Mann. »Dagegen waren Knochen aus Stein kaum der Rede wert!«

34 Gottesbann

In Lytar hatten sich Meister Pulver, Astrak und Barius auf dem Weg zum Tempel begeben. Die Nacht war gekommen, so fand die Reise im Schein von Fackeln statt. Wieder waren es der Sergeant Delos und seine Männer, die sie eskortierten. Kurz bevor sie den Tempel erreichten, hielt Delos inne und wies mit seinem Schwert auf einen dunkelgrün-bläulich schimmernden Baum etwas abseits des Pfades, den sie sich durch die Ruinen gesucht hatten. »Dort, seht Ihr?«, sagte er zu Meister Pulver. »Der Baum mit den Skeletten in seinem Wurzelwerk? Wir nannten diese Bäume Lanzenbäume. Der Grund für den Namen dürfte offensichtlich sein. Kommt ihm nur nicht zu nahe!«

»Ja«, meinte Pulver und beschattete seine Augen mit der linken Hand und hielt seine Fackel höher, um besser sehen zu können. Manche der Skelette hingen noch in den Ästen, die sie aufgespießt hatten. »Das ist wahrhaftig ein hässlicher Baum. Was ist mit ihm?«

»Seht Ihr das obere Astwerk? Es wird braun. Der Baum stirbt.«

»Ist das jetzt gut oder schlecht?«, fragte Astrak neugierig.

»Gut, will ich meinen«, erwiderte Delos. »Wir haben alles versucht. Wir haben Brandbomben geworfen, Köder mit Gift ausgelegt, es mit schwer gepanzerten Männern und schweren Äxten versucht. Nur die Äxte halfen … aber meist verloren wir die Männer dabei. Letztlich gaben wir auf und suchten uns einen Weg um sie herum. Dass der Baum jetzt stirbt, ist ein gutes Zeichen, die Verderbnis weicht also wirklich langsam zurück!«

Schließlich erreichten sie den Tempel. Als sie durch das Tor schritten und den Tempelgrund betraten, blieb Pulver stehen und atmete tief durch, ein freudiges Lächeln in seinem Gesicht.

»Götter«, sagte er. »Astrak, du ahnst gar nicht, wie oft ich mir vorgestellt habe, wie es wäre, hier zu stehen und das Haus unserer Göttin zu erblicken. Ich sah vorher nur Zeichnungen des Tempels … aber er ist größer und erhabener, als ich es mir habe vorstellen können.«

In dem dichten Strauchwerk seitlich des Weges raschelte es und Delos fuhr herum, die Hand am Griff seines Schwerts, doch es war nur Trok, der aus den dunklen Büschen heraus auf den Weg trat und ihnen mit seinen zweifarbigen Augen entgegensah.

»Ihr seid also Trok«, sagte Pulver leise und betrachtete den Schreckenswolf. »Ein Mensch in der Gestalt eines Ungeheuers …«

Trok legte den Kopf zur Seite und musterte Astraks Vater intensiv. Delos und seine Männer wichen etwas zurück, nur Pulver, Barius und Astrak bewegten sich nicht.

»Mein Sohn sagte mir, dass es einen Unterschied gäbe zwischen Euch und anderen Ungeheuern hier«, sagte Pulver lächelnd. »Ich sehe, was er meint.«

Der Schreckenswolf sah zu Pulver, eine Frage in den zweifarbigen Augen.

»Ihr seid nicht verdreht und verschoben. Ihr seid nur anders, aber in diesem Anderssein seid Ihr perfekt«, erklärte Pulver. Er sah zu Barius hin, der seinerseits den Schreckenswolf intensiv musterte.

»Ich sehe, was Ihr meint, Meister Pulver«, sagte der Priester schließlich. »Es ist eine andere Schöpfung als die, die wir kennen, aber der Götter Atem ist in ihnen zu erkennen.«

»Sprecht nicht über ihn, sondern mit ihm«, sagte Lenise lächelnd, als auch sie aus dem Schatten um das dichte Unterholz trat. Sie hielt ihnen einen Wasserbeutel hin. »Ich habe Wasser geholt, ihr müsst durstig sein.«

Pulver zog scharf den Atem ein. »Götter!«, entfuhr es ihm. »Nicht das!«

»Vater!«, rief Astrak empört.

Lenises Gesicht verdüsterte sich. »Es tut mir leid, wenn ich Eure Augen beleidige«, sagte sie dann mit belegter Stimme. Sie wandte sich Astrak zu. »Ich glaube, es war ein Fehler.« Sie ließ den Wasserbeutel sinken und wandte sich ab.

»Lenise, halt, warte!«, rief Astrak und warf seinem Vater einen bösen Blick zu. »Sie sind nur überrascht, das ist alles!«

»Haltet ein, Sera«, rief Pulver hastig. »Es ist nicht so, wie Ihr denkt. Mein Sohn hat mir von Euch erzählt. Das ist es nicht, Sera, es war nur der Gedanke daran, Wasser zu trinken, das hier abgefüllt wurde. In unseren Legenden wird davor gewarnt, es hieß, es bedeute den Tod … oder Schlimmeres.«

Lenise hob ihr Gesicht und schien Pulver zu mustern, dann nickte sie.

»Dieses Wasser nicht«, erklärte sie mit ihrer weichen Stimme. »Es stammt aus Mistrals heiliger Quelle. Es heilt Wunden schneller, löst Vergiftungen und lindert die Folgen der Verderbnis. Ihr könnt es unbesorgt trinken, ich schwöre es bei meiner Seele.«

»Ich stelle fest, dass Ihr recht habt«, lächelte Pulver. »Ich bin dem Verdursten nahe.«

Er griff nach dem Schlauch, setzte ihn an und trank einige tiefe Schlucke. Dann wischte er sich den Mund ab und reichte den Schlauch an Astrak weiter.

Lenise nickte, als habe sie etwas für sich bestätigt gefunden. Sie wandte sich an den Sergeanten Delos und seine Leute.

»Es ist Nacht, Sers, und nicht zu empfehlen, heute noch den Weg zurück zu eurem Lager zu versuchen. Noch ist es unsicher dort draußen. Schließt das Tor zum Tempelgarten und nichts wird uns hier gefährden, denn dieser Garten steht unter dem Schutz der Göttin!«

Delos hatte offensichtlich Schwierigkeiten, ihr in das augenlose Gesicht zu schauen, dennoch nickte er und verbeugte sich tief vor der jungen Frau.

»Wir werden das Tor schließen. Sagt, Sera, dieses Wasser heilt wahrhaftig?«

»Ja«, erklärte die junge Frau. »Ich sagte es doch schon. Wieso?«

»Weil in dieser verfluchten Stadt schon ein kleiner Kratzer

oft zum Tod führte … oder, ganz so wie es Meister Pulver sagte, zu Schlimmerem.«

»Trinkt«, sagte sie einfach nur und reichte ihm den Wasserschlauch. Er nahm den Beutel mit einer tiefen Verbeugung in Empfang.

»Entschuldigt, Sera, ich will nicht unhöflich sein, aber darf ich Euch fragen, ob Ihr sehen könnt? Ihr kommt mir nicht vor wie jemand, der kein Augenlicht besitzt«, fragte Pulver höflich. »Wie kann das sein?«

»Sie macht es genau wie Ariel. Sie sieht durch Troks Augen«, sagte Astrak, doch Lenise schüttelte lächelnd den Kopf.

»Jetzt weiß ich, woher Ser Astrak seine Neugier hat«, lachte sie. »Durch Troks Augen sehen? Nein, das wäre ein noch größeres Wunder. Ich kann selbst sehen. Nur anders …« Sie zuckte die Schultern. »Ich kann es nur schwer beschreiben. Ich weiß einfach, was um mich ist, das trifft es wohl am besten.« Sie wandte sich Astrak zu. »Auch deshalb wollte ich nicht geheilt werden. Ich sehe Dinge, manchmal auch solche Geschehnisse, die noch gar nicht eingetroffen sind.« Sie senkte den Kopf, hätte sie Augen gehabt, wäre es so gewesen, als ob sie verlegen auf ihre Füße sah. »Ihr müsst verstehen, dass ich es nicht als etwas empfinde, das geheilt werden müsste«, fuhr sie fort. »Tatsächlich habe ich Angst davor, ›blind‹ zu werden.« Sie hob ihr Gesicht wieder. »Aber ich will auch nicht mehr anders als andere sein!«

»Ein verständlicher Wunsch«, murmelte Pulver und erntete dafür einen weiteren erzürnten Blick seines Sohns.

»Mir gefallt Ihr so, wie Ihr seid!«, beteuerte Astrak und sie lächelte. »Danke«, sagte sie und wandte sich dem Priester zu. »Ihr seid willkommen hier, Priester des Loivan. Folgt mir, ich bringe Euch zu Elyra, sie erwartet Euch bereits.«

»Ihr wusstet, dass ich kommen würde?«, fragte Barius erstaunt.

»Ich sagte bereits, ich sehe manche Dinge, bevor sie geschehen«, antwortete Lenise freundlich.

»Astrak teilte mir mit, dass euer Anführer mich sprechen

wollte. Werde ich ihn auch im Tempel finden?«, fragte Pulver, während er ihr folgte.

»Nein. Ihn werdet Ihr später treffen, er und ein paar andere warten an der Quelle auf Euch. Das hier ist, für den Moment zumindest, wichtiger.«

Als sie die Stelle des Wegs beschritten, an der sich die sterblichen Überreste dieses uralten Verrats befanden, schlug Pulver das Zeichen der Herrin über seinem Herzen und senkte den Kopf, während Barius ein Gebet murmelte.

»Es mag gut sein, dass ich manche derer, die hier liegen, in ihrem Leben gekannt habe«, sagte der Priester dann bedrückt. Er hielt seine Fackel näher an die alten Gebeine, schüttelte traurig den Kopf und trat dann wieder zurück.

»Vielleicht ist es Euch auch möglich, den einen oder anderen zu erkennen«, sagte Pulver leise. »Es wäre schön, wenn ihre Gräber Namen hätten.«

»Ich werde mich bemühen«, antwortete der Priester sanft. »Mehr und mehr frage ich mich, ob es ein Fehler war, den Tod betrogen zu haben.«

»Gemeinhin ist es das wohl«, antwortete Lenise. »Aber in Eurem Fall denke ich, dass Ihr schlichtweg noch nicht am Ende Eures Weges angekommen seid. Ich hörte, dass es nur durch die Gnade Eures Gottes möglich war, diesen Schwur zu leisten. Er wird sich etwas dabei gedacht haben, Euch diese Bitte zu erfüllen.« Sie erlaubte sich ein kleines Lächeln. »Von dem, was ich von Euch fühle, scheint mir, dass Euer Gott großes Vertrauen in Euch setzt.«

Sie erreichten die Tempeltore und betraten ehrfürchtig den Tempel.

Elyra stand vor dem Altar und strahlte sie an. Pulver schenkte ihr kaum einen Blick, ehrfürchtig sah er hinauf zu der schwebenden Statue aus flüssigem Silber. Noch brannten hier nicht allzu viele Kerzen, doch gerade das ließ die Statue schimmern, als erstrahle sie in einem eigenen Licht. Langsam sank er auf die Knie, während Barius den Kopf senkte.

»Willkommen im Tempel Mistrals, der Herrin der Welten. Seid gesegnet in ihrem Namen«, sagte Elyra würdevoll und für einen Moment schien es Pulver, als ob selbst die Göttin lächeln würde. Dann wandte sich Elyra Barius zu. »Seid auch Ihr willkommen, Barius, Streiter des Loivan, Bruder meiner Herrin!«

»Ich danke Euch, Dienerin der Mistral«, sagte Barius und klang etwas heiser. »Doch es ist nicht bloße Höflichkeit, die mich zu Euch führt. In der Nacht der Katastrophe versuchte ich, ihren Dienerinnen zu Hilfe zu eilen, ich kam zu spät und die Tore des Tempels waren bereits verschlossen, der Untergang besiegelt. Jetzt stehe ich vor Euch und bitte darum, dass innerste Sanctum betreten zu dürfen, um das in Augenschein zu nehmen, was hier gebunden liegt.«

»Ich verstehe nicht?«, sagte Elyra etwas verunsichert. »Was meint Ihr damit?«

»Wenn Ihr mich hinab in das Herz des Tempels führt, hoffe ich, es Euch zeigen zu können.«

Lenise schlug die Hand vor den Mund. »Ihr meint, die Legenden sind wahr? Ist er wirklich hier gefangen?«

»Ich hoffe es«, sagte Barius. »Ich hoffe es mit jeder Faser meines Herzens.«

Pulver hatte sich erhoben, klopfte sich den Staub von den Knien und sah Lenise und Barius aufmerksam an. »Darf ich fragen, wovon Ihr sprecht, Barius?«

»Es ist eine alte Geschichte.«

»Ich *liebe* alte Geschichten«, sagte Pulver lächelnd. »Man weiß nie, was man Neues darin findet!«

»Vor Äonen versuchte Darkoth der Dunkle, das Licht der Welten an sich zu reißen, und erhob sich gegen Mistral, die Herrin der Welten. Er begehrte Mistrals Stern, die Quelle ihrer Macht. Ein erbitterter Kampf tobte in den Himmeln und auch auf den Welten. Schließlich unterlag er der Göttin Mistral im Zweikampf. Einen Gott kann man nicht töten. Also zerteilte Mistral ihn mit ihrem Schwert und ließ ihn an sieben Orten begraben. Dort, wo er begraben lag, ließ sie Tempel errichten, sie sollten darüber wachen, dass er sich nicht wieder erheben könnte. Aber dort, wo sein Haupt und sein Herz begraben lag, ließ sie das Größte ihrer Heiligtümer errichten. Dort, wo ihr Glanz am größten war, siedelte sie ihre Menschen an, ein neues Reich, ein neues Land entstand, das erste unter den Reichen der Menschheit. Hier, Freunde«, sagte Barius mit belegter Stimme. »Hier, zu den Füßen der Göttin, ruht das Haupt und das Herz Darkoths des Dunklen.« Er sah mit gequälten Augen zu Elyra auf. »Ich will mich vergewissern, dass der dunkle Gott noch immer in seinen Banden gefangen ist und es ihm nicht möglich war, zu entkommen.«

»Oh«, sagte Pulver. »Ich verstehe …«

»Da seid Ihr weiter als ich«, sagte Elyra mit rauer Stimme. »Ihr wisst, wo er liegt, Barius?«

»Es ist in den Schriften meines Herrn überliefert, denn er stand Mistral bei in diesem Kampf.« Er sah ihren Blick und lächelte sanft. »Ihr werdet mit Sicherheit Aufzeichnungen darüber finden können, Elyra«, sagte er. »Dieser Tempel ist der älteste Eures Glaubens und er enthält all das Wissen, das in den Äonen gesammelt wurde. Es könnte nur ein wenig länger dauern, bis Ihr sie alle gelesen habt.«

»Gut«, sagte jetzt Elyra mit fester Stimme. »Dann werden wir gehen und nachsehen, ob die Fesseln ihn noch halten. Denn wenn nicht …«

»Wenn nicht, haben wir die Bedrohung zu lange verkannt«, sagte Pulver entschlossen. »Gut. Ein Aufschub ergibt keinen Sinn. Sehen wir uns einen Gott an.«

»Ihr nicht«, sagte Barius und wandte sich an Elyra. »Es heißt, nur ein Priester, stark im Glauben und unter dem Schutz seines Gottes, vermag das Antlitz eines Gottes zu sehen, ohne in den Wahnsinn getrieben zu werden.«

Elyra nickte und sah dann die anderen an.

»Wartet hier … wir sind zurück, so schnell es geht.« Ihr Lächeln wirkte etwas unsicher, als sie weitersprach. »Es scheint mir, als hättet Ihr recht, Meister Pulver, es duldet keinen Aufschub, wir müssen es herausfinden.«

Pulver nickte nur und sah dann zu Astrak und Lenise hinüber, die an der Seite zusammen standen, und bemerkte, dass Astrak ihre Hand in der seinen hielt.

»Wir warten hier, Elyra«, sagte Pulver und ließ den Blick durch den Tempel schweifen. »Es gibt hier genügend zu tun, bis ihr zurückkommt, und sei es nur, mit dem Besen durchzukehren.«

Als sich die schwere Tür unter dem Altar mit einem lauten Widerhall hinter Barius und Elyra schloss, fröstelte es die junge Priesterin. Bislang hatte sie die Freude erfüllt, den Tempel Mistrals wieder für alle öffnen zu können, doch jetzt, da sie wusste, wer hier zu ihren Füßen begraben lag, fühlte sie auf einmal eine ungewisse Angst, einen Zweifel, ob sie dem allem gewachsen war.

Barius schien es zu bemerken, denn er legte ihr seine gepanzerte Hand tröstend auf die Schulter.

»Verzagt nicht, Elyra«, sagte er sanft. »Ihr wäret nicht hier, die Tore hätten sich nicht für Euch geöffnet, wenn es nicht der Göttin Wille gewesen wäre, Euch hier zu sehen. Vertraut in Sie.«

»Das tat ich schon immer«, flüsterte Elyra und zog ihre Robe enger um sich zusammen.

»Wie … wie findet man den Weg hinunter in die Katakomben?«

»Ich kann Euch sagen, was in den Schriften meines Glaubens darüber steht.«

»Teilt es mir mit, bitte.«

Barius nickte und begann zu sprechen. Hier unten in dieser Kammer löste seine Stimme einen seltsamen Widerhall aus, der Elyra noch mehr frösteln ließ.

»Und so sprach sie zu ihrem Bruder, Loivan, dem Herrn der Gerechtigkeit: Und siehe, ich zerschlage den Bringer des Unheils in sieben Teile. Sie will ich begraben lassen unter dem Siegel des Wissens. Sein Haupt und sein Herz aber will ich zu meinen Füßen begraben. In Licht will ich seine Dunkelheit ketten, im Glauben gegen ihn bestehen. So ist das Licht des Wissens das Schloss zu seinem Gefängnis und der Glauben der Schlüssel. In meinen Mantel wappne sich die Sterbliche, die vor ihn tritt, mein Licht trage sie im Herzen und meinen Willen führe sie aus. Nur sie, die dergestalt gesalbt, gewappnet und geläutert ist, wird imstande sein, das Gefängnis des Dunklen zu betreten, nur sie wird imstande sein, ihm ins Antlitz zu sehen und seinem Willen zu widerstehen. Auf der Hut sei sie vor Falschheit und Verrat, vor dunklen Begierden und Hass. Sie öffnen das Schloss an seiner Kette und bilden den Schlüssel zu seiner Freiheit, denn Hass und Verrat sind seine Diener.« Einen Moment schien seine Stimme noch nachzuhallen, dann atmete er tief durch und sprach mit normaler Stimme weiter. »Das ist alles, was ich Euch sagen kann, Elyra.«

»Es ist genug«, antwortete sie gepresst. »Mehr als genug. Ich bin nicht die, die dem dunklen Gott gegenüberstehen kann. Ich bin weder gesalbt noch gewappnet oder geläutert.«

»Doch, das seid Ihr«, sagte Barius. »Glaubt es mir, ich weiß es, so wie ich weiß, dass Eure Göttin über Euch wacht. Sie hat Euch erwählt für dieses Amt. Daran besteht kein Zweifel, dessen kann ich Euch versichern. Nur wie man den Rest ihrer Worte deuten kann, darüber vermag ich Euch nichts zu sagen.«

»Es scheint mir einfach und klar genug zu sein«, sagte Elyra. »Allerdings bedeutet es auch, dass ich ihm alleine entgegentreten muss, nicht wahr?«

»Ja. Ich vermag Euch vielleicht ein Stück des Weges zu begleiten, aber zuletzt werdet Ihr es sein, die ihm alleine gegenübersteht.«

»Gut«, sagte Elyra entschlossen. Sie trat an das Stehpult heran und hob das schwere Buch herab. Sorgfältig legte sie es zur Seite. Dort, wo sich das Buch befunden hatte, war erneut Mistrals Stern zu sehen. Mittlerweile war ihr der Mechanismus wohl bekannt. Einen Moment noch zögerte Elyra, dann streckte sie entschlossen die Schultern, nahm das Symbol ihrer Göttin in die Hand. Sie legte es ehrfürchtig in die Aussparung des goldenen Pults und drückte. Ein leises Klicken war zu hören, dann grollte der Boden unter ihnen. Wortlos sahen sie zu, wie ein Teil des Bodens nach unten sank und dann nach rechts geschoben wurde, an der Stelle, die eben noch vom Stein verschlossen war, sahen sie nun eine schmale steile Treppe, die hinunter in die Tiefen des Tempels führte. Nur die erste Stufe war schattenhaft zu sehen, schon die nächste wurde von einer Dunkelheit verschluckt, die beinahe greifbare Substanz besaß. Kälte strömte ihnen entgegen und ließ Elyra frieren.

»Der Segen der Götter mit Euch«, flüsterte Barius. »Ich glaube nicht, dass es erwünscht ist, dass ich Euch dort hinabbegleite.«

Elyra sah zu der dunklen Treppe und schluckte. Dann suchte sie Barius' Blick.

»Seid Ihr sicher, dass es notwendig ist?«, fragte sie mit rauer Stimme.

»Das«, sagte der Priester des Loivan, »muss alleine Eure Entscheidung sein. Nur werden wir nicht ruhen können, bis wir nicht die Gewissheit haben.«

»Ich habe Angst«, sagte Elyra.

»Ich glaube nicht, dass Ihr Angst haben müsst«, lächelte Barius. »Seht Ihr? Euer Gewand … es leuchtet ein wenig … das Licht Eurer Göttin ist mit Euch.«

Elyra sah überrascht an sich herab, Barius hatte recht, ihre Robe schimmerte in einem fahlen Licht, das stärker wurde, als sie einen Schritt auf die Treppe zuging.

»Ich habe keine Wahl, nicht wahr?«, flüsterte sie.

»Doch. Aber …«

»Ich verstehe«, erwiderte sie. »Manchmal gibt es nur eine richtige Entscheidung.« Sie schenkte dem Priester des Loivan ein letztes tapferes Lächeln, griff das Symbol ihrer Göttin mit beiden Händen, machte sodann einen tiefen Atemzug und tat den ersten Schritt hinab in die Dunkelheit.

»Herr«, flüsterte Barius, als er zusah, wie sie tiefer in die Dunkelheit schritt, die um sie herum wogte und waberte wie ein lebendiges Wesen. »Gib ihr die Kraft und schütze sie vor allem Übel.«

»Brr, das ist unheimlich«, sagte Lamar. »Ich bin froh, es hier hell und gemütlich zu haben!«

Der alte Mann nickte. »Dunkelheit folgt dem Licht, aber kaum jemand mag sie.« Er lachte. »Deshalb vertrauen wir uns so oft dem Licht als Führer an.«

35 Der Eid des Falkenreiters

»Dort vorne liegt Mislok«, teilte der Hauptmann Meliande mit. In der Dämmerung bestand das ferne Dorf nur aus dunklen Schatten. »Es gehört zu der hiesigen Baronie ... ein guter Freund hat sich dem Baron verpflichtet. Wir sollten dort Rast machen.«

»Warum?«, fragte Meliande. »Ich hätte nichts gegen ein gutes Bett und anständiges Essen, aber es hört sich an, als hättet Ihr noch einen anderen Grund.«

»Feine Ohren habt Ihr, Sera«, lächelte der Söldnerhauptmann. »In sparsamen Worten: Der Baron ist ein Idiot und zugleich ein Tyrann. Mein Freund, Hauptmann Hugor, hat es hier gut angetroffen. Der Baron hält seine ganze Kompanie in Sold und dafür brauchen sie nichts anderes zu tun, als arme Bauern zu knechten, hier und da ein Exempel zu statuieren und Familien von ihren Höfen zu vertreiben, wenn sie die Steuern nicht haben zahlen können.«

Meliande warf ihm einen scharfen Blick zu.

»Was wollt Ihr damit sagen?«

»Wisst Ihr, wer Söldner wird?«

»Damit habe ich mich nie auseinandersetzen müssen. Ich kannte bislang nur Soldaten, die für ihr Land kämpften. Ihr seid der Erste, den ich kennenlerne, der es nur für Gold tut.«

»Tat, Hüterin, tat«, korrigierte der Hauptmann mit einem Schmunzeln. »In Wahrheit setze ich keine große Hoffnung darauf, jemals das Land zu bestellen, das man mir versprach. Aber es macht keinen Unterschied, erhielte ich Gold, könnte ich es vermutlich auch nicht ausgeben.«

»Ihr wolltet mir etwas über Söldner erklären.«

»Richtig. Nun, Söldner wird, wer nichts mehr zu verlieren hat. Einfach gesagt, jemand, der längst alles verlor. Haus, Hof, Frau, Kind, Schwester oder Bruder.« Er setzte sich im Sattel bequemer hin, noch immer schonte er merklich seine verletzte Seite.

»Der Baron entlohnt Hugors Kompanie hervorragend. Nicht, weil es so schwer ist, arme Bauern von ihrem Land zu vertreiben, sondern weil er hofft, dass es ihm gelingt, den Grafen Torwald zu beerben. Zur Not, indem er seinen Anspruch etwas unterstützt. Mit Hugos Kompanie, zum Beispiel.«

»Ich dachte, dieser Graf hätte keine Erben?«

»Keine, die er anerkennt. Baron Vidan ist nur ein entfernter Verwandter. Da gibt es andere, die dem Grafen näherstanden. Nur ist Vidan derjenige, der die meisten Leute am nächsten an Berendall stationiert hat. Der Punkt, Sera, ist nun der, dass die meisten aus Hugors Kompanie selbst wissen, wie es ist, von ihrem Land vertrieben zu werden. Sie tun ihre Arbeit, doch sie mögen Vidan nicht. Ich denke, man könnte Hugor überzeugen, sich uns anzuschließen.«

»Ich dachte, dies verstoße gegen den Ehrenkodex eines Söldners?«

»Tut es. Man wechselt nicht für eine Münze die Seite. Ein solches Angebot würde er nicht annehmen. Aber eines wie das, das der junge Garret uns vortrug, könnte … verlockend sein. So wie ich ist auch Hugor ein erfahrener Soldat. Doch wir sind beide Söldner mit dem Herzen eines Bauern. Also ist es sehr verlockend, wenn man ein solches Angebot einem Bauern unterbreitet, der sich nichts mehr wünscht, als das eigene Land zu bestellen.«

»Und Ihr hofft, Euren Freund in Mislok anzutreffen?«

»Wenn wir dort einreiten, wird er es erfahren und kommen, darauf ist Verlass.« Hendriks lachte. »Es gehört sozusagen zum guten Ton. Schließlich weiß man nie, wann man sich das nächste Mal auf der gegnerischen Seite wiedersieht.«

»Das alles erscheint mir mehr als seltsam«, sagte Meliande. »Aber gut, Ihr seid es, der sich in diesem Geschäft auskennt. Reiten wir in Mislok ein, mit etwas Glück gibt es einen Gasthof, der genug Platz für uns alle hat.«

»Oh, das wird nicht das Problem sein. Die Männer sind es

gewohnt, im Stall zu schlafen.« Er schmunzelte. »Immerhin liegt man auf dem Stroh etwas weicher!«

Sie ritten weiter, während die Dämmerung mehr und mehr der Nacht wich, aber bald wurde es offenbar, dass die fernen Lichter nicht von dem Dorf stammten, sondern von Fackeln, die auf einem Hügel vor der Ortschaft brannten.

Als sie näher kamen, sahen sie, dass sich dort auf dem Hügel am Fuße eines alten Baums eine Menschenmenge versammelt hatte, bald darauf wurden die beiden Parteien erkennbar, ein reich gekleideter junger Mann sowie gut ein Dutzend Söldner auf der einen Seite und vielleicht vier oder fünf Dutzend Bauern auf der anderen. Diese waren es auch, die zum größten Teil die Fackeln trugen, doch viele trugen auch Mistgabel oder Dreschflegel bei sich. Auf der Pritsche eines Wagens stand ein alter Mann, eine Schlinge um den Hals gelegt. Das Pferd wurde von den Bauern gehalten, daneben standen jedoch zwei Söldner mit gezogenen Schwertern.

»Es scheint, wir kommen ungelegen«, stellte Meliande fest. Beide Parteien sahen auf, als Hendriks' Leute mit Meliande aus der Dunkelheit traten, zwei Dutzend schwerbewaffnete Reiter auf Kriegspferden schienen, im Moment zumindest, interessanter als der Mann, der hier wohl hängen sollte.

Doch es war genau dieser Mann, der als Erster das Wort ergriff.

»Dort sind sie!«, rief er freudestrahlend. »Ich sagte es euch doch, Freunde, Lytar ist erwacht und der Greif kommt, um uns zu befreien! Seht ihr, es ist wahr! Was sollen wir für einen falschen Baron buckeln, wenn wir dem Greifen dienen können!«

Die Umstehenden gafften Meliande, Hendriks und die anderen an, als wären sie Geister, die vor ihren Augen aus dem Reich der Toten herangeritten kämen, und auch Meliande war verblüfft. Woher sollte dieser Unglückliche wissen, wer hier angeritten kam? Der junge Geck war der Erste, der reagierte, noch während die anderen gafften. Er zog seinen Dolch, zwei Schritt brachten ihn zu dem Pferd, dem er seinen Dolch in die Kruppe stieß.

Das Pferd wieherte vor Schmerz, bäumte sich auf und riss sich los, einer der Bauern wurde niedergerissen und beinahe von dem Wagen überrollt, ein anderer konnte sich gerade noch zur Seite werfen, der Unglückliche aber tanzte am Seil.

»Niemand stellt sich über mein Gericht!«, rief der Mann erzürnt, während die Soldaten um ihn herum blankzogen. »Dieser Mann«, rief er anklagend und deutete mit dem blutigen Dolch auf den alten Mann, der am Strick zappelte, »er beging Verrat! Ich bin euer Lehnsherr und niemand sonst! Es gibt keinen Greifen, der euch retten wird! Es sind Hirngespinste, hört ihr? Geht zurück zu euren Höfen und überlasst die Politik dem, der mehr davon versteht!«

Doch all dies nahm Meliande kaum wahr, es war der Blick des Hingerichteten, der sie bannte und das erlöste Lächeln auf seinen Lippen, noch während er mit jedem verzweifelten Herzschlag dem Tode näher kam. Es war, als fordere er sie auf, sich zu erkennen zu geben, einzufordern, was des Greifen war, in diesen Augen lag eine Hoffnung, eine Hoffnung, die sie erschreckte. Und doch ... dieser brechende Blick ließ ihr keine andere Wahl.

Sie hob die Hand, ein feuriger, roter Funken stieg auf und schoss im flachen Bogen hinüber zu dem Baum und dem Gehängten und durchschlug das feste Seil, an dem der Unglückliche zuckte. Keuchend fiel der Mann zu Boden, gerettet für den Moment, aber vielleicht nicht auf Dauer, denn die Reaktion auf ihre impulsive Handlung folgte prompt und deutlich.

»Ergreift sie!«, rief der junge Mann, der sicherlich niemand Geringeres als der Baron selbst sein konnte, und wies nun mit dem blutigen Dolch auf Meliande. »Wenn sie ihn so sehr mag, soll sie neben ihm baumeln!«

Nur einen Schritt taten die Söldner des Barons in die Richtung der Hüterin, dann hielten sie furchtsam inne, während sich die Bauern, die eben noch wütend ihre primitiven Waffen geschwungen hatten, angstvoll auf den Boden warfen.

Das Rauschen von Schwingen erfüllte die Nacht, wie ein Windsturm landete Marten mit seinem Falken zwischen Meliande, Hendriks, ihren Leuten und dem Baron und seinen Söldnern.

»Wagt es nicht, euch an ihr zu vergreifen!«, dröhnte Martens Stimme wie das Strafgericht eines erzürnten Gottes über die Menschen. »Wer sie berührt, ist des Todes, denn sie ist die Erbin des Greifen, Meliande von Lytar, gesegnet von der Göttin Mistral, wiedergeboren durch die Macht Loivans dem Gerechten, gekommen, um Belior ein Ende zu setzen und die Greifenlande zu befreien!«

Schon als Kind hatte Meliande gelernt, dass es ein Wort gab, das niemals ihren Lippen entspringen durfte.

Doch jetzt starrte sie nur auf Marten, der stolz auf seinem Sattel saß, einen langen, silbernen Stab auf seine Hüfte gepresst, dessen Ende fahl schimmerte.

»Scheiße«, hauchte sie ungläubig.

»Das trifft es wohl am besten«, meinte Hendriks fassungslos dazu.

»Was … was soll das?«, stammelte der Baron und starrte ungläubig auf den bronzenen Falken, der ihn mit rot glühenden Augen musterte. Dann fing er sich wieder. »Hauptmann Hugor! Erschießt diesen Kerl auf seinem Vogel und bringt mir diese Frau!«

»Das kann ich nicht erlauben«, sagte Marten ruhig, senkte den Stab, um ihn auf den Baron zu richten. Ein fahler Strahl traf den Baron und hinterließ in dessen graviertem Brustpanzer ein faustgroßes Loch. Einen Moment stand der Baron noch da, schieres Unglauben in sein Gesicht geschrieben, dann sank er leblos zu Boden.

»Niemand erhebt gegen die Prinzessin die Hand«, teilte der Falkenreiter seinen verstört blickenden Zuschauern mit. Dann drehte er sich in seinem Sattel nach hinten und verbeugte sich leicht vor Meliande. »Wie Ihr seht, habe ich die Lanze gefunden«, teilte er ihr mit. »Mein Falke hat sich ihrer erinnert.« Ein leiser Vorwurf lag in seiner Stimme. »Ihr hättet mir sagen können, dass er sie unter seinem Gefieder trägt!«

»Ich wollte genau das verhindern, was soeben geschah«, erklärte Meliande tonlos, doch sie war von dem Schauspiel abgelenkt, das sich vor ihren Augen abspielte. Einer nach dem anderen erhoben sich die Bauern vom Boden, aber nicht, um aufzustehen, sondern um mit gesenktem Kopf zu knien. Aber auch die Söldner des Barons knieten nun … und um sie herum stiegen nacheinander ihre Leute ab, auch Hendriks, wenn auch mit einiger Mühe. Einer nach dem anderen fielen auch ihre eigenen Leute vor ihr auf die Knie.

Das erste Mal seit langer Zeit zeigte sich ein zufriedenes Lächeln auf Martens Gesicht. Er glitt von seinem Falken, der kleiner und kleiner wurde, bis er auf Martens Schulter seinen Platz fand. Ein Raunen ging durch die Menge, als sie dieses neue Wunder sah. Stolz stand der Falkenreiter vor ihr … und dann sank auch er vor ihr auf ein Knie.

»Sera!«, zischte Hendriks vom Boden her. »Ihr solltet etwas sagen! Etwas Hoheitsvolles!«

»Ja, gut, aber was?«, flüsterte Meliande empört. »Versucht Ihr einmal hoheitsvolle Worte zu finden, wenn Ihr dergestalt überrascht werdet!«

»Da ist was dran«, meinte Hendriks und sie hätte schwören können, dass er erheitert war. »Nur dachte ich bislang, dass Prinzessinnen lernen, hoheitsvoll zu sein!«

Doch es waren die Worte des gehenkten Bauern, die ihr aus der Klemme halfen.

»Die Göttin hat unser aller Gebete erhört!«, rief er. »Seid willkommen im Greifenland, Meliande, Prinzessin von Lytar, Erbe des Greifen!«

»Danke, guter Mann, aber …«, begann die Hüterin, doch der alte Bauer war noch nicht fertig.

»Ich schwöre vor der Göttin der Welten, Euch treu und redlich zu dienen, die Gesetze zu achten, meine Pflichten treu zu erfüllen und dem Greifen mein Land, mein Leben, meine Ehre und der Göttin meine Seele zu Füßen zu legen! Euch, Meliande, Prinzessin von Lytar, schwöre ich den Eid des Greifen, auf dass wir leben im Schutz seiner Schwingen.«

»Sera!«, zischte Hendriks erneut. »Sagt etwas!«

Meliande ignorierte den Hauptmann und saß langsam ab. Wie im Traum ging sie auf den gehenkten Bauern zu, zwischen den Söldnern des Barons hindurch, an dessen totem Körper vorbei. Sie erreichte den alten Mann, der mit zuckenden Schultern kniete und weinte. Sie legte ihm eine Hand auf den Kopf und erhob den Blick hinauf zu Mistrals Stern.

»Im Namen der Götter und des Greifen, nehme ich, Meliande vom Silbermond, Euren Lehnseid an«, rief sie mit bebender, aber vernehmlicher Stimme. »Ich bin ...« Doch sie kam nicht dazu, mehr zu sagen, der Jubel der Bauern übertönte ihre Worte.

Über die knienden Bauern hinweg musterte sie Marten und bedeutete zugleich jedem, sich zu erheben. Ihr Blick drohte ihm Übles an, doch der Falkenreiter lächelte nur.

Es war Hendriks, der nun neben sie trat und sie sanft am Arm berührte. Es war, als ob sie aus einem Traum erwachte.

»Ist das eben wirklich geschehen?«, fragte sie, während die Bauern näher kamen, sie scheu musterten, die Hände ausstreckten, um sie zu berühren, sich zu vergewissern, dass sie wahrhaftig vor ihnen stand. Hendriks nickte und gab zugleich seinen Leuten ein Zeichen, dass sie sich zwischen die Hüterin und die Bauern stellen sollten.

»Ja, Sera, das ist es«, sagte er bedächtig. »Ihr seht aus, als könntet Ihr einen Schluck gebrauchen. Rein zufällig weiß ich von einem guten Gasthof in Mislok.« Sie nickte benommen. Dann wandte sich der Hauptmann an die Bauern, die sich um sie drängten.

»Gute Leute, gebt ihr etwas Platz. Ihr werdet morgen Gelegenheit haben, sie zu sehen! Auch sie ist weit geritten und ist erschöpft. Habt ein Einsehen ... und kommt morgen früh auf den Marktplatz, dort wird sie zu euch sprechen!« Einer der Umstehenden wollte etwas sagen, aber Hendriks hob die gepanzerte Hand. »Morgen, gute Leute. Jetzt geht nach Hause zu euren Lieben und teilt ihnen mit, dass ein neues Zeitalter begonnen hat ... der Greif ist erwacht. Für heute ist das wohl wahrlich genug!«

Meliande drehte sich zu Marten um und winkte ihn herbei.

Der Sohn des Bürgermeisters trat vor sie und salutierte auf die alte Art. »Ihr wünscht mich zu sprechen?«, fragte er höflich, aber es lag ein Unterton von Trotz in seiner Stimme.

»Warum hast du das getan, Marten?«, fragte sie, während sie ein Stück zur Seite trat, damit nicht ein jeder die Unterhaltung verfolgen konnte. Hendriks, der ihr Ansinnen wohl erkannte, nickte den beiden zu und löste sich von ihnen, um sich mit einem Hünen zu unterhalten, während fünf von Hendriks' Leuten sie von den anderen und den Bauern abschirmte.

»Euch als das genannt, was Ihr seid, Hoheit? Oder den Mann zu töten?«

»Beides«, antwortete Meliande und musterte den Falkenreiter nun genauer. Noch immer zeigte Martens Gesicht seine Jugend, dennoch wirkte er ungleich härter als damals, als er versucht hatte, sie mit einem Pfeil zu erschießen. Damals war er ihr als Kind erschienen, von Furcht und Panik erfüllt, jetzt stand ein anderer vor ihr, der ihrem suchenden Blick mit klaren Augen standhielt.

»Ihr seid die Prinzessin von Lytar«, antwortete Marten voller Inbrunst. »Das war schon immer Eure Bestimmung. Hoheit, Ihr könnt dem Schicksal nicht entweichen. Als ich verstand, warum ich durch meinen Falken gezwungen bin, Euren Anweisungen zu gehorchen, war ich zuerst erzürnt. Doch dann war ich erleichtert. Ich fand mich mit meinem Schicksal ab.« Er sah sie offen an. »Dasselbe solltet Ihr auch tun.«

»Wie meinst du das?«, fragte Meliande. Sie sah an ihm vorbei, dorthin, wo sich Helge um den Bauern kümmerte, der vorhin von dem Wagen überfahren worden war. »Jeder Mensch bestimmt sein eigenes Schicksal.«

»Ja. Aber manchmal führt diese Bestimmung auf einen Weg, den man alsbald nicht mehr verlassen kann.«

»Das ist wohl wahr«, gab sie widerwillig zu. »Aber wieso half es dir, zu wissen, wer ich bin?«

»Vorher hoffte ich, dass sowohl Ihr als auch Ser Barius euch geirrt hättet. Dass es nicht so wäre, dass es nicht sein müsste, dass mein Fehler zugleich auch mein Ende bestimmte. Als ich verstand, wer Ihr seid, Hoheit, wusste ich, dass Ihr Euch wohl kaum täuschen würdet. Ihr wart auserwählt zu herrschen, Ihr und Euer Bruder. Mein Falke weiß es, er spürt das Blut der Könige in Euren Adern. Also werdet Ihr auch wissen, was es mit der mächtigsten Waffe des Greifen auf sich hat.«

»Ja«, stimmte Meliande zu. »Ich weiß es nur zu gut.«

»Als ich dies verstand, fasste ich den Vorsatz, mein Leben dem zu widmen, für das Ihr steht. Ihr seid die Hoffnung von Lytar. Ich diene Euch nach bestem Wissen und Kräften. Ich werde für Euch sterben.«

»Das ist der Falke, der in dir spricht, Marten«, stellte Meliande traurig fest.

»Nein«, widersprach Marten. »Ihr wisst, dass ich Euch nicht belügen kann, nicht wahr? Also glaubt es mir. Ich beherrsche den Falken, nicht er mich.« Er lächelte leicht. »Auch wenn es am Anfang etwas anders war.«

Sie nickte langsam. »Ich glaube dir. Zumindest, dass du es glaubst. Aber dann verstehe ich es noch weniger, warum du das getan hast.«

»Was getan? Der Welt gesagt, wer Ihr seid? Hoheit, ich sah, wie Garret mit einem Beutel voller Knochen zu Barius ging. Euren Knochen. Ihr habt Euer Leben für Lytara gegeben. Ohne zu zögern, habt Ihr Euch gegen Hendriks' Stoßtrupp gestellt. Ich sprach mit einigen von ihnen, diese Männer und Frauen waren hervorragende Soldaten. Es traf Hauptmann Hendriks schwer, sie zu verlieren.« Marten sah zu Hauptmann Hendriks hinüber, der sich tief im Gespräch mit Hugor befand. »Ihr könnt der Göttin danken, dass er es nicht Euch vorwirft, sondern Belior. Ich erwähne dies nur, damit Ihr wisst, was ich weiß: Dass Ihr jemand seid, der sein Leben in die Waagschale werfen wird, wenn es gefordert wird. Jemand, der nicht zurückschrecken wird, das Richtige zu tun! Ser Barius und die anderen Hüter wussten es auch. Deshalb haben sie ihr Leben gegeben, damit Loivan, auf Barius' Bitte hin, Euch ins Leben zurückrufen konnte. Ich habe mich durch Dummheit zu meinem Schicksal verdammt, aber jeder der Hüter nahm das seine freiwillig auf sich. Ich habe mich schon immer gefragt, wie ein Mensch sein muss, damit andere bereit sind, für ihn zu sterben, bedingungslos zu folgen, darauf zu *vertrauen,* dass es das Richtige ist, was man tut, wofür man sterben wird! Ich stand da und sah die Hüter fallen, sah, wie Ihr wiedergeboren wurdet. Nicht als etwas Unheimliches, durch seltsamste Magie auf ewig in modernden Knochen gefangen und beseelt, sondern als die Frau, die Ihr wart, als die Göttin uns strafte. Hoheit, wie alt wart Ihr, als sich das Tor des Depots hinter Euch schloss?«

»Drei Dutzend und zwei«, antwortete Meliande. »Warum willst du das wissen?«

»Es gilt, Euch etwas zu zeigen. Ich sehe Euch vor mir stehen, in Eurer Rüstung, nur Euer Gesicht ist frei zu sehen. Aber es reicht mir, um zu erkennen, dass Ihr nicht viel älter seid, als ich es bin. Die Götter sind seltsam. Vieles, was sie tun, wird mir auf ewig unverständlich bleiben. Niemals werde ich verstehen können, weshalb die Göttin Lytar vernichtete, egal was damals geschah, denn diese Strafe traf in großer Zahl auch solche, die ohne Schuld waren! Aber wenn ein Priester seinen Gott darum bittet, jemanden zurückzurufen in ein Leben, das so lange vergangen war … und dieser Gott diese Bitte erfüllt und nicht nur das, sondern so, in diesem Alter … Hoheit, wie alt wart Ihr, als sich die Katastrophe ereignete?«

»Marten«, begann Meliande. »Ich wollte dich zur Rede stellen … und nun stellst du mir all diese Fragen.«

»Ihr braucht sie mir nur zu verbieten, Hoheit«, sagte Marten mit einem schmerzlichen Lächeln. »Oder aber Ihr beantwortet sie und erlaubt mir, Euch zu erklären, warum ich tat, was ich tat.«

»Es geschah in der Nacht zu meinem sechzehnten Geburtstag«, gab ihm Meliande zur Antwort.

»In Lytara ist man mit sechzehn erwachsen genug, um alle Pflichten zu übernehmen. War es auch so in Lytar?«

Sie nickte.

»Also … alt genug, um gekrönt zu werden?«

»Ja, Marten. Aber ich warte noch immer auf deine Erklärung.«

»Sie ist einfach. Aus welchem Grund könnte Loivan, der Gott der Gerechtigkeit ist, Euch in einem Alter ins Leben zurückrufen, das Eurem Alter in der Nacht der Katastrophe entspricht? Oder war es nur *gerecht*, dass Ihr so ins Leben zurückgerufen werdet? Es ist Eure Bestimmung, Lytar zu führen. Es ist Eure Bestimmung, die Prophezeiung wahr werden zu lassen, die wir alle aus Eurem Munde zum ersten Male hörten. Wer könnte dazu geeigneter sein als Ihr, die Ihr um die Fehler der Vergangenheit wisst? Wenn Ihr uns führt, wird niemand zweifeln! Denn schon einmal habt Ihr uns in Sicherheit geführt. Aber wenn niemand weiß, warum er Euch folgen sollte, werden manche es nicht tun. Deshalb habe ich verkündet, was ein jeder hier schon lange hätte wissen sollen.«

»Aber warum jetzt, hier und heute?«

»Ihr wisst es nicht?«, fragte Marten und schüttelte erstaunt den Kopf. »Lytara ist ein kleines Dorf. Wir sind alleine dort, in einem Tal, das um so vieles größer ist, als ich dachte. Kaum jemand von uns kam zuvor aus dem Tal heraus. Warum denn auch, jenseits des Passes gab es nichts, was wir benötigten. Doch nun stehen wir in den Greifenlanden, *hier* leben Zehntausende. Auch sie traf der Fluch, auch wenn es nicht augenscheinlich ist. Denn sie waren dazu verdammt zu warten. Auf *uns*, Hoheit. Auf Euch. Ihr seid nicht nur ihre Hoffnung, für die Greifenlande seid Ihr mehr als das, Ihr seid die Erlösung aus einem langen Schlaf. Deshalb nutzte ich den Moment und verkündete, wer Ihr seid, Hoheit. Es war das einzig Richtige. Und der Baron?« Marten zuckte die Schultern. »Ob er es wahrhaben will oder nicht, er war Euch seinen Treueid schuldig. Wäre er nicht tot, so wäre er ein Dorn in Eurer Seite geblieben und ein giftiger dazu. Ich erkunde diese Lande schon seit Tagen auf Euer Geheiß hin. Ich sah und hörte, was er tat. Es ist nicht schade um ihn … und im Tod hat er Euch einen größeren Dienst erwiesen, als er es lebend hätte tun können.«

Einen langen Moment schwieg Meliande. Dann seufzte sie.

»Wie kommst du nur auf solche Gedanken?«, fragte sie dann sanft.

»Ich schlafe nicht mehr. Also durchstreife ich die Nächte auf dem Rücken meines Falken. Unter mir liegen diese fernen Lichter … und von dort oben sieht man, wie klein sie sind. Man sucht nach dem Sinn von Dingen, nach dem Grund, aus dem sich das Schicksal so fügt. Ich denke einfach, dass es einen Grund geben wird, aus dem Ihr wiedergeboren seid, aus dem ich einen Falken reite, der mein Tod sein wird. Damals, als Lytar unterging, wurde etwas unterbrochen, etwas blieb ungetan, unvollendet. Es muss vollendet werden, etwas muss getan werden, damit der Kreis sich schließt! Ich handele so, wie ich fühle, dass es diesem am besten dient. Ihr habt gehört, was ich zu sagen habe, dafür danke ich Euch. Ich erwarte Euer Urteil in tiefster Demut.« Mit diesen Worten ging er auf ein Knie und beugte den Kopf vor ihr.

»Bist du ganz alleine zu diesen Schlüssen gekommen?«, fragte Meliande verwundert.

»Nein«, antwortete Marten mit gesenktem Kopf. »Ich sprach viel mit Meister Pulver, dem Priester Barius und auch mit meinem Vater. Er ist verzweifelt, doch solcherart Gedanken geben ihm den Frieden, den ich ihm nahm, als ich den Falken stahl. Es ist etwas anderes, ob man sein Leben dumm verspielt oder ob man einen Sinn darin findet und einer Sache dienen darf, die größer ist als man selbst.«

»Sag mir nur eines, Marten. War es Pulver, der dir riet, mich zu offenbaren?«

»Er riet mir nicht. Wir unterhielten uns darüber, was nötig wäre, um die Greifenlande zu einen, ihnen einen Willen und ein Symbol zu geben, das den Menschen Halt gibt und an Größeres glauben lassen kann. Er riet es mir nicht, doch waren es seine Worte, die ich hörte, als ich vortrat, um zu verkünden, wer Ihr seid.«

»Danke«, sagte Meliande. »Du darfst dich erheben, Marten, ich habe nicht gefordert, dass du vor mir kniest.«

Marten erhob sich. »Wäre es gefordert, würde ich nicht freiwillig das Knie beugen«, sagte er und grinste, für einen Moment sah sie den jungen Mann hinter der Rüstung des Falkenreiters.

»Wollt Ihr nicht wissen, was Meister Pulvers Worte waren?«

»Was hat er denn gesagt?«

»Dass die Last, eine Krone zu tragen, eines der größten Opfer ist, die ein Mensch erbringen könnte, denn nur jemand, der entsagt, jemand, dem die Krone schwer wiegt, jemand, der fühlt und sieht und *weiß*, wie schwer die Entscheidungen der Macht wiegen, könne ein guter Führer sein … Er sagt, ein Leben reicht nicht, um jemanden darauf vorzubereiten … aber vielleicht wären zwei dafür gerade so genug.« Er verbeugte sich tief. »Darf ich gehen? Meister Pulver erwartet mich zum Morgengrauen zurück in Lytar.«

»Ja«, sagte sie und Marten salutierte. Er drehte sich um und ging davon, zugleich bot er dem Falken auf seiner Schulter den Arm und warf ihn hoch in die Luft.

Meliande stand da, sah zu, wie erst bronzene Federn Gras und Erde peitschten, dann Marten seinen Falken bestieg. Der Kriegsfalke breitete seine Schwingen aus, Staub wirbelte auf und die Kraft der mächtigen Schwingen ließ ihre Haare wehen, bevor der Falke mit einem letzten metallischen Schimmern in der Dunkelheit der Nacht verschwand. Einen langen Moment suchte sie den Himmel nach dem Umriss des Falken ab, sie sah ihn nur kurz, einen Lidschlag lang, als er Mistrals Stern verdeckte.

Neben ihr räusperte sich Hendriks.

Langsam drehte sich Meliande zu ihm um.

»Sera, Eure Wangen sind feucht«, teilte er ihr zögernd mit.

Sie fuhr sich über die Wangen. »Es ist nichts«, gab sie zurück.

»Sera, sprach er die Wahrheit? Seid Ihr die Prinzessin?«, fragte Hendriks vorsichtig.

»Ja«, seufzte sie. »Aber eine Prinzessin ohne Reich. Meines ist vergangen, die Göttin selbst hat so entschieden! Dies ist nicht meine Zeit, Hauptmann, und ich kann nicht die Hoffnung dieser neuen Zeiten sein!«

»Nicht?«, fragte Hendriks und sah sich mit hochgezogener Braue um. »Wenn ich es so betrachte, stellt es sich für mich doch gänzlich anders dar!«

Er sah zu dem toten Baron hinüber.
»Der hier wird Euch jedenfalls nicht mehr im Wege stehen.«
»Und das ist gut so, wenn Ihr mich fragt, Hoheit«, sagte ein breitschultriger Hüne mit langen, roten Haaren und einem wilden Bart, der zu ihnen trat. Stahlgraue Augen musterten Meliande neugierig, als er sich vor ihr verbeugte. »Er war wild vor Machtgier und unterwarf sich Belior bereits, bevor der noch danach fragte. Schade ist es nicht um ihn.«
»Darf ich vorstellen«, sagte Hendriks schmunzelnd. »Hauptmann Hugor von der Kompanie der Roten Eber.« Er grinste breit. »Mir scheint, Ihr seid jetzt ohne Auftrag, alter Freund.«
»Vielleicht nicht lange«, lachte der Hüne mit einem Blick auf Meliande. »Vielleicht hat Ihre Hoheit ja Bedarf an richtigen Soldaten und nicht solchen Vogelscheuchen wie Euren Leuten, Hauptmann.«
Meliande erwiderte das Lächeln nicht.
»Wir werden sehen. Jetzt allerdings ... jetzt sollten wir diesen Ort verlassen.« Sie wandte sich an Hauptmann Hendriks. »Sucht mir diesen Bauern, der dies alles anstieß, der, der gehenkt werden sollte. Ich will ihn sprechen. Er soll mir erklären, wie sich all das hier zusammenfügte!«
»Ich glaube«, meinte Hauptmann Hugor trocken, »Ihr werdet noch ein paar mehr Kompanien benötigen, um ihn davon abzuhalten, Euch zu folgen.«

»Wenn nun die Hüterin Grund hatte, unruhig zu schlafen, so erging es den Freunden und der Bardin auch nicht viel besser«, fuhr der alte Mann fort. »Die Hoffnung, unberührt von den Wirrnissen in Berendall schlafen zu können, zerstreute sich in etwa zur gleichen Zeit, als der Bauer gehenkt werden sollte ... und auch hier zeigte sich die Missachtung gegenüber dem Leben anderer recht deutlich ...«

36 Nachtwache

Schwere Schritte und protestierende Stimmen rissen Garret aus dem Schlaf. Er rollte sich aus dem Bett und griff sein Schwert, neben sich sah er Tarlon, wie er nach seiner Axt griff. Wütende Stimmen und barsche Kommandos waren zu hören, im nächsten Moment brach ein schwerer Tritt den Riegel an der Tür und das Türblatt flog zurück. Zwei königliche Soldaten traten mit gezogener Waffe herein, einer von ihnen hielt eine Laterne hoch und leuchtete den beiden Freunden ins Gesicht.

»Versucht es gar nicht erst und lasst die Waffen sinken, Sers«, befahl er. »Wir suchen nicht nach euch … also macht keinen Unsinn.« Er wies sie mit einer Geste an, zur Wand zu treten. Garret und Tarlon sahen sich gegenseitig an, dann traten sie zurück, die Waffen noch immer in den Händen, aber gesenkt. Der eine Soldat behielt sie im Auge, der andere mit der Laterne bückte sich und ließ sein Licht unter die Betten scheinen, anschließend sogar in den einfachen Schrank an der Wand, sogar die Truhen am Fußende ihrer Betten wurden geöffnet.

»Nichts!«, rief einer der Soldaten zur Türe hin, durch die eine Gestalt in einer dunklen Robe herankam, um nun selbst einen Blick in das Zimmer zu werfen. Einen Moment lang sah Garret direkt in die kalten Augen des Priesters, dann wandte sich dieser ab, vom nächsten Raum her, dort, wo die Frauen schliefen, gab es ein berstendes Geräusch, als dort die Tür eingetreten wurde. Mit einem letzten Blick auf die beiden Freunde verließen die Soldaten das Zimmer wieder.

Angespannt lauschten die beiden den Geräuschen aus dem Nachbarzimmer, hörten, wie sich Vanessa beschwerte, und die barschen Stimmen der Soldaten, das Rücken von Möbeln, dann, wie die nächste Tür aufgetreten wurde.

Nur in eine Decke gehüllt, trat Vanessa zu ihnen in den Raum und zog die Tür, so weit es ging, hinter sich zu und stellte einen Stuhl davor.

»Was ist mit der Bardin?«, fragte Garret, als er Vanessa in den Arm nahm.

»Am Fenster«, flüsterte sie und Tarlon eilte dorthin und öffnete den Laden.

Elegant glitt die Bardin durch das Fenster herein, auch sie nur leicht bekleidet und mehr Bein zeigend, als es schicklich war. Garret wollte etwas sagen, doch Vanessa hielt den Finger an seine Lippen. Hastig schloss Tarlon den Laden hinter der Sera.

In der Ferne waren Stimmen zu hören, die ängstliche des Wirts, dann eine andere.

»Wir suchen einen, der klein und gedrungen ist wie ein Zwerg und bunt gekleidet wie ein Spielmann. Zudem einen anderen, älter und hager, in einer weißen Robe. Zugleich halten wir Ausschau nach einer Elfe. Habt ihr jemanden gesehen, auf den dies passt?«, hörten sie eine barsche Stimme den Wirt befragen.

»Ser, glaubt mir, hier ist keiner, der klein ist und Spielmann wäre. Groß und hager? Da gibt es den alten Tomas, aber der trägt keine Robe«, antwortete der Wirt eingeschüchtert.

»Wie alt?«

»Älter als die Sonne, möchte ich meinen«, antwortete der Wirt. »Jedenfalls älter als unser Graf! Und gebrechlich ist er auch!«

»Den suchen wir nicht. Was ist mit der Elfe?«

»Sagt, wie sieht diese Elfe aus?«

»Na, wie eine Elfe halt.«

»Und wie sehen Elfen aus?«, fragte der Wirt.

»Wollt Ihr mich auf den Arm nehmen?«, fragte die Stimme drohend.

»Nein, Ser, wahrhaftig nicht, Ser. Euer Würden, es ist nur so, ich sah noch nie eine, wie soll ich es also wissen? Woran erkennt man sie? Leuchten sie im Dunkeln oder schweben sie?«

»Bist du arm im Geiste, Mann? Sie sehen aus wie wir, nur eben … anders!«

»Nein, Ser, Euer Würden, so jemanden habe ich nicht gesehen. Wirklich nicht.«

»Dann geh mir aus dem Weg, Wirt!«

»Sogleich, Euer Würden!«

Die Stimmen entfernten sich, mit ihnen auch die polternden Schritte und barschen Befehle.

Die Bardin saß auf Garrets Bett, Vanessa saß neben ihr und hielt sie umarmt, die Schultern der Bardin zuckten und sie hatte ihr Gesicht in die Hände gestützt.

»Sera?«, flüsterte Garret besorgt. »Ist alles wohl bei Euch?«

Sie sah auf und er erkannte, dass sie nur verzweifelt versuchte, ihr hilfloses Gelächter lautlos zu halten.

»Wie wir … nur eben anders!«, keuchte sie und holte tief Luft, um sich die Tränen aus den Augen zu wischen. Ein neuer Lachkrampf schüttelte sie, diesmal vermochte sie es nicht, ein leichtes Kichern zu unterdrücken.

»Eines ist gewiss«, lächelte Garret. »Mit dieser Beschreibung werden sie Euch nie erkennen!«

»Schht!«, meinte Tarlon vom Fenster her. »Da draußen tut sich etwas!«

Das Fenster ihres Zimmers ging hinaus auf den Marktplatz, Geschrei und Lärm war jetzt von dort zu hören. Der Laden war geschlossen, aber so dicht saß er nicht, dass er nicht einen Spalt gelassen hätte.

»Was geschieht dort?«, fragte Vanessa, als Garret sein Auge gegen einen Spalt presste. Er wich zurück. »Hier, sieh selbst.«

Eine Menschenmenge von vielleicht etwas mehr als zwei Dutzend hatte sich unweit des Gasthofs auf dem Marktplatz gebildet, ein loser Ring von Bürgern, in dessen Mitte, auf dem Boden liegend, eine regungslose Figur, daneben kniete eine Frau, die ihre Faust einem der Priester entgegenreckte. So weit war das Geschehen nicht entfernt, sie konnten die weinende Frau gut verstehen.

»Wie konntet Ihr das tun, Ser?«, rief sie mit erstickter Stimme. »Er war ein guter Mann, niemand gibt Euch das Recht, ihn einfach so zu erschlagen!«

»Er leistete Widerstand«, antwortete der Priester nachlässig.

»Was würdet Ihr denn tun, wenn Ihr mitten in der Nacht von Schergen aus dem Bett gezerrt werdet? Was erdreistet Ihr Euch …«

»Erdreistet? Ich diene meinem Gott, das ist alles.«

»Verflucht soll er sein, Euer Gott!«, rief die Frau erzürnt. »Verflucht und dreimal verflucht!«

Wortlos holte der Priester aus und schlug die Frau nieder.

»Nehmt sie mit«, befahl er einer seiner Wachen.

Ein Mann aus der Menge trat vor. »Nein«, rief er. »Das werdet Ihr nicht tun! Wir werden das nicht zulassen!«

»Nicht?«, fragte der Priester gelangweilt. Er wandte sich an die königlichen Soldaten, die ihn begleiteten. »Also gut. Erschlagt sie. Alle«, befahl er und die Soldaten zogen ihre Schwerter.

»Göttin«, flüsterte Vanessa, als sie mit geweiteten Augen von dem Fensterladen zurückwich. »Garret, sie schlagen mit ihren Schwertern auf die Menschen ein … und niemand ist bewaffnet!«

»Das ist genug«, sagte Garret und griff nach seinem Bogen, doch Tarlon hielt seinen Arm fest.

»Das wirst du nicht tun«, sagte Tarlon, während von draußen die Schreie von Entsetzen, Wut und Schmerz hörbar wurden. Garret zerrte an seinem Arm, doch Tarlons Hand war wie eine eiserne Klammer.

»Wir können sie doch nicht einfach sterben lassen!«

»Doch«, gab Tarlon eindringlich zurück. »Wir können, denn wir müssen! Wir müssen sicherstellen, dass die Sera Farindil ihr Schiff erreicht, denn ohne die Unterstützung der Elfen sind wir verloren … dann wirst du solche Szenen in unserem Dorf erleben!«

»Ich weiß, dass du es so siehst, Tarlon«, sagte Garret und zog wieder an seinem Arm, diesmal gab sein großer Freund ihn frei. »Du hast sicherlich sogar recht damit! Aber wir können hier nicht zusehen! Es ist unsere Pflicht einzugreifen, das schulden wir unserer Heimat und der Göttin selbst!«

»Es wäre sinnlos, Garret«, flüsterte Vanessa vom Fenster her. »Es ist schon fast vorbei.« Während sie noch sprach, war ein letzter langgezogener Schrei vom Marktplatz her zu hören, dann herrschte dort erschreckende Stille.

»Lass mich sehen«, bat Garret und sie trat zur Seite. Garret sah durch den Spalt hinaus, auf den Priester und die vier Soldaten, die damit beschäftigt waren, ihre Schwerter an den Kleidern der Toten zu reinigen. In der Dunkelheit wirkte das Blut auf den Pflastersteinen schwarz und noch während er versuchte, zu verstehen, was er sah, wurden die dunklen Pfützen größer und größer. »Sie haben sie einfach so erschlagen«, flüsterte er fassungslos. »Sind mit Schwertern gegen Bürger vorgegangen … auch die Frau … sie haben die Frau … ihr Arm, das da muss ihr Arm sein … warum haben sie sich nicht gewehrt?«

Vanessa zog ihn sanft vom Fensterladen zurück.

»Sie haben es versucht. Aber die Soldaten sind gewappnet und tragen Schwerter. Was hätten sie tun sollen?«

»Sich gemeinsam auf sie stürzen«, flüsterte Garret fassungslos. »Das hätten sie tun können.«

»In blanken Stahl rennen?«, meinte die Bardin zweifelnd. »Wer bringt solchen Mut auf, wenn so etwas überraschend geschieht?« Sie zog die Decke enger um sich, die sie von Garrets Bett gegriffen hatte. Ihr schien kalt zu sein, denn sie zitterte. »Das sind Bestien dort draußen. Wilde, tollwütige Bestien!« Sie sah mit weiten Augen zu Garret hoch. »Nur Menschen tun so etwas!«

»Nicht alle«, meinte Tarlon. »Aber manche, ja.«

Hoch oben, auf der Burg, hörte der Graf mit steinernem Gesicht den Bericht des Hauptmanns seiner Wache.

»Sie haben sie einfach so erschlagen und liegen lassen?«, fragte er dann.

Der Hauptmann schüttelte den Kopf.

»Liegen gelassen haben sie die Toten nicht, Graf«, antwortete er mit belegter Stimme. »Sie haben die Toten zum Richtplatz geschleift und am Galgen aufgehängt … so viel Platz war dort nicht, also haben sie noch ein paar Seile mehr über den Galgen geworfen. Ser, ich hatte Mühe, meine Leute davon abzuhalten einzugreifen!«

»Ihr hattet Eure Befehle, Hauptmann«, sagte der Graf müde.

»Aber ich verstehe sie nicht!«, rief der Hauptmann.

»Das glaube ich Euch gerne«, antwortete der Graf. »Es fällt auch mir schwer zu glauben, dass ich diese Befehle gab. Aber es ist der einzige Weg.«

»Der einzige Weg wohin? Die Königlichen schlachten unsere Leute ab … Tag für Tag wird es schlimmer! Wir können doch nicht dastehen und nichts tun!«

»Doch«, sagte der Graf. »Doch. Genau das könnt ihr. Ihr müsst es sogar tun, denn es ist notwendig!«

»Mit Verlaub, Graf, für was? Irgendetwas wird brechen, Graf!«

»Danke, Hauptmann«, sagte der Graf nur und wandte sich ab.

Einen Moment stand der Hauptmann da und rang mit sich selbst, dann drehte er sich um und marschierte mit zornigen Schritten davon. Als die schwere Tür mit einem unangemessen lauten Schlag ins Schloss fiel, atmete der Graf tief durch. Er trat hinaus auf den Balkon und sah hinauf in den sternenklaren Himmel.

»Göttin«, flüsterte er, »gib, dass ich das Richtige tue!«

»Also nimmt er es in Kauf«, meinte Lamar nachdenklich. »Ihr ergebt Euch in mehr und mehr Andeutungen, mein Freund … ich hoffe, dass ich sie richtig verstehe und der Graf einen Plan verfolgt, um Thyrmantor zu trotzen.«

Der alte Mann lächelte und nickte, doch plötzlich stutzte Lamar. »Ihr versteht es, mich in Eure Geschichte zu ziehen!«, lachte der Gesandte. »Ihr wisst oder könnt es Euch denken, dass ich Thyrmantor den Treueid geschworen habe? Und hier sitze ich und hoffe für jemanden, der mit meinem Königreich im Zwist gelegen haben soll!«

»Nicht mit dem Königreich, sondern seinem Kanzler«, berichtigte der alte Mann schmunzelnd.

»Mag sein. Was mir immer noch schwerfällt zu glauben, ist, dass all dies geschehen sein soll, ohne dass es mir bekannt ist!«

»Nun, Freund Lamar, wie oft seid Ihr bisher schon in den Greifenlanden gewesen?«

»Dies ist mein erster Aufenthalt hier. Die Greifenlande liegen weit entfernt von der Kronstadt.«

»Eben. Hier berührte es die Leute mehr. Wenn Ihr zurückreist, macht Station in Berendall, schaut Euch an, welche Banner dort wehen, und fragt irgendjemanden auf der Straße. Er wird Euch davon berichten können. Hier … hier waren die Auswirkungen groß. In Thyrmantor dagegen hörte kaum jemand jemals etwas davon, was hier geschah.« Der alte Mann reckte sich erneut, es knackte vernehmlich. »Ich fürchte, ich muss bald etwas pausieren«, sagte er dann mit einem schiefen Lächeln. »Die alten Knochen mögen es nicht, so lange still zu sitzen.«

Der Gesandte schüttelte lachend den Kopf. »Nicht, bevor Ihr die Geschichte sauber abgeschlossen habt! Zudem, noch habt Ihr Wein im Glas!«

»Das ist wahr«, meinte der alte Mann und hob seinen Becher zum Gruß an alle hier im Gastraum. »Also … auf den Greifen!«, rief er und die Leute hoben ihre Becher. »Auf den Greifen!«, kam der Ruf um Vielfaches lauter zurück, gefolgt von befreitem Gelächter.

Nach den Aufregungen der Nacht fiel es den Freunden schwer, wieder Schlaf zu finden. Die Bardin war die Einzige, der es gelang. Kurz nachdem Tarlon den Riegel in dem Zimmer der Frauen wieder notdürftig repariert hatte, legte sie sich auf ihr Bett, schloss die Augen und … schlief.

»Beneidenswert«, meinte Tarlon zu Garret, als er sein Werkzeug wieder einräumte, doch dieser antwortete nicht, er hielt gerade Vanessa in einem innigen Kuss umschlungen. Tarlon räusperte sich.

»Du kannst schon vorgehen, ich komme gleich nach«, meinte Garret. Tarlon musterte seinen Freund und die Art, wie Vanessa Garret ansah, und schüttelte den Kopf.

»Nein«, bestimmte er. »Jetzt!«

»Tarlon«, sagte Garret. »Wir werden bald vor die Göttin treten. Kannst du nicht …«

»Ja, kann ich. Ich kann dir auch sagen, wann ich Euch alleine lassen kann«, meinte Tarlon bestimmt. »Bald. Grob geschätzt, in der Nacht nach der Hochzeit!«

»Aber ...«, begann Vanessa, doch Tarlon schüttelte den Kopf. »Seid vernünftig. Jedem von uns kann etwas zustoßen. Willst du sie vielleicht zur Witwe machen, Garret?«

Vanessa sah ihn vorwurfsvoll an. »Das ist nicht gerecht!«, protestierte sie.

»Vernunft«, meinte Garret seufzend, »ist überbewertet!« Er gab ihr noch einen Kuss auf die Nase und löste sich dann aus ihrer Umarmung.

»Du bist ein alter Schwarzseher!«, protestierte Garret, als er sich auf sein Bett warf. »Ist dir aufgefallen, dass wir gerade nicht kämpfen? Wir hätten unsere Schwerter ruhig zu Hause lassen können, bislang ist nichts geschehen!«

»Ach?«, meinte Tarlon etwas bissig. »Was war mit dem Kronok?«

»Den hatte ich schon fast vergessen!«, lachte Garret. »Sei nicht so ernst, Tarlon, da macht das Leben doch keinen Spaß! Du weißt, dass ich Vanessa liebe und dass ich sie ehelichen werde, vor der Göttin haben wir unsere Schwüre doch schon längst geleistet.«

Tarlon setzte sich auf seinem Bett auf und sah Garret ernst an.

»Vorhin, Garret, warst du es, der nach seinem Bogen griff. Hätte ich dich nicht gehindert, hätte es gut geschehen können, dass Vanessa in genau diesem Moment auf dem Altar Darkoths läge. Oder mit den anderen dort vorne an dem Galgen baumelt.«

»Es waren nur fünf«, beschwerte sich Garret. »Sie trugen alle offene Helme und der Priester war gar nicht gerüstet. Es wäre kein Problem gewe-...«

»Auch du schießt mal daneben«, sagte Tarlon eindringlich. »Und selbst wenn, was wäre mit den anderen Priestern gewesen? Du hast gar nicht so viele Pfeile dabei, wie Lindor Leute hat! Du bist ein Hitzkopf, Garret, und das musst du ändern. Was, wenn ich euch hätte gewähren lassen und aus eurer Verbindung ein Kind entstanden wäre? Wirst du es dann auch so leichtfertig riskieren, dass es ohne seinen Vater aufwächst? Oder gar nicht erst geboren wird, weil du die Mutter mit deinem Ungestüm ins Verderben geführt hast?«

»Aber …«, begann Garret, doch Tarlon unterbrach ihn.

»Vanessa liebt dich. Sie wird dir überallhin folgen. Also überlege genau, wohin du sie führst!«

»Ich weiß, was ich tue«, sagte Garret ernsthaft.

»Nein«, widersprach Tarlon. »Du glaubst nur, dass du weißt, was du tust! Aber selbst du hast dich bereits geirrt! Nicht oft, das gebe ich gerne zu. Aber hier geht es nicht ums Fischen, Garret. Irrst du dich hier ein einziges Mal, kann es unser aller Ende sein!«

Garret seufzte.

»Ich hasse es, wenn du mir mit Gründen kommst, die ich einsehen muss«, grummelte er. »Aber eines sage ich dir: In dem Moment, wo wir zu Hause sind, gehe ich mit ihr zum Schrein!«

»Und ich werde stolz daneben stehen und für euer Glück beten«, erwiderte Tarlon. »Aber jetzt sollten wir schlafen!«

»Es gab noch jemanden, der in dieser Nacht wenig Ruhe fand. Auch er wurde von dem Hämmern an seiner Tür geweckt, auch hier war es jemand Unerwünschtes, der Einlass forderte …«

37 Lord Darens Forderung

Stürmisches Klopfen an der Tür ließ Graf Lindor zusammenzucken, gerade als er sich vor dem fast blinden Silberspiegel rasieren wollte. Fluchend warf er das Messer in das Waschbecken und drückte ein heißes Tuch gegen den Schnitt.

Götter, dachte er, wer stört um diese Zeit! Nur mit einer Hose bekleidet, griff er sein Schwert und verließ den Schlafraum, um den Riegel an der Tür zum Arbeitszimmer zurückzuziehen. Vor ihm stand, in aller priesterlichen Pracht, Seine Eminenz Lord Daren, der Hohepriester des Darkoth, sein Gesicht eine Maske des Zorns.

»Ich sagte es schon, Graf, ich bin es nicht gewohnt zu warten!«, begann der Priester, während er in Lindors Zimmer stürmte. »Zudem solltet Ihr Euren Wachen Respekt vor dem wahren Glauben einflößen!« Er lächelte gefährlich. »Er wird ihn auf dem Altar finden.«

Armes Schwein, dachte Lindor grimmig und musste sich sehr beherrschen, um seine Gedanken vor dem Priester zu verbergen. »Sie hatten Befehl, niemanden vorzulassen. Ich habe mein Tagewerk gerade erst begonnen.« Er schloss die Tür hinter dem Priester. »Wollt Ihr nicht hereinkommen?«, fragte er etwas spitz.

»Lasst die Spielchen, Lindor«, knurrte der Priester. Er musterte den Grafen und verzog abfällig das Gesicht. »Habe ich einen ungünstigen Moment ausgesucht? Ich dachte, Ihr wäret immer auf alles vorbereitet?«

»Es ist noch gut eine Kerze bis Sonnenaufgang«, antwortete Lindor ruhig. Er legte sein Schwert auf seinen Schreibtisch, eine Geste, die dem Priester wohl kaum entgehen konnte, und nahm in seinem Stuhl Platz. »Setzt Euch«, sagte er und wies auf einen der Sessel vor dem Schreibtisch. »Was bringt Euch zu dieser frühen Stunde zu mir?«

»Gestern Abend und in der Nacht wurden zwei meiner Priester angegriffen, Graf. Zwei! Zuerst ein Angriff auf einen der treuen Diener Darkoths im Hafen der Stadt und dann, keine Kerze ist seitdem vergangen, erhoben sich fast ein Dutzend Bürger dieser verfluchten Stadt gegen den Willen meines Gottes! Sie wurden selbstverständlich dafür zur Rechenschaft gezogen.«

»Selbstverständlich«, meinte Lindor mit gut versteckter Ironie. »Ihr habt ein Exempel statuiert, nehme ich an?«

»Ja. Sie baumeln am Galgen der Stadt, ein Mahnmal für jeden, der an unserer Macht zweifelt.«

»Damit habt Ihr die Gnade Eures Gottes den Leuten deutlich vor Augen geführt«, meinte Lindor trocken, doch dem Priester entging die Doppeldeutigkeit des Grafen. »Was wollt Ihr nun von mir?«

»Ihr müsst mir mehr Männer geben. Diese Stadt ist wie ein Fuchsbau und es gilt, jedes Loch und jede Ritze zu stopfen! Diesen Leuten muss deutlich gemacht werden, dass sie sich dem Willen Darkoths nicht widersetzen können!«

»Ich gab Euch bereits vierzig Männer«, meinte der Graf unwirsch. »Reicht Euch dies nicht?«

»Es hat sich gezeigt, dass vier zu wenig sein können! Ihr erinnert Euch daran, dass einer meiner Priester vor einem alten Turm erschlagen wurde? Derselbe Täter wurde gestern Abend gestellt, doch es gelang ihm. dabei einen der Unseren schwer zu verletzen. Dies darf nicht erneut geschehen.«

»Konnte er entkommen?«

»Er zog es vor, wie eine Ratte zu ersaufen, als sich dem Zorn meines Gottes zu stellen!«

Verständlich, dachte Lindor. »Das ist bedauerlich«, sagte er.

»In der Tat. Ich wünschte, ich hätte sein blutendes Herz in den Händen halten können!«

So hatte er es nicht gemeint, dachte Lindor, doch der Priester sprach schon weiter.

»Das ist hier nicht der Punkt, Graf. Diese Leute respektieren nur die Macht unseres Gottes, wenn sie mit Macht auf Erden einhergeht. Ich verlange von Euch, dass Ihr die Wachen meiner Leute verdoppelt! Außerdem erwarte ich, dass Ihr den alten Grafen bald zur Einsicht bewegt!«

»Ihr verlangt? Ihr erwartet?«, fragte Lindor gefährlich sanft. »Seid Ihr sicher, dass Ihr diese Worte verwenden wollt?«

Die dunklen Augen des Priesters funkelten ihn an.

»Erwartet Ihr, dass ich meine Worte mäßige? Der Kanzler selbst versprach mir *jede* Unterstützung durch dieses Regiment. Also fordere ich sie ein, es liegt in meinem Ermessen, dies zu tun«, kam die kalte Antwort des Priesters.

»Nun, mein Rat wäre es, sich mehr zurückzuhalten«, meinte Lindor. »Ihr bringt die Bürger nur gegen Euch auf, wenn Ihr so weitermacht. Ich empfehle …«

»Mir ist egal, was Ihr empfehlt, Graf Lindor«, fuhr der Priester barsch dazwischen und erhob sich. »Ihr werdet die Wachen verdoppeln und den alten Grafen darüber informieren, dass wir mehr Unterstützung von ihm erwarten. Sonst wird es übel enden mit ihm!«

Das wird Graf Torwald freuen, zu hören, dachte Lindor bitter. Wir drohten bislang ja nur, ihn in die Knie zu zwingen oder zu töten.

»Haben wir uns verstanden?«, sprach der Priester weiter. »Sonst sehe ich mich gezwungen, dem Kanzler über Euer Fehlverhalten und mangelnde Glaubensbereitschaft Bericht zu erstatten.«

»Ich bin kein Anhänger Darkoths«, teilte der Graf dem Priester steif mit.

»Genau das wird Euer Schaden sein. Ihr solltet Euch bekehren lassen, solange Ihr noch die Wahl habt!« Der Priester trat an die Tür. »Bekomme ich die Leute?«

»Nein«, sagte Lindor. »Es wäre ein Fehler …«

Der Priester hob die Hand.

»Schweigt, Graf! Mir wurde die Aufgabe übertragen, das Wort und die Macht Darkoths hier zu verbreiten … überlasst es mir, wie ich das tue, und zweifelt nicht an der Weisheit meines Gottes! Ihr habt nicht ganz verstanden, Graf. Ich frage nicht, ich fordere! Muss ich mich erst an den Kanzler wenden und ihm berichten, dass Ihr Euch gegen mich stellt?«

»So ist es nicht«, entgegnete Lindor und versuchte, ruhig zu bleiben. »Ihr könnt nur nicht …«

»Was ich kann und was nicht, entscheide ich alleine! Hört gut zu, Graf Lindor. Ihr werdet Euch mir und meinem Amt beugen oder Ihr werdet noch innerhalb der nächsten Kerze Eure Sünden auf dem Altar meines Herrn büßen. War das klar genug?«

»Es war klar genug. Ich werde …«

»Ihr werdet gar nichts!«, unterbrach ihn Lord Daren. »Ihr werdet fortan nichts mehr unternehmen, ohne es mit mir abgesprochen zu haben.«

»Wie Ihr wünscht!«, antwortete Lindor steif.

Der Priester sah ihn an und lächelte grimmig. »Ein wenig Demut schadet niemandem«, sagte er dann. »Seht zu, dass die Leute bereit sind, wenn ich in einer halben Kerze aufbreche!«

»Es wird so sein, Eure Eminenz«, knirschte Lindor zwischen zusammengebissenen Zähnen hindurch. »Was ist mit meiner Wache?«

»Er wird sich vor meinem Gott verantworten«, erklärte der Priester gehässig. »Ihr könnt ihn retten. Bietet Euch selbst im Tausch gegen ihn an.« Er wartete einen Moment und lachte dann. »Nicht? Seht Ihr, Graf, auch Ihr seid bereit, Leute zu opfern, wenn es zu Eurem Vorteil ist.«

Mit diesen Worten verließ er den Raum und schlug hart die Tür hinter sich zu. Lindor lauschte, wie sich die Schritte des Priesters entfernten, dann erhob er sich und legte den Riegel wieder vor.

Er lehnte sich gegen das Türblatt und atmete tief durch. Ruhig, dachte er. Du wusstest, dass es so kommen würde! Gut, dass Heskel keinen Nachtdienst hatte! Dann versuchte er sich an den Namen des Mannes zu erinnern, der heute Nacht hier Wache gestanden hatte, aber er fiel ihm nicht ein. Bei seinem alten Regiment hätte er den Namen gewusst.

Lindor ging zurück zu seinem Stuhl, setzte sich und nahm sein Schwert auf. Nachdenklich sah er auf den scharfen Stahl. Es gab diese alte Tradition, dass man sich von Schande freiwaschen konnte, indem man sich in sein Schwert stürzte. Ein besserer Tod, als auf dem Altar des dunklen Gottes zu verrecken.

Er legte das Schwert zurück und seufzte. So einfach würde er es sich nicht machen. Immerhin konnte er jetzt anführen, dass er Lord Daren gewarnt hatte.

Wie kam es nur, dass die Macht einem die Gedanken so leicht trüben konnte? Wie blind war Lord Daren, dass er nicht erkannte, was sein Vorgehen anrichtete? Oder war es ihm egal, weil er davon ausging, dass das Wappen Thyrmantors bald über Berendalls Zinnen wehen würde?

Es klopfte wieder an der Tür.

Lindor erhob sich und schob den Riegel zurück, diesmal war es Leutnant Heskel.

»Die Priester haben Joamin mitgenommen«, sagte der Leutnant tonlos zur Begrüßung, während er mit einem Tablett in der Hand an dem Grafen vorbeiging und ihm dann sorgsam Becher, Kanne, Butter, Brot und Honig auf den Tisch stellte. »Ich sah eben, wie er zum Schrein gezerrt wurde, als ich Euch den Tee abholte.« Dass der Graf halb nackt vor ihm stand, schien er kaum zu bemerken.

So also hieß der Mann, dachte Lindor. Joamin.

»Ich weiß«, antwortete Lindor müde. »Gebt mir etwas Zeit, dann schickt nach Oberst Leklen. Ich habe einen Auftrag für ihn.« Er sah zu dem Leutnant auf. »Wenn Ihr das nächste Mal Lord Daren gegenübersteht, achtet darauf, dass Ihr ihm keinen Vorwand liefert, Euch zum Schrein schleppen zu lassen.«

»Ja, Ser«, sagte der Leutnant, klemmte das Tablett unter seinen Arm und blieb stehen.

»Habt Ihr mir noch mehr zu sagen?«, fragte Lindor.

»Ja«, antwortete der Leutnant. »Zwei Dinge. Heute Morgen blieb die Lieferung des Mehls aus, der Zeugmeister schickte zwei Soldaten zum Müller, diese mussten ihm erst drohen, bis er das Mehl auslieferte. Der Zeugmeister erzählte mir, der Mann wäre mehr als aufsässig gewesen und hätte den Soldaten vorgeworfen, dass unsere Truppen wie wilde Hunde wüten würden. Offenbar kam es gestern Nacht in der Stadt zu einem üblen Gemetzel. Der Bruder des Müllers wurde dabei erschlagen.«

»Macht eine Notiz, dass wir das Mehl in Zukunft von einem anderen Müller beziehen. Es gibt mehr als einen in der Gegend, hoffe ich?«

»Nein. Nicht mehr«, erwiderte Heskel. »Sein Bruder war der andere.«

»Dann werden wir jemanden finden, der diese andere Mühle für uns übernimmt«, seufzte der Graf. »Ich möchte nicht, dass das Mehl unangenehme Überraschungen enthält. Was ist die andere Nachricht?« Er schenkte sich Tee ein.

»Baron Vidan ist tot. Die Baronie befindet sich im Aufstand.«

Der Graf ließ die schwere Kanne sinken und stellte sie langsam wieder ab.

»Mislok?«, fragte er ungläubig.

»Ja, Ser.«

»Vidan hat seine Leute übelst behandelt, aber das ist jetzt doch überraschend.«

»Dass wir ihn dazu pressten, uns zu versorgen, mag dazu beigetragen haben«, meinte Leutnant Heskel. »Was er uns liefern ließ, nahm er seinen Bauern ab. Einige der Kühe und Ochsen waren so dürr, dass der Zeugmeister den Auftrag gab, sie zuerst zu mästen. Seine Bauern werden das nicht gerne gesehen haben«

»Er hatte genügend Söldner, um die Bauern zu unterdrücken. Zumindest dachte ich das. Ich hätte den Aufstand erst erwartet, wenn er seine Söldner abzieht. Wie haben es die Bauern vermocht, die Söldner zu überwinden?«

»Es waren nicht die Bauern, Graf. Die Geschichte ist schwer zu glauben. Eine Armee des Greifen wäre aufgeritten und einer der legendären Kriegsfalken vollstreckte das Urteil der Göttin an dem Baron. So jedenfalls habe ich es gehört.«

»Eine Armee, sagt Ihr?«, sagte Lindor langsam und griff nach seinem Becher. »Weiß man, welches Banner nun über Mislok weht?«

»Ja, Ser. Ein Greif sei es, aufrecht stehend, ein Schwert in der Hand, das eine Schlange auf dem Grund aufspießt.«

Langsam nickte der Graf.

»Wie groß war diese Söldnerkompanie? Die Kompanie, die der Baron unter Sold hielt?«

»Etwas über zweihundert Mann. Die ›Rote Eber‹-Kompanie von Hauptmann Hugor.«

Ein leichtes Lächeln entstand auf den Lippen des Grafen.

»Eine gute Kompanie. Wir standen uns schon einmal im Feld gegenüber, der Hauptmann und ich. Wisst Ihr auch etwas über ihn? Wurde er im Kampf besiegt?«

»Nein, Ser«, sagte Heskel. »Es heißt, er habe sich dem Greifen angeschlossen.«

»Gut. Sorgt dafür, dass Nestrok gefüttert wird. Ich werde ihn nachher reiten.«

Dass Lindor offensichtlich den Verrat der Kompanie guthieß, schien Heskel nicht zu überraschen. »Es wird geschehen.«

»Danke, Leutnant«, sagte Lindor leise, der Leutnant salutierte und zog die Tür hinter sich zu.

Der Graf nahm seine Tasse, stand auf und trat ans Fenster. Nachdenklich nahm er einen Schluck. Das ging schnell, dachte Lindor bei sich. Eine Armee unter dem Banner des Greifen. Sie mussten fast unverzüglich nach dem Dammbruch aufgebrochen sein. Das wiederum bedeutete, dass von seinen Leuten keine Gefahr mehr ausgegangen war. Wieder sah er das entschlossene Gesicht des jungen Prinzen vor sich. Hier in den Greifenlanden hatte es wohl nur eines Funkens bedurft … was brauchte es, damit Thyrmantor entflammte?

»Ich hoffe, dass sich Euer Opfer lohnt«, flüsterte der Graf. Er trank einen Schluck, dann stellte er die Tasse ab und reckte sich. Bevor Oberst Leklen erschien, war es wohl angebracht, sich anzukleiden, dachte er leicht erheitert. Ich will den armen Mann ja nicht verunsichern!

»Er meint das Opfer des Prinzen, nicht wahr?«, fragte Lamar.

Der alte Mann nickte bedächtig. »Ich gestehe dem Grafen Lindor zu, dass auch er gewissen Zwängen unterlag«, sagte der alte Mann grimmig. »Doch ändert es nichts an seinen Taten.« Er sah in seinen Becher, als ob er dort etwas suchen würde. »Es war nie so, dass gute Taten die schlechten aufwiegen können. Denn es bleibt alles bestehen und wirkt sich in der Zeit aus …«

»Und doch war es der Mord an Sera Tylane, der den Freunden die Entschlossenheit gab, das zu tun, was sie taten«, stellte Lamar fest.

»Das mag sein«, gab der alte Mann widerwillig zu. »Ich denke nur, dass sie sich auch aus anderem Grund gefunden hätte.« Er nahm einen tiefen Schluck aus seinem Becher. »Zu ändern war es nicht … so nahm dann alles seinen weiteren Lauf.«

38 Die *Samtschwalbe*

Als die Freunde am Morgen zum Frühstück hinunterkamen, war die Bardin die Einzige, die munter wirkte, die Freunde hingegen hatten allesamt Mühe, ein Gähnen zu unterdrücken. Doch als sie die Tür zur Gaststube öffneten, änderte sich dies schlagartig. Im Gegensatz zum gestrigen Abend war die Gaststätte gut gefüllt, und dies, obwohl das Tagewerk für die meisten Leute noch gar nicht angefangen hatte.

Nur an einem Tisch waren noch ein paar Plätze frei, ein Mann saß daran und unterhielt sich gerade mit dem Wirt. Als er die Freunde die Stube betreten sah, gab der Mann dem Wirt ein Zeichen und dieser eilte auf die Freunde zu.

»Guten Morgen, Sers«, begrüßte der Wirt sie höflich. »Ich habe mir bereits erlaubt, für euch den Tisch zu richten. Ich hoffe, ihr habt nichts dagegen, den Tisch mit einem Freund von mir zu teilen?« Er zwinkerte Garret zu. »Er sieht die Dinge nicht viel anders als Ihr, junger Ser!«

»Mist!«, stieß Vanessa hervor und auch Garret murmelte etwas, das nicht allzu erfreut klang, als er den Mann am Tisch erkannte, der sich nun höflich erhob.

»Wer ist das?«, fragte Tarlon misstrauisch seine Schwester.

»Der Hafenkommandant«, antwortete sie ihm, als sie sich einen Weg zum Tisch bahnten. »Garret und ich haben ihn gestern kennengelernt.«

»Und was will er hier?«, fragte die Bardin verhalten.

»Das weiß ich nicht«, antwortete Vanessa und sah suchend zu Tarlon hoch, der mit gerunzelter Stirn leicht den Kopf schüttelte.

»Mein Name ist Frese«, begrüßte der Hafenkommandant sie freundlich. »Ich hoffe, niemand hat etwas dagegen, dass ich mich an euren Tisch eingeladen habe.«

Die Bardin zog eine Augenbraue hoch, sah sich demonstrativ um, an keinem der anderen Tische war noch Platz, und zog sich einen Stuhl heran, die anderen folgten ihrem Beispiel.

»Seid ohne Sorge, Sera«, meinte der Kommandant. »Hiram lässt Euch Grüße bestellen.«

Die Bardin blinzelte einmal, mehr zeigte sie nicht an Reaktion, dafür musterte sie den Mann nun genauer.

»Ihr müsst Tarlon sein«, sprach Frese weiter. »Es freut mich, euch nun alle kennenzulernen.«

»Was wollt Ihr von uns?«, fragte die Bardin. »Oder seid Ihr nur hier, um Freundlichkeiten auszutauschen? Vielleicht ist das Frühstück aber auch besser, als wir dachten, und es zieht Euch jeden Morgen hierher.«

»Letzteres stimmt auch«, lächelte der Mann. »Aber zugegeben, dies ist nicht der einzige Grund, warum ich Euch meine Aufwartung mache.«

»Kommt zum Punkt«, sagte die Bardin ungehalten. »Wir hatten schon genügend unangenehme Überraschungen in dieser Stadt.«

»So direkt, Sera? Ich dachte, Elfen ließen sich mehr Zeit für Förmlichkeiten!« Das Gesicht der Bardin verdüsterte sich und unter dem Tisch griff sie nach ihrem Dolch. Doch Frese sprach schon weiter. »Ich versprach Hiram, Euch aufzusuchen.«

»Hiram?«, fragte die Bardin. »Wie das?«

»Er sandte mir eine Nachricht und teilte mir mit, dass Ihr kommen würdet. Ihr und Eure Begleitung.«

»Die Pest soll ihn holen!«, fluchte die Bardin.

»Das wäre ein Verlust nicht nur für Euch, Sera«, lächelte Frese. »Er ist einer der besten Männer des Grafen. So wie ich auch«, fügte er mit einem breiten Grinsen hinzu. Doch dann wurde er schnell wieder ernst. »Hört mich nur kurz an, denn viel Zeit bleibt uns allen nicht mehr. Die *Samtschwalbe* wurde gestern Abend gesichtet und wird noch vor Mittag hier erwartet. Lord Daren wünscht, an den elfischen Besatzungsmitgliedern ein Exempel zu statuieren. So weit darf es nicht kommen. Ein schnelles Boot wird Euch also zu dem Schiff bringen, noch bevor es in den Hafen einläuft. Einer meiner Lotsen wird Euch begleiten, mit genügend Gold, um dem Kapitän die Ladung abzukaufen, auf dass er sie im Meer versenkt, damit das Schiff schneller wird. Genügend Gold, um den Kapitän zu veranlassen, direkt seinen Heimathafen anzulaufen. So wird Lord Darens Plan vereitelt werden und es wird Euch Eure Reise um mehrere Tage verkürzen. Der Graf bedauert, dass er nicht mehr für Euch tun kann. Er wird für Euch beten.« Noch während ihn die anderen überrascht ansahen, erhob er sich. »Verzeiht, aber dringende Geschäfte rufen mich.«

»Bitte, eine Frage noch«, sagte die Bardin rasch. »Wer ist Lord Daren?«

»Der Hohepriester Darkoths. Ein unangenehmer Bursche. Er führt heute noch anderes im Schilde, aber was, wissen wir noch nicht. Seid also vorsichtig.« Er wandte sich ab, blieb aber noch kurz stehen. »Eines noch. Solange ihr alle in der Stadt verweilt, werden die Stadtwachen ein blindes Auge für euch haben. Den Göttern zum Gruße.« Mit diesen Worten eilte er davon.

»Das …«, meinte die Bardin, »war überraschend!«

»Er hat nicht einmal Luft geholt«, stellte Garret bewundernd fest, was ihm einen bösen Blick von Tarlon einbrachte. »Schon gut!«, sagte Garret. »Ich meinte ja nur.«

»Zumindest wissen wir nun, dass der Graf Euch wohlwollend gegenübersteht«, sagte Vanessa. »Wenn es keine Falle ist.«

»Richtig«, sagte die Bardin nachdenklich. »Wenn es keine Falle ist.«

»Mir scheint, es gibt heute noch mehr Überraschungen«, sagte Tarlon und wies mit seinem Blick auf den Wirt, der auf sie zusteuerte.

»Habt Ihr das von Mislok gehört?«, fragte er breit grinsend.

»Nein, haben wir nicht«, gab die Bardin missbilligend zurück. »Ich bin mir auch nicht sicher, ob wir es hören wollen.«

Der Wirt sah zu Garret hinüber. »Ich denke schon. Der Baron ist tot, über dem Dorf weht das Banner des Greifen und die Söldner des Barons haben sich dem Greifen angeschlossen. Der

Greif ist erwacht!« Der Wirt rieb sich freudig die Hände. »Es geht los, Freunde!« Damit eilte er auch schon weiter.

Langsam sahen Tarlon, Vanessa und die Bardin zu Garret hinüber.

Der hob abwiegelnd die Hände. »Ich hab doch gar nichts getan!«, protestierte er. »Warum seht ihr mich so an?«

»Weil du ein Talent dazu besitzt, Dinge loszutreten«, erwiderte Tarlon und sah hilfesuchend zu der Bardin hin. »Wie soll das gehen?«, fragte er dann. »Wieso sollte sich Mislok Lytara anschließen? Warum ist der Baron tot? Ich verstehe das alles nicht. Das Dorf ist gut dreimal so groß wie das unsere!«

»Das, Freund, kann ich Euch auch nicht erklären«, sagte die Bardin. Eines der Schankmädchen brachte ihnen lächelnd das Frühstück und eilte dann geschäftig weiter.

Garret sah auf den Teller vor ihm, der reich mit Käse, Schinken und Wurst sowie frischem Brot gefüllt war.

»Irgendwie habe ich fast schon vergessen, dass wir frühstücken wollten«, sagte er und griff nach dem Brot. »Das sieht gut aus.«

»Vani, bist du sicher, dass du mit diesem Holzkopf vor die Göttin treten willst?«, fragte Tarlon.

»Manchmal nicht«, antwortete Vanessa.

Garret sah die beiden an und schüttelte gutmütig den Kopf. »Ich verliere nur nicht den Blick fürs Wesentliche«, ließ er sich kauend vernehmen. Er schluckte. »Die *Samtschwalbe* wird nicht gerade *jetzt* einlaufen. Es ist noch früher Morgen, die Sonne ist kaum richtig aufgegangen. Was mit Mislok ist, wissen wir nicht und könnten es wohl auch kaum ändern … also spricht nichts gegen ein gutes Frühstück. Bezahlt ist es ja auch schon.«

Dennoch dauerte es nicht lange, bis sie zum Hafen aufbrachen. Es herrschte dort ein beträchtlicher Betrieb. Dutzende, wenn nicht sogar Hunderte von Menschen waren damit beschäftigt, die Schiffe zu be- und entladen. Manchmal war das Gedränge so dicht, dass die Freunde hintereinander gehen mussten. Einmal bewahrte nur Garrets außergewöhnliche Geschicklichkeit ihn davor, ein unfreiwilliges Bad im Wasser zu nehmen. Zu sehen gab es genug. Das erste Schiff, das Tarlon und Garret jemals gesehen hatten, war ein Schiff aus Beliors Flotte gewesen, das kurz vor dem Dammbruch Feuer fing. Viel Muße, es zu betrachten, hatten sie beide damals wahrlich nicht gehabt. Alleine der Gedanke, dass so etwas Großes auf dem Wasser schwimmen konnte, ohne unterzugehen, schlug Garret in seinen Bann. Tarlon hingegen zeigte sich sichtlich fasziniert von den Ladekränen mit ihren großen Lauftrommeln und mechanischen Getrieben.

Aber nicht derart fasziniert, dass er einem Dieb erlauben würde, ihn zu bestehlen. »Nicht doch«, knurrte er, als er mit eisernem Griff den Arm des schmächtigen Mannes umbog, sodass dieser gezwungen war, Tarlons Beutel wieder loszulassen. »Den brauche ich noch.« Er fing den Beutel auf, als dieser aus den kraftlosen Fingern des Mannes fiel, und zog den Dieb dicht an sich heran.

»Ich habe keine Zeit für derlei Scherze«, teilte er dem verängstigten Mann mit, dessen Füße deutlich über dem Boden schwebten. »Also einigen wir uns darauf, dass ich meinen Beutel behalte, und du verschwindest? Haben wir uns verstanden?« Er schüttelte ihn ein wenig, um seinen Worten Nachdruck zu verleihen.

»Tar«, bemerkte Vanessa. »Der Mann läuft blau an!«

»Ja, das tut er«, stellte Tarlon ungerührt fest. »Aber ich glaube, er versteht mich ganz gut, nicht wahr?« Er ließ den Mann sinken und lockerte seinen Griff etwas. »Wir haben uns verstanden, oder?«

»Ja, Ser!«, keuchte der Dieb. »Ihr werdet dem alten Berosch doch nichts tun, junger Ser? Es war ein Versehen, wirklich … ich weiß gar nicht …«

»Verschwinde einfach«, sagte Tarlon und schubste den Mann von sich weg. Der Mann ließ sich das nicht zweimal sagen und rannte davon, einen Lidschlag später war er im Gewühl der Leute nicht mehr zu sehen.

»Ich hätte ihn ins Wasser geworfen«, lachte Garret, als Tarlon seinen Beutel unter seinem Wams verstaute.

»Und was, wenn er nicht schwimmen kann? Nur weil er *versuchte*, meinen Beutel zu stehlen, muss ich ihn doch nicht gleich töten.«

»Du bist halt gutmütig«, grinste Garret. »Dennoch, ich wette, dass es nicht geschehen wäre, hättest du deine Axt dabei. Mit dem Ungetüm auf dem Rücken traut sich keiner an dich heran.«

»Da magst du recht haben«, sagte Tarlon schmunzelnd. »Allerdings bleibe ich dann auch jedem, der mich sieht, in der Erinnerung haften. Das wollen wir ja wohl nicht.«

»Dennoch ist Garrets Gedanke nicht von der Hand zu weisen«, gab die Bardin zu bedenken. »Der Mann wird es Euch nicht danken, dass Ihr ihn verschont habt.«

»Solange er unsere Wege nicht ein zweites Mal kreuzt, soll es mir egal sein«, meinte Tarlon.

»Ist es das?«, rief Vanessa etwas später aus und wies auf ein Schiff, das gerade in den Hafen einlief. Sie hatten unweit der Hafenkommandantur einen Platz gefunden, von dem aus sich der Hafen gut einsehen ließ. Garret selbst hatte es sich auf einem Baumwollballen bequem gemacht und wirkte, als ob er jeden Moment einschlafen könnte. Jetzt hob er träge den Kopf und betrachtete das Schiff genauer.

»Sieh an«, antwortete er dann. »Das Schiff nennt sich die *Heringsbraut.*« Er lachte. »Wie kann man einem Schiff nur einen solchen Namen geben!«

»Jemandem wird der Name gefallen haben«, schmunzelte Vanessa.

»Also haben wir noch Zeit«, stellte die Bardin fest.

»Sagte ich doch, wir haben noch Zeit«, lachte Garret. »Zudem, ein Tag ist nichts wert, wenn man ihn nicht mit einem anständigen Frühstück beginnt!«

»Dennoch scheint nun langsam die Zeit gekommen«, meinte Vanessa und deutete auf das Gebäude der Kommandantur, wo sich etwas tat. »Frese ist gerade herausgetreten.«

»Also gut. Dann sollten wir uns jetzt dorthin begeben«, meinte Tarlon.

Garret setzte sich auf, streckte sich und gähnte ausgiebig. »Das Leben ist nicht gerecht«, teilte er den anderen gewichtig mit. »Ständig wird man nur gehetzt!«

Vanessa und Tarlon schmunzelten, die Bardin schüttelte nur den Kopf, als sie ihren Packen griff. Dennoch war sich Tarlon sicher, den Hauch eines Lächelns auf ihren Lippen gesehen zu haben.

Frese begrüßte die Freunde nur kurz und wies sie dann mit einer Geste auf ein flaches Boot hin, das hier an einer Treppe, die zum Wasser führte, vertäut lag. Zwei der fünf Ruderbänke waren mit Fässern belegt. Sechs kräftige junge Männer in leichten Lederrüstungen warteten dort bereits, wohl die Rudermannschaft des Boots.

»Die *Samtschwalbe* wird nicht dazu kommen, ihr Wasser und den Proviant aufzufrischen. Proviant lässt sich strecken, frisches Wasser jedoch nur schwer«, erklärte Frese mit Blick auf die Fässer, bevor er sich an die Bardin wandte.

»Wie Ihr seht, ist alles vorbereitet, Sera. Wir warten nur darauf, dass wir von der Seemauer her das Signal bekommen, dass man die *Samtschwalbe* gesichtet hat. Dann könnt Ihr sofort aufbrechen.« Er hielt die Hand vor die Augen und sah zur Seemauer hin. »Ich rechne jeden Moment damit, dass man uns das Schiff meldet.« Dann wandte er sich wieder der Bardin zu. »Ihr solltet Euren Abschied bald nehmen … ich will nicht riskieren, dass uns Lord Daren dazwischenkommt.«

»Danke«, sagte die Bardin nur und ging etwas zur Seite, wo sie ihren Packen absetzte. Die Freunde folgten ihr.

»Nun«, begann die Bardin lächelnd, »es sieht so aus, als wäre es bald so weit.« Sie sah von einem zum anderen. »Ich weiß nie so recht, was ich in solchen Momenten sagen soll.«

»Ihr seid eine Bardin, Sera«, lachte Garret. »Ich bin sicher, Euch wird etwas einfallen. Ich für meinen Teil möchte sagen, dass es mir eine Ehre war und ich einiges gelernt habe. Wir sind einander nicht mehr fremd.«

»So sehe ich es auch. Ich habe viel gelernt.« Einen Moment

zögerte sie sichtlich, dann trat sie an den überraschten Garret heran und umarmte erst ihn, dann Tarlon und Vanessa.

»Passt gut auf Euch auf«, sagte Vanessa und schluckte.

»Das werde ich«, sagte die Bardin.

»Kommt einfach bald wieder«, grinste Garret.

»Das Signal von der Seemauer, Sera!«, rief Frese vom Haus her. »Die *Samtschwalbe* ist gesichtet worden! Es ist nun an der Zeit für Euch!«

»Dann ist es also tatsächlich so weit«, sagte die Bardin. »Ich …«

Im nächsten Moment begann in der Ferne eine Glocke zu läuten, kurz darauf fielen andere Glocken mit ein.

»Was ist denn jetzt los?«, fragte Garret überrascht.

»Das sind Alarmglocken«, antwortete Frese bestürzt. »Gutes wird es nicht bedeuten! Sera, ich bitte Euch, zögert nicht länger.«

»Ihr habt ihn gehört«, sagte Tarlon ruhig. »Es ist so weit. Geht nun, habt eine sichere und gute Reise und tragt unsere Hoffnung zu Eurem Volk.«

»Der Göttin Segen für Euch«, meinte Garret, aber er war abgelenkt, seine Augen waren überall, während er versuchte, den Grund für den Alarm zu erkennen.

Die Bardin zögerte noch einen Moment, dann nickte sie und griff ihren Packen. Zwei der Bootsmänner halfen ihr ins Boot, ein Tau wurde gelöst und die Ruder ausgebracht. Die Bardin schob ihr Haar aus den Augen und sah zu ihnen zurück, hob die Hand für einen letzten Gruß … dann weiteten sich ihre Augen und sie wies zur Seite hin.

»Verdammt sollen sie sein!«, fluchte Garret, der die sechs königlichen Soldaten im gleichen Moment entdeckte. »Nicht mal in Ruhe Abschied nehmen kann man!« Und dann, zu Tarlon gewandt: »Du hättest ihn wohl doch besser ersäufen sollen!«

Denn dort, neben den königlichen Soldaten, rannte der Dieb einher, den Tarlon vorhin gefasst hatte, und er war es auch, der mit dem Finger auf sie zeigte, während jeder andere, der in der Nähe war, vor ihnen flüchtete. Jetzt deutete der Dieb auf das Boot, in dem die Bardin saß. »Dort ist die Elfenhure!«, rief er gehässig. »Sie versucht zu fliehen! Darkoth wird es euch lohnen, wenn ihr sie erwischt!«

Vier der Soldaten rannten weiter auf die Freunde zu, die zwei anderen schoben ihre Schwerter in die Scheiden und nahmen Armbrüste von ihren Schultern.

»Habt Ihr irgendwo einen Bogen oder eine Armbrust?«, fragte Garret hastig den Kommandanten, während Vanessa ihr Schwert aus dem Leder befreite.

»Im Haus!«, rief der Kommandant und rannte los. Auch Tarlon fluchte und sah sich suchend um. Er hatte seine Axt im Gasthof gelassen, um nicht aufzufallen, jetzt fand er sich ohne Waffe wieder. »Nimm mein Schwert«, rief Garret.

»Nein«, rief Tarlon zurück. Sein Blick war auf ein Boot gefallen, das seitlich der Kommandantur aufgebockt lag. »Du wirst es selbst brauchen.«

Frese kam mit einer Armbrust und einem Köcher Pfeile aus der Kommandantur gerannt, er selbst hatte sich mit einem kurzen Schwert bewaffnet.

»Habt Ihr denn keine Wachen hier?«, rief Garret, als er die Armbrust an sich nahm, kurz musterte und dann mit beiden Händen die Sehne griff.

»Doch. Aber sie bringen die Sera gerade zum Schiff«, sagte Frese und griff sein Schwert fester. »Ihr müsst den Hebel verw-…«

»Keine Zeit!«, rief Garret, trat in den Bügel der Armbrust und zog die Sehne in einem Ruck hoch. Er legte einen Bolzen auf, hob die Armbrust und schoss. Der Bolzen zischte zwischen zwei der königlichen Soldaten hindurch, die lachten, aber hinter ihnen gab es einen Aufschrei, als einer der Armbrustschützen zusammenbrach. Der andere jedoch zielte bereits und schoss auf das Boot. Auch vom Boot ertönte jetzt ein Schrei, einer der Ruderer hatte den Bolzen in die Schulter bekommen, doch die Bardin selbst war unverletzt und löste gerade ihren eigenen Bogen aus ihrem Packen.

Nur noch wenige Schritt trennten die Soldaten von den Freunden und dem Hafenkommandanten. Garret ließ die Armbrust fallen und zog sein Schwert, Vanessa trat an seine Seite und hob die Klinge, während der Hafenmeister ein schnelles Gebet herauspresste.

Die vier königlichen Soldaten waren schwer gerüstet und es versprach ein ungleicher Kampf zu werden, schon jetzt schien er entschieden.

Das meinten auch die Soldaten zu wissen, denn einer von ihnen lachte mordlüstern. »Das wird ein leichtes Spiel!«, rief er und hob sein Schwert.

Im Hintergrund hüpfte der dürre Dieb aufgeregt herum. »Das wird Euch lehren, mich zu würgen!«, rief er gehässig.

»Du hattest recht, Garret«, sagte Tarlon grimmig. »Ich hätte ihn ersäufen sollen!« Er trat neben Garret und Vanessa, ein schweres Ruder in den Händen. »Macht mir mal Platz!«

Dass das Ruder deutlich länger als ein Kampfstab war und um ein Vielfaches schwerer, schien Tarlon wenig zu stören. Noch bevor die Soldaten wussten, wie ihnen geschah, schwang ihnen das schwere Ruderblatt auf Kniehöhe entgegen. So hart war der Aufprall, dass das Blatt brach und das Ruder gesplittert zurückließ, doch nicht nur das Ruderblatt brach. So, wie die Beine des ersten Soldaten knickten, konnten auch bei ihm keine Knochen mehr heil sein. Was eben noch ein halbwegs geordneter Ansturm der Königlichen gewesen war, endete im Chaos, als drei der vier strauchelten und nur einer stehen blieb. Garret hob die Hand und ein roter Funken stieb davon, um den Soldaten im linken Auge zu treffen, dieser schrie auf, doch nur kurz, denn wie eine Raubkatze war Vanessa an ihn herangesprungen und stieß ihm ihr Schwert durch die Spalte zwischen Helm und Brustharnisch.

Einer der am Boden liegenden Soldaten schlug nach ihren Beinen, doch sie wich ihm geschickt aus, im nächsten Moment traf ihn das schwere Ruder wie ein dumpfer Hammerschlag am Kopf, so hart, dass der Kerl bewusstlos in sich zusammensackte. Als Vanessa sich bückte, um ihm ihr Schwert in das offene Visier zu rammen, surrte ein Bolzen knapp an ihr vorbei. Er kam von dem zweiten Armbrustschützen, der zu weit entfernt stand, um ihn direkt anzugreifen, also warf Tarlon das Ruder, als wäre es ein Speer.

So groß war die Wucht seines Wurfs, dass die abgebrochene Spitze des Ruders sogar den Brustpanzer des Armbrustschützen durchschlug und ihn der Aufprall ins Hafenwasser beförderte. Tarlon bückte sich und nahm den Soldaten, dem er die Beine gebrochen hatte, einfach bei Arm und Bein und schleuderte ihn ebenfalls ins Wasser.

Der Dieb stand mit offenem Mund und ungläubig geweiteten Augen da, dann verstand er erst und rannte los. Er kam nicht weit, denn Garret ergriff wieder die Armbrust, spannte sie, erneut ohne den Hebel zu verwenden, und schoss. Der Bolzen durchschlug den Kopf des Diebs und dieser fiel vornüber und lag still.

Nur einer der Soldaten regte sich noch, sein Schwert war ihm aus der Hand gefallen, doch er hob gerade seinen Dolch, um ihn nach Vanessa zu werfen, die in diesem Moment ihr Schwert aus dem Visier des anderen Soldaten zog. Bevor der Mann den Dolch werfen konnte, wuchs ihm ein schwarzer Pfeil aus dem Hals. Auf dem Boot, schon gute vierzig Schritt vom Ufer entfernt, hob die Bardin ihren Bogen und winkte ihnen zu.

Frese ließ sein Schwert sinken.

»Götter«, hauchte er, als Tarlon die restlichen Soldaten ohne weitere Umschweife ins Hafenwasser warf. Selbst wenn einer von ihnen noch hätte leben sollen, war es damit sicherlich um ihn geschehen, denn die schwere Rüstung zog die Unglücklichen rettungslos in die Tiefe. »Wie könnt ihr nur imstande sein, derart zu wüten! Wer, bei der Göttin, seid ihr?«

Garret sah nur kurz zu ihm hinüber und hielt dem Hafenmeister dann sein Schwert hin, sodass dieser es sehen konnte. »Leute, die etwas dagegen haben, erschlagen zu werden. Wir haben uns lediglich gewehrt.« Er wandte sich Tarlon zu und klopfte ihm auf die Schultern. »Ohne dich hätte dies aber anders ausgehen können.«

»Sie standen günstig«, sagte Tarlon bescheiden, dann runzelte er die Stirn. »Musstest du den Dieb erschießen?«

»Ja«, antwortete Garret. »Ich empfand es als notwendig.« Er sah zu Vanessa hin. »Alles in Ordnung mit dir, Vani?«

»Ja«, antwortete Vanessa schwer atmend. »Meinem Arm geht es gut.« Nur dass sie so bleich wie Kreide war und zitterte. Garret trat rasch an sie heran und umarmte sie.

»Es war notwendig«, erklärte er leise. »Sie hätten nicht gezögert.«

»Das haben wir ja auch nicht«, erwiderte sie. »Nur eben noch lebten sie, jetzt sind sie tot. Wir haben sie erschlagen. Hier ...«, sagte sie und hob ihre linke Hand, die rot von Blut war. »Ich habe Blut an meinen Händen.«

»Sie haben uns angegriffen, Vani«, sagte Tarlon rau. »Garret hat recht, sie hätten nicht gezögert.«

»Ich habe zuvor noch nie einen Menschen getötet«, sagte Vanessa. Sie sah mit weiten Augen zu Garret hoch. »Es müsste sich doch anders anfühlen.«

»Wir hatten wirklich keine Wahl«, meinte Garret und zog sie noch näher an sich. »Wir ...«

»Das meine ich nicht«, erklärte sie und löste sich aus seiner Umarmung. »Ich warte darauf, dass es mir leidtut. Aber das tut es nicht. Ich bin nur froh, dass ich selbst noch lebe. Müsste es mir nicht leidtun?«

»Darüber können wir uns unterhalten, wenn der Krieg vorbei ist«, gab Tarlon zurück und wandte sich an Frese. »Was bedeuten diese Glocken?«

»Es ist der Alarm von der Burg. Sie wird angegriffen«, antwortete Frese. »Ich verstehe nur nicht, wie und von wem!«

»Lindors Regiment, würde ich meinen«, vermutete Tarlon.

»Aber wie konnten sie unsere Wälle so schnell überwinden?«

»Das brauchte er ja wohl kaum, wenn Ihr seinen Soldaten freien Zutritt zur Stadt gewährt habt«, meinte Garret trocken und wies auf den königlichen Soldaten, den er mit der Armbrust erschossen hatte. »Der hier kam wahrscheinlich auch einfach so durchs Stadttor marschiert.«

Er sah Vanessa und Tarlon an. »Was jetzt?«

»Zurück zum Gasthof«, erwiderte Tarlon. »Ich will meine Axt.«

»Und ich meinen Bogen«, meinte Garret. Er sah auf den Hafen hinaus. »Wenigstens sieht es so aus, als ob die Sera Bardin in Sicherheit wäre.« Die anderen folgten seinem Blick und sahen, wie das Boot neben einem elegant geschwungenen Schiff längsseits ging und die Bardin sich an Bord begab, noch während auf dem Schiff die Ruder ausgebracht wurden. Aber die *Samtschwalbe* war nicht das einzige Schiff oder Boot, das die Leinen löste und den Hafen zu verlassen suchte.

»Das wird ein Chaos geben«, stellte Frese fest. »Aber der Kapitän der *Samtschwalbe* scheint verstanden zu haben. Sie rudern aus dem Hafen.« Er wandte sich an die drei Freunde. »Eure Freundin ist in Sicherheit. Tut ihr nun, was ihr zu tun vermögt.«

»Was ist mit Euch?«, fragte Vanessa.

Frese lachte. »Ich werde schauen, ob ich noch in meine Rüstung passe, dann werde ich zur Burg eilen! Berendall ist noch nie gefallen und auch heute wird es nicht geschehen. Ich weiß nicht, was sich Lindor dabei gedacht hat, aber es war sein größter Fehler!«

39 Dunkle Mächte

»Die schließen das Hafentor«, rief Garret, als die Freunde sich dem Tor näherten. »Lauft!« Er rannte schneller. »Lasst uns noch durch!«

Einen Moment schien es, als ob die Wache am Tor ihn nicht hören würde, doch dann hielt sie inne und winkte die Freunde heran.

»Beeilt euch!«, rief er. Schwer atmend quetschten sich Tarlon, Vanessa und Garret durch den Spalt im Tor. Der Soldat der Stadtwache zog hinter ihnen die schweren Torflügel zu, legte zwei dicke Riegel vor und trat zurück.

»Hierher!«, befahl er ihnen und die Freunde wichen von dem Tor zurück, vor dem im nächsten Moment mit lautem Gerassel und einem heftigen Schlag das schwere Fallgitter herabfiel. »Macht, dass ihr weiterkommt!«, rief der Soldat und begann, das Tor zur Stadt zu verschließen. Die drei Freunde ließen sich nicht länger bitten.

»Das war knapp«, stellte Garret fest, als auch auf dieser Seite des Hafentors das schwere Fallgitter herabfiel. »Was meint ihr ... dies wird wohl kaum das einzige Tor sein, das jetzt geschlossen wird?«

»Wohl kaum«, meinte Tarlon und wischte sich den Schweiß von der Stirn. »Also kommen wir so schnell nicht aus der Stadt heraus.«

»Und jetzt?«, fragte Vanessa.

»Zurück zum Gasthof, unsere Waffen holen. Dann sehen wir weiter«, meinte Garret.

»Wo sind all die Leute hin?«, fragte sich Vanessa, als sie über den Marktplatz rannten. Denn dieser war fast leer, nur hier und da bemühten sich einige Händler verzweifelt, ihre kostbarsten Waren in Sicherheit zu bringen, während sich nur wenige

Meter weiter bereits Plünderer an anderen Ständen zu schaffen machten.

»Sie haben sich in ihren Häusern verkrochen«, vermutete Tarlon keuchend. »Keine dumme Idee unter den gegebenen Umständen!«

Im nächsten Moment riss er Garret zurück, als dieser beinahe einem schweren Wagen vor die Pferde gelaufen wäre, der abenteuerlich schnell um die Ecke gefahren kam und zum Richtplatz weiterfuhr. Als dieser in Sicht kam, pfiff Garret leise durch die Zähne. Denn dort, vor dem Galgen, stand bereits ein anderer Wagen und wurde entladen. Noch immer hingen die Toten an dem Galgen, doch diesmal waren sie Mahnmal und Ansporn zugleich. Gut vier Dutzend Bürger der Stadt hatten sich dort versammelt und rissen den Stadtwachen auf den Wagen fast schon aus der Hand, was diese dort verteilten: Waffen und Rüstungen.

Tarlon stützte sich schwer atmend auf die Knie ab und sah zu, wie die Bürger sich gegenseitig in die Rüstungen halfen.

»Bilde ich mir das nur ein oder tun die das nicht zum ersten Mal?«, fragte er dann.

Garret nickte, während gut zwei Dutzend Bürger aus einer Gasse kommend auf den Richtplatz zuliefen, während ein Soldat der Stadtwache die fertig Gerüsteten in kleinere Gruppen aufteilte.

»Du hast recht, das sieht so aus, als hätten sie es geübt«, meinte er dann. »Und schaut, da kommen noch mehr Freiwillige!« Plötzlich lachte er laut auf. »Tarlon, Vanessa, versteht ihr, was hier geschieht? Das war der Plan des Grafen! Wir haben uns gefragt, wieso er nichts unternahm, um die Stadtwache zu verstärken … und hier sehen wir, was er tat!«

»Garret!«, rief Vanessa plötzlich mit aufgerissenen Augen. »Hinter dir!«

Es hätte unmöglich sein sollen, denn eben noch war die Straße leer gewesen. Doch jetzt standen dort königliche Soldaten, die schon zum Schlag ausholten, zwischen ihnen ein Priester, der gehässig grinste. Vanessa zog ihr Schwert und warf sich nach vorne, nur gerade eben so konnte sie den Streich mindern, der Garret an der Schläfe traf. Dennoch, es war nicht genug. Blutüberströmt brach Garret zusammen, als wäre er eine Marionette, der man die Fäden durchgeschnitten hatte. Sie wehrte einen Streich ab, duckte sich unter einem anderen hindurch, doch ein dritter Soldat warf einen schweren Spieß nach ihr und die Stichwaffe hätte sie durchbohrt, hätte sich Tarlon ihr nicht in den Weg geworfen. Als die Spitze des Spießes blutig aus seinem Brustkorb ragte, stand er nur da und sah sie mit weiten Augen an, dann wurde der Speer aus ihm herausgezogen und er brach leblos zusammen.

Mit einem Schrei hob Vanessa ihr Schwert. Die schwarze Klinge hob und senkte sich, ein roter Schleier legte sich über ihre Sicht … es war, als ob die gesamte Welt stillstand. Sie schrie, auch wenn sie sich selbst nicht hören konnte, wieder und wieder tanzte die schwarze Klinge unter anderen Klingen und Schwertern hindurch, suchte die kleinsten Lücken, durchstieß hier einen Halsansatz, schnitt dort von hinten durch ein Knie, fand hier ihren Weg durch den Schlitz eines Visiers.

Sie sah angstvoll geweitete Fratzen, die vor ihrem Ansturm zurückwichen, Furcht und Panik in den Augen derer, die ihr das angetan hatten, sie sah, doch sie nahm nicht wahr, wer da vor ihr fiel wie Ähren vor dem Schnitter. Sie waren nicht wichtig, denn sie standen ihr nur im Weg zu ihrem Ziel. Der Letzte fiel vor ihr zurück und dort stand er, der Priester Darkoths, der so gehässig gelacht hatte, als auf sein Zeichen hin Garret erschlagen wurde. Sie holte zum letzten Streich aus, doch er blies ihr ein schwarzes Pulver ins Gesicht. Die Welt wurde still. Und dunkel.

Als Tarlon die Augen öffnete, sah er die Sera vom Brunnen über sich gebeugt. Er befand sich wieder in der Akademie, lag auf der Bank vor dem Brunnen. Wie war das möglich?

»Gar nicht«, antwortete die Sera und eine feine senkrechte Falte erschien auf ihrer glatten Stirn, während sie besorgt auf ihn herabsah. Sie hat eine weiße Strähne im Haar, dachte Tarlon träge. Das hatte er zuerst gar nicht wahrgenommen. Er versuchte, sich aufzurichten, doch sie drückte ihn nieder. »Lieg still, ich brauche nicht lange«, sagte sie. Tarlon sank zurück und wunderte sich darüber, dass sie dazu imstande war, ihn mit einer Hand am Aufstehen zu hindern.

Ein warmes Gefühl füllte seine Brust, breitete sich in ihm aus, erfüllte ihn mit einem lindernden Licht. Ein fernes Pochen füllte ihn, erst stockend, dann regelmäßig. Das ist mein eigener Herzschlag, dachte er verwundert. Wieso stand mein Herz still?

»Es ist mir egal, ob es erlaubt ist oder nicht«, teilte ihm die Sera mit. Er hörte ihre Worte, dennoch verstand er nicht, was sie ihm damit sagen wollte. »Der Dunkle hält sich auch nicht an die Regeln. Außerdem, wenn sie auf mich gehört hätte, wäre das alles nicht nötig gewesen. So.« Sie richtete sich auf und wischte sich die blutigen Hände sauber. »Zurück mit dir …«

»Göttin«, hörte er eine ferne Stimme. »Der hier lebt noch! Ich dachte, er wäre hin bei dem vielen Blut …« Tarlon öffnete die Augen und sah einen Soldaten der Stadtwache über sich gebeugt, der ihm gerade mit einer scharfen Klinge den Wams aufschnitt und die Wunde freilegte.

»Der hier lebt auch!«, rief ein anderer.

Tarlon blinzelte verstört zu Garret hinüber. Für ihn sah es aus, als wäre Garret der Schädel gespalten worden und er hoffte, dass der Soldat recht behielt und Garret wie durch ein Wunder doch überlebt hatte. Er wollte sich aufrichten, um besser zu sehen, doch ein sengender Schmerz durchzog ihn von der Seite bis zur Brust. Keuchend vor Schmerz fiel er wieder zurück. Götter, dachte Tarlon, als er sich an den Anblick des blutigen Spießes erinnerte, der ihn durchbohrt hatte. Wie konnte ich das vergessen? Wieso lebe ich denn noch?

»Ruhig, mein Junge«, meinte der Soldat, der sich über ihn beugte. »Dich hat ein Spieß getroffen, von schräg hinten unter den Arm in die Seite … die Spitze ist wohl an den Rippen abgeglitten und kam vorne durch die Brust wieder heraus! Das ist eine üble Wunde, aber mit der Göttin Gnade wirst du es überleben. Nur halte still, dass ich dich verbinden kann!«

Gehorsam hielt Tarlon still, als der Soldat erst ein weißes Pulver auf die Wunde stäubte und ihm danach einen festen Verband anlegte. »Es mag sein, dass es nicht sogleich die Blutung stoppt«, sagte der Soldat. »Aber es wird helfen!«

»Danke, Ser«, krächzte Tarlon und versuchte erneut, sich aufzurichten. Seine Seite brannte noch immer wie Feuer, aber es war erträglicher geworden. »War eine Frau hier?«

»Und ob hier eine Frau war!«, antwortete der Soldat mit Ehrfurcht in der Stimme. »Wir haben es von dort drüben aus gesehen … schaut, was sie angerichtet hat!« Tarlon stützte sich schwer auf seinen Ellenbogen und versuchte zu verstehen, was er sah. Sieben königliche Soldaten lagen leblos um ihn herum auf dem Pflaster der Straße, zwei von ihnen hatte ein mächtiger Streich den Helm gespalten, ein achter krümmte sich unter Schmerzen und hielt sich ein Bein, das unter dem Knie abgeschlagen war. »Ich habe so etwas noch nie gesehen«, sprach der Mann weiter. »Ich dachte schon, sie erschlägt sie alle, aber dann hat der Priester sie erwischt. Er und die zwei Königlichen, die noch standen, packten die Frau und verschwanden vor unseren Augen, noch bevor wir heran waren.«

»Vanessa«, sagte Tarlon heiser. »Sie lebt?«

»Sieht so aus«, sagte der Soldat. Er stand auf, ging zu dem königlichen Soldaten, dem das Bein fehlte, und schnitt ihm die Kehle durch. »Sonst hätte der Priester sie wohl kaum mitgenommen«, erklärte er, während der beinlose Soldat mit einem letzten Gurgeln sein Leben aushauchte.

»Was ist mit Vanessa?«, krächzte Garret neben ihm. Tarlon sah zu seinem Freund hinüber. Der hielt sich eine klaffende Kopfwunde und sah ebenfalls mehr tot als lebendig aus.

»Ein Priester hat sie entführt«, ließ Tarlon ihn mit rauer Stimme wissen und stemmte sich in eine aufrechte Sitzposition.

»Wir werden sie befreien«, schwor Garret. »Und wenn ich selbst den Schrein dem Erdboden gleichmachen muss!« Er wischte sich das Blut aus den Augen. »Ich lasse das nicht geschehen! Vanessa wird nicht auf dem Altar enden!«

»Sers«, meldete sich der eine Soldat zu Wort. »Ich weiß nicht, ob es hilft, aber bevor er verschwand, zeigte der Priester auf die Burg, als ob er befehlen würde, dass es dorthin gehen sollte. Es gibt in der Stadt keinen Schrein des dunklen Gottes. Zudem schien er von euren Schwertern fasziniert. Er hat beide Schwerter an sich genommen.« Der Soldat wischte sein blutiges Messer ab und hielt Tarlon die Hand hin, um ihm aufzuhelfen. »Ich glaube, er brachte die Frau vielmehr zu Lord Daren, der sich in der Burg eingenistet hat. Zum Schrein kann er sie nicht bringen, denn alle Stadttore sind versiegelt und in unserer Hand.«

»Also ist die Burg in den Händen der dunklen Priester?«, fragte Tarlon, als er vorsichtig aufstand. Er fühlte sich zerschlagen und erschöpft, sein Atem rasselte in seiner Brust und seine Seite pochte. Kein Grund zur Beschwerde, dachte er, dafür dass ein Speer ihn durchbohrt hatte, ging es ihm vorzüglich!

»Lord Daren vermochte es, in die Burg einzudringen. Ich habe nur meine Zweifel daran, dass er bereits die gesamte Burg hält.«

»Und Lindor belagert die Mauern?«, fragte Garret mühsam. »Götter«, fügte er dann hinzu. »Was haben wir ihn unterschätzt!«

»Das ist das Seltsame«, meinte der Soldat. »Soviel ich weiß, werden die Mauern nicht belagert. Lindor ist mit seinem Regiment im Lager geblieben.«

Garret verzog schmerzhaft das Gesicht, als ein anderer Soldat seine Wunde mit einem weißen Leinentuch verband. »Wir werden nicht belagert?«, fragte er ungläubig. »Niemand versucht, die Tore von innen zu öffnen?«

»Das nicht«, sagte der Soldat. Dann wies er nach oben. Garret folgte seinem Blick. Dort oben, weit außerhalb der Reichweite von Bögen oder Armbrüsten, kreiste Lindors Drache. »Der da bereitet uns Sorgen.«

»Das kann ich verstehen«, stimmte ihm Garret mit rauer Stimme zu. Noch während er nach oben sah, schwenkte der Drache zur Seite und flog in Richtung Burg davon.

»Ich brauche noch immer meinen Bogen«, meinte er dann zu Tarlon. »Und dann gehen wir zur Burg.«

»Das wäre nicht klug«, meinte der Soldat, der Garret gerade den Kopf verband. »Ihr wollt die Burg doch nicht alleine stürmen? Wartet doch einfach, bis wir sie zurückerobert haben. Es wird nicht lange dauern, bis wir den Ansturm beginnen!«

»Dann ist es gut«, sagte Garret mit einem blutigen Grinsen. »So wissen wir wenigstens, dass wir nicht die Einzigen sein werden!«

»Ihr seid von allen guten Göttern verlassen«, antwortete der Soldat kopfschüttelnd. »Seht euch doch an, ihr könnt beide kaum laufen.«

»Wenn ich mir die hier so ansehe«, meinte Garret und wies auf die toten königlichen Soldaten, die bereits ihrer Waffen und Rüstungen entledigt wurden, »dann denke ich, dass uns die Göttin hier beistand!« Er sah zu Tarlon hinüber. »Also, was meinst du, Tar? Sollen wir vernünftig sein und warten, bis die Soldaten des Grafen Vanessa befreien?«

Tarlon sah ihn an, die Toten, dann wanderte sein Blick zu dem Trutzturm der Burg, der in der Ferne zu sehen war. »Ich brauche meine Axt.«

»Nicht weit davon entfernt fing der Tag für Meister Knorre und Argor etwas geruhsamer an, doch blieb es natürlich nicht lange so ...«

»Ich habe mich schon gefragt, was mit ihnen ist«, lächelte Lamar.

»Dann solltet Ihr mich nicht ständig unterbrechen«, ermahnte ihn der alte Mann, doch auch er lächelte dabei.

40 Falscher Zorn

Entweder lag es an den Heilkünsten der Sera Leonora oder an Argors eiserner Gesundheit, auf jeden Fall fand Knorre ihn am späten Morgen des nächsten Tages unten in der Küche vor, wo er sich mit sichtlichem Appetit einem reichlichen Frühstück widmete. Sina war auch dort, sie aß eher spärlich, dafür befragte sie Argor ausführlich über das Dorf und die Menschen, die er dort kannte, und auch darüber, was in den letzten Wochen dort vorgefallen war.

»Ihr habt also gar nicht gewusst, dass sich Lindors Regimenter in Lytar befunden haben?«, fragte sie gerade erstaunt.

»Nein«, nuschelte Argor, trank hastig einen Schluck Tee und schluckte. »Wenn wir nicht angegriffen worden wären, hätte es gut sein können, dass wir jahrelang nichts davon bemerkt hätten.« Er sah auf, nahm Knorre im Türrahmen wahr. »Der Götter Segen mit Euch, Meister Knorre.«

Sina sprang auf und eilte zu Knorre hin, um ihn zu umarmen. »Hast du gewusst, dass es in den letzten zweihundert Jahren keinen einzigen Mord in Lytara gab? Ist das nicht erstaunlich?«, begrüßte sie ihn strahlend.

»Auch mit Euch, Freund Argor«, antwortete Knorre höflich, löste sich aus Sinas Armen und strich ihr dabei liebevoll über das Haar, eine Geste, die Argor zugleich seltsam und auch natürlich anmutete. Es war einfach ungewohnt, Knorre so zu sehen.

»Es ist nicht erstaunlich, Sina«, sagte Knorre, als er sich zu Argor an den Tisch setzte und sich ein Stück Brot abschnitt. »Es leben wenige Menschen dort und ein jeder hatte sein Auskommen. Geht es den Menschen gut, haben sie wenig Grund für Neid und Missgunst. Sie haben Platz, einander aus dem Weg zu gehen, ein jeder kennt jeden … und ein jeder zerreißt sich über jeden den Mund.«

»So schlimm ist es nicht«, lachte Argor.

»Nein«, lächelte Knorre. »So schlimm ist es nicht. Denn so achtet ein jeder auf das, was er tut, und es gibt keine Fremden ...« Er strich Honig auf sein Brot und biss herzhaft hinein. »All das wird sich ändern, wenn das Tal wieder bevölkert wird. Aber mit etwas Glück und einem starken Glauben an die Lehren der Göttin kann man hoffen, dass es so bleibt.« Er sah zu Argor hin. »Wenn man dasselbe in einhundert Jahren sagen kann, dann ist es ein Wunder und ein Segen.«

»Vorausgesetzt, wir überleben diesen Kampf«, sagte Argor. Er schüttelte den Kopf. »Ich komme mir nutzlos vor, Knorre. Meine Freunde sind in Gefahr und ich sitze hier und schlage mir den Bauch voll.«

»Und gestern Abend hast du nur ein Bad genommen, nicht wahr?«, fragte Sina etwas spitz.

»Das ist etwas anderes«, winkte Argor ab. »Das war Zufall. Ich will helfen, Kanzler Belior zu besiegen, nicht hier herumsitzen. Ich will etwas tun, nicht mich hinter Röcken verstecken!« Er sah Knorre fragend an. »Werden wir bald nach Lytar zurückkehren?«

»Warum sollten wir?«, fragte Knorre kauend. »Der Kampf ist hier.«

Argor sah ihn überrascht an. Knorre wies mit seinem Brot in Sinas Richtung. »Erzähle du es ihm.«

»Was erzählen?«, fragte Argor.

»Ich war heute Morgen auf dem Frühmarkt«, begann Sina. »Es gibt neben dem Tor zum Hafen einen Richtplatz. Habt Ihr ihn gesehen?«

»Ja«, erwiderte Argor. »Es wundert mich, dass ihr die Galgen stehen lasst, nachdem sie gebraucht wurden.«

»Sie werden oft genug gebraucht«, sagte Sina ernst. »Gestern Nacht allerdings fanden die Priester Darkoths einen Nutzen für den Galgen. Als ich heute Morgen am Marktplatz ankam, hingen dort die Früchte der letzten Nacht und ich erfuhr, was geschehen war. Gut zwei Dutzend Bürger haben sich gestern gegen einen der Priester gestellt, nachdem ein alter Mann getötet worden war. Sein Vergehen bestand darin, dass er mit Knorre die Größe und Statur gemein hatte.«

Argor sah zu Knorre hin, doch dieser sagte nichts dazu, trank nur weiter seinen Tee, den Blick ins Leere gerichtet.

»Die Leute wurden von den Wachen des Priesters erschlagen und ihre Körper zur Abschreckung an den Galgen gehängt. Bislang hat sich noch niemand getraut, die Leichen abzunehmen, und auch die Stadtwache tut nichts.«

»Wie nehmen es die Bürger auf?«, fragte Argor.

»Es herrscht eine hässliche Stimmung. Vor ein paar Monaten noch waren die königlichen Soldaten den meisten hier willkommen, sie brachten gutes Gold und nicht viel mehr Ärger als ein Seemann mit zu viel Heuer. Jetzt?« Sie zuckte die Schultern. »Ich glaube, es wäre keinem königlichen Soldaten zu empfehlen, seinen Freigang alleine in der Stadt zu verbringen. Ich nehme an, man würde ihn im Hafen wiederfinden.«

»Oder auch nicht«, murmelte Argor, der sich der Körper im Hafenbecken erinnerte.

»Im Moment jedenfalls ist Lindor der am meisten gehasste Mann in den Greifenlanden«, fuhr Sina fort. »Es gab noch einen anderen, der ebenfalls gehasst wurde. Baron Vidan von Mislok. Ein Mann, der nicht minder von Macht besessen war als Lindor. Es heißt, er wäre der Erste gewesen, der Belior seinen Treueid geboten hätte.«

»Gab?«, fragte Argor.

»Er wurde gestern Nacht erschlagen. Mislok befindet sich in Rebellion und über den Zinnen weht das Banner des Greifen. Die Söldner des Barons haben sich dem Greifen angeschlossen. Es sollen mehr als zweihundert erfahrene Kämpfer sein, die nun die Armee des Greifen verstärken.«

Argor verschluckte sich an seinem Tee und hustete. Als Sina ihm auf den Rücken schlug, hörte es sich eher an, als hätte sie gegen ein schweres Fass geschlagen.

»Schon gut«, rief Argor und hob abwehrend die Hand. »Danke!« Er hustete noch einmal und wischte sich die Tränen aus den Augen. »Kann dies denn wahr sein?«, fragte er.

»Es ist wahr. Jedermann spricht darüber.«

»Aber ... welche Armee? Wir haben keine Armee!«, rief Argor ungläubig.

»Es scheint, als wäre das jetzt anders«, lächelte Knorre.

»So scheint es, ja«, sprach Sina weiter. »In letzter Zeit wird sogar behauptet, dass man einen der legendären Kriegsfalken gesehen hätte ... dieser Falkenreiter wäre es auch gewesen, der den Baron erschlagen hat, als der die Hand gegen die Prinzessin von Lytar erheben wollte.«

»Prinzessin?«, fragte Argor und sah Knorre verwirrt an.

Dieser zuckte nur die Schultern. »Es sind nur Gerüchte«, meinte Knorre. »Es wird viel behauptet. Leute übertreiben manchmal.«

Sina nickte.

»Vielleicht. Aber es gibt diesen Falken, nicht wahr?«

»Ja«, antwortete Argor. »Ein Freund von uns stahl einen aus dem Ort, an dem der Falke lange sicher verwahrt wurde. Es ist ein Unglück, denn es heißt, dass die alte Magie dem Falkenreiter die Seele verbrennen wird.«

»Nur wenn der Reiter sich an den Falken verliert«, widersprach Knorre. »Es geschah oft, ja, aber es muss nicht so enden.«

»Woher wollt Ihr das wissen?«, fragte Argor. »Ich würde mich freuen, wenn es so wäre, denn Marten ist mein Freund.«

»Mein Vorfahr erschuf diese Animatons, habt Ihr das vergessen?«, sagte Knorre. »Sein Fehler war es, die Menschen zu überschätzen. Er ging davon aus, dass jeder, der einen Falken reitet, über einen gefestigten Willen verfügte. Nur war es nicht so. Ein Falkenreiter zu sein, brachte im alten Lytar Ruhm und Ehre ... so drängten sich viele, die Falken zu reiten, ohne dass sie die Eignung dazu besaßen.« Er schenkte sich Tee nach und nahm einen Schluck, wirkte nachdenklich dabei. »Man wird es abwarten müssen.«

»Auf jeden Fall«, nahm Sina den Faden wieder auf, »hofft man, dass dieser Falkenreiter Lindors Drachen gewachsen ist. Jedermann spricht über die alten Legenden, die von Kämpfen zwischen Falken und Drachen berichten. Sie hoffen, der Falke könnte Lindors Drachen besiegen.«

»Das wäre möglich, aber sehr unwahrscheinlich«, stellte Meister Knorre fest.

»Und jetzt spekulieren die Menschen in den Straßen, was wohl geschehen würde, wenn Graf Torwald sich dem Greifen anschließt«, sprach Sina weiter. »Oder ein weiterer, vielleicht mehrere der Barone? Vor zwei Wochen noch wären die meisten Bürger der Stadt bereit gewesen, Beliors Herrschaft zu akzeptieren, denn auch sie sahen keine andere Wahl. Jetzt aber sehen sie eine Möglichkeit, das Blatt zu wenden und die Greifenlande unabhängig zu halten.«

»Also wird sich alles in Berendall entscheiden«, sagte Knorre. »Wie ich schon sagte, der Kampf wird hier stattfinden.«

»Erwartet Ihr, dass sich die Bevölkerung gegen die Übergriffe der dunklen Priester zur Wehr setzen wird? Unbewaffnete Bürger gegen Beliors Soldaten?«

»Das wird zum Scheitern verurteilt sein, solange nicht der Graf selbst eingreift«, meinte Sina. »Zurzeit allerdings halten sich die Priester Darkoths seltsam zurück. Als ich eben auf dem Markt war, hieß es, dass sich bislang noch kein Einziger von ihnen in der Stadt hat sehen lassen!«

»Gut«, sagte Argor grimmig. »Vielleicht haben sie jetzt doch verstanden, dass sie es übertrieben und sich so den Zorn der Bürger zugezogen haben.«

»Ich glaube nicht an solche Einsicht bei ihnen«, meinte Knorre säuerlich. »Wenn sie sich bislang nicht haben blicken lassen, dann führen sie etwas im Schilde! Denn sie leben von Zorn, Hass und Wut. Sie suchen nicht die Liebe der Menschen, sondern ihre Angst und Verzweiflung. Es ist eine Labsal für sie und darin folgen sie dem Weg der Dunkelheit.« Er schüttelte den Kopf. »Wir brauchen nicht zu erwarten, dass sie einem normalen Denken folgen.«

»Diese Priester … sie wollen, dass man sie hasst?«, fragte Argor ungläubig.

»Hauptsächlich wollen sie, dass man sie fürchtet. Es gibt ihrem Gott Stärke. Wenigstens glauben sie das.«

Argor schüttelte verständnislos den Kopf.

»Wofür? Was für einen Nutzen hat es, alles zu zerstören?«

»Sobald ich die Gelegenheit dazu habe, frage ich Darkoth mal, was er sich dabei denkt«, knurrte Knorre.

Die Tür zur Küche sprang auf, im Rahmen stand Sera Leonora, die hastig ihren Umhang abstreifte. Sie war außer Haus gewesen und niemand hatte sie so früh zurückerwartet. »Ich weiß nicht, wann du Darkoth das nächste Mal siehst«, sagte sie. »Aber wenn du willst, kannst du seinen Hohepriester fragen. Lord Daren ist gerade auf dem Weg zur Burg … und das kann nichts Gutes bedeuten!«

Im gleichen Moment begannen in der Ferne Glocken zu läuten. Zuerst eine, dann zwei, dann folgten andere.

»Es sieht so aus, als bräuchten wir nicht mehr auf Antwort vom Grafen zu warten«, meinte Sina mit einem harten Lächeln.

»Dann ist es so weit«, sagte Knorre und stand auf. Er beugte sich zu Argor hinüber und legte ihm eine Hand auf die Schulter. »Jetzt beginnt der Krieg auch hier. Freund Argor, seid Ihr immer noch darauf erpicht, den Kampf aufzunehmen?«

»Ich werde meinen Beitrag leisten«, antwortete Argor entschlossen.

»Dann solltet Ihr Euch rüsten«, meinte Knorre und sah zu den beiden Frauen hin. »Gleiches gilt für euch!«

Die beiden Frauen tauschten einen Blick, dann nickte Leonora zustimmend. »Ich denke, es ist an der Zeit, mit dem Versteckspiel aufzuhören«, sagte sie.

»Gut!«, grinste Sina. »Wir haben schließlich lange genug darauf gewartet!«

»Das ist kein Spiel, Sina«, sagte Knorre ernst.

»Das weiß ich«, antwortete Sina. »Nur ist es so, dass ich von diesem Tag geträumt habe und ich froh bin, dass er endlich kommt.«

»An solchen Tagen ist das Sterben einfacher als das Leben.«

Sina trat an ihn heran und gab ihm einen Kuss auf die Wange.

»Ich weiß, Knorre. Aber ich weiß auch, dass dies der Weg ist, den wir gehen müssen, um Frieden zu finden.«

»Ich hoffe, du behältst recht«, sagte Knorre und wandte sich an Argor. »Hast du noch den Handschuh?«, fragte er.

»Natürlich habe ich den Handschuh noch«, antwortete Argor. »Ich werde nicht verlieren, was Ihr mir anvertraut habt! Sagt, Sera«, wandte er sich nun an Leonora, »Ihr habt nicht zufällig einen schweren Hammer im Haus?«

Als sie das Haus verließen, verstand Argor, was Leonora damit meinte, dass sie dem Versteckspiel ein Ende setzen wollte. Beide Frauen trugen Rüstungen aus verstärktem Leder mit dunkelblauen Umhängen. Knorre trug seine weiße Robe und seinen Stab, die Frauen hingegen waren mit leichten Schwertern bewaffnet, die Argor eher wie Spielzeuge vorkamen. Leonora ging voran, Knorre folgte an ihrer Seite, Argor, mit seinem schweren Hammer, der ihm dennoch zu leicht vorkam, ging an Sinas Seite. Schnell kamen sie nicht voran, noch immer bereitete Knorre sein Bein Schmerzen, doch er war zuversichtlich, dass es ausreichend gesundet war, um ihn zu tragen.

Sie verließen das Haus durch den Hintereingang, der auf eine schmale Gasse führte. Bis auf einen alten Mann, der mit einem Stock im Unrat der Straßenrinne stocherte, war weit und breit niemand zu sehen. Es dauerte nicht lange, bis sie den ersten Kampflärm hörten. »Wohin gehen wir?«, fragte Argor Sina, als Leonora in eine andere verwinkelte Gasse einbog.

»Es gibt nahe der Burg einen Rosengarten, der an die Burg angrenzt. Die Frau des Grafen legte ihn vor vielen Jahren an, er liegt versteckt und ruhig in einem Winkel zwischen den Stadtmauern und dem Graben der Burg. Eine schmale Brücke aus Holz führt dort über den Burggraben zu einer kleinen Tür, die der Graf damals für seine Frau in die Mauern setzen ließ. Auch der Rosengarten ist von einer hohen Mauer umgeben, kaum jemand hat ihn je gesehen. Es gibt eine kleine versteckte Tür zu dem Garten. Mutter und ich wissen, wie man sie öffnet.« Sie sah nach vorne zu Knorre, der sein Bein zu schonen suchte. »Wenn es nötig ist, können wir auch über die Mauer gehen, aber ich glaube, so dürfte es einfacher sein.«

»Ist der Garten denn nicht bewacht?«, fragte Argor.

»Der Garten selbst nicht. Doch die Tür in der Burgmauer ist nicht die Schwachstelle, die man vermuten könnte. Sie ist sehr stabil und trickreich geschützt.«

»Dennoch erscheint es mir leichtsinnig. Gibt es Türen in Mauern, kann man sie öffnen.«

Sie lachte. »Der Graf liebte seine Frau und als sie einen Rosengarten wollte, bekam sie einen. In der Burg selbst war kein Platz dafür, also ließ er ihn außerhalb errichten. Nur, wie ich schon sagte, leichtfertig ist er nicht.«

Die nächste Gasse erlaubte es, zwischen den hohen Häusern einen Blick auf den Trutzturm der Burg zu erhaschen, sie waren dieser näher gekommen, als Argor vermutet hätte. Diese Gasse führte nun auf eine breitere Straße, die entlang einer massiven Mauer verlief. Als sie näher kamen, war der Kampflärm bereits deutlich zu hören. Leonora blieb an der Ecke stehen und suchte Deckung an der Häuserwand, Knorre dicht dahinter, dann warfen sie einen vorsichtigen Blick die Straße hoch. Doch als Argor zu Leonora und Knorre aufschloss und selbst um die Ecke spähte, sah er nicht das, was er vermutet hatte.

Hier wurde gekämpft, ja, aber es waren nicht die königlichen Soldaten, die sich hier mit der Stadtwache eine Schlacht lieferten, es waren die Wachen untereinander, die erbittert miteinander rangen, überall lagen Verletzte und Tote auf der Straße, doch nicht ein Einziger von ihnen trug die Farben Thyrmantors.

»Was geht hier vor sich?«, fragte Argor erstaunt.

»Schaut nach oben, zu den Zinnen der Mauer«, sagte Knorre und deutete mit seinem Stab. Dort oben war einer der dunklen Priester auf die Zinnen gestiegen, sodass er für jedermann sichtbar war. Er stand dort, aber er tat nichts, außer dort zu stehen, die Arme ausgebreitet, als wolle er jeden, der da kam, aufs freundlichste begrüßen.

Alleine schon sein Anblick ließ in Argor einen Zorn lodern, der Bände sprach. Und erst die Wachen, die sich dort vor dem

Wall gegenseitig die Schädel einschlugen, was für Idioten mussten es sein, dass sie nicht verstanden, dass ein einziger Schuss, ein gezielter Wurf, dem Priester ein schnelles Ende bereiten konnte! Er griff seinen Hammer fester, denn jetzt war es an der Zeit, dorthin zu gehen, und den Stadtwachen Vernunft einzuhämmern!

Er tat einen Schritt nach vorne, doch Sina legte ihm eine Hand auf die Schulter.

»Warte, wo willst du hin?«

»Lass los, Weib, oder du wirst es bereuen!«, knirschte Argor und hob drohend seinen Hammer.

»Oha«, sagte Leonora und schlug ihm hart mit der flachen Hand gegen die Stirn.

Argor blinzelte.

»Was …«

»Du hast mir mit dem Hammer gedroht«, erklärte ihm Sina. »Mutter fand es nicht nett.«

»Aber ich verstehe nicht …«, stammelte Argor.

»Es ist eine hinterhältige Magie«, erklärte Knorre. »Jeder, der den Priester sieht, wird von einer unbändigen Wut erfüllt … und die sucht sich ihr nächstes Opfer. Hätte Leonora nicht eingegriffen, wäre vielleicht ein Unglück geschehen.«

»Ich hätte ihm nicht wehgetan«, schmunzelte Sina. »Jedenfalls nicht sehr!«

»Zum Lachen finde ich das nicht«, knurrte Argor grimmig. »Denn jetzt bin ich wirklich wütend! Auf den Kerl dort oben, meine ich!«, fügte er rasch hinzu, als sich Leonora umdrehte und ihn mit einer hochgezogenen Augenbraue bedachte.

»Und jetzt?«, fragte Argor.

»Reich mir den Kiesel dort«, meinte Knorre und deutete mit der freien Hand auf einen flachen Stein, der neben Argor auf dem Boden lag. »Dann sehe ich, was ich tun kann.«

Argor hob den Kiesel auf und drückte ihn Knorre in die Hand. Dieser betrachtete kurz den Stein und klemmte ihn dann zwischen die drei Zacken am oberen Ende seines Stabs.

Er stellte sich an die Hausecke, nahm den Stab in beide Hände, trat vor auf die Straße und schwang den Stab mit aller Macht. Es gab einen leisen Knall und der Stein war verschwunden. »In Ordnung«, meinte Knorre, noch während der Kampflärm versiegte.

Vorsichtig sah Argor um die Ecke. Dort standen drei überlebende Stadtwachen, alle schwer angeschlagen, und sahen hinauf zur Mauer. Durch eine der Zinnen war ein bewegungsloser schwarzer Stiefel zu sehen, der gen Himmel ragte.

»Die einfachsten Mittel sind noch immer die besten«, sagte Knorre zufrieden.

»Wie hat er das gemacht?«, fragte Argor Sina beeindruckt, als er Leonora und Knorre folgte.

»Er hat den Stein mit dem Stab geschleudert. Natürlich kann man so nichts treffen, aber der Stein wusste, was Knorre von ihm wollte. Jetzt brauchte er ihm nur Schwung und ein Ziel zu geben … das war es auch schon. Einfach.«

»Das leuchtet mir ein«, sagte Argor und zog einem der Toten die Armbrust aus der Hand und nahm ihm den Köcher ab, um ihn sich selbst an den Gürtel zu hängen.

»Wahrhaftig?«, fragte Sina erstaunt.

»Es ist die richtige Art, mit Steinen umzugehen. Man muss ihnen nur sagen, was man von ihnen will.« Er lud die Armbrust und legte einen Bolzen auf.

»So«, sagte er. »Jetzt geht es mir besser.«

Leonora und Knorre blieben plötzlich stehen.

»Ich glaube, du hast eben jemanden verärgert«, meinte sie zu Knorre.

»Sieht so aus«, sagte dieser und hob seinen Stab. Gerade als sich Argor fragte, was Leonora meinen könnte, tauchten vor Leonora und Knorre plötzlich drei Soldaten und ein Priester aus dem Nichts auf. Gerade noch rechtzeitig konnte Knorre einen Schwertstreich mit seinem Stab abfangen, gleißende Funken stieben auf und der Soldat taumelte zurück. Leonora selbst duckte sich unter einem anderen Schwerthieb hindurch und traf den Mann so hart mit der flachen Hand auf den Brustpanzer, dass dieser benommen nach hinten taumelte. Der dritte Soldat hatte es indes auf Knorre abgesehen, doch der hagere Alchemist schwang mit überraschender Behändigkeit herum und hob den Stab, sicherlich hätte das gezackte Ende den Soldaten ins Gesicht getroffen, doch just in diesem Moment knickte Knorre das Bein ein, sein Streich verfehlte den Soldaten und er fiel schwer zu Boden. Zwar hatte der Streich des Soldaten den Arteficier ebenfalls verfehlt, doch nun lag Knorre dem Mann hilflos ausgeliefert vor den Füßen.

»Stirb!«, kreischte der Priester im Hintergrund und hob beschwörend die Arme. »Fühle die Macht meines Herrn und verzweifle!«

Argor warf sich nach vorne, doch selbst als er mit seinem Hammer ausholte, wusste er, dass er zu spät kommen würde. Auch Sina versuchte, an den Soldaten heranzukommen, doch er hatte sein Schwert schon zum Todesstoß erhoben, als etwas an Argors Haaren zupfte und mit einem harten Schlag ein schwarzer Pfeil im Visierschlitz des Soldaten erschien. Einen Lidschlag später warf es den Priester nach hinten, als ein Pfeil auch ihm den Kopf durchschlug.

Der Soldat hielt noch immer das Schwert erhoben, jetzt fiel es ihm aus den erschlaffenden Händen, Knorre versuchte, sich zur Seite zu rollen, doch es war Argors Hammer, der das Schwert des Toten harmlos zur Seite schlug, und dann war es Sina, die sich gegen den Toten stemmte, die verhinderte, dass dieser mit seiner schweren Rüstung auf Knorre fiel.

Schwer atmend stand Argor da und sah ungläubig auf die beiden Pfeile herab, die ihn sehr an andere erinnerte, die er nur zu gut kannte. Zudem, es gab nur einen, der so zu schießen vermochte. Langsam drehte er sich um.

Dort stand Garret, blutüberströmt und mit einem blutigen Verband um den Kopf, aber dem breitesten Grinsen, das Argor jemals bei seinem Freund gesehen hatte. Neben ihm stand Tarlon, seine schwere Axt auf der Schulter, mit einem breiten Verband um die Schulter und von Kopf bis Fuß mit Blut überströmt. Auch er lächelte, doch es war ein grimmiges Lächeln, wie Argor es von seinem Freund nicht kannte.

»Ha!«, rief Lamar. »Ich wusste, dass sie übereinanderstolpern würden!«

»Schh!«, zischte jemand aus dem Publikum und warf ihm einen bösen Blick zu. »Nicht jetzt!«

»Da mache ich mir Sorgen um dich und Knorre und dann das!«, grinste Garret. »Alles grundlos, wie ich sehe, wenn ihr in solch bezaubernder Gesellschaft reist!« Er verbeugte sich formvollendet vor den beiden Seras. »Willst du uns nicht vorstellen?«, fragte er unschuldig. Sina kicherte, während Leonora eine Augenbraue hochzog.

Knorre fluchte, stützte sich auf einen Stab und stand mit Sinas Hilfe auf.

»Wir kennen uns bereits«, lächelte Leonora. »Dies ist meine Tochter. Sina, das sind Garret und Tarlon, Argors Freunde.«

»Das habe ich mir bereits gedacht.«

Garret sah die beiden Frauen verblüfft an, vor allem Leonora, während hinter ihm Tarlon zu lachen anfing.

»Woher sollen wir uns kennen?«, fragte Garret sichtlich verwundert.

»Wir sind uns schon an einem Brunnen begegnet«, lächelte Leonora. »Es ist lange her, aber ich erinnere mich.«

Garret blinzelte, offensichtlich verstand er nicht, was sie ihm zu sagen versuchte.

»Garret«, sagte Tarlon, noch immer lachend. »Das ist die Sera vom Brunnen. Schau genau hin, denk dir die Haare anders, die Robe dazu und …«

»Götter!«, entfuhr es Garret.

Knorre drehte sich langsam zu Leonora um. »Hast du dich da etwa auch schon eingemischt?«, rief er erzürnt. »Du wirst sie noch richtig wütend machen, wenn du damit nicht aufhörst!«

»Ich war gar nicht richtig dort«, verteidigte sich Leonora erhitzt. »Es war nur eine Statue von mir! Hast du vergessen, wer sie erschuf? Ich habe sie dort nur hingestellt!« Die beiden funkelten sich gegenseitig an. »Ich hab nichts getan, was ihre Regeln verletzt hätte! Und außerdem …«

»Mutter?«, meinte Sina. »Dort hinten …«

Knorre und Leonora sahen in die Richtung, in die Sina wies, zwei königliche Soldaten kamen angerannt und zogen bereits ihre Schwerter. Knorre hob die linke Hand und deutete auf die Soldaten, Leonora tat es ihm mit ihrer rechten Hand nach.

»Du hast mir diese Statue geschenkt, nicht wahr?«, rief Leonora erzürnt. »Also kann ich sie hinstellen, wohin ich will!« Dreck und Staub wurde aufgewirbelt, als eine schimmernde Wand auf die Soldaten zuschoss, sie hart traf und wie hilflose Puppen gut und gerne zehn Schritt zurückwarf.

»Aber doch nicht dorthin!«, protestierte Knorre, während die Unglücklichen schwer auf das Pflaster aufschlugen und regungslos liegen blieben. »Das wird sie nur gereizt haben!«

»Wenn sie es überhaupt bemerkt hat!«, gab Leonora erhitzt zur Antwort.

Garret kratzte sich unterhalb seines Verbands, beobachtete Knorre und Leonora, die sich noch immer gegenseitig anfunkelten, und sah dann zu den beiden Soldaten hin, die sich nicht mehr bewegten.

»Verzeiht«, fragte er dann höflich Sina, »wie viel Abstand muss man halten, wenn diese beiden sich streiten?«

»Gar keinen«, grinste Sina. »Sie tun beide nur so!«

»Es ist genug, Garret«, sagte nun Tarlon in leicht ungeduldigem Ton. »Sera, Meister Knorre, es ist mir eine Freude, euch wohlbehalten zu sehen. Aber wir haben keine Zeit für Freundlichkeiten. Meine Schwester wurde von einem der dunklen Priester entführt.« Er wies mit seiner Axt hinauf zur Burg. »Wir glauben, dass sie dorthinein verschleppt wurde. Wir haben also keine Zeit zu verlieren.«

»Hattet ihr etwa vor, die Burg alleine zu stürmen?«, fragte Knorre überrascht.

Garret und Tarlon tauschten einen Blick.

»So ungefähr«, erwiderte Garret mit einem schiefen Grinsen. »Das war der Plan. Und ihr?«

»Wir sind gewitzter. Wir gehen erst durch einen Rosengarten«, erklärte Argor. »Dann erst stürmen wir die Burg.«

»Lindor hingegen war bei Nestrok, als Leutnant Heskel die Nachricht brachte. Sosehr Lindor den Drachen auch achtete und respektierte, konnte er sich nicht daran gewöhnen, dass Nestrok seine Nahrung lebend bevorzugte … zudem waren seine Essgewohnheiten alles andere als appetitlich. Der Drache zog es vor, seine Opfer zunächst einmal in Angst und Panik zu versetzen, sie so lange zu scheuchen, bis sie kaum mehr stehen konnten, erst dann beendete er die Jagd. Lindor hatte ihn einmal gefragt, warum er das tat. Nestrok behauptete, dass die Kühe ihm dann besser schmeckten.«

»Ich habe Nestrok auch schon kennengelernt«, sagte Lamar und schüttelte sich ob der Erinnerung. »Es ist wirklich verstörend, zu sehen, wie er mit einem Happs eine ganze Kuh fressen kann!«

Der alte Mann warf ihm einen mahnenden Blick zu. »Um Kühe geht es hier nicht! Und wenn, dann allenfalls am Rande!«

41 Lindors Entscheidung

Wenigstens waren es Kühe, dachte Lindor erleichtert. Hier in Berendall war Lord Daren zu eifrig darauf bedacht, den Altar des Schreins blutig zu halten, als dass er jemanden an Nestrok verfüttern würde.

Also saß Lindor am Rand des weiten Platzes mit dem Rücken zu Nestrok auf einem Fass, zog seinen Schleifstein über die Klinge seines Schwerts und wartete geduldig darauf, dass das jämmerliche Muhen der letzten Kuh bald nicht mehr zu hören sein würde. Gerade als Leutnant Heskel vor dem Grafen salutierte, entschloss sich Nestrok, dem Spiel ein Ende zu bereiten. Ein letztes besonders klägliches Muhen war zu vernehmen, dann das Fauchen von Nestroks Flamme, dem ein lautes Knirschen und Knacken und ein hässliches Schmatzen folgte.

Glocken, meinte Nestrok im gleichen Moment. Der Drache hatte recht, in der Ferne kaum hörbar läuteten die Glocken der Stadt.

»Was ist los, Heskel?«, fragte Lindor den Adjutanten, noch bevor der junge Leutnant salutieren konnte. Heskel atmete schwer, er war wohl quer durch das Lager gerannt, in der schweren Rüstung kein leichtes Unterfangen.

»Sie haben den Alarm ausgelöst und die Tore verschlossen!«, berichtete der Leutnant und stützte sich auf seine Knie ab, um wieder zu Atem zu kommen.

»Die Glocken höre ich selbst, Leutnant, und dass die Tore zu sind, kann ich mir denken! Was ist der Grund?« Obwohl, dachte Lindor mit einem innerlichen Seufzer, den Grund dazu konnte er wohl auch vermuten. Lord Daren war vor etwas über einer Kerze in die Stadt aufgebrochen.

»Hier!«, meinte der Leutnant und zog einen mit schwarzem Wachs gesiegelten Brief unter seinem Wams hervor. »Eine Nachricht von Lord Daren. Oberst Leklen wies mich an, sie Euch zu überbringen.«

»Danke.« Lindor nahm den Brief entgegen, brach das Siegel und entfaltete ihn.

Der Brief war kurz und wohl auch in Eile geschrieben worden, die krakelige Schrift war selbst für Lindor schwer zu lesen.

Graf Lindor,

kraft meiner Autorität erkläre ich den Grafen Torwald zu Berendall zu einem Ketzer gegen meinen Gott, Darkoth, den Herrn der Dunkelheit. Ich ziehe aus, um ihn zu richten. Aufgrund Eurer Unfähigkeit übertrage ich hiermit das Kommando über das Berendall-Regiment an Oberst Leklen, ich erwarte von Euch, dass Ihr diesen fest im Glauben stehenden, treuen Soldaten nach Kräften unterstützt. Euer Bemühen darin wird auf den Bericht Einfluss nehmen, den ich zur Kronstadt entsenden werde.

Daren,
Erster Diener des Darkoth, Bischof zu Berendall

Wortlos faltete der Graf den Brief und steckte ihn unter sein Wams. »Jetzt ist er vollständig von Sinnen«, bemerkte er und schüttelte den Kopf. »Wisst Ihr, wo Oberst Leklen sich befindet, Leutnant?«

»In der Kommandantur, Graf. Er lässt Eure Besitztümer packen.«

»Da hat er nicht viel zu tun«, lachte Lindor grimmig. Er richtete sich auf und sah über das Lager. Wo immer auch sein Blick verweilte, gingen die Soldaten noch immer ihrer üblichen Tätigkeit nach. »Also seid Ihr wieder sein Adjutant«, sagte er dann zu dem Leutnant, doch dieser schüttelte den Kopf.

»Nein, Graf. Er sagt, ich sei ihm zu sehr unter Euren Einfluss geraten, auf dass er mir noch Vertrauen schenken könne.«

»Hat er recht?«, fragte Lindor.

»Ich denke schon«, antwortete der Leutnant mit einem knappen Lächeln. »Ser!«

»Ich hoffe, Ihr werdet es nicht bereuen, Leutnant«, sagte Lindor ernst. »Wisst Ihr, wann der Oberst das Regiment ausrücken lassen will?«

»Ich glaube, gar nicht, Ser. Ich weiß nur, dass er die Torwachen verstärken ließ.«

»Aber er lässt meine Zimmer ausräumen?«

»Ja, Ser.«

»Götter«, seufzte der Graf. »Ich nehme an, er beabsichtigt, auf die anderen Regimenter zu warten?«

»Das ist meine Vermutung, Ser.«

»Es wird noch Wochen dauern, bis sie eintreffen!«, stellte Lindor fest. »Was meint er denn, dass man ihn hier in Ruhe sitzen lässt, bis Beliors Schiffe anlanden?«

»Ser, ich hörte, wie er sich mit seinem neuen Adjutanten unterhielt. Der Obrist ist davon überzeugt, dass es Lord Daren gelingen wird, den Grafen zu besiegen. Anschließend ist wohl gedacht, dass er sich im Namen seines Gottes zum Herrscher ausrufen lässt und Berendall zu seinem Sitz erklärt.«

Graf Lindor rieb sich nachdenklich die Schläfe. »Also das ist es, was er vorhat! Er will hier eine religiöse Tyrannei errichten! Also war es nicht nur Wahnsinn, was er tat, er verfolgte ein Ziel damit, die guten Leute von Berendall so in Angst zu versetzen. Nur wie stellt er sich das vor? Er kann nicht ernsthaft denken, dass er die Stadt und die Burg alleine nehmen kann?«

»Oberst Leklen ist überzeugt davon. Er erwähnte ein Artefakt, das dem Hohepriester von Kanzler Belior selbst anvertraut worden sei. Es …« Leutnant Heskel schluckte. »Ich bin mir nicht sicher, ob ich es richtig hörte, aber er sprach von Darkoths Hand.«

»Nennt man die Symbole, die seine Priester um den Hals tragen, nicht so?«

»Ja, Ser. Aber wenn Oberst Leklen die Wahrheit sprach, so ist es kein Symbol, sondern die linke Hand des Gottes selbst. Sie war im Altarstein verschlossen.«

»Deshalb war Lord Daren so erpicht auf seine Opfer«, vermutete der Graf bitter. »Er wollte die Kraft des Artefaktes mehren. So ist er also doch nicht wahnsinnig …« Lindor schüttelte ungläubig den Kopf. »Das wird mich lehren, mich für schlau zu halten. Ich habe ihm nur in die Hand gespielt!«

»Was wollt Ihr jetzt tun?«, fragte der Leutnant.

Lindor sah auf sein Schwert herab, das er noch immer über den Beinen liegen hatte. Er schob es in die Scheide, verstaute den Schleifstein sorgfältig und erhob sich zu seiner vollen Größe.

»Ich werde meinem höchsten Eid Folge leisten, Leutnant«, teilte er dem jungen Leutnant mit. »Lebt wohl, Leutnant.« Er stand auf und wandte sich Nestrok zu, der ihm abwartend entgegensah.

Es ist Zeit?

»Ja, alter Freund, es ist Zeit«, sagte Lindor laut.

»Graf Lindor«, rief der Leutnant und Lindor sah zu ihm zurück.

Der Leutnant salutierte.

»Es war mir eine Ehre, unter Euch zu dienen, Ser!«

»Passt auf Euch auf, Leutnant«, sagte Lindor noch. Dann ging er mit großen Schritten zu Nestrok hinüber, der bereits den Nacken senkte, sodass der Graf leichter aufsteigen konnte.

Leutnant Heskel trat zurück und bedeckte seine Augen, als sich der Drache in einem Sturm von Staub, Dreck und Gras in die Luft erhob. Als der Ansturm vorbei war, öffnete er seine Augen und sah zu, wie sich der Drache höher und höher in die Luft schraubte. Darin war er nicht der Einzige, fast ein jeder sah dem Grafen und seinem Drachen nach.

Was hatte der Graf zu dem Drachen gesagt? Dass es Zeit wäre? Heskel nickte grimmig. Damit hatte der Graf wohl recht. Er sah sich um, niemand schenkte ihm besondere Aufmerksamkeit. Außer dass er dem Grafen den Brief überbringen sollte, hatte der Oberst ihm keine weiteren Befehle erteilt. Das ließ nichts Gutes ahnen. Es war wohl an der Zeit, das Lager zu verlassen.

Mit etwas Glück akzeptierten die Wachen am Tor noch den

Passierschein, den der Graf ihm ausgestellt hatte. Danach … nun, dachte Heskel, das würde sich zeigen. Mislok war nur einen Tagesritt entfernt, vielleicht konnte dort jemand einen fähigen Adjutanten gebrauchen. Was er vorhatte, war wohl Verrat, dachte er, als er seine Schritte zum Stall lenkte. Fahnenflucht noch dazu. All das. Er suchte in seinem Herzen nach Zweifeln und fand sie nicht. Schließlich hatte er geschworen, dem Reich zu dienen. Doch diente er weiterhin dem Kanzler, *dann* verstieß er gegen seinen Eid. Allerdings hatte er seine Zweifel, ob diese Begründung ihm helfen würde, sollte man ihn ergreifen. Also, dachte er grimmig, als er dem Stallmeister den Befehl erteilte, ihm ein Pferd zu satteln, sollte er wohl darauf achten, sich besser nicht ergreifen zu lassen!

»Was ist mit der Hüterin?«, wollte Lamar wissen. »Traf sie noch rechtzeitig zum Kampf ein?«

»Ich glaube, ich vertrete mir jetzt doch etwas die Beine«, kündigte der alte Mann an und machte Anstalten, sich zu erheben. »Wenn Ihr wollt, dürft Ihr gerne die Geschichte weitererzählen …«

»Bleibt«, sagte Lamar mit einem Seufzer. »Ich bin nur ungeduldig …«

»Ungeduld ist keine Tugend«, lächelte der alte Mann. »Aber weit verbreitet. Was die Hüterin angeht …«

42 Waffenruf

Meliande war ins Gespräch mit den Hauptleuten Hugor und Hendriks vertieft, als Helge in die Gaststube des Greifenschilds stürmte und die Nachricht überbrachte, dass in Berendall die Alarmglocken läuten würden. »Die Stadt wird nicht belagert, Sera«, berichtete er atemlos, »wenigstens im Moment noch nicht. Doch die Tore wurden geschlossen und es heißt, dass die Wälle bemannt werden. Zudem gibt es Berichte von erbitterten Kämpfen in der Stadt, von schwarzer Magie, die von den Priestern Darkoths verwendet wird. Niemand weiß genau, wer dort gegen wen kämpft, nur dass es gegen den alten Grafen selbst gehen soll, dessen ist man sich sicher.«

»Die Stadt wird nicht belagert?«, fragte Meliande überrascht. Sie und Hendriks waren übereingekommen, den Gasthof anzumieten, ein besserer Ort, um Dinge zu planen und zu besprechen, als die Burg des Barons, auf der man sich nicht sicher sein konnte, ob man die Loyalität der Leute dort besaß. Jeder der zwei Hauptleute hatte jeweils zehn Mann abgestellt, um die Burg des Barons zu überprüfen und Bestand aufzunehmen, aber diese waren erst vor Kurzem aufgebrochen, einen Bericht darüber konnte Meliande nicht so bald erwarten.

So war der Gastraum des Greifenschilds nun der Ort, an dem alles besprochen wurde, dass dabei gutes Essen und leichtes Bier gereicht wurde, störte nicht. Es war nicht schwergefallen, Hauptmann Hugor zu überzeugen, sich dem Greifen anzuschließen, wie Hendriks selbst gesagt hatte, es war etwas anderes, ob man für Gold kämpfte, oder dafür, eine Heimat zu erhalten. Die Erwähnung, dass Lytara Gold genug besaß, um für alles, was gebraucht wurde, aufzukommen, war sicherlich auch eine Hilfe gewesen. Hauptmann Hendriks schien Hugor und seinen Leuten zu vertrauen, die Hüterin wiederum war zu dem Entschluss gekommen, dass Vertrauen dort beginnt, wo man selbst vertraut. Der rothaarige Hüne war eine beeindruckende Erscheinung und sicherlich im Kampfe Furcht einflößend, doch er besaß auch einen hellen Kopf und ein Talent für die Versorgung. Anders als Pulver, der in breiten Bahnen dachte, plante und handelte, war Hugor jemand, der dem Kleinen seine Aufmerksamkeit schenkte. So war es kein Wunder, dass es im Moment darum gegangen war, was man alles brauchen würde, um gut vierhundert Mann im Feld zu halten, zu versorgen und auch auszubilden, denn der Greif hatte noch weiteren Zulauf erhalten, Hunderte hatten sich freiwillig gemeldet, dem Greif gegen den Drachen ins Feld zu folgen.

Die Hüterin entschied und fand darin von beiden Hauptleuten Unterstützung, dass niemand genommen werden sollte, der verheiratet war, kein einzelnes Kind und niemand, dessen Arbeit andere versorgte. Dennoch blieben über hundert neue Rekruten. Doch auch diejenigen, die nicht gegen Lindor und seine Truppen ziehen sollten, sollten ausgebildet und wenn möglich auch ausgerüstet werden, sodass sie wenigstens eine Möglichkeit besaßen, ihre Heimat und ihren Besitz zu verteidigen, sollte es zum Ärgsten kommen.

Es gibt viele Schlachten in einem Krieg, diese hier ging um Wagen und Gespanne, Kühe und Schweine, Salz und Pökelfleisch, Fässer und Wasser, Stoffballen, Leinen, Stahl, Erze, Schmied und Schneider. Seit dem frühen Morgen saßen sie nun daran, einer von Hendriks' Schreibern war vollauf damit beschäftigt, die Notizen zu führen; zu dem Zeitpunkt, als Helge mit dieser Nachricht hereinstürmte, pochte nicht nur Meliande bereits der Kopf.

Hauptmann Hugor lachte, als Helge den Bericht beendete. »Unser geehrter Baron Vidan hätte alles dafür gegeben, diesen Moment zu erleben! Er wäre jetzt schon unterwegs nach Berendall, in der Hoffnung, als Retter der Stadt gefeiert zu werden. Tatsächlich hielt er sich bereit dazu, wie er meinte, könnte der alte Graf ja jeden Moment zur Göttin berufen werden, da er wohl alt und gebrechlich ist.«

»Gebrechlich?«, fragte Helge erstaunt. »Ich dachte, der alte Ser wäre noch außergewöhnlich rüstig für sein Alter.«

»Das ist auch das, was ich hörte«, grinste Hugor. »Aber Ihr wisst ja, manche hören nur, was sie auch hören wollen.« Er zuckte die Schultern. »Ich für meinen Teil ging davon aus, hier noch lange wie die Made im Speck zu sitzen, bevor etwas geschieht. Wie Ihr sehen könnt, habe ich mich getäuscht.« Er wandte sich an die Hüterin. »Sera Meliande, was sollen wir tun? Reiten wir gen Berendall? Meine ganze Kompanie ist beritten. Wenn wir die Pferde nicht schonen, können wir in weniger als zwei Kerzen dort sein.«

»Und dann versauern wir vor den Stadttoren?«, fragte Hendriks. »Wir planten nicht, nach Berendall zu reiten, unser Ziel war es, die anderen Söldnerkompanien für uns zu gewinnen. Wir kennen niemanden in der Stadt, dem wir vertrauen können … und was ist es, was wir anbieten wollen? Wir sind nicht darauf vorbereitet, schon jetzt gegen Lindor ins Feld zu ziehen.«

»Schicken wir doch Boten zu den anderen Hauptleuten und unterbreiten ihnen das gleiche Angebot. Es werden nicht alle darauf eingehen, aber ich kenne alleine schon drei, die von einem solchen Angebot träumen und keine festen Verträge mit den anderen Baronen haben. Sie werden kommen, darauf gebe ich mein Wort. Mit etwas Glück findet sich auch Hauptmann Steinhof ohne Anstellung, wenn wir seine Lanzenreiter hätten, wäre mir deutlich wohler.«

»Der alte Steinhof? Seine Reiter wären ein Gewinn für jede Armee«, meinte Hendriks nachdenklich. »Die Boten zu schicken, halte ich für sinnvoll«, meinte er dann zu Meliande.

»Gut«, sagte sie und sprach den Schreiber an. »Lasst die Einladung und die Angebote für die Hauptleute schreiben und legt sie mir schnellstmöglich zum Siegeln vor.«

Der Mann nickte und machte sich eine Notiz.

»Wir sollten dennoch schnellstmöglich nach Berendall aufbrechen«, äußerte sich Meliande dann. »Alleine schon, damit wir wissen, was dort geschieht. Zumindest können wir dem Grafen unsere Hilfe anbieten, so gering diese auch sein mag.«

»Sera«, sagte Hauptmann Hendriks. »Baron Vidan war ein Lehensmann des Grafen, zumindest gab er vor, es zu sein. Wir sind … ich meine, dadurch, dass sich Mislok dem Greifen angeschlossen hat, befinden wir uns jetzt in Rebellion gegen den Grafen!«

»Als Baron Vidan Thyrmantor seine Treue anbot, war das etwa keine Rebellion?«, fragte Meliande etwas spitz.

»Zumindest keine offene!«, meinte Hendriks. »Es hätte ja sein können, dass der Graf es dem Baron gleichtat. Dann wäre alles beim Alten geblieben, der Graf hätte für den Kanzler regiert und Vidan hätte weiterhin darauf warten müssen, dass der alte Graf zur Göttin berufen wird.«

»Alter Freund, vergisst du da nicht etwas?«, fragte Hauptmann Hugor. »Oder ist es dir nicht bekannt, weil du nicht bei den Baronen unter Vertrag warst?«

»Von was sprichst du?«, fragte Hendriks.

»Jeder hier in den Greifenlanden, vom Bauern bis zum Baron, betrachtet dieses Land als das Land des Greifen.« Er sah zu Meliande hinüber. »Sie begründen ihre eigenen Besitzansprüche darauf, dass sie dieses Land für den Greifen wahren, bis er wieder aufersteht. Sera Meliande hier …« Er kratzte sich am Hinterkopf. »Nun, ich hörte, was man von Euch spricht, Sera, und es sind schon ganz andere Dinge geschehen. Wenn Ihr wirklich die Prinzessin von Lytar seid, dann schuldet Euch ein jeder hier die Lehnstreue, vom Bauern bis zum Grafen. Hendriks, die Sonne war noch nicht ganz aufgegangen, da standen sie schon in Reihen da und haben sich freiwillig gemeldet, für den Greifen zu kämpfen … Betrachtet man es von dieser Seite her, befindet sich der Graf in Rebellion gegen *sie*!«

»Entschuldigt«, meinte der Wirt Hiram, als er an den Tisch herantrat. »Ich kam nicht umhin, die Worte zu hören. Ihr irrt Euch, wenn Ihr glaubt, der alte Graf würde nicht zum Greifen stehen. Er wäre der Erste, der den Eid auf die Prinzessin schwören würde.«

»Ihr kennt ihn?«, fragte die Hüterin etwas überrascht.

»Ich sah ihn schon einmal«, antwortete Hiram vorsichtig.

»Was ich eben sagte, ist allerdings weithin bekannt. Graf Torwald ist ein Mann, der Traditionen liebt und niemals Verantwortung scheute. Gerader als er kann man nicht sein.« Er verbeugte sich tief. »Ich bin nur ein einfacher Mann, nur ein Gastwirt, aber ich lebe hier schon mein ganzes Leben und ich kenne die Leute, was sie denken, glauben und fühlen. Wenn Ihr meinen Rat hören wollt, dann reitet nach Berendall, stoßt vor dem Tor in die Fanfaren und unterrichtet den Hauptmann der Wache, dass Ihr dem Graf zu Hilfe eilt.« Er zuckte die Schultern. »Vielleicht braucht es nicht mehr als das.« Er schmunzelte etwas. »Ich habe einen jungen Burschen kennengelernt, der sogar behauptet hat, es brauche nicht einmal eine Armee. Er heißt Garret, vielleicht kennt Ihr ihn?«

»Nur zu gut«, lächelte Meliande und Hendriks lachte.

Hugor sah ihn fragend an und Hendriks winkte ab.

»Wenn du ihn kennenlernst, bilde dir selbst ein Urteil«, sagte er dann zu Hugor. »Vielleicht gelingt es dir. Ich jedenfalls weiß noch immer nicht, was ich von ihm halten soll, aber wäre er nicht, befände ich mich nicht hier. Das Angebot, das jetzt auch du angenommen hast, stammt von ihm. Er marschierte alleine in mein Lager, kurz nachdem ich einen Teil meiner Leute an sein Dorf und einen anderen Teil an Beliors Wahn verloren hatte, und unterbreitete uns ebenjenen Vorschlag. Zudem schießt er besser als Tarik.«

Hugor wandte sich an den Scharfschützen, der zwei Tische weiter saß und sorgfältig Bolzen für seine Armbrust vorbereitete.

»Ist das wahr, Tarik? Es gibt jemanden, der besser schießt als du?«

Tarik legte den Bolzen sorgfältig beiseite und sah Hauptmann Hugor an.

»Er schießt besser, aber er ist der schlechtere Scharfschütze. Es mangelt ihm an Geduld und Weitsicht, nicht zuletzt auch an der notwendigen Heimlichkeit und Heimtücke. Aber ja, er schießt besser als ich.« Er nahm den Bolzen wieder auf und musterte ihn sorgfältig. »Allerdings hat er mir und vielen anderen etwas Wichtiges voraus.«

»Was wäre das?«, fragte Hauptmann Hugor neugierig.

»Glück.«

Meliande hatte lange genug überlegt, jetzt kam sie zu einer Entscheidung.

»Wir brechen nach Berendall auf. Wir nehmen vierzig Mann mit, die besten Reiter, die wir haben, der Rest wird hier die Stellung halten.« Sie stand auf. »Sers, sehen wir mal, wie der Greif Berendall helfen kann.«

Der alte Mann hielt inne und sah zu dem Gesandten. »Wollt Ihr gar keine Zwischenfragen stellen?«, fragte er etwas spitz.

»Ich werde mich hüten!«, gab Lamar heiter zurück. »Schließlich wird es jetzt gerade spannend.«

»Jetzt erst, ja?«, grummelte der alte Mann.

»Erzählt schon weiter«, lächelte der Gesandte.

43 Zwei Klingen

Der Flug dauerte nicht lange, dann kreiste Nestrok über Berendall. Hier und da schoss jemand mit einer Armbrust auf ihn, doch die Bolzen fielen harmlos zum Boden zurück, Lindor beachtete es gar nicht. Vielmehr beobachtete er fasziniert die Soldaten, die sich auf den alten Mauern einfanden, die vielen Wagen, die aus Schuppen und Scheunen herausgezogen wurden, die Männer und Frauen, die geduldig darauf warteten, ihre Ausrüstung zu empfangen, bevor sie sich in geordneten Gruppen zu den Wällen und den Toren begaben.

»Der Graf ist ein gerissener Hund«, stellte er mit einem grimmigen Lächeln fest. »Fast schon schade, dass Oberst Leklen nicht stürmen ließ!«

Es war nicht davon auszugehen, dass jeder der Freiwilligen Berendalls, der zu den Wällen eilte, auch wusste, wie man eine Armbrust bedienen musste, doch es war nicht allzu schwer zu erlernen. Lindor verwettete seinen rechten Arm, dass der Graf die letzten Jahre genutzt hatte, die Bolzen aufzustocken. Und dort drüben wurde eine Ballista bereit gemacht und herumgeschwenkt. Soldaten klemmten lange Balken unter die vorderen Räder und hebelten sie hoch, im nächsten Moment war der Knall zu hören, als die Arme der Ballista auf die Polster schlugen und einen schweren Bolzen in Nestroks Richtung schleuderten.

Der Drache schwenkte etwas zur Seite, einmal nur schlug er mit den Flügeln, dann schoss der Bolzen harmlos an ihnen vorbei, um wieder auf die Stadt herunterzufallen, wo er tief unter ihnen in einem strohgedeckten Dach einschlug.

Eine einzelne Ballista war keine Gefahr für Nestrok, nicht, solange er sie rechtzeitig sah. *Genug gesehen*, dachte Lindor. *Zur Burg.*

Gehorsam schwenkte Nestrok ein. Hier bot sich dem Grafen ein anderes Bild. Vor dem Burgtor war es zu Kämpfen gekommen, doch der weitaus größte Teil der Opfer waren Stadtwachen, nur hier und da sah er Tote, die den Wappenrock Thyrmantors trugen. Das Burgtor selbst war verschlossen, das Fallgitter heruntergelassen.

Ein Priester stand auf dem Wall, zu Lindors Erstaunen kämpften zu seinen Füßen vor dem Wall Soldaten der Stadtwache gegeneinander, ohne dem Priester Beachtung zu schenken, dann fühlte auch der Graf die Wut aufkommen und verstand. Seine Verbindung zu Nestrok bewahrte ihn vor solcherart Magie, er fühlte sie, doch sie berührte ihn nicht. Derlei Heimtücke nötigte dem Grafen widerwillig fast schon Bewunderung ab.

Überraschenderweise war der Burghof selbst fast frei von Toten, hier hatte es wohl so gut wie keine Kämpfe gegeben, nur ein Stallmeister lag erschlagen neben dem Brunnen. Vor dem Eingang zur großen Halle der Burg standen vier königliche Soldaten Wache, sie wichen erschreckt zurück, als Nestrok im Burghof landete.

Der Graf glitt vom Rücken des Drachen, ordnete seinen Umhang und trat auf die Wachen zu.

Bleib in der Nähe und achte auf den Turm.

Hinter ihm sprang der Drache wieder in die Lüfte und ließ Lindors Umhang flattern. Der Graf ging weiter, blieb vor dem Eingang zur Halle stehen und erwiderte den Salut des Sergeanten dort. Dieser schien deutlich darüber erleichtert, dass sich Nestrok wieder in die Lüfte erhoben hatte.

»Ich übernehme den Befehl«, teilte Lindor dem Sergeanten mit, der ihm entgegentrat. »Was ist hier geschehen?«

»Wir begleiteten Lord Daren bis hierher zur Burg. An diesem Ort warteten wir, während Lord Daren die Halle alleine betrat, um eine Audienz mit dem Grafen einzufordern. Auf das Zeichen hin überwältigten wir die Wachen des Grafen und sicherten die Burg. Die Verluste waren gering, die Magie der Priester hat sich im Kampf bewährt.«

Das glaube ich gerne, dachte der Graf bitter. Man sieht den Feind und greift den Freund an … was für ein übles Spiel!

»Danke, Sergeant«, antwortete er. »Wo kann ich Seine Eminenz finden?«

»Lord Daren wird oben sein«, antwortete ein anderer Soldat. »Der Graf von Berendall zog sich in seinen Trutzturm zurück. Allerdings sind unsere Leute schon dabei, sich Zugang zu dem Turm zu verschaffen. Lange wird es nicht mehr dauern.«

»Ihr scheint wenig besorgt, dass die Soldaten der Stadt die Burg zurückerobern könnten. Was für Vorkehrungen wurden getroffen?«

»Lord Daren hat einen Teil seiner Priester an die Mauern entsandt. Ihre Magie erscheint mir wirksam genug, ich sah schon mehrmals, wie die Stadtsoldaten sich gegenseitig die Köpfe einschlugen«, grinste der Sergeant. »Weniger Arbeit für uns!«

»Danke!«, sagte der Graf knapp und betrat die große Halle, ohne die Soldaten eines weiteren Blickes zu würdigen.

Hier waren die Spuren des Blutbads deutlicher. Zudem war deutlich zu erkennen, dass es kaum Verluste unter der Eskorte des Hohepriesters gegeben hatte, die meisten Toten waren die Bediensteten des Grafen und vielleicht ein Dutzend seiner Leibwachen, die sich offenbar im Blutrausch gegenseitig erschlagen hatten.

Der Graf verzog das Gesicht, als er an den sterblichen Überresten vorbeiging. Magie, vor allem solch heimtückische, war ihm niemals geheuer. Überall fand er die Spuren des Kampfs, oft genug hatten sich die Verteidiger der Burg wieder gegenseitig erschlagen. Doch als er den Treppenansatz zum dritten Stockwerk erreichte, lag dort ein erschlagener Priester in der Tür.

Wie viele dunkle Diener mochten Lord Daren in die Stadt gefolgt sein? Wenn er wirklich jeden seiner Priester mitgenommen hatte, mochten es zehn, vielleicht elf sein, Lord Daren mit eingerechnet. Die Kunst der Magie war nicht leicht zu erlernen. Lindor selbst hatte sich vor Jahren darin versucht, es aber schnell aufgegeben. Er besaß nicht das Talent dafür. Aber eines wusste er: Jeder tote Priester musste für Lord Daren schwer wiegen, denn es dauerte Monate, bis der dunkle Gott seine Diener mit besonderen Kräften ausstattete. Aus der Entfernung hörte er die dumpfen Schläge, er folgte seinem Gehör und fand sich in einer hohen Halle wieder, an deren rückwärtigem Ende sich eine stabile Tür befand … eine Tür aus schwarzem Stahl, wie er sie bereits in Lytar gesehen hatte. Der Soldat unten am Eingang der Halle irrte wohl, wenn er dachte, dass sie nicht lange halten würde.

Hier fand er auch Lord Daren und drei seiner Priester sowie gut zwei Dutzend königliche Soldaten. Sechs davon versuchten sich mit einem schweren Tisch als Rammbock an der Tür.

Nur zu, dachte der Graf bissig, an solchen Türen könnt ihr lange klopfen gehen!

Auch hier gab es Spuren eines Kampfs, doch kurioserweise waren nur königliche Soldaten gefallen, mit Genugtuung sah Lindor an der Seite einen weiteren der dunklen Priester in einer Ecke liegen, ein Armbrustbolzen stak ihm im linken Auge.

»Was wollt Ihr hier, Lindor?«, begrüßte ihn Lord Daren unwirsch. »Hatte ich Euch nicht dem Obristen unterstellt?« Er zog ein Augenbraue hoch. »Er wird Euch wohl schwerlich hierher geschickt haben, oder?«

»Ich bin ein treuer Diener Thyrmantors«, antwortete Lindor in neutralem Ton. »Ich bitte darum, mir zu erlauben, meine Treue zu beweisen.«

»Spät, Graf Lindor, das ist späte Reue. Aber nun gut … schaden werdet Ihr hier wohl nicht.«

Immer wieder wuchteten die Soldaten den schweren Tisch gegen die Tür aus schwarzem Stahl, so dumpf, wie der Aufprall klang, zeigte sie sich nur wenig beeindruckt.

»Wie ist die Lage?«, fragte Lindor, während er sich weiter suchend umsah. Eine Tür zu einem Nebenraum stand offen, ein Soldat stand im Türrahmen und trank aus einer Steingutflasche, während er mit gehässigem Grinsen etwas beobachtete, das in dem Raum geschah.

»Zuerst lief alles gut«, antwortete Lord Daren und verzog das Gesicht, als hätte er in eine Zitrone gebissen. »Durch die Macht der Verkehrung gelang es uns, die Ketzer gegeneinander kämpfen zu lassen, wir verloren kaum Leute ... nur seit einer halben Stunde habe ich vier meiner Leute verloren ... und gut vier Dutzend Soldaten.« Er sah Lindor vorwurfsvoll an. »Ich hätte zweihundert mitnehmen sollen.«

Um sie sterben zu lassen, dachte Lindor.

Ein erstickter Schrei kam aus dem Nebenraum und Lindor sah hinüber.

»Was geschieht dort?«

»Wir haben eine Gefangene gemacht ... eine Frau aus Lytar. Wenn ich Zeit finde, werde ich mich um sie kümmern, die Flamme Mistrals brennt heiß in ihr, sie wird meinem Herrn ein kostbares Opfer sein. Zurzeit lernt sie allerdings etwas Demut.« Lord Daren lachte. »Wenn Ihr Euch bedienen wollt, nur zu.« Er sah in Richtung der schwarzen Tür. »Dies hier wird wohl doch etwas dauern.«

Mit langen Schritten eilte der Graf zu der Tür und sah an dem Mann an der Tür vorbei in den Raum. Ein Blick reichte. Er bedeutete dem Soldaten im Türrahmen, den Raum zu betreten, und zog die Tür hinter sich zu.

»Wollt Ihr auch Euren Spaß, Graf?«, lachte einer der beiden Soldaten, die eine junge Frau auf dem großen Tisch festhielten, während ein dritter versuchte, sie an die Tischbeine zu fesseln. »Ihr müsst nur warten, bis wir diese Wildkatze gebändigt haben!«

Die Kleider der jungen Frau waren zerrissen, dunkle Schwellungen zeugten von harten Schlägen, ein Auge war zugeschwollen und ihr Mund blutete, dennoch nutzte sie den Moment der Unachtsamkeit und trat aus. Ihre nackte Ferse traf den grinsenden Mann hart am Kinn, es gab ein lautes Klacken, als die Zähne des Soldaten aufeinanderprallten und er benommen zurücktaumelte, um dann an der Wand zu Boden zu rutschen.

»Er lernt es wohl nie!«, lachte einer der anderen Soldaten. Er holte aus und gab ihr einen harten Schlag ins Gesicht, dass es ihr den Kopf herumriss und sie erschlaffte. »Das ist schon das zweite Mal, dass sie Tomin so erwischt!«, meinte er dann grinsend zu

Lindor, während er eine Lederschlinge um ihr Handgelenk zuzog und um das Tischbein knotete. »Er ist einfach zu langsam für eine solche Wildkatze.«

Der Graf ignorierte den Mann und musterte die hohen Fenster und die Tür, die zu einem Balkon hinausging. Es war sicherlich ein langer Fall von dort bis zum harten Pflaster des Burghofs.

Nestrok?

Ja?

Ich brauche dich.

Ich komme.

»Sind das ihre Schwerter?«, fragte Lindor und wies auf zwei Langschwerter aus schwarzem Stahl, die in einer Ecke standen.

»Ja, das sind sie. Wir wollten um sie würfeln, aber …« Er sah den Grafen an und seufzte. »Das Vorrecht eines Offiziers, eh? Sucht Euch eines aus, Graf, es sind die besten Schwerter, die ich je sah.«

Der Graf nickte und nahm eines der Schwerter auf, studierte das Emblem im Knauf, eine stilisierte Feder. »Hat sie beide Schwerter geführt?«

»Nein, nur eines. Das andere gehörte so einem dürren Kerl.«

»Kaum mehr als ein Dutzend und fünf Jahre alt? Blond und schlaksig? Schlank, aber mit breiten Schultern?«

»Ja. Kennt Ihr die Kerle? Er und sein großer Freund gingen schnell genug zu Boden, aber die hier hat acht von uns niedergemacht …« Er sah auf die bewusstlose Frau herab und spuckte ihr ins Gesicht. »Dafür wirst du büßen, du Hure!« Er band ihr das andere Bein fest, sodass sie vollständig fixiert war, und trat an die Tischkante, um ihr die letzten Kleider vom Leib zu reißen, bevor er sich an seiner Hose zu schaffen machte.

Der Graf hatte nun beide Schwerter gegriffen und wog sie in seinen Händen, schlug sie ein-, zweimal prüfend durch die Luft.

»Habt Acht, Graf, diese Klingen sind von ungeheuerlicher Schärfe!«

»Ich weiß«, lächelte der Graf grimmig. »Ich weiß.«

»Zur gleichen Zeit versuchten Garret und die anderen in die Burg einzudringen«, fuhr der alte Mann fort.

Lamar öffnete den Mund, sah den Blick des anderen und schloss ihn wieder. »Spannt mich nur auf die Folter«, grummelte er fast unhörbar.

Der alte Mann lächelte und verbeugte sich leicht im Sitzen. »Mit Vergnügen ...«, grinste er.

44 Ansturm

Garret musterte skeptisch die stabile Tür in der Wand und rüttelte daran. »Das ist eine gute Tür«, teilte er den anderen mit. »Kein Schloss, also gibt es einen Riegel auf der anderen Seite.« Er trat zurück, sah hinauf zur Mauerkrone und seufzte dann. »Also müssen wir klettern.«

»Nein«, sagte die Sera Leonora und legte eine Hand auf das metallene Türblatt. »Sie ist offen.«

Mit dem Quietschen ungeölter Türangeln schwang die Tür zum Garten hin auf.

Garret öffnete den Mund, schloss ihn wieder, zuckte mit den Schultern und folgte den anderen in den Rosengarten. Hinter ihm schlug die Tür mit einem lauten Knall zu. Er wirbelte herum, sah den breiten geschlossenen Riegel, der in der Mauer verankert war, das verrostete Schloss daran und lachte.

»Was ist so lustig?«, fragte Argor.

»Nichts«, antwortete Garret. »Ich finde nur, dass Sera Leonora eine bemerkenswerte Art besitzt, mit Türen umzugehen.« Argor sah hoch zu ihm und schüttelte dann den Kopf.

»Was ist?«, fragte Garret.

»Ich verstehe nicht, wie du so wohlgemut sein kannst. Vanessa befindet sich in den Klauen dieser Priester und du lachst und grinst, als wäre nichts!«, knurrte Argor. »Die Göttin alleine weiß, was sie ihr antun werden! Solange sie nicht gerettet ist, gibt es nichts, was mich erheitern könnte!«

»Ich könnte weinen und mir die Haare raufen«, sagte Garret ernster. »Aber das bringt uns auch nicht näher an sie heran.«

»Hast du denn gar kein Mitgefühl?«, fragte Argor empört. Im nächsten Moment fühlte er eine schwere Hand auf seiner Schulter.

»Lass Garret in Ruhe, Argor. Ihm ist so übel von dem Schlag, den er erhielt, dass er kaum mehr gerade gehen kann, er ist so hart getroffen, dass er schon zweimal ohnmächtig wurde. Es ist seine Art.«

»Aber ... Vanessa ist deine Schwester! Stört es dich nicht, dass er so tut, als wäre nichts?«

»Nein«, sagte Tarlon mit einem Blick zu Garret. »Denn ich weiß, dass er vor Verzweiflung beinahe stirbt!«

»Garret?«, fragte Argor ungläubig und warf einen zweifelnden Blick auf seinen schlaksigen Freund. Der warf nun Tarlon einen seltsamen Blick zu.

»Lass es gut sein, Argor«, sagte Tarlon. »Vertraue mir. Und quäle ihn nicht länger.«

»Schöner Garten«, meinte Knorre etwas weiter vorne. »Etwas verwahrlost, aber ohne Zweifel ein schöner Ort.«

»Dort ist die Tür zur Burg«, meinte Leonora und zeigte auf eine weitere stabile Tür in der Mauer des Gartens. »Und ja, du hast recht. Es ist ein schöner Ort ... ich war mehr als einmal hier.«

»Mutter brachte mir hier das Lesen bei«, erklärte Sina lächelnd und zog die schwere Tür auf. Rost bröselte herab und auch die Türangeln protestierten laut, dennoch gelang es Sina, sie ganz zu öffnen. Vor ihnen lag der Graben der Burg. Viel Wasser führte er nicht, es roch leicht nach Moder. Knorre sah nach unten in den Graben. Durch das Niedrigwasser waren die verrosteten Eisenpfähle zu sehen, die dort unten verankert waren. Ein einziger Fehltritt und man würde unangenehm auf ihnen landen. Eine schmale Holzbrücke führte hin zu einer weiteren Tür in der Burgmauer, die sich auf der anderen Seite des gut zwölf Schritt breiten Grabens befand.

»Einladend«, stellte er fest und musterte die schmale Brücke mit einem skeptischen Blick. »Irgendwie glaube ich nicht, dass es so einfach ist.«

»Ihr habt eine seltsame Art, die Dinge zu sehen«, meinte Argor neben ihm, der sich beim Anblick des modrigen Wassers schüttelte. »Als einfach würde ich das jetzt nicht bezeichnen!«

»Es ist zudem eine Falle«, erklärte Leonora, als sie sich vor der Brücke niederkniete und in einem kaum sichtbaren, mit Efeu überwachsenen Loch nach etwas tastete. »Hier«, sagte sie und zog ihre Hand heraus, in ihr das Ende einer Kette. Sie reichte die Kette an Argor weiter. »Dort drüben, siehst du den Haken an der Wand?«

Argor nickte.

»Dort muss die Kette eingehängt werden, so straff als möglich. Sie hält die Bretter der Brücke, die sonst unter unserem Gewicht nachgeben würden.«

Argor zog, ein Stück der Kette kam heraus, dann hing sie fest. Wortlos trat Tarlon neben ihn, griff mit der linken Hand die Kette und zog nun selbst. Knirschend und protestierend kam die Kette aus dem Loch, zwei Schritte weit zog er sie, dann hängte er sie an dem Haken ein.

Leonora nickte dankbar, tat einen vorsichtigen Schritt auf die Brücke hinaus, atmete auf und überquerte sie dann, ohne weiter zu zögern. Wieder quietschten rostige Türangeln, als auch die Tür auf der anderen Seite aufschwang, diese war aus einem stabilen Block aus Eisen gefertigt, der gut eine Handbreit dick war und sauber auf einem verstärkten Rahmen auflag. Dahinter war ein dunkler Gang zu sehen.

Argor musterte Tür, Mauer und Brücke und nickte anerkennend. »Du hast recht, Sina«, gab er zu. »Leichtsinnig war der Graf wohl nicht.«

»Wohin führt der Gang?«, fragte Garret ungeduldig.

»Hinter die Stallungen der Burg«, erklärte Leonora von der anderen Seite und bedeutete ihnen mit einer Geste, ihr zu folgen. »Es ist kein Geheimgang, müsst ihr wissen, aber gar so offensichtlich wollte der Graf ihn auch nicht anlegen.«

Garret tat einen Schritt, schwankte, stützte sich an der alten Eisentüre ab und rutschte an dieser entlang zu Boden. Dort blieb er sitzen und sah zu ihnen hoch.

»Oh …«, meinte er und fiel zur Seite weg.

Knorre kniete sich schwerfällig neben den schweißgetränkten und kreidebleichen Garret und berührte ihn leicht am Hals.

»Leonora!«, rief er dann zur anderen Seite hin, unnötigerweise, denn sie war bereits wieder auf dem Weg zurück. Sie legte Garret eine Hand auf die Stirn, schüttelte einen Dolch aus ihrem Ärmel und schnitt den blutigen Verband von Garrets Kopf.

Argor zog scharf die Luft ein, als sich ein Teil von Garrets Kopfhaut löste und blutiger Knochen darunter zum Vorschein kam. Gleichzeitig floss das Blut in Strömen.

»Geh weg von ihm!«, rief Leonora. »Dein Atem enthält giftige Geister, die ihm die Wunde schwären lassen könnten!«

Erschreckt wichen sie zurück und ließen Leonora Platz. »Wird er sterben?«, fragte Argor angstvoll.

»Nicht, wenn du mich nicht störst!«, gab Leonora knapp zurück. »Knorre!«, rief sie. »Ich hoffe, dies ist nicht das erste Mal in deinem Leben, dass du keinen Korn dabeihast!« Sie streckte die Hand aus. »Her damit!«

Garret öffnete die Augen, schielte zu ihr hoch und verzog das Gesicht zu einem halben Grinsen. »Seid ihr beide verheiratet?«, fragte er. Leonora erstarrte in ihrer Bewegung und sah ihn ungläubig an, Sina kicherte und Knorre verschluckte sich derart, dass er husten musste. Im nächsten Moment rollten Garrets Augen nach oben und er erschlaffte.

Leonora nahm die silberne Flasche, die Knorre ihr reichte, sah auf Garret hinab und schüttelte ungläubig den Kopf.

»Ich glaube, das ist einer von denen, deren Mundwerk man ein zweites Mal begraben muss!« Sie schraubte die Flasche auf. »Vielleicht beantwortet das dann auch deine Frage, Argor. Ja, der Kerl wird leben … auch wenn jemand sein Möglichstes tat, ihm den Schädel einzuschlagen!«

Sie schüttete den Korn über Garrets Schädel und wusch damit das Blut weg, anschließend hob sie vorsichtig einen anderen Teil der Kopfhaut an. Eine tiefe Kerbe und Risse sowie ein Stück gesplitterter Knochen wurden sichtbar. Hinter ihnen seufzte Tarlon, verdrehte die Augen und sackte in sich zusammen. Argor, der versuchte, seinen großen Freund zu stützen, wurde von dessen Gewicht überwältigt und unter Tarlon begraben. Sina eilte heran, doch selbst zu zweit waren sie kaum imstande, Tarlon von dem jungen Zwerg zu wuchten. Wäre Tarlon nicht im nächsten Moment wieder zu Bewusstsein gekommen, hätte er Argor vielleicht sogar erstickt. So aber rollte er sich von Argor herunter und blieb schwer atmend auf dem Rücken liegen.

»Drache«, meinte er. Erst verstand Argor nicht, dann sah er Lindors Drache, der hoch über der Burg kreiste.

»Der tut uns nichts«, sagte Leonora abwesend, während sie mit spitzen Fingern einen Knochensplitter aus Garrets Schädel herauszog.

Argor sah den Drachen skeptisch an. »Seid Ihr sicher?«, fragte er dann.

»Ist sie«, lächelte Sina. »Sie weiß solche Dinge.«

»Du musst etwas tun«, sagte Knorre zu Leonora. »Das sieht übel aus!«

»In der Tat«, antwortete Leonora und berührte vorsichtig ein Stück Knochen, das unter ihrem Finger fast unmerklich nachgab. »Es ist eine Gnade der Göttin, dass er überhaupt noch lebt. Wir müssen ihn …«

»Nein«, widersprach Knorre. »Du musst ihn heilen. Jetzt. Wir brauchen ihn.« Er sah zu Tarlon hinüber. »Ihn auch. Er blutet wie ein Schwein und seine Wunde wurde nicht gereinigt.«

Leonora zögerte.

»Wenn Ihr meine Freunde heilen könnt, dann tut es!«, forderte Argor.

»Du verstehst nicht«, sagte Leonora leise. »Es ist mir verboten!«

»Von wem?«, fragte Argor irritiert.

»Von der Göttin selbst.«

»Aber Ihr seid ihre Priesterin!«, meinte Argor verständnislos. »Ihr predigt ihr Wort!«

»Sie predigt«, sagte Knorre und stützte sich schwer auf seinen Stab, während auch er einen skeptischen Blick hinauf zu Lindors Drachen warf. »Aber sie darf nicht für jemanden aus dem Greifenlande um Heilung bitten. Genau deshalb haben die beiden sich schon vor langer Zeit überworfen!«

»Ich liebe sie«, flüsterte Leonora. »Auch wenn sie es nicht glauben mag. Doch dem Greif die Gnade ihrer Liebe zu entziehen, zusätzlich zu dieser Strafe ... das habe ich nie eingesehen. Ich verstehe immer noch nicht, wie sie so ungerecht sein konnte!«

»Leonora«, sagte Knorre eindringlich. »Sie hat uns vergeben. Sie hat Elyra zu ihrer Priesterin gemacht, ich habe es dir doch erzählt!«

»Die Halbelfe, die immer zu spät zum Unterricht kam?«, lächelte Leonora, doch Knorre sah sie nur fragend an.

»Ja«, sagte Tarlon, der noch immer auf dem Boden lag. »Sie trägt jetzt die Robe der Hohepriesterin und ist ohne Zweifel von der Gnade der Göttin erfüllt.« Er richtete sich auf einen Ellenbogen auf. »Sie wartet noch immer darauf, dass Ihr ihr erklärt, wie man mit Flöhen fertigwird.«

»Wenn es so ist, wie du sagst, wird es dazu noch Gelegenheit geben!«, lachte Leonora. Sie sah auf Garret hinab.

»Nun mach schon, Liebes«, sagte Knorre eindringlich. »Es ist wirklich so weit. Das dritte Zeitalter hat begonnen.«

Leonora nickte. Sorgsam wusch sie ihre Hände erneut mit dem Korn aus Knorres Flasche und legte Garrets Kopfhaut sorgsam wieder dorthin, wo sie hingehörte. Dann murmelte sie etwas ... so leise, dass Argor es fast nicht hören konnte. Zugleich aber war es, als ob sich ein Riese im Boden regen würde, ein Widerhall, so mächtig, dass es ihm sämtliche Haare aufstellte. Leonoras Haare und Gewänder bewegten sich in einer unsichtbaren Strömung, als befände sie sich unter Wasser, und für einen langen Moment kam es ihm vor, als ob dort nicht eine zierliche Frau knien würde, sondern etwas anderes, Größeres, etwas, das von einem inneren Glanz erfüllt wurde, der so erhaben, so gewaltig war, dass er die Sinne sprengte.

Hoch über ihnen stieß Nestrok einen durchdringenden Schrei aus, der jeden zusammenzucken ließ, und schoss so schnell davon, dass Argor an einen erschreckten Spatzen denken musste.

»In Ordnung«, meinte Knorre trocken. »Jetzt hast du es aber wissen wollen.«

»Das sagt gerade der Richtige!«, lachte Leonora. Sie strich Garret sanft über das Haar und ging zu Tarlon hinüber, der ihr nachdenklich entgegenblickte.

»Du denkst immerzu, Tarlon«, sagte sie leise. »Und du siehst zu viel.«

»Das sehe ich anders«, entgegnete Tarlon und sie lachte.

»Dreh dich auf die Seite«, wies sie ihn an und schüttelte einen scharfen Dolch aus ihrem Ärmel. Mit einem schnellen Schnitt trennte sie ihm den Verband auf und musterte die Wunde, zwei ausgefranste Löcher, gut viermal größer als ihr Daumen. Sie nahm Knorres Flasche, nahm einen tiefen Schluck und presste ihre Lippen gegen die Wunde … und blies den Korn hinein. Tarlon zuckte zusammen und bäumte sich auf, er ballte die Fäuste, seine Knöchel wurden weiß und er zog zischend den Atem ein.

»Geht es?«, fragte sie.

»Jetzt wieder«, flüsterte Tarlon gepresst. »War das notwendig?«

»Alles hilft«, lächelte Leonora, wischte sich das Blut von den Lippen und reichte Knorre die Flasche zurück. Er drehte sie um, nur ein Tropfen fiel noch heraus.

»Hättest du nicht etwas übrig lassen können?«, fragte er pikiert.

Leonora sah hoch zu ihm. »Nein, natürlich nicht!«, erwiderte sie und beugte sich wieder über Tarlon. »Es ist gleich vorbei«, versprach sie und hielt ihre Hände gegen beide Wundlöcher. Wieder murmelte sie etwas, und wieder war es so, als ob sie mehr wäre, als das Auge sehen könnte, als ob sie diesen Ort zur Gänze ausfüllte.

Als sie ihre Hände von den Wunden nahm, waren dort nur noch weiße Narben zu sehen.

»Das«, meinte Argor beeindruckt, »nenne ich eine Heilung!«

»Ich habe Kopfschmerzen!«, teilte ihnen Garret von der Tür her mit. Er rieb sich den Schädel und sah die anderen verwundert an.

»Ist das eine Beschwerde?«, fragte Leonora lächelnd.

»Nein. Eher eine Danksagung, denn im Vergleich zu vorher ist es eher eine Labsal. Habt Dank, Sera, für dieses Wunder.«

»Dankt Mistral«, antwortete Leonora.

»Das werde ich tun, wenn ich Vanessa in meinen Armen halte«, sagte Garret grimmig. Er sprang leichtfüßig auf, griff seinen Bogen und sah hinüber zu der offenen Tür auf der anderen Seite der Brücke, dann dorthin, wo Tarlon sich langsam aufrichtete.

»Willst du dort liegen bleiben, Tar, oder können wir weiter? Wir haben lange genug getrödelt!«

Argor rollte die Augen und Sina kicherte, selbst Knorre musste lachen.

»Wir haben nur auf dich gewartet«, teilte Leonora Garret hoheitsvoll mit, aber auch sie schmunzelte.

»Gibt es überhaupt etwas, das Garret beeindruckt?«, fragte Sina, als sie gemeinsam mit Argor die Brücke passierte. Dass sie seine Hand hielt und er ihre fast zerquetschte, während er mit Schweißperlen auf der Stirn fast panisch geradeaus sah, schien er gar nicht zu bemerken.

»Nein«, antwortete er gepresst. »Nicht dass ich wüsste!«

»Argor!«, rief Garret von vorne. »Nicht stehen bleiben!«

»Der hat leicht reden«, beschwerte sich Argor. »Er ist ja schon drüben.«

»Du kannst nicht mehr ertrinken«, erinnerte ihn Sina.

»Es ist hoch und da unten sind eiserne Pfähle. Die sind rostig und spitz. Wenn ich da hinunterfalle …«

»Du fällst nicht«, teilte ihm Sina mit und zog leicht an seiner Hand. »Vertraue mir einfach!«

Offenbar tat er es, denn er tat einen weiteren Schritt und dann den nächsten, bis er auf der anderen Seite ankam.

Der Gang war nicht besonders lang, nicht mehr als zehn Schritt, die Breite der massiven Mauer. Am anderen Ende glitt Garret bereits um die Ecke. Der Gang durch die Mauer endete hinter den Stallungen der Burg. Zwischen der Rückwand des Stalls und der Mauer selbst war kaum mehr als ein Schritt Platz, auch stand hier allerlei Gerümpel herum, geborstene Fässer, ein alter gebrochener Rechen und sogar eine Hellebarde mit einem gebrochenen Schaft. Für Tarlon war es fast zu eng, Garret jedoch hatte weniger Probleme. Zwischen dem Stall und dem stabil gemauerten Zeughaus der Burg führte eine weitere schmale Gasse zum Burghof, dort, an die Eckwand des Stalls gepresst, kauerte Garret. Als die anderen näher kamen, hob er eine Hand.

»Es wird ernst«, teilte er ihnen flüsternd mit und zog fünf Pfeile aus seinem Köcher. »Ich sehe einen Priester auf den Zinnen und vier Soldaten, die den Eingang zur Haupthalle bewachen. Irgendwo wird gekämpft, ihr hört den Kampflärm selbst, aber ich sehe nicht, wo. Der Lärm scheint vom Tor her zu kommen, aber außer dem Priester ist da niemand.«

»Bist du wütend?«, fragte Argor.

»Nein«, antwortete Garret ironisch. »Überhaupt nicht! Wie kommst du darauf?«

»Wegen dem Priester«, erklärte Argor.

Garret sah ihn fragend an.

»Wenn man sie sieht, weckt ihre Magie einen Zorn auf jeden in deiner Umgebung«, teilte Knorre Garret mit.

»Das erklärt, warum sich die Leute gegenseitig erschlagen«, stellte Garret fest, während er seine Pfeile überprüfte und einen der fünf Pfeile gegen einen neuen aus seinem Köcher austauschte. »Ich kann nicht sagen, dass ich diese Priester dadurch mehr mag. Wirkt die Magie schon in dem Moment, in dem man sie sieht, oder dauert es länger?«

Knorre kratzte sich am Hinterkopf. »Ich denke, es wird einen Moment brauchen.«

»Das beruhigt mich. Denn ich *bin* wütend. Es würde mich ärgern, würde ich es an dem Falschen auslassen!«

»Was hast du vor?«, fragte Knorre den schlaksigen Bogenschützen.

»Ist das nicht offensichtlich?«, fragte Garret zurück. »Ein Priester, vier Wachen, fünf Pfeile?«

»Er ist so gar nicht von sich eingenommen, nicht wahr?«, fragte Sina Argor leicht erheitert.

»Selten«, antwortete Argor. »Er ist wahrhaftig so gut.«

Tarlon ignorierte das Geplänkel.

»Ich höre Kampflärm, Garret. Weißt du, wo der herkommt?«

»Vom Tor, denke ich«, antwortete Garret und überprüfte die Spitze seines Pfeils genauer. »Der Priester steht auf den Zinnen des Torhauses. Deshalb habe ich auch vor, ihn mir als erstes Ziel zu nehmen.« Er sah sich um, trat sogar einen Schritt hinter dem Stall hervor und fand dann, was er suchte, eine kleine Rauchfahne, die fast senkrecht aus einem Kamin aufstieg. Kaum Wind, stellte Garret befriedigt fest und duckte sich wieder in Deckung. Tarlon drückte sich selbst an die Ecke und riskierte einen kurzen Blick.

»Ich sehe die Wachen, aber nicht den Priester.«

»Genau über dem Tor ... zwischen der dritten und vierten Zinne von links. Er steht mit ausgebreiteten Händen da, du siehst nur seine linke Hand.«

»Oh«, meinte Tarlon. »Jetzt sehe ich ihn. Wie willst du ihn treffen? Er ist in voller Deckung!«

Er trat hastig zurück und schüttelte den Kopf wie ein nasser Hund.

»Göttin, das ist niederträchtig! Ich wurde eben darob wütend, dass der Kerl nur eine Hand zeigt! Und danach erst recht auf Garret, weil der Schuss so schwierig ist ... das ergibt nicht den geringsten Sinn!«

»Magie«, sagte Garret schulterzuckend und legte den Pfeil auf. »Wenn der Priester fällt, ist es den Stadtwachen vielleicht möglich, das Tor der Burg zu stürmen.«

Tarlon legte ihm ein Hand auf die Schultern. »Warte einen Moment.«

»Warum? Je länger ich zögere, desto mehr Soldaten sterben da draußen!«

»Der Hof ist mir zu leer. Vier Wachen und ein Priester, um die Burg zu verteidigen? Das wäre dumm.«

»Mehr sind nicht zu sehen.«

»Die Truppe, die uns überfiel, war zuerst auch nicht zu sehen. Wenn ich mich unsichtbar machen könnte, würde ich es tun und darauf lauern, dass sich jemand eine Blöße gibt.«

Garret sah nach hinten.

»Knorre, habt Ihr eine Möglichkeit, jemanden sichtbar zu machen, der sich vor unseren Augen versteckt?«

»Nein. Nicht direkt.«

»Könnt Ihr uns unsichtbar machen?«

»Ich bin ein Arteficier«, antwortete Knorre pikiert. »Kein Heckenmagier! Gib mir Silber, Platin, einen guten Diamanten, meine Werkstatt und ein halbes Jahr Zeit, dann fertige ich dir einen Ring, der dich unsichtbar machen kann! Aber so, nein.«

»Ich komme darauf zurück, wenn ich den Diamanten gefunden habe«, grinste Garret und sah dann die Sera Leonora fragend an. Sie schüttelte bedauernd den Kopf.

»Es braucht eine Vorbereitung, die ich nicht getroffen habe«, erklärte sie. »Und gar so einfach ist es auch nicht.«

»Also bleiben zwei Möglichkeiten«, stellte Garret fest. »Jemand ist unsichtbar und wir sehen ihn nicht oder es ist niemand da. Es ist demnach nichts anderes, als wenn sich jemand in seiner Deckung versteckt. Also gut.« Er winkte Argor herbei. »Gib mir Rückendeckung … wenn sich jemand oder etwas zeigt, erledige du ihn.«

»In Ordnung.« Argor legte seine Armbrust an.

»Als Ersten der Priester!«, sagte Garret, trat rasch um die Ecke und zog den mächtigen Bogen aus und schoss einen Pfeil fast senkrecht in die Luft und trat genauso schnell wieder in die Deckung des Stalls zurück.

Zuerst schien es, als hätte der Schuss keine Wirkung gehabt, doch mit einem Mal versiegte der Kampflärm vor dem Tor.

»Hab ihn wohl erwischt«, meinte Garret zufrieden.

»Nur wie?«, fragte Argor. »Ich hab den Kerl nicht einmal gesehen!«

»Das ist das Praktische an einem Bogen«, grinste Garret. »Man kann auch indirekt schießen. Sag, siehst du einen Unsichtbaren?«

»Nein«, knurrte Argor. »Wie denn auch, wenn er nicht zu sehen ist? Oh!«

»Was …«, begann Garret.

»Mist!«, rief Knorre.

Unsichtbar war er wohl nicht gewesen, vielleicht hatte er einfach nur im Eingang des Zeughauses gestanden und war so der Entdeckung entgangen. Auf jeden Fall stand plötzlich ein königlicher Soldat vor ihnen im Eingang zu der Gasse zwischen Zeughaus und Stall. Er trug sein Schwert blank in der Hand, hatte es aber nicht erhoben. Er schien mindestens so verdutzt, wie die Freunde es waren, vielleicht hatte er nur etwas gehört und war gekommen, um nachzusehen. Doch es war offensichtlich, dass er nicht tatsächlich damit gerechnet hatte, jemanden vorzufinden.

Argor hob die Armbrust und drückte ab und traf den Mann knapp über dem Lendenschutz und unterhalb des Brustpanzers.

Garret stieß ihm den Pfeil, den er gerade auflegen wollte, ins Auge.

Aus Sinas Hand schoss ein fahler Blitz, der den armen Kerl in tausend knisternde Funken hüllte.

Tarlon hob die Axt und ließ sie mit einem Seufzer wieder sinken, trat nach vorne, fing den sterbenden Soldaten mit einer Hand auf und zog ihn nach hinten in die Gasse.

»Das war jetzt etwas übertrieben«, meinte er trocken, während er dem Mann den Mund zuhielt, bis sich dieser nicht mehr regte und erschlaffte.

»Tut mir leid«, sagte Argor zerknirscht, während er einen neuen Bolzen auflegte. »Er hat mich erschreckt!«

»War er einer von den vieren, die du im Eingang gesehen hast?«, fragte Tarlon, als er das Zeichen der Göttin über dem Toten ausführte. Er griff seine Axt und ging wieder nach vorne, dorthin, wo Garret sorgsam einen neuen Pfeil aus seinem Köcher auswählte. Drei nahm er zusammen mit dem Bogen in die linke Hand, den vierten legte er auf.

»Ich glaube nicht«, antwortete Garret auf Tarlons Frage.

Er sah zu Argor hinüber, der nickte. Garret sah um die Ecke, doch nur drei der vier Soldaten waren zu sehen. Also pfiff er laut. Die Soldaten am Eingang sahen sich um, Garret pfiff wieder und der vierte Soldat trat in den Eingang, während die anderen drei losrannten. Der erste Pfeil traf den Mann im Eingang, die anderen folgten so schnell, dass man es kaum wahrnahm.

»Da oben!«, rief Argor, hob die Armbrust und drückte ab. Der Priester, der plötzlich ihnen gegenüber auf den Burgzinnen zu sehen war, hob abwehrend die Hand und Argors Bolzen verfehlte ihn um Längen. Argor sah fassungslos auf seine Armbrust hinab. »Das gibt es nicht!«, protestierte er. »Ich hatte ihn genau im Visier!«

Garret sparte sich eine Antwort und zog den nächsten Pfeil aus dem Köcher, noch bevor der letzte der Soldaten am Eingang zusammenbrach. Er zog den Bogen aus und schoss ... doch auch sein Pfeil verfehlte den Priester, der nun beide Hände hob, um die sich etwas Dunkles sammelte.

Garret sah hastig zur Seite weg, ließ den Bogen sinken und runzelte die Stirn.

»Du hast auch vorbeigeschossen?«, fragte Argor ungläubig. Drüben bei dem Priester sammelte sich die Dunkelheit.

»Wir sollten von hier verschwinden!«, rief Argor und zupfte an Garrets Arm. »Wie sollst du auf ihn schießen, wenn du ihn nicht ansehen kannst?«

»Nicht anfassen!«, rief der, schloss die Augen und legte seinen nächsten Pfeil auf ... und schoss. Wieder flog der Pfeil zuerst wie an einer Schnur gezogen auf den Priester zu, wieder driftete er nach links ab ... doch diesmal beschrieb er nur einen Bogen und traf den Priester von der Seite. Langsam ließ Garret den Bogen sinken und kratzte sich am Hinterkopf, während der Priester röchelnd niedersank.

»Das war seltsam«, meinte Garret nachdenklich. »Der Kerl wollte nicht, dass der Pfeil ihn traf ... nur diesmal wollte ich es mehr!«

»Aha!«, grinste Sina. »Du betrügst! Du lenkst den Pfeil ins Ziel!«

Garret wandte sich zu ihr um und sah sie überrascht an. »So lernen wir in Lytara das Bogenschießen«, erklärte er. »Warum soll man schießen, wenn man nicht will, dass der Pfeil trifft?«

»Sie meint nur, dass du Magie verwendest«, erklärte Knorre. Er streckte seinen Hals um die Ecke und suchte den Burghof ab. »Das ist jetzt nicht wichtig, darüber können wir uns später unterhalten. Seht ihr noch jemanden?«

»Nein«, sagte Garret. Er trat einen Schritt vor und sah zurück zum Haupttor der Burg, wo jetzt dröhnende Schläge das massive Burgtor erzittern ließen. »Sollen wir ihnen helfen?«, fragte er. »Argor?«

»Ich lauf ja schon!«, rief Argor und rannte los.

»Komm dann nach!«, rief Knorre ihm hinterher. »Du hast immer noch den Handschuh, den brauchen wir!« Argor winkte, um zu zeigen, dass er verstanden hatte, und lief noch schneller.

Die Sera Leonora war bereits auf dem Weg zur Halle.

»Sollte nicht einer von uns vorgehen?«, fragte Garret, doch Knorre schüttelte den Kopf.

»Glaubt mir, sie weiß, was sie tut.«

Bis auf die Toten war die Halle menschenleer. Einer von Garrets Opfern lebte noch, sein Stöhnen war das Einzige, das die unheimliche Stille brach. Und da war noch etwas, ferne dröhnende Schläge, die von weiter oben kamen.

»Die Treppe dort führt hinauf zur Krönungshalle, dort befindet sich auch der Zugang zum Trutzturm.« Knorre grinste breit. »Das hört sich nicht so an, als ob sie die Tür schon hätten öffnen können!«

Kaum hatte er das gesagt, erschütterte ein mächtiger Donnerschlag die Halle, ließ die Scheiben in ihren Fassungen klirren. Kerzenständer stürzten um, schwere Tische und Bänke tanzten, Geschirr fiel herunter und selbst von der hohen Decke der Halle löste sich der Putz in großen Brocken. Einer der schweren Kronleuchter dort oben riss sich von seiner Kette los und stürzte hinab, nur knapp verfehlte das schwere Eichenrad Sina, die sich gerade noch rechtzeitig zur Seite warf.

Im gleichen Moment hörten sie hinter sich, vom Burghof her, einen lang gezogenen Schrei der Angst und Panik.

»Vanessa!«, rief Garret und rannte zum Ausgang. Er sah gerade noch, wie Lindors Drache, mit einer halb nackten und blutigen Vanessa in der linken Klaue, aufstieg und sich in einem eleganten Manöver auf den Rücken legte, um dann mit einem kraftvollen Flügelschlag auf ihn herunterzustoßen.

»Nein!«, rief Garret verzweifelt. »Nein! Nicht so!« Er hob seinen Bogen, doch Tarlon fiel ihm in den Arm. »Nicht!«, rief er. »Schau, sie hat beide Schwerter in der Hand, sie ist nicht tot!« Tatsächlich drückte der Wind seiner Schwingen Garret fast in die Halle hinein, als der Drache über dem Boden schwebte und Vanessa fallen ließ. In einem Sturm aus Staub und Dreck erhob sich der Drache senkrecht in die Luft, stieg auf, als wäre er von einem Seil gezogen, um weiter oben in der Luft vor dem obersten Stockwerk der Burg zu verharren. Doch Garret sah nicht einmal hin, zum ersten Mal in seinem Leben ließ er achtlos seinen Bogen fallen und rannte über den Hof, dorthin, wo Vanessa sich benommen aufrichtete.

»Trag sie rein!«, rief Tarlon, den Blick auf den Drachen gerichtet. »Beeil dich!« Er griff Garrets Bogen und warf die mächtige Tür der großen Halle zu, knapp bevor Garret mit Vanessa die Halle erreichte. Gerade noch rechtzeitig, denn vor der Halle ging die Welt in einem Feuerregen unter.

45 Eine fahle Hand

Als Lindor den Raum verließ und die Tür hinter sich zuzog, war sein Kragen aus weißem Leinen mit Blutspritzern befleckt.

»Lebt sie noch?«, fragte Lord Daren. Im gleichen Moment war ein lang gezogener Schrei zu hören, dem ein verzweifeltes Wimmern folgte.

»Noch«, sagte Lindor und richtete sich seinen Gürtel. »Fragt sich, wie lange noch, Eure Leute sind nicht gerade zimperlich.«

»Es ist nur ein kleiner Vorgeschmack dessen, was sie in Darkoths Hand erwartet«, meinte Lord Daren mit Blick auf die Tür, die sich noch immer unbeeindruckt zeigte. Er kam zu einem Entschluss.

»Hört auf damit«, befahl er barsch. »Wir haben keine Zeit mehr für solche Methoden, die Meute ist kurz davor, die Burg zu stürmen.«

Er griff unter seine Robe und zog eine bleiche abgeschlagene Hand hervor. »Es wird Zeit, dass der Graf die wahre Macht meines Gottes erkennt!« Er trat an die Tür, nahm die Hand beim Stumpf, als wäre es eine Keule, und zu Graf Lindors Entsetzen ballte sich die abgeschlagene Hand zu einer Faust. Zugleich verdunkelten sich die hohen Fenster an der Westseite durch einem großen, tanzenden Schatten.

Ich bin da. Jetzt?

Ja!, gab Lindor seinem Drachen zur Antwort.

»Darkoth!«, rief Lord Daren mit einer Stimme, die das Fundament der Burg zu erschüttern drohte, und schlug mit der toten Faust gegen den schwarzen Stahl. Der Boden wankte, die Halle schien unter dem mächtigen Schlag zu beben, einige der Soldaten wurden zu Boden gerissen und selbst Lindor hatte Mühe, auf den Beinen zu bleiben. Er drehte sich um und riss die Tür zu dem Raum auf, den er eben gerade verlassen hatte. Das

Letzte, das er sah, bevor er sie hastig zuschlug, war, wie die Tür aus schwarzem Stahl wie ein Kinderspielzeug eingedrückt und davongeschleudert wurde und ein großes Loch in die dicken Wände des Trutzturms schlug.

»Daren trug die Hand des dunklen Gottes?«, rief Lamar entsetzt.

»Schh!«, kam es von überall her aus dem Gastraum und ein gutes Dutzend böser Blicke spießten ihn auf. Er hob die Hände. »Schon gut!«

Lord Daren lachte, als die Hand seines dunklen Gottes die letzte Barriere zwischen ihm und dem Grafen zerschmetterte. »Dies ist die Macht meines Gottes!« rief er. Triumphierend hob er die blasse Hand dem Himmel entgegen. »Nichts kann gegen sie bestehen!« Doch dann sah er, wie einer seiner Priester mit Panik in den Augen zur Seite zeigte … er wirbelte herum und nahm wahr, wie sich ein furchterregendes Maul durch die berstenden Fenster an der Westseite der Halle schob und sich weit öffnete …

»Neeein!«, rief er … doch es war zu spät, mit einem ohrenbetäubenden Grollen und Fauchen schoss der Drachenatem in den Raum, trieb alles vor sich her, Möbel, Tische, Bänke, Priester und Soldaten, die aufloderten und verglühten, noch bevor die Feuerwalze Lord Daren erreichte.

»Darkoth!«, schrie Lord Daren. »Rette mich!« Er warf sich zu Boden und umklammerte die klamme Hand seines Gottes, während er sich verzweifelt den eigenen Dolch in das linke Handgelenk rammte. Blut spritzte auf, ein Tropfen berührte die fahle Hand und wurde von dem welken Fleisch aufgesogen … dann ging die Welt in heißem Feuer unter.

Das Holz der schweren Tür wurde heiß unter Lindors Händen und bebte, und obwohl sich Lindor mit aller Kraft gegen sie stemmte, schlugen Flammen aus dem Spalt zwischen Tür und Rahmen. Einen endlos langen Moment befürchtete er, dass Muskeln und Riegel die Tür nicht würden halten können, dann war es vorbei.

Einen Moment stand er nur da, zog keuchend den Atem ein. Vor ihm lagen die toten Soldaten, von scharfen Klingen in Stücke geschlagen, doch das offene Fenster fing seinen Blick und er erlaubte sich ein feines Lächeln.

Ein letzter Atemzug, dann fasste er sich und zog den Riegel zurück, öffnete die Tür und sah in die Halle, die noch immer ein tobendes Inferno war. Die Flammen loderten überall, die hohe Decke brannte, selbst an den steinernen Wänden tropfte flüssiges Feuer herab. Ihm gegenüber lag der Zugang zum Trutzturm, auch er nur noch ein verwüstetes Loch, doch dahinter regte sich etwas. Nur hier in der Halle konnte nichts mehr leben.

Schwer atmend stützte sich Lindor im Türrahmen ab.

»Es ist vorbei«, sagte er laut. »Der Göttin sei Dank.«

»Es ist noch nicht vorbei, Lindor«, hörte er die Stimme Lord Darens.

Lindor sah fassungslos zu, wie Lord Daren aus dem Feuer trat. Seine schwarze Robe schwelte und Brandblasen verunstalteten das verzerrte Gesicht des Hohepriesters, doch sein grimmiges Lächeln war voller Siegesgewissheit. Der Priester des Darkoth hob seine linke Hand und voller Schrecken erkannte Lindor, dass es nicht Lord Darens eigene Hand war, die auf dem blutigen Stumpf saß, sondern eine andere, fahle, die in einem bleichen Licht zu leuchten schien, das sich in eisige Kälte wandelte. In der Dauer eines Lidschlags war die Halle von einem eisigen Hauch erfüllt, der allem Feuer die Kraft nahm, die Hitze in sich saugte, als wäre es nur ein Funke und nicht ein Drachenbrand gewesen.

»Ich wusste schon immer, dass Ihr ein Verräter seid!«, sagte Lord Daren lächelnd, als er langsam näher schritt. »Es wird so kommen, wie ich es Euch prophezeite … Ihr werdet durch seine Hand sterben!«

»Das wird er nicht!«, rief in dem Moment eine andere Stimme, als ein hochgewachsener Mann in einer alten, kunstvoll gefertigten Rüstung aus dem gesprengten Zugang zum Trutzturm trat. Das Wappen des Greifen prangte auf dem Bruststück und das Gesicht mit dem schlohweißen Haar gehörte zu

Graf Torwald. Alt mochte er sein, doch noch immer brannte der unbeugsame Wille des Mannes in ihm, der über fünf Dutzend Jahre die Greifenlande gehalten hatte.

Hinter ihm traten vier Armbrustschützen hervor und legten auf Lord Daren an.

»Das meint Ihr wahrhaftig?«, fragte der dunkle Priester und schien verwundert. »Ich habe soeben Drachenfeuer überstanden, meint Ihr ernsthaft, dass mich Eure Bolzen noch schrecken können? Die Macht meines Gottes durchströmt mich und keiner dieser Bolzen wird mich auch nur berühren!«

»Nicht?«, fragte Graf Torwald und gab das Zeichen. Vier Bolzen schossen auf den Priester zu. Sie flammten silbern auf, als sie kurz vor dem Priester auf eine unsichtbare Wand zu treffen schienen … und schlugen hart in den zuckenden Körper Darens ein. »Wir haben einen Schrein im Trutzturm, der Mistral geweiht … und das sind auch diese Bolzen«, erklärte Graf Torwald, als der Priester langsam auf die Knie sackte. »Ihr mögt doch Schmerzen? Ich hoffe, Ihr genießt sie.«

»Tretet zurück, Graf«, sagte Lindor. »Ihr habt nicht alles gesehen … es ist nicht mehr Lord Daren, der Euch gegenübersteht. Er ist von seinem Gott beseelt!«

Der dunkle Priester hob sein verbranntes Gesicht und grinste die beiden Grafen an.

»Das habt ihr schlau erkannt«, spottete er, als er aufstand und mit der linken Hand nacheinander die vier Bolzen berührte … ein jeder von ihnen zerfiel zu kaltem schwarzem Eis. »Jetzt werdet ihr erfahren, wie es ist, von der Hand eines Gottes berührt zu werden!«

Die Bruchstücke der Bolzen sammelten sich in der Luft vor ihm, formten sich zu Bolzen aus dunklem Eis. Eine Geste des Priesters und die unheiligen Bolzen trafen die Armbrustschützen, überzogen sie auf der Stelle mit dem schwarzem Eis, sodass die Unglücklichen in tausend Stücke brachen, als sie zu Boden stürzten. »Dies«, rief Lord Daren triumphierend, »ist die Macht der Dunkelheit!«

»Mistral steh uns bei«, flüsterte Graf Torwald und Lindor zog sein Schwert ... eine sinnlose Geste, wie er wohl wusste, doch er konnte nicht anders, es war nicht sein Wesen, kampflos zu sterben.

»Mistral kann Euch nicht hören!«, grinste Lord Daren gehässig. »Ihr seid verloren!«

»Seid Ihr sicher?«, fragte eine samtene Stimme von der verkohlten Tür der Halle her. Es war Leonora, die dort stand, ihr Umhang und ihr Haar wehten in einer unsichtbaren Strömung und ihre Augen leuchteten in einem überirdischen Grün. Etwas Erhabenes ging von ihr aus, etwas, das den Raum füllte und die Verzweiflung vertrieb, die sich in den Herzen der beiden Grafen eingenistet hatte.

»Leonora!«, rief Graf Torwald mit Angst in der Stimme. »Lauf, bring dich in Sicherheit, dies ist kein Ort für dich!«

Graf Lindor jedoch war von ihrem Anblick gefangen, vor allem ihre Augen banden ihn, als sie sich auf ihn richteten und sich senkrechte Pupillen langsam zusammenzogen.

»Götter!«, flüsterte er und sank langsam auf die Knie.

Lord Daren indes drehte sich betont gelassen um.

»Eine Priesterin der Mistral«, lachte er. »Sieh an. Bist du die kleine Elfe, die das Amt gerade erst übernahm? Weißt du nicht, wie lange es braucht, die Schriften zu studieren, um ein Gefäß für den Willen eines Gottes zu werden? Du kannst noch nichts ... bist nicht mehr als Staub vor den Füßen meines Herrn!« Er hob die fahle linke Hand. »Hier, vor der verkörperten Macht meines Herrn stehst du alleine da, hier gilt der Wille deiner Herrin nicht! Keine silbernen Bänder, ihn zu halten, siehst du? Er ist frei von ihrer Knechtschaft!«

»Nicht ganz«, lächelte Leonora. »Habt Ihr vergessen, dass es einen letzten Tempel gibt?« Sie schüttelte den Kopf. »Ihr seid selbst der Getäuschte, Daren. Solange ich lebe, wird Darkoth nicht frei sein.«

»Dann sterbt!«, rief Daren und streckte die linke Hand aus. Ein fahler Schein zuckte Leonora entgegen, doch er berührte sie nicht, wurde zur Seite gelenkt, wo Stein und Holz mit lautem Knirschen in kältestem Eis erstarrten und mit lautem

Knacken rissen. Doch Leonora selbst war unberührt, nur dass ihr Haar golden glänzte und eine weiße Strähne darin sichtbar wurde.

Sie griff in die Luft und ein golden schimmernder Pfeil mit einer sichelförmigen Spitze entstand in ihrer Hand.

»Triffst du seine linke Hand?«, fragte sie den schlaksigen jungen Mann in zerrissenen und blutüberströmten Kleidern, der den Pfeil aus ihrer Hand entgegennahm.

»Nichts leichter als das«, erwiderte der junge Mann mit einem bösartigen Grinsen.

»Was …?«, begann Lord Daren, doch fast schon schneller, als man sehen konnte, war der schwarze Bogen gespannt. Es war, als wäre es kein Pfeil, sondern goldenes Licht, das er von seiner Sehne schoss. Lord Daren riss die Hand zur Seite, doch es war zu spät, der Pfeil traf ihn am Handgelenk und riss die fahle Hand von dem blutigen Stumpf seines Arms.

Schock und Unglauben zeichneten sich auf dem Gesicht des dunklen Priesters ab, doch noch immer war er nicht geschlagen. Die Hand Darkoths war gut zehn Schritte weit davongeschlagen worden, doch mit einer Geste des dunklen Priesters sprang sie vom Boden auf und flog auf ihn zu.

»So nicht!«, rief Lord Daren triumphierend, als er nach der göttlichen Hand griff. Doch just bevor er die Hand des Gottes mit seiner Rechten packen konnte, fuhr ihm blanker Stahl mit Wucht durch Robe, Kragen und Hals … noch immer trug sein Gesicht den Ausdruck dieses letzten Triumphes, obwohl der Kopf ihm schon von den Schultern sprang.

Der Graf von Berendall trat schwer atmend zurück, um der Fontäne aus Blut zu entgehen, als der letzte der dunklen Priester leblos in sich zusammensackte.

»Aber so«, stellte er befriedigt fest.

»Den Kopf zu verlieren, soll störend sein«, meinte breit grinsend Knorre vom Eingang her. »Das könnte selbst einen Gott irritieren.«

»Was willst du denn hier?«, fragte Graf Torwald erstaunt, während Sera Leonora eine silberne Schachtel hervorzog und ohne weitere Umstände die Hand des Gottes Darkoth darin verstaute. Mit einem satten Klicken schloss sich der Deckel und es war, als ob die lastende Düsternis einer unwirklichen Präsenz verschwand und der Tag wieder ein weniger heller wurde.

»Lindor!«, rief Garret und legte geschwind einen neuen Pfeil auf. »Hier werdet Ihr sterben!« Noch während er seine Worte hervorstieß, zog er den Bogen auf und sein Pfeil hätte den Grafen gewiss getroffen, hätte nicht eine schwarze Klinge die Sehne im letzten Moment zertrennt.

Es war Vanessa, die mit letzter Kraft den Schuss verhindert hatte. Als die Sehne riss, schlug es den schweren Bogen aus Garrets Hand, noch während Garret ungläubig Vanessa anstarrte, sprang Lindor auf und rannte auf das geborstene Fenster zu.

»Das ist Wahnsinn!«, rief Graf Torwald. »Lindor, wartet!«

Doch Graf Lindor hörte nicht, eher schien es, als ob er alle Kraft in den Sprung aus dem zerstörten Fenster legte … mit wehendem Umhang verschwand er über die Kante. Doch kein Aufprall ertönte, nur Nestroks triumphierender Schrei.

Garret rannte zum Fenster und sah ungläubig dem Drachen nach, der mit dem Grafen in der Klaue rasch an Höhe gewann.

»Warum?«, fragte er Vanessa fassungslos. Sie trat schwerfällig an die verkohlte Tür zum Nebenraum heran und stieß sie auf.

»Hier«, sagte sie und schluckte. »Hier an diesem Tisch war ich festgebunden, als der Graf den Raum betrat. Diese hier …«, sie wies mit zitternder Hand auf die Toten, »sind nicht mein Werk. Es war Lindor. Er erschlug sie, löste die Fesseln und drückte mir beide Schwerter in die Hände … und bat mich, ihm zu vertrauen. Er schwor bei seiner Seele, bei seinem Leben, der Göttin und dem Leben seines Prinzen, dass ich ihm trauen könnte. Dann wies er mich an zu warten, bis er den Raum verlassen hatte … dann zu schreien … und dann …« Sie schluckte. »Dann aus dem Fenster zu springen.«

»Dort aus diesem Fenster?«, fragte Garret ungläubig. »Das sind gut und gerne zwanzig Mannslängen bis zum Boden!«

»Ich weiß es nur zu gut«, erwiderte sie grimmig. »Es war das Schwerste, das ich jemals tat. Ich sprang und sein Drache fing mich im Fluge auf. Und kurz darauf lag ich vor deinen Füßen.« Ein flüchtiges Lächeln erschien auf ihren Lippen. »Er bat mich, dir und Tarlon seine Grüße zu entsenden, er wäre erfreut zu wissen, dass ihr die Flut überstanden habt.«

»Lindor?«, fragte Garret fassungslos und folgte durch das Fenster dem fernen Punkt, der fast schon seinem scharfen Auge entschwunden war. »Er erschlug Sera Tylane vor unseren Augen!«

»Ich weiß«, sagte Vanessa. »Aber er rettete mich.«

»Vielleicht auch mich«, meinte Graf Torwald mit rauer Stimme. »Die Götter wissen, was er hier für ein Spiel betreibt!«

»Er sagt, er bliebe seinem Prinzen treu bis in die Verdammnis«, sagte Vanessa und fröstelte unter dem dünnen Umhang, den Sina ihr geliehen hatte.

Der Graf sah zum Fenster, musterte den verkohlten Raum, die Fremden, die so überraschend eingetroffen waren, dann fiel sein Blick zuerst auf Leonora, die mit Sina an der Seite dastand und ihn, wie es schien, mit leichter Erheiterung betrachtete, und dann auf Knorre in seiner weißen Robe und mit dem Stab in seiner Hand.

»Selten sah ich einen Dieb in solchem Gewand«, knurrte der Graf. »Bist du gekommen, um mir mein Buch zurückzubringen?«

»Es war nie dein Buch«, protestierte Knorre. »Dass du alter Dickschädel es nicht einsehen willst!«

»Du hast es aus *meiner* Bibliothek gestohlen. Und das nach all den Jahren, die ich dir vertraute!«

»Ich habe es in deiner Bibliothek versteckt, damit es sicher verwahrt blieb!«, rief Knorre erzürnt.

»Das war nicht alles, was du gestohlen hast«, sagte der Graf mit einem vorwurfsvollen Blick zu Leonora.

»Herzen kann man nicht stehlen«, ließ sich Leonora mit einem sanften Lächeln vernehmen. »Torwald, er besaß es schon, bevor ich dich kannte!« Sie sah die beiden an und schüttelte leicht den Kopf. »So alt und so kindisch. Vertragt euch, bevor ihr *mich* erzürnt.«

»Oha!«, rief Knorre und grinste schief. »Dies ist eine Warnung, der wir beide besser folgen sollten!«

Der Graf wollte etwas antworten, doch in dem Moment trat Argor durch die verbrannte Tür und sah sich staunend um.

»Komme ich ungelegen?«, fragte er. »Ich will die hohen Herrschaften ja nicht beim Streiten stören, aber Meister Knorre sagte, es wäre wichtig, ihm das zu bringen.« Er hielt einen Kettenhandschuh hoch.

»Gebt ihn diesem alten Dickkopf dort«, sagte Knorre entnervt. »Vielleicht versteht er es ja dann!«

»Was soll ich verstehen?«, fragte der alte Graf verwirrt, als Argor höflich vor ihn trat und ihm den Handschuh hinhielt. Der Graf nahm den Kettenhandschuh an und wog ihn in der Hand. »Ich trage Plattenhandschuhe im Kampf«, meinte er dann zu Knorre. »Das müsstest du doch wissen.«

»Nun«, sagte Knorre mit einem breiten Grinsen, »Durchlaucht, Ihr habt ein Regiment königlicher Soldaten vor Euren Mauern liegen und einen Golem im Hafen. Bislang hatte beides wenig miteinander zu tun … doch das könnte sich ändern.«

»Das ist *jener* Handschuh?«, fragte der alte Graf fassungslos.

»Ganz recht. Derselbe Handschuh, den der erste Graf von Berendall erhielt, um den Wächter der Stadt zu kontrollieren. Derselbe Handschuh, der einst gestohlen wurde und nun zu seinem rechtmäßigen Besitzer zurückgekehrt ist. Das Buch allerdings, Torwald, ist *mein*!«

»Welches Buch?«, fragte Lamar.

»Knorre besaß ein Buch mit verschlüsselten Aufzeichnungen seines Vorfahren. Offenbar befand sich dieses Buch lange in der Bibliothek des Grafen Torwald.« Der alte Mann schmunzelte. »Es gab wohl Meinungsverschiedenheiten darüber, wem dieses Buch gehörte. Sie stritten beständig darüber.« Er zuckte die Schultern. »Es war etwas erheiternd, dass dies nunmehr das einzige Problem war, das verblieb. Das … und dieses Regiment von königlichen Soldaten, das noch immer vor den Toren Berendalls lagerte.« Er rieb sich nachdenklich die Nase. »Ich frage mich noch immer, was geschehen wäre, wenn dieses Regiment zeitgleich ver-

sucht hätte, die Stadt zu nehmen. So jedenfalls war schon alles vorbei, als die Hüterin mit fünfzig Mann zu Pferde die Stadt erreichte ...«

Trotz aller Eile und obwohl sie die Pferde erbarmungslos getrieben hatten, dauerte es doch fast drei volle Kerzen, bis Meliande ihr Pferd auf einer Anhöhe kurz vor Berendall zügeln konnte. Die Hauptleute Hendriks und Hugor ritten neben sie und zügelten ihre Pferde ebenfalls, schauten auf die Stadt, die vor ihnen lag.

»Irgendwie habe ich anderes erwartet«, meinte Meliande etwas ungläubig, denn die Tore der Stadt standen offen, auch wenn der Wall besetzt war. Über der Stadt stiegen Rauchwolken auf, vielleicht kleine Brände, vielleicht auch nur Feuer in den Kaminen. Vor der Stadt scharten sich Bauern mit Karren und Gespannen voller Waren. Soweit man es aus der Entfernung bestimmen konnte, schien es so, dass die Wachen am Tor den Verkehr zügig abfertigten. Was auch immer den Alarm ausgelöst hatte, es schien vorbei.

»Dort«, rief Hendriks. »Seht ihr? Neben dem Tor, rechts von dem Wachhaus? Dort laden sie gerade Leichen auf einen Karren auf. *Etwas* ist hier geschehen.«

»Nur was?«, fragte Meliande laut und ließ ihr Pferd in den Schritt fallen. »Wir werden es nicht herausfinden, wenn wir hier herumstehen.«

»Vielleicht doch«, meinte Hugor und klatschte sich lachend auf die Schenkel. »Seid ihr alle blind? Werft einen Blick hinauf zum Banner auf dem Tor ... das rechte ist das des Grafen von Berendall, aber das linke, das ist neu ... oder vielmehr ziemlich alt.« Er sah amüsiert zu der Hüterin hin, die ungläubig auf das Banner starrte. »Es scheint, als habe jemand die Stadt schon für euch gewonnen.«

Denn dort oben wehte das Banner des Greifen, das Schwert gesenkt, die Schlange aufgespießt.

46 Das Erbe des Greifen

»Das war dann wohl die Schlacht um Berendall«, lachte Lamar. »Hat denn jemand von euch geglaubt, dass es so einfach werden würde?«

»Nein«, antwortete der Geschichtenerzähler und stopfte sich nachdenklich seine Pfeife. »Wir haben alle eine große Schlacht erwartet ... aber gar so einfach ist es ja nicht gewesen. Ohne das Eingreifen der Priesterin Leonora hätte der Kampf sich gegen uns entschieden. Außerdem war es für unsere Freunde eine ziemliche Ernüchterung. Niemals waren Garret, Tarlon und auch Vanessa dem Tode näher gewesen. Zudem wusste jeder, dass die wahre Schlacht noch immer bevorstand. Es gab keinen Zweifel daran, dass der Kanzler noch immer nach der Krone gierte. Und was die angeht, machte Pulver in der Nacht zuvor noch eine bedeutsame Entdeckung ...«

Während Pulver und Astrak auf Elyra und Barius warteten, halfen sie den anderen dabei, den Tempel zu säubern. In einer großen Kiste entdeckte Astrak neue Kerzen, so fand die Nacht den Tempel hell erleuchtet vor. Immer wieder fanden sie Spuren der alten Gewalttaten, fast schon grimmig machte sich Pulver schließlich daran, den Boden des Tempels von Blut zu säubern. Irgendwann, als er nach Wasser verlangte, war es jemand anderes, ein Unbekannter, der mit geschuppten Händen einen schweren Eimer neben Pulver abstellte.

Der Alchemist sah überrascht auf. Der Mann war einfach gekleidet und groß und schlank gewachsen, nichts an ihm war absonderlich, bis auf seine Haut, diese war geschuppt und gemustert wie die einer Schlange.

»Ich bin Nasreth«, sagte der Mann. »Ich bin Lenises Bruder und gekommen, Euch einzuladen, unseren Anführer zu treffen.«

»Wenn hier kein Blut mehr zu sehen ist«, antwortete Pulver grimmig.

Lenises Bruder sah auf eine Stoffpuppe herab, die Pulver auf eine nahebei stehende Kiste gelegt hatte. Selbst nach all den Jahrhunderten waren die Blutspuren noch zu erkennen. »Dann sollte ich wohl besser helfen«, sagte Nasreth, kniete sich neben Pulver, griff sich eine der Handbürsten und attackierte einen anderen Blutfleck mit Seifenlauge und Bürste. Er warf einen Blick hinüber zu Astrak, der mit Lenise zusammen Kerzen anzündete.

»Sie wird ihn heiraten. Sie bekommen drei Kinder, eines davon ein Mädchen mit blauschwarzen Haaren und dunklen Augen wie die der Mutter Eures Sohnes. Das hat sie mir vor vier Jahren mitgeteilt. Sie wusste den Namen nicht, auch nicht, wie es dazu kommen würde, doch sie hat ihn mir genau beschrieben. Habt Ihr Probleme damit?«

»Wie werden sie das Mädchen nennen?«

»Senise«, antwortete Nasreth.

»Dann sehe ich keine Probleme«, meinte Pulver und schrubbte härter. Seines Wissens hatte niemand hier erwähnt, wie Astraks Mutter hieß, noch dass sie solches Haar und solche Augen besessen hatte. Er wischte sich die Augen und fluchte, als das Seifenwasser in ihnen brannte.

»Meister Pulver?«, fragte Nasreth vorsichtig. »Was ist mit Euch?«

»Wie zuverlässig ist das, was sie sieht?«, fragte Pulver.

»Bislang traf es noch immer ein.«

»Dann wird Astrak den Krieg überleben.« Er wischte sich die Augen erneut. »Es ist der Staub«, erklärte er dann und Nasreth nickte. »Ich weiß.«

Etwas später stand Pulver zusammen mit Lenises Bruder vor dem großen Altar unter der schwebenden Statue der Göttin. Sorgfältig hatten sie die Reste der alten Altargaben abgeräumt, nun lag der reich verzierte Altar frei vor ihnen. Auch dort war eingetrocknetes Blut zu finden, doch es war leicht genug zu entfernen, es schien nicht an dem Gold haften zu wollen.

Nur war es nicht das, was Meister Pulver hier so nachdenklich betrachtete.

»Hier ist ein Fußabdruck im Blut zu sehen«, sagte er. »Zierlich, der Fuß einer Frau. Dort draußen, vor dem Tempel, liegen die sterblichen Überreste der letzten Hohepriesterin unserer Göttin. Sie trug Seidenschuhe, daran erinnere ich mich, sie zerfielen fast unter meinen Händen ... und einer davon besaß eine blutige Sohle ... wartet.«

Nasreth sah ihn erstaunt an, dann nickte er. Viel hatten sie nicht gesprochen, dachte Pulver, als er sich eine Laterne griff und den Tempel verließ. Gemusterte und geschuppte Haut ... und ein ruhiger und stetiger Zeitgenosse. Pulver schüttelte den Kopf ... vor wenigen Wochen hätte er nie gedacht, was er alles noch erleben würde. So schnell konnte es also gehen. Es fiel ihm schwer, Lenises fehlende Augen zu akzeptieren, gerade ihre Schönheit ließ das Fehlen umso deutlicher für ihn werden, doch wenigstens würden die Kinder Augen haben.

Pulver seufzte und sah nach oben in den Nachthimmel, hinauf zu Mistrals Stern. Er hoffte mit allen Kräften, dass sie ihnen ihre Gnade schenken würde, dass alles gut werden würde.

Es dauerte nicht lange, die Überreste der Priesterin zu finden. Ihr Schuhwerk lag neben den Knochen, es war vorhin schon abgefallen und von dem linken Schuh war kaum mehr als die Sohle übrig. Mistrals Stern stand tief und es würde nicht mehr lange dauern, bis ein neuer Tag dämmerte. Wie lange waren Barius und Elyra nun schon in den Tiefen des Tempels verschwunden? Fast dreißig Stunden mussten es jetzt schon sein. Oder waren es gar noch mehr? Er richtete seinen Blick auf den Stern der Göttin und betete dafür, dass Elyra und dem Priester Loivans nichts geschah. Als er fertig war, nahm er respektvoll den Schuh auf und ging zurück zum Tempel ... dieses Mal zumindest hatte die Göttin sein Gebet prompt erhört, denn dort standen Elyra und Barius und unterhielten sich mit Astrak, Lenise und Nasreth.

Oder vielleicht kam sein Gebet zu spät, dachte Pulver, als er näher kam und sah, wie bleich Elyra war, wie dunkel sich die Schatten unter ihren Augen abzeichneten. Sie sah erschöpft aus und um Jahre gealtert. Auch Barius schien von etwas hart getroffen.

»Ich bin froh, dass du wieder da bist, Elyra«, begrüßte er sie erleichtert und nickte Barius zu. »Ich weiß nicht, was Ihr befürchtet habt, Freund Barius, aber Eurer Miene nach hat es sich bewahrheitet.«

»Es scheint so«, sagte Elyra in erschöpftem Ton. »Es gibt dort unten eine Kammer, tief im Grund, so seltsam und erschreckend, dass mir die Worte fehlen. Dort unten tobt ein Strom von Magie, gewunden und fürchterlich anzusehen. Es ist, als wäre die Magie selbst die Kette, die dort unten etwas bindet, das jenseits dessen ist, das ich verstehen kann. Es gibt dort zwei silberne Kästen, mit Kristall und Glas versetzt, sodass man hineinsehen kann. In einem ruht der Kopf eines Mannes, so wohl geformt, dass mein Herz hätte in Liebe entflammen können, wäre da nicht die Grausamkeit in seinen Zügen. Er … er lebt. Er öffnete seine Augen und versuchte, mich unter seinen Willen zu zwingen. Dieser silberne Kasten war noch immer durch die Magie gefesselt. Ein anderer nicht, er stand dort auf dem Boden. In ihm fand ich ein Herz, eingetrocknet und so alt, dass es zu Staub zerfiel, als ich den Kasten auch nur leicht berührte. Ich fand auch dies.«

Sie hielt Pulver ein schwarzes Messer entgegen, in dem dunkle Runen pochten. Unwillkürlich wich Pulver vor der Klinge zurück. Wenn es das Böse gab, dann war es in dieser Klinge zu finden.

»Tut es beiseite, bitte«, sagte Pulver rasch und Elyra verstaute das Opfermesser sorgfältig unter der Robe.

»Ich werde nachher versuchen, dieses Messer zu zerstören«, erklärte sie dann. »Oder irgendwo sorgfältig wegschließen. Es war Blut dort unten zu finden, Meister Pulver, mehr Blut, als ein Mensch verlieren kann, ohne zu sterben. Frisches Blut, als wäre es eben erst geschehen. Aber …« Sie atmete tief durch. »Ich habe in die dunklen Augen Darkoths gesehen, das Antlitz eines Gottes erblickt, und ohne den Schutz meiner Göttin wäre ich dem Wahn verfallen. Ich bin mir nicht sicher, ob ich mich nicht vielleicht sogar einen Moment verlor. Der Gott lebt, sein Kopf, sein Gesicht ist frisch und rosig, als wäre sein Kopf gar nicht getrennt von ihm … er sah mich und lachte mich aus. Aber sein Herz … es ist zerfallen.«

»Wäre es das Herz des dunklen Gottes, würde es noch schlagen«, sagte Barius bedeutsam.

»Das kann nur eines bedeuten«, meinte Elyra und Barius nickte voller Sorge.

»Jemand drang damals in diese tiefste Kammer ein, bewaffnet mit einem Dolch, der Darkoth geweiht ist. Jemand kam in das Gefängnis … und befreite das Herz des dunklen Gottes … riss sich das eigene Herz heraus und nahm das des Gottes in sich auf! Es wäre die einzige Möglichkeit, wie es hätte geschehen sein können. Irgendwo gibt es einen, in dessen Brust ein dunkles Herz schlägt und der von Darkoth beseelt ist wie kein anderer. Jemand, der durch dieses Herz so gut wie unsterblich ist und über eine Macht gebietet, wie man sie auf dieser Welt nicht kennt.«

»Belior«, sagte Pulver mit belegter Stimme. »Es muss Belior sein, nicht wahr?«

»Ja«, sagte Elyra erschöpft. »Das ist die Lösung des Rätsels. Nur so kann es sein, dass Barius den Mörder erschlug und er dennoch unter uns wandelt.«

»Und er ist hierher unterwegs, um die Krone an sich zu reißen«, sagte Pulver grimmig. »Das wussten wir ja schon. Aber ich denke, es gibt noch einen anderen Grund. Wenn Darkoth Belior beseelt, dann ist es ein Geschäft für beide. Auch der dunkle Gott will etwas. Etwas, das er noch weniger bekommen darf als Belior die Krone.«

»Darkoth will seinen Kopf aus den Banden der Göttin befreien«, sprach Barius das aus, was ein jeder hier befürchtete. »Er würde vor nichts zurückschrecken, um ihn zu bekommen. Ganze Länder würde er zerstören, nur um dieses Ziel zu erreichen!«

Pulver stand plötzlich stocksteif da.

»Sag, Elyra, kamst du dazu, die Schriften näher zu studieren?«, fragte er dann die junge Priesterin.

»Ja, etwas«, antwortete sie müde. »Warum?«

»Versuche dich zu erinnern. Sprach sie davon, dass *sie* Lytar zerstört, wenn ihre letzte Priesterin erschlagen wird? Oder sprach sie davon, dass es zerstört werden *wird,* wenn wir ihre Warnung nicht achten?«

Elyra schüttelte den Kopf.

»Das kann ich Euch nicht sagen, Meister Pulver. Diese Prophezeiungen habe ich selbst noch nicht studieren können.« Sie wies mit einer Geste zu der Treppe unter dem Altar. »Irgendwo dort unten liegen die Aufzeichnungen … nur habe ich noch keine Zeit gefunden, sie zu suchen.«

»Ich kann Euch die Frage beantworten, Meister Pulver«, sagte Barius bedächtig. »Sie sprach von einem Strafgericht der Götter, das kommen würde. Sie sprach nicht davon, dass sie es selbst halten würde. Nur dass nach der Katastrophe ein Zeitalter käme, in dem im Greifenland niemand ihr als Priester dienen könnte …«

Pulver nickte langsam, während Elyra ihn mit großen Augen ansah.

»Was«, begann Pulver langsam. »Was … was, wenn es gar nicht unsere Herrin war, die Lytar verwüstete? Lytar mit all den Fehlern, mit denen Menschen behaftet sind, war ihre Stadt, ihre Schöpfung. Das stärkste Reich der Welten, als Einziges stark genug, sich mit den Göttern selbst zu überwerfen.« Er räusperte sich. »Vielleicht stark genug, um in festem Glauben an die Göttin einen Gott zu binden?«

Er sah auf den Altarstein, durch ihn hindurch, als ob er jene Kammer sehen könnte, von der Elyra berichtet hatte. »Sein Herz wurde befreit … seitdem wandelt er wieder auf dieser Welt. Was … was, wenn es nicht unsere Herrin war, sondern er? Wenn er es war, der Lytar zerstörte?«

»Göttin!«, hauchte Elyra ergriffen. »Dann … dann wäre es gar nicht sie gewesen, die uns so übel strafte! Sie hätte uns ihre Gnade gar nicht verwehrt?«

»Sie ist die Göttin der Gnade, Schwester meines Herrn, der nur der Gerechtigkeit dient. Es war mir immer unverständlich, wie sie hätte so handeln können, denn es war nicht gerecht …

auch im alten Lytar gab es Menschen, die schuldlos waren!«, meinte Barius ergriffen. »Nur so ergibt dies alles jetzt einen Sinn!«

Eine Weile standen sie so da, sahen sich gegenseitig an, versuchten zu verstehen, was dies für sie bedeutete. Ohne es recht zu bemerkten, hatte sich Elyra an Pulvers Schulter gelehnt und weinte lautlos, während er sie tröstend im Arm hielt.

»All diese Jahre dachten wir, sie hätte uns gerichtet«, flüsterte Pulver fassungslos. »Wir hätten es besser wissen müssen! Sie hat uns nicht gedroht, sie warnte uns!«

»Deshalb ist auch Belior so versessen auf die Krone«, stellte Astrak atemlos fest. »Die Macht der Krone könnte ihm Einhalt gebieten, wird sie gegen ihn verwendet. Oder ihn wahrhaft unbesiegbar machen, gelangt sie in seine Hände.« Er schüttelte verzweifelt den Kopf. »Und wir wissen nicht einmal, wo sie ist!«

»O doch«, widersprach Pulver. »Das wissen wir.«

Ein jeder sah ihn sprachlos an. Elyra schniefte, wischte sich die Tränen ab und sah fragend zu ihm hoch.

»Wo ist sie?«, fragte sie heiser.

»Du hast mir doch gesagt, dass du in deiner Vision gesehen hast, wie du ihm die Krone gegeben hast.«

»Das ist richtig«, sagte Elyra. »Worauf wollt Ihr hinaus?«

»Er fordert sie von dir, weil du ihre Hüterin bist«, erklärte Pulver. Noch immer hielt er die alte Sohle in der Hand, nun legte er sie auf den Fußabdruck auf dem Altar. Sie passte genau.

Ohne weitere Umschweife stieg Pulver auf den Altarstein.

»Meister Pulver!«, rief Elyra entsetzt. »Kommt sofort da herunter!«

»Sogleich«, sagte Pulver und richtete sich auf dem Altar auf. Über ihm, zum Anfassen nahe schwebte die Statue der Göttin, geformt aus Quecksilber und Magie. Er holte tief Luft, stieß seinen Arm in die schimmernde Oberfläche. Ein Kribbeln und Wärme durchlief seinen Arm, als er den linken Fuß der Göttin durchfuhr, doch im rechten Fuß fand sich etwas Hartes.

Elyra zog bereits mit aller Macht an seinem Bein, selbst Barius schien über alle Maßen erzürnt. »Wie könnt Ihr nur?«, rief

Elyra verzweifelt. »Das ist ein Sakrileg, ich dachte, Ihr liebt die Herrin der Welten!«

Doch im nächsten Moment sprang Pulver bereits vom Altar herab.

»Dort versteckt, wo nur die Göttin sie sehen kann«, teilte er ihr mit belegter Stimme mit und hielt ihr das hin, was er aus dem Quecksilber gezogen hatte: einen breiten schimmernden Reif, kostbar mit Edelsteinen besetzt, mit einem sorgsam gearbeiteten Greifen, dessen Flügel den Träger des Reifs wie ein Helm schützen würden.

»Die Krone von Lytar«, hauchte Elyra ergriffen.

»Nimm sie«, sagte Pulver rau. »Du bist ihre Wächterin und hütest jetzt das Erbe des Greifen.«

»Also wurde die Krone doch noch gefunden«, stellte Lamar fest. »Wie aber kann das sein, wenn Elyra in ihrer Vision sah, dass sie diese an den dunklen Prinzen übergab?«

»Das ist eine Geschichte für einen anderen Tag«, meinte der alte Mann. Er stand auf und streckte sich, sogar Lamar konnte das Knacken hören. »Jetzt muss ich mir die Beine etwas vertreten.«

»Willst du nicht weitererzählen, Großvater?«, fragte Saana vom Schoß ihrer Mutter aus. Sie wirkte etwas verschlafen und rieb sich die Augen.

»Jetzt nicht«, lachte der alte Mann. »Es ist schon spät, zu spät für dich.«

»Aber ich bin noch wach!«, protestierte das Mädchen.

»Das mag sein«, gab der alte Mann zu. »Aber morgen bist du auch wieder wach.«

Es gab noch weitere Proteste aus dem Gastraum, aber der alte Mann hatte recht, es war schon spät geworden. Im Laufe des Tages hatten einige der Zuhörer dem guten Bier und Wein reichlich zugesprochen, hier und da gab es den einen oder anderen, der sich seiner Beine nicht mehr allzu sicher schien.

»Morgen ist ein weiterer Tag«, rief der Wirt. »Dann geht es weiter!« Er sah den alten Mann fragend an. »So wird es doch sein, oder?«

»So schnell ist die Geschichte nicht zu Ende«, lachte dieser. »Nur jetzt möchte ich mir etwas Ruhe gönnen und ein paar Leute begrüßen, die ich lange nicht mehr sah.«

Er streckte sich erneut, griff sich eine Flasche und seinen Becher, winkte noch einmal in die Runde und begab sich dann zum Ausgang.

»Habt Ihr etwas dagegen, wenn ich Euch begleite?«, fragte Lamar höflich.

»Nur zu«, kam die Antwort. »Ein wenig frische Luft wird auch Euch nicht schaden.«

47 Die Botschaft des Herolds

Es war mittlerweile Nacht geworden, sternenklar und hell, denn beide Monde standen hoch am Himmel. Draußen an dem großen Brunnen wartete eine Gruppe, neue Gesichter, die sich erst im Laufe des gestrigen Abends oder des heutigen Tages im Gasthof eingefunden hatten. Einer von ihnen war groß und breitschultrig, mit schlohweißem Haar und musterte den Gesandten sehr nachdenklich. Eine junge Frau, zierlich und klein, stand an ihn geschmiegt und lächelte, als sie Lamars Blick einfing. Daneben die junge Frau, die Lamar entfernt bekannt vorkam, dann noch zwei ältere Frauen, deren noch volles weißes Haar hier und da rote oder blonde Strähnen enthielt. Auf dem Brunnenrand saß ein hagerer Mann mittleren Alters, der sich mit einer rothaarigen Schönheit unterhielt, deren Alter Lamar nur schwer einzuschätzen vermochte.

Allesamt beobachteten sie den Gesandten neugierig, als dieser mit dem alten Mann an den von Laternen erleuchteten Brunnen herantrat.

Auch Lamar suchte die Gesichter ab, manche alt, manche jung, und fragte sich, ob er nun hoffte oder fürchtete, dass er diese Leute bereits kennengelernt hatte. Wenn es Garrets Freunde waren, so wirkten sie nicht wie Helden auf ihn. Es war einfach eine Gruppe von alten Freunden, die sich an dem Brunnen zusammengefunden hatten. Kein Bogen, Schwert oder gar eine mächtige Axt war zu sehen und dennoch … die direkte Art, wie ein jeder dieser Leute ihn betrachtete, ihn wog, beeindruckte den Gesandten nicht wenig.

»Ihr seid jünger, als ich dachte«, sagte ausgerechnet die junge Frau, die sich an den alten Mann schmiegte. Doch ihr Lächeln hieß ihn willkommen.

Bevor der Gesandte eine Antwort finden konnte, hörte man

das Geräusch von galoppierenden Hufen. Sie sahen allesamt hin zum Ortseingang, wo ein Reiter in der hellen Tracht eines königlichen Herolds auf einem schweißbedeckten Pferd heranritt, um das erschöpfte Tier kurz vor dem Brunnen zu zügeln.

»Ich suche Lamar di Aggio!«, rief der Herold, während er sich aus dem Sattel gleiten ließ. Er drückte die Zügel des müden Tiers dem Nächstbesten in die Hand, es war der Geschichtenerzähler, der etwas verblüfft auf die Zügel in seiner Hand herabsah. »Könnt Ihr mir sagen, wo ich ihn finde?«

»Er steht vor Euch, Herold«, antwortete Lamar. »Ist etwas geschehen?«

»Der König ist verstorben«, antwortete der Herold knapp. »Aber das ist nicht der Grund, weshalb ich Euch suchte. Prinz Teris befiehlt Euch, ihm und siebzehn seiner engsten Berater in diesem Dorf Quartier vorzubereiten. Ihr könnt ihn übermorgen erwarten.«

»Dafür reitet Ihr ein Pferd zuschanden?«, fragte der alte Mann und schüttelte verständnislos den Kopf. »Hier«, sagte er und drückte dem Herold die Zügel direkt wieder in die Hand. »Dort im Gasthof findet Ihr einen Stall und sobald Ihr Euer Pferd versorgt habt, werdet Ihr Speise, Trank und Unterkunft dort finden können. Nun geht.«

Diesmal war es der Herold, der verblüfft dreinsah.

»Nun geht schon!«, sagte der alte Mann. »Ihr stört gerade.«

Zu Lamars Überraschung folgte der Herold aufs Wort und brachte sein Pferd hinüber in den Stall des Gasthofs.

»Das war nicht nett«, grinste die junge Frau, die Lamar bekannt vorkam.

Der alte Mann zuckte die Schultern. »Ich empfand ihn als störend«, erklärte er und suchte seine Pfeife.

»Na, wenn es so ist!« Die junge Frau lachte und wandte sich Lamar zu.

»Ich sehe, Ihr habt mich nicht erkannt«, lachte sie. »Ich bin Sera Sineale, wir hatten bereits das Vergnügen.«

»Ihr … Ihr seid der Paladin des Königs! Ohne Eure Rüstung …«, stammelte Lamar und hätte sich am liebsten zugleich auf die Zunge gebissen. »Ich meine … Nestrok, nein, das Kleid, ich …«

Die anderen schmunzelten, als Lamar sich wünschte, der Boden würde sich auftun.

»Schon gut, Ser Lamar«, lachte die junge Frau. »Ich bin nicht aus offiziellem Grunde hier, auch wenn ich die Nachricht vom Tod Eures Vaters noch vor dem Herold wusste. Ich hätte sie Euch schonender beigebracht als dieser Bursche hier. Nur wollte ich warten, bis der Moment passend erschien. Ich bedauere Euren Verlust.«

»Er ruht sicher in den Händen der Göttin«, sagte die andere junge Frau voller Überzeugung. »Trauert um ihn, Freund Lamar, aber seid Euch dessen gewiss, dass es ihm gut ergeht.«

Lamar riss sich zusammen. Er hatte seinen Vater seit langen Jahren nicht mehr gesehen, es war überraschend, wie sehr die Nachricht ihn dennoch berührte.

»Danke«, sagte er mit einer leichten Verbeugung. »Ich wünschte, ich hätte die Möglichkeit, ihm die letzte Ehre zu erweisen.«

»Deshalb ist Sina hier«, teilte ihm der hagere Mann mit, der auf dem Brunnenrand saß. »Sie wird Euch rechtzeitig nach Thyrmantor bringen. Das heißt, wenn Ihr keine Höhenangst habt.«

Lamar blinzelte überrascht.

»Er meint Nestrok, Ser Lamar«, lächelte die Sera Sineale. Wie hatte der hagere Mann sie genannt? Sina? War sie wirklich die Tochter der Priesterin Leonora und des Arteficiers Knorre?

Er schaute in die Gesichter, die ihm bereits seltsam vertraut vorkamen, und schluckte. »Diese Geschichte, Eure Geschichte … sie ist wahr? In allen Dingen wahr?«

»Warum sollte ich Euch etwas erzählen, das nicht stimmt?«, fragte der alte Mann, von dem Lamar mittlerweile sicher glaubte, dass es niemand anderes als Garret sein musste. »Dazu ist es zu wichtig.« Er zog eine Augenbraue hoch, als sich der Gesandte vor ihm verbeugte und sich abwandte. »Wo wollt Ihr hin?«

»Dem Prinzen sein Quartier vorbereiten«, antwortete Lamar

zerknirscht. »Ich bitte um Entschuldigung, aber Ihr habt den Herold gehört.«

»Ihr werdet wenig Glück haben«, meinte der alte Mann schmunzelnd. »Jedes Bett im Dorf ist bereits belegt. Aber vielleicht findet sich noch ein warmes Plätzchen im Stall.«

»Ich hoffe nicht, dass dem so ist«, sagte Lamar betrübt. »Sonst muss ich mein Zimmer abgeben.«

»Das würde ich nicht tun«, grinste die Sera Sineale. »Der Wirt versprach es bereits jemand anderem, wenn Ihr auszieht. Er wird es Eurem Prinzen nicht geben.«

»Aber er ist der Prinz!«, protestierte der Gesandte.

»Nicht der unsere«, lachte der Geschichtenerzähler.

»Dennoch, ich muss es versuchen«, sagte Lamar und verbeugte sich erneut, doch dann fiel ihm noch etwas ein. »Sagt, Ihr habt erwähnt, dass der Kanzler einen Plan hatte, den er zusammen mit dem Kriegsmeister geschmiedet hat.«

»Richtig«, antwortete der alte Mann. »Was ist damit?«

»Wie hat der Kanzler reagiert, als er herausfand, dass sein Plan in Gänze fehlgeschlagen ist?«

»Wie kommt Ihr darauf, dass sein Plan fehlschlug?«, fragte der alte Mann überrascht.

»Ist er das nicht? Ich meine, die Stadt fiel an den Greifen!«

»Es ging ihm nicht um die Stadt«, sagte der alte Mann. »Sie war ihm nicht wichtig. Hätte Lord Daren sie für sich beanspruchen können, dann wäre es ein Zubrot gewesen. Nein. Ihm ging es um etwas anderes. Lytar.«

»Aber … gab es denn noch eine Schlacht am Pass?«

»Das nicht«, sagte der alte Mann und zündete sich seine Pfeife an. »Der Pass war eine der wenigen Fehler, die Meister Pulver beging. Nun, vielleicht war es auch keiner«, der alte Mann zuckte die Schultern. »Wer weiß das schon. Es war wohl besser, den Pass zu sichern, als ihn offen zu lassen. Nur vergaßen wir alle eines: Der Pass ist der einzige Weg ins Tal, der Menschen offen stand.«

»Ich verstehe nicht?«, fragte Lamar.

»Nun, fast zeitgleich, als in Berendall das Banner des Greifen gehisst wurde, fand Marten das Lager der Kronoks, fast fünfzig von ihnen, die unbemerkt das Gebirge hatten überqueren können. Sie brauchten keinen Pass, anders als Pferde können die Reittiere der Kronoks klettern. Das Erschreckende daran war, dass dieses Lager sich kaum mehr als einen halben Tagesritt von Lytar entfernt befand. Dies war der Plan Beliors: Während wir unsere spärlichen Kräfte auf den Pass und Berendall konzentrierten, war es ihm gelungen, diese Streitmacht von Kronoks direkt vor unserer Haustür zu platzieren, ohne dass wir es wussten!«

»Götter!«, rief Lamar. »Fünfzig von ihnen! Wie sollte man denn diese mit den verbleibenden Kräften besiegen können?«

»Das hat sich Meister Pulver auch gefragt«, lachte der alte Mann, »aber das erzähle ich Euch morgen.«